OLIVIA GOLDSMITH

DER CLUB DER TEUFELINNEN

Roman

Aus dem Englischen
von Katharina Odenberg

WILHELM HEYNE VERLAG

MÜNCHEN

HEYNE ALLGEMEINE REIHE
Nr. 01/9117

Titel der Originalausgabe
THE FIRST WIVES CLUB
erschienen bei Poseidon Press, New York

2. Auflage

Neu überarbeitete Ausgabe

Redaktion: Rainer-Michael Rahn

ISBN 3-453-07568-4

Dank

Ich hatte noch nie die Ehre einer Preisverleihung oder eines Stipendiums, darum kann ich die Großzügigkeit anderer besonders schätzen, wenn ich selbst die Empfängerin bin. Mein Dank gilt allen, die mich während der langen Entstehungsphase dieses Buches unterstützt haben. Vor allen anderen möchte ich hier erwähnen:

Sherry Lansing, die für alles Verständnis aufgebracht und mich stets ermutigt hat, dieses Buch so zu schreiben, wie ich es wollte.

Justine Kryven, die unermüdlich alles abgeschrieben und wieder umgeschrieben hat und – trotz meiner oft drastischen Ausdrucksweise – stets etwas Positives beizutragen wußte.

Brendan Gunning für seine großartige redaktionelle Unterstützung und die Zeit, die er geopfert hat.

Barbara Turner, die mir ihr Landhaus zur Verfügung stellte.

Louise Edwards Smith, die mir für den Krämer Geld lieh.

Rosemary Sandberg, die mich angefeuert hat.

Jan Villano und die Mitarbeiter bei Elovitz & Partner, die alles fotokopiert, kollationiert, getippt und versandt haben.

Rob und Suzi Mascitelli, die über alle meine Witze gelacht haben.

Lenny Gardner dafür, daß er sich der geschäftlichen Seite angenommen hat, und für seine Freundschaft.

Mein ganz besonderer Dank schließlich gilt Paul Eugene Smith für das unermüdliche Lesen des Textes, wie auch für seine Ermunterung in schwierigen Phasen.

Für Curtis Pickford Laupheimer

Inhalt

III Die Ehefrauen – Gleichstand

Epilog Die Frauen – Klar Schiff

I

Die Ehefrauen

Wahnsinn im
ersten Stadium

1

Annie

Manhattan, diese Glitzertrauminsel, schlief noch in der Dunkelheit vor Morgengrauen. Auf dieser Insel wurden Träume wahr, wurden schal und wieder verworfen, und manchmal wurden sie auch zu Alpträumen. Und gerade jetzt, in einer Mainacht Ende der achtziger Jahre, war es auch eine Insel, auf der viele Frauen allein in ihrem Bett lagen.

Das Schlafzimmer von Annie MacDuggan Paradise war von jener Schlichtheit, zu der vor allem ein erhebliches Maß an Geschmack und Geld gehört. Der Fußboden glänzte ganz altmodisch in einem dunklen Kastanienbraun, was den seidigen Glanz des chinesischen Teppichs besonders gut zur Geltung brachte. Abgesehen von dessen Violett-, Crème- und Saphirtönen und von dem satten Grün der von Annie liebevoll gepflegten Bonsaibäumchen, dominierte diesen Raum das ruhige Austernweiß der stoffbespannten Wände, rohseidenen Vorhänge und Damastbettwäsche. Alles in diesem Zimmer war makellos. Selbst das Feuer in dem hellen Marmorkamin war säuberlich zu einem Häufchen weißer Asche herabgebrannt. Einzig das Bett war zerwühlt, die Überdecke verschoben, Kissen lagen zwischen den Bettüchern und über den Fußboden verstreut.

Das ganze Zimmer zeugte von exquisitem Geschmack und strömte Ruhe aus. Nur ein Stapel Bücher türmte sich unordentlich auf der Marmorplatte des Nachttischs: *Buddhismus und Ökologie: Ein Weg zur Rettung unseres Planeten. Die verletzte Frau. Wenn Frauen zu sehr lieben. Die Symbolik Jungs und das kollektive Unbewußte. Tanz der Wut* und *Die Frauen Japans.* Gleich neben diesem staubbedeckten Stapel stand eine zierliche Kristallvase mit drei zarten Rispen der Cymbidium-Orchidee. Das Telefon neben der Vase klingelte.

Ein schlanker, gebräunter Arm kam unter der Decke hervor und angelte nach dem Hörer. Auch die Hand war schlank und gebräunt, bei genauerem Hinsehen waren jedoch die verräterischen Linien eines gewissen Alters zu erkennen. Sonst glich sie der Hand eines Kindes, mit kleinen Fingern und kurzen, unlackierten Fingernägeln. Die Hand ergriff den Hörer und zog ihn unter die zerwühlte Bettdecke.

»Hallo.« Es kam nur ein Krächzen. Annie räusperte sich. »Hallo.«

»Anne? Hier ist Gil. Gil Griffin.« Es dauerte einen Moment, bis Annie ganz aus der Tiefe ihres Traumes emporgetaucht war, aus dem sie nur ungern aufwachen mochte. Gil Griffin also.

»Hallo, Gil.« Dies konnte kein Höflichkeitsanruf sein, überlegte sie; wann hatte sie das letzte Mal mit Gil Griffin gesprochen? Bestimmt war das schon Jahre her, vor seiner Scheidung von Cynthia. Und ganz sicher hatten sie noch nie morgens um halb sechs – wie sie mit einem Blick auf ihre Armbanduhr feststellte – miteinander telefoniert. Da stimmte etwas nicht.

»Ich brauche deine Hilfe, Anne. Wegen Cynthia. Sie ist tot.«

Annies Verstand sträubte sich. Die Worte und die Art, wie sie gesprochen wurden, paßten einfach nicht zusammen. Da war nicht die geringste Gefühlsregung. Wie bei einem Wetterbericht. Von Kanada rückt eine Kaltfront nach Süden vor. Ihr Verstand begann zu funktionieren.

»Oh, mein Gott! Was ist passiert?« Das war nicht möglich. Cynthia war doch nicht krank. Zumindest hatte Annie nichts davon gewußt oder irgend etwas gemerkt. Cynthia war ja bloß ein Jahr älter als sie selbst. Hatte sie einen Unfall gehabt? Oder zuviel getrunken? Nein, die Trinkerin war ihre Freundin Elise.

»Es war Selbstmord«, antwortete Gil, und einen Augenblick lang brachte Annie überhaupt kein Wort heraus. Währenddessen berichtete er ein paar gräßliche Einzelheiten. Badewanne. Handgelenke. Schon seit fast zwei Tagen tot. »Ich möchte lieber nicht darüber reden.« Seine Stimme klang unbeteiligt. Strichweise Regenschauer im Mittelwesten.

Und dann: »Ich brauche deine Hilfe.«

»Natürlich. Was kann ich für dich tun?« Die automatische Reaktion des braven kleinen Mädchens. Mein Gott. Cynthia ist tot, tot und ich mache auf höflich. Annie schauderte unter den Decken. »Wie kann ich helfen?«

»Die Beerdigung ist morgen früh.«

»Morgen früh? So schnell? Aber man braucht doch Zeit...«

»Könntest du ein paar von ihren Freunden anrufen und es ihnen sagen?« unterbrach er sie. »Ich habe mit ihrem Kreis schon seit einiger Zeit keinen Kontakt mehr.«

»Gewiß doch, ich helfe gerne, aber es ist kurz vor Memorial Day. Die Leute werden früh in die Feiertage fahren wollen. Und...« Sie dachte an ihre eigene Fahrt nach Boston, zur Feier des Studienabschlusses ihres Sohnes. Und Sylvie. Das Packen. Dies waren ihre letzten gemeinsamen Tage. O nein, nicht jetzt. Auch so war diese Woche schon sehr hart. Und nun das. Scham durchzuckte sie, und sie räusperte sich. »Bei einer so kurzen Frist weiß ich nicht...«

»Du wirst das schon machen. Ich bin selbst ganz zu«, entgegnete er tonlos. Sie setzte sich auf. Warum diese Eile? Warum diese grauenvolle Hetze?

»Ist denn an alles gedacht worden? Was ist mit den Blumen und all diesen Sachen? Ich meine...« Ihre Kehle schnürte sich zusammen, Tränen stiegen ihr in die Augen. Sie versuchte, ruhig zu bleiben. »Was ist mit der Ansprache, Gil?«

»Ich habe alles veranlaßt, Anne. Ruf nur ihre Freunde an. Also, in Campbell's Bestattungsinstitut, morgen, zehn Uhr.«

»Um zehn?« Sie schüttelte den Kopf, verstand immer noch nichts. »So schnell? Ich...«

»Tu, was du kannst. Und vielen Dank.« Er hängte ein. Sie war entlassen. Annie hielt weiterhin den toten Hörer in der Hand. Sie vermochte kaum zu atmen. Du Bastard, dachte sie. Du eiskalter Bastard. Langsam legte sie den Hörer auf.

Cynthia hat sich das Leben genommen. Cynthia ist tot. Annie kauerte sich im Bett zusammen, Kälteschauer überliefen sie, trotz der Daunendecke. Nur eine Minute daliegen, in der sicheren Dunkelheit unter der Bettdecke. Spür deine Gefühle, ganz wie Dr. Rosen, ihre Ex-Therapeutin, es empfohlen hatte. Sie streckte sich unter der Decke. Pangor, der Siamkater, kam leise ins Zimmer und sprang zu ihr aufs Bett. Cynthia, die liebe, süße, lustige Cynthia war tot. Es war entsetzlich. Doch seltsamerweise kamen keine Tränen.

Aber Erinnerungen. Cynthia, ihre Freundin im Internat bei Miß Porter. Ihre Zimmergenossin. Sie war so lieb zu ihr gewesen. Als Annie beim ersten Mal abends beim Ausziehen verschämt im Unterhemd dastand, hatte Cynthia sie nicht ausgelacht. Sie hatte ihr einfach einen BH gereicht, sich umgedreht und gesagt: »Besser, du ziehst den an, sonst machen sich vielleicht die anderen Mädchen über dich lustig.«

Sie und Cyn hatten gleichzeitig ihre ersten Liebesaffären gehabt. Cynthias Bruder hatte sie Aaron vorgestellt, und als sie heirateten, war Cynthia ihre Brautjungfer gewesen. Dann hatte Cynthia Gil geheiratet. Und beide hatten sie zur gleichen Zeit eine Tochter bekommen.

Carla, Cynthias Tochter, würde jetzt so alt sein wie meine Sylvie, dachte Annie. Gemeinsam hatten sie ihre Schwangerschaft erlebt. Carla war ein wunderschönes, geradezu perfektes Baby gewesen. Es hatte Annie geschmerzt, als sie sah, wie Carla heranwuchs und sich entwickelte, während es mit Sylvie so langsam ging. Dann, an einem Tag im März, war Carla von einem Wagen angefahren worden, als sie aus dem Schulbus stieg. Wegen ihres heimlichen Neides hatte Annie sich doppelt schuldig gefühlt. Sie hatte sich an der wochenlangen Krankenwache im White Plains-Hospital beteiligt, wo das Kind im Koma dahindämmerte. Hirntod. Mit der Zeit waren die meisten anderen Freunde von Cynthia weggeblieben, aber Annie machte weiter. Sie konnte nicht helfen, aber sie hätte den Gedanken nicht ertragen, daß Cynthia auch von ihr allein gelassen wurde.

Dann, eines Morgens Ende Mai, war Cynthia noch bleicher als gewöhnlich und mit tiefen Schatten unter den Augen, in das sonnige Zimmer getreten. Mit lauter, ausdrucksloser Stimme hatte sie quer durch den Raum zu ihr gesagt: »Er will, daß das Beatmungsgerät abgeschaltet wird. Gil will, daß es zu Ende ist.«

Annie war aufgestanden, und Cynthia sank in ihre ausgebreiteten Arme, legte den Kopf trostsuchend an ihre Schulter. Dann weinte sie, völlig lautlos, aber ihr ganzer Körper bebte und ihre Tränen waren so heiß gewesen, daß es sogar der sonst immer fröstelnden Anne zu warm wurde. Doch rührte sie sich nicht, und sie hatte Cynthia lange, sehr lange in den Armen gehalten. Als Cynthia schließlich zu weinen aufhörte, hatte sie tief Luft geholt, Annie geradeheraus angeblickt und gesagt: »Meine Mutter hat mich nie geliebt.« Auf diese zusammenhanglose Äußerung hatte Annie mit einem Nicken geantwortet, Cynthia hatte die Achseln gezuckt, ein Taschentuch hervorgezogen und sich die Augen getrocknet.

Noch am selben Nachmittag hatte man das Kind vom Beatmungsgerät genommen, und in den frühen Abendstunden war es gestorben. Bald nach der Beerdigung waren die Griffins auf eine Europareise gegangen, um dann kurz nach ihrer Rückkehr ihr Haus zugunsten eines anderen, größeren in Greenwich zu verkaufen.

In der Zwischenzeit waren die beiden Jungs von Annie ins Internat gekommen, und sie war mit Sylvie und Aaron nach Manhattan gezogen. Natürlich traf sie Cynthia bei dem einen oder anderen Lunch oder beim Einkaufen. Irgendwie schien Cynthia verändert. Sie hatte immer weniger gesprochen, und nach ihrer Scheidung von Gil wurde sie noch stiller. Stumme Cynthia.

Und nun war sie tot. Selbstmord. Es war kein Zufall, daß auch Carla Ende Mai gestorben war. Mein Gott, ja! Es war der Jahrestag von Carlas Tod. Sie hätte daran denken müssen. Wie hatte sie sich nur so sehr von ihrer Freundin entfremden können, es nicht ahnen können? Warum galten Verzweiflung und tiefer Schmerz als etwas Beschämendes, das man sogar vor guten Freunden immer verbarg? Stöhnend drehte sie sich auf die andere Seite.

Annie war dreiundvierzig und hielt bei einer für Amerikanerinnen durchschnittlichen Körpergröße von 172 cm seit fünfundzwanzig Jahren ihr Gewicht von 54 kg. Sie war eigen, was ihr Gewicht betraf, wie auch bei einer Menge anderer Dinge: Kleidung, Stadtwohnung, Landwohnung, Bonsais, Literatur und Psychotherapien.

Jetzt ließ sie, ganz so wie ihre Therapeutin ihr geraten

hatte, den Kummer von ihr Besitz ergreifen. Mein Gott, dieser Schmerz. Cynthia. Hätte sie doch angerufen. In der letzten Zeit hatten wir uns nur wenig gesehen. Ich hätte...

Die Tränen kamen, immer stärker strömten sie. Sie schluchzte, schien fast zu zerfließen. Sie zog die Steppdecke übers Gesicht, aber nicht aus Rücksicht auf ihre Tochter, die am anderen Ende des Ganges schlief. Ihr selbst waren solche Laute unerträglich.

Der Schmerz zerriß sie schier. Bilder tauchten vor ihr auf. Das Gefühl von Stahl auf der Haut. Blut, das sich im Badewasser ausbreitet. Es war grauenvoll. Warum habe ich sie bloß nicht angerufen? Oder du mich, Cynthia? Annie lag rücklings auf dem Bett, die Decke über den Kopf gezogen, und spürte, wie ihr die Tränen aus den Augenwinkeln in die Ohrmuscheln liefen. Es kitzelte. Sie mußte sich die Ohren zuhalten. Allmählich ließ ihr Schluchzen nach, die Tränen versiegten. Langsam setzte sie sich auf.

Sie blickte zu den großen Fenstern ihres exquisiten Zimmers, wo sich ein erster Morgenschimmer am Himmel zeigte. Der Tag brach gerade eben an, und sie war vollkommen erschöpft.

Sie warf die Decke beiseite und stand auf.

Unten begann die Stadt eben erst aufzuwachen. Noch blinkten die Lichter von Queens auf der anderen Seite des grauen Flusses herüber, ganz wie in einem Märchenland. Dabei war Queens ein schäbiges Viertel, wie Annie von ihren Fahrten zum Flughafen wußte. Die Dinge waren nicht immer so, wie sie schienen. Vom Fenster ihres Penthouses aus konnte sie einige Jogger sehen, die noch vor Morgengrauen ihre einsame Strecke auf regennassen Wegen liefen. Eine ganze Woche war es nun schon jämmerlich naß und kühl gewesen. Grau in Grau, wie der Tod. Sie schlang die Arme fest um ihren Oberkörper und wandte sich ab.

Wie kommt man über den Tod der besten Freundin hinweg? fragte sie sich, als sie ins Badezimmer ging. Nun, sie würde ihren üblichen Tagesablauf einhalten, sich mit etwas beschäftigen. Da war so viel zu erledigen. Sie würde Brenda und Elise anrufen müssen und alle Freunde von Cynthia, die ihr nur einfielen. Doch wer gehörte dazu? Annie mußte sich eingestehen, daß sie nur selten die alten gemeinsamen Bekannten traf. Eigentlich waren es nur noch Brenda Cushman, die nie so ganz dazugehört hatte, und Elise Elliot Atchison, mit denen sie in Kontakt geblieben war. Einzig Cynthia war ihr eine echte Freundin gewesen, in einer Stadt, in der Freundschaft sonst nur darauf basierte, wen man kannte, mit wem man verheiratet war, wie reich jemand war und was man erreichen konnte.

Als Annie wieder aus dem Bad kam, eingehüllt in einen beigen Frotteemantel, das Haar feucht gelockt, sah sie mitgenommen aus, mit Flecken im Gesicht und geröteten Augen. Sie schüttelte den Kopf als sie ihrem eigenen Spiegelbild begegnete, hielt sich aber nicht weiter damit auf und verließ ihr Schlafzimmer. Vorbei an der Tür von Sylvies Zimmer, die jetzt noch schlief und in wenigen Tagen nicht mehr hier sein würde. Dann würde Annie nicht nur einen Verlust zu betrauern haben, sondern zwei.

Doch jetzt war keine Zeit, weiter an Cynthia zu denken. Zuviel war zu tun. Es galt keine Zeit zu versäumen. In der makellosen gekachelten Küche ging sie zu dem Einbautisch in der Ecke am Fenster, wo sie ihre Schreibarbeiten erledigte. Nichts Besonderes. Bislang hatte sie nur zwei Bücher mit Kurzgeschichten veröffentlicht. Eines davon kurz vor ihrer Hochzeit, das andere danach und beide lang bevor die Kinder gekommen waren. Doch waren Aaron und ihre Familie ein schöner Ausgleich gewesen. Seiner Meinung nach war das dritte Buch nicht gut genug, um veröffentlicht zu werden. Wahrscheinlich hatte er recht. Trotzdem bewahrte sie das Manuskript immer noch in einer der Tischschubladen auf. Aus einer davon nahm sie jetzt ihr umfangreiches Telefonverzeichnis. Annie seufzte, und mit einem Mal war ihr nach einer Tasse guten starken Kaffees zumute, mit einer Menge Zucker. Nein, das war ungesund. Statt dessen setzte sie einen Kessel Wasser für Tee auf und setzte sich an ihren Schreibtisch.

Zuallererst würde sie Brenda anrufen, ihre beste Freundin hier in New York. Sie war witzig, zuverlässig und ehrlich, allerdings manchmal nicht besonders feinfühlig. Trotzdem würde der Anruf Annie beruhigen und wieder ins Lot bringen. Sie schaute auf ihre goldene Cartier-Panther, die sie niemals ablegte. Es war gut, immer die Zeit zu wissen. Jetzt war es Viertel vor sieben. Es war ihr sehr unangenehm, Brenda dies antun zu müssen, denn anders als sie selbst pflegte Brenda manchmal bis mittags zu schlafen, und es war abgemacht, daß Annie niemals vor elf Uhr anrief. Aber darauf konnte sie jetzt keine Rücksicht nehmen. Annie gab den Speichercode ein, und es dauerte eine ganze Weile, bevor der Hörer abgehoben wurde.

»Zum Teufel, wer ist dran?« Brendas Stimme klang immer etwas heiser, aber zu dieser Tageszeit war es ein regelrechtes Knurren.

»Ich bin's. Es tut mir leid, daß ich dich geweckt habe, aber...«

»Es wird dir noch viel mehr leid tun. Wie spät ist es überhaupt? Himmel, noch nicht mal sieben. Deine einzige Rettung wäre, daß es sieben Uhr abends ist und ich durchgepennt habe.«

»Brenda, wenn es nichts Ernstes wäre, würde ich nicht anrufen.«

»Bist du durcheinander, weil Sylvie abreist? Ist es das?«

»Nein, nein. Cynthia Griffin ist gestorben.«

»Wer?«

»Cynthia Griffin. Du weißt doch, Carlas Mutter.« Brendas Sohn Tony war für kurze Zeit mit Carla in einer Klasse gewesen.

»Scheiße. Nun, es ist schon blöd, wenn jemand stirbt, aber weshalb rufst du mich an? Um sechs Uhr morgens?«

»Das Begräbnis ist morgen vormittag.«

»Mein Gott, woran ist sie gestorben, an der Pest? Oder warum hat man es so eilig, sie unter die Erde zu bringen?«

»Sie hat sich umgebracht, Brenda, vor zwei Tagen. Man hat sie erst gestern gefunden. Es muß ein schlimmer Anblick gewesen sein.«

»Mein Gott.« Für einen Augenblick sagte Brenda nichts weiter. »Dann hat sie also den Mumm gehabt, mit allem

Schluß zu machen, mmh? Das erstaunt mich, sie war so ein kalter, hochnäsiger Typ.« Annie mußte an die heißen Tränen Cynthias denken, damals im Krankenhaus. Manchmal war Brenda absolut unmöglich. Ein Snob, der seine echten Gefühle ständig hinter witzigen Bemerkungen versteckte.

»Gehst du hin oder nicht?«

»Klar werde ich gehen. Wo ist es und wann?«

»Um zehn in Campbell's Bestattungsinstitut.«

Brenda stöhnte: »Gil kann's nicht abwarten, sie einzubuddeln, was? Ein mieser Typ.«

»Ich werde Hudson anrufen, damit er mich fährt. Wenn du willst, hole ich dich um neun Uhr ab.«

»Mein Gott, Annie, man braucht keine Stunde, um zehn Straßen weit zu fahren, nicht mal in Manhattan. In dieser Woche sieht es hier eh wie in einer Geisterstadt aus, wegen *Memorial Day*. Und vor Champbell's gibt es keinen Check-in wie auf'm Flughafen. Zehn reicht. Dann kommen wir angemessen spät.«

Annie seufzte. »Ich hol' dich um halb zehn ab. Laß mich nicht warten. Jetzt muß ich mit den anderen weitermachen.«

»Welche anderen?«

»Gil hat mich gebeten, es einigen Leuten mitzuteilen.«

»Mit nichts läßt sich besser sparen als mit knappen Fristen.«

»Oh, das ist bestimmt nicht seine Absicht.«

»Wetten, daß?«

»Bei so einem Vorfall ist es doch am besten, wenn so wenig Aufhebens wie möglich gemacht wird.«

»Wirst du Aaron anrufen?«

In Annies Brust begann etwas zu kribbeln. »Ich hab nicht dran gedacht.« Sie überlegte. Man sollte es ihm sagen. Er würde kommen wollen. Obgleich er Cynthia immer für oberflächlich gehalten hatte, hatte er sie gemocht. Übermorgen würde Annie ihren Exmann bei der Abschlußfeier ihres Sohnes in Harvard treffen. Sie hatte gehofft, daß es ein glückliches Ereignis werden würde, daß sie vielleicht... Sie überlegte, ob sie ihn jetzt anrufen sollte. Doch womöglich würde eine andere Frau den Hörer abheben.

»Ich ruf ihn an deiner Stelle an«, schlug Brenda vor, die Annies Zögern spürte.

»Würdest du das tun?«

»Aber klar. Es wird mir ein Vergnügen sein, diesen Schlappschwanz zu so früher Stunde hochzubringen.«

Brenda nahm es Aaron übel, daß er Annie verlassen hatte, aber Annie wollte so weit nicht gehen. Und im geheimen hegte sie immer noch Hoffnungen. Vielleicht würde Cynthias Tragödie sie ja wieder zusammenbringen.

»Dank dir, Brenda. Also bis morgen, halb zehn. Schlaf weiter.«

Sie legte auf und ging hinüber, um den Kessel vom Herd zu nehmen. Als nächstes wäre Elise anzurufen, aber dazu hatte sie keine Lust. Und dann all die anderen Anrufe. Außerdem waren da noch die letzten Sachen für Sylvie einzupacken und Beruhigungspillen für den Kater zu besorgen. Sie mußte überlegen, welche Kleider sie für die Examensfeier mitnehmen wollte und was sie für eine Übernachtung brauchte. Dann mußte sie überlegen, was sie zur Beerdigung anziehen sollte. Sie würde Aaron treffen. Abermals verspürte sie ein Flattern in ihrer Brust. Wie eitel war das doch alles. Als ob es darauf ankäme, wie sie aussah. Cynthia war tot. Aber trotzdem. Sie würde Aaron wiedersehen. Vielleicht sogar mit ihm ein paar Worte wechseln. Oder gar zusammen weinen. Sie sehnte sich nach Aaron, nach Trost. Aber Aaron war ihr immer noch böse, wegen Sylvie. Weil sie sie in dieses Sonderschul-Internat brachte. Obwohl er seine Tochter nicht gerade oft besucht hatte, seitdem er ausgezogen war, wollte er nicht, daß sie außer Haus kam.

Annie schaute hinüber zu dem nett angerichteten Frühstück, das sie schon am Vorabend für sich selbst und Sylvie gedeckt hatte. Und jetzt war Cynthia gestorben.

Annie merkte, daß sie immer noch den Kessel in der Hand hielt. Plötzlich stellte sie ihn auf den Herd zurück, öffnete entschlossen den Kühlschrank und suchte das Pfund Kaffee hervor, das sie immer noch aufbewahrte. Sie würde sich eine ordentliche Tasse machen. Schließlich war sie allein, und niemand war Zeuge ihres Schwachwerdens. Einer der wenigen Vorteile, die einer allein gelassenen Frau blieben.

Das Gefühl der Einsamkeit traf sie so unvermittelt, daß sie sich am Kühlschrank festklammern mußte. Sie dachte daran, wie sie hier gestanden und Aaron seine gepackten Sachen am Lieferanteneingang deponiert hatte. »Ich nehme nur diese Sachen mit und lasse den Rest unten abholen«, waren seine Worte gewesen, und Annie hatte schweigend genickt.

»Ich werde für eine Weile im Carlyle bleiben. Du kannst mich tagsüber im Büro erreichen.« Wieder hatte sie genickt, stumm, vor lauter Gram und Verwirrung unfähig, auch nur zu denken.

»Laß uns versuchen, uns gegenseitig etwas mehr Freiraum zu gönnen, okay?«

»Freiraum ist das letzte, was ich brauche«, hatte sie entgegnet und selbst gemerkt, wie verloren sie sich anhörte.

Er hatte sie freundlich angeschaut, denn im Grunde war Aaron ein freundlicher Mensch. »Schau nicht so tragisch drein, Annie. Auch das wird vorübergehen.« Und dann war er fort.

Er hatte gesagt, es würde nur eine zeitweilige Trennung sein, aber das war gelogen. Aaron – ihr Kamerad, ihr Liebster, der gute Vater ihrer Söhne, der Mann, dem sie vor allen anderen ihr Vertrauen geschenkt hatte – er war fortgegangen. Die Erinnerung war wie ein Hieb.

Allein stand sie in ihrer makellos schimmernden, leeren Küche, bis das Gefühl nachließ. Wieder dachte sie an Dr. Rosen, die über drei Jahre lang ihre Therapeutin gewesen war und die so abrupt die Behandlung abgebrochen hatte. Sollte sie nicht doch anrufen und sie bitten, ihr gerade jetzt beizustehen? Aber Frau Dr. Rosen hatte sie verletzt, sie eine ›abhängige Persönlichkeit‹, eine ›Märtyrerin‹ genannt, und obwohl Annie ihr darin bis zu einem gewissen Grad recht gab, hatte sie den Wunsch, die Therapeutin zu widerlegen.

Annie kniete nieder, um Pangor zu streicheln. »Hast du Hunger, Baby?«

Sie öffnete eine Dose von seinem Lieblingsfutter. Wenn sie sich Mühe geben würde mit ihrem Make-up und früh zur Beerdigung käme, würde sie Aaron treffen können. Die Scheidung war gerade erst gewesen. Trotz dieser Trennung, trotz ihres Streits wegen Sylvie wäre es doch möglich, daß er genauso unglücklich war wie sie. Auch wenn er nicht gerade unglücklich geklungen hatte, als er sie vor zwei Tagen wegen der Abschlußfeier angerufen hatte. Aber dieses neue Ereignis könnte eine Erschütterung auslösen. Vielleicht würden sie sich dann endlich aussprechen. Er würde sich erinnern, wie wunderbar es gewesen war. Vielleicht würde das Begräbnis ihre Vergangenheit wiederbeleben, wiederbringen, was wert war, bewahrt zu werden. Vielleicht.

Annie gehörte zu den Frauen, die meinen, daß man aktiv sein muß, und in gewisser Weise tat ihr das auch gut. Sie war gesund und attraktiv. Sie hatte sich gut verheiratet, drei Kinder geboren und großgezogen, feste Freundschaften gepflegt, eine Menge wohltätiger Dienste geleistet, eine Trennung überlebt, ein perfektes Heim geschaffen und sich ein elegantes, komfortables Leben in der teuersten und womöglich schönsten Ecke der Upper East Side von Manhattan eingerichtet. Immer noch drehten sich die Männer nach ihr um, obwohl ihre Reize eher subtil als umwerfend waren. Trotzdem war sie allein, und ihr Mann hatte sie verlassen. Das Problem lag darin, daß Annie, genau wie Cynthia, die erste Ehefrau gewesen war.

2

Campbell's

Wahrscheinlich sind die Hälfte aller begüterten WASPs von Manhattan und nahezu alle jene, die Rang und Namen haben, bei Campbell's bestattet worden. Darüber hinaus war es das zweite Zuhause für die Paparazzi, die hier darauf lauerten, die trauernden Hinterbliebenen zu fotografieren (sofern es sich um einen prominenten Verstorbenen handelte), um sich anschließend an Kaffee und Gebäck gütlich zu tun (beides war in den Begräbniskosten inbegriffen).

Asche zu Asche. Staub zu Staub. Da wären wir mal wieder, dachte Larry Cochran und stellte seine Kamera ein. Die Käufer der Sensationsblätter waren geradezu versessen auf diese abgehärmten Gesichter auf den Bildern.

Heute aber war nichts Berühmtes zu erwarten. Daß Larry Cochran trotzdem gekommen war, lag daran, daß er nichts Besseres zu tun hatte und daß er den Gratis-Imbiß gut gebrauchen konnte. Schnell machte er eine Bestandsaufnahme von der Szenerie, um endgültig jede Hoffnung auf einen Treffer aufzugeben. Irgend so eine Hausfrau aus Connecticut, von der noch nie jemand etwas gehört hatte. Typisch. Seine Pechsträhne hielt nun schon seit Wochen an.

Es folgte ein kurzer unverbindlicher Austausch mit Bob Collechio, der die Speisen und Getränke lieferte, wobei Larry bestrebt war, sich nicht anmerken zu lassen, wie sehr er nach dem Kuchen gierte. Sein Presseausweis würde im Juni ablaufen, und wenn er nicht bald ein paar gute Fotos bringen würde, saß er demnächst nicht nur absolut ohne jeden Pfennig, sondern auch ohne unerläßliche Papiere da. Jedes Mal war er aufs neue erstaunt, daß alles immer noch schlimmer kommen konnte.

»Na, gibt's was Neues?« fragte er Bob Collechio.

»Na ja, das hier war 'ne ganz nette Sache. Sie hat sich selbst abgetan. Schnippel, schnippel. Das Dienstmädchen hat sie zwei Tage später gefunden, ganz und gar ausgelaufen, in der Badewanne. War nicht mehr nötig, sie leerzupumpen vor dem Einbalsamieren. Hoffentlich legt es dieser ausgemachte Schweinehund von Exmann nicht auf einen Preisnachlaß an. Das war eine fixe Sache. Gestern gebracht und heute schon in die Erde.«

Diese Worte ließen Larry innerlich zusammenzucken, insbesondere die Vorstellung von der blutigen Badewanne. Er war ein visueller Typ. Die Fähigkeit, Dinge zu sehen, die andere beschrieben, war eine Hilfe für einen Fotografen. Allerdings wurde dadurch sein Innenleben manchmal auch wieder allzu bunt.

»Und warum diese Hetze?«

»Tja, sie war die erste Frau von so 'nem großen Wall-Street-Hai, und jetzt hat er sich seine Neue schon in der Park Avenue bereitgelegt, da kann ich mir vorstellen, daß er keinen Wert legt auf großes Trara und so. Klar? Ist nicht gut fürs Geschäft, wenn man sich die weibliche Kundschaft vergrault.« Er lachte blechern.

»Und wie heißt sie?« Es war ein Schuß ins dunkle, aber vielleicht traf er ja doch etwas.

»Griffin.«

»*Gil Griffin* etwa? Die erste Frau von Gil Griffin?« Da könnte sich was draus machen lassen. Jeder kannte Gil Griffin. Er war der Barracuda unter all den Unternehmensschluckern, einer von den ganz Großen. Und er hatte Stil. Nicht so wie Boesky oder Milken. Viel diskreter. Jedenfalls bis zu dem Skandal mit der Leiterin seiner Finanzabteilung, der mit dem Pferdegesicht und dem traumhaften Körperbau. Monatelang hatte er dergleichen in der Presse dementiert, von seinem Zuhause und seiner Frau gesprochen. Aber sobald er nicht mehr unter Druck gestanden hatte, hatte er sich scheiden lassen und die andere geheiratet. Nach einem kurzen Aufflakkern war das Interesse an der Affäre vergangen, und jetzt konnte Larry sich nicht einmal an den Namen der Finanzleiterin noch an den von Gils erster Frau erinnern. Sein Namensgedächtnis war miserabel, aber an Gesichter erinnerte er sich bestens. Wie konnte es auch anders sein bei einem Fotografen? Er schaute auf die Anschlagtafel über Bobs Kopf: Cynthia Griffin. »Danke für den Tip. Ich werde mich doch mal umschauen.«

Wie gut der Tip war, zeigte sich wenige Augenblicke später, als ein großer schwarzer Wagen vorfuhr und Elise Elliot Atchison ausstieg. Natürlich erkannte Larry *sie* sofort. Dieses Gesicht würde er überall erkennen. Sie trug ein dunkelblaues Kostüm mit einer cremefarbenen Bluse, die endlos langen Beine in seidenschimmernden Strümpfen, passend zu den schlichten beigen hochhackigen Pumps. Ihr in verschiedenen Blondtönen changierendes Haar war zurückgenommen und am Hinterkopf geflochten. Eine riesige Sonnenbrille verbarg ihre Augen, ein dunkelblaues Chiffontuch umhüllte locker ihre Frisur.

Gerade vor einer Woche hatte Larry einen ihrer alten Filme gesehen, *Gang ins Dunkel.* Jetzt hob er die Kamera, aber er hatte so lange gezögert, daß er sie verpaßte. Das war ihm schon lange nicht mehr passiert. Er merkte, daß er geradezu begeistert war. Und das nicht etwa, weil sich das Foto verkaufen lassen würde, sondern weil er wirklich beeindruckt war. Er, Larry Cochran, Presseschnüffler und Möchtegern-Filmemacher, war beeindruckt. Sie mußte jetzt so fünfundfünfzig, sechzig sein. Gleich nach Grace Kelly war sie groß herausgekommen, sozusagen als ihre Nachfolgerin. Wie alt sie auch sein mochte, Elise Elliot war immer noch eine Schönheit. Larry fragte sich kurz, in welcher Beziehung sie zu Cynthia Griffin gestanden haben mochte. Zu schade, daß er das Foto verpatzt hatte, aber er würde warten und sie beim Herauskommen abpassen.

Elise Elliot war wirklich eine der Großen gewesen. Wenn das alte Studiowesen nicht zusammengebrochen wäre, hätte sie ein großer Hollywood-Star werden können und nicht bloß eine interessante Randfigur. In einer Zeit wenig herausragender Darstellerinnen war sie eine intelligente Schauspielerin gewesen, deren Eleganz mit ihrer sinnlichen Ausstrahlung kontrastierte. Sie verfügte über beides, und als sie von Hollywood weg nach Frankreich gegangen war, um Filme mit niedrigen Budgets und unbekannten Regisseuren zu machen, hatte man sie für verrückt erklärt. Sie hatte es allen gezeigt. Einige wunderschöne Klassiker waren damals entstanden, und vor nun zirka zwanzig Jahren hatte sie sich aus dem Filmgeschäft zurückgezogen. Sie war einfach verschwunden, hatte irgendeinen erfolgreichen Geschäftsmann geheiratet. Verdammt, wie hieß der Typ denn noch? Atkins oder so ähnlich. Ein Niemand. Dabei hatte sie mit Chabrol gearbeitet, mit Gérard Artaud und all den anderen Größen. Larry hatte jeden ihrer Filme mindestens ein Dutzend Mal gesehen, aber noch nie sie selbst. Er brauchte tatsächlich einige Augenblicke, um wieder ganz zu sich zu kommen und sich weiter umzuschauen. Wer würde sonst noch auftauchen?

Zwei Frauen kamen auf ihn zu. Er überlegte, wer sie sein mochten. Vielleicht war das hier eine Versammlung von Stars einer gewissen Epoche. Die eine von ihnen war außergewöhnlich dick, in eine Art schwarzen Poncho gehüllt, mit Rüschen oder so etwas ähnlichem. Manche hatten wirklich keine Spur von Geschmack, so wie die große Liz. Aber nein, die hier gehörte nicht dazu. Auch nicht die andere, eine attraktive Brünette. Nun ja, aber ein Foto vom trauernden Gil Griffin könnte vielleicht was bringen. Er wartete. Warten war er gewohnt. Es war sein Job.

Im Bestattungsinstitut begaben sich Annie Paradise und Brenda Cushman zu Raum D. Trotz der Kerzenleuchter und der gedeckten Farben vermittelten die vielen Räume und die Anschlagtafeln an jeder Tür den Eindruck einer Kantine. »Nicht besonders pietätvoll«, flüsterte Brenda. Annie bat sie, still zu sein. Sie selbst empfand Trauer und Leere.

»Ach, wen sollte ich schon stören? Cynthia? Gil, dieses Dreckstück? Er kann mich mal.«

»Brenda, benimm dich, oder ich setze mich wirklich woanders hin.«

»Ist ja schon gut. Aber ich bin keine Heuchlerin. Cynthia und ich waren nie befreundet. Sie war hochnäsig zu mir, so wie all die anderen Frauen in Greenwich. Nur du bist nett zu mir gewesen. Und du bist die einzige dünne Frau, die ich ertragen kann. Wärst du auch noch blond, wäre es nichts mit uns geworden.« Sie hielt inne und zog die Augenbrauen hoch. »Apropos dünne, reiche, blonde Zicken: Schau mal, wer da kommt.«

Annie wandte sich um und sah ihre andere Freundin, Elise Atchison auf sie zukommen.

»Annie!« Elise hauchte ein angedeutetes Küßchen in die Luft neben Annies Wange. »Ist das nicht schrecklich?« Elise sah noch blasser aus als sonst, die delikaten Züge leicht gedunsen, mit einem Anflug von Schatten unter den Augen. »Ich konnte Bill heute morgen nicht erreichen. Er wird es also nicht schaffen.«

»Hallo«, sagte Brenda laut. »Brenda Cushman.« Elise nickte ihr zu und meinte zu Annie gewandt: »Es fängt an.«

Die drei Frauen betraten Raum D, Elise als erste, Brenda folgte, und dann Annie, die ihnen die Tür aufgehalten hatte. Brenda hatte kaum durch den Türrahmen gepaßt, und zum zigtausendsten Mal wünschte sich Annie, daß es ihr gelingen möge, Brenda zu überreden, sich den Anonymen Übergewichtigen anzuschließen oder eine andere Therapie zu beginnen, um ihr Gewicht zu reduzieren. Sie hatte ihr ein Exemplar von *Hunger nach Liebe: Frauen und Eßzwang* gegeben. Brenda hatte nichts gesagt, sondern ihr ein Exemplar von *Übergewicht – ein feministisches Argument* geschickt.

Raum D war nur zur Hälfte besetzt. »Sagte ich doch, daß wir zu früh sind«, zischte Brenda, dabei war es bereits fünf nach zehn. Annie hatte einen Bonsai-Buchsbaum mitgebracht, den sie selbst gezogen und den Cynthia sehr bewundert hatte. Aber sie wußte nicht so recht, wo sie ihn hinstellen sollte, auf jeden Fall jedoch neben den Sarg. Die Leere verstärkte jedes Geräusch. Schließlich folgte sie Elise und Brenda in eine der Sitzreihen.

Sie spürte wie viele Liebenden, daß Aaron sich im Raum befand. Vorsichtig blickte sie sich um. Ja, dort stand er, auf der anderen Seite, ziemlich weit vorne. Ihr Herz schlug schneller. Unter Millionen würde sie seinen Rücken erkennen: an seinem dunklen, stets glänzenden Haar, an seinem starken, rosig-braunen Nacken. Sogar von hinten sah Aaron so viel vitaler, lebendiger aus als andere Menschen.

Es machte nichts, daß er sie verlassen hatte. Es machte noch nicht einmal etwas aus, daß er die Scheidung gewollt hatte. Liebe war nicht einfach abzudrehen wie ein Wasserhahn. Sie konnte wohl lernen – und hatte es gelernt –, ohne ihn auszukommen, aber sie konnte nicht aufhören, ihn zu lieben. Noch immer machte sie sich Hoffnungen. Das war beschämend und ihr Geheimnis, aber es war die Wahrheit. Sie schaute zu Brenda und Elise neben ihr. Erstere war geschieden und letztere wurde von ihrem Mann regelrecht vernachlässigt. Alles einsame Frauen. Wie Cynthia.

Ein paar andere Frauen hatten sich noch eingefunden. Die eine oder andere kannte Annie. Außer einem weiteren Herrn schien Aaron der einzige Mann unter den Anwesenden zu sein. Doch da kam noch jemand. Annie erkannte einen der Partner aus der Anwaltskanzlei von Cromwell Reed, einem alteingesessenen Unternehmen, das seit Generationen die Interessen von Cynthias Familie vertreten hatte. Auch dies Erscheinen heute – eine rein geschäftliche Angelegenheit. Alles in allem waren sie ungefähr ein Dutzend, die sich im Raum verteilten.

»Wo bleibt der Scheißkerl?« Einen Augenblick lang glaubte Annie, Brendas geflüsterte Frage bezöge sich auf Aaron. Mit einem Kopfnicken wies sie in seine Richtung.

»Der doch nicht. Ich meine den von Cynthia.« Tatsächlich. Auch Annie begann sich zu fragen, wo Gil blieb. Vielleicht wartete er im Nebenraum, um gleich die Ansprache zu halten. Der Sarg stand vorn auf einer drapierten Bahre. Es gab nur ein einziges Blumenarrangement, und das aus roten Rosen. Wie scheußlich. Cynthia hatte rote Rosen nie leiden können. Warum habe ich mich nicht wenigstens darum gekümmert, dachte Annie. Eigentlich hätte Cynthias Familie hier etwas mehr tun können.

Aber wer war eigentlich noch übrig von ihrer Familie? Es gab keine Eltern mehr, keine Kinder, keine Ehe. Außer Stuart Swann, Cynthias Bruder. Wo war er? Auch wenn beide schon seit längerem keinen Kontakt mehr miteinander gehabt hatten, würde er Cynthia diesen letzten Liebesdienst erweisen wollen. Immerhin wußte er, was sich gehörte. Annie erinnerte sich an Cynthia und ihre Bemerkung damals im Krankenhaus: »Meine Mutter hat mich nie geliebt.« Vielleicht überhaupt niemand. Tränen stiegen in Annies Augen. Alles war so schrecklich sinnlos.

Und wieder überkam sie das Gefühl der eigenen Einsamkeit. Cynthia fehlte ihr, sie sehnte sich nach ihren beiden Söhnen, und sie sehnte sich nach Aaron. Und bald würde ihr auch Sylvie fehlen. Dabei hatte sie geglaubt, sie hätte den Trennungsschmerz überwunden und angefangen, die Tatsachen zu akzeptieren. Und nun hatte Cynthias Tod wieder alles aufbrechen lassen.

Annie schaute auf, ein alter weißhaariger Mann in einem dunklen Talar war aus einer Seitentür getreten und hatte das Podium bestiegen. Sogleich begann er mit einer seinem klerikalen Aussehen angemessenen Ansprache: Die Tage des Menschen sind wie der Sand im Stundenglas, das Heil Gottes und unsere guten Werke werden uns überleben. Keine Erwähnung Cynthias, ihrer Großherzigkeit, nichts von Carla, Cynthias Name fiel nur ein einziges Mal. Ansonsten war es nur »die Verblichene«. Hatte er Angst, sich zu versprechen? Aber gewiß würde Gil noch ein paar persönliche Worte sprechen. Auch wenn die Scheidung eine unerfreuliche Angelegenheit gewesen war – er würde schon etwas sagen können.

Erst als die Ansprache mit dem Vaterunser beendet wurde, erkannte Annie, daß Gil weder im Nebenraum noch sonst überhaupt anwesend war. So muß es Cynthia immer gegangen sein, dachte Annie. Gil war tatsächlich so kalt und gefühllos wie der Eindruck, den er machte.

Einen schrecklichen Augenblick lang fragte sie sich, ob Aaron sich ebenso um *ihr* Begräbnis drücken würde. Immerhin war sie die Mutter seiner Kinder. Sie schüttelte den Kopf, allmählich wurde sie morbid. Sie hatte wenigstens die Kinder und ihre Freundinnen. Und Aaron? Sie suchte ihn mit den Blicken. Er müßte doch wenigstens noch *etwas* für sie empfinden. Er war nie gemein zu ihr gewesen, hatte sie nie gedemütigt. Arme Cynthia. Wie konnte Gil sich nur so gemein und schäbig verhalten? Und sie hatte ihm dabei auch noch geholfen. Gil hatte sie benutzt, um ein paar Leute zusammenzubringen und dann seine Hände in Unschuld zu waschen. Cynthia war entsorgt. Wie Müll.

Nach der Feier kam eine kurze Durchsage: »Die Verstorbene wird zum City of Angels-Friedhof in Greenwich überführt. Wer am Begräbnis teilnehmen möchte, wird gebeten, sich wegen einer Mitfahrgelegenheit zu melden.« Elise schüttelte den Kopf. Annie schaute Brenda an. »Auf keinen Fall«, war hier die Reaktion. Nervös zerknüllte Annie ihr feuchtes Taschentuch. Es war noch so viel für Sylvies Abreise vorzubereiten. Jeder Moment, der ihr noch mit ihrer Tochter blieb, war ihr so kostbar. Und außerdem schauderte ihr vor Begräbnissen. Aber wer würde Cynthia auf ihrem letzten Weg begleiten? Annie erhob sich mit den übrigen und drängte auf den Ausgang zu. Sie tupfte ihre Augen trocken und hoffte, daß es nicht gar zu offensichtlich war, daß sie vorhatte, Aaron noch abzufangen. Er schien schon fort zu sein, aber nein, er wartete in der Vorhalle. »Hallo, Annie! Ist das nicht furchtbar?« Er sah blaß und mitgenommen aus.

»Ja, ganz furchtbar.« Sie wünschte, er würde ihre Hand nehmen und sie festhalten, aber er begnügte sich mit einem Kopfschütteln. Wortlos blickten sie einander an, und Annie erinnerte sich, wie schwer sich Aaron immer mit Verlusten getan hatte.

»Sie ist nie wirklich glücklich gewesen«, meinte er.

Für einen Augenblick spürte Annie Ärger in sich aufsteigen. Warum, verdammt noch mal, glaubten die Leute immer, daß sich ein Leben in einen Satz pressen ließe, dazu noch in einen dermaßen trivialen?

»Ist das denn überhaupt jemand?« gab sie patzig zurück, innerlich hoffend, daß Aaron sich wenigstens die Bemerkung, daß es ›so das beste für sie‹ sei, verkneifen würde.

»Alex jedenfalls scheint glücklich zu sein. Er hat seine letzte Klausur überstanden.«

»Hast du ihn gesprochen?« Alex, ihr Ältester, hatte sie letztes Wochenende nicht angerufen. Es war sein Wunsch gewesen, daß Sylvie nicht zu seiner Abschlußfeier kommen sollte. Das hatte Annie verletzt. Aber Aaron war erleichtert gewesen. Einzig Chris, ihr zweiter Sohn, sah das Besondere in Sylvie.

»Hat gestern abend angerufen. Er freut sich auf morgen.«

»Ich auch.« Annie brachte ein Lächeln zustande. Immerhin würde sie mit Aaron zusammen in Boston sein. Vielleicht daß dort... Wenn sie doch jetzt nur ein paar freundliche Worte füreinander finden würden, wenn es nur das kleinste Anzeichen gäbe, daß er noch etwas für sie empfand.

»Wann fährt Sylvie?«

»In drei Tagen.«

»Du willst es dir nicht doch noch einmal überlegen? Weißt du, diese Internate, sie sind einfach entwürdigend. Die Kinder werden dort geschlagen, mißbraucht. Sie wird dort nur zum absoluten Pflegefall.«

»Bitte, Aaron. Hier handelt es sich doch nicht um ein staatliches Internat, sondern um eine private Institution. Wir haben darüber doch oft genug gesprochen.«

»Du könntest dir noch eine zusätzliche Hilfe nehmen. Ernesta reicht eben nicht aus.«

»Darum geht es doch nicht. Ich brauche keine weitere Hilfe, Aaron. Es geht um Sylvie. Sie braucht den Umgang mit Menschen wie sie. Sie ist so einsam, so isoliert.«

»Das ist doch lächerlich. Sie ist doch dauernd mit dir zusammen.« Er klang verbittert. Annie seufzte: »Das ist es ja eben. Sie ist viel zu abhängig von mir.« Und ich vielleicht von ihr, dachte sie. Wie werden meine Tage ohne sie sein?

»Ja natürlich.« Wie gut sie diesen Tonfall kannte. Er war verletzt. O Gott, das hatte sie nun wirklich nicht gewollt.

»Ich muß zurück ins Büro.« Damit wandte er sich zur Tür, ohne ein weiteres Wort, ohne einen Trost.

Männer sind einfach emotionale Krüppel! Annie schaute Aaron nach, und dabei erblickte sie eine Art Kondolenzreihe mit Gil Griffin, Händeschütteln. Sie zitterte. Wie konnte er nur? Wie konnte Aaron...? Sie alle...

»Für so ein heuchlerisches Reptil ist das alles ganz einfach.«

Brenda hatte genau dasselbe empfunden. Völlig niedergeschlagen ging Annie mit den übrigen hinaus. Ein Treffen mit

Gil war das letzte, wonach ihr zumute war. Nein, das allerletzte wäre die Fahrt zum Friedhof. Der Anblick von Gil war schlimm genug, aber vielleicht auch wieder nicht. Gab es vielleicht einen triftigen Grund für sein Nichterscheinen bei der Gedenkfeier? Jetzt noch aufzutauchen, war eine Farce, eine Beleidigung. Aber nun würde er Cynthia auf ihrem letzten Gang begleiten.

Ehe sie es verhindern konnte, hatte Gil ihre Hand ergriffen. »Anne, ich danke dir.« Elise, die hinter ihr ging, verschränkte ihre Hände noch rechtzeitig hinter ihrem Rücken und ließ es bei einem »Hallo, Gil« bewenden.

»Möchtest du, daß ich zusammen mit dir zum Friedhof fahre?« Und wieder bin ich ganz das brave Mädchen. Auch wenn es sie diesmal wirklich hart ankam.

»Oh, Greenwich kann ich jetzt wirklich nicht mehr schaffen.«

»Was?« Sogar Brenda schien geschockt.

»Ich schaffe es einfach nicht. Ich habe doppelte und dreifache Termine. Es war schwierig genug für mich, überhaupt zu kommen.«

»Offensichtlich«, entgegnete ihm Annie kühl. »Du hast es nicht rechtzeitig zur Gedenkfeier geschafft, und nun kommst du nicht einmal zum Begräbnis?«

»Das geht dich nun wirklich nichts an«, entgegnete er gemessen und schickte sich an zu gehen.

»Bitte, Gil, komm doch mit zum Friedhof. Für Cynthia.«

Er hielt kurz inne und schaute spöttisch auf sie herab, den Kopf leicht zur Seite geneigt, wie ein Vogel. Ein unbarmherziges Lächeln spielte um seinen Mund. »Das ist ihr gleichgültig. Sie ist tot, wie du weißt.« Damit ging er davon. Das Atmen wurde Annie schwer. Sie zitterte.

Als Brenda und Elise sie verließen, zitterte Annie immer noch. Alle anderen Trauergäste waren gegangen, und Annie stellte fest, daß sie die einzige war, die mit zur Beerdigung fuhr. Es fing an zu regnen. Als Hudson sie mit einem Schirm zu ihrer Limousine begleitete, trat Stuart Swann, Cynthias Bruder, hinzu. Annie hatte ihn seit Jahren nicht mehr gesehen, trotzdem erkannte sie ihn sofort. Er sieht immer noch gut aus, wenn auch etwas außer Form. Seine Augen waren gerötet, die Haut schlaff. »Hallo, Stuart.« Sie streckte ihm höflich die Hand entgegen. Was war *sein* Grund, zu spät zu kommen? Sein mitgenommener Anblick hielt sie davon ab, direkt danach zu fragen. Was würde das jetzt noch bringen?

»Ich wußte, daß du kommst, Annie. Verläßlich bis zum Schluß.« Tränen stiegen ihm in die Augen, als er ihr auf die Schulter klopfte. Wie einem braven Hund, dachte sie. Ganz so wie ich mir selbst vorkomme.

»Es tut mir so schrecklich leid.«

»Mir auch. Ich habe es soeben erst erfahren. Ich komme gerade aus Japan. Ich kann es noch gar nicht fassen.« Tränen liefen ihm übers Gesicht. »O Gott, entschuldige.«

Hier gab es nichts weiter zu sagen. Sie drückte seine Hand. Verzweifelt erwiderte er den Druck. »Kann ich mit dir fahren, Annie?«

»Aber natürlich, Stuart.« Fast während der ganzen Fahrt durch New York weinte Stuart, dann war er still. Als sie den Friedhof erreichten, hatte sich der Regen zu einem regelrechten Guß gesteigert.

Cynthia war nicht mehr. Annie blickte auf das kleine Bonsai-Bäumchen, das sie nun schon den ganzen Morgen in der Hand gehalten hatte. Liebevoll stellte sie es auf den Sarg, als er hinabgelassen wurde. Sie weinte um ihre Freundin. Das soll er büßen, Cynthia. Noch weiß ich nicht wie, aber es wird mir schon etwas einfallen.

Sie stand neben dem Grab und sah zu, wie es sich Schaufel um Schaufel mit schwerer, nasser Erde füllte.

3

Elise

Elise ging durch den Nieselregen in Richtung Madison Avenue. Es war erst Viertel vor elf. Sie nickte Cynthias Bruder zu, der gerade aus einem Taxi stieg, als sie das Bestattungsinstitut verließ. Ein bißchen spät! Die ganze Angelegenheit war eine Farce. In weniger als einer halben Stunde war das Leben von Cynthia Griffin zusammengefaßt und abgehakt worden. Und wenn Elise auch schon seit Jahren keinen besonderen Kontakt mehr zu ihr gehabt hatte, so war das doch einmal anders gewesen. Die Swanns hatten zu den Alteingesessenen gehört, zu jener privilegierten Welt, der auch Elise selbst angehörte. Sie war immer der Ansicht gewesen, daß Cynthia unter ihrer Stellung geheiratet hatte. Wie Gil Griffin sich heute aufgeführt hatte, war nur ein weiterer Beweis dafür. Arme Cynthia.

Elise hat ihrem Fahrer aufgetragen, sie um ein Uhr am Carlyle zu erwarten. Wer hatte schon mit einer Zwanzig-Minuten-Bestattung gerechnet? Im Augenblick hatte sie jedenfalls nur den Wunsch, möglichst schnell das Hotel zu erreichen, wo der Wagen vielleicht schon auf sie wartete. Früher hätte sie sich mit Einkäufen zerstreuen können. Aber das war langweilig geworden. Außerdem konnte sie es nicht mehr ertragen, ihrem eigenen Spiegelbild zu begegnen. Da war nichts Erfreuliches mehr zu entdecken. Sie vermied es sogar, ihr Spiegelbild in den Fenstern der Geschäfte wahrzunehmen. Dies und ihr Schmerz hinderten sie daran, zu bemerken, daß ihr jemand folgte.

Larry Cochran war bemüht, genügend Distanz zu halten. Er wußte, wie scheu seine Beute war: Es gab nur wenige Schnappschüsse von ihr. Das machte seine Aufnahmen jetzt so wertvoll. Er hielt sich auf der anderen Straßenseite und benutzte sein Zoom. Einen ganzen Film hatte er bereits verbraucht. An der Ecke zur 79. Straße gelang ihm ein besonderer Treffer, als sie auf seine Seite überwechselte. Sollten noch mehr Wolken aufziehen, würde sie vielleicht sogar ihre Sonnenbrille abnehmen. Das gäbe wirklich ein paar sensationelle Fotos.

Und genau das traf ein. Er hatte ihr Gesicht deutlich vor sich. Welch ein Gesicht. Perfekt geschnitten, aber gleichzeitig von einem Schmerz gezeichnet, der ihm den Atem stokken ließ. Das war die Einsamkeit selbst, eine Seele in der Wüste. Seine Hand zitterte als er den Auslöser betätigte.

Es gelang ihm, zwei Fotos zu machen, bevor sie an ihm vorbeigegangen und abgebogen war. Sie schien nichts zu bemerken. Er ging nun direkt hinter ihr und bemerkte die Geschmeidigkeit ihrer Hüften, ihres Gangs. Sie war ziemlich groß, hielt sich aber trotzdem gerade. Sie bewegte sich wie ein Fotomodell, immer noch schön, obwohl sie doch schon seit zwei Jahrzehnten der Traum so vieler Männer war. Seine eigene Reaktion auf sie war ihm fast selber peinlich. Er war doch sonst nicht dieser animalische Typ, der mit einem Ständer fremden Frauen nachstieg. Du liebe Güte, da vor ihm ging eine regelrechte Legende, und es war offensichtlich, daß sie gerade einen schweren Verlust erlitten hatte. Was hatte diese Cynthia Griffin ihr bedeutet? Und weshalb war sie mit ihrem Schmerz allein? Er verspürte Mitleid und Scham, daß er ihr nachspionierte. Trotzdem setzte er seine Verfolgung fort.

An der 76. Straße bog sie nach links ab. Natürlich, das hätte er sich denken können: das Carlyle. Dieses Hotel war *der* Treffpunkt, *die* Tränke der ganz ganz Reichen. Es hieß, daß John F. Kennedy hier während seiner Präsidentschaft ein paar Schäferstündchen verbracht hatte, und erst letztes Jahr hatten Sid und Mercedes Bass sich hierher in eine Suite zurückgezogen, als beide noch eindeutig mit anderen Partnern verheiratet waren. Er hatte ein nettes Sümmchen an den Fotos verdient, die er damals von den beiden geschossen hatte.

Er ging auf den Eingang des Hotels zu. Fotos hatte er genug. Sie dürften erstklassig geworden sein. Vielleicht sollte er es dabei bewenden lassen. Doch ihr Gesicht hatte ihn verhext. Es war verrückt, aber er könnte ihr auch hinein folgen.

Es gab so wenig Schönes in der Welt. Vielleicht hatte deshalb das wenige eine so starke Anziehungskraft auf ihn. Vielleicht könnte er sie sogar ansprechen?

Aber, verdammt noch mal, er war doch ein Pressefuchs und zudem ein völlig abgebrannter. Was dachte er sich eigentlich?

Höchstwahrscheinlich hatte er nicht einmal mehr genug dabei, um ihr einen Drink zu spendieren. Das war nicht der richtige Zeitpunkt, um zu riskieren, daß etwa einer von den Sicherheitskräften seine Kamera öffnete oder ihn kurzerhand hinauswarf. Und trotzdem folgte er Elise durch die vergoldeten Drehtüren. Gott sei Dank hatte er heute einen Blazer und einen Schlips an, aber er war sich nicht sicher, ob man ihm den Zutritt nicht doch verweigern würde. Wenn er sich möglichst unauffällig verhielt, könnte er es vielleicht schaffen. Entschlossen folgte er Elise die elegante Treppe hinauf. Sie dürfte ihn noch nicht bemerkt haben. Das ganze war einfach lächerlich, aber er konnte nicht anders.

Elise betrat Bemelman's Bar und nahm in einer Ecke Platz. Die Beleuchtung war gedämpft, so wie sie es mochte. So konnte niemand sehen, wie sie sich gehen ließ. Denn genau das tat sie, und die Folgen wurden allmählich unübersehbar.

Es war natürlich noch zu früh für einen Drink, aber sie würde trotzdem einen nehmen. Heute hatte sie ihn nötig, zur Beruhigung. Sie hatte absolut keine Lust, wieder nach Greenwich zurückzufahren, und genausowenig Lust hatte sie auf ihr Apartment in der Stadt und auf ein eventuelles Zusammentreffen mit Bill.

Also blieb sie wohl am besten gleich hier, in Bemelman's Bar. Hier hatte sie sich schon immer wohlgefühlt. So viele angenehme Erinnerungen verbanden sich mit diesem Ort. Hierher war sie nach ihrem Debütantenball gekommen. Hier war es, wo sie Howard, ihrem Agenten begegnet war, wo sie erfahren hatte, daß MGM sie unter Vertrag nahm. Hier war sie 1961 gewesen, in der Nacht der Oscar-Verleihung, als sie ihren Außenseitererfolg feierte. Hier war sie Gérard begegnet. Alles waren nur gute Erlebnisse gewesen.

Dabei hatte es zeitweilig auch weniger Angenehmes in ihrem Leben gegeben. Gewiß, bei ihr sah das immer noch anders aus als bei anderen Leuten. Daß sie eine der drei reichsten Frauen Amerikas war, machte sie anders. Sie wußte das, hatte schon vor langer Zeit gelernt, es zu akzeptieren. Aber ein *paar* Dinge mußten doch überall dieselben sein. Doch welche waren das, und woran konnte sie sie erkennen? War dieses Gefühl der Orientierungslosigkeit bei allen dasselbe, oder war nur sie davon betroffen?

Unter so ganz anderen Umständen aufzuwachsen, war nicht einfach gewesen, auch wenn sie unter der Anleitung ihrer Mutter gelernt hatte, Neid und Mißgunst ihrer Mitmenschen nicht an sich heranzulassen. Das hatte natürlich seinen Preis: Nie konnte sie ganz sie selbst sein, schon gar nicht im Umgang mit Fremden. Aber vor der Einsamkeit hatte auch ihre Mutter sie nicht bewahren können. Es war ja nicht nur das Geld, das sie von den übrigen getrennt hatte. Als sie heranwuchs, waren auch ihr gutes Aussehen und ihre Intelligenz immer mehr aufgefallen, und diese Dreierkombination war mehr, als viele verkraften konnten. Wegen ihres Großmuts und ihrer Freundlichkeit war sie immer beliebt gewesen, aber trotzdem immer auch sehr einsam.

Auch wenn dies im Widerspruch zu stehen schien zu ihrer Publizität, vor allem als sie nach dem Tode ihres Vaters ihr Erbe antrat. Immer war sie bemüht gewesen, freundlich und entgegenkommend zu sein und ihren Reichtum nicht so deutlich zu zeigen. Als sie das College besuchte, war sie mit dem Bus gefahren, statt mit einem eigenen Wagen, und war wie ihre Klassenkameradinnen immer nur in preiswerte Restaurants gegangen. Trotzdem war sie immer anders gewesen und hatte keine wirklichen Freunde gehabt.

Sie hatte das College vorzeitig verlassen, um nach Hollywood zu gehen. Und zuerst schien das die ideale Umgebung für sie zu sein. Dort scherte es keinen Menschen, daß sie eine der reichsten Frauen der Welt war. Sie konnte, wie nie zuvor, ein ganz normales Leben führen.

Bis auf die Männer. Ständig war sie von ihnen umschwirrt, von jungen, talentierten, cleveren, reichen. Sie waren einfach umwerfend, und sie war ständig neu verliebt. Verschreckt von ihrem eigenen Hunger nach Zuneigung und nach Sex, stürzte sie sich in das Desaster ihrer ersten Ehe mit einem jungen Adonis. Zum Glück war da Onkel Bob gewesen, der zusammen mit dem Studioanwalt die Angelegenheit schnell und gütlich hatte regeln können.

Dann hatte das alte Studiosystem begonnen auseinanderzufallen. Sie hatte erkannt, daß der Markt immer mehr nach jugendlichen Gesichtern verlangte und daß ihre eigene Popularität zu schwinden begann. Sie war zu formell, zu altmodisch. Ihre Anrufe wurden nicht mehr erwidert, ihr Agent ließ sie fallen. Zum allerersten Mal versagte die Schutzfunktion ihres Geldes, konnte sie das Gewünschte nicht bekommen.

Auf dem Filmfestival in Cannes war es dann gewesen, wo sie mit Truffaut zusammengekommen war. Er hatte ihr zugeredet, im europäischen Film zu arbeiten. Sie hatte sich dazu nur schwer entschließen können, aber dann war es ihr erstaunlich leichtgefallen, sich in ihre neue Welt einzuleben. Truffaut war bemüht gewesen, sie mit den brillantesten, avantgardistischen Köpfen jener Zeit zusammenzubringen. Er war der erste Mann, der nicht etwas von ihr verlangt hatte, sondern bemüht war, ihr zu geben, was das beste für sie war. Unter seiner Anleitung war sie als Schauspielerin regelrecht aufgeblüht. Probleme gab es nur einmal, als ihre Affäre mit einem Filmpartner, einem französischen Sexsymbol, aus dem Ruder zu laufen drohte.

Um diesem Problem zu entgehen, hatte sie sich für Bill Atchison entschieden. Und heute war Bill das Problem. Sie seufzte. Zwanzig Jahre waren sie nun schon verheiratet, aber es war nur zu offensichtlich, daß Bill ihrer seit langem überdrüssig war. Schon seit Jahren hatte sie immer wieder über seine sich häufenden Seitensprünge hinweggesehen, auch wenn es nur allzu eindeutig war, mit den Anrufen von ›Klientinnen‹, den langen ›Überstunden‹ bis tief in die Nacht. Denn sie wollte diese Ehe erhalten. Sie wohnten in East Hampton, und die Woche über war er immer in der Stadt geblieben. Aber neuerdings verbrachte er auch die Wochenenden dort. Nachdem sie ihn gestern auch nicht hatte erreichen können, um ihm den Tod von Cynthia mitzuteilen, war auch klar, daß sie keine Ahnung hatte, wo er seine Nächte verbrachte. Bislang waren diese Demütigungen nicht an die Öffentlichkeit gedrungen, aber jetzt drohten sie, jederzeit publik zu werden. Langsam begann sie zu befürchten, daß Bill vorhatte, sie zu verlassen.

Um ehrlich zu sein: Sie liebte Bill und ihr gemeinsames Leben. Alle Bemühungen in den letzten Jahren erwiesen sich nun als vergeblich. Jetzt sah sie ein, daß sie ihre Karriere besser nicht aufgegeben und sich nicht zu einem Anhängsel seines Lebens gemacht hätte. Er nahm sie als selbstverständliches Beiwerk, ignorierte sie. Wie lange hatte er sie nun schon nicht mehr berührt? Seit Acapulco? Sie zählte nach: elf Monate. Und wie lange davor nicht?

Vielleicht handelte es sich nur um einen neuen Abschnitt in ihrer Ehe. Trotzdem konnte sie sich nicht verhehlen, daß sie Angst hatte wie nie zuvor. Und dann hatte sie mit dem Trinken angefangen, um mit dieser Angst fertig zu werden. Sie brannte in ihrem Magen, ließ ihre Hände zittern.

Maurice, der Barmixer, den sie seit gut zehn Jahren kannte, trat an ihren Tisch. Sie bestellte einen Courvoisier und hoffte, daß ihr davon nicht übel wurde. Nur diesen einen, versprach sie sich, wie immer. Nur einen einzigen. Aber als Maurice ihr den Brandy brachte, stürzte sie ihn hinunter und bestellte gleich den nächsten. Wie immer.

Sie hoffte, daß sie keine derartige öffentliche Demütigung würde erleiden müssen, wie Cynthia, wenn Bill sie verlassen sollte. Mußte er sie denn verlassen? Lieber Gott, laß mich nicht so enden, wie Cynthia. Sie holte tief Luft, versuchte sich zusammenzureißen. Er würde es nicht wagen. Doch zum ersten Mal hatte er damit gedroht. Für wichtige Leute entstanden daraus heutzutage keine Probleme mehr. Es schadete nicht mehr dem Ruf. Schließlich war sogar Ronald Reagen zum zweiten Mal verheiratet gewesen und trotzdem Präsident geworden.

Elise begann die Wärme des Alkohols zu spüren. Sie lächelte. Ich muß mir eben klar darüber sein, daß ich nur eine Zahl in einer demographischen Statistik bin, in einer sich wandelnden Umwelt: Ein Hoch auf die Neunziger. In dieser Dekade darfst du dich vom Sex verabschieden, Elise, und dich unwiderruflich dem Alter anheimgeben.

Mein Gott, was war noch unappetitlicher als eine geschiedene Fünfundfünfzigjährige? Eine geschiedene Sechzigjährige.

Sie gab Maurice ein Zeichen, der gerade am Tisch des einzigen anderen Gastes stand. Er kam zu ihr hinüber: »Verzeihung, gnädige Frau, aber jener Herr besteht darauf, Sie zu kennen, und hat mich gebeten, Ihnen einen Drink zu bringen. Ist Ihnen das recht?«

Sie schaute hinüber. Ohne ihre Brille hatte sie nicht den geringsten Anhaltspunkt. Jemand, den sie kannte? Sie nahm ihre Brille auf und blickte, ohne sie aufzusetzen, hinüber. Ein junger Mann, den sie nirgends einordnen konnte. Der Sohn irgendwelcher Bekannten? Er lächelte nicht, schaute bloß ruhig herüber. Zum Teufel noch mal! Schließlich war das hier immer noch Bemelman's Bar. Hier hatte sie nur Schönes erlebt, und sie konnte es nicht ertragen, auch nur noch einen einzigen weiteren Augenblick allein zu sein. »Aber gewiß doch, Maurice.« Sie bemühte sich um ein gewinnendes Lächeln.

Larry stützte Elise, als sie beinahe stolpernd die Halle durchquerte. Er war ein Stückchen größer als sie, wenn auch nicht um vieles, sie schien jedoch ziemlich schwer für eine so schlanke Figur. Sie ließ den Kopf hängen und wiederholte in einem fort: »Bitte lassen Sie nicht zu, daß jemand mich so sieht.«

Alles war von ihm an der Rezeption geregelt worden. Dem Himmel sei Dank, daß sie seine Kreditkarte akzeptiert hatten. Mit dem rechten Arm hielt er Elise aufrecht, als er den Schlüssel zu Zimmer 705 ins Schloß zu stecken versuchte.

Es kam ihm vor, als ob er träumte, doch kaum war Elise auf das Bett gesunken, begann sie heftig zu weinen. Sie krallte sich in das Kissen, drückte es mit angezogenen Beinen gegen ihren Bauch. Hilflos stand Larry über sie gebeugt. Dann hob sie den Kopf. »Mir wird schlecht.« Sie stöhnte. Sie schafften es gerade noch rechtzeitig bis zum Waschbecken, und er hielt ihr den Kopf, als sie sich heftig in das Becken erbrach. Sie stöhnte, würgte immer wieder, um schließlich gequält aufzuschreien: »So schauen Sie doch nicht hin!« Aber sie befand sich in einer so schlechten Verfassung, daß er sie nicht alleine lassen mochte. Nach einer Weile wurde es besser. Er stützte sie, wobei er darauf achtete, daß sie sich nicht im Spiegel sehen konnte, und wischte ihr Gesicht mit einem feuchten Tuch ab. Als er sicher war, daß sie sich von alleine aufrecht halten konnte, reichte er ihr ein Glas Wasser, damit sie sich den Mund spülen konnte. Anschließend gebrauchte sie die vom Hotel bereitgelegte Gratiszahnbürste. »Würden Sie mir bitte meine Tasche bringen?« Sie ließ ihn, gegen den Türrahmen gelehnt, zuschauen, wie sie sich das Gesicht wieder herrichtete. Mit sicheren Handgriffen erneuerte sie Lippenstift, Lidschatten und gab etwas Highlighter auf ihre Wangenknochen. Als sie fertig war, blickte sie auf sein Spiegelbild und sah ihn zum ersten Mal richtig an. Ohne ein Wort ging sie an ihm vorbei ins Schlafzimmer. Er folgte ihr.

»Ich hoffe, Sie sind wieder in Ordnung.« Er kam sich sehr unsicher vor.

»Nein, durchaus nicht. Trotzdem vielen Dank. Es geht mir miserabel, und das Ganze ist mir unsagbar peinlich.«

»Aber das ist absolut nicht nötig. Ich bin Ire, mit fünf Schwestern. Sie alle mußten sich immer übergeben, wenn sie etwas getrunken hatten.« Er war ein Einzelkind, aber einfallsreich.

Sie wandte den Kopf ab. »Dann war es vielleicht Glück im Unglück für mich, daß ich gerade Ihnen begegnet bin.«

»Es war mir ein Vergnügen.« Sie schaute auf und war überrascht, auch nicht das kleinste Anzeichen von Sarkasmus bei ihm zu entdecken. Wieder stiegen ihr die Tränen in die Augen, und sie wandte sich ab.

»Ich hole nur gerade meine Sachen.« Sie griff nach ihrem Schal und ihrer Jacke, die beide auf dem Bett lagen. Plötzlich war er neben ihr, seine Arme umschlangen sie, und seine Wange preßte sich an die ihre. Erstaunt fühlte sie, wie weich und warm sie war. Sie brannte geradezu an ihrer eigenen, kühlen. Dann nahm er behutsam ihr Gesicht in seine Hände und küßte sie sanft auf den Mund. Seine Lippen waren genauso weich. Lange standen sie so, bis Elise zu spüren begann, wie sehr sie zitterte.

Da ließ er sie los und wandte sich ab. »Jetzt bin ich es, dem das sehr peinlich ist«, stieß er hervor. Sie sah ihm an, daß er es ernst meinte. »Das habe ich nicht gewollt. Es tut mir schrecklich leid.«

In den beinahe zwanzig Jahren hatte sie Bill niemals betrogen. Allein von ihrer Erziehung her wäre es ihr nicht möglich gewesen, und außerdem war sie zu klug, sich mit einem von den Männern einzulassen, die ihr Avancen gemacht hatten. Dieser Mann hier war allenfalls halb so alt wie sie, und wer weiß, wo er herkam. Seine Manschetten waren ausgefranst, und sein Haar war schlecht geschnitten. Trotzdem trat sie zu ihm. Wenn er sie jetzt nicht festhielt, wäre es ihr Tod. So einfach war das. Sie brauchte einen Halt. Alles andere zählte nicht.

Larry wußte nicht, wie ihm geschah. Sie war nahe bei ihm, küßte ihn, und dann lagen sie auf dem Bett, sie neben ihm, in seinen Armen. Ihr schönes Gesicht, ihr schmaler Körper an ihn gepreßt. Sie mußte seine Erektion an ihrer Hüfte gespürt haben. Immer noch hielt er sie umschlungen, und sie begann sein Gesicht zu streicheln, langsam und sehr zärtlich. Ihre Finger waren kühl, sie wühlten in seinem Haar. Er konnte ein Stöhnen nicht unterdrücken. Sie war so wunderschön. Er wußte nicht, was sie von ihm erwartete und nahm sie noch fester in die Arme. Jetzt gab sie ein Stöhnen von sich, leise, ganz tief in der Kehle. Ich war es, der sie dazu gebracht hat, dachte er, und ein Gefühl der Kraft strömte in seine Lenden. Doch immer noch bewegte er sich nicht.

Elise genoß es, von seinen Armen umfangen zu sein. Seit Jahren hatte sie nicht mehr so etwas Wunderbares empfunden. Sie konnte nicht weiter denken, sie wollte überhaupt nicht denken. Sie strich mit der Hand über seine Brust, dann weiter hinab zu seiner Hüfte. Er war ganz hart, ganz für sie bereit. Dankbarkeit durchflutete sie, so daß sie wieder den Tränen nahe war. Nein, jetzt nicht weinen, nicht jetzt. Sie zog ihre Hand zurück und fing an, sein Hemd aufzuknöpfen. »Bitte«, war ihr einziges Wort.

»Ja.« Er setzte sich auf und hatte sich mit einigen wenigen Griffen entkleidet. Einen Augenblick lang lag sie still und empfand sich daneben ungeschickt und schüchtern. Aber dann wandte er sich ihr zu und begann sie ganz behutsam auszuziehen. Sie hielt das Gesicht abgewandt, bis er fertig war und sich wieder neben ihr ausstreckte. Schlank und weich war er, hart spürte sie seine Erektion an ihrem Bein. Er drehte sie zu sich herum. »Du bist ganz wunderschön«, flüsterte er.

Und wieder küßte er sie, bedeckte ihr Gesicht mit kleinen, ganz sanften, zärtlichen Küssen. Diese Zärtlichkeit war ein regelrechter Schock für sie. So lange hatte sie sie nicht mehr gekannt und hier überhaupt nicht erwartet. Für einen Moment war sie geradezu ratlos. Dann lenkte er seine Küsse zu ihren Brüsten. Die plötzliche Feuchtigkeit zwischen ihren Beinen ließ sie vor Wonne aufstöhnen. Oh, wie lange hatte sie das nicht mehr gespürt, dieses wunderbare Gefühl.

»Kann ich in dich hineinkommen?« Seine Stimme klang undeutlich. Die ungewohnte Frage verblüffte sie. Dann jedoch vermittelte ihr das Gefühl, ihm die Erlaubnis zu gewähren, einen weiteren Schauder freudiger Erregung.

»Ja.« Und schon war er in ihr, sich ganz langsam weiterbewegend. Nichts von Bills Stoßen und Nageln. Sie hatte völlig vergessen, wie es wirklich sein konnte. Dieser junge Körper bedeckte den ihren, war in ihr drin. So langsam bewegte er sich, zog sich langsam fast ganz zurück, bis er spürte, daß sie es kaum ertragen mochte, dann drang er wieder in sie ein. Sie drängte ihm entgegen. Keinen Schmerz gab es hier, keine Langeweile, kein Nachlassen der Spannung. Jede seiner Regungen nahm sie wahr. Er paßte seine Bewegungen den ihren an, und sie spürte ihr Begehren stärker denn je, Scham und Wut dagegen waren völlig verschwunden. Da war nur dies wunderbare Gefühl seines Körpers, der sich an den ihren preßte.

»Wer bist du?« fragte sie. Er blickte auf sie hinab, beobachtete ihr Gesicht, ließ dann seinen Blick weiter hinabgleiten, so daß er sehen konnte, wie er in sie eindrang. Wieder diese zarten kleinen Küsse. Er trieb sie damit fast zum Wahnsinn. »Wer bist du?«

»Ich bin der Mann, der dich so glücklich machen möchte wie noch keiner zuvor«, antwortete er und hielt sie ganz fest, als sie kam.

4

Cynthias Vermächtnis

Das erste, was Annie beim Betreten ihrer Wohnung hörte, waren die leisen Worte ihrer Tochter zu Ernesta und deren fröhliche Erwiderungen. Annie hielt einen Moment inne, wohl wissen, daß diese Laute bald zu ihren Erinnerungen gehören würden. Sie ließ die Tür zufallen, bemühte sich, ihre Traurigkeit abzuschütteln, und rief mit einer Aufgeräumtheit, die sie nicht verspürte: »Hallo, meine Damen, raten Sie, wer gekommen ist.«

»Mam-Pam«, rief Sylvie und kam ihr aus der Küche entgegengehüpft, das bunte Lätzchen noch umgebunden. »Mam-Pam, Ernesta hat mir ein überbackenes Käsebrot gemacht und ich durfte die Tomatensuppe machen, und ich habe mich dabei nicht verbrannt, denn ich bin eine gute Köchin.«

Sylvies rundes Gesicht strahlte vor Stolz, die mandelförmigen Augen weit geöffnet. Als sie noch fünf gewesen war, war dies ein niedliches, bezauberndes Gesicht gewesen. Bei einem sechzehnjährigen Mädchen erschien es seltsam unproportioniert. Es war nicht das erste Mal, daß Annie Mühe hatte, den Teenager-Körper ihres mongoloiden Kindes mit dessen geistiger Stufe in Einklang zu bringen, die der einer Fünfjährigen entsprach.

»Komm zurück, Sylvie, sei ein braves Mädchen und iß erst zu Ende«, kam es von Ernesta. Annie gab Sylvie einen Kuß und strich ihr über die Wange: »Lauf, mein Schatz, ich komme auch gleich.« Sie schaute Sylvie nach, wie sie davonhüpfte.

Im Wintergarten, wo Annie ihre Bonsais aufbewahrte, sank sie in die Kissen auf der antiken Chaiselongue, kickte die schlammbespritzten Schuhe von den Füßen. Sie holte tief Luft. So müde war sie, so sehr müde. Sie bezweifelte, daß sie alles schaffen konnte. Das Begräbnis hatte sie alle ihre Energien gekostet, und hier war noch die ganze Packerei zu erledigen. Aber vielleicht würde jetzt alles besser werden, nach Boston... Seufzend stand sie wieder auf und ging hinüber zu Sylvie.

Nach dem Packen sah sie die Post durch. Reklame, Rechnungen, eine Postkarte von Alex aus Cambridge. Und der Brief. Poststempel Greenwich. Mit einem flauen Gefühl im Magen drehte Annie ihn um. Absender: *Cynthia Griffin.*

Sie zögerte, ihn zu öffnen. Sie ahnte, daß der Inhalt sie erschüttern würde, und erschüttert war sie schon zur Genüge. Sie nahm den Brief mit in ihr Schlafzimmer, und als sie sich auf ihrem Bett ausstreckte und den Brief öffnete, sprang Pangor zu ihr hinauf, um sich an sie zu kuscheln. Sonst hatte sie dies immer als tröstlich empfunden, jetzt aber störte es sie.

Die Handschrift war dünn und krakelig:

Liebe Annie,
verzeih mir bitte, daß ich dich damit behellige. Aber ich will nicht sterben, ohne daß die Person, die mich liebt, weiß, warum.
Zuerst einmal: Alles – alles ist allein meine Schuld. Mein Vater war gegen meine Heirat gewesen, aber ich hatte nicht auf ihn gehört. Dann wollten meine Anwälte nicht, daß ich die Vollmacht erteilte, aber ich habe es trotzdem getan. Und niemals hätte ich zulassen dürfen, daß man Carla vom Beatmungsgerät nahm. Alles geschah auf meine Veranlassung, war mein Fehler. Weißt Du, meiner Familie bin ich nie besonders wichtig gewesen. Stuart war immer der Liebling. Ich war immer ein braves Mädchen, ruhig, so wie du, aber nicht so klug wie du. Ich bin niemandem besonders aufgefallen. Dann wurde ich recht hübsch, und dann kam Gil.
Gil war nicht immer so wie jetzt. Als wir uns kennenlernten, war er gutaussehend und ehrgeizig. Nicht hart. Energisch war er und unwiderstehlich. Und er liebte mich. Natürlich dachte ich immer, daß er mein Geld, meine Verbindungen und seinen Jaguar mehr liebte, aber wirklich eingestehen mochte ich es mir nie.
Obwohl mein Vater ihn eigentlich nicht in die Firma auf-

nehmen wollte, hat er es doch getan. Wir verhalfen ihm zu einem Start. Ohne die Familie Swann gäbe es nicht *den* Gil Griffin. Aber vielleicht irre ich mich da auch. Einer wie Gil findet immer jemanden, der ihm weiterhilft.

Zuerst war alles in Ordnung. Gil liebte mich und ich ihn, und das war alles, was ich wollte. Dann habe ich einmal aus Versehen einen Kratzer in seinem Jaguar verursacht. Als er davon erfuhr, wurde er rasend. Er schlug mich, bevor er noch ein Wort gesagt hatte, und als ich am Boden lag, stand er über mir und tobte, was ich seinem Wagen angetan hätte.

Dann wurde Carla geboren, und alles wurde schlimmer. Gil haßte mich in meinem schwangeren Zustand. Das verletzte mich, aber ich sah so unförmig aus, daß ich eben bis zur Geburt wartete. Auch danach schien Gil so fremd, auch gegenüber Carla. Manche Männer mögen keine kleinen Kinder. Ich hätte etwas dagegen tun müssen, ich weiß, aber ich wußte nicht, was. Und so habe ich es verdrängt. Ich bin gut im Verdrängen.

Und dann, als Carla drei war, bin ich wieder schwanger geworden. Erst hatte ich Angst, es Gil zu sagen, dann habe ich es doch getan. Er wurde rasend. Er schlug mich ins Gesicht, mehrmals, und dann haben wir wieder so getan, als ob nichts wäre.

Danach war er netter zu mir als je zuvor, netter als ich es mir überhaupt hätte vorstellen können. Und als er mich dann ungefähr einen Monat später bat, es abzutreiben, war ich entsetzt. Ich war dreieinhalb Monate schwanger, und ich wollte das Kind. Ich weigerte mich. Da hat er gebettelt und dann gedroht und wieder gebettelt, ständig, so daß ich schließlich nachgegeben habe. Niemand hat davon gewußt. Wir sagten dann, ich hätte eine Fehlgeburt gehabt.

Danach gab es noch viele Schläge. Und was das Seltsamste ist: Ich bin nicht fortgegangen, und ich habe niemandem davon erzählt. Ich habe mich zu sehr geschämt. Und das ist *meine* Schuld, denn immer, wenn er kam und sagte, daß es ihm leid täte, haben wir uns wieder vertragen. Er sagte dann, er hätte zuviel getrunken oder der Druck in der Firma oder seitens der Familie wäre zuviel für ihn gewesen. Ich habe ihm immer glauben wollen. Meine Tochter hat immer gesagt: Dann war dann, und jetzt ist jetzt. Ich habe es genauso gemacht.

Und als Gil schließlich Firmenpartner geworden war, habe ich gedacht, daß nun alles in Ordnung wäre. Aber ich hatte mich geirrt. Er hat mein Geld verwaltet und das meiste unserer Familie und damit ein Vermögen gemacht. Aber er hatte immer noch nicht genug. Er fing mit diesen großen Firmenübernahmen an und mit allen möglichen Geldgeschäften, um sie finanzieren zu können. Mein Vater und mein Bruder versuchten ihn aufzuhalten. Aber das Geld war stärker, und es gelang Gil, die anderen Partner gegen meinen Papa einzunehmen. Und das schlimmste war: Als mein Vater kam und mich bat, für die Familie zu stimmen, habe ich mich auch gegen ihn gewandt.

Das hat meinen Vater zerbrochen. Der Herzinfarkt war dann nur noch der letzte Schlag. Seit damals hat Stuart mit mir kein Wort mehr gesprochen.

Ich glaube, den Rest kennst du. Gil wurde Generalbevollmächtigter der Firma, um sie dann drei Jahre später an Federated Funds zu verkaufen, die sich dann Federated Funds Douglas Witter nannten. Die Swanns gab es nicht mehr. Zuerst war er zu mir gekommen und hatte um Übertragung der Vollmacht gebeten. Als ich ihm erst nicht alles anvertrauen wollte, hat er mir das Leben zur Hölle gemacht. Es gab nur Gil für mich. Ich habe mich also wieder für ihn entschieden.

Und dann Carlas Koma. Wieder mußte ich mich entscheiden, und wieder entschied ich mich für ihn. Und als er schließlich alles an sich gerissen hatte, den Namen meiner Familie, mein Geld, meine Beziehungen, meine Kinder – da begann er diese widerliche, allgemein bekannte Affäre mit der Birmingham. Es stand sogar in den Geschäftszeitungen, und ›Freunde‹ hinterbrachten mir auch noch die kleinsten Einzelheiten. Ich habe Gil so sehr gebeten, mich nicht zu verlassen, aber natürlich hat er das getan.

Wahrscheinlich wirst du jetzt denken, daß der Tod eines Kindes und der Verrat eines Ehemanns keine ausreichenden Gründe sind, sich das Leben zu nehmen, aber ich kann einfach keinen weiteren Tag mehr ertragen. Wir haben nur ein einziges Leben, und ich habe meines vertan. Schwach und dumm bis zum Schluß, kann ich das alles nicht mehr ertragen.

Ich hatte mich für ihn entschieden, Annie. Ich bin selbstsüchtig und dumm gewesen, jetzt muß ich für meine Fehler bezahlen. Für ihn habe ich mein Baby getötet, meinen Vater ruiniert, mich selbst aufgegeben, und nun ist nichts mehr übriggeblieben. Es ist einfach unerträglich, so weiterzumachen. Gott vergebe mir. Es tut mir so leid.

Damit endete der Brief. Cynthia hatte ihn nicht einmal unterzeichnet. »Mein Gott!« Annie ließ den Kopf auf die Brust sinken, ihre Hände waren eisig und zitterten. Sie trat ans Fenster, schaute hinaus in die graue Dämmerung. Ihr war fast übel.

Gil war ein Scheusal. Hier waren alle seine schmutzigen kleinen Geheimnisse aufgelistet. Er hatte Cynthia auf dem Gewissen. In all den Jahren ihrer Freundschaft hatte Cynthia nicht das geringste erwähnt, und Annie wäre nie darauf gekommen, sie danach zu fragen.

Dann mußte sie an Gils Anruf denken. Er hatte sie genauso hereingelegt und benutzt wie Cynthia. Sie hatte ihm geholfen, daß die Bestattung ordentlich abgelaufen war. Dabei hatte sie das einzig für Cynthia getan.

Diese Gemeinheit war allein nicht zu ertragen. Sie mußte diesen Brief noch jemand anderem zeigen. Das sollte nicht verborgen bleiben. Wie allein gelassen Cynthia sich gefühlt haben mochte! Der Druck in Annies Brust wurde unerträglich.

Wir sind eine Generation von Masochisten, dachte sie. Brenda, Cynthia, ich, Elise. Welch ein armseliges Häufchen von Verlierern. Für einen Augenblick stieg Wut in ihr auf, erstickte sogar die Trauer. Ich bin es leid, sagte sie zu sich, leid, immer Dame zu sein und Mutter und ein braves Mädchen. Dumm und passiv. Das muß aufhören.

»Ich könnte Gil mit bloßen Händen erwürgen.« Sie knirschte mit den Zähnen. Alles hat er Cynthia genommen, ihr Kind, ihr Geld, ihre Familie, ihre Würde. Er hat sie geschlagen, und alles, was ihr geblieben war, war Scham, und diese Scham hat sie getötet. Er hat sie getötet.

Bei Brenda das gleiche. Morty hat sie hereingelegt, sie gemein behandelt, und sie hat sich das gefallen lassen. Sie hat ihm das Geschäft aufgebaut, dann hat er sie hinausgeworfen und sie um ihren gerechten Anteil betrogen. Sie ist im Rückstand mit ihrer Miete, und die Nachbarn der Eigentümergemeinschaft mahnen sie, wenn sie ihr im Fahrstuhl begegnen. Welch eine Demütigung! Er ist ständig mit den Alimenten im Rückstand, und ihr bleibt nichts anderes übrig als um das zu betteln, was ihr von Rechts wegen zusteht.

Sogar Elise, die immer so cool und stark und unangreifbar aussieht. Sie wird von einem Windei wie Bill Atchison fertiggemacht. Er dürfte nicht so einfach damit davonkommen, wie er Elise demütigt und mit seinen Affären angibt. Wer in Greenwich weiß nicht, daß Bill hinter jeder Sekretärin her ist, die ihm über den Weg läuft. Elise ist eine schöne, talentierte Frau, aber Bill nimmt das gar nicht wahr. Und wie Brenda nimmt sie mit den Brosamen vorlieb, die ihr übriggelassen werden.

Und nicht nur diese beiden, ermahnte Annie sich. Sei doch einmal ehrlich. Aaron hat dich und Sylvie verlassen, dich mit deiner Sorge um sie allein gelassen, so als ob er mit seinem Auszug keinerlei Verantwortung mehr hätte. Vielleicht war er ja nicht so schlimm wie die anderen, kein Monster oder geiler Bock. Er hat dich zwar nicht geschlagen, aber schlecht behandelt. Gib es zu. Er sagte, er liebt dich, und als dann Schwierigkeiten auftauchten, hat er sich verdrückt.

Annie hatte das Bedürfnis, sich mit jemand auszusprechen, darüber zu sprechen, was sie gelesen hatte, über ihre Gedanken. Wen könnte sie anrufen? Sie dachte an Brenda: wirklich eine gute Freundin, großherzig, wenn auch manchmal etwas zu direkt.

Als bei Brenda niemand abhob, wählte sie Elise an, die zwar ausgesprochen feinfühlig, dafür aber nicht so warmherzig war wie Brenda. Auch dort keine Antwort. Als sie den Hörer auflegte, verschwand allmählich ihre Wut. Es gab nur einen einzigen Menschen in ihrem Leben, der alle Eigenschaften besaß, die sie sich für einen Freund wünschte: ihr Sohn Chris. Doch bei aller Freundlichkeit und Wärme, dies wäre eine zu große Zumutung für ihn. Es ist für jeden zuviel, um es alleine zu tragen. Cynthia war der Beweis dafür.

5

Brenda ist überhaupt
nicht wütend

Nachdem sie sich nach der Bestattungsfeier von Annie und Elise getrennt hatte, war Brenda ein Stück zu Fuß gegangen. Sie hätte zwar auch ein Taxi nehmen können, aber außer daß ihr nach Bewegung war, hatte sie einen Bärenhunger. Noch war es nicht einmal Mittag, und so wühlte sie in ihrer Handtasche nach einem halben Schokoriegel. Mit zwei Bissen hatte sie ihn vertilgt. Der Hunger blieb trotzdem. Gott sei Dank, gleich würde sie bei Greenberg's sein. Hoffentlich hatten sie geöffnet.

Hatten sie nicht. Dann würde sie eben etwas anderes finden. Heute gab es nichts zu tun, und seit sieben Uhr war sie nun schon auf den Beinen. Da hatte sie sich ein gutes Mittagessen verdient. Zum Teufel, heute war ihr weder nach Witzen noch nach irgendeiner Diät. Nicht etwa wegen Cynthia Griffin, das war eine kalte, herzlose Person gewesen, die gekriegt hatte, was sie verdiente. Sie mußte daran denken, wie ihr Tony als einziges Kind in der ganzen Klasse nicht zu Carla Griffins Geburtstagsparty eingeladen worden war. Nichts schmerzt mehr als die Verletzung, die dem eigenen Kind angetan wird. Das war in dem Jahr gewesen, in dem sie nach Greenwich gezogen waren, oder vielmehr ein Jahr, bevor sie dort wieder fortzogen. In der ganzen Zeit war eigentlich Annie als einzige nett gewesen, aber Annie war immer nett. Sie und Aaron im Kampf um die Auszeichnung als Märtyrer des Monats.

Wem lag eigentlich an diesem WASP-Getue? Schließlich spielte sie weder Golf noch sonst was ähnliches, und ganz bestimmt waren sie nicht wegen Tony oder Angela nach Greenwich gezogen, auch wenn ihr Mann Morty das immer behauptete. Nein, es ging ihm nur um sich selbst, wie immer und ewig.

»Für dich, Kleine«, hatte er gesagt, als er ihr den Nerz schenkte oder Schmuck oder ein neues Kleid – immer eine Nummer zu klein, als ob er sie damit zum Abnehmen hätte animieren können. Zuerst war es das Geschäft gewesen, dann das Haus in Greenwich, dann die zweistöckige Wohnung an der Park Avenue, die Gemälde, das Boot, alles für sie. Als ob ihr daran auch nur im geringsten gelegen hätte.

Aber es hatte einige Zeit gedauert, bis sie das alles durchschaute. Viel zu lange. Jahrelang hatte er sie mit dem ganzen Mist eingewickelt. Mist, der überhaupt nicht zu ihnen paßte. Morty gelang es, fast jeden einzuwickeln, zumindest für eine Weile. Und jetzt war er wer, Morty Cushman, der ›Irre Morty‹, auf allen Plakatwänden, in allen TV-Werbespots. Mit dem erfolgreichsten, am schnellsten wachsenden Einzelhandelsunternehmen der Welt, mit zweihundert Geschäften im ganzen Land, die Markenartikel zu Discountpreisen führten.

Und nun war er es, der die Wohnung an der Park Avenue hatte, das Boot, die Gemälde und den gesamten Scheiß. Klar, daß er dauernd jammerte, wie knapp er bei Kasse sei. Der gute alte Morty, mal oben, mal unten. War er nun reich oder arm, würde sein Scheck gedeckt sein oder nicht? Sie konnte schon gar nicht mehr zählen, wie oft sie mit ihrer Rate zu spät dran gewesen war. Wie peinlich war es dann immer, wenn sie mit ihren Nachbarn zusammentraf. Oder mit den Schecks für Tonys Schule oder das Gristedes-Internat. Sie hatte es satt. Was hatte Morty ihr bei ihrer Scheidung nicht alles von Bargeld, Hypotheken und den Kindern vorgejammert, und sie hatte sich ruhigstellen lassen, indem er ihr diese Bruchbude Ecke Fifths und 69. Straße gekauft hatte, den Kindern die Schule und ihr ein paar Almosen zahlte. Dieser Saftsack. Sie hatte sich einwickeln lassen. Sogar eine Roxanne Pulitzer schaffte es, etwas aus ihrer Scheidung herauszuholen, und sie, Brenda Morrelli Cushman, ließ sich mit Almosen abspeisen. Eine tolle Leistung.

Sie kaufte sich eine Tüte mit Keksen und entschloß sich zu einem Mittagessen bei Summerhouse, falls dort schon geöffnet war. Fürchterlich vornehm und steif, aber das Curryhuhn und die Crème brulée waren es wert. Und dann würde sie weiter sehen, vielleicht etwas für ihre Tochter einkaufen, das heißt, wenn man ihre Kreditkarten akzeptierte.

Sie hatte Glück, das Restaurant öffnete gerade. »Sind Sie allein?« lautete die Frage der dürren Kuh, bei der sie sich nach einem Tisch erkundigte. »Ja, aber essen tue ich für zwei«, gab Brenda zurück. Die Dürre rächte sich, indem sie ihr einen Platz neben der Kellner-Ecke gab, obwohl sonst alles frei war. Eine Frau mittleren Alters, allein und dazu auch noch fett. Aber was sollte sie sich aufregen. Mitunter verließ Brenda jeder Mut und jeder Kampfgeist.

So wie bei ihrer Scheidung. Da hätte sie hartnäckiger sein müssen, um besser abzuschneiden. Dieser miese Anwalt Leo Gilman war ihr über gewesen, mit seinem Getue als Freund der Familie und so weiter. Ihre Interessen hatte der kleine Barry Marlowe vertreten, denn schließlich war Morty für alles aufgekommen. Die hatten alle unter einer Decke gesteckt. Was war der Unterschied zwischen einer Laborratte und einem Anwalt? Eine Laborratte konnte man liebgewinnen.

Nicht etwa, daß ihr viel an Geld gelegen war. Wirklich nicht. Als Vinny Morrellis Tochter war sie groß geworden, ohne daß es ihr an etwas gefehlt hätte. Aber eben weil sie Vinny Morrellis Tochter war, konnte sie es nicht ertragen, daß man sie als Idiotin hatte dastehen lassen, und ganz besonders unerträglich war, daß Morty immer noch Macht über sie hatte. Wenn Morty sich Zeit ließ mit seinen Zahlungen, dann hatten sie, Tony und Angela es auszubaden. Wie schäbig er doch war, jedenfalls ihr und den Kindern gegenüber.

Es fiel ihr schwer, sich Morty mit dieser society-geilen Zicke Shelby Symington vorzustellen. Diese kleine blonde Schickse aus dem Süden. Du liebe Güte. Und jetzt eröffnete sie auch noch eine Kunstgalerie. So stand es in den Zeitungen. Eine Mary Boone aus dem Süden, die Morty aus den Tiefen gesellschaftlicher Anonymität emporhob. Keine Ausgabe der Post oder der News ohne ihre Fotos in den Gesellschaftskolumnen. Brenda schüttelte den Kopf. Wie hoch waren wohl seine Ausgaben für seinen PR-Agenten? Mit Sicherheit war es eine ganze Menge mehr, als sie im Monat bekam, und jede Wette, daß diese Schecks nicht platzten.

Ja, überlegte Brenda, Morty hat Strafe verdient. Aber wie? Mein Vater ist tot, mein Bruder ein drittklassiger Komiker in Los Angeles. Und was könnte ich tun? Morty verklagen? Ein Witz. Vielleicht sollte ich mal Vetter Nunzio aufsuchen. Du lieber Himmel, sie hatte ihn schon seit Jahren nicht gesehen. Ob er wohl immer noch im Schuhgeschäft war? Zementschuhe, genauer gesagt. Der Gedanke an Morty, eingegossen in eine der Stützstreben des Bruckner-Expressway, brachte sie zum Lächeln.

Bei Morty war es so, daß er sein Geld immer nur für Dinge ausgeben mochte, die etwas ›hermachten‹: Tolle Boote, dicke Autos, Anzüge von Bijan, wo man so hochnäsig war, daß man eine Anmeldung haben mußte, um den Laden überhaupt betreten zu dürfen. Seine Unterwäsche stammte dagegen aus Billigstläden wie Job Lot. Deshalb wußte sie auch ganz genau, wann er angefangen hatte, sie zu betrügen, nämlich als er anfing, seidene Boxershorts von Sulka zu kaufen.

Als sie in die Park Avenue-Wohnung gezogen waren, hatte er dieser Schwuchtel Duarto die Einrichtung des Wohnzimmers, der Bibliothek, des Eß- und Gästezimmers übertragen, die ihrer eigenen Schlafzimmer aber nicht. »Schließlich sieht die niemand außer uns«, war sein Argument gewesen. Nicht daß ihr das im geringsten etwas ausgemacht hätte, sie konnte diese Blumenkohlrosen und den sonstigen nachgemachten englischen Kram sowieso nicht ausstehen. Wem konnten sie damit eigentlich etwas vormachen? Bestimmt nicht Duarto. Der hatte ihre alte Wohnung gesehen, hatte geschluckt und sie gefragt: »Was würden Sie vorschlagen, Mrs. Cushman?«

In Wahrheit war Duarto absolut in Ordnung. Wenn sie beide allein waren, hatten sie immer eine Kleinigkeit zusammen gegessen und waren mit der Zeit wirklich gute Freunde geworden. Er war erleichtert, daß Brenda nichts daran lag, die Lorbeeren für seine Arbeit einzuheimsen. »Das tun sie nämlich immer, mußt du wissen. Sie hätten das alles mit ein klein wenig Hilfe selbst gemacht. Als ob sie fähig wären, auch nur eine einzige passende Farbe für die Polsterbezüge auszusuchen. Schmarrn!« Und sie hatte ihn auch nicht gedrängt, ihr zu gesellschaftlichen Beziehungen zu verhelfen. Er brachte sie zum Lachen und sie ihn, und er hatte Morty ausgenommen wie eine Weihnachtsgans – wie alle seine Kunden.

Im Grunde war er nur ein einfacher Junge aus Kuba, der seine ersten Erfolge damit machte, daß er mit seinem Chef schlief. Aber er hatte verbreitet, daß er ein Spanier aus Barcelona sei, ein Cousin von Gaudi, und Brenda hatte versprochen, nie die Wahrheit zu verraten. Jetzt natürlich war Duarto ganz groß herausgekommen. Sein Stil – nach Brendas Ansicht krankhafte Übertreibung – war das Schwüle. Er pflegte meterweise fließende Stoffe über alles zu drapieren, eine Art abgewandelte Tausendundeine Nacht, und die schikken Einrichtungsjournale nannten ihn den Pascha der Seiden.

Richtig eng war ihre Freundschaft jedoch erst in den letzten sechs Monaten geworden. Bei Duartos Liebhaber war die Krankheit akut geworden. Duarto war zusammengebrochen und hatte sich in ihren Armen ausgeweint, so wie eines ihrer Kinder. Und Brenda war jeden Tag zum Lenox-Krankenhaus gepilgert, hatte manchmal etwas Essen mitgebracht, mitunter sogar etwas Selbstgekochtes, und eine Weile an Richards Bett gesessen. Sie hatten Karten gespielt, sie las ihm aus den Klatschspalten vor oder fütterte ihn. Sie hatte ihn dahinschwinden sehen, bis er nicht mehr sprechen und ihr nicht einmal mehr mit den Augen folgen konnte. Und sie war Zeugin von Duartos Qual und Hilflosigkeit gewesen.

Sie hätte ihn jetzt gerne hier gehabt, zur Aufheiterung. Die Bestattung war einfach gräßlich gewesen, auch wenn sie sich nichts aus Cynthia gemacht hatte. Unsere Männer hatten geschäftlich miteinander zu tun, hätte sie gesagt. Sie waren bei uns auf dem Boot gewesen, und Cynthia hatte uns zu sich nach Greenwich eingeladen, weil Gil es so gewollt hatte. Sie hielt mich für vulgär, und ich hielt sie für langweilig und gehemmt. Und beide hatten wir recht.

Brenda konzentrierte sich auf die Speisekarte. Der Ober näherte sich mit dem Körbchen, in dem sich die kleinen heißen Küchlein und die Erdbeerbutter befanden, für die dieses

Lokal berühmt war. Sie hob die Serviette vom Körbchen. Zwei kleine Küchlein, nicht größer als Murmeln, kullerten in dem ansonsten leeren Körbchen herum. »He, wo ist der Rest der Familie? Bringen Sie mir den ganzen Wurf. Außerdem nehme ich den Curry-Hühnersalat, als Beilage Karotten- und Weißkohlsalat mit Rosinen und Crème brulée als Nachtisch.«

»Darf ich Ihnen die Spezialitäten des Tages nennen?«

»Nein, danke.« Mit enttäuschter Miene zog er sich, allem Anschein nach schlecht gelaunt, zurück. Sie aber hatte keine schlechte Laune, nein, und sie würde es auch nicht dazu kommen lassen. Alles war okay, auch die Beerdigung. Sie würde jetzt essen, danach würde sie bei ›Süßes für die Süßen‹ vorbeischauen und ein paar Éclairs mitnehmen und dann rechtzeitig vor Angela zu Hause sein, die zum Abendessen kam. Sie würden einen Salat machen, und ab morgen würde sie ein bißchen auf sich achten. Sie war sich bewußt, daß sie dies alles nicht tun sollte und daß es ihr hinterher leid tun würde. Aber jetzt hatte sie eben Hunger. Brenda hatte Heißhunger, aber sie war überhaupt nicht wütend.

Als Brenda aus dem Lift trat und zu ihrer Wohnung ging, gleichzeitig eine Kuchenschachtel jonglierend und in ihrer Tasche nach ihren Schlüsseln kramend, stolperte sie beinahe über die Ausgabe der *Times*, die ihre Nachbarin versehentlich vor Brendas Tür liegengelassen hatte. Sie schloß auf, beförderte die Zeitung mit einem Tritt in ihr Apartment. Verdammt noch mal. Sie konnte diese Ziege einfach nicht ausstehen, diese Vorsitzende der Wohnungsgemeinschaft, diese Schnüfflerin.

Eigentlich war ihr die *Times* zu unverdaulich und zu unhandlich. Sie zog die in jeder Hinsicht leichtere *Post* vor, wenn auch mit schlechtem Gewissen.

In der Küche stellte sie die Kuchenschachtel in den Kühlschrank, nicht ohne kurz an einem Éclair genascht zu haben. Im Wohnzimmer schleuderte sie die Schuhe von den Füßen, ließ sich aufs Sofa plumpsen und griff nach der *Times*. Ohne sie richtig zu lesen, blätterte sie sie flüchtig durch. Und dann sah sie es: eine Anzeige mit der Ankündigung der bevorstehenden Umwandlung des Unternehmens ihres Exmannes in eine Aktiengesellschaft.

Brenda traute ihren Augen nicht! Ihre Hände zitterten und zerknitterten die Seiten. Fast hätte sie es überblättert. Dabei nahm die Anzeige beinahe eine ganze Seite ein. Was das wohl gekostet haben mochte? Typisch Morty. Bereit, jeden Preis zu zahlen, wenn es was hermachte. Aber möglicherweise hatte er das noch nicht einmal selbst bezahlen müssen. Brenda war eine kluge Frau, mit einer Menge gesunden Menschenverstands ausgestattet, deshalb wußte sie auch, daß sie keine Ahnung hatte, wie die großen Geschäfte wirklich liefen. Aber das hatte Morty auch nicht. Verdammt noch mal, dieser kleine Pisser schwamm also wieder einmal ganz oben. Sie begann sich die Anzeige genauer anzusehen.

Der Geschäftsumfang war einfach ungeheuer. Die Abwicklungen liefen über Federated Funds Douglas Witter, Gil Griffins Unternehmen, wie ihr wohlbekannt war. Jetzt, wo er geschieden ist und mich mit ein paar lumpigen Pfennigen und diesem schäbigen Apartment abgespeist hat, kommt er ganz groß raus. Meinen Anteil habe ich ihm für einen Pfifferling überlassen, nachdem er gejammert hatte, bis über beide Ohren in Schulden zu stecken und von den Hypotheken aufgefressen zu werden. Mit Almosen habe ich mich und die Kinder abspeisen lassen. Fremde Leute sanieren sich jetzt, und ich sitze hier auf meinem fetten Hintern, darf auf meinen miesen kleinen Unterhaltsscheck warten und auch noch darum zittern, daß er gedeckt ist.

Dann bewegte Brenda sich plötzlich ganz flink, zog ihre Schuhe an und lief zum Zeitungsstand an der nächsten Ecke, um sich auch noch das *Wall Street Journal* zu kaufen. Wieder auf ihrem Sofa angelangt, ging sie es sorgfältig durch und wurde auch prompt fündig: Ein vierspaltiger Bericht. Demnach schien es ganz so, als ob Mortys Schritt von nahezu fundamentaler Bedeutung war. Daß ein Einzelhändler derart erfolgreich damit sein konnte, daß er den Kunden das, was sie haben wollten, zu einem erschwinglichen Preis anbot, schien als ein Wunder der modernen Geschäftswelt aufgenommen zu werden. Irgend etwas stimmt hier nicht, dachte Brenda.

Seine gigantischen Rücklagen und sein kaufmännisches Genie verhalfen ihm zu günstigen Einkaufsbedingungen und gestatteten den Weiterverkauf zu ausgesprochen kundenfreundlichen Bedingungen. Die begeisterte Kundschaft hat es ihm mit treuer, stabiler Abnahmebereitschaft gedankt. Die von ihm inspirierten Werbespots aus der Werbeagentur Paradise/Loest haben ihn zu einer Galionsfigur der amerikanischen Unternehmerschaft gemacht. Genie? Inspiriert? War das wirklich Morty, über den hier geschrieben wurde? So ein ausgewachsener Mist! Der Mann konnte durchaus ein Händchen fürs Geschäft haben, das wollte sie ihm gar nicht absprechen. Aber oft genug hatte er auch nicht den geringsten Durchblick gehabt. Was stimmte hier nicht? Sie sah nach dem Namen des Berichterstatters. Asa Ewell – wer immer das sein mochte. War dieser Name überhaupt echt?

O ja, sie könnte diesem Schätzchen Asa so einiges davon erzählen, wie es Morty möglich gewesen war, so billige Preise zu machen und dieses gewaltige Geschäftsvolumen aufzubauen.

Jahrelang hatte er die heiße Ware – Fernseher, Stereogeräte, Videorecorder – von ihrem Vater übernommen und an den Mann gebracht. Sie hatte die Buchhaltung geführt, also mußte sie es wissen. *Ausgesprochen kundenfreundliche Bedingungen,* ach du liebe Güte. Der Geldwäscher war er gewesen für den Clan. Wenn die wüßten, diese Schwachköpfe.

Sie las ein paar Zeilen noch einmal. *Die Ausweitung des Geschäfts war verbunden mit einer unerreichten Inventurübersicht, mit hochentwickelter Marktbeobachtung auf EDV-Basis, wie sie hier gerade erst beginnt, Anwendung zu finden.* Bezog sich das etwa auf das Debakel mit den computerisierten Registrierkassen? Was wußten die schon. Sie zuckte die Achseln.

Wozu sich wundern? Irgendwie hatte sie schon immer geahnt, daß dieses ganze Big-Business-Brimborium nicht weiter war als ausgemachter Krampf.

Aber jetzt war sie die Angeschmierte. Letzten Endes war Morty nur ein Windei, aber immerhin war es ihm irgendwie gelungen, das *Wall Street Journal* und Federated Funds Douglas Witter hinters Licht zu führen. Und sie übers Ohr zu hauen. Morty mußte das alles für den Zeitpunkt geplant haben, an dem ihre Scheidung durchgezogen war. Kein Wunder, daß es ihm so eilig gewesen war. Und sie hatte geglaubt, er wollte ihr damit nur entgegenkommen. Von wegen.

Gut machst du dich, dachte sie und schaute an sich herab, auf ihren dicken Bauch und ihre mit Druckerschwärze verschmierten Finger. Tränen traten ihr in die Augen. Widerlich – Anfang Vierzig, fett und doof. Brenda sprang auf, als ihr die Tränen über die Wangen zu laufen begannen.

Er hat mich zum Narren gehalten. Du lieber Gott, was bin ich bloß für ein Idiot. Sie konnte sich gar nicht erinnern, wann sie zum letzten Mal geweint hatte.

Nach einer Weile beruhigte sie sich, rieb sich die Augen, wobei ihr Gesicht einiges von der Druckerschwärze abbekam. So weit, so gut, doch was nun? Für einen kurzen Augenblick erwog sie einen Anruf bei der *New York Times* oder diesem Dämlack Asa Ewell vom *Journal*, überlegte es sich dann aber anders. Ihr war ganz danach, einen von den alten Freunden ihres Vaters anzurufen und Morty die Knöchel brechen zu lassen. Für einen Moment fand sie die Vorstellung von Morty im Streckverband sehr erhebend. Aber das wäre einer Fortsetzung ihrer Unterhaltszahlungen nicht gerade förderlich. Da konnte sie sich gleich wieder einen Job als Buchhalterin suchen, für großartige drei Tausender im Monat, brutto. Davon abgesehen ging das heutzutage sowieso schon meistens alles per Computer.

Es war nicht zum Aushalten. Väterlicherseits stammte Brenda aus einer alten sizilianischen Familie, in der die Vendetta zum Leben gehört hatte. Ihre Mutter dagegen kam aus einer jüdischen Mittelklassefamilie und hatte sich ihr Lebtag für das Gangsterwesen in der Familie ihres Mannes geschämt. Und die Familie ihres Vaters hatte in der Tat so viel zu verbergen, daß Brenda auch jetzt noch eine Heidenangst vor Gerichten hatte.

Sie griff zum Telefon und wählte ihren Bruder Neil in Los Angeles an, aber es kam nur das Besetztzeichen. Sie versuchte es bei Annie, doch keiner hob ab. Sie machte noch einen Versuch bei Duarto und bekam nur den Anrufbeantworter. Da gab sie auf, ging in die Küche, griff sich die Schachtel mit den Éclairs und räumte mit ihnen auf.

6

Greenwich

Der nächste Morgen brachte Elise jenes gräßliche nadelfeine Stechen in ihrer linken Schläfe, gleich hinter dem Auge. Sie konnte sich nicht recht daran erinnern, wie sie die Nacht verbracht hatte. Ehrlich gesagt hatte sie so gut wie gar keine Vorstellung davon, wann sie eingeschlafen war, wie lange sie geschlafen hatte oder wie spät es jetzt sein mochte. Irgendwie war ihr Zeitgefühl aus den Fugen geraten oder etwas anderes. Wenn sie aufzuwachen pflegte, konnte sie sich zwar daran erinnern, was sie geträumt hatte, aber nicht daran, wie sie den Abend davor verbracht hatte. Und manchmal passierte es ihr, daß sie aufwachte und das beängstigende Gefühl hatte, nicht zu wissen, wo sie war. Dann pflegte sie immer ganz stocksteif zu liegen, kaum zu atmen, bis das Zimmer begann, ihr wieder irgendwie bekannt vorzukommen. In der Stadt selbst war es nicht ganz so schlimm, aber hier draußen in Greenwich war es irritierend.

Heute wußte sie genau, wo sie war, bloß nicht, wie sie hierher gekommen war. Oder wo sie gewesen war. Was war doch noch das letzte, an das sie sich erinnern konnte? Ach ja, das Begräbnis. Cynthia Griffin. O Gott. Die Nadel stach heftiger denn je, so, daß ihre Augen zu tränen begannen. Sie wollte die Tränen wegwischen, unterließ es aber, da jede Bewegung sich rächen würde. Die Nadel war gnadenlos. Sie atmete ganz flach und vorsichtig, ängstlich jede Bewegung vermeidend. Bald würde Chessie hereinkommen und ihr behilflich sein, wieder einen neuen Tag zu beginnen.

Und da fiel ihr mit einem Schlag alles wieder ein. Bemelman's. Elise zuckte mit den Schultern. Ein rasender Schmerz jagte durch ihr Auge bis in die Stirn. Der Schmerz ließ sie aufstöhnen, und auch die Erinnerung. Oh, du lieber Gott!

Es war gewiß nicht das erste Mal, daß jemand von diesen kleinen Filmschwärmern sie erkannt und umschmeichelt hätte. Und sie war immer sehr zuvorkommend gewesen. Zuvorkommend, aber nicht familiär, ganz so wie ihre Mutter es ihr beigebracht hatte. Immer war sie ganz Lächeln und Dankeschön, ließ sich aber nie zu einem Autogramm oder Foto herab. Bis zum gestrigen Tag. Wieder stöhnte sie. Mein Gott. Langsam tauchte die Erinnerung auf.

Groß, schlank, in dieser Kombination aus Jeans und Tweedjackett, die die heutigen jungen Männer zu bevorzugen schienen, so wie es früher die schwarzen Pullover gewesen waren, die Gérard und seine Freunde Anfang der Sechziger getragen hatten. Worüber hatten sie gesprochen? Über ihre Filme, die guten. O ja, er hatte gut Bescheid gewußt. Auch über Truffaut und Godard. Sie hatte einen Blick auf seine Hände geworfen. Es waren große Hände mit langen Fingern. Junge, starke Hände. Sie hatte noch einen Courvoisier bestellt oder auch zwei, und dann war er aufgestanden mit einem ›Danke schön‹. Und: »Ich möchte Ihre Zeit nicht weiter in Anspruch nehmen. Bislang habe ich Sie immer bewundert. Jetzt bete ich Sie an.« Das war eine Passage aus *Weg durchs Dunkel*. »Je t'adore«, hatte er noch hinzugefügt.

Da war ihre Haltung wie fortgeblasen gewesen. In aller Öffentlichkeit. Und alles andere als leise. Und das auch noch vor Maurice. Alles nur wegen eines freundlichen Wortes. Sie erinnerte sich an den kühlen Blick ihrer Mutter mit der leicht erhobenen Braue: »Pas avant les domestiques.«

Erbärmlich hatte sie sich aufgeführt, schamlos. »Bitte, lassen Sie mich nicht allein. Lassen Sie nicht zu, daß man mich so sieht.« Was war dann gewesen? Der Gang durch die Halle, die Bank in der Lobby, dann nach oben, und dann ... O Gott, übel war ihr geworden, und er hatte sich um sie gekümmert. Und dann?

Wie eine Woge brach die Erinnerung an den weiteren Verlauf des Geschehens in Zimmer 705 über sie herein. Bilder tauchten auf. Gefühle, seine Hände, die über ihre Brüste strichen, seine weiche Wange an der ihren, sein Gesicht, wie er sein Eindringen in sie beobachtete. Ein ihr unbekannter Mann, fast noch ein Junge, nicht einmal halb so alt wie sie.

Wie hatte das nur passieren können? Wahrscheinlich war

der Courvoisier schuld gewesen, so auf nüchternem Magen. Sie erinnerte sich, daß der junge Mann ihr angeboten hatte, sie nach Hause zu begleiten. Doch der Gedanke an Bill und die Möglichkeit eines Zusammentreffens in ihrem New Yorker Apartment, und das auch noch in ihrem Zustand, hatte sie davor zurückschrecken lassen. Statt dessen dann die alptraumhafte Fahrt durch den Feierabendverkehr hinaus nach Greenwich, heim zu Chessie...

Es war nicht auszuhalten. Was wäre, wenn Bill... aber das war unvorstellbar. Der Schmerz war mittlerweile schier unerträglich geworden. Ihre Augen tränten ununterbrochen. Wenn sie doch nur einen Drink haben könnte. Dann wieder, entsetzt bei dem Gedanken an einen Drink um neun Uhr früh, betete sie geradezu darum, daß Chessie endlich käme.

Was konnte sie bloß tun? Mit Onkel Bob sprechen? Er würde so sehr enttäuscht von ihr sein. Wie könnte sie ihm gestehen, daß sie einen Trinkerin war? Sollte sie in eine Klinik gehen? Allein der Gedanke... Achtundzwanzig Tage lang sich das Gejammere der anderen über ihre Probleme anhören müssen, sich selbst belügen und den anderen etwas vormachen, so tun, als ob sie wäre wie sie, versprechen, daß sie sich bessern werde, eine Therapie machen und nie, nie wieder trinken würde. Das würde nicht funktionieren. Sie war nicht wie die anderen. Sie war intelligenter, sah besser aus und war besser erzogen. Bei ihrer Geburt war sie das reichste Baby Amerikas gewesen. Jetzt war sie eine Alkoholikerin und Hure.

Ganz gegen ihren Willen mußte sie wieder an die weiche Wange des jungen Mannes an der ihren denken. Tränen anderer Art waren es, die ihr jetzt in die Augen traten. Es hatte so unglaublich wohl getan, und jetzt fühlte sie sich so hundeelend. Lieber Himmel, hatte er nicht auch noch eine Kamera dabeigehabt? Sie konnte sich nicht im geringsten daran erinnern, was danach gewesen war, nachdem sie miteinander geschlafen hatten, wie sie sich getrennt hatten und wie sie nach Hause gekommen war. Ein eisiges Gefühl ergriff ihren Magen: Sie wußte nicht einmal seinen Namen.

Ihre Mutter hatte ihr einst geraten, sich einen Mann zu suchen, der nicht den Ehrgeiz hatte, mit ihr zu konkurrieren, sondern der zufrieden war, in ihrem Ruhm zu baden. Und Bill schien der rechte zu sein. Sie erinnerte sich an den Moment, als sie ihm damals auf der Cocktailparty begegnet war. Sie hatte seinen Namen nennen hören und sich bereits gedacht, daß er einer von jenen Atchisons war, die ihren Stammbaum so weit zurückverfolgen konnten, daß sich auch ein paar Indianer unter seinen Vorfahren befinden mußten. Eine alte Familie, alter Reichtum, auch wenn davon nicht mehr viel übrig war. Er hatte bemerkt, daß sie ihn quer durch den Raum beobachtete. Als er sich auf sie zu bewegte, hatte sie die Augen gesenkt, so als ob sie sich ganz auf ihren Gesprächspartner konzentrierte. Bill hatte gewartet, bis sie einen Augenblick allein war, um dann mit jungenhaft verschmitztem Grinsen seinen Vorstoß zu machen. »Sie könnten mir einen riesigen Gefallen tun und mich von alldem entführen.«

»Könnte ich das?« hatte sie erwidert. »Und wohin würde ich Sie wohl entführen?«

Seine Antwort hatte dann alles entschieden. »Zum See für die Modell-Segelboote im Central Park. Schon als kleiner Junge hatte ich dort ein Boot. Ich würde sehr viel lieber mit Ihnen im Mondlicht meinem Segelboot zuschauen, als mich hier endlos mit überkandidelten Leuten abgeben zu müssen.«

Ihre Antwort war lediglich ein freies, von Herzen kommendes Lachen gewesen, doch es hatte ihm genügt, um sie bei der Hand zu nehmen und durch die Menge hindurch von der Party wegzuführen. Erst im Lift hatten sie wieder geredet und zwar beide gleichzeitig. »Ich heiße...« – um abermals über dieses Timing in Lachen auszubrechen. »Bill Atchison«, waren seine Worte gewesen. »Und ich weiß, wer Sie sind.«

Es hatte noch oft solche Erlebnisse gegeben. Spontan, witzig und unbeschwert. Er war so natürlich, so normal. Das war eine neue, freudvolle Erfahrung für sie gewesen. Zum ersten Mal meinte sie, richtig zu leben. Ganz normale Dinge hatten sie in Entzücken versetzt: Tennis mit Freunden, Essen in reizenden kleinen Restaurants, Spaziergänge im Village, im Central Park, durch China Town.

Er half ihr, so zu sein wie ganz normale Leute – keine Erbin, kein Filmstar. Nur eine Frau, seine Frau. Und sehr lange schien alles ganz wunderbar zu laufen. Sie hatten sich in einer glücklichen Routine eingerichtet, das erste normale Leben, das sie kennenlernte. Sie hatten sich über so grundsätzliche Dinge wie Geld geeinigt, und von Anfang an schien es da keinerlei Probleme gegeben zu haben. Er war damit einverstanden gewesen, daß sie in Elises Wohnungen und Häusern leben würden und daß seine Frau ihre Rechnungen selbst beglich. Als zukünftiger Partner der Anwaltskanzlei Cromwell Reed war er in der Lage, seine eigenen Ausgaben zu bestreiten und Elise einfallsreiche Geschenke zu machen, mit denen er sie immer wieder entzückte. Er wurde nicht müde, sie zu ihrem Aussehen, ihren Kleidern und ihrem Geschmack mit Komplimenten zu überschütten. Sie war etwas Besonderes, und sie freute sich an dem Stolz, mit dem er sie herumzeigte. Er schien die perfekte Ergänzung für sie zu sein.

Sie war ihm eine enorme Hilfe bei seiner Karriere gewesen. Er hatte sich um alle ihre geschäftlichen Transaktionen gekümmert, und sie hatte ihm auch die Geschäfte der van Gelders vermittelt. Daß er drei Wohnungen zur Verfügung hatte, um seine Geschäftspartner angemessen zu bewirten, war seiner Karriere durchaus förderlich. Elise hatte sich mit seinen nächtlichen Arbeitsstunden abgefunden, froh, einen Mann zu haben, der sich bei allem gesunden Ehrgeiz von der Arbeit doch nicht ganz auffressen ließ. Er hatte immer noch reichlich Zeit für sie, und deshalb war sein langes Ausbleiben am Abend kein Problem, und sie glaubte ihm auch, wenn er über große Arbeitsbelastung klagte.

Zum ersten Mal kam sie dahinter, daß Bill sie betrog, als sie zufällig bei einem Aufenthalt in der Sommerfrische ihrer Mutter zwei miteinander tuschelnde Dienstboten belauschte. Sie erstarrte regelrecht, als sie begriff, daß hier die Rede von Bill war, von ihrem Bill. Er hatte sich mit dem Zimmermädchen eingelassen. Ihr war geradezu schlecht geworden bei dieser demütigenden Entdeckung, und sie hatte sich in ihrer Panik an ihre Mutter gewandt.

Es war eines ihrer üblichen Gespräche gefolgt. Nachdem ihre Mutter alles aus ihr herausgekitzelt hatte, hatte sie wissen wollen, was sie zu unternehmen gedachte.

»Ich weiß es nicht, aber ich kann nicht mit ihm zusammenbleiben. Er hat mich betrogen, Mutter, und das auch noch mit dem Dienstmädchen. Wenigstens das hätte er mir ersparen können.«

»Du hast ja recht, aber warum willst du dich selbst bestrafen? Es liegt in der Natur des Mannes, daß er Frauen betrügt. Warum solltest du also dein angenehmes Leben wegen einer solchen Kleinigkeit aufgeben? Soweit ich sehe, hast du es mit Bill immer noch weit besser getroffen als die meisten anderen Frauen. Er schläft doch noch mit dir?«

»Aber sicher, Mutter. Deshalb habe ich ja auch überhaupt nichts geahnt.«

»Na also, dann ist ja alles in Ordnung. Fahr nach New York, geh ganz groß mit ihm aus und anschließend mit ihm ins Bett. Und am nächsten Morgen kaufst du dir dann ein wirklich tolles Schmuckstück. So etwas kommt nun einmal vor. Sei froh und dankbar, daß es nichts Schlimmeres ist. Schließlich geht es dir immer noch sehr gut.«

Und damit hatte sie begonnen, sich etwas vorzumachen. Ihre Mutter war doch eine so erfahrene Frau. Aber es nutzte nichts. Die Seitensprünge wurden immer häufiger, immer offensichtlicher und waren nicht mehr zu übersehen. Und die Frauen waren von Mal zu Mal jüngere.

Schritt für Schritt zerfiel ihr Leben, bis schließlich nichts mehr davon übriggeblieben war als eine Fassade. Die Leere, die sie verspürte, konnte sie nur noch mit den Drinks vor, während und nach dem Essen und mit dem obligaten Schlummertrunk überwinden, ach ja, und gelegentlich auch mit einer morgendlichen Stärkung – aber nur, wenn ein außergewöhnlich langweiliges Lunch-Treffen angesagt war.

Kein besonders schönes Bild, sagte sie sich und kehrte in die Gegenwart zurück. Ich bin zu bedauern, Cynthia ist zu bedauern, Annie und sogar Brenda – wir alle haben Pech gehabt.

Ja, Annie war in einer gräßlichen Lage mit Aaron, der ein Verhältnis mit ihrer früheren Psychotherapeutin hatte. Man sollte sich auch nie auf so etwas einlassen. Da geht jemand zur Therapie, um die Ehe zu retten, und der Therapeut krallt sich den Partner. Elise schauderte bei dem Gedanken an einen derartigen Vertrauensbruch. Es war ihr unmöglich gewesen, Annie etwas davon zu sagen, nachdem sie davon erfahren hatte.

Und Brenda trug schwer an der Demütigung, fett und verlassen zu sein. Doch Elise hatte genug eigene Demütigungen, mit denen sie fertig werden mußte. Wieder bohrte der Schmerz hinter ihrem Auge, so daß erneut die Tränen über ihr einst makelloses Gesicht strömten.

7

Seifenblasen

Als das Taxi am überdachten Eingang des Ritz Carlton vorfuhr, überprüfte Annie ihr Aussehen schnell noch einmal in ihrem Taschenspiegel. Die Prüfung mit dem Begräbnis und der Flug nach Boston waren überstanden, nun galt es, die Prüfung eines abermaligen Zusammentreffens mit Aaron und die Examensfeier ihres Sohnes Alex zu überstehen. Deshalb hatte sie sich entschlossen, Cynthias Brief erst einmal beiseite zu lassen.

Annie bemühte sich, gefaßt zu sein, statt niedergeschlagen. Es war Alex gewesen und nicht Aaron, der Sylvies Anwesenheit bei der Feier nicht gewünscht hatte. Auch wenn es sie sehr verletzt hatte, so konnte Annie doch verstehen, daß er seiner Schwester die starke Zuwendung verübelte, die seine Mutter für sie übrig hatte, ebenso wie die unerwünschte Aufmerksamkeit, die Sylvie auf die Familie lenkte. Aber so verständlich diese Regung auch war, Annie spürte noch immer die Enttäuschung. Sie seufzte, bezahlte das Taxi und stieg aus. Der Hotelportier hielt ihr die Tür auf, und gerade als sie ihm dankte, trat jemand von hinten an sie heran, hielt ihr die Augen zu und gab ihr einen Kuß auf den Scheitel. Ihr Herz tat einen Sprung, aber als sie sich umdrehte, war es nur Chris, der sich fröhlich grinsend zu ihr herabbeugte.

»Ma! Du siehst einfach umwerfend aus!« Wieder umarmte er sie, und wie immer war sie geradezu dankbar für das herzliche, warme und offene Wesen ihres Sohnes, das so ganz anders war als die zurückhaltende Art seines Vaters und seines älteren Bruders.

»Hast du deinen Bruder schon gesehen?« Eigentlich wollte sie sich auch nach Aaron erkundigen, hielt sich aber zurück.

»Aber sicher. Wir beide haben gestern abend noch einen drauf gemacht und waren ziemlich voll. Das mußte einfach sein. Ein Glück, daß ich kein Examen machen muß. So was überlebt man nur einmal. Und in der Werbung bräuchte ich es sowieso nicht.«

Annie mußte lächeln. Auch wenn Aaron ausgesprochen wütend über den Studienabbruch gewesen war, so wußte sie doch, daß er im Grunde stolz und froh war, daß Chris in seine Firma eingetreten war. Er arbeitete jetzt vor allem mit Jerry Loest zusammen, Aarons Firmenpartner, und er machte sich sehr gut dabei.

»Und wo sind die beiden anderen?« Annie tat ihr Bestes, um möglichst beiläufig zu klingen.

»Pa ist mit irgendeiner Überraschung zugange, und Alex sitzt im Whirlpool, um wieder klar zu werden. Um sieben sollen wir uns alle in der Lobby treffen. Pa hat eine Party organisiert, von Alex kommen jede Menge Freunde, und Oma und Opa Paradise sind auch dabei. Sie haben Suite 502.« Er verdrehte bedeutungsvoll die Augen.

Annie wies ihn mit einem Kopfschütteln sanft zurecht. Aarons Eltern waren etwas schwierig und sehr formell. Es wunderte Annie, daß sie überhaupt jetzt, während der Saison, Newport verlassen hatten. Mit einem Seufzer verabschiedete sie jede Hoffnung auf ein vergnügliches Abendessen.

»Ist das dein Gepäck?« Chris griff nach ihrem Vuitton-Koffer. »He, was hast du da drin? Willst du dich hier für immer niederlassen oder schleppst du Goldbarren zur Körperertüchtigung?«

An der Rezeption in der marmorgefliesten Lobby trug sich Annie ein. Als sie ihre Kreditkarte vorwies, winkte der Rezeptionist ab. »Das ist bereits geregelt, gnädige Frau. Mr. Paradise hat angeordnet, daß alles auf seine Rechnung geht.«

Annie nickte. Wie reizend von Aaron. Wieder durchflutete sie eine Welle der Hoffnung. Ein Page nahm Chris ihre Reisetasche ab.

»Also, Ma, ich schau mal bei Alex vorbei und zieh mich dann um. Wir sehen uns dann hier in einer Stunde, okay?«

Als er davonging, schaute Annie hinter ihm her und wunderte sich wieder einmal über seine Größe, seine weiten Schritte und die breiten Schultern. Sie wollte gerade dem Pagen in den Lift folgen, als er zurückgestürmt kam. »Ma, fast hätte ich vergessen zu fragen, ob mit dir alles in Ordnung ist...« Er wußte nicht weiter, so daß sie lachen mußte.

»Dann frag mich doch.«

»Ich weiß, daß es ihr letzter Tag zu Hause ist, aber könnte ich Sylvie am Montag einladen? Du siehst sie ja sonst immer, und ich habe es ihr schon längst einmal versprochen.«

Annie hatte sich sehr auf diese letzten Tage gefreut, die sie mit Sylvie allein sein konnte. Aber Sylvie war so gerne mit Chris zusammen. »Natürlich kannst du das. Sie wird sich riesig freuen.«

»Super.« Und schon war er wieder weg. »Bis in einer Stunde.« Annie konnte es kaum glauben, aber schon dieses kurze Zusammentreffen belebte sie geradezu. Es war kaum zu fassen, daß dieser junge Mann ihr Sohn war.

Das Zimmer war sehr angenehm, ganz wie es sich für dieses wirklich erstklassige Hotel gehörte. Das Fenster bot eine umwerfende Aussicht über die Boston Common und die Newbury Street, und auf einem Tischchen stand ein herrlicher Strauß aus blauem Rittersporn und rosa Rosen. Ein Umschlag steckte zwischen den Blüten. Annie zögerte kurz, bevor sie ihn hervorzog. Dann riß sie ihn kurzentschlossen auf. *Herzlichen Glückwunsch und alles Gute zur Feier von Alex' Examen. Die Großeltern Paradise.* Hatte sie etwas anderes erwartet? Tief in ihrem Innern mußte Annie diese Frage bejahen. Schnell ging sie ans Auspacken. Das Gaultier-Modell würde sich heute gut machen.

Anschließend nahm sie ein entspannendes Bad. Die Wanne war so groß, daß man sich treiben lassen konnte, und genau das tat sie, voller Genuß, die Augen geschlossen. Seit Wochen das erste Mal wieder total entspannt.

Sie rekelte sich im Schaum. Dr. Rosen, ihre Therapeutin, hatte ihr einige Entspannungsübungen beigebracht, die sie jetzt anwandte. Erinnerungsfetzen tauchten auf. Aaron, wie er sie angestarrt hatte, damals, als sie sich kennenlernten. Chris und Alex, wie sie sich auf dem Rasen vor ihrem Sommerhaus in Amagansett balgten. Sylvies Gesicht heute morgen, als Annie sich von ihr verabschiedete. Dann Cynthias

Gesicht, mit vierzehn, ein Lied singend, sie alle zusammen auf einer Radtour. Es war das Dixie-Cup-Lied gewesen – etwas über Liebe und Hochzeit und nie wieder einsam sein.

Sie setzte sich. Das Wasser perlte an ihr herab. Seit über zehn Jahren hatte sie nicht mehr gebetet, jetzt tat sie es: *Lieber Gott, gib, daß Aaron mich wieder liebt.*

Das Abendessen verlief überraschend harmonisch. Aaron sah elegant aus, die beiden Jungs trugen witzig zur Unterhaltung bei. Zwar war es Alex, der, wie sonst auch, die ungeteilte Aufmerksamkeit seines Vaters erhielt, aber immerhin war dies ja auch sein Fest. Chris strahlte und sprach wenig, erzählte aber Alex, als dieser ihn danach fragte, daß es ihm Spaß mache, mit Onkel Jerry zusammenzuarbeiten. Niemand erwähnte Cynthias Tod oder die Abwesenheit von Sylvie.

Alex war stolz und erleichtert über sein bestandenes Examen, und Annie fand, daß er so locker war wie schon seit Jahren nicht mehr. Sie war ganz erstaunt, daß sie sich so glücklich fühlte. Es war lange her. Sie blickte die Tafel entlang. Aaron mit den beiden Jungs vermittelte den Eindruck von Gesundheit, von Normalität. Sie selbst strahlte. So hätte die Familie ohne Sylvie sein können. Annie unterdrückte einen Seufzer. Mehrere Male entdeckte sie, wie Aarons Blicke auf ihr ruhten. Lächelnd.

Nach dem Essen zogen sich Aarons Eltern auf ihr Zimmer zurück. Aaron aber, mit vor Begeisterung funkelnden Augen, scheuchte die übrigen zu einem wartenden Wagen, der sie ins Hancock Center brachte. Hier trafen sie ein Dutzend Freunde von Alex. Ein Lift brachte sie zu Büroräumen im 53. Stock.

»Leute, jetzt gibt's was zu sehen«, kündigte er an und führte sie in einen kleinen Vorführraum. Alle suchten sich einen Platz, Annie setzte sich in die letzte Reihe, Chris neben sich, aber den Platz an ihrer anderen Seite hielt sie vorsorglich frei. Eine junge Frau gab ihr ein Programm und eine Tüte Popcorn, um sich dann zu den übrigen zu setzen.

»Nun sag schon, was das alles bedeutet«, ließ sich Alex vernehmen.

Es wurde dunkel im Raum, das Kichern und die Gespräche hörten auf, und als es auf der Leinwand hell wurde, ließ sich Aaron auf den freien Platz neben Annie gleiten.

»Das dürfte recht gut werden«, meinte er, und Annie lächelte erfreut im Dunkeln.

Der Vorspann begann. *Eine Annie und Aaron Paradise-Produktion.* Fanfaren ertönten. *Alexander der Große.* Aufstöhnen und Pfiffe kamen aus dem Zuschauerraum, als Alex' Gesicht erschien. Ein Ansager mit schmalzigem Timbre begann. »Schon seit frühester Kindheit war Alexander MacDuggan Paradise ein Mann mit einer Mission.« Es folgte eine lange Sequenz von Alex mit zwei Jahren, wie er einem Kätzchen hinterherlief.

»O Pa«, stöhnte Alex.

»O Aaron«, murmelte Annie. Im Dunkeln griff er nach ihrer Hand.

»Ich begleite dich zu deinem Zimmer.« Annies Herz tat einen Satz bei Aarons Worten. Alex und Chris blieben noch mit ihren Freunden zusammen. Nachdem sie ihnen gute Nacht gewünscht hatten, nahm Aaron sie wieder bei der Hand. Ob er wohl vorhatte, mit ihr aufs Zimmer zu kommen? Und dann? Sie lächelte ihm zu, mußte sich aber einen Augenblick lang sammeln. Hier stand sie, eine Frau in den Vierzigern, zusammen mit ihrem Exehemann, und hatte keine Ahnung, wie sie sich verhalten sollte.

Sie konnte seine Wärme durch seinen Ärmel hindurch spüren, als sie im Lift auf Tuchfühlung nebeneinanderstanden. Ein Schauer durchfuhr sie. »Ist dir kühl?« Ohne ihre Antwort abzuwarten, legte er ihr den Arm um die Schultern. Wie konnte er bloß so gefaßt, so gleichmütig sein? Lag es daran, daß er nichts spürte, oder vermochte er seine Gefühle nur besser zu verbergen? Dies war eines der immer noch ungelösten Rätsel für sie: Wie tief waren seine Empfindungen? Sie schüttelte den Kopf, wie immer, wenn sie einen lästigen Gedanken loswerden wollte. Aaron schaute sie an, lächelnd. »Ganz dieselbe gute alte Annie.«

»Der Film war wundervoll, Aaron. Alex war begeistert. Und ich auch.«

»Ja, endlich habe ich auch einmal einen Film gemacht.«

Sie waren an ihrer Tür angekommen. Sie kramte nach ihrem Schlüssel, suchte am Schloß herum. Da nahm er ihr den Schlüssel ab, fand im Handumdrehen das Schlüsselloch und stieß die Tür auf. Sie zögerte einen winzigen Moment, trat einen Schritt ins Zimmer und wandte sich um, um ihm eine gute Nacht zu wünschen. Doch da hatte er bereits seine Hände an ihre Wangen gelegt, ihren Kopf zurückgeneigt und küßte sie. Oh, diese Lippen auf den ihren! Sein ganz persönlicher Duft, sein Geschmack. Wenn doch die Zeit stillstehen, dieser Augenblick ewig währen und sie ganz in ihm aufgehen könnte.

Er hörte auf, sie zu küssen. Als sie die Augen öffnete, sah sie seine Blicke auf ihrem Gesicht ruhen. »Ganz die gute alte Annie.« Gewandt schloß er die Tür. »Wunderschön warst du heute abend.« Er nahm sie fest in die Arme, dann ergriff er ihre Hand und führte sie zum Bett. Seine Arme um sie legend, begann er ihr Kleid aufzuknöpfen. Er zog das Oberteil herab, ihren Hals und ihre Schultern entblößend. Dann lehnte er seinen Kopf an sie, sein Atem streifte ihre Haut.

»Annie, mein Gott. Cynthias Tod hat irgend etwas in mir ausgelöst, mich aufgerüttelt.« Und nach einer kurzen Pause, mit belegter Stimme: »Zeit ist so kostbar.«

Annie griff in sein Haar und streichelte ihn. Es war ein wundervolles Gefühl, ihn so an sich gepreßt zu spüren. Das war alles, was sie sich wünschte. Und jetzt, endlich, hatte sie ihn wieder. Lieber Gott, ich danke dir.

Er entkleidete sie, streifte schnell die eigenen Kleider ab und schon lag er neben ihr. Er schlief mit ihr. Es war einfach unvergleichlich, ihn neben sich, an sich, um sich zu spüren. So lange war es her seit dem letzten Mal. Alle Gedanken an Cynthia, an Sylvie, Dr. Rosen, alles verschwand daneben. Da war nur noch die Wärme seines Körpers, seine Arme, sein Duft, sein Atem.

Er bewegte sich in ihr und dann, kurz bevor er kam, stieß er es hervor, keuchend: »Ich liebe dich.«

»O Aaron, und ich, ich liebe dich doch auch.« Tränen begannen ihr aus den Augen zu strömen. Vielleicht war dieser

Alptraum nun vorbei. Vielleicht waren sie jetzt alle wieder eine Familie. »Ich liebe dich.«

Beschäftige dich. Annie versuchte diesen Rat zu beherzigen, schließlich gab es wirklich jede Menge zu erledigen, anstatt herumzusitzen und auf seinen Anruf zu warten. Nach jener Nacht im Ritz hatte Aaron ihr gesagt, daß er sie nicht zum Flughafen bringen könne, weil er einen dringenden geschäftlichen Termin in New Hampshire wahrnehmen müsse. Hoffentlich hatte er keinen Unfall gehabt. Hör schon auf, so eine Glucke zu sein! rief Annie sich selbst zur Ordnung. Er hat viel zu tun. Schließlich wußte sie, wie sehr er in einer Sache aufgehen konnte.

Für heute hatte sie sich vorgenommen, ihre Bonsais zu beschneiden. Einige hatten es wirklich sehr nötig. Sie hatte direkt ein schlechtes Gewissen.

Es klingelte von der Pförtnerloge, und Annie hörte Sylvie zur Sprechanlage stürmen. »Wer ist es, Sylvie?«

»Nestor sagt, daß Chris gekommen ist, um mich zu besuchen.« Sie strahlte und quietschte regelrecht vor Freude. Annie erinnerte sich an Chris' Frage in Boston. Seitdem sie auf der Welt war, hatte Chris immer zu Sylvie gehalten. Alex war ihr gegenüber stets zurückhaltend gewesen, und als Sylvies Behinderung immer deutlicher wurde, hatte er sich noch weiter distanziert. Aber Chris hatte immer seine Freude an ihr gehabt, eine Freude, die auch jetzt zu verspüren war, als er Sylvie in den Mantel half.

»Was werdet ihr unternehmen?« Annie spürte, wie sich Sylvies Begeisterung auf sie übertrug.

»Was meinst du, sollen wir ihr unser Geheimnis verraten, Kleines?« fragte Chris und fuhr Sylvie durchs Haar. Sylvie kämpfte einen Augenblick mit sich selbst, aber dann konnte sie es doch nicht für sich behalten. »Wir werden drei Sachen machen.« Dabei zählte sie an den Fingern ab. »Wir gehen in den Zoo und sehen dort die schwarzweißen Vögel, die so komisch laufen.«

»Stimmt, zu den Pinguinen«, ermutigte Chris sie. »Und dann?«

Sylvie überlegte einen Augenblick, bevor sie fortfuhr. »Dann wird Chris mich im Boot rudern lassen.«

»Und dann?«

»Und dann...« Sie zögerte, intensiv in Chris' Gesicht forschend, während sie sich zu erinnern versuchte. Chris lächelte und wartete geduldig. Und Sylvie erinnerte sich: »Mittagessen. Ich werde Pasghetti essen.« Sylvie strahlte, stolz auf ihre Leistung.

Chris strahlte zurück und legte ihre Hand auf die Klinke. »Ganz richtig, Spaghetti. Und jetzt sag Tschüs zu Mam-Pam.«

Annie gab beiden einen Kuß, ihre Augen trafen die von Chris. »Auch dir einen schönen Tag«, wünschte er ihr. »Und vielen Dank.« Fort waren sie.

Nachdem sich hinter ihnen die Wohnungstür geschlossen hatte, fühlte Annie sich plötzlich überflüssig. Beschäftige dich, ermahnte sie sich. Dann konzentrierte sie sich auf ihre Arbeit an den Bonsais.

Später würde sie zu ihrer Gymnastikstunde bei Roy und Bernie gehen und sich dort mit Brenda treffen. Endlich hatte Brenda sich überreden lassen, die Übungen mitzumachen. Danach würden sie gemeinsam Mittagessen. Am Nachmittag war dann ihre Italienischstunde, und dann kam die gefährlichste Zeit, so gegen halb sechs, in der sie früher zur Therapie bei Dr. Rosen gewesen war. Sie vermißte ihre Therapeutin. Aber sie würde es überstehen. Wie alles andere, das sie durchzustehen hatte. Denn bald würde Aaron anrufen.

Sie schaute über die Terrasse hinweg zu dem Spielplatz, wo sie mit Sylvie hingegangen war, bis die anderen Kinder Sylvie gegenüber zu gemein geworden waren. Bitte, lieber Gott, laß dieses neue Internat ein wirkliches Zuhause für sie werden. Während sie schaute, stieg ein Flugzeug vom La Guardia auf, überquerte von Queens her ein Zug den Viadukt, steuerte ein Schiff den Hafen an, brausten Autos den Franklin-Roosevelt-Drive entlang. Hier oben jedoch, gleichsam abgehoben von der Hetze der Stadt, herrschte eine vollkommene Ruhe, ein vollkommener Friede. Mitunter schien es Annie, als ob dies auch für sie selbst der vollkommenste Ort überhaupt sei. Heute dagegen, in gespannter Erwartung von Aarons Anruf, kam es ihr weniger so vor. Alles erschien ihr fad – neben dem champagnergleichen Prickeln der Erwartung, das in ihrem Innern aufstieg. Aaron, sagte es, Aaron.

Ohne Aaron erschien ihr das Leben leer, inhaltslos. Es gab nichts zu erwarten, nichts zu erhoffen, nichts, auf das sich zu freuen lohnte. Sie brauchte ihn. Sie sehnte sich so sehr danach, ihn in ihren Armen zu halten.

Bitte, lieber Gott, mach, daß Aaron mich wieder liebt. Nach diesem Stoßgebet ging Annie sich für ihre Gymnastikstunde umziehen.

Weshalb habe ich mich nur auf diese idiotische Aerobic-Stunde eingelassen? haderte Brenda mit sich, als sie zusammen mit Annie im Lift hinauf zum Probenraum der Carnegie Hall unterwegs war. Im Grunde kannte sie die Antwort. Sie sah beschissen aus und fühlte sich auch so. Sogar Angela hatte etwas derartiges gesagt. Außerdem war da auch bald das Sportfest in Tonys schicker Grundschule, und sie wollte Peinlichkeiten vermeiden. Sie stöhnte beinahe auf bei dem Gedanken daran, wie sie damals in der Schule wegen ihres Vaters von den anderen Schülern gehänselt worden war. Sie mußte einfach etwas unternehmen. Und schließlich war sie auch neugierig auf das Training der Reichen und Berühmten. Bernie und Roy gehörten zu den exklusivsten Trainern in der Stadt.

Sie betraten einen Raum, der Brenda ein wenig an die Sporthalle des Julia Richmond-Gymnasiums erinnerte, allerdings ohne deren Geruch. Sie folgte Annie zu den Kleiderspinden.

»Ich ginge lieber zur Paradontose-Behandlung. Es tut weniger weh und ist auch nicht so teuer.« Brenda traute sich weder zu gehen noch sich umzuziehen. Annie überhörte ihre Bemerkung und meinte lächelnd: »Dir bleiben noch fünf Minuten, mach zu, Brenda. Außerdem habe ich dich eingeladen, und du wirst sehen, danach fühlst du dich viel besser.«

Mißmutig konstatierte Brenda Annies gute Laune und beobachtete, wie sie Rock und Pulli abstreifte. Ein dünner, schmaler Körper kam zum Vorschein. Als Annie ihren Gymnastikanzug hervorzog, rührte Brenda sich immer noch nicht.

»Nun mach schon, Brenda, Bernie und Roy mögen es nicht, wenn man zu spät kommt.« Für einen kurzen Moment haßte Brenda sie geradezu.

»Die können mich mal. Ich muß das Technische Hilfswerk anfordern, wenn ich in meine Unterhose steigen will, und jetzt soll ich an einer Gymnastikübung teilnehmen, bei der ich die Füße über Knöchelhöhe heben soll.« Kurz hatte Brenda das Bild mit den tanzenden Nilpferden aus *Fantasia* vor Augen, dann zuckte sie die Achseln und fing an, sich auszuziehen.

»Du wirst sehen, es wird dir gefallen, Brenda. Du wirst noch regelrecht süchtig danach. Wenn ich auch nur eine einzige Stunde versäume, bekomme ich Schuldgefühle, echt katholische.«

Warum ist sie nur so verdammt gut gelaunt? fragte sich Brenda. Irgendwie ist sie nicht ganz bei der Sache. »Hör mal«, entgegnete sie, »ich bin zur Hälfte katholisch und zur Hälfte jüdisch. Soviel ich davon mitbekommen habe, sind die Juden die Alleininhaber aller Schuld, die Katholiken haben sie nur gepachtet.«

»Na gut. Aber wenn ich ein, zwei Stunden ausgelassen habe, kann ich nicht mehr so locker mithalten, und dann fühle ich mich halt irgendwie beschämt.«

»Genau das ist das Geschäft von Bernie und Roy, und wie es aussieht, geht das Geschäft ganz hervorragend.«

In denkbar schlechter Laune zog Brenda die Trainingssachen an, die sie sich in der Boutique »Die vergessenen Frauen« besorgt hatte. Als sie sich von ihrem Kleiderspind wegwandte, erblickte sie sich in voller Größe im Spiegel und verstand, woher die Boutique ihren Namen hatte. Sie folgte Annie in den Gymnastiksaal, wo sie sogleich zwei der anderen drei Frauen dort erkannte. Die eine war eine der vorjährigen Seifenoper-Stars gewesen und die andere war Lally Snow, die alte Society-Zicke. Lally bereitete mit Duarto und ihr selbst den großen Aids-Wohltätigkeitsball vor, der am kommenden Wochenende stattfinden sollte. Sie konnte diese alte Hexe nicht ausstehen. Bei dem jungen Mädchen handelte es sich um Khymer Mallison, irgend so eine Neureichengöre, die den Einstieg in die New Yorker Gesellschaft suchte. Duarto war gerade dabei, ihre neue Stadtwohnung einzurichten.

»Schau doch bloß, wer hier ist, Annie. Ich kann einfach nicht.« Annie zuckte nur die Achseln. In dem Augenblick kam Melanie Kemp hereingestürzt, absolut stilecht mit ärmellosem Trikot, Beinwärmern und Frotteestirnband. Melanie gehörte zu den Frauen der Gesellschaft, die das Einrichten von Wohnungen zu ihrem Hobby machten; zuerst kam die eigene, dann die der Freunde. Duarto konnte diesen Typ nicht ausstehen.

Dann öffnete sich eine Tür am anderen Ende des Raumes und Roy und Bernie kamen hereingesprungen, muskulös, die blonden Haare militärisch kurz geschnitten. Du lieber Himmel, Zwillinge, dachte Brenda, absolut identische Zwillinge. Und fröhlich, geradezu widerlich gut gelaunt.

»Los, Mädchen, schwenkt die Beine zur Musik!« forderte Roy – oder war es Bernie? – sie auf, als Marvin Gayes »Sexual Healing« aus den Lautsprechern zu dröhnen begann. Bernie – oder war es Roy? – führte die Schrittfolge vor, während sein Zwillingspartner sich jeder einzelnen von ihnen widmete, sie korrigierte und unterstützte.

»Und jetzt möchte ich das neueste Mitglied unserer Gruppe begrüßen. Brenda. Das hier sind Khymer, Melanie, Barbara, Lally und Annie. Genier dich nicht, mach einfach alles nach.« Jede der Frauen glitt in einen Spagat.

Atemlos keuchte Brenda: »Ich bin doch keine Ballettdiva, ich brauch ein Päuschen.« Sie sah, wie Annie sich ein Lachen verkniff und versuchte, sich auf die Übung zu konzentrieren. Was gab es da zu lachen? Das Tempo der Musik steigerte sich. Linkes Bein hoch, rechtes Bein, linkes Bein, rechtes Bein, hüpf, hüpf, hüpf, hüpf, hüpf. Brenda keuchte in dem Bemühen, mit den anderen mitzuhalten.

Bernie trat zu ihr. »Ich bin sicher, daß du das Bein noch ein ganzes Stück höher kriegst, Brenda.« Sein professionelles Lächeln strahlte sie an. »Nur bis Schritthöhe«, knurrte sie, die Zähne gefletscht.

Innerhalb weniger Minuten war Brenda an der Grenze ihrer Leistungsfähigkeit angelangt. Jesus, war das nicht dieser Blödsinn, an dem Bob Fosse krepiert war? Ihr Gesicht war schweißüberströmt, die Stirn finster gekraust. Doch sie sah auch, daß die alte Hexe Lally mithalten konnte. Mein Gott, die ist mindestens doppelt so alt wie ich, auch wenn sie nur halb so viel wiegt. Sie fühlte sich bei ihrem Stolz gepackt. Um nichts in der Welt würde sie vor Lally aufgeben. Vierzig mörderische, absolut grauenhafte Minuten schaffte sie es durchzuhalten. Dann war die Stunde endlich aus. Die Zwillinge kamen, um nach ihr zu schauen. Also, diesen Blödsinn konnten sie sich schenken. Brenda sackte auf den Boden und schnappte nach Luft.

»Bekommen Sie vielleicht Ihre Tage?« fragte Roy sie, sie – diesen fetten, nassen Sack auf dem Boden.

»Klar, was 'n sonst! Und wenn mir die Hormone durcheinandergeraten, werde ich reiz- und unberechenbar. Zwei Tage im Monat benehme ich mich dann so, wie Männer es ständig tun. Legen Sie Wert auf eine Runde Sumo-Ringkampf?« Die beiden zogen sich zurück.

Brenda rappelte sich mühsam auf, um mit Annie in den Umkleideraum zu gehen. Leicht schnaufend meinte Annie: »Das gibt mir richtig Schwung... gibt mir das Gefühl zu leben... und gib's zu, die beiden sind ausgesprochen attraktiv. Wie haben sie auf dich gewirkt, Brenda?« Auch das ist nicht die normale Annie, dachte Brenda. Sonst spricht sie nie auch nur andeutungsweise über Sex.

»Marat und Sade?« entgegnete sie. »Du machst wohl Witze? Mir ist zumute wie einem James-Bond-Martini: geschüttelt statt gerührt.«

Dünn wie sie war, hatte Lally sich doch nicht vor den anderen umgezogen, sondern eine der geschlossenen Kabinen benutzt. Nun kam sie hervor, makellos zurechtgemacht, wenn auch mit ein bißchen zuviel Make-up. Nach Brendas Ansicht gehörte sie zu jenen Frauen, die anscheinend noch nie den Tip bekommen hatten, ein Stück Schmuck wieder abzulegen. Jetzt kam sie glitzernd zu ihnen beiden herübergeschwebt.

»Wieder einen Tisch vergeben!« zwitscherte sie Brenda an. Dieser Aids-Wohltätigkeitsball fand ungünstigerweise am zweiten Freitag im Juni statt. Kaum jemand war dann noch in der Stadt, deshalb war es schwierig, Abnehmer für die Plätze zu finden. Brenda jedoch hatte ihre Sache gut gemacht und Annie damit sehr beeindruckt, die Elise um Unterstützung bitten mußte. So konnte sich Brendas Ergebnis wirklich sehen lassen. Nicht ganz so sehr allerdings wie das von Lally, die einfach zu *jedem* gute Beziehungen hatte.

»Du rätst nie, wer mir einen ganzen Tisch abgenommen hat, meine Liebe«, gurrte sie zu Annie. »Aaron. Ist das nicht ganz reizend von ihm?«

Für einen winzigen Augenblick war Annie wie vor den Kopf geschlagen. Brenda hatte ihn selbst gefragt, doch er hatte geantwortet, daß er verreist sein würde. Sein Partner Jerry hatte jedoch zwei Plätze genommen. Brenda sah, daß Annie wieder ihre Fassung gewann und lächelte Lally an.

»Aaron ist immer dabei, wenn es sich um etwas Unterstützenswertes handelt.«

»Ohne Zweifel. Derzeit scheint er es besonders mit der Psychologie zu halten.« Ihnen süß zulächelnd, schwebte Lally davon.

Was, zum Teufel, sollte das heißen, fragte sich Brenda. Sie schaute zu Annie hinüber, die nun gar nicht mehr froh, sondern eher verwirrt war. »Was hast du, Annie? Ist es wegen Sylvie? Möchtest du, daß ich morgen mitkomme?«

»Nein. Nein, danke, es ist schon in Ordnung.«

Ging es um Aaron, fragte sich Brenda weiter. »Wenn du nicht zu dem Ball kommen möchtest, brauchst du es nicht, Annie«, meinte sie.

»Aber nein, ich gehe mit Chris. Er hat sich seinen ersten Smoking gekauft und wäre ganz enttäuscht.«

Brenda verfolgte eine andere Spur. »Wie war die Examensfeier. Du hast mir überhaupt noch nicht davon erzählt. Wer war alles dabei?«

Sie merkte, wie Annie etwas lebhafter wurde. »Nur die Familie, das heißt Chris und Alex, die Großeltern und Aaron natürlich.« Annie wich Brendas Blick aus.

»Und?«

»Was und? Das war's. Wir waren zusammen essen und haben großen Spaß miteinander gehabt. Alex hat es riesigen Spaß gemacht.«

Brenda ließ nicht nach. Sie war auf der richtigen Fährte. »Und nach dem Essen?«

»Wirklich, Brenda, du bist eine Schnüffelnase.« Ein kleines schuldbewußtes Lächeln lag auf Annies bravem Mädchengesicht. »Laß uns mittagessen.«

Volltreffer! dachte Brenda und wandte sich Annie zu. Plötzlich begriff sie alles. »Und du hast mit ihm gevögelt?«

Annie schaute sie schockiert an. »Brenda, ich bitte dich! Natürlich nicht!«

»O doch, genau das hast du!«

Annie zuckte die Achseln und gab auf. »Ich möchte eher sagen, daß wir uns geliebt haben.« Dann schüttelte sie bedrückt den Kopf. »Nach der Party. Oh, es war wunderbar, Brenda. Es tat gut, wieder mit ihm zusammenzusein.«

Brenda zuckte besorgt zusammen, aber Annie bemerkte es nicht. Einen Augenblick lang bedauerte sie es, diese Neuigkeit aus ihrer Freundin herausgelockt zu haben. Soweit sie informiert war, bedeutete das nichts Gutes.

»Und was soll das heißen, Annie? Hat Aaron seine Ansicht über die Scheidung geändert?«

Annies Gesicht versteinerte. »Nun ja, seither haben wir uns nicht mehr gesprochen.« Brenda nickte leicht, aber Annie fuhr hastig fort, bevor sie etwas sagen konnte. »Er mußte geschäftlich nach New Hampshire. Gleich nach der Feier.«

»Hat er inzwischen angerufen?«

»Nein«, mußte Annie zugeben. »Aber es ist ja auch erst zwei Tage her. Er ist wohl noch nicht wieder in der Stadt.«

»Es gibt Telefone in New Hampshire.«

Keine von beiden erwähnte Lally Snow oder den Tisch, den Aaron gebucht hatte. Ganz offensichtlich hatte dieser Mistkerl Annie nicht eingeladen. Nach einer kurzen Pause wandte sich Brenda offen an ihre Freundin. »Er hat dich benutzt, Annie.« Sie sprach so behutsam, wie es ihr bei so harten Worten nur möglich war. »Er war noch von der Feier ganz Wärme und Freundlichkeit. Sozusagen ganz zu Ehren der gemeinsamen Tage. Er hat dich wieder einmal nur benutzt.«

Annie tupfte sich den Schweiß von der Stirn und stopfte das Handtuch in ihre Sporttasche. Brenda sah die Angst in ihren Augen. »Er wird anrufen, Brenda. Ganz bestimmt.«

»Aber sicher doch. Hoff du nur auf faire Behandlung. Es ist zum Lachen. So wie Morty mich fair behandelt hat. Eine Scheidung unter Freunden. Welch ein Widerspruch in sich selbst, ganz die dummschlaue Tour. Aber der Widerspruch bin wohl eher ich.« Sie setzte sich schwer auf die Bank neben den Schränken und erzählte Annie von der Aktiengesellschaft und davon, wie dumm sie gewesen war und wie Morty sie übers Ohr gehauen hatte.

»O Brenda, das tut mir so leid! Aber da mußt du etwas unternehmen. Du mußt klagen.«

»Ach, ja? Und womit? Anwälte kosten Geld.« Brenda hielt inne. Sie konnte Annie nicht von ihrem Vater erzählen und allem, was sonst noch dazu gehörte. »Ich habe panische Angst vor Gerichten. Und Morty weiß das.«

»Laß nicht zu, daß er daraus Kapital schlägt, Brenda! Ich werde dir das Geld leihen. Oder wir suchen einen Anwalt, der auf Erfolgsbasis arbeitet.«

»Meinst du, das geht?«

»Aber ja. Du mußt unbedingt etwas machen. Das ist ja einfach schrecklich.« Brenda war überrascht und gerührt, als sie Tränen in den Augen ihrer Freundin entdeckte. Himmel, es ging ihr aber nahe.

Da setzte Annie sich neben sie und zog ein Papier aus ihrer Tasche.

»Ich möchte, daß du dies hier liest, Brenda.« Sie reichte ihr Cynthias Brief.

Brenda runzelte die Brauen, als sie den Brief auseinanderfaltete. Sie suchte nach einer Unterschrift.

»Er ist von Cynthia«, teilte Annie ihr mit.

»Aber Cynthia ist doch tot!«

»Sie schrieb ihn kurz vor ihrem Tod.«

Brenda las den Brief und schüttelte den Kopf. »Ein Abschiedsbrief?«

»Es ist mehr als das, Brenda. Es betrifft uns alle.«

8

Bewegte Stunden

Obwohl es erst kurz nach sieben Uhr früh war, war Annie bereits vollkommen erschöpft. Nach Cynthias Selbstmord, dem Wochenende in Boston zusammen mit Aaron und dem gestrigen tränenreichen Abschied Sylvies von Chris würde dieser Tag der schlimmste von allen werden.

Sie hatte bereits alles Notwendige für Sylvie gepackt – und dazu auch jede Menge Unnötiges – und für den Transport bereitgestellt. Ebenfalls vorbereitet war eine Tüte mit belegten Brötchen und Obst. Sie rief noch einmal bei der Garage an, um sicherzugehen, daß Hudson auch wirklich um acht bereit wäre. Sie hatte keinen eigenen Fahrer mehr, aber Hudson war einer jener Besitzer einer großen Limousine, die für einige ›ihrer‹ Damen Chauffeurdienste übernahmen. Diskret und zuvorkommend hatte er Annie zu Einkäufen bei Saks, Mortimer, Kenneth und zu anderen exklusiven Zielen chauffiert. Diese Fahrt jedoch war anderer Art.

Annie hatte eigentlich die Zeitspanne, bevor sie Sylvie wecken mußte, ganz bewußt auskosten wollen. Aber das war nicht möglich. Trotzdem konnte sie sich nicht überwinden, in ihr Zimmer zu gehen. Und so saß sie jetzt in ihrer gemütlichen Küche und versuchte diese letzten Minuten, die ihre Tochter noch bei ihr war, für sich zu bewahren. Es war das letzte Mal, daß alles so war wie immer.

Wenn sie zurückblickte, ergab sich für Annie eine deutliche Zweiteilung ihres bisherigen Lebens. Das waren einmal die ersten siebenundzwanzig Jahre vor der Geburt Sylvies und dann die sechzehn Jahre danach. Es waren nämlich nicht die oberflächlichen Ereignisse wie Examen, Geburtstage und Feste, sondern Geburt, Tod, Liebe und Verlust, die einen – wenn sie einen tief berührten – für immer zeichneten.

Die Geburt von Alex und die von Chris waren wundervolle, herrliche Ereignisse gewesen. Aber das war in jener

Zeit, die für Annie ein Traum und nicht das Leben selbst gewesen war. Erst mit Sylvies Geburt war sie aufgewacht. Sylvie bedeutete ein Problem, das weder Zeit noch Geduld oder Gebete beseitigen helfen konnten. Es war dieser Feuersturm aus Wut und Schmerz, Selbstvorwürfen und Scham, der Annie aufwachen und erwachsen werden ließ. Schade nur, daß es nicht schon früher geschehen war. Allerdings hatte sie bei diesem Prozeß einen Sohn und ihren Mann verloren.

Manchmal machte sie sich Sorgen um Alex, ihren gutaussehenden, begabten, strahlenden Sohn. War es wirklich sein Wunsch, Medizin zu studieren? Sie seufzte. Die meisten Mütter wären dankbar, wenn sie einen Sohn hätten, der keine Drogen nahm und mit Auszeichnung Medizin studierte. Annie jedoch befürchtete, daß sich sein Ehrgeiz von jenem gesellschaftlichen Druck nährte, der auch sie einst gefangenhielt.

Und Chris? Würde bei ihm alles glatt verlaufen? Er war das mittlere Kind, ein problemloser, sonniger Charakter. Doch schließlich hatte Aaron immer Alex vorgezogen, und sie selbst war ganz in der Fürsorge für Sylvie aufgegangen. Chris war vorzeitig von Princeton abgegangen, um jetzt bei seinem Vater in der Werbeagentur zu arbeiten. War das nur ein Versuch, doch noch die Aufmerksamkeit seines Vaters zu gewinnen? Chris und Alex, beide arbeiteten hart, und beiden winkte der Erfolg. Aber wußten sie auch, was Freude bedeutete? Waren sie wirklich *zufrieden*? Denn das war es letztlich, worauf es einzig und allein ankam.

Durch Sylvie war ihr das alles bewußt geworden. Ohne große Anstrengung war es Sylvie gelungen, Annies Wertmaßstäbe umzustoßen. Es kam nicht darauf an, wieviel man verdiente, wie man aussah, was man erreichte, wen man kannte und was man alles besaß. Es kam noch nicht einmal darauf an, wie klug jemand war. Alles das war unmaßgeblich. Jedes Gebot, daß Annie verinnerlicht, jeder Wertmaßstab, den sie gläubig übernommen hatte, erwies sich nun als unerheblich. Katholizismus, immer lieb und nett sein, immer attraktiv sein, Unangenehmes übersehen, verleugnen. Alles das war falsch, so falsch. Wenn man sich jedoch erst einmal all dieser Gebote entledigt hatte, schien die Welt beängstigend lächerlich.

Jenseits des East River sah Annie die Sonne über einer von Menschen geschaffenen Landschaft aufgehen, ein letztes Mal mit Sylvie daheim. »*Denn die Erde ist des Herrn und die Fülle darauf und alle die darauf wandeln*«, murmelte sie. Sie war nicht religiös und schon vor Jahren aus der Kirche ausgetreten. Trotzdem spürte sie die Wahrheit und Schönheit einiger Psalmen. Und ihren Trost. Heute hatte sie ihn nötig.

Heute wird Sylvie fortgehen, dachte sie. Schon vor Cynthias Beerdigung hatte Annie öfter nachts geweint, heimlich, denn es regte Sylvie immer ganz furchtbar auf, wenn Annie weinte. Sie wußte, daß die Trennung für Sylvie hart werden würde. Aber sie lebte von Augenblick zu Augenblick, und solange diese Augenblicke mit Sonnenschein, einem Lieblingstier, gutem Essen und Freunden gefüllt waren, war alles in Ordnung. Aber was ist mit mir? Aaron glaubt, ich täte es meinetwegen. Was für ein Irrtum. Dies ist ein Geschenk von mir an sie. Und noch nie ist mir etwas so schwergefallen. Annie wischte sich über die Augen und holte tief seufzend Luft. Vielleicht ist das der Beginn meines dritten Lebensabschnitts, meines Lebens ohne Sylvie.

Und vielleicht war es auch ein neuer Beginn für Sylvie. Sie hat diese Schule bitter nötig, gleichgültig was Aaron und Alex dagegen sagten. Annie hatte gesehen, was geschah. Tag für Tag, Jahr für Jahr umgeben von anderen, die klüger und fixer waren als sie, war Sylvie immer stiller, immer einsamer geworden. Annie sah ein, daß ihre Tochter nicht das bekam, was sie so nötig hatte.

Anders als ihre eigene Mutter lief Annie aber vor Problemen nicht davon. Sie kämpfte für Sylvie. Sie hatte Sylvan Glades aus allen Sonderschulen und Internaten ausgesucht, und wenn es sie auch schier zerriß, ihr kleines Mädchen in die Hände von Fremden zu geben, so wußte sie doch, daß sie genau das tun mußte. Und Chris, dem Himmel sei Dank, hatte Sylvies Bedürfnisse erkannt und ihr zugestimmt.

Die Ironie wollte, daß Aaron ihr in all den Jahren zuvor immer vorgeworfen hatte, Sylvie zu sehr zu umsorgen, sie zu verwöhnen. Er hatte versucht, diese Ansicht als selbstlose Besorgnis erscheinen zu lassen, doch Annie wußte, daß es anders war. Ich glaube nicht, daß er irgend etwas oder irgend jemand zu lieben imstande ist, das derart unvollkommen ist. Er ist nun einmal so. Ein mongoloides Kind zu haben, paßte nicht mit seinem Selbstverständnis zusammen. Es hatte ihn betroffen gemacht, und es war für ihn nur schlimmer. Mit zehn war sie nicht mehr so niedlich wie mit sechs, und mit dreizehn war sie überhaupt nicht mehr niedlich. Für ihn war sie schlicht und einfach ein Fehlschlag.

Und noch etwas anderes ließ immer mehr zu wünschen übrig. Nach Sylvies Geburt war alles anders geworden. Es war eine schwierige Geburt gewesen. Und nachdem sie sich erholt hatte, waren Annie Depressionen geblieben. Aaron eignete sich schlecht als Tröster. Vor Schwierigkeiten pflegte er davonzulaufen. Er verlangte von ihr, ›darüber hinwegzukommen‹. Als sie schließlich wieder miteinander geschlafen hatten, konnte sie keinen Orgasmus mehr erreichen. Seit damals nicht ein einziges Mal.

Zuerst hatte Aaron sich bemüht, Geduld aufzubringen. Annie hatte sich behandeln lassen, eine Therapie begonnen und sich Beruhigungsmittel verschreiben lassen. Eine ganze Weile hatten sie so dahingelebt. Das konnte Aaron nicht verkraften. Dann hatte er etwas über Dr. Rosen, die Sexualtherapeutin, gelesen und darauf bestanden, daß Annie sich von ihr behandeln ließ.

Ganz bestimmt hatte Dr. Rosen ihr dabei geholfen, die Schleier von den Wahrheiten ihres Lebens zu reißen. Sie hatte sie erkennen lassen, wie sehr sie von ihrer Mutter vernachlässigt worden war, wieviel an Wut und Trauer in ihr steckte. Annie hatte sogar Aaron geholfen, ihre Eheprobleme zu erkennen. Und sie hatte sie auch bei der Suche nach einer Schule für Sylvie unterstützt. Dann hatte Aaron sich von ihr getrennt, und als Annie sich weigerte, einer Scheidung zuzustimmen, hatte Dr. Rosen die Therapie einfach abgebrochen. Gerade jetzt vermißte Annie ihre Therapeutin, hätte sie ihren Rat ganz besonders nötig gehabt. »Sie leben immer noch in einer Traumwelt. Sie weigern sich, die Realität zu erkennen«, waren Dr. Rosens Worte gewesen. »Es gibt nichts mehr, was ich für Sie tun könnte.«

Annie war schwindlig. Besser, sie ging diesen Tag so ruhig wie möglich an. Sie überlegte kurz, ob sie Brenda anrufen sollte. Sie hatte ja angeboten, sie zu begleiten. Zuerst hatte Annie die letzten Augenblicke allein mit Sylvie verbringen wollen, aber jetzt brauchte sie doch jemanden, mit dem sie sprechen konnte. Sie blickte auf die Uhr. Es war erst Viertel nach sieben. Sie konnte unmöglich anrufen. Brenda würde sie umbringen. Schließlich war ja auch niemand gestorben, dachte sie ironisch. Mir ist zwar ganz so zumute, aber ich werde es auch ohne Anruf überleben. Bislang habe ich fast alles allein geschafft, und ich werde es auch diesmal schaffen.

Sylvies Zimmer war fast leergeräumt. Eigentlich waren nur noch sie und Pangor, der Siamkater, reisefertig zu machen. Annie zog die Vorhänge auf und blickte auf ihr schlafendes Kind. Sylvies weißblonde Locken waren über das Kissen gebreitet, das Gesicht im Schlaf entspannt. Trotz der typischen deformierten Augenpartie, die den Ausdruck ›mongoloid‹ geprägt hatte, und weil der Schlaf die unmißverständliche Leere ihres Gesichtsausdrucks nicht so auffällig werden ließ, erinnerte dieses Bild Annie an Sylvies Kindergesicht.

»Sylvie.« Annie berührte sanft ihre Schulter. Soweit sie wußte, war Sylvie immer sanft und liebevoll behandelt worden, so wie Pangor. Ganz wie er dehnte und streckte sie sich jetzt, dann breitete sie die Arme aus. Als Annie sie an sich drückte, hoffte sie, daß sie immer in guter Hut sein würde, um ihr vertrauensvolles, sanftes Wesen bewahren zu können. »Hallo, Mam-Pam.« Sylvies Redeweise war ein bißchen undeutlich, aber ohne weiteres zu verstehen, wenn man sich etwas Mühe gab. Viele waren dazu nicht bereit.

»Hallo, Sylvie.«

»Hallo, Pangor.« Der Kater reckte sich erneut und wälzte sich auf den Rücken. Sanft streichelte Sylvie seinen seidenweichen Bauch.

»Zeit zum Aufstehen für euch beide. Du weißt doch, was wir heute machen werden, nicht wahr?«

»Zur Schule gehen«, flüsterte Sylvie. Ganz tief in ihren Augen saß ein Fünkchen Angst, das Annies Erzählungen und Vorbereitungen nicht hatten auslöschen können. »Aber nach einer Weile werde ich es dort mögen.« Wie ein Papagei plapperte sie nach, was Annie ihr immer wieder und wieder gesagt hatte. Annie nickte ihr zu. »Und Pangor kommt auch mit, nicht, Mam-Pam?«

»Aber gewiß doch.«

Sylvie warf die Decke ab und stand auf. Ihre Bewegungen waren tapsig und ein wenig schwerfällig. Und so voll Vertrauen.

»Na dann waschen und anziehen. Hudson wird gleich nach dem Frühstück hier sein.« Sylvie lächelte. Sie mochte Hudson, und er mochte sie. Annie sah, wie ihre Tochter sich aus dem Schlafanzug strampelte, dann wandte sie sich ab und ging zurück in die Küche. Tränen standen ihr in den Augen.

Die Schule war gar nicht so weit fort, sagte sie sich. Nicht einmal zweihundert Kilometer in Richtung Norden, in einer ruhigen Gegend im Staat New York. Sie erinnerte sich daran, wie sie, sogar noch jünger als Sylvie heute, ins Internat gekommen war. Sie war genauso verwirrt und aufgeregt gewesen wie Sylvie, nur daß sie keine Mutter gehabt hatte, die sie begleitete. Denn ihre Mutter war ja weggelaufen. Und nie wiedergekommen. Sie hatte sich weder von Annie noch von Annies Vater verabschiedet, und dieser hatte Annie in seiner Ratlosigkeit ins Internat gegeben.

Es schien ihr, als ob sie immer gegen die Einsamkeit hatte ankämpfen müssen. Wie war es bei den anderen? Rannten auch die anderen immer nur der Einsamkeit davon? Sie hatte darunter gelitten und sich geschworen, alles in ihrer Macht Stehende zu tun, um ihrem Kind diese Erfahrung zu ersparen. Sylvan Glades war das Bollwerk, das Sylvie vor Vereinsamung schützen würde. Wie Aaron auch immer darüber urteilte, Sylvan Glades war eine Wohnanlage, wo Sylvie glücklich mit anderen Behinderten leben konnte. Dort würde sie eine Beschäftigung finden und Freunde und Hilfe in allen Dingen, bei denen sie Hilfe brauchte. Und sie würde so sein wie die anderen, ganz genau so.

Es war eine ausgesprochen teure Einrichtung, aber sie hatten frühzeitig an eine Langzeitpflegeversicherung gedacht, und Annie hatte den Zahlungen ihres Mannes das meiste ihres Vermögensanteils hinzugefügt. Von daher war reichlich gesorgt, um ihr Kind vor der Einsamkeit zu bewahren, die Annie jetzt so fest im Griff haben würde.

Sie machte die Reisekiste für Pangor bereit und verabreichte ihm in einem Kügelchen Sahnefrischkäse eine Beruhigungspille. Sie hätte selbst eine brauchen können.

Um Punkt acht klingelte Hudson. Sylvie, in einer weißen Leinenbluse und einem schönen blauen Trägerrock von Saks, tanzte vor Begeisterung. »Wir fahren zur Schule, zur Schule«, sang sie, während Annie sich ein Lächeln abrang.

»Anderswo-schlafen-Schule«, erinnerte sie sie.

»Anderswo-schlafen-Schule«, bestätigte Sylvie nickend. »So wie Alex und wie Chris.« Sie griff nach Annies Hand. »Komm, fortfahren.«

Sylvie war zu aufgeregt, um während der Fahrt zu schlafen. Sie spielten daher ein paar Spiele und malten. Sylvie aß eines von den Brötchen und eine halbe Banane. Die Fahrt kam Annie endlos vor, andererseits war sie dann wieder viel zu schnell zu Ende.

»Ist das deine neue Schule?« fragte Hudson als sie in die Auffahrt einbogen, die zu dem eleganten umgebauten Landhaus führte. Er stieß einen Pfiff aus. »Toller Laden.«

Sylvie zappelte auf dem Sitz und mußte kichern. »Toller Laden«, wiederholte sie, die Augen weit geöffnet. Annie liebte die Augen ihrer Tochter. Für Fremde waren sie ein Merkmal für das Downes-Syndrom, doch Annie erschienen die leicht schrägen, fast asiatischen Augen ihrer Tochter ausgesprochen liebenswert und geheimnisvoll. Katzenaugen. Augen, die jetzt voller Furcht waren. Einmal hatte Sylvie sie damit überrascht, daß sie auf das Bild einer Geisha in einem von Annies Büchern über Japan zeigte und dabei sagte: »Wie meine Augen, Mami.«

Als sie vor dem Hauptgebäude vorfuhren, trat die Leiterin, Frau Dr. Gancher, heraus. Sie war eine große, füllige Frau. Sachlich, aber voller Wärme. Während sie Annie und

Sylvie begrüßte, begann Hudson mit dem Ausladen des Gepäcks.

Trotz ihrer Größe war Dr. Gancher keine furchteinflößende Frau. Aber Sylvie traute sich nicht so recht hervor. »Sag guten Tag, Sylvie«, ermunterte Annie sie, und Sylvie murmelte einen Gruß. Dann hob sie den Kopf: »Ich habe eine Katze. Sie hat Augen wie ich.« Verblüfft schaute Annie auf ihre Tochter. Noch nie hatte Sylvie sich mit Pangor verglichen. Abermals war Annie betroffen darüber, daß ihre Tochter ihre Gedanken zu erraten schien.

Dr. Gancher lächelte. »Und soviel ich weiß, wird deine Katze mit dir zusammen hierbleiben.« Sylvie nickte.

Das Gepäck war mittlerweile ausgeladen und blieb vorerst dort stehen. »Willst du deine neue Schule sehen?« Sylvie bejahte diese Frage, und sie machten einen Rundgang durch das Hauptgebäude, die Cafeteria und das Gemeinschaftshaus, wo Sylvie ein Zimmer bekommen würde. Alle ›Schüler‹ machten einen gepflegten Eindruck und gingen irgendwelchen Beschäftigungen nach. Nach einer guten Stunde waren sie wieder am Ausgangspunkt angelangt.

»Magst du jetzt auf Wiedersehen zu deiner Mutter sagen?«

Sylvie nickte. »Tschüs, Mam-Pam«, meinte sie ganz beiläufig.

»Dann meine ich, wäre es an der Zeit für Sie zu gehen, Mrs. Paradise. Darf ich Sie heute abend anrufen?«

Annie erstarrte kurz. »Jetzt schon?« Aber dann sah sie ein, daß es so für Sylvie am besten war. »Ja, natürlich.« Sie wandte sich ihrer Tochter zu. »Auf Wiedersehen, mein Liebes. Ich komme ganz bald wieder.«

Sylvie fuhr fort zu lächeln. »Geh nicht, Mam-Pam. Geh nicht fort.« Doch sie schien weiterhin ruhig zu sein.

»Ich muß jetzt gehen, Kleines. Du erinnerst dich? Das ist die Spielregel bei einer Anderswo-schlafen-Schule.« Das Lächeln begann zu verschwinden, Sylvies breites Gesicht verzog sich, ein Mundwinkel begann zu zucken. »Geh nicht«, wiederholte sie lauter.

»Aber jetzt bist du hier in deiner neuen Schule, hier bei

Dr. Gancher, zusammen mit Pangor. So, wie wir es besprochen haben.«

Sylvie riß sich von Dr. Gancher los und stürzte zu Annie. »Nein, nein!« Sie schlang ihre Arme um Annies Hals und preßte ihren Kopf unter Annies Arm. »Nein!«

»Es ist am besten, wenn Sie in den Wagen steigen«, sagte Dr. Gancher ruhig und nahm Sylvie wieder bei der Hand. Sie schrie gellend, als sie sanft aber bestimmt weggezogen wurde. Annie stand wie angewurzelt. Dr. Gancher gab ihr einen sanften Stoß. Annie ging zum Wagen. Ihre Tochter versuchte, sich aus dem fremden Griff zu befreien. »Nein, Mami, nein!« Annie kämpfte mit den Tränen, als Hudson ihr die Wagentür öffnete und sie einstieg.

»Geh nicht! Bitte, bitte, geh nicht!« Hysterisch, schreiend, das Gesicht rot und tränenüberströmt, fiel Sylvie auf die Knie. »Bitte, Mami, geh nicht fort!«

Hudson setzte sich ans Steuer. Zwei Wärterinnen waren aus dem Haus gekommen und standen nun neben Dr. Gancher, die neben Sylvie kauerte und sie fest in die Arme genommen hatte. Sylvies Arme aber streckten sich flehend nach Annie aus.

»Fahren wir?« fragte Hudson mit leiser Stimme.

»Ja«, gelang es Annie hervorzustoßen. Sie konnten Sylvies Schreie hören, bis sie das Tor erreicht hatten.

9

Morty, du gemeines Stück

Annie hat recht, dachte Brenda. Ihr eigenes Leben mag ja auch total verkorkst sein, aber was ihre Ratschläge für mich betrifft, da hat sie völlig recht. Brenda betrat ihr Apartment. Im Wohnzimmer wühlte sie in den Schubladen der Kredenz. Irgendwo befanden sich dort ihre Scheidungsunterlagen und Bankauszüge. Jetzt suchte sie zwischen leeren Umschlägen, unausgefüllten Einzugsermächtigungen und zerknüllten Tempotaschentüchern nach der Adresse, die Duarto ihr gegeben hatte. *Diana La Gravenesse, Rechtsanwältin. Ausschließlich für Frauen- und Scheidungsangelegenheiten.* Annie hatte recht. »Nimm dir einen guten Rechtsanwalt.« Ein guter Tip. Sie hatte lange über ihr Gespräch nach der Gymnastikstunde nachgedacht. Jetzt würde sie handeln. Sie ging zum Telefon und wählte die Nummer.

Es war nicht einfach, einen Termin zu bekommen. Der Sekretär der La Gravenesse hatte sie mit einem in drei Wochen abspeisen wollen, aber Brenda war stur gewesen. »Es handelt sich um einen Notfall, und ich brauche den Termin heute.« Sie war grob zu der kleinen Tunte gewesen. Normalerweise mochte sie Homos, und Duarto war eine Wucht, aber bei diesem Typen sträubten sich ihr die Nackenhaare, der war ihr zu kleinkariert.

So, nun hatte sie ihren Termin. Und nun? Sie konnte da nicht alleine hin. Aber Annie konnte sie nicht fragen. Annie war auch so schon völlig fertig.

Blieb Duarto. Er war immer hilfsbereit und, was noch wichtiger war, er war witzig. Sie würde ihn bitten, mit ihr zu kommen, denn sie hatte Angst. Sie war dumm gewesen, und wenn sich nun herausstellen sollte, daß diese Dummheit nicht mehr rückgängig zu machen war, würde sie daran für eine lange Zeit zu tragen haben. Und davor hatte sie Angst. Allein schaffte sie es nicht. Sie rief Duarto an.

»*Principessa, cara!*« Duarto sprühte geradezu vor Energie. »*Va bene?*«

»Ich fühle mich wie ein toter Hund, wenn du es wirklich wissen willst. Was soll der Scheiß mit der *principessa*?«

»Es beeindruckt diese Bauern, wenn du es wissen willst«, erklärte er mit unterdrückter Stimme. »Das Glückskind ist hier. Ich sitze bis zum Brusthaar in Stoffproben, und diese Zimtzicke fragt nach immer mehr. Zweihundertzwanzig verschiedene Türkis-Schattierungen sind immer noch nicht genug. Sie ist grad Pipi machen gegangen, aber sie hat gehört, wie ich dich *principessa* genannt habe. Jetzt wird sie noch eine Stunde hierbleiben.« Er seufzte. Brenda wußte, daß er für Gayfrieda Schiff arbeitete, eine Professionelle, die das Glück gehabt hatte, von ihrem Wohltäter geheiratet zu werden. Und jetzt gab John Schiff über zehn Millionen für die Einrichtung ihrer Dreiundvierzigzimmerwohnung an der Park Avenue aus. ›Glückskind‹ war der Codename, den Duarto Gayfrieda gegeben hatte. »Wenn ich daran denke, wie mein Talent vergeudet wird. Ein harter Broterwerb. Also, sag, was hast du?«

Brendas Brust zog sich zusammen. Sie konnte ihn nicht fragen. Er hatte zu tun. Sie mußte allein hingehen. »Morty steigt ins Aktiengeschäft ein. Ich meine, ich sollte mal die Rechtsanwältin aufsuchen, die du mir empfohlen hast.«

»Großartig! Genau das Richtige. Ist ja wohl klar, daß ich mitkomme.«

»Nein, kannst du nicht, du hast das ›Glückskind‹ da.«

»Nichts da. Ich sage ihr, ich hätte meine Periode.« Duartos Tonfall änderte sich. »Das ist ja furchtbar, *principessa*, wie können Sie bloß ihre Tafelrunde komplettieren, wenn alle krank sind?« Er hielt kurz inne. Brenda verstand, daß Gayfrieda wieder zurückgekommen war und er ihr wieder etwas vormachte. »Aber sicher werde ich das. Ganz bestimmt, *principessa*.«

»Wenn Gayfrieda tatsächlich glaubt, daß sie über dich zur Soiree einer Prinzessin eingeladen wird, dann ist sie auf dem Trip.«

»Aber es wäre einen Versuch wert, *cara*. In einer halben Stunde bin ich dort.«

Brenda spürte Tränen in den Augen. Sie würde nicht alleine gehen müssen. »Duarto, du bist ein Prinz.«

»Nein, *cara*. Buatta ist der Prinz. Ich bin der ›Sultan‹. Ciao.«

Jetzt hatte sie keine andere Wahl mehr, als ihre Scheidungsunterlagen, Abfindungserklärungen und was sonst noch dazu gehörte in eine Tüte zu stopfen. Dazu kamen noch die Presseartikel aus der *Times* und dem *Journal*. Als nächstes stellte sich das Problem des Anziehens. Sie zwängte sich in schwarze Hosen, die sie zwar im Bund nicht schließen konnte, aber darüber zog sie einen grauschwarz gemusterten Kaschmirpulli von Issey Miyake, der eine ganze Reihe von Sünden gnädig überspielte. Sie hatte ihn im Ausverkauf erstanden, lange vor ihrer Scheidung.

»*Cara*, du siehst aus wie Elisabeth Taylor. Gar nicht so schlecht, auch wenn vielleicht ein paar Pfund runter könnten, mmh?« stellte Duarto bei seiner Ankunft fest.

Die Fahrt dauerte ziemlich lange, und im Taxi roch es nahezu unerträglich nach Schweiß. Duarto verdrehte die Augen, nachdem er sich die Presseausschnitte angesehen hatte, und ließ das Fenster herunter.

»Duarto, ich habe keine Ahnung, wie ich die Anwaltskosten bezahlen kann. Morty ist drei Monate mit seinen Zahlungen im Rückstand, und ich stehe bei Hinz und Kunz in der Kreide.«

Da begann Duarto in seinem Attachékofferchen zu kramen. »Das erinnert mich an etwas. Du hast jetzt einen neuen Job.« Er zog einen Scheck hervor, den er Brenda überreichte. »Und das ist dein erstes Gehalt.«

Brenda starrte auf den Scheck und hob dann den Blick.

»Nimm ihn, *cara*«, drängte er.

»Aber ich arbeite doch gar nicht für dich.«

»Du tust es jetzt, *cara*. Ich brauche eine Assistentin. Es wird immer schwieriger, mit dem geschäftlichen Teil nachzukommen, wenn man sich voll auf die künstlerische Arbeit konzentrieren muß. Ohne die Hilfe von Richard werde ich allmählich wahnsinnig. Und seitdem ich mit diesen beiden reichen Fregatten im Geschäft bin, stehe ich noch mehr unter Streß.« Brenda wußte, daß damit Melanie Kemp und Susana

Carstairs gemeint waren. »Und deshalb bist du jetzt meine Assistentin.«

Brenda nahm den Scheck, faltete ihn und steckte ihn ein. »Ich danke dir, Duarto. Du bist sehr gut zu mir.« Sie hielt den Kopf gesenkt, damit Duarto nicht die Tränen sehen konnte, die ihr in den Augen brannten.

»Ganz und gar nicht, *cara*. Du warst vielmehr sehr gut zu mir. Und zu Richard. Damals, im Krankenhaus, da hat er zu mir gesagt: ›Duarto, laß diese Frau um Himmels willen nicht hängen, besorg ihr einen Job, hol sie raus aus ihrem Trott.‹«

Brenda lehnte sich zu ihm hinüber und gab ihm einen Kuß auf die Wange. »Danke, Duarto, und danke, daß du mit mir kommst.«

»Das ist nicht der Rede wert. Ich mach' es gern.«

Brenda stieß einen Seufzer aus. »Ich wünschte, ich bräuchte das alles nicht zu tun. Und ich hasse diesen Teil der Stadt. Ich kann ihn einfach nicht ausstehen.«

»Du mußt da durch«, redete er ihr zu. »Was er getan hat, ist einfach widerwärtig. Wie kommt es eigentlich, daß du dich überhaupt derart hast abspeisen lassen? Du bist doch sonst nicht so dumm.«

»Ich weiß, aber ich hasse Gerichte und Anwälte und all das. Damals wollte ich nur, daß alles schnell vorbei war.« Sogar Duarto konnte sie nicht erzählen, warum, mochte sie ihm nichts über die ›Geschäfte‹ ihres Vaters erzählen. Auch wenn er nun schon seit Jahren tot war, war sein Erbe, die Heidenangst vor Gerichten, immer noch in ihr lebendig. Morty wußte davon, und er hatte es gegen sie ausgespielt. Sie hatten sich außergerichtlich geeinigt. »Geld ist für mich nicht so besonders wichtig«, sagte sie jetzt, so als ob sie sich selbst davon überzeugen wollte.

»Gewiß, aber es ist kein Spaß, wenn man älter wird, und alt zu werden ohne ausreichende Finanzen, ist einfach ekelhaft. Schau dir bloß diese Karre an, *cara*. Du solltest einen eigenen Wagen mit Chauffeur haben.«

Brenda sah hinaus. Sie waren da. Gegen Brendas Protest bezahlte Duarto das Taxi, und beide betraten Broadway Nr. 125. Die Reihe der Namensschilder war lang, und es dauerte eine Weile, bis Brenda fand, was sie suchte. Das Büro befand sich im vierzehnten Stock, der eigentlich der dreizehnte war. Na großartig.

»Ist sie auch wirklich gut?« wandte sich Brenda an Duarto, als sie mit dem Lift hinauffuhren. Hier drin roch es säuerlich, mit einem Hauch nach Sardinen. Früher einmal war der Lift mit Mahagoni ausgekleidet gewesen. Jetzt war der Rest der Vertäfelung zerkratzt und mit vulgären und obszönen Graffiti beschmiert.

»Duarto, ist sie ganz bestimmt gut?«

»Ganz bestimmt, *cara*. Sie ist einfach Klasse.«

»Wen hat sie sonst noch vertreten?« Brenda kam der Gedanke, daß hier eigentlich ein Mann, ein wirklich aggressiver Mann das richtige wäre, aber sie vertraute Duarto. In finanziellen Dingen war er Realist, sogar ein ziemlich hartgesottener.

»Niemand, den du kennst. Aber du kannst mir glauben, sie hat ein paar ganz schöne Dinge gedeichselt. Sie ist gegen Raoul Felder und Melvin Belli angetreten und hat beide ganz schön alt aussehen lassen. Sie läßt nicht locker.«

Im vierzehnten Stock angelangt, fanden sie sich in einem engen Flur wieder, auf den mehrere Dutzend Türen mündeten.

»Ich weiß nicht mehr die Nummer der Tür«, stöhnte Brenda. Noch eine Fahrt mit diesem Lift würde sie nicht überstehen.

»Vierzehn zwölf«, erwiderte Duarto. Der Gang hatte mehrere Abzweigungen, und längst nicht alle der alten, braungestrichenen metallenen Türen hatten Nummern oder Namensschilder. Es roch nach Staub und abgestandener Luft, und die Türen waren eingebeult, so als ob man gegen sie getreten oder dagegengehämmert hätte. Brenda wurde immer mieser zumute. Sie mußte an den einzigen brauchbaren Ratschlag ihrer Mutter denken. »Sieh immer zu, daß du das Beste bekommst. Alles andere wirst du bereuen.« Nur schlimm, daß sie ihr nie gesagt hatte, wie sie es finden und erkennen konnte. Brenda umklammerte ihre

Plastiktüte. Eins war jedoch ganz sicher: Hier war das Beste niemals zu finden.

»Tatatatamm!« trompetete Duarto. Sie standen vor einer weiteren dieser gleichförmigen Metalltüren. *Kanzlei Diana La Gravenesse* verkündete die Aufschrift in goldenen und schwarzen Lettern. Duarto öffnete und ließ Brenda den Vortritt in einen tristen, beige gestrichenen, fensterlosen Warteraum. Einige alte Ledersessel, ein niedriges Tischchen mit ein paar zerfledderten Zeitschriften vervollständigten die Einrichtung. Hinter einem Fenster in der Wand saß eine rothaarige männliche Bürokraft.

»Setz dich. Ich werde mich darum kümmern.« Brenda sah Duarto zu, wie er mit dem Sekretär sprach. Das dauerte eine ganze Weile.

Schließlich wandte er sich mit schmalen Lippen wieder ihr zu. »Wie ich diese aufgeblasenen Typen hasse. Halten sich für besonders wichtig. Diana wird bald da sein, *cara*.«

Und so war es in der Tat. Als die Tür sich öffnete, bot sich ihnen ein atemberaubender Anblick. Groß war sie, bestimmt gut an die einsachtzig, mit breiten Schultern und langen Armen und Beinen. Das Haar von unbestimmbarer blond-brauner Farbe trug sie kurz, in der Mitte gescheitelt und glatt zurückgestrichen, fast eine Parodie auf den Wall-Street-Banker-Look. Ihre Schuhe und Strümpfe, ihr Kostüm und die Bluse waren alle von der gleichen taupe-graubraunen Farbe, wie auch ihre Augen. Sie trug eine randlose Brille mit goldener Kette. Sie war hochgewachsen, erstklassig, streng, nüchtern und zäh. Sie sah einfach großartig aus.

»Duarto! Ich wußte gar nicht, daß du heute kommst.« Sie hatte eine tiefe, aber keineswegs unweibliche Stimme. Sie lächelte und zeigte dabei die makellosesten echten Zähne, die Brenda jemals gesehen hatte. Und wenn es nicht ihre eigenen waren, hätte Brenda nur zu gern den Namen ihres Zahnarztes gewußt. Angela brauchte ein paar Kronen.

»Sie sind Brenda Cushman?« Diese Feststellung endete zwar mit einer fragenden Hebung, aber die große Frau wartete keine Antwort ab. Ihre große, flache Hand mit langen Fingern ergriff Brendas kleine pummelige und hielt sie einen

Augenblick fest. Zum ersten Mal an diesem Tag war alle Furcht verflogen. In dem kurzen Moment, in dem Diana La Gravenesse ihre Hand hielt, fühlte Brenda sich rundum wohl. »Gehen wir in mein Büro.«

Nervös und schwitzend berichtete Brenda der Anwältin von ihrem Fall. Zu Beginn stotterte sie beinahe, doch allmählich entspannte sie sich. Es war vielleicht dumm, aber sie vertraute dieser Frau. Und zwar so sehr, daß sie ihr sogar von ihrem Vater und seinen Verbindungen zur ›Familie‹ erzählte. »Ich mag darüber nicht befragt werden. Ich hab' Angst, und mein Mann weiß das.«

Diana beruhigte sie. »Das kann ich verstehen. Aber er hat Ihre Angst ausgenutzt. Und ganz bestimmt hat er Ihnen gemeinsam zustehende Vermögensanteile zurückbehalten. Wir haben genug in der Hand, um diese Sache wieder aufzurollen.« Sie zögerte kurz. »Sagen Sie, Mrs. Cushman, haben sie jemals Ihrem Mann in seinem Geschäft geholfen?«

»Geholfen? Ich hab' den Laden geschmissen. Warum? Ist das wichtig?«

»Sehr wichtig. Erzählen Sie mir davon.«

Brenda dachte daran, was für ein Jammerlappen Morty gewesen war. Zwei Wochen vor der Hochzeit hatte er seinen Job verloren – zum dritten Mal in einem Jahr –, aber sie hatte in ihrer Begeisterung die Bedeutung dieser Tatsache nicht erfaßt. Ihre Eltern hatten ihnen die Anzahlung für ihr erstes Haus, eine kleine Doppelhaushälfte in der Bronx, geschenkt. Jede ihrer Tanten hatte die Einrichtung für eines der Zimmer beigesteuert, und so hatten sie sich in einem kompletten Haushalt einrichten können. Morty hatte in diese Verbindung nur seine Person als Kaufmann und das Versprechen auf ein gutes Leben eingebracht. Sie hatte das Düstere ihrer Familie hinter sich lassen können. Keine schrägen Typen mehr, keine obskuren Anrufe und keine mitternächtlichen Besuche mehr von Männern in dicken Wagen.

Aber es war nicht gut gelaufen. Morty konnte keinen Job behalten. Immer legte er sich mit seinen Chefs an. Und mit Geld konnte er auch nicht umgehen, wenn er mal welches hatte, was nur selten der Fall gewesen war. Da hatte Brenda ihren Stolz und ihre Enttäuschung heruntergeschluckt und war zu ihrem Vater gegangen, um ihn zu bitten, für Morty eine Anstellung zu finden. Damals hatte sie erkannt, daß ihre gemeinsame Zukunft in ihren Händen lag. Sie hatte Angst davor gehabt. Sie war von ihrem italienischen Vater und ihrer jüdischen Mutter dazu erzogen worden, als wohlversorgte Ehefrau zu Hause zu bleiben und von ihrem Mann versorgt zu werden. Doch nun mußte sie erkennen, daß das nicht so laufen würde, jedenfalls nicht, wenn sie jemals von ihrer Familie unabhängig werden wollte.

Ihr Vater hatte das genauso gesehen, und um Brenda ein Leben in Abhängigkeit von einem Versager zu ersparen, unterstützte er sie und richtete Morty einen Laden in der Bronx ein. Brenda übernahm die Buchhaltung, da Morty in Geldsachen nicht zu trauen war. Das Geschäft war erfolgreich gelaufen – nicht etwa weil Morty so ein toller Geschäftsmann war, wie er immer allen weiszumachen versuchte, sondern weil ihr Vater den Laden sozusagen durch die Hintertür belieferte. Seine Geschäftsfreunde versorgten sie stetig mit Artikeln, ›die von Lastwagen gefallen‹ und die wegen der niedrigen Gewinnspanne auch immer gleich verkauft waren.

Es hatte niemanden gegeben, mit dem sie darüber hätte sprechen können, außer mit ihrem wesentlich jüngeren Bruder Neil. Aber der war ein abgehalfterter Komiker an der Westküste und hatte mit der Familie nichts zu schaffen.

Und nun saß sie hier, auf einem bequemen Lederstuhl, erinnerte sich an diese frühen Jahre und konnte endlich darüber sprechen. Wie hatte sie es gehaßt, wieder in jenem Dreck zu stecken, aber es hatte sich als das bestmögliche Arrangement erwiesen, und bald war das Geschäft so groß geworden, daß sie es ordnungsgemäß eintragen lassen mußten. Und wieder waren es ihr Vater gewesen, der alles arrangierte, und sie selbst, die alles am Laufen hielt.

Diese Null, mußte sie denken. Wie er jeden Abend ins Büro kam, geschäftig tuend. Ihre Buchhaltungskenntnisse erwarb sie sich mit ihrer Arbeit, ebenso wie die zur Geschäftsführung. Sie hatte versucht, ihm diese Kenntnisse so schnell wie möglich zu vermitteln, so daß sie eines Tages zu

Hause bleiben konnte. Ihre Mutter hatte statt dessen ihre kleine Angela aufwachsen sehen.

Doch Morty war nicht der Mann, der sich dazu herabließ, von einer Frau etwas zu lernen. »Kümmere du dich darum!« hatte er geknurrt. Er war nur daran interessiert gewesen, den Geschäftsinhaber zu spielen. Sie hatte die Rechnungen bezahlt, mit den Lieferanten verhandelt, das Personal gefeuert. Morty war natürlich nur für die Einstellungen zuständig. Er machte nur, was ihm und anderen Spaß machte. Und als das Geschäft größer und größer wurde, wollte er immer ein noch größeres. Brenda hatte sich um die Mietkosten und Kredite zu kümmern. Doch nach Tonys Geburt war es ihr zuviel geworden. Sy wurde eingestellt und übernahm den Bürokram. Erleichtert hatte Brenda sich in das Haus in Greenwich zurückgezogen, nur um dann festzustellen, daß ihr das alles nicht lag. Die Nachbarn waren Snobs, ihre Eltern weit weg. Die Kinder waren unglücklich, sie war unglücklich. Nichts entwickelte sich so wie geplant.

Und nun saß sie hier, blickte in das aufmerksame Gesicht von Diana la Gravenesse und konnte endlich berichten, wie alles gewesen war.

10

Peinliche Begegnung
im Carlyle

Endlos und leer streckte sich das Wochenende vor Annie. Aaron hatte immer noch nicht angerufen. Befürchtungen begannen in ihr aufzusteigen. Warum bloß hatte sie Elises Einladung nach East Hampton nicht angenommen? Ehrlich gesagt, weil sie vor der Anstrengung gesellschaftlichen Umgangs zurückschreckte. Aber die Einsamkeit war genauso unerträglich. Wochenenden im Sommer in der Stadt waren gräßlich. Doch ihr blieb keine Wahl. Sie war eine Gefangene – gefesselt durch das Warten auf den Anruf von Aaron.

Den Samstag überstand sie mit ein wenig Lesen, Blumengießen, ein paar Löffeln Joghurt, um schließlich, erschöpft vom ergebnislosen Warten, schon um halb neun abends ins Bett zu sinken. Sie schlief bis gegen ein Uhr morgens. Beim Erwachen träumte sie, in Aarons Armen zu liegen. Sie würde nun nicht mehr einschlafen können und wünschte sich in ihrer Ratlosigkeit, daß sie ein paar Pillen zur Hand hätte. Morgen würde sie Brenda anrufen und sich von ihr ein paar Seconal geben lassen. Sie war eigentlich dagegen, aber eine weitere schlaflose Nacht würde sie nicht durchstehen können.

Sie stand auf, trank ein Glas Wasser und ging dann hinüber in Sylvies Zimmer. Vielleicht gab es dort etwas, das sie übersehen hatte, das sie einpacken und ihrer Tochter nachschicken konnte. Sie machte Licht an und öffnete den Schrank. Sylvies alter Mantel, Turnschuhe, die ihr zu klein geworden waren, und noch ein paar Sachen. Sonst nichts. Annie machte die Tür wieder zu. Fernsehen. Annie sah selten fern, aber jetzt schaltete sie den Apparat ein.

Ein Fernsehspiel, ein Prediger, eine Wiederholung von *Mannix*. Dann den Kabelkanal. Eine nackte Frau erschien auf der Scheibe. »Willst du an diesen Titten saugen?« Sie drückte ihre Brüste hoch. »Willst du es mir von hinten besorgen?

Möchtest du, daß ich deinen steifen Schwanz in die Hand nehme? Ruf den Elite Escort Service an. Wir sind jung, heiß und scharf auf *dich*. Einsam? Ruf an.« Angewidert schaltete Annie das Gerät aus.

Sie ging zurück in die Küche. Ein Uhr achtzehn morgens. Wie sollte sie diese Nacht überstehen?

Sonntag. Sonntag war ohne Zweifel der einsamste Tag der Woche. Annie zwang zwei Vitaminpillen hinunter, zusammen mit etwas Orangensaft. Sie überwand das Bedürfnis, sich zu übergeben. Ein Blick auf die Uhr. Zwei Uhr fünfzehn nachmittags. Ein Blick auf ihre Armbanduhr zur Bestätigung. Für einen kurzen Moment war Annie erstaunt, daß es schon so spät war. Sie hatte jedes Zeitgefühl verloren. Die Schlaflosigkeit beeinträchtigte ihren Denkprozeß. Aber im Grunde war es kein Denken. Es war bloß ihr Verlangen nach Aaron, nach ihrem früheren Leben.

Schlaflosigkeit und Einsamkeit erdrückten sie geradezu. Vielleicht sollte sie Dr. Rosen anrufen und sich etwas verschreiben lassen. Doch nein, sie würde nicht schwach werden. Sie würde damit fertig werden.

Ich habe Fehler gemacht, Aaron. Ich hätte dir gegenüber rücksichtsvoller sein sollen. Ich hätte dir nicht vorwerfen dürfen, daß du Sylvie nicht so akzeptiert hast, wie sie ist. Du hättest mehr Aufmerksamkeit gebraucht. Es tut mir leid, daß ich mich dir entfremdet habe. Es tut mir so furchtbar leid. Aber warum hast du in Boston mit mir geschlafen, Aaron? Warum hast du gesagt, daß du mich liebst? Und warum, warum hast du nicht angerufen?

Er war der einzige Mann für sie, der einzige. Das wußte sie jetzt. Ohne Aaron würde ihr Leben einem Gang durchs Fegefeuer gleichen, so wie jetzt, ganz allein. Allein konnte sie New York im Juni nicht ertragen. Allein konnte sie nicht zu ihrem Landhäuschen auf Long Island entfliehen. Sie ertrug es nicht, allein zu sein und ungeliebt. Seit Beginn der Trennung hatte sie sich etwas vorgemacht. Es würde nur für einige Zeit sein, nicht für immer. Das hatte sie gehofft. Die Examensfeier und die Nacht mit Aaron hatten sie in ihren Hoffnungen bestärkt. Aber sie war eine Närrin gewesen.

Geh hinaus an die frische Luft, befahl sie sich. Doch die Hitze auf der Straße war wie ein Schlag, verwirrte sie nur noch mehr. Eine Fensterfront auf der 84. Straße, ihr Spiegelbild: Jemand, den ich einmal gekannt habe, dachte sie. Sie blieb stehen und betrachtete sich. Dunkelgrünes Polohemd, beiger Rock, flache Schuhe – so hatte sie sich in ihren Collegetagen angezogen.

Sie blickte sich um und erkannte das massive Bauwerk von Sankt Ignatius von Loyola auf der anderen Seite der Park Avenue. Als Schulmädchen waren sie von den Nonnen immer dorthin zur Sonntagsvesper geleitet worden. Annie hatte diese Stunden geliebt. Sie wollte hineingehen, eine Kerze für Cynthia anzünden und für Sylvie und für sich selbst. Ein Blick auf die Uhr: zehn vor vier.

Annie betrat die große, im romantischen Stil gebaute Kirche. Seit Jahren war sie nicht mehr zum Gottesdienst gegangen, abgesehen von den obligaten Hochzeiten und Begräbnissen. Sie saß auf einer der hinteren Bänke, und gab sich dem Gefühl der Zeitlosigkeit hin, das von dem schönen Mosaik an der Altarfront ausging. Nur ein paar ältere irische Damen waren anwesend, in ihren Rosenkranz vertieft. Wie wenig hatte sich doch geändert. Sie ließ ihre Gedanken zwischen Gebeten und Erinnerungen wandern. Erbarme dich Cynthias. Arme Cynthia. Hilf meiner Tochter Sylvie. Und Aaron. Aaron, dieser Name wurde zur Litanei. Bitte, lieber Gott, mach, daß er mich liebt. Laß dies als Gebet gelten.

Der Gottesdienst begann, und die Liturgie, der Weihrauch gaben ihr Frieden; Zeit und Raum bestanden nicht mehr für sie. Und dann, mit einem Mal, wie eine Antwort auf ihr Gebet, wußte sie, was sie zu tun hatte. *Ich* werde *ihn* anrufen! Ich war zu kalt. Ich werde ihm sagen, was ich empfinde. Vielleicht weiß er es nicht. Er muß es erfahren, und ich werde es ihm sagen. Ja, so würde es sein. Von ihrer Inspiration durchdrungen, beugte sie das Knie, flüsterte »Ich danke dir« und verließ eilig die Kirche.

An der Madison Avenue fand sie eine Telefonzelle. Natürlich, er wartet darauf, daß *ich ihn* anrufe. Er ist verunsichert. Er befürchtet, daß es so ist wie früher. Er weiß ja nicht, wie ich mich geändert habe. Wie anders alles sein wird, nachdem Sylvie nicht mehr da ist. Wieso habe ich bloß nicht früher daran gedacht?

Weder zitterte ihre Hand, als sie die Nummer des Carlyle wählte, noch ihre Stimme, als sie nach ihm fragte. Und wenn er nicht da wäre? Oder im Büro? Erst als sie seine Stimme vernahm, verspürte sie Panik. Er liebte sie doch, oder? Er hatte es gesagt.

»Aaron, hier ist Annie. Ich muß dich sehen.«

»Ist etwas passiert, Annie?«

»Nein, das nicht. Aber es ist sehr wichtig. Ich muß dir etwas sagen. Kann ich zu dir hinüberkommen?«

»Jetzt? Heute? Ist es wichtig?«

Sie wandte sich gegen das Widerstreben in seiner Stimme. »Jetzt gleich.« Sie blieb fest. Nachdem er eingewilligt hatte, hängte Annie ein und wischte ihre feuchten Hände an ihrem Rock ab. Pech, daß sie nicht gerade besonders gut angezogen war. Sie ging die paar Straßen an der Madison Avenue entlang zum Carlyle. Als sie dort eintraf, mußte sie zuerst ihren unruhigen Atem bezwingen.

Leise durchquerte sie die Lobby. Niemand hielt sie auf. Sie nahm den Lift. An Aarons Tür klingelte sie und wartete. Mein Gott, keiner öffnete. Sie klingelte erneut. Als Aaron die Tür endlich öffnete, stockte ihr der Atem.

»Ich habe dich nicht so schnell erwartet, Annie. Komm rein.«

Sie betrat das Wohnzimmer. »Ich wußte nicht, daß du gleich um die Ecke angerufen hast.«

Sie blickte sich in dem kleinen, aber eleganten Zimmer um. Wer bezahlte das wohl? fragte sie sich flüchtig. Wahrscheinlich seine Firma.

»Ich habe mit Sylvie gesprochen.« Aaron klang beinahe, als ob er sich verteidigte.

»Oh.«

»Ja, gestern habe ich mit ihr gesprochen. Sie sagt, die Schule gefällt ihr. Es war ein gutes Gespräch. Vielleicht ist das dort doch in Ordnung.« Er verstummte, es fiel ihm nichts mehr ein.

Annie ging hinüber zum Fenster, blickte hinaus. Paare spazierten auf der Madison Avenue. Dieser Anblick erschien ihr als ein Omen. Ja, die Menschen sollten als Paare leben. Aaron und sie würden wieder zueinanderfinden. Gott sei Dank.

»Welch eine wunderbare Aussicht. So ganz anders als bei uns.« Sie begann, ihre Fassung zu verlieren, wurde rot. Sie stockte. Es war doch schwerer, als sie es sich vorgestellt hatte. »Man könnte stundenlang hier aus dem Fenster schauen oder sogar tagelang.«

»Kannst du dir vorstellen, daß ich noch kein einziges Mal hinausgeschaut habe, seit ich hier bin?« Aaron lachte, sah zur Seite.

So ging das nicht weiter. Annie spürte den Drang, etwas zu tun. Sie ging im Zimmer umher, mußte daran denken, wie sie aussah. Ihr Rock war einfach unmöglich. Aaron achtete auf so etwas. Sie setzte sich auf das Sofa. Aaron trat hinüber zu der kleinen Bar. »Möchtest du einen Sherry?« Sie willigte ein, während er sich einen Scotch einschenkte. Als er von seinem Sessel zu ihr hinübersah, konnte sie Spuren von Anspannung auf seinem Gesicht erkennen.

»Ist etwas passiert, Annie. Wenn nicht mit Sylvie, dann vielleicht mit den Jungs?« Er beugte sich vor.

»O nein, nichts. Es geht ihnen gut«, beruhigte sie ihn. Er sah ausgesprochen gut aus, weiche warme Haut, glänzende schwarze Haare. Und er liebte sie. Das hatte er gesagt. Das hinderte sie aber nicht an der Feststellung, daß er – anders als sie – seinen Ehering abgenommen hatte.

Sie nahm einen Schluck von dem Sherry, gleichsam zur Stärkung ihres Entschlusses, dann stellte sie das Glas auf dem Couchtisch ab. Ihre Liebe zu ihm war jetzt so stark, daß sie überzeugt war, er müsse sie spüren und erwidern. »Aaron, ich werde ganz offen sprechen. Ich glaube, daß ich das bei dir kann. Seit Alex' Examen habe ich viel nachgedacht und bin zu einem Entschluß gekommen.« Verwundert sah sie, wie Aaron aufstand und auf die halb offene Tür des Nebenraums zuging. Warum nur wich er starken Gefühlen immer aus? »Bitte, Aaron, laß mich sagen, was ich zu sagen habe.« Sie winkte ihn zurück zu seinem Platz. Widerstrebend kehrte er zurück. »Seit damals habe ich auf deinen Anruf gewartet. Ich dachte schon, du würdest nicht anrufen, weil du es nicht willst. Erst heute in der Kirche ist mir aufgegangen, warum du nicht angerufen hast.«

»Kirche? Seit wann gehst du in die Kirche?«

Annie faltete die Hände in ihrem Schoß und setzte sich kerzengerade auf, so als ob sie ihren Worten mehr Nachdruck verleihen wollte. »Du hattest Angst, mich wieder zu verletzen. Es war wichtig für dich, daß ich anrufe. Und ich glaube, ich mußte dir erst ganz deutlich sagen, wie sehr ich dich liebe. Deshalb bin ich hier, Aaron, um dir zu sagen, daß wir es noch einmal versuchen sollten.«

Sie schaute sich um in dem eleganten, aber anonymen Zimmer. »Komm heim, Aaron. Dies hier ist kein Platz für dich. Wir wollen noch einmal anfangen. Ohne die Belastung mit Sylvie. Es geht ihr jetzt gut, Aaron. Und die schönen Dinge, die wir gemeinsam erlebt haben, können noch schöner werden. Das weiß ich jetzt.«

Annie lächelte und streckte ihre Hände aus. Aaron ließ sich in seinen Sessel fallen. Annie schaute ihn an, ihre Augenlider flackerten. »Du möchtest das genausosehr wie ich, nicht wahr?«

»Aber verstehst du nicht, Annie? Es ist aus.«

»Aus?«

»Annie, wir sind geschieden. Erinnerst du dich? Unsere Ehe ist zu Ende.«

»Ja, das war vor einem Jahr. Aber die Dinge haben sich geändert. Wie könnte es zu Ende sein, Aaron. In Boston...«

»Gar nichts war in Boston, Annie«, unterbrach er sie. »Wir hatten nur viel Spaß bei der Examensfeier unseres Sohnes.« Seine Augen wanderten zur Schlafzimmertür. Annie fragte sich, weshalb er so nervös war. Dann erst begann die Bedeutung dessen, was er gesagt hatte, die Mauer aus Hoffnung, Beschwörung und kindischem Glauben in ihr zu durchbrechen. Sie war besessen gewesen von ihren Gefühlen. Schamröte stieg ihr ins Gesicht, ihr Körper begann zu zittern. Hätte er sie geschlagen, es hätte nicht stärker schmerzen können. Aber das konnte doch nicht wahr sein. Es konnte nicht einfach alles aus sein. Nicht, nachdem er ihr gesagt hatte, daß er sie liebte. Nicht, nachdem er mit ihr geschlafen hatte. Nicht, wo er ihr doch hier gegenübersaß und Wärme, Gesundheit und Männlichkeit ausströmte.

»Annie, ich werde heiraten.« Seine Worte klangen freundlich.

Annie griff sich an die Kehle, so als ob sie den Schrei abwürgen müsse, der in ihrem Kopf schrillte. »Heiraten? Was heißt das?«

»Eben dies, Annie. Wir beide sind geschieden, und nun werde ich wieder heiraten.«

»Einfach so?« Ob sie wohl wahnsinnig wurde? Möglich, daß er sie nicht liebte, aber er konnte nicht jemand anderes lieben. Unmöglich... Sie rang nach Luft.

»Nicht einfach so, das kannst du mir glauben.« Aaron seufzte.

Sie konnte es immer noch nicht fassen. Er machte ihr etwas vor. Wie ein Kind verlangte sie nach Beweisen. »Wen? Wen wirst du heiraten.« Annie hörte, wie ihre Stimme schrill wurde.

»Leslie Rosen.«

»Wen?« Der Name kam ihr bekannt vor.

»Dr. Rosen. Ich heirate Leslie Rosen.«

Einen Augenblick lang war sie starr. Das konnte nicht sein. Es war ein Witz. Unglaublich. »Das kannst du nicht machen, Aaron. Sie war meine Therapeutin. Meine Sextherapeutin. Du mochtest sie nicht einmal. Du bist ihr nur zweimal begegnet, und du hast sie nicht ausstehen können.«

»Annie, das war vor fast zwei Jahren. Seither haben sich die Dinge geändert.«

»Ja, du hast mich verlassen, und Dr. Rosen hat die Behandlung abgebrochen.« Annie spürte ihr Herz hämmern, ihr Gesicht glühte. »War es deshalb?« Sie schnappte nach Luft. »Mein Gott, Aaron, wie lange geht das schon?« Sie schlug die Hände vors Gesicht. Und wieder mußte sie an das Ritz denken.

»Du hast mit mir geschlafen, Aaron, du kamst in mein Bett, du bist in mir drin gewesen. Es war so, wie es früher gewesen war. Du selbst hast es gesagt.«

Die Schlafzimmertür flog auf, und Leslie Rosen trat herein. »Das ist alles lange her, Annie. Nehmen Sie sich zusammen. Sie müssen mit dieser Tagträumerei und dem Leben in der Vergangenheit ein Ende machen.« Sie trat zu Aaron hinüber und legte ihm ihre Hand auf die Schulter. »Sie spielen immer noch das Opfer, Anne.«

Annies Mund öffnete sich. Ihr Gesicht brannte. O Gott. Sie hatten sie betrogen. Aaron und Dr. Rosen. Beide. Und daß beide nun Zeugen ihrer Demütigung waren, war mehr, als sie ertragen konnte. Sie sprang auf, die Fäuste geballt.

»Ich bin die einzige hier, die nicht verrückt ist.« Sie spuckte die Worte förmlich aus. Keuchend. Sie hielt einen Augenblick inne, um wieder zu Atem zu kommen. Sie mußten ihr Herz schlagen hören.

Aaron saß da, starrte sie an. Dr. Rosen hinter ihm. Schweigend. Beide vereint. Für einen Augenblick schien es Annie, als ob der Raum sich um sie drehte. Dr. Rosens Hand blieb auf Aarons Schulter liegen, so als ob sie ihn für sich reklamierte.

»Das habe ich nicht gewußt«, flüsterte Annie. »Ich habe nicht gewußt, daß du mich so sehr haßt.« Tränen traten ihr in die Augen, aber vor ihnen weinen wollte sie nicht. »Ich kann das nur damit erklären, daß du wahnsinnig geworden bist.« Der Schmerz war schier unerträglich. Sie wandte das Gesicht ab. Sie kam sich vor wie ein kleines Kind vor zwei größeren, grausamen und sadistischen Kindern. Sie mußte fort von ihnen, bevor sie sie noch mehr verletzten. Bei ihrem ersten Schritt wäre sie beinahe gestürzt. Es gelang ihr, an einer Stuhllehne Halt zu finden. Zitternd wandte sie sich zur Tür. Ihre Füße waren bleiern. Es schien ihr unendlich lang, bis sie die Tür erreicht hatte. Mit der Hand auf der Klinke wandte sie sich nochmals um.

»Ach, übrigens. Ich mag ja in der Vergangenheit leben. Aber Aaron hat mich in Boston flachgelegt. Die Vergangenheit ist in diesem Fall weniger als eine Woche alt. Flach- und reingelegt hat er mich, kann man sagen.« Sie öffnete die Tür und mit aller Würde, die sie aufzubringen vermochte, ließ sie die beiden alleine zurück.

11

Elise findet es überhaupt
nicht komisch

Bill hatte Elise zum Lunch eingeladen. Das war ungewöhnlich. Aber schließlich war jedes gemeinsame Essen mit Bill in letzter Zeit etwas Ungewöhnliches. Im Sommer verbrachte sie viel Zeit in Greenwich oder East Hampton. In Manhattan bekam sie klaustrophobische Anwandlungen. Akzeptier es, Elise, New York gehört den Frauen, die arbeiten. So wie Linda Robinson, Tina Brown, Alice Mason oder diese gräßliche Mary Birmingham, die Cynthia Gil Griffin weggenommen hatte. Sogar dieses armselige Etwas Mary McFadden brachte es fertig zu arbeiten. Ja, New York war etwas für die strahlenden Macher. Kein Wunder, daß sie, auch wenn sie den besten Tisch bei Mortimer's, Le Cirque oder den anderen Restaurants bekam, in denen die Damen zu lunchen pflegten, immer das Gefühl hatte, überflüssige, schmückende Staffage für diejenigen zu sein, die wirklich zählten.

Wieder wanderten ihre Gedanken zu Zimmer 705 und zu ihrem Sichgehenlassen von letzter Woche zurück. O Gott. Aber sie würde jetzt nicht daran denken. Aber da war auch eine Kamera gewesen. Ich kann mich ganz genau an eine Kamera erinnern.

Entschlossen verbannte sie die ganze Angelegenheit auf ihren Gedanken. Zuerst werde ich bei *Martha* hereinschauen und sehen, was sie da haben, und dann mit Bill zu Mittag essen. Sie fühlte sich wohl bei *Martha*, dem exklusivsten Geschäft der Stadt. Da konnte sie sich sammeln, ohne befürchten zu müssen, daß jemand sie beobachtete, und auch ohne anmaßende Verkäuferinnen ertragen zu müssen.

Während Elise nach Manhattan hineinfuhr, fühlte sie sich unwohl in ihrer Haut – physisch unwohl. Sie widerstand dem Bedürfnis, sich einen Wodka aus der Konsole vor ihr einzugießen. Statt dessen fummelte sie an ihrem Saum, an

ihrer Frisur und wieder an ihrem Rock herum. Ich bin angezogen wie eine Greenwich-Matrone, die zum Lunch ausgeht.
In diesen Kleidern kann ich nicht einmal einkaufen gehen.
Die Vorstellung schreckte sie dermaßen ab, daß sie auf den
Knopf der Gegensprechanlage drückte. »Zuerst möchte ich
zum Apartment.« Sie mußte einfach aus diesen Klamotten
heraus.

Im Lift bedauerte sie, daß Chessi nicht mit in die Stadt gekommen war. Sie betrachtete sich im Spiegel der Liftkabine
und brachte ein Lächeln zustande. Sie würde sich trotzdem
toll anziehen und zurechtmachen. Allen würden die Augen
übergehen bei ihrem Treffen mit Bill.

Oben angekommen, ging sie gleich in ihr Schlafzimmer. Es
war groß, mit einer hohen Decke und einem österreichischen
Kristallüster, den sie aber niemals einschaltete. Deckenbe-
leuchtung hatte eine verheerende Wirkung. Ihre Räume
wurden von Tischlampen beleuchtet, mit rosa getönten
Sechzig-Watt-Birnen und ebenfalls rosafarbenen Lampen-
schirmen. In zwei stuckverzierten Nischen standen je eine
unbezahlbare Vase, die Elise aus der großen Sammlung ihrer
Mutter geerbt hatte, welche jetzt eine eigene Abteilung im
Metropolitan-Museum einnahm. Ansonsten sah der Raum
erstaunlich alltäglich aus, mit angejahrtem (und etwas schäbig gewordenem) Mobiliar.

Schnell zog Elise sich aus und überlegte, wofür sie sich entscheiden sollte. Blass oder Armani? Das war lange immer
eine gute Wahl gewesen. Vielleicht schon zu lange. Sie überlegte.

In Unterwäsche und Strümpfen ging sie in ihr Ankleide-
zimmer und suchte nach dem Montana-Kleid. Es war nicht
dort. Es konnte sonst wo sein. Auch wenn ihr Ankleidezim-
mer so groß war wie ein Schlafzimmer in einer gewöhnlichen
Wohnung, überschwemmte ihre Garderobe die Schränke in
den Gästezimmern, in der Eingangshalle und sogar in Bills
kleinem Ankleideraum. Nach einer ersten vergeblichen Suche ging sie hinüber zu Bills Räumlichkeiten. Vor der Ablage
im Badezimmer blieb sie stocksteif stehen, ihre Augen wurden immer größer. Der Raum war leer. Da stand keine ein-

zige Flasche, lag keine Tube, kein Hemd lag in den Fächern, keine Schuhe standen in den Schuhschränken. Elise zog die Schubladen auf. Keine Unterwäsche, keine Socken, keine Pullover. Der Atem stockte ihr. Die ganze Zeit hatte sie es gewußt. Er würde sie verlassen. Mein Gott, er hatte sie verlassen.

Sie setzte sich abrupt auf den Badewannenrand. Was hatte er am Telefon gesagt? Denk nach! Sie versuchte angestrengt, sich zu erinnern. Er hatte ihr vorgeschlagen, sie zum Lunch einzuladen und dabei darauf bestanden, sie im Restaurant zu treffen. Er hatte nicht gewollt, daß sie vorher davon erfuhr. Das war nicht möglich, einfach nicht möglich.

Aber es konnte auch nichts anderes bedeuten. Bill verfügte über prallgefüllte Kleiderschränke in allen ihren drei Häusern und in der Londoner Wohnung. Er hatte selten mehr einzupacken als eine Übernachtungsgarnitur. Und jetzt war alles weg. Er hatte sie verlassen, und sie hatte es nicht einmal bemerkt.

Ohne weitere Hoffnung stand sie auf und öffnete seinen Kleiderschrank. Vielleicht... Die Tür glitt auf, und dort hing ihr Montana-Kostüm, leise pendelnd in der Leere links und rechts.

»Fahren Sie die Fifth Avenue entlang«, wies Elise ihren Fahrer durch die geöffnete Trennscheibe an. Aber wohin weiter? Was soll ich tun? Wo kann ich hin? »Zu *Martha*.« Es war das nächstbeste, das ihr einfiel.

Elise ließ ihren Kopf auf die mit cremefarbenem Leder bezogene Kopfstütze zurücksinken, während die Limousine sich durch den dichten Mittagsverkehr drängte. Noch war sie zu erschüttert, um die Wirkung des doppelten Wodkas zu spüren, den sie sich noch in ihrem Apartment genehmigt hatte. Sie schloß die Augen und spürte die Einsamkeit über ihr zusammenschlagen. Sie fühlte ihren Pulsschlag an der Kehle, bestätigte sich damit, daß sie tatsächlich noch unter den Lebenden weilte. Diese leise Berührung entlockte ihr ein nahezu elementares Aufstöhnen. Als sie spürte, daß sie die aufsteigenden Tränen nicht mehr würde zurückhalten können, schloß sie die undurchsichtige Trennscheibe zum Fahrer. *Pas devant les domestiques.*

Langsam, wie ein Mantra, flüsterte sie: leer. Sie wußte nicht recht, was sie damit meinte, die Schränke oder sich selbst. Aber die Leere war altvertraut. Sie fühlte sich alt. Ihre schlimmsten Befürchtungen waren eingetreten. Sie war allein. Egal was sie unternommen hatte, um niemals dieses Gefühl des Alleinseins verspüren zu müssen, egal welche Kompromisse sie in ihrem Leben eingegangen war, um es zu vermeiden: Jetzt war sie allein. All ihr Geld, ihr gutes Aussehen, ihr Talent, alle ihre Beziehungen – nichts hatte sie davor bewahren können. Sie zog ein Taschentuch aus ihrer Handtasche. Was soll ich bloß tun. Die Tränen versiegten. Was soll ich bloß tun?

In Gedanken ging sie noch einmal Bills Schränke durch. Alles leer. Gab es vielleicht eine andere Erklärung dafür? Nein, es war eindeutig. Sie schüttelte heftig den Kopf, so als wolle sie diesen Anblick aus ihrer Erinnerung verbannen. Alle diese offenen Schränke und Schubladen, geleert von jeder Spur, jedem Anzeichen jenes Mannes, mit dem sie fast zwanzig Jahre verheiratet war. Sie krampfte die Hände ineinander, als ob sie dadurch die Spannung aus ihrem Körper ableiten konnte.

Als sie zu weinen aufgehört hatte, wurde ihr bewußt, daß sie sich nicht einmal die klassische Frage gestellt hatte, und das hob ihre Lebensgeister wieder ein wenig. Sie hatte sich nicht die Frage gestellt, die sich allen verlassenen Ehefrauen als erstes aufdrängt: Was habe ich falsch gemacht? Elise schnaubte in ihr Taschentuch und genoß diese klitzekleine Genugtuung. Es ist nicht meine Schuld. Ohne den geringsten Zweifel konnte sie gewiß sein, alles unternommen zu haben, um ihre Ehe zu retten. Bill war es gewesen, der weiterhin seine Affären gehabt und sie betrogen hatte und dabei nach wie vor alle Vergünstigungen ihres Reichtums und ihrer gesellschaftlichen Stellung genoß.

Elise saß gerade, den Kopf aufgerichtet. Noch ein Tupfer an den Augen, dann klappte sie den Innenspiegel auf, um den Schaden zu überprüfen. Mechanisch erneuerte sie ihr

Make-up. Bill konnte nicht wissen, daß sie in der Wohnung gewesen war, und ging immer noch davon aus, daß sie von Greenwich direkt zur Lunch-Verabredung kommen würde. Hatte er ihr das beim Lunch in einem öffentlichen Restaurant beibringen wollen? Natürlich, so war es. Beim Lunch wollte er ihr mitteilen, daß er sie verlassen hatte. Und er hatte dabei auf Elises gute Erziehung und ihre persönliche Abscheu vor öffentlichen Szenen vertraut. Und dann wäre er gegangen, ohne sich mit ihren Gefühlen auseinandersetzen zu müssen.

Lustlos sah sie zur Seite. Dabei fiel ihr Blick auf das Guggenheim-Museum. Durch das grau getönte Glas der Wagenfenster machte das Gebäude einen unheimlichen, unwirklichen Eindruck, so daß Elise die Augen wieder schließen mußte. Es folgte das Metropolitan-Museum und schließlich das Frick-Gebäude. Sie erinnerte sich an einen wunderbaren Maitag, als sie mit Annie dort durch die Räume geschlendert war, um anschließend noch im Garten bei den üppig blühenden Azaleen zu sitzen. Was hatte Annie damals noch gesagt? Männer haben es so viel leichter.

Dann stellte sie fest, daß sie jetzt keinen Wert auf irgendwelche Begegnungen bei *Martha* legte. Ebensowenig war ihr nach den Touristenströmen im Rockefeller-Center zumute. »Mosely, ich habe meine Meinung geändert. Fahren Sie bitte die Madison Avenue hinauf.« Vielleicht wäre ein Besuch im Antiquariat in der 93. Straße besser geeignet. Sie könnte sich dort zwischen den Regalreihen zurückziehen und in aller Ruhe überlegen, was als nächstes zu tun war.

Annie hatte völlig recht gehabt. Männer packen einfach ihre Sachen und gehen fort. Wie kam es bloß, daß sie die Feigheit, die dieser Handlungsweise zugrunde lag, nicht zu sehen vermochten? Elise nahm an, daß sie, wie die meisten Frauen ihrer Generation, trotz ständiger Gegenbeweise in dem Glauben aufgewachsen war, daß wirkliche Männer sowohl tapfer als auch verantwortungsbewußt zu sein hatten. Bill aber war weder das eine noch das andere. Und genausowenig waren es die übrigen hohlen Anzüge, die als angemessene Partner jener Frauen galten, die sie kannte und achtete. Wie zum Beispiel Annies Aaron.

Elise griff zum Hörer des Autotelefons und tippte Annies Nummer ein, darum betend, daß sie zu Hause sein möge. Sie war erleichtert, als schon nach dem zweiten Läuten abgehoben wurde. »Annie, hier ist Elise.« Sie mußte sich räuspern. »Ich brauche dich.«

»Was ist los?«

»Annie, ich... Bill hat mich verlassen.« Elise konnte hören, wie ihr die Stimme versagte. Annies Stimme dagegen klang beruhigend.

»Wo bist du? Soll ich zu dir kommen?«

»Danke, Annie.« Elise stieß ein gequältes Lachen aus. »Zufällig bin ich gerade mit meinem Wagen in deiner Nähe, ungefähr zehn Minuten entfernt. Kann ich zu dir kommen? Könntest du unten auf mich warten?«

»Mach' ich.« Annie legte auf.

Gut. Nun hatte Elise ein Ziel. Zu Annie. Sie holte tief Atem, zum ersten Mal seit einer Stunde. »Mosely, bringen Sie mich zum Gracie Square.«

Der Portier hielt Annie die Wagentür auf, als sie zu Elise ins Auto stieg und sich ihr gegenübersetzte.

»Wo wollen wir hin?«

»Ich weiß nicht. Ich bin einfach so herumgefahren.«

Annie drückte auf den Knopf der Sprechanlage. »Mosely, fahren Sie uns zum Sutton Place.« Und zu Elise: »Dort können wir in dem kleinen Park spazierengehen und uns unterhalten. Es ist meistens niemand dort.«

Während der Wagen die York Avenue hinabfuhr, öffnete Elise die Bar und griff nach der Flasche Stolychnaya. »Möchtest du etwas, Annie?« Sie gab zwei Eiswürfel in ein Glas und goß sich einen doppelten Wodka ein.

»Nur ein Club Soda. Ich nehme es mir selbst.« Nachdem Annie sich ihr Wasser eingegossen hatte, wandte sie sich wieder Elise zu. »Und nun erzähl mir, was passiert ist.«

Elise blickte aus dem Wagenfenster, ihren Drink in der einen und ihr zerknülltes Taschentuch in der anderen Hand. »Bill hat mich verlassen. Er hat seine Sachen gepackt und ist gegangen.«

Einen Augenblick sagte Annie nichts, dann: »Nun, das war höchste Zeit. Was gibt es da zu weinen?«

»Wie? Verstehst du denn nicht? Ich bin ganz und gar allein, Annie. Allein.«

»Schon seit langem seid ihr nur noch auf dem Papier verheiratet, Elise, und das macht dich langsam, aber sicher fertig. Und allein bist du auch schon seit langem. Wo ist da der Unterschied? Wovor hast du Angst?«

Elise überlegte, versuchte die Bedeutung von Annies Worten vollständig zu erfassen. Sie nahm einen Schluck von ihrem Drink. Sie trank zuviel, hatte zuviel Angst, war zuviel allein.

»Annie.« Sie stammelte nahezu, suchte nach Worten. »Ich fürchte, daß ich so enden werde wie Cynthia.«

Annie griff nach ihrer Handtasche und entnahm ihr einen Briefumschlag. »Lies das.«

Elise stellte ihren Drink ab und griff nach dem Brief.

»Es ist Cynthias Abschiedsbrief. Ich wollte ihn dir zeigen. Jetzt ist dafür der richtige Augenblick.«

Elise ließ den Brief zurück auf Annies Schoß fallen, als ob sie sich verbrannt hätte. »Sei bitte nicht makaber.«

Annie reichte ihn ihr zurück. »Lies ihn. Lies, wenn du nicht so enden willst wie Cynthia.«

Widerstrebend zog Elise den Brief aus dem Umschlag. Diese Nachricht von jenseits des Grabes verursachte ihr eine Gänsehaut.

Annie schwieg, bis Elise fertiggelesen hatte und ihr den Brief zurückgab. »Also, Elise, kein Bedauern. Du bist gerade noch davongekommen. Ich möchte, daß du nach Hause fährst und mit Lippenstift dick auf deinen Badezimmerspiegel schreibst: ›Er war nicht gut genug für mich.‹«

Elise spürte ein zögerndes Lächeln auf ihren Lippen. »Das stimmt wirklich. Und Aaron war es nicht für dich.«

»Es sieht so aus. Er reicht gerade noch für meine Therapeutin.« Nüchtern berichtete Annie von der Szene im Carlyle.

»Annie!«

Annie lächelte. »Und was hast du nun weiter vor?«

Elise zuckte die Achseln. »Am Nachmittag will ich Mutter

besuchen. Und eigentlich war ich mit Bill zum Lunch verabredet, aber...«

Annie richtete sich gerade auf: »Er weiß noch nicht, daß
du bereits erfahren hast, daß er fort ist?«

»Nein, ich bin wegen des Lunchs mit ihm aus Greenwich
gekommen und eigentlich nur so aus einer Laune heraus
am Apartment vorbeigekommen. Wahrscheinlich hatte er
vor, es mir beim Lunch zu sagen... an einem öffentlichen
Ort, so daß ich keine Szene machen würde.«

»Mach ihm eine Szene, Elise.«

»Annie, ich könnte jetzt nicht mit ihm an einem Tisch
sitzen. Ich bin zu...« Sie suchte nach dem passenden
Wort.

»Was zu...?«

»Zu wütend. Ich fürchte, ich könnte mit ihm den Fußboden polieren, wenn ich ihn nur sehe.«

»Dann tu's. Aber nicht in einem Restaurant, wo er sich
drücken kann. Geh in sein Büro. Treib ihn in die Ecke.«

»Wie eine Ratte? Ja, wie die Ratte, die er ist.« Elise mußte
kichern bei dem Gedanken an eine Demütigung Bills in seinem Büro. »Annie, er würde einfach tot umfallen, wenn
ich ihm dort gegenübertreten würde. Ich täte es so gerne,
aber ich kann nicht.«

»Ich begleite dich und werde im Wagen warten.«

Elise lehnte sich zurück und ließ sich diesen Vorschlag
durch den Kopf gehen. Dann gab sie dem Fahrer Bills Bü-
roadresse an. Zu Annie gewandt, mußte sie zugeben: »Ich
bin nervös.«

»Ich bin hier und werde auf dich warten. Und danach
wirst du froh sein.«

Elise schaute ihre Freundin an, zuckte die Achseln.
»Zum Teufel. Schließlich habe ich nichts zu verlieren.«

Als der Wagen vor dem Eingang des imposanten Wolkenkratzers an der Wall Street vorfuhr, war Elise schon ausgestiegen, bevor der Fahrer ihr die Tür öffnen konnte. Annie
beugte sich aus dem Fenster, als Elise sich kurz zu ihr um-
wandte. »Er war einfach nicht gut genug für dich, Elise.

Und Gil war nicht gut genug für Cynthia. Geh rein und zeig's ihm. Für uns alle.«

»Das hier geht auf meine Rechnung. Geh nicht weg, es wird nicht lange dauern.« Entschlossenen Schritts passierte Elise die Drehtür, die regelrecht durch ihren energischen Stoß auffauchte. Im Lift drückte sie auf den Knopf zur vierundvierzigsten Etage.

Elise konnte sehen, wie Bill zusammenzuckte, als sie die Tür zu seinem Büro aufstieß, so daß sie gegen die Wandtäfelung aus Kirschholz krachte. Größer als er stand sie im Türrahmen und sah, wie das Blut aus seinem Gesicht wich. »Du kastrierte Memme. Von allen Erbärmlichkeiten, die du mir angetan hast, ist das die jämmerlichste.« Mit zwei Schritten stand sie vor seinem Schreibtisch, die Hände in die Hüften gestemmt. Bills Sekretärin drückte sich an der Tür herum, nicht recht wissend, was sie tun sollte. Ohne sich umzuwenden, gab Elise ihr ein Zeichen, zu verschwinden. Daraufhin zog sie sich aus dem Zimmer zurück, nicht ohne jedoch weiter alles zu beobachten.

Elies blies eine Strähne ihres sonst so makellos frisierten Haars aus dem Gesicht. »Nicht Manns genug, mir von Angesicht zu Angesicht mitzuteilen, daß du mich verlassen willst? Ich mußte erst deine leeren Schränke sehen, um davon zu erfahren? Wo ist der Abschiedsbrief, Bill? Sogar Nelson Rockefeller hat einen Abschiedsbrief hinterlassen, du Ratte.«

Sie konnte sehen, wie ihm auf der Oberlippe der Schweiß ausbrach. Er stammelte, um endlich mit hoher, quiekender Stimme hervorzustoßen: »Beruhige dich, Elise. Bitte keine Szene. Ich wollte mit dir darüber beim Lunch sprechen.«

Das Schloß der Tür schien beschädigt zu sein, denn der Sekretärin wollte es nicht gelingen, sie richtig zu schließen. Aus den Augenwinkeln konnte Elise sehen, daß sich davor eine ganze Gruppe Sekretärinnen angesammelt hatte. Auch Bill bemerkte sie. »Laß uns darüber wie reife, erwachsene Leute reden«, drängte er.

»Reif? Du und reif?« Ihre Stimme schrillte. Er wies auf die Tür, doch sie ignorierte diesen Hinweis. »Fast zwanzig Jahre lang nichts als Lügen, Betrügen und Demütigungen. Ich habe dich geliebt. Ich gab dir ein Heim, meinen Körper. Für dich habe ich meine Karriere aufgegeben. Ich wollte nichts weiter als ein normales Leben führen und vielleicht ein bißchen geliebt werden. Wir hätten so viel mehr davon haben können. Ich habe nie verlangt, daß du mir dankbar bist, nie habe ich dir gegenüber mit meinem Geld aufgetrumpft, noch nicht einmal dann, als ich dich hier in die Kanzlei eingekauft hatte. Ich bin dir eine gute Frau gewesen. Ich habe etwas Besseres verdient.«

Bill drückte sich um die Ecke seines Schreibtisches, aber Elise folgte ihm. »Sag mir nur eines Bill. Und dann gehe ich. Ich muß es nur wissen. Warum gerade jetzt? Warum jetzt, nach all den Jahren voller Affären, Eintagsfliegen und Mätressen, Frauen, die dich mitten in der Nacht angerufen haben, nach all den Sekretärinnen und Zimmermädchen: Warum jetzt?« Sie merkte, wie er sie abzulenken versuchte, aber sie folgte ihm weiter um den Tisch, und er wich zurück. Da fiel ihr Blick auf den silbernen Bilderrahmen. Sie stutzte. Darin war nicht mehr ihr Bild, statt dessen das einer anderen, lächelnden – wesentlich jüngeren – Frau, die ihr irgendwie bekannt vorkam.

»Diesmal liebe ich wirklich«, entgegnete er.

Einen Moment lang starrte sie ihn an. Dann trat sie auf das Wandregal zu, ergriff eine der geschnitzten Enten aus seiner Sammlung und schmetterte sie auf das Bild.

Bill fuhr zusammen, sein Gesicht wurde grau, der Unterkiefer sackte herab.

In diesem Augenblick trat – ganz begütigendes Lächeln – Don Reed, der Seniorpartner, ein. Bevor er auch nur ein Wort hervorbringen konnte, hatte Elise ihn mit einer Stimme, tief und kehlig wie die der Mercedes MacCambride in *Der Exorzist*, angeknurrt. »Raus!« Ohne Zögern gehorchte er.

Bill stützte sich mit den Fingerspitzen auf den Tisch, so als sei er kurz davor umzufallen. »Elise, das ist hier nicht der rechte Ort. Laß uns später darüber sprechen, zu Hause.«

Sie verachtete das Flehen in seiner Stimme. »Zu Hause? Wessen Zuhause? Du bist ausgezogen. Wir haben kein gemeinsames Zuhause mehr, hast du das vergessen?« Sie griff sich einen Golfschläger aus der Tasche, die an der Wand lehnte, und mit einem Schwung, der Bernhard Langers würdig gewesen wäre, zerschmetterte sie den Lalique-Schirm seiner Schreibtischlampe.

Bill konnte sie nur anstarren.

Ein weiterer Schlag zerschmetterte die Glashaube seines geliebten Imari. »Du hast mich benutzt und weggeworfen.« Den Schläger zu Boden werfend ging sie zur Tür, das Glas knirschte unter ihren Sohlen, und stieß die dort versammelten Sekretärinnen und Firmenpartner beiseite.

»So einfach lasse ich dich nicht davonkommen, Bill. Diesmal nicht.«

Auf dem Weg zum Lift vernahm sie, wie Don Reed, der Geschäftsvorstand der Kanzlei, sagte: »Ich hätte dich gerne kurz in meinem Büro gesprochen, Bill.«

Leise klopfte Elise an die Tür des Schlafzimmers ihrer Mutter, öffnete sie vorsichtig. Die Schwester neben dem Bett stand auf und lächelte.

»Hallo, Mrs. Atchison. Wir haben gerade von Ihnen gesprochen.« Die Schwester trat nahe an sie heran und fuhr mit gesenkter Stimme fort: »Es tut mir leid, aber sie konnte sich nicht daran erinnern, daß Sie kommen wollten. Ich habe sie daran erinnern müssen. Die Arme, sie hat den ganzen Tag keine Ruhe finden können. Rufen Sie mich, falls Sie mich brauchen sollten. Ich bin nebenan.« Sie schloß die Tür hinter sich.

Elise ging hinüber zu ihrer Mutter und legte die Hand auf die Steppdecke; dabei versuchte sie eine Berührung der Kanüle zu vermeiden, die im schmerzlich dünnen Arm ihrer Mutter steckte. Von Woche zu Woche konnte Elise niemals wissen, ob sie ihre Mutter wach oder in Träumen oder der Vergangenheit schwebend antreffen würde. Ihre Mutter öffnete die Augen, als sie ihr über die Wange strich. »Mutter, ich bin's. Elise.«

»Natürlich, es ist ja Montag.«

Elise bemerkte, daß sie den Atem angehalten hatte, holte wieder Luft und mußte lächeln. »Genau. Es ist Montag, also muß es Elise sein.« Sie beugte sich vor, um ihrer Mutter einen Kuß auf die Stirn zu drücken. »Und wie fühlst du dich so, Mutter?«

»Alt und müde. Und du, meine Liebe?« Ihre Augen suchten in Elises Gesicht. Genauso alt und müde, dachte Elise. Und so allein. Ich hoffe, ich sehe nicht zu schrecklich aus. Ich hoffe, sie sieht nicht die Einsamkeit in meinen Augen.

»Wirklich gut, Mutter. Ich habe dir etwas mitgebracht.« Das letzte Mal, als sie hier gewesen war, hatte ihre Mutter sich aufgeregt, als Elise gesagt hatte, daß sie es sei, und ihre Mutter hatte geschrien: »Nein, meine Elise ist ein kleines Mädchen.« Elise zog ein flaches Päckchen aus ihrer Tasche und wickelte ein silbergerahmtes Foto aus. Sie hoffte, daß ein aktuelles Foto von ihr dem Erinnerungsvermögen ihrer Mutter helfen würde. Es war zu schmerzhaft, wenn ihre Mutter sie nicht mehr erkannte. »Kannst du es erkennen, ohne deine Brille?«

»Natürlich.« Ihre Mutter kniff die Augen zusammen in dem Bemühen, die Gestalt auf dem Foto zu identifizieren. Es war Elise auf dem Rasen vor ihrem Haus in East Hampton. »Das bist du. Wie hübsch.«

»Ja, es ist letzten Sommer aufgenommen worden. Ich denke, ich sehe recht gut darauf aus. Was meinst du, Mutter?«

»Ist das für einen Film?«

Elise blickte abrupt auf. »Einen Film?«

»Gehst du immer noch nach Hollywood, Elise? Was für ein scheußlicher Ort. Du mußt sehr aufpassen.«

»Ich bin seit Jahren nicht mehr in Hollywood gewesen. Das war damals, als ich noch jung war, weißt du? Jetzt lebe ich hier, in New York. Ich gehe nirgendwo hin.«

Ihre Mutter schloß die Augen und schüttelte langsam den Kopf.

»Sie wollen nur dein Geld, Elise. Sie wollen nur, daß du dein Geld in diese Filme steckst. Das darfst du nicht tun, mein Liebes, das wäre zu demütigend.«

Elise spürte einen eisigen Schauer über ihren Rücken laufen. Sie wußte, daß es nichts nutzen würde, daß diese Gedächtnislücken ganz von selbst kamen und gingen, aber sie mußte es versuchen.

»Meine liebe Mutter, es ist lange her, daß ich in Hollywood war. Jetzt bin ich wieder zurück, und ich bleibe hier. Ich bin älter geworden, Mutter.«

»In Hollywood werden die schönen Frauen von den Männern verbraucht«, fuhr ihre Mutter fort, ohne zuzuhören. »Eine reiche, schöne Frau hat keine Chance. Sie werden dich benutzen und sagen, daß sie dich lieben. Aber es ist nur das Geld. Es ist immer nur das Geld.«

Elise stockte der Atem. Sie unterdrückte ein Aufschluchzen, schluckte hart und entgegnete: »Ich sehe mich vor, Mutter. Doch manchmal glaube ich, daß ich zu vorsichtig bin. Ich muß meine Chance ergreifen.«

»Du wirst es niemals überstehen. Sie werden dich demütigen, dein Geld nehmen und dich dann wegwerfen. Schau, was sie deiner Cousine Barbara angetan haben, dort drüben in Afrika. Dauernd von Männern umschwärmt. Sie setzen sie unter Drogen und nehmen ihr Geld.« Die Stimme ihrer Mutter war lauter geworden. Sie öffnete die Augen und heftete ihren eindringlichen Blick auf Elise. »Laß dich von ihnen nicht herabziehen, Liebes. Bewahre deinen Stolz. Denn das ist eigentlich alles, was du immer bewahren kannst. Deine Würde. Tu immer das, was getan werden muß.«

Elise spürte, wie sich ihr Hals zusammenzog, und hoffte, daß ihre Mutter nichts merkte. Sie wäre von mir jetzt sehr enttäuscht, dachte Elise, und so sehr sie sich nach dem liebevollen Verständnis ihrer Mutter sehnte, konnte sie ihr doch niemals von Bills Auszug und ihrer haarsträubenden Entgleisung im Carlyle erzählen. Und auch nicht, daß ein ehrenwertes Leben keinen Schutz vor Einsamkeit bot.

Sie schaute zu ihrer Mutter hinüber, die leicht einzunicken begann. Leise meinte sie: »Es ist spät, Mutter, du solltest ein wenig schlafen.«

Elise stellte das gerahmte Bild auf den Nachttisch, gleich neben das überbordende Pillen- und Tropfensortiment. »Bis nächste Woche, meine Liebe. Gibt es irgend etwas, das ich für dich noch tun kann?«

Ohne die Augen zu öffnen, murmelte ihre Mutter: »Sag Grandpère, daß ich auf meinem Pony reiten möchte.«

Elise erhob sich und küßte sie mit Tränen in den Augen auf beide Wangen. In diesem Augenblick fühlte sie sich so allein wie noch nie in ihrem Leben... »Ja, ich werde es ihm sagen.«

12

Der Club der Exfrauen

Annie war erstaunt, als Elise sie zum Lunch ins Le Cirque einlud. Warum zum Lunch? Und warum ins Le Cirque? Auch wenn sie wußte, daß Elise mehr Geld hatte als jede andere Frau aus Annies Bekanntschaft, so wußte sie auch, daß sie es nicht gerne ausgab. Im Le Cirque verlangte man neun Dollar für eine halbe Grapefruit. Vielleicht war das auch nur Effekthascherei, denn es gab kaum jemanden, der bei den vielen anderen ausgefallenen Vorspeisen dort nun ausgerechnet Grapefruit bestellen würde.

Wenn sie aber überrascht war über diese Einladung, so war sie nachgerade sprachlos, als Brenda ihr erzählte, daß sie ebenfalls eingeladen war. Annie hatte an ihrem Schreibtisch gesessen, in dem Bemühen, ein paar Gedanken zu Papier zu bringen. Sie war sich nicht einmal klar darüber, ob sie nun ein Gedicht, eine Erzählung oder nur eine Art Tagebuch beabsichtigte. In der Tat stand nicht gerade viel auf dem Papier. Aber sie hatte es sich zur Aufgabe gemacht, jeden Tag für eine Stunde an dem Tisch zu sitzen, auch wenn sie in der Zeit meistens nur vor sich hin auf das weiße Papier starrte. Aber sie konnte sich zumindest soweit aufraffen. Das Problem war, daß sie jedes Mal, wenn sie sich hinsetzte, tiefste Depressionen überkamen, die ihr jeden Gedanken, alle Energie raubten. Als das Telefon die betäubende Stille zerriß, zuckte sie zusammen, um dann einen Seufzer der Erleichterung auszustoßen.

»Was sagst du dazu, Annie? Elise hat mich zum Lunch ins Le Cirque eingeladen. Ist sie auf dem sozialen Trip?«

»Ich habe nicht die geringste Ahnung.«

»Ich frage mich, ob das irgend etwas mit Bill zu tun hat. Habe ich dir erzählt, daß Angela mir erzählt hat, er hätte es im letzten Jahr mit drei Sekretärinnen getrieben? Er ist fürchterlich aufdringlich. Sie sagte, daß eins der Mädchen, eine

Aushilfe, geschworen hat, er habe ihr mit seinem Pimmel zu-
gewedelt.«

»Laß gut sein, Brenda. Was soll das ganze Gerede? Bill mag
zwar unangenehm sein, aber er sieht attraktiv aus. Ich kann
mir einfach nicht vorstellen, daß er so weit sinken muß, sich
zu entblößen, um einen Fick zu bekommen.«

»Du weißt doch, was die anmacht! Meiner Meinung nach
sind alle Männer Schweine.«

Annie spürte die Leere in ihrer Brust, spürte die Stille, die
jetzt ihr Leben ausmachte. Brenda mußte etwas gemerkt haben, denn sie fuhr fort: »Wie geht es denn so ohne Sylvie?
Was machst du den lieben langen Tag?«

»Mir geht's gut. Ich denke daran, einen Roman anzufangen.«

»Toll! Ich habe mal im College einen angefangen.«

»Tatsächlich?«

»Aber ja. Das war *Krieg und Frieden*. Aber irgendwann war
es zu langweilig.«

Annie mußte lachen. Brenda hatte es noch immer geschafft, sie auf diese Weise auflaufen zu lassen.

»Also, der Lunch.« Brenda kam wieder auf das eigentliche
Thema zurück. »Weshalb sollte sie *mich* einladen?«

»Wer weiß? Aber wir werden es ja bald erfahren.«

»Angela hat mir auch erzählt, daß Elise neulich bei Cromwell Reed aufgetaucht ist und ein riesiges Theater gemacht
hat.«

Annie versuchte sich abermals die Szene vorzustellen, wie
Elise sie ihr nach ihrer Rückkehr zum Wagen geschildert
hatte. Sie mußte lächeln. »Und?«

»In Bills Büro in der Kanzlei. In einem purpurfarbenen Le-
derkostüm. Angela meint, die Ehe ist *finito*.«

»Das ist immerhin eine Erleichterung.« Und Annie empfand es auch als Erleichterung, daß Brenda von anderer Seite
davon erfahren hatte.

»Mein Gott, jahrelang hat sie alles geschluckt. Was mag sie
jetzt wohl dazu getrieben haben?« fragte Brenda.

Annie fühlte, wie die Wut sich in der Leere ihrer Brust zu
regen begann. Sie holte tief Luft, versuchte, sie zu unterdrük-

ken. Es war einfach unmöglich, wie diese Männer sich benahmen. Es war unerträglich.

»Vielleicht war es der Tod von Cynthia«, fuhr Brenda fort. »Oder Bills letzte Errungenschaft. Allem Anschein nach hat er das Mädchen zu dem Essen der Firmenpartner mitgenommen. Sie ist eine van Gelder, Phoebe van Gelder. Vielleicht versucht Bill, die eine Erbin gegen eine andere, jüngere auszutauschen. Nur daß dieses neue Modell auf Kokain abfährt.«

»Brenda, woher weißt du das nur alles?« Annie war teils amüsiert, teils irritiert.

»Aus der heutigen Klatschzeitung, der *Post*. Da gab es so einen neckischen Hinweis, so nach der Art: ›Welche schöne kommende Künstlerin aus einer der betuchtesten Familie spielte Ehefrau auf dem Cromwell-Reed-Tanzabend?‹ Ich bin von allein darauf gekommen. Und Duarto gab mir den Hinweis mit dem Nasenpulver.«

»Arme Elise.«

Auf ihrem Weg zum Le Cirque auf der Park Avenue kam Annie an der 76. Straße vorbei, was sie seit jenem Vorfall im Carlyle immer vermieden hatte. Die Nähe zum Carlyle ließ sie erschauern.

Es war ein klarer New Yorker Tag, der Himmel strahlend blau, und bei einer leichten Kühle lag ein gewisser Vorgeschmack auf den Herbst und eine leise Ahnung von Winter in der Luft. Im Le Cirque begrüßte Sirio sie an der Tür, der Genius loci dieses Lokals. Er kannte den gesellschaftlichen Rang einer jeden der hier zu Mittag speisenden reichen Frauen und plazierte sie dementsprechend. Er schenkte ihr ein herzliches Lächeln und führte sie an Elises Tisch, die immer in der Nähe der Tür zu einem Seitenraum saß, eine Ecke, die seltsamerweise zu den begehrtesten Plätzen gehörte. Allem Anschein nach galt Elise also immer noch einiges. Annie hatte diese Ecke mit den Kristallüstern und dem überladenen hellblauen Dekor noch nie gemocht, aber sie mußte zugeben, daß die Umgebung sehr gut zu Elise paßte, so wie sie da saß: schön, wunderbar hergerichtet, ausgeglichen und entspannt, ganz wie auf einer Bühne. Und es war eine Bühne. Ihnen gegenüber saß Brooke Astor, zusammen mit zwei jungen Frauen, die Annie nicht kannte. Und die ›Jugend‹ war ebenfalls vertreten – in der Person von Blaine Trump, die in ein reges Gespräch mit einer anderen entzückend aussehenden jungen Frau vertieft war. Elise winkte Annie zu, als sie sie erblickte, und begrüßte sie mit Wangenküßchen.

»Einen Martini?« Elise hob ihr Glas. »Oder möchtest du lieber ein kohlensaures französisches Hydrogen?« Elises Stimme klang fremd, hölzern.

»Einen Weißwein, bitte«, wandte Annie sich an den Ober. »Bist du o. k., Elise?«

»Den Umständen entsprechend. Soviel ich weiß, nennt man das in ärztlichen Fachkreisen ›ernst, aber stabil‹. Ich habe meine Medizin.« Sie nahm einen Schluck.

Eine Bewegung am Eingang kündigte Brendas Eintreffen an. Sie trug etwas sehr Weites und sehr Rotes mit irgendwelchen Federn am Ausschnitt. Bin ich froh, daß ich sie zu etwas Konservativem überreden konnte, dachte Annie.

»Hoffentlich ist das eine bedrohte Tierart! Sie verdient es, auszusterben«, murmelte Elise. Annie verabscheute Federn und Pelze. Mit einer gewissen Erleichterung sah sie, daß es sich hier um synthetische Federn handelte. Verstohlen blickte sie zu Elise hinüber, aber die schien nicht weiter irritiert. Niemals würde sie öffentlich irgendwelche Unzulänglichkeiten an ihren Gästen zugeben.

»Hallo, Brenda!« Elise achtete darauf, daß auch jeder mitbekam, daß sie ihren Gast begrüßte. Nur ein seit Generationen überliefertes Savoir-faire und das daraus resultierende Selbstvertrauen brachten das zustande. Annie mußte sich eingestehen, daß sie sich oft zwingen mußte, sich nicht Brendas wegen zu genieren.

Brenda strahlte sie an. »Alle versammelt. Was soll das Ganze, zum Teufel noch mal? Was habt ihr vor?«

Elise zuckte nicht im geringsten zusammen. »Wir müssen die Daumenschrauben ansetzen.« Ihre Stimme klang rauh.

Annie und Brenda schauten sie an, warteten, daß sie weitersprach.

»Ich finde, daß so einiges aus der Balance geraten ist und daß es an der Zeit ist, das zu ändern.« Sie blickte von der einen zur anderen. »Ich schlage vor, daß wir etwas dagegen unternehmen.«

»Was meinst du damit?« fragte Annie.

»Wie ihr wißt, hat Bill mich verlassen, und ihr wißt auch, was man von verschmähten Frauen im Vergleich zu Höllenfeuern sagt.« Elises Lächeln war so spröde wie ihre Stimme.

»Das tut mir leid, Elise.«

»Ich brauche jetzt dein verdammtes Mitleid nicht, Brenda. Ich habe diesen öffentlichen Ort gewählt, also gibt es keine Tränen. Wenn ich später noch mal einen Mann haben will, dann werde ich ihn mir schon kaufen können. Jetzt aber möchte ich nichts weiter als ein kleines bißchen Gerechtigkeit.«

»Das ist machbar. Nehmen wir uns das kleine Van-Gelder-Miststück vor.«

Elise warf Brenda einen Blick zu, der jeden anderen vernichtet hätte. »Ich habe dich hierher eingeladen, weil ich angenommen hatte, daß du nicht blöd bist. Du scheinst nicht verstanden zu haben, worum es geht. Mir geht es nicht um die anderen Frauen, diese neuen Trophäen, sondern um die Männer – Gil Griffin, Morty, Aaron und Bill. Eine kleine Entschädigung, ein kleiner Ausgleich ist angesagt. Wir müssen zeigen, daß man uns nicht so einfach wegwerfen kann. Dazu müssen wir etwas unternehmen. Wir verfügen über die Möglichkeiten, die Intelligenz, die Verbindungen und die Einfälle. Wir wollen sichergehen, daß sie dafür bezahlen.«

Wieder mußte Annie an Cynthias Brief denken, den sie immer noch in der Brieftasche bei sich trug. Sie hatte ihn noch nicht beiseite legen, ihn noch nicht aus ihren Gedanken verbannen können. Vielleicht würde ihr das möglich sein, wenn sie die Rechnung mit Gil würde begleichen können.

»Ich bin dabei.« Brenda griff zur Speisekarte. »Aber könnten wir nicht zuerst etwas bestellen?«

Nachdem der Ober wieder gegangen war, fragte sie weiter: »Sprechen wir hier über Rache, über *Terminator II* oder was sonst?«

»Keine eigentliche Rache, sondern eher etwas weniger Plumpes. Mehr so etwas wie ausgleichende Gerechtigkeit«, erwiderte Elise.

»Also, ich habe schon immer etwas für Hammurabis Gesetz übrig gehabt. ›Auge um Auge‹ hört sich ganz gut an. Wie wäre es also mit 'ner rituellen Kastration? Wir greifen sie uns, binden sie fest und tragen dabei Masken und Kriegsfarben. Federn haben mir schon immer gut gestanden. Wir machen einen nach dem anderen fertig. Es wäre so, wie man es mit Hunden macht – es wird ihnen für die weitere Zukunft viel Ärger ersparen. So gesehen ist es eine humane Lösung. Die ganze Testosteron-Vergiftung hätte ein Ende.«

»Kastrieren, mmh.« Elise tat so, als wöge sie Brendas Vorschlag ab. »Ganz reizvoll, aber eine schmutzige Angelegenheit. Viel zu schmutzig.«

»Typisch, immer mußt du meckern. Was hast *du* denn für einen Vorschlag?«

Annies Verstand überschlug sich bei den Worten ihrer beiden Freundinnen. Rache? Gerechtigkeit? Das konnten sie doch nicht ernst meinen? Natürlich mußten sie zusammenhalten, aber was Elise da vorschlug, war zu gewalttätig, zu drastisch. Nein, das wollte sie nicht.

Da begann auf einmal eine Vision vor ihr aufzusteigen. Vielleicht konnten sie ja eine Gemeinschaft gründen, einen Club der Exfrauen, um mit sich selbst und ihrer Wut ins reine zu kommen. Frauen, die einander beistehen würden, und die schließlich etwas gegen Gil unternehmen könnten. Schließlich hatten alle drei genug Gründe, wütend zu sein.

Sie musterte Elise und Brenda. Beide waren so unterschiedlich, aber im Grunde wieder ähnlich. Beide ehrlich, verläßlich. Jede hatte ihre guten Seiten. Es war nur zu schade, daß sie einander nicht leiden konnten. Annie mußte lächeln. Wer außer ihr würde jemals auf die Idee kommen, daß Brenda, die fette Tochter eines italienischen Vaters und einer jüdischen Mutter aus der Bronx, und die blendende Erbin zweier riesiger Vermögen auch nur im geringsten etwas gemeinsam hatten.

Und doch war es so. Beide litten sie, und beide versuchten,

dies mit Selbstzerstörung zu vertuschen – Brenda mit ihrem übermäßigen Essen und Elise mit dem Trinken. Doch wenn sie es auch nicht fertig brachten, sich zu ihrer eigenen Pein zu bekennen, so hatten sie doch – alle drei – die Möglichkeit, ihre Wut wegen Cynthia an Gil abzureagieren. So, daß ihm bewußt wurde, was er ihr angetan hatte.

Und danach konnten sie sich vielleicht auch mit ihrer eigenen Lage auseinandersetzen. Jetzt fraß Brenda im wahrsten Sinne des Wortes ihre Wut über Morty in sich hinein und war drauf und dran, auch noch ihre beiden Kinder mit ihren dauernden Anrufen und Einmischungen zu vertreiben. Und Elise, die von Monat zu Monat erfrorener und trauriger aussah. Elise mußte erkennen, wie Bills Vernachlässigung sich auf sie und ihr Trinken auswirkte.

Und was ist mit mir? dachte Annie. Mit meiner Wut auf Aaron? Eine kleine Stimme in ihr sagte: Er ist nicht so schlimm wie die anderen. Trotzdem brauchte sie die Hilfe der anderen beiden, denn auf die Dauer käme ein Leben mit diesem Schmerz einem Selbstmord gleich.

Cynthias Selbstmord könnte so vielleicht etwas Gutes bewirken. Annie war sich bewußt, daß sie immer versuchte, das Gute in allem Schlechten zu sehen, aber vielleicht würde es sich hier einmal bewahrheiten. Auf jeden Fall sollte man es probieren. Sie konnten eine Selbsthilfegruppe gründen, so ähnlich wie die für Mütter mit Kindern mit Downes-Syndrom, der sie beigetreten war.

Elise beugte sich vor und lächelte. »Vielleicht können wir sie auch kastrieren, ohne das geringste Blut zu verspritzen.« Ihre Brauen zogen sich satanisch in die Höhe, als Brenda und Annie sich gespannt weiter vorbeugten. »Wir werden bei jedem dieser Männer den schwachen Punkt herausfinden. Sie sind bestimmt nicht unverwundbar. Und dort wollen wir ansetzen, so daß die Strafe dem Vergehen entspricht. Bill zum Beispiel: Er muß einen Tick mit seiner Männlichkeit haben, oder er haßt seine Mutter.«

»Man muß nicht unbedingt Freud sein, um das zu erkennen«, stimmte Brenda ihr zu.

»Also, dann wollen wir ihm die Suppe gründlich versalzen. Vielleicht könnten wir eine oder zwei Frauen anstellen, die ihn fertigmachen. Irgend so etwas in der Art«, schlug Elise vor.

Brenda war von der Idee ganz angetan, aber Annie erschien es noch schlimmer, als sie befürchtet hatte. Ihre Vorstellung von Wärme und Freundschaft und gegenseitiger Unterstützung löste sich in Luft auf. »Das finde ich nicht«, widersetzte sie sich Elises Vorschlag.

Elise begann noch einmal von vorn. »Hört mal gut zu. Ich versuche, etwas zu erklären. Vor ein, zwei Generationen sah alles noch ganz anders aus. Man heiratete. Gut. Der Mann kümmerte sich um das Einkommen und schrieb die Regeln vor. Die Regeln der Gesellschaft aber schrieben ihm vor, daß er als ihr ehrbares Mitglied verheiratet zu bleiben hatte. Damit gab er seiner Frau eine gewisse Stellung, auf die sie sich verlassen konnte. Und wenn ein Mann diese Regeln brach, dann war er selbst erledigt. Er galt als Flegel, und jede, die ihn danach noch geheiratet hat, war ebenfalls erledigt. Deshalb war es nicht möglich, daß einer eine anständige Frau benutzte wie eine Tube Zahnpasta, um sie dann wegzuwerfen, wenn er sie aufgebraucht hatte – so wie Gil Cynthia weggeworfen hat und Bill mich.«

»Oder Morty mich. Was nicht heißt, daß mir an diesem Lackaffen auch nur das geringste liegt.«

Elise griff in ihre Handtasche und zog die Kopie eines Zeitungsartikels heraus. »Hört einmal zu.«

»Um Himmel willen! Gnade! Bloß keine Selbsthilfetraktätchen«, flehte Brenda.

»Nichts mit Selbsthilfe, verdammt noch mal. Die ist ein Artikel aus *Fortune*.« Elise zeigte ihnen das Foto von Carolyne Roehm.

»Es passiert ständig. Erfolgreiche Männer verlassen ihre Frauen wegen eines neuen, besseren Modells. Hört zu: ›*Diese Trophäen-Weibchen geben dem arrivierten 50- bis 60jährigen Geschäftsmann das Gefühl, daß er sexuell immer noch mit Jüngeren konkurrieren kann. Diese Stimulanz seines Egos hilft ihm, wenn er sich im Büro gegen die Jungtürken durchsetzen muß.*‹« Sie blickte auf. »Klingt einleuchtend, nicht wahr?« Dann las sie weiter.

»›*Ohne das Stigma einer Scheidung versuchen diese Männer sich zu erneuern.*‹ Und hört weiter, das habe ich aus Forbes.« Sie räusperte sich kurz. »›*Der arrivierte Geschäftsmann in Führungspositionen hat erst dann den Gipfel seiner Karriere erreicht, wenn er sich eine neue, größere, blondere zweite Frau zugelegt hat. Sie ist das Wahrzeichen seines Erfolgs. Eine zweite Ehe ist nicht mehr mit einem Stigma behaftet, statt dessen hat sich die Gesellschaftskultur dahingehend geändert, daß eine gutaussehende zweite Frau nicht mehr nur als attraktives Besitzstück, sondern geradezu als Notwendigkeit angesehen wird.*‹« Elise schwieg und blickte die beiden anderen über ihre Brille hinweg an. Sie wartete ab.

»Ist das geschrieben worden, bevor oder nachdem sich Malcolm seiner Libby entledigt hat?« erkundigte sich Brenda. Elises Mutter war eng mit der ersten Mrs. Forbes befreundet. »Was soll das, das ist doch nichts Neues. Die, die den Ton angeben, haben sich noch nie für Frauen eingesetzt.«

»Darum geht es doch nicht!« Elise wurde hitzig. »Es geht darum, wie weit es bereits damit gekommen ist, wenn sogar eine *Geschäfts*zeitung den Trend erkennt und als normal ansieht. Ich zitiere hier nicht aus irgendeinem Provinzblatt.«

»Was sollen wir deiner Meinung nach also tun? Uns als Wegelagerer verkleiden und die Straßen im Auge behalten? Georgette Mosbacher und Carolyne Roehm umbringen? Nicht daß es mir kein Vergnügen bereiten würde, aber ob es das wert ist, um den Rest des Lebens zusammen mit Schwerverbrechern verbringen zu müssen?« Brenda mußte lächeln. »Natürlich kann ich mich da aber auch irren. Und vielleicht würde ich dabei auch abnehmen. Vielleicht sollte ich es auf einen Versuch ankommen lassen.«

Annie bemerkte, daß Elise allmählich die Geduld verlor. Von Zusammenhalt konnte keine Rede sein. Elise hatte recht, aber vielleicht mußte man das alles etwas anders angehen. »Hört auf. Cynthia ist tot. Seht ihr nicht, wie ernst das alles ist?« Annie mußte sich auf die Lippen beißen, um ihr Zittern zu unterdrücken. »Jetzt ist es aber genug. Wir sind leckgeschlagen und sacken ab ins Nichts. Die Gesellschaft geht zur Tagesordnung über, und wir sind nicht einmal in der Lage, für uns selbst einzustehen. Ich selbst habe weniger

Grund als ihr, wütend zu sein. Aaron war nicht ganz so schlimm wie Morty oder Bill.«

»Das sagst ausgerechnet du«, rief Brenda.

»Nein. Das meint *er*«, entgegnete Elise, um dann fortzufahren: »Ich würde gerne etwas in Bewegung bringen und zu einem Ende führen. Wir wollen die totale Vernichtung dieser Männer ins Auge fassen. Privat, finanziell und gesellschaftlich. Wir werden dafür sorgen, daß ihre Ehen in die Brüche gehen, daß sie gesellschaftlichen Schiffbruch erleiden und ihre Freunde sie verlassen. Uns haben sie dasselbe angetan. Wir können ihnen das heimzahlen. Wir haben die Mittel dazu. Unser Ziel ist, diese Filzläuse fertigzumachen.«

»Gefällt mir. Vielleicht ist es aber noch nicht genug. Was meinst du?« wandte Brenda sich an Annie.

»Ich weiß nicht recht.« Annies Stimme schwankte vor lauter Verblüffung. Sie blickte zu Elise, aber die lächelte nicht. »Elise, Brenda! Habe ich das richtig gehört? Rache? Ihr meint, wir sollen gemeinsame Sache machen, um es unseren Ehemaligen heimzuzahlen?«

»Ja.« Elise richtete sich noch gerader auf. »Wer war es doch noch einmal, der gesagt hat: ›Nur die Schwachen wollen Rache. Die Starken streben nach Gerechtigkeit‹? Ich stelle den Antrag auf Einberufung der satzungsgebenden Versammlung des Clubs der Exfrauen.« Sie griff nach ihrem Kaffeelöffel, klopfte damit auf den Tisch und wandte sich Annie zu. »Bist du dabei?«

Annie saß stocksteif.

»Los, Annie, sei doch kein Spielverderber«, drängte Brenda.

»Ich bin dabei.« Annie nickte entschlossen.

»Dem Antrag auf eine satzungsgebende Versammlung ist hiermit stattgegeben.«

»Juhuu!« Auf Brendas Freudenjuchzer hin hoben alle drei ihre Gläser und stießen gravitätisch miteinander an.

»Und nun«, fuhr Elise in ihrer neuen Rolle als Vereinsvorsitzende fort, »muß jemand einen Antrag stellen, mit dem die Ziele festgelegt werden. Brenda?«

»Ich stelle den Antrag, daß wir mit den Jammerlappen den

Fußboden wienern sollten.« Mit einem vielsagenden Blick auf Annie fügte sie hinzu: »Mit *allen*. Und ich möchte Morty pleite gehen sehen, vollkommen pleite. Das wäre nämlich, was ihn am härtesten treffen würde.«

Die Vorsitzende wandte sich Annie zu. »Annie?«

»Ich möchte Gil jeglichen Einflusses beraubt sehen. Ohne Macht, ohne Status.«

Schnell kam Elises Beitrag: »Und Bill wird in die Wüste gejagt. Schluß mit ihm als Liebhaber. Natürlich nur im übertragenen Sinn.«

Annie kämpfte mit sich, mit dem lieben Mädchen. Dann seufzte sie ergeben und fügte hinzu: »Und ich möchte Aaron verlassen sehen. Betrogen und verlassen.«

Elise lächelte, voll echter, tiefer Freude. »Braves Mädchen. Morgen werden wir dann alle unsere Zielscheiben beieinander sehen, auf dem AIDS-Wohltätigkeitsabend. Wie Enten auf der Abschußlinie. Das ist der Anfang ihres Endes.«

»Oder, anders gesagt, das Ende ihres Neubeginns«, sagte Brenda.

Abermals stießen sie miteinander an. »Auf uns. Auf die Exfrauen.«

»Hört, hört.« Annie mußte lächeln. »Wollen wir uns nicht folgendes Motto zulegen: *Nicht Wahnsinn, Gleichheit sei unser Ziel*?«

»O bitte«, warf Brenda ein. »Warum denn nicht beides?«

13

Ein Hoch auf die Knete

»Tout New York, meine Liebe, *tout* New York«, gurrte Gunilla Goldberg im Eingang zum Ballsaal des *Pierre*. Von hier aus hatte sie eine gute Übersicht und konnte selbst gut gesehen werden. Gunilla war, was Franzosen ›eine Frau gewissen Alters‹ zu nennen pflegen, nur daß es in ihrem Fall keinen Anhaltspunkt zu einer näheren Präzisierung des ›gewissen Alters‹ gab, dank ihres Schönheitschirurgen, der Kosmetikindustrie, ihrer Diät und Gymnastik. Ihr champagnerblondes Haar trug sie zu einem Pagenkopf frisiert und am Hinterkopf ihr Markenzeichen, eine schleifenförmige, brillantenbesetzte Spange. Wie gewöhnlich war sie auffallend angezogen. Heute trug sie ein Lacroix-Oberteil aus chartreusefarbener Moiréseide zu einem schwingenden, knielangen schwarzen Samtrock. Die mit Mascara betonten Augen und die sorgfältig nachgezogenen Augenbrauen vermittelten den Eindruck, als ob sie ständig über etwas erstaunt sei.

Ihr Mann, der Finanzier Sol Goldberg, war bereits in den glitzernden Saal hineingegangen, aber Gunilla überließ noch für einen Augenblick die Honneurs ihrer neuen jungen Freundin Khymer Mallison und berauschte sich an dem Anblick. An der Decke drei gewaltige Kristallüster wie gefrorene Wasserfälle, Blumenstraußfontänen aus weißen Rosen und himmelblauem Rittersporn auf allen Tischen, mit einer Wandbeleuchtung in genau der rechten Höhe, um den perfekt getönten Teint, das perfekte Make-up und die makellosen Juwelen der Anwesenden auf die günstigste Weise hervorzuheben. Gläser klangen. Ober schlängelten sich durch die Menge, die Tanzfläche begann sich gerade zu füllen. Dies war, wie Gunilla wußte, genau der richtige Zeitpunkt für ihren Auftritt.

Es war das vierte Jahr dieser Wohltätigkeitsveranstaltung für die AIDS-Hilfe, und jeder, der in New York Rang und Na-

men hatte, war unter den Anwesenden. Die Gesellschafts-
mafia der Damen hatte alle Plätze verkaufen können. Die
AIDS-Hilfe war zu sehr zum gesellschaftlichen Muß geworden, als daß man sie versäumen durfte, dachte Gunilla. Immer die Nase im Wind, hatte sie das so kommen sehen.
Die drei endlosen Wochen in Vevey hatten sich ausgezahlt. Ihre Haut schimmerte, und ihr trägerloses Oberteil
hob ihre neue Frische noch hervor. Sie wandte sich zu
Khymer, ihrem um Jahrzehnte jüngeren Gesellschaftszög-
ling, und lächelte mit ebenmäßigen, strahlenden Zähnen.
»Jetzt zeige ich dir, wie's gemacht wird.« Und damit
rauschte sie durch den Ballsaal, allen, auf die es ankam, ein
Nicken und ein Lächeln schenkend.

»Schau bloß, wen sie alles an Land gezogen hat«,
wandte sich Melanie Kemp, eine der Innenarchitektinnen
der Gesellschaft, an Susan, ihre Freundin und Geschäfts-
partnerin. Viele von den Frauen, die in die New Yorker
Gesellschaft hineingeboren worden waren, machten sich
über Gunillas affektiertes Französisch, ihr übertrieben auf-
wendig eingerichtetes Apartment und ihren überladenen
Kleiderstil lustig. Hinter ihrem Rücken nannten sie sie
Gummibär, und zwar wegen der – sicherlich unwahren –
Behauptung, daß sie ihren ersten Mann noch als Callgirl
kennengelernt, dabei ihr Gebiß herausgenommen und ihn
dann so bedient hatte, daß er sich in sie verliebte. Seitdem
hatte sie zweimal geheiratet und zwar jedesmal einen kleineren, reicheren Mann. Inzwischen hatte sie einen festen
Platz unter den Tonangebenden im Bereich der gesellschaftlichen Wohlfahrtspflege, wo das Sehen und Gese-
henwerden zu den unabdingbaren Notwendigkeiten gehörten. Keiner hätte je gewagt, sie dicken Gummibär zu
nennen. Sie hatte hart gearbeitet und war ein Fixpunkt der
New Yorker Gesellschaft geworden. Wenn es Gerüchte
gab, daß ihr Mann sich neuen Interessen zuwandte, nun,
dann mußte man erst einmal abwarten, ob er die neuen
Bande wirklich zu festigen beabsichtigte.

»Ja, sie *hat* es geschafft«, mußte Susan zugeben, eine
leicht pferdegesichtige, aber durchaus schicke Society-Blon-

dine. »Und dauernd hängt sie mit der Khymer Mallison zusammen.«

»Meinst du die ›Schleimer‹ Mallison?« Melanie konnte es sich nicht verkneifen. Sie und Susan gingen zum Blondieren zu demselben Friseur wie Gunilla. Und Khymer ging nun auch dorthin. Alles machte sie Gunilla nach, angefangen vom Friseur bis hin zur Gymnastik bei Bernie und Roy. Sie war überall. »Schleimer«, so hatte man sie in einer Gesellschaftskolumne genannt. Jeder las diese Artikel, aber nur die, die sich gesellschaftlich völlig sicher fühlten, gaben das auch zu. Melanie und Susan konnten das, sie hatten das Geld ihrer Familien im Rücken, ihre Männer gehörten der Gesellschaft an und ihre berufliche Karriere war für sie bloß ein angenehmer Spaß. Es war einfach zu schön, dafür bezahlt zu werden, daß man das Geld anderer Leute ausgab.

»Du lästerst nur, weil Duarto ihren Auftrag bekommen hat«, mischte sich Charles, Susans Mann, ein. Das stimmte. Die beiden Frauen hatten sich um den Auftrag, das neue Stadthaus der Mallisons einzurichten, bemüht, waren aber ausgestochen worden. »Ich finde Khymer sehr nett, sie steckt voller Energie.«

»Oh, *bitte*.« Susan verdrehte die Augen. »Gunilla hat also ihr Werk an Shelby Cushman beendet und sich Khymers angenommen?« Gunilla war berühmt dafür, gesellschaftliche Möchtegerns zu adoptieren und ihnen weiterzuhelfen. Die Scharfzüngigen sagten, daß sie damit ihre eigene Position festigen wollte, da junger Reichtum, dem es gelang, in New York Fuß zu fassen, ihr zu Dankbarkeit verpflichtet war. Jeder wußte, daß ihr letztes ›Adoptivkind‹ Shelby Cushman gewesen war, die Frau von Morty Cushman, dem ausgeflippten Warenspezialisten aus der TV-Werbung. Susan konnte jedoch sehen, wie Gunilla Khymer ins gesellschaftliche Sibirien, an einen Tisch unter der Galerie im Ballsaal, verbannte und sich selbst auf einem der besten Plätze neben Shelby Cushman niederließ, einem Paradeexemplar der feinen Gesellschaft der Südstaaten, die dort ebenfalls mit ihrem untersetzten Mann Platz genommen hatte.

»Gunilla sieht gut aus«, mußte Melanie zugeben.

»Das muß sie einfach. Schließlich haben dafür eintausend Affen ihre Drüsen hergeben müssen.«

»Dort ist sie also gewesen. Und ich habe gedacht, in einem Zen-Refugium.«

»Ja, und nächste Woche kommt der Osterhase. Werd endlich erwachsen, Melanie.« Susan drehte sich zu einem anderen Tisch um. »Da wir gerade von Zen reden, dort kommt der Großmeister persönlich. Wenn überhaupt jemand, dann ist er ›jung und energiegeladen‹, Charles«, schnurrte sie ihrem Mann zu.

Kevin Lear war groß, sah gut aus und war berühmt als Schauspieler und Zen-Buddhist. Sogar in einer Stadt wie New York, wo man sich Filmschauspielern gegenüber blasiert gab, war sein Superstar-Glamour stark genug, daß man sich nach ihm umblickte. Er überquerte die Tanzfläche zum Haupttisch, seine um zwanzig Jahre jüngere Verlobte vor sich her führend. Seine Hand lag unterhalb ihrer Taille, dort wo der Ausschnitt ihres Kleides den Ansatz ihrer Gesäßbakken erkennen ließ. Viele Augen folgten dem attraktiven Paar. Annie, die an einem der vorderen Tische saß, drehte sich um, und während sie ihnen nachblickte, konnte sie sehen, wie zwei Finger des Stars in dem Ausschnitt verschwanden und noch tiefer glitten.

Sehr anregend, mußte sie denken, sehr Zen-mäßig. Ihr fiel eine Abwandlung eines Zen-Koan ein: Wie ist das Geräusch einer gleitenden Hand. Würde sie jetzt diese Hand schütteln wollen? Sie wandte die Augen ab, blickte sich um. Chris war, Gott sei Dank, mit Jerry Loest in eine Diskussion über die schwierigen Aufnahmen zu einem neuen Werbespot vertieft. Ihn jedoch weiter beschützen zu wollen, wäre dumm. Er war fast zwanzig und kein kleiner Junge mehr.

Ihr schräg gegenüber fächelte sich Brenda Cushman mit dem Programm Luft zu. Sie sah übergewichtig und stark erhitzt aus, was sie ja auch war. Jerry Loest hatte sich zu ihr hinübergebeugt und erzählte ihr von der Agentur. Aufmerksam hörte sie seinen Erläuterungen zu, welcher Aufwand dazu gehörte, etwas Neues auf den Markt zu bringen. Trotz des Fächelns konnte Annie verstehen, wie Brenda sagte: »Morty hat ganz schön verdient, trotz seiner Schulden.« Und Brenda mußte es wissen.

War es nicht ein Fehler, daß sie, die Exfrauen, an dieser Wohltätigkeitsgala teilnahmen? Annie konnte es kaum ertragen. Würde Aaron auftauchen? Zusammen mit Leslie? Wußten alle hier, wie dumm und blind sie gewesen war?

Aber schließlich konnte sie sich nicht dauernd verstecken, und dies war ein guter Anlaß, obwohl Annie Veranstaltungen dieser Art mittlerweile verabscheute. Nichts als Klatsch und Langeweile. Es war deprimierend, daß diese Menge talentierter, reicher Leute nichts Besseres mit sich anzufangen wußte. Keiner hatte wirklich Spaß an all dem Aufgedonnertsein und dem Klatsch. Wozu also das Ganze?

Zum x-ten Mal schaute sie im ganzen Saal umher. Wo blieb Aaron? Einige Paare tanzten, aber die meisten standen in plaudernden Gruppen bei ihren zugewiesenen Tischen. Der erste Gang war bereits abgeräumt worden, und nun steuerten die Ober wieder mit neu beladenen Tabletts die Tische an. Das Essen auf diesen Veranstaltungen war immer etwas öde. Die Leute kamen nicht wegen des Essens hierher, außer in übertragenem Sinn, zur Dschungel-Fütterung, denn schließlich *war* dies ein Dschungel.

Annies Blicke wanderten an Chris und Jerry vorbei, an dessen Frau, vorbei an Elise und dem Senator, zu den beiden leeren Plätzen an ihrem Tisch. Wer war da noch nicht gekommen? Und dann fiel es ihr ein.

Cynthia hatte diese Plätze gekauft. Annie hatte Cynthia gedrängt, sie regelrecht angefleht, zu kommen. Und in dem Trubel seit dem Begräbnis hatte sie es vergessen. So wie Brenda und Elise. Bis jetzt eben. Annies und Brendas Blicke trafen sich, Brenda biß sich auf die Lippen und wurde bleich. Von uns gegangen, aber nicht vergessen. Die Ironie der Worte traf Annie tief. Erst zwei Wochen war es her, und ich habe Cynthia fast völlig vergessen. Sie wandte den tränenverschleierten Blick von den Stühlen ab.

»Schaut nur«, rief Duarto, der neben Brenda saß. Er schien mehr als sonst zu trinken, aber Annie wußte, daß sein Freund und Liebhaber erst vor wenigen Monaten gestorben war, und so wußte sie, wie verzweifelt er in seiner Fröhlichkeit war. Noch mehr Elend, dachte sie. Sie sah, wie er einen weiteren Neuankömmling beäugte und einen anerkennenden Pfiff ausstieß. »Das ist der Cowboy«, verkündete er mit seinem starken spanischen Akzent. Annie wandte sich um und erkannte Oscar Lawrence, den Modedesigner, der berühmt war für seinen luxuriösen Westernstil, und der hier zusammen mit seiner Frau gekommen war. Quer über seine Stirn verlief eine grausige frische Narbe, an der noch die Nahtstiche zu erkennen waren.

»Soviel ich gehört habe, war das ein Polo-Unfall«, meinte Brenda.

Duarto leckte sich die Lippen. »Nun ja. Er sagt, daß er bei der Wolverton-Jagd in Virginia vom Pferd gefallen sei, aber soviel *ich* gehört habe, ist das weder beim Polo noch bei der Jagd geschehen.«

»Bei der Dressur?« fragte Annie.

»Nein, *cara*. Bei der Fellatio. Er hat einen Hengst aus seinen Ställen bearbeitet, und so wie es aussieht, hat dem Vieh seine Technik nicht behagt.«

»O Duarto!« Annie blickte zu Chris hinüber, aber der war immer noch mit seinem ›Onkel‹ Jerry in die vergleichende Diskussion über Nahaufnahmen und weite Einstellungen vertieft. Eunice, Jerrys Frau, mußte kichern.

»Ich schwöre, ich habe es von einem seiner Pferdeburschen«, lästerte Duarto weiter. »So eine Aufregung. Aber es hieß ja schon immer, daß Oscar auf die rauhe Tour steht.«

Brenda seufzte. »Duarto, manchmal glaube ich, das Leben geht an mir vorbei.«

»Besser, als über dich hinweg.« Er nahm einen weiteren Schluck. »Sieh dir bloß diese Nähte an.«

Annie konnte darüber nicht lachen. Dieser ganze Zynismus ließ sie kaum stillsitzen. Der Abend fand aus zweierlei Gründen statt: Einmal um Geld für die Versorgung AIDS-Kranker zusammenzubekommen und dann noch ausgerechnet zu Ehren von Gil Griffin. Sein Beitrag von angeblich 100 000 Dollar machte einen Großteil der Einnahmen dieser Veranstaltung aus. Im Programm waren alle Spender mit ihren Beiträgen aufgelistet. Aber vieles, was da stand, stimmte nicht. So war Khymer Mallison mit 25 000 Dollar aufgeführt, aber Duarto hatte erzählt, daß sie bloß dem Krankenhaus ihre alten Möbel überlassen und dafür diesen überzogenen Betrag angegeben hatte. Aber immerhin würde doch einiges Geld zusammenkommen, und das war schließlich besser als gar nichts. Was Gil Griffin auch immer gestiftet haben mochte, es war nicht aus Barmherzigkeit geschehen. Es war lediglich ein günstiger Handel. Annie war im Wohlfahrtswesen gut genug bewandert, um zu wissen, daß er bei den angeseheneren Benefizveranstaltungen keinen der besseren Plätze für diesen Betrag hätte bekommen können. Der jährliche AIDS-Ball war noch eine relativ neue Einrichtung, und er hatte dort investiert, wo es noch auffiel.

Allerdings sah Gil Griffin sehr elegant und gesetzt aus, wie er dort am erhöhten Haupttisch präsidierte, seine neue junge Frau Mary Birmingham an der einen Seite und Gunilla Goldberg, die Veranstalterin, auf der anderen. Er saß da, den Kopf in der für ihn typischen vogelähnlichen Weise geneigt, und empfing die Gratulationen der ihn Umgebenden. Es war einer der typischen Abende voller Gratulationen und Selbstbeglückwünschungen. Der eigentliche Anlaß für diesen Abend war für die meisten jedoch das New Yorker Spiel: zu zeigen, was man hatte, und es mit dem der anderen zu vergleichen. Cynthias verwaister Platz war wie ein stummer Vorwurf.

Die Zeiten und die Crème de la crème hatten sich geändert, aber nicht allzusehr. Man traf immer dieselben Leute auf jeder Soiree: altes Geld, neues Geld, den Euromüll mit den niedrigeren gekrönten Häuptern und die Vertreter von West- und Ostküste. Manchmal verwischten sich die Linien, aber die Gesichter blieben immer dieselben. Wenn eine Ehe in dieser Gesellschaft in die Binsen ging, dann war es schwer, vor diesem Publikum einen neuen Start zu machen. Wieder sah sich Annie nach Aaron um.

Duarto beugte sich über den Tisch, um Kevin Lear und seine schöne Begleiterin in Augenschein zu nehmen. Sie waren Kunden von ihm gewesen. Und es gehörte zu den Aufgaben eines in der Gesellschaft arrivierten Innenarchitekten, daß er seine Kunden unterhielt, sie zu Partys einlud und sie mit den richtigen Leuten bekannt machte. Duarto lachte, dann wandte er sich um und begrüßte Lally Snow, eine andere Kundin von ihm.

Sie war in einen hautengen giftgrünen Seidenjersey mit Organzarüschen am Ausschnitt gezwängt. »*Ciao, cara.*« Als sie entschwebte, leicht hoppelnd wegen ihres engen Rocks, flüsterte er: »Die leibhaftige Schlange aus dem Paradies. Man sagt, daß bei ihr das Fettabsaugen schiefgegangen ist. Sie kann nie wieder ein kurzes Kleid oder einen Badeanzug tragen. Wegen der Narben.«

»Welch geringer Preis«, seufzte Brenda. Sie blickte auf ihren Hängebusen und den wabbeligen Bauch. »Was meinst du, wieviel läßt sich da absaugen?«

Brenda machte schon wieder eine neue Diät und aß nur noch Tropenfrüchte. Außerdem schluckte sie ganz spezielle Pillen aus zerstampftem Knoblauch und Papayaenzymen. »Ich habe elf Pfund abgenommen, aber ich rieche wie eine sizilianische Ananas«, hatte sie Annie anvertraut.

Auf der anderen Seite des Tisches unterhielt Elise sich mit Roland Walker, dem Senator von Maryland. Elises Onkel Bob Blogee hatte seinen alten verwitweten Freund noch in der letzten Minute als Tischpartner für sie arrangiert. Elise sah schlank, königlich und kühl wie immer aus. Senator Walkers Smokingjacke dagegen hatte weder mit seinen Jahren noch mit seinem Gewicht Schritt gehalten. Seine Schultern waren mit Schuppen übersät. Für einen ganz kurzen Moment gestattete Elise sich eine Erinnerung an Zimmer 705, an die köstlichen Küsse des jungen Mannes, an seine Arme um ihren Körper. Elise fing Annies Blick auf, hob eine Augenbraue und wies mit dem Kopf zum Nebentisch.

Bill Atchison saß dort, zusammen mit Phoebe van Gelder, der gesamten Van-Gelder-Familie und noch einigen anderen Leuten, darunter Celia Reed, die vertrocknete Frau von Bill Atchisons Seniorpartner Cromwell Reed. Annie wandte sich wieder Elise zu und lächelte. All die Jahre hatte diese Vogelscheuche bei derartigen Veranstaltungen Elise zu Tode gelangweilt. Jetzt amüsierte Annie sich, wie Celia Bills Ohren vollplapperte. Sie gehörte zu jenen Leuten, denen es gelang, auch noch den pikantesten Klatsch öde und langweilig wiederzugeben. Annie brauchte sich nicht anzustrengen, um Celias nervendes, durchdringendes Organ zu verstehen.

»Sie verkündeten jedenfalls die Verlobung, trotzdem jeder wußte, daß er durch und durch homosexuell war. Durch und durch. Das war natürlich alles wegen des Titels. Lally wollte ihre Tochter zu einer Prinzessin Guliano machen. Es sollte alles losgehen, das heißt, die Gäste saßen schon, als bekannt wurde, daß er sich mit dem Brautführer davongemacht hatte. Können Sie sich das vorstellen?« Diese Frage richtete sich an Bill und die übrigen Anwesenden am Tisch. Die van Gelders schauten gelangweilt drein, Bill nickte nur.

»Davon abgesehen, hätte Lally den Betrug durchschauen müssen. Es gibt gar keine venezianischen Prinzen, nur Grafen. Das weiß *jeder*«, sagte Celia Reed. Annie und Elise verkniffen sich ein Lächeln.

Elise hatte Annie erzählt, daß Celia die Tochter eines Barkeepers aus Cincinnati war, und alles, was sie an gesellschaftlichem Schliff besaß, hatte sie sich nach ihrer Hochzeit mit Donald Reed, dem Mitglied einer alteingesessenen New Yorker Familie, angeeignet.

Annie fragte sich, ob alle Einwohner Cincinnatis mit den Eigenarten des venezianischen Adels so vertraut waren.

Elise verzog das Gesicht, warf Annie einen Blick zu und verdrehte die Augen. Beide mußten loslachen.

Brenda lachte nicht. Ihre Augen waren auf Shelby gerichtet, die neben Morty am Haupttisch saß. Und ich sehe aus wie ein sizilianischer Matzekloß, dachte sie. Sogar im Sitzen konnte Brenda erkennen, wie dünn Shelby war. Als Brenda Morty kennengelernt hatte, war sie schlanker gewesen, aber nie so dünn wie Shelby. Die Zeit hatte ihren grausamen Tribut verlangt. Wie schafften diese Frauen das bloß?

Doch Moment mal. Nur die Frauen waren dünn. Die Männer – die meisten über fünfunddreißig – waren übergewichtig. Brenda dachte kurz darüber nach. Sogar in dieser Beziehung waren die Männer den Frauen über. Es war unerheblich, ob sie kahl wurden oder aus der Fasson gerieten. Sie hatten das Geld und damit die Macht. Da war es egal, wie sie aussahen.

Die Frauen dagegen: alle wie die Zahnstocher. Sie schaute hinüber zu Elise, die, wie sie annahm, kaum mehr wog als bei ihrem Debütantenball. Aber natürlich hatte sie Elise auch noch nie mehr als drei bis vier Bissen essen sehen, und niemals ein Dessert. Und Annie. Immer nur Kalorien zählen und Gymnastik. Was für ein Leben! Als Brenda sich jedoch im Saal umschaute, mußte sie zugeben, daß keine der anderen Frauen im Kampf gegen die Pfunde so gründlich unterlegen war wie sie.

Wieder glitten ihre Blicke über ihren üppigen Busen und den dicken Bauch. Was würde ich nicht alles darum geben, wenn ich wieder in ein Modegeschäft gehen könnte, ohne mich von hochnäsigen Verkäuferinnen beleidigen lassen zu müssen. Oder am Meer aus dem Wasser zu kommen, ohne sofort nach dem Badetuch zu greifen. Aber alles das kann ich nicht, also was soll's? versuchte sie sich resigniert zu bescheiden.

Mein Mann hat seine fette Frau zugunsten einer dünnen verlassen, ganz einfach. Brenda lag zwar wenig an der Meinung anderer Leute, aber sie wußte auch, daß alle hier annahmen, daß Morty sie wegen einer dünneren Frau verlassen hatte. Und das verletzte sie und brachte sie auf. Und wenn Brenda aufgebracht war... Wo blieb der nächste Gang, verdammt noch mal? Sie hielt nach den Obern Ausschau.

Auf der anderen Seite des Tisches schloß Elise für einen Moment die Augen und befürchtete, daß sie den Abend nicht überstehen würde. Den obligaten mittelmäßigen Champagnerpikkolo hatte sie bereits so gut wie geleert. Vielleicht, wenn sie tanzen würde? Aber der Senator rührte sich nicht vom Fleck, also mußte sie etwas trinken. Einen Doppelten.

Elise wußte, daß Bill zu allem fähig war, aber Phoebe van Gelder war eigentlich nicht sein Typ. Sie saß an Bills Seite, jung, hübsch und gelangweilt. Aber ein bißchen ausgefallen für Bill. Dieser fremdartig-galaktische Schmuck und dieses

Plastik- oder Gummikleid. Trug man das jetzt in diesen Kreisen? Phoebe sah aus, als ob dieser Abend sie ebenso anödete wie Elise.

Sie konnte hören, wie er sich von Celia zu Phoebe wandte und fragte: »Gehe ich recht in der Annahme, daß du keinen besonderen Wert auf einen Walzer mit mir legst? Falls du überhaupt Walzer tanzt.«

»Ich tanze Walzer, aber nur mit dem richtigen Partner.«

»Und wer ist der richtige Partner?«

»Der mich richtig mitreißen kann.«

Elise beobachtete, wie sie sich mit den Blicken maßen. Auch von den anderen Tischen wurde dies aufmerksam verfolgt. Mit alptraumhafter Langsamkeit legte Bill seine rechte Hand um Phoebes zierliche Mitte, zog sie hoch und führte sie zur Tanzfläche.

»Ist das nicht einfach romantisch?« konnte man Celia plappern hören.

»Absolut«, kam die Bestätigung ihres Ehemanns.

Elise trank ihren letzten Schluck Champagner. Ohne einen ordentlichen Drink gehe ich ein, sagte sie sich. Sie würde sich die Nase pudern gehen, sich etwas Bewegung verschaffen und für eine Weile diesen tristen Tisch verlassen. Der Hauptgang war vorüber, es blieb nur noch das Dessert abzuwarten. Sie entschuldigte sich bei ihrem Tischherrn und glitt davon. Auf der Treppe hörte sie Annie Paradise hinter sich. »Warte auf mich.«

»Ich wollte mir nur die Nase pudern.« Sie hängte sich bei Annie ein. »Und dann gehe ich an die Bar, wenn du mitkommen möchtest. Ich brauche eine kurze Erholungspause von den Barbaren am Nebentisch. Und vom Senator. Im Senat mag er ja den Rekord fürs Schwadronieren halten, aber heute hat er noch kein einziges Wort von sich gegeben.«

Nachdem sie sich frischgemacht hatten, gingen sie hinüber in die Bar des *Pierre*, vorbei an der vor lauter Mahagoni und Messing glänzenden langen Theke, um ganz hinten auf den Barhockern Platz zu nehmen. Annie ließ ihre Blicke über die in Trompe-l'œil-Technik als Himmel ausgemalte Decke und die falschen Fenster schweifen und wunderte sich zum wiederholten Mal über diese geschmacklichen Ausgefallenheiten. Elise sah gleichermaßen überlegen wie anschmiegsam aus, einfach unwiderstehlich. Ihre Jahre als Filmstar hatten ihr eine Ausstrahlung verliehen, der die Zeit nichts hatte anhaben können. Köpfe wandten sich nach ihr um. Sie war immer noch sehr schön, mit einer seltenen, geheimnisvollen Ausstrahlung.

An der Bar bestellte Elise einen doppelten Wodka. Annie nahm einen Weißwein. »Ich muß sagen, daß Cynthia hiermit wirklich nichts versäumt hat. Es muß einfach grauenhaft sein, wenn der eigene Mann einen nicht nur in jeder Hinsicht betrügt, sondern dann auch noch hingeht und die andere heiratet. Zumindest sind Aaron und seine Frau Doktor nicht aufgekreuzt.«

Elise schüttelte sich. Sie war zu verletzt, um auch noch Bill und Phoebe zu erwähnen. »Und jetzt machen sich Gil und Mary Birmingham hier breit, als ob er ein Fürst wäre.« Elise schüttelte den Kopf. »Nur aus Neugier: Wen hätte Cynthia eigentlich als Begleiter dazugebeten?«

»Roger Trento.«

»Wer ist das? Ich glaube, der Name kommt mir bekannt vor.«

»Der Tennis-Profi aus ihrem Klub.« Annie sah, wie Elise zusammenzuckte.

»Kein Wunder, daß sie sich umgebracht hat«, murmelte sie und bestellte sich noch einen Drink.

Annie dachte kurz über Elises Bemerkung nach. Abgesehen von Chris war ihr selbst nur noch eine Alternative als Begleiter für den Abend übriggeblieben: Maurice Dingman, ein Freund von Jerry Loest, der zwanzig Jahre älter war als sie und außerdem noch fett und langweilig. Was bliebe ihr sonst noch, wenn sie Chris nicht hätte?

»Ich glaube, ich gehe besser zurück zu meinem Sohn.« Annie gab Elise ein Küßchen, stand auf und wandte sich zum Gehen. Plötzlich blieb sie abrupt stehen und suchte Halt am Tresen.

Dort, an der Wand auf einem der kleinen Sofas saßen Aaron und Leslie Rosen. Er trug einen Smoking, einen weißen Seidenschal lässig umgeschlungen. Sein Haar glänzte, die Haut schimmerte, und seine Zähne blitzten beim Lächeln. Einen Augenblick lang ließ Annie diese Szene auf sich einwirken, dann wandte sie sich ab, so wie ihr Vater es ihr beigebracht hatte, sich von allem Unangenehmen abzuwenden, und ging hinauf in den Ballsaal, sich auf das Treppengeländer stützend.

Reiß dich zusammen, ermahnte sie sich. Er lebt jetzt sein eigenes Leben. Hör auf damit. Irgendwann wäre diese Begegnung sowieso unvermeidlich gewesen. Jetzt hast du sie wenigstens hinter dir. Verhalte dich ganz normal. Damit schritt sie wieder auf ihren Tisch zu.

Duarto war immer noch am Reden, als Annie sich setzte. »Hier wird die Knete gefeiert. Das ist keine Veranstaltung zu Ehren von Gil Griffin, sondern von seiner Penunze.«

»Seine was?« fragte Chris.

»Von seiner Penunze, seinem Moos, seinen *dineros*, von seinem Geld. Alles dreht sich nur ums Geld. Keiner kümmert sich auch nur einen Dreck um die AIDS-Opfer, um die Behinderten, die Obdachlosen. Keiner von denen hier. Keiner in dieser Stadt. Alle diese Feste kreisen nur ums Geld. Um den, der's bekommt, und um den, der's gibt.«

Seine Augen füllten sich mit Tränen. »Niemand schert sich darum, daß Richard tot ist. Kein einziger hat ihn besucht.« Er wandte sich Brenda zu. »Außer dir, *cara*. Das werde ich dir nie vergessen.« Er nahm Brendas Hand und küßte sie. Dann wandte er sich Annie zu. »Sie hat ihn jeden Tag besucht. Sie hat ihm Obst mitgebracht und Falschen Hasen und Lasagne.« Er wischte sich die Augen, wandte sich wieder an Brenda. »Du bist eine grauenhafte Köchin.«

»Ich weiß.« Brenda tätschelte Duartos Hand. »Aber ich teile große Portionen aus.«

Dann kam eine Ansage, daß alle Gäste auf der Tanzfläche bitte wieder Platz nehmen und zuhören möchten. Es war an der Zeit, zum wesentlichen zu kommen. Auf dem Podium griff Robert Hazzenfus zum Mikrofon. Sein Name stand auf den Vorstandslisten einer ganze Reihe von Krankenhäusern, Spezialkliniken und Pflegeheimen. Und außerdem ging das

Gerücht, daß eines der Zimmer in seinem riesigen Penthouse als Behandlungsraum eines Gynäkologen eingerichtet sein sollte, und mehrere Leute schworen sämtliche Eide, daß er jede Woche zwei Prostituierte zu sich bestellte, von denen die eine als ärztliche Assistentin posierte, während er die andere untersuchte. Annie bezweifelte den Wahrheitsgehalt dieser Geschichte, aber das Gerücht hielt sich schon recht lange.

»Meine sehr verehrten Damen und Herren«, dröhnte Hazzenfus' Stimme. »Ich freue mich, daß sie alle diesen Abend genießen, aber wir sollten auch an den Anlaß denken, der uns hier zusammengeführt hat.«

Das Stimmengewirr erstarb, außer am Haupttisch, wo Gunilla weiterhin mit Shelby Cushman flüsterte. Sie fragte gerade: »Siehst du Perseus Daglevi?«

Shelby folgte der Richtung von Gunillas Blick. »Ist das diese Dürre in Schwarz?«

»Hier gibt es nur dürre Frauen in Schwarz. Schließlich sind wir hier in New York, meine Liebe. Ich meine die, die neben Pat Buckley sitzt.«

»Die, die so aussieht wie eine Araberin oder Iranerin?« Der Südstaatenakzent von Shelby war unüberhörbar. »Und was ist mit ihr?«

»Sie hat eine Brustverkleinerung machen lassen. Eigentlich war es schon die dritte. Merken Sie sich eines für die Zukunft: Zweimal ist das Limit für jeden Körperteil. Andernfalls enden Sie noch mit einem Michael-Jackson-Syndrom. Auf jeden Fall hatte man bei Perseus Mist gebaut, und jetzt hat sie überhaupt keine Brustwarzen mehr. Das sieht vielleicht abartig aus. Zuerst war nur die eine weg, und da haben sie gemeint, daß es wegen der Symmetrie besser wäre, auch die andere zu entfernen. Jetzt klebt sie sich Latex-Prothesen an. Ich habe den gleichen Klebstoff früher für meine künstlichen Wimpern genommen. Eine schmierige Angelegenheit. Ob das Flecken in ihre Kleider macht? Was bin ich froh, daß diese Wimpern nicht mehr in Mode sind. Mein Mann, nicht Sol, mein zweiter Mann, hat sie verabscheut.« Sie machte eine Pause, überlegte und fuhr fort: »Und mich hat er natürlich auch verabscheut.«

Shelby kicherte. Gunilla hob eine Augenbraue und kniff die Augen zusammen. »Hören Sie, meine Liebe. Sie mögen zwar aus dem Süden kommen, aber Sie sind nicht dumm, und das weiß ich. Immerhin haben Sie sich Morty Cushman geschnappt, und sagen Sie bloß nicht, es war leicht, diesen fetten Bastard an Land zu ziehen. Ich mag Sie, und ich möchte Ihnen helfen. Also merken Sie sich eins: *Alle* Männer hassen *alle* Frauen. Ohne Ausnahme. Wenn Sie auf jemanden stoßen, von dem Sie glauben, er könnte davon eine Ausnahme sein, dann ist es an der Zeit, eine Kur zu machen, bis sich Ihr Blutzuckerspiegel wieder normalisiert hat.«

Sie wandte sich von Shelby ab. Robert Hazzenfus salbaderte immer noch. Gil Griffin dies, Gil Griffin das. Du lieber Gott, dachte Gunilla. Schließlich wußte jeder, daß er ein ganz besonderer Bastard in einer Welt voller gewöhnlicher war. Sie warf einen Blick zu ihrem Mann Sol hinüber und fragte sich, ob es stimmte, daß seine neue Affäre ihr gefährlich werden konnte. Die Kinder wurden allmählich zu alt, um ihr noch als Schutz dienen zu können; sie mußte lernen, sich selbst zu schützen. Sie drehte sich wieder um zu Shelby, um mit ihrer Lektion fortzufahren.

»Natürlich hassen auch wieder *alle* Frauen *alle* Männer. Das ist die Basis unserer Zivilisation.« Sie griff nach ihrem Abendtäschchen, zog ihren Paloma-Picasso-Lippenstift hervor und zog sich sorgfältig die Lippen nach, nur um ein klitzekleines Bißchen über die natürliche Linie hinaus. Trotz ihrer Sorgfalt zog die Farbe in die winzigen Fältchen, die, fein wie Spinnweben, von ihrem Mund ausgingen. Shelby war verblüfft, daß sie diese Verrichtung vor dem gesamten Publikum fertigbrachte. Fasziniert schaute sie ihr zu, bis Gunilla fertig war und ihren Blick erst auf sie und dann auf die glitzernde Versammlung richtete. »Wir alle hassen uns gegenseitig, meine Liebe. Vergessen Sie das nie.«

II

Die Ehemänner

Gewitterwolken

1

Abmachung unter Freunden

Drei von den Ehemännern auf der Abschußliste des Clubs der Exfrauen nahmen an einer Teezeremonie teil. Tee! Nobel, nobel! Wie die ganze Örtlichkeit. Morty war durchaus beeindruckt vom Sitzungsraum des Vorstands von Federated Funds Douglas Witter. Kein Grund, das abzustreiten. Natürlich hatten sie auch eine Menge dafür springen lassen. Aber diese Burschen wußten genau, was sie machten. Und sie machten es gut. Immerhin waren sie seit den Revolutionskriegen als Witwen- und Waisenplünderer im Geschäft. Er schaute zu Gil Griffin und Bill Atchison hinüber. Ausgemachte Hurensöhne der amerikanischen Revolution.

Der Raum sah in der Tat so aus, als sei er in der damaligen Zeit entstanden. Wandpaneele aus dunklem Holz bis zur halben Höhe der Wände und von dort bis zur Decke hinauf cremeweiß-blau gestreifte Tapeten. Die Mitte des Raums nahm ein langer Konferenztisch ein, und darüber hing ein Messingkronleuchter, in dessen circa zwanzig Armen echte, völlig echte Kerzen steckten! Wie Gil erzählt hatte, mußte das irgend so eine außergewöhnliche Antiquität sein, noch aus Washingtons Hauptquartier oder so ähnlich. Natürlich gab es auch elektrische Beleuchtung, diskret in der stuckverzierten Decke versenkt. Dazu dunkle Holzbohlen als Fußboden – ganz wie in einem normalen Haus. Das Verrückte dabei war, daß dieses ganze Altertümchen sich im achtundsechzigsten Stock von Wall Street Nr. 120 befand, mit einer wunderbaren Aussicht über den New Yorker Hafen. Das heißt, man hätte diese Aussicht haben können, wären da nicht diese idiotischen echten alten Fensterscheiben voller Blasen und Verzerrungen gewesen. Das hatte einfach Klasse: über die Mittel zu verfügen, den ganzen kolonialen Ramsch aus den Tagen von Williamsburgh auf die Spitze eines Wolkenkratzers zu verpflanzen und dann auf die Aussicht zu verzichten. Also das mußte man diesen alten Gaunern wirklich lassen.

Die ganze Mannschaft war hier zur Feier des Tages versammelt. In genau diesem Moment gingen die Morty-Aktien auf den Markt und erschienen auf den Anzeigetafeln der Börse. Nicht zu fassen. Er, Morty, hatte seinen Anteil am Erfolg gehabt, er hatte sich gegen alle durchgeboxt, aber diese Leute hier waren anders. Raubtiere waren es. Morty hatte genug von ihrer Geschäftstaktik gehört, um informiert zu sein. Diese Typen gingen ›direkt an die Kehle‹ und das mit Stil. Es war dieser Widerspruch, der Morty so faszinierte.

Er ließ seine Blicke durch den Raum wandern. Gil saß am Kopfende des Tisches, ganz wie ein Kaiser oder so, mit leicht geneigtem Haupt seiner Frau, Mary Birmingham lauschend, die neben ihm saß und ihm etwas zuflüsterte. Weshalb nur saßen seine Anzüge so einmalig? Dazu gehörte mehr als nur Geld. Das mußte in den Genen liegen. Allein schon die Linie von Kopf und Hals. Morty beneidete ihn darum. Gils Kinn war hochgereckt, entschlossen. Für einen Augenblick sah Morty seine Augen stahlblau aufleuchten, als er seinen Zeigefinger auf die Lippen legte und seiner Frau zunickte. Morty setzte seine Beobachtung fort.

Ungefähr ein Dutzend Jungtürken, alle in makellos weißen Hemden, grauen und dunkelblauen Anzügen, saßen um den Tisch herum. Das Haar von denen, die noch welches hatten, war glatt zurückgekämmt. Brillen blitzten. Die Schlipse waren mit den üblichen kleinen langweiligen Motiven gemustert. ›Karriereschlipse‹ wurden sie genannt. Alle sahen reich und sauber aus. Reich und sauber. Morty mußte sich eingestehen, daß er weder den einen noch den anderen Eindruck machte. Er war übergewichtig, sein Siebzehn-Uhr-Bartschatten war schon mittags zu sehen, und er brauchte einen Anzug auch nur anzuziehen, schon war er zerknittert. Und trotzdem, trotzdem war er nun hier. Mit diesem Gedanken zog er an seiner Zigarre und lehnte sich zurück.

Er war hier, weil er es verdiente: Er hatte hart gearbeitet; er war schlau und – das gestand er sich im geheimen ein – er hatte Glück gehabt. Er ritt auf der Woge der Achtziger, und für ihn befand sich die Woge gerade auf dem Höhepunkt. Hier saß er, mit 61 Millionen Dollar in der Tasche. Das ließ die Hosen ganz schön abstehen. Himmel noch mal, frohlockte er innerlich, ich bin höchstwahrscheinlich der Reichste von all diesen Wichsern hier.

So reich zu sein, übertraf einfach alles, was Morty bisher kennengelernt hatte. Das war besser als Essen, besser als irgendein Wettkampf, sogar besser als Sex.

Diese Leute waren einfach faszinierend. Sie faszinierten und nervten ihn. Er konnte sie nicht ausstehen. Aber es waren Macher, Männer mit echter Macht, die wirklich etwas bewegen konnten. Als ihm die Idee mit den Aktien gekommen war, hatte er sich mit einigen Investment-Banken zusammengesetzt. Die hatten nur einen Blick auf seine Zahlen geworden und waren wieder gegangen. Aber Gil hatte das Potential erkannt. Er schien sich an dem Mangel an Bargeld oder dem Gedanken an einen überzogenen Coup nicht zu stören. Er hatte gesagt, daß es ihm gefalle. Und dann hatte Gil Griffin, der sich noch nie im geringsten mit Handelsunternehmen befaßt hatte, ihm mitgeteilt, daß er ihn unterstützen würde. Das kostete ihn, Morty – natürlich – 42 Millionen an Aktien. Und Bills Anwaltsfirma bekam noch mal fünf Millionen. Das hieß, daß die Aktien mindestens das Doppelte ihres Emissionskurses bringen mußten, allein auf seinen Namen hin. Aber er mußte zugeben, daß sie das Schiff ganz schön zum Schaukeln gebracht hatten. Die Werte waren raketenartig hochgegangen! Waren das nun lauter Genies oder Schwindler oder beides?

»Es war mein Wunsch, den Abschluß dieses erfolgreichen Verkaufs passend zu begehen, mit etwas, das sowohl das dafür notwendige Fingerspitzengefühl reflektiert als auch die Vollkommenheit dieser Transaktion unter Freunden.« Das handverlesene Publikum aus etwa dreißig Anwälten, Brokern und anderen Börsenjobbern lächelte zustimmend. Ihre ungeteilte Aufmerksamkeit war auf Gil gerichtet, wie er dort vor ihnen saß, eine kleine Fernbedienung in der Hand, mit der er Türen öffnen, Filmleinwände herablassen, Lampen dimmen, die Sicherheitsanlage einschalten oder seine Angestellten zu sich beordern konnte. »Ich brauche wohl nicht besonders zu erwähnen, daß unsere Handhabung dieser Angelegenheit Federated Funds Douglas Witter eine rekordverdächtige Provision eingebracht hat, und das bedeutet natürlich für uns alle ein erfreuliches Weihnachtsfest.« Zustimmendes Murmeln folgte hierauf.

Es war Morty bekannt, daß zu Weihnachten ein Bonus verteilt wurde, der die ohnehin schon riesigen Gehälter dieser Leute leicht verdoppeln konnte. »Eine kleine Anerkennung für die harte Arbeit und die Überstunden möchte ich allerdings schon jetzt verteilen lassen.« Diskret händigten zwei Angestellte himmelblaue Päckchen von Tiffany aus. Morty griff zur Satinschleife, sah dann aber, daß sonst niemand seinem Beispiel folgte. Er ließ die Hand sinken.

Nun ja, er kam wieder zurück auf die Erde. Gil hatte mehr Geld als er. Wie viele solcher Transaktionen hatte er wohl schon getätigt?

Nach seiner Ansprache wandte Gil sich um und öffnete per Fernbedienung die Tür zu seinem Büro. Zwei Japanerinnen im traditionellen Kimono standen im Türrahmen. Sie verneigten sich tief vor der Versammlung, ein weiteres Mal vor Gil, traten ein und begannen sofort mit einer umständlichen Zeremonie. Sie wuschen Schälchen aus und füllten sie wieder, alles wie in Zeitlupe. Die ganze Angelegenheit war einfach der langweiligste Scheiß, den Morty jemals hatte über sich ergehen lassen müssen. Verstohlen schaute er auf seine Rolex mit den Brillanten auf dem Rand. Er hatte Hunger und mußte aufs Klo. Hoffentlich war das hier bald vorüber.

Er warf einen Blick hinüber zu Bill Atchison. Der schaute völlig fasziniert zu. Aber dieser Hund war so pervers, der konnte Frauen bei allem zusehen. Und war er nicht zur Zeit mit so einer verrückten Künstlerin zusammen? Weiß der Himmel, wobei er ihr so zuschaute. Morty fand, daß es eine Menge mehr im Leben gab, als Puppen aufzureißen. Ein gutes Spiel der New Yorker Knicks war doch vielleicht besser. Gewiß hatten Frauen auch ihren Wert. Man brauchte eine Frau, um in diese Kreise hineinzukommen, kein Zweifel.

Aber es mußte die richtige Frau sein. Und die hatte er jetzt. Shelby wüßte, was diese verdammten Japse da machten.

Er war ihr in einer SoHo-Kunstgalerie begegnet, als dieser schwule Dekorateur Duarto ihn und Brenda mitgenommen hatte, um etwas für die Wände auszusuchen. Shelby war ihm behilflich gewesen, und dann, als sie meinte, daß noch etwas Passendes hereingekommen war, hatte sie Morty angerufen, nicht Duarto oder Brenda. Und dann hatte er sie auf einen Drink eingeladen und dann zum Abendessen. Und sie hatte ihm erzählt, was sie machen wollte: eine Galerie eröffnen mit besonderen Vernissagen.

Jetzt besaß sie ihre eigene Galerie, eigentlich Mortys Galerie, und bereitete eine Ausstellung mit Werken der verrückten Phoebe van Gelder vor. Das alles würde ihm helfen, wenn er in jene Welt vorstoßen wollte, eine Welt, die ihn faszinierte und verwirrte. Und wenn er mit den großen Tieren mithalten wollte, wäre es von Vorteil, sein Image aufzupolieren. Auch mit so etwas wie dem japanischen Scheiß hier. Was machten die bloß, zum Teufel?

Endlich war es überstanden. Gil stand auf und verbeugte sich vor den Schlitzaugen, und dann wurden mit Häppchen beladene Wägelchen hereingefahren. Großartig. Morty hatte sich nie viel aus Trinken gemacht, aber er aß – genauer gesagt: fraß – für sein Leben gern.

Doch als der Teewagen neben ihm hielt, sah er sich mit lauter Ungenießbarkeiten konfrontiert. Er war zwar nicht religiös, aber schließlich wußte er, was ihm schmeckte, und roher Fisch und Walköttel gehörten bestimmt nicht dazu. Sushi war ihm einfach verhaßt. Schwulenfraß. Shelby kam ihm schon gar nicht mit so was.

Er wandte sich einem intelligent aussehenden Typ neben ihm zu, der sich bereits bedient hatte. »Schmeckt's?« fragte Morty.

»Erstklassig.« Was für ein Geschmack!

An seiner anderen Seite saß Stuart Swann, einer von diesen Typen, die zwar zu den Alteingesessenen gehörten, aber nichts zuwege brachten. Er war der einzige, dessen Begeisterung über die ganze Veranstaltung sich in Grenzen zu halten schien. Er sah sogar eher angewidert aus. Ein Punkt für ihn. Hinter ihnen begann eine alte Wanduhr zu schlagen.

»Diese Uhr hat meiner Familie gehört.« Morty wußte, daß früher sogar die ganze Firma Stuarts Familie gehört hatte. Na und? Was war jetzt damit? Morty verabscheute alte Größe, die den Bach runtergegangen war. Gil Griffin hatte altes Geld genommen und neues oben drauf getan. So mußte man das machen.

Einige der Anwesenden waren aufgestanden und bildeten Grüppchen. Morty folgte ihrem Beispiel. Bill unterhielt sich natürlich mit einer von den Geishas. Morty hatte bereits herausgefunden, daß dieser Bursche ein Leichtgewicht war, aber er gehörte auch wieder zu einer der gewichtigsten Anwaltskanzleien der Stadt, und das färbte auch auf ihn ab. Und ebenso hatte auch Gils Transaktion davon profitiert. Außerdem konnte Gil ihn herumschubsen. Sein Leibanwalt. Sehr praktisch.

In der Zwischenzeit hatten sich Gil Griffin und Mary Birmingham bei der anderen Geisha eingefunden, umgeben von einem Kreis weiterer Adepten. Morty wandte sich ihnen zu, wie auch die meisten anderen. Wie eine Hundemeute, dachte er. Mit Gil als Leithund.

»Eine reizende Veranstaltung«, wandte Morty sich an Gil und nickte Mary zu, die dort stand und jedes Wort von Gil regelrecht einzusaugen schien, so wie übrigens alle anderen auch. »Wirklich ganz reizend.«

»Danke. Wie fanden Sie die Teezeremonie?« Aha, so nannte man das. Morty sah, wie Mary Gil einen verstohlenen Blick zuwarf. Warum kam es ihm nur immer so vor, als ob der Hurensohn sich über ihn, Morty, lustig machte?

»Großartig. Ganz einzigartig.«

»Bei meiner Arbeit mit Japanern habe ich festgestellt, welchen Wert sie auf die kleinsten Details legen. Ihre Präzision hat etwas von der Direktheit des Zen. Das ist es, was mir an der Teezeremonie so gefällt: Jeder Handgriff ist genau vorgeschrieben und auf das präziseste auszuführen. Genauso war es mit unserem Aktienverkauf.«

Morty nickte bloß. Zen? Schmonzes.

Aber ohne Frage wurde derzeit viel über Gils Interesse an den Japanern – und keineswegs im Zusammenhang mit Teezeremonien – geredet. Kürzlich hatte man ihn in *Business Week* mit der Bemerkung zitiert, daß einige japanische Firmen reif zur Übernahme seien. Das hatte eine Lawine von Gerüchten über eine Rache für Pearl Harbor losgetreten. Der Kerl hatte wirklich eine ganze Menge im Sack. Morty fragte sich, ob er damit nur eine falsche Fährte hatte legen wollen. Das konnte man bei dem niemals wissen. Genauso war das mit dem Presseskandal vor seiner Hochzeit mit Mary gewesen. Erste Meldungen darüber hatte er dementiert. Er hatte von männlichen Vorurteilen gegenüber einer talentierten jungen Frau gesprochen und daß nichts zwischen ihnen wäre. Er sei lediglich ihr Mentor und seit über zwanzig Jahren glücklich verheiratet. Die Frauenzeitschriften hatten das aufgegriffen, und der Nationale Frauenbund oder sonst so ein Lesbenverein hatte mit Mary Birmingham auf ihrer Jahresversammlung darüber diskutiert.

Was Morty die Sprache verschlug, war, daß Gil sich dann doch scheiden ließ und drei Monate später verkündete, daß er *nun* eine Verbindung mit Mary eingegangen sei. Er hatte sie allesamt verarscht. Und bekommen, was er haben wollte. Mary stand nun an seiner Seite, während die übrige Meute beide beschnüffelte. Morty fand das in Ordnung. Schließlich hatte er es genauso gemacht.

Er hatte sie alle abgezockt. Brenda hatte keinen Schimmer von seiner Finanzlage, und er war sie für 'n Appel und 'n Ei losgeworden. Allein sein Anwalt, Leo Gilman, brachte ihm mehr ein, als Brenda pro Monat erhielt.

O ja, überlegte Morty, ich könnte durchaus mithalten mit Gil. Vielleicht bin ich sogar genausogut wie er.

Bill Atchison gesellte sich zu ihnen. Das war gut, jetzt konnte Morty Shelby mit ihrer Galerie ins Gespräch bringen, ohne befürchten zu müssen, daß man ihn abblitzen ließ.

»Wie ich höre, nimmt Phoebes Ausstellung allmählich Konturen an.«

Bill lächelte. »Es sieht ganz so aus.«

Nach Mortys Ansicht war Phoebe reif für die Irrenanstalt,

aber sie war eine van Gelder, kannte Gott und die Welt und bekam die richtige Presse. Sie war ein dürres Miststück in ausgeflippten Klamotten, aber sie hatte die richtigen Beziehungen. Außerdem fand ihre Konzept-Kunst, oder wie immer sie das nannte, großen Anklang in SoHo; sie war jedoch noch nie in eine der etablierten Galerien aufgenommen worden. Das sollte ihr jetzt gelingen. Weder Bill noch die Griffins hatten Morty bislang zu ihrem Bekanntenkreis gezählt, aber er war sicher, aus Phoebes Ausstellung ein paar Einladungen herausschlagen zu können. Vielleicht würde er dann mit der Zeit auch richtig Fuß fassen. Und die Angehörigen dieses Kreises standen sich bei, gaben Tips weiter. Wann immer ein günstiges Angebot in der Luft lag, der Kreis der Eingeweihten hörte zuerst davon. Wenn ihm hier der Einstieg gelang, dann würde er Geld machen können, wirkliches Geld.

Sein erstes wirkliches Geld hatte Morty mit dieser Transaktion gemacht. Jetzt war sein Geld nicht mehr in seinem Unternehmen festgelegt, und es bestand keine Gefahr mehr, daß er sein Konto überzog: er hatte 61 Millionen zur Hand. Keinen Pfennig würde er davon hergeben. Brenda hatte er gerade noch rechtzeitig von der Bettkante gestoßen. Sie war gebunden an die Abmachung im Zusammenhang mit ihrer Scheidung. Ein Glück, daß Brenda Angst vor Anwälten und Gerichten hatte. Das hatte alles sehr erleichtert. Morty hatte bereits eine Menge in die Schweiz transferiert. Aber komischerweise wuchs sein Appetit auf immer mehr. Gil holte solche Beträge jedes Jahr herein, nicht nur einmal im Leben. Morty wollte mehr, sehr viel mehr.

Wenn er es einmal hatte, dann würde man alles mögliche nach ihm benennen. Das Morty-Cushman-Krebsforschungszentrum, die Morty-Cushman-Bibliothek, das M.-R.-Cushman-Heim für gefallene Mädchen. Ach zum Teufel mit Krankenhäusern und gefallenen Mädchen. Er würde eine Mannschaft kaufen, die Giants oder vielleicht die Knicks oder sogar die Yankees. Wenn sie zu haben waren, man konnte nie wissen. Er würde sie auf Vordermann bringen, und dann wäre er berühmt, nicht als der schreiende Irre im Fernsehen, sondern als einer, der es zu etwas gebracht hatte.

Jetzt aber mußte er zuerst eine Toilette finden. Wie hielten das bloß die anderen aus? Es war ihm unangenehm zu fragen. Eine schwache Blase deutete auf allgemeine Schwäche. Die Tür zu Gils Büro war immer noch leicht geöffnet. Morty erinnerte sich daran, daß sich dort eine separate Toilette und eine Dusche befanden, so wie in den meisten Chefetagen. Die würde er einfach benutzen.

Keiner bemerkte, wie er in Gils Büro schlüpfte. Er stand mit dem Rücken zur Tür und leerte gerade mit großer Erleichterung seine Blase, als er vernahm, wie jemand das Büro betrat. Er war fertig und verhielt sich still. Was wäre, wenn man ihn bemerkte? Er erkannte Gils Stimme und dann die von Nancy Rogers, seiner Sekretärin.

»Nein, es ist wichtig. Ich werde das Gespräch von hier aus führen.« Morty verstand alles ganz deutlich. »Ich wünsche nicht gestört zu werden.« Mrs. Rogers murmelte irgend etwas. Und dann wieder Gil: »Gut, dann geben Sie mir die Nummer.« Morty hielt die Luft an. Gil saß jetzt an seinem Schreibtisch, genau auf der anderen Seite der Tür zum Bad. Morty stand stocksteif und starrte in das uringefüllte Toilettenbecken. Gil begann mit dem Telefonat.

»Hallo, Asa, was gibt's?« Pause. »Das habe ich Ihnen bereits erklärt, Asa, jede Einzelheit.« Wieder eine Pause. »Nein, ich will nicht, daß es vor Oktober herauskommt. Warten Sie noch einen Monat.« Morty hörte Gil seufzen. »Ganz bestimmt kommt das nicht raus, Asa. Schließlich habe ich eine Menge mehr zu verlieren als Sie. Vergessen Sie das nicht. Und vergessen Sie nicht, daß alle Informationen über die Morty-Aktien absolut hieb- und stichfest sind. Damit haben Sie einen Knüller in der Hand. Alles was ich dafür haben will, ist die Einhaltung des richtigen Zeitpunkts.« Wieder seufzte er. »Asa, hören Sie auf herumzuspinnen. Und rufen Sie mich nicht wieder an, jetzt wo der Verkauf läuft. Ich möchte es nicht. Ist das klar?... In Ordnung.«

Morty stand wie angefroren. Er hörte, wie Gil auflegte, den Raum verließ und die Tür hinter sich zuzog. Sein Kopf raste. Was sollte das mit den Aktien und Oktober? Mit wem hatte Gil gesprochen? Hieß nicht der Typ, der im *Journal* über den

Aktienverkauf geschrieben hatte, Asa Irgendwie? Ein ausgefallener Name.

Ganz leise und vorsichtig öffnete Morty die Tür und spähte in Gils nunmehr verlassenes Büro. Auf der Marmorfläche des Schreibtischs lag eine rosa Telefonnotiz. Im Nu war Morty dort, las und wählte die Nummer an.

»Asa Ewell«, meldete sich der andere Teilnehmer. Behutsam legte Morty auf. Er schüttelte den Kopf. Gil, der große Geschäftemacher. Ein Betrüger war er. Er war dabei, irgend etwas zu unternehmen, um den Aktienwert hochzutreiben. Unglaublich. Morty mußte grinsen. So liefen also die Spielchen dieser großen Fische. Aber diesmal würde Morty mitspielen. Er würde einsteigen, auch wenn sie ihn nicht reinlassen wollten. Da wird irgend etwas veröffentlicht, alle springen auf den Zug auf, schon gehen die Kurse hoch, und alle haben daran verdient. So war das mit den Geschäften unter Freunden.

Er wandte sich zum Gehen. Die Tür zum Bad ließ er offen, sein Urin glänzte gelb in der Toilettenschüssel.

2

Querschläger in SoHo

Nach der Ansicht von Aaron Paradise war SoHo – jener Teil Manhattans, in dem ursprünglich nur Warenkontore, Lagerhäuser und Kleinbetriebe angesiedelt waren – die aufregendste Ecke von New York. Innerhalb nur eines Jahrzehnts hatten sich die vergammelten, zum größten Teil aufgegebenen Fabrikhallen zu modernsten Galerien, Boutiquen der Spitzenklasse und ausgeflippten Bars gewandelt, mit traumhaften Apartments und Lofts darüber in umgebauten Werkstätten und Montagehallen. Ein Bauplaner, der die Nase im Wind gehabt hatte, hatte dieser Gegend den Namen SoHo verpaßt, nicht nach dem Londoner Soho, sondern einfach weil sie sich südlich der Houston Street befand. Aber ganz wie Soho in London, war dieses SoHo ein Paradies für junge, aufstrebende Künstler geworden, deren Arbeit von den riesigen Fenstern und der Weiträumigkeit profitierte. Alles war *très avant-garde* und damit ganz nach dem Geschmack der New Yorker, die immer auf der Suche nach etwas Neuem waren. Ironischerweise hatte die Avantgarde die Preise hochgetrieben und die meisten Künstler und Bohemiens vertrieben, die das Besondere dieser Gegend ausgemacht hatten. Aaron zuckte dazu nur die Achseln. So war es nun einmal. Er hatte keinen Sinn für derlei Weinerlichkeiten. Wer sich die Miete nicht leisten konnte, mußte eben gehen. Er selbst hatte seinen künstlerischen Ambitionen Adieu sagen müssen, um seinen Lebensunterhalt zu verdienen. Das war alles nur eine Frage des Reifeprozesses. Aber immerhin hatte er sie einmal gehabt. Das gab ihm jetzt jenes *je ne sais pas quoi*, dieses gewisse Etwas, das den meisten anderen in der Branche abging.

Jetzt strebte Aaron gezielten Schritts den unteren Broadway entlang, vorbei an den riesigen Fenstern von O. K. Harris, ohne wie sonst seinem Spiegelbild einen Blick zuzuwerfen. Anders als die jeansgewandete Jugend um ihn herum, trug er ein Tweed-Jacket von Armani über einem Kaschmir-Rollkragenpullover. Ein bißchen zu sehr City für das bevorstehende Meeting, aber schließlich hatte er auch nicht damit gerechnet, daran teilnehmen zu müssen. Klamotten im Wert von 3000 Dollar am Leibe, und trotzdem nicht passend angezogen.

So etwas irritierte ihn, ganz ohne Zweifel. Im Wettkampf der Werbeagentur – und es war ein Kampf um Sieg oder Untergang – war er absolute Spitze. Und deshalb wußte er auch, wie wichtig es war, immer richtig angezogen zu sein. Auf jeden Fall war er für das bevorstehende Treffen nicht richtig angezogen. Und außerdem ging ihn das auch gar nichts an. United Foods war Jerrys Angelegenheit, zum Teufel noch mal! Was sollte das ganze Theater? Wieder nur so ein Sturm im Wasserglas. Klar, er war immer derjenige, der die Räder schmierte, für gut Wetter sorgte, neue Kunden einfing, aber warum war Jerry nicht einmal dazu fähig, einen zufriedenen Kunden bei der Stange zu halten? Wenn sie beide weiter an einem Strang ziehen sollten, war es an der Zeit, daß Jerry sich etwas mehr ins Zeug legte.

Spring Street. Gleich war er beim Loft von Anton, der für die Aufnahmen in diesem Auftrag zuständig war. Ein junges Mädchen in der für diese Gegend typischen Aufmachung – enge schwarze Leggins, weiter Pulli, verrückte Mütze auf der wilden Haarmähne – kam aus einem Eingang gestürzt und warf ihm ein strahlendes Lächeln zu. Die Nachmittagssonne ließ den kleinen Ring in ihrem rechten Nasenflügel aufblitzen. Aaron erwiderte das Lächeln. Himmel, es war einfach toll hier! Schon vor Jahren hatte er Annie gebeten, daß sie hierher umziehen sollten, damals, als die Lofts noch spottbillig und die noch illegale Behausung einiger weniger Künstler, Tänzer, Fotografen und all jener gewesen waren, die so ein Leben zu schätzen wußten. Aber Annie hatte sich an den fehlenden Gemüseläden, Schulen und Bibliotheken gestoßen. Immer vernünftig. Sie hatte gemeint, daß es für Sylvie zu schwierig sein würde. Sylvie, immer nur Sylvie. Aaron mußte den Kopf schütteln. Aber eigentlich war es auch egal. Höchstwahrscheinlich hätte er ihr bei seinem Auszug sowieso alles überlassen müssen. Jetzt suchte er und Leslie nach einem größeren Loft als ihr gemeinsames auf dem West Broadway. Es war zu ärgerlich, daß seine finanzielle Situation derzeit so angespannt war – wegen der Scheidung, wegen Sylvie und wegen Alex' Studium.

Aaron war nicht daran gewöhnt, rechnen zu müssen. Geldsorgen hatte er nie gekannt, außer in jener gräßlichen Zeit, als er und Annie gerade verheiratet waren. Er hatte schon früh Erfolg gehabt, und dann war auch von der Familie Geld dazugekommen. Er ging davon aus, daß er noch mehr erwarten konnte, wenn sein Vater starb. Typisch. Nur durch Erfolg oder Tod kam man zu Geld.

Immerhin war er ein Paradise aus der Newport-Linie und von der Mutterseite her ein Bennet. Er war zur richtigen Grundschule gegangen, hatte zur Mannschaft der Knickerbocker Grays gehört und die Tanzschule von Mrs. Stafford besucht. Studium in Yale und Heirat mit einem Mädchen aus der richtigen Familie. Nur einmal war er kurz vom rechten Wege abgekommen, und zwar als er sich als Autor von Bühnenstücken versucht hatte.

Aber das war nichts gewesen. Das Leben eines Autors hatte ihn fast in den Wahnsinn getrieben. Es wurde ihm klar, daß er Trubel brauchte, das Zusammensein mit Menschen und Verantwortung. Trotz seiner verwöhnten Kindheit hatte er Köpfchen. Darauf war er stolz. Und er war tüchtig. Also setzte er sich hin und schrieb Texte für Werbespots. Darin war er nicht zu schlagen. Er wußte, wie man Kunden gewann und wie man sie sich gewogen hielt. Werbung war die Sache für ihn. Und sein gesellschaftlicher Hintergrund vermittelte ihm ein Gefühl der Überlegenheit über all die anderen Typen in der Branche. Es hatte schon etwas Beruhigendes, immer der am besten abgesicherte Teilnehmer einer Runde zu sein. Sein Partner Jerry Loest war dagegen wohl der unsicherste Teilnehmer einer jeden Runde.

Aaron beschleunigte seinen Schritt, während er sich fragte, wie lange er wohl noch eine weitere Zusammenarbeit mit Jerry ertragen konnte. Als sie die Agentur gründeten, schien es die perfekte Partnerschaft zu sein. Jerry als das

Wunderkind mit den ausgefallenen Ideen und der außergewöhnlichen visuellen Ästhetik zusammen mit Aaron, dem gewieften Texter mit dem Händchen für die Kunden. Inzwischen waren sie fünf Partner, alle kreative, anregende Menschen. Paradise/Loest expandierten unvermindert. Der ganze talentierte Nachwuchs drängte danach, bei ihnen mitzuarbeiten, auch wenn die Bezahlung ein wenig niedriger war als anderswo und die Arbeitszeit wesentlich länger. Man arbeitete einfach gerne dort. Und wie sie arbeiteten. Aaron war stolz auf den internen Spruch, einer Abwandlung der Mahnung früherer Akkordbetriebe: »Wenn Sie nicht am Samstag zur Stelle sind, brauchen Sie sich am Sonntag gar nicht erst sehen zu lassen.« Auf diese Weise behielten sie die Nase vorn.

Aaron lag nicht im mindestens daran, den Spitzenplatz zu räumen. Der gesicherte alte Trott war nicht seine Sache. Zu Beginn seiner Karriere war er oft unbequem gewesen, das *Enfant terrible*, aber seine Entwürfe waren neu und spritzig gewesen und hatten Anklang gefunden. Er hatte einen gewissen Stil, und der hatte ihn an die Spitze gebracht.

Aber jetzt mußte er einräumen, daß die Jungen, die ganz Jungen ihm auf die Fersen rückten. Die letzten Ideen von Deutsch, Kirshenbaum & Bond – einfach sensationell. Das war nicht zu leugnen. Und Goldsmith/Jeffrey. Oder Buckley DeCerchio Cavalier. Leute unter Dreißig – sogar ein Mädchen dabei. Sie hatten sich den Auftrag von über fünf Millionen geschnappt, hinter dem Jerry fast zwei Jahre hergewesen war. Aaron seufzte auf. All die jungen Leute verursachten ihm ein Gefühl des Abgespanntseins.

Er mußte an seinen Vater denken. Ein harter Brocken. Einmal hatte er Aaron als faul bezeichnet. Aber er hatte es seinem Vater gezeigt, und seinen eigenen Laden auf die Beine gestellt. Jetzt war er auf dem Weg zu seinem eigenen Imperium. Und sein Sohn konnte ihm dabei zuschauen.

Es war schön, daß Chris mit ihm zusammenarbeitete. Sein eigener Vater und Annie waren ganz aus dem Häuschen gewesen, als der Junge sich dafür entschied, aus Princeton abzugehen und in Aarons Agentur einzutreten. Aaron hatte so getan, als ob auch er darüber verärgert war, aber im stillen freute es ihn. Chris war anders als sein Bruder Alex, er würde keine Begeisterungsstürme wecken, trotzdem war es schön, daß er sich dazu entschlossen hatte, sich in dem Metier seines Vaters einzuarbeiten. Es war ein gutes Gefühl, jemanden zur Seite zu haben, jemanden, der die Firma einmal übernehmen konnte. Vorübergehend verlangsamte Aaron seinen Schritt. Älter werden, zurückstecken, ausscheiden – alle diese Überlegungen deprimierten ihn zutiefst. Wie kam er bloß auf solche Gedanken? Er war noch jung, auf der Höhe seines Lebens. Bald würde er mit einer neuen, jungen Frau verheiratet sein. Ein ganzes Leben lag vor ihm. Chris war beinahe noch ein Baby, noch gar nicht richtig trocken hinter den Ohren. Kein Ehrgeiz, die Agentur zu übernehmen, jetzt nicht und vielleicht sogar nie. Ihm fehlte einfach der Pepp.

Bei Antons Loft angekommen, drückte Aaron auf die Klingel. Die Eingangshalle sah wenig einladend aus. Abfall und obszöne Graffiti überall. Wie das wohl auf Herb Brubaker gewirkt haben mochte? Er war einer jener mittelalten, mittelmäßigen Manager aus dem Mittelwesten, wie sie Aaron verachtete, die aber absolut typisch waren für United Foods. Ein Wunder, daß sie Aarons Konzept akzeptiert hatten, aber schließlich war es wirklich brillant.

Erst hatten sie *Sandrine Cosmetics* geschluckt und dann nicht gewußt, was sie mit so einer preisgünstigen, auf junge Arbeitnehmer zugeschnittenen Produktpalette anfangen sollten. United Foods hatte keinen Schimmer von Jugend, Trends und Action. Aarons Vorschlag beinhaltete einen hinreißenden Spot: eine geschmeidige nackte Frau, deren unterschiedliche Körperteile über und über von mehreren Händen – eine davon eindeutig die eines Mannes – bemalt, bepudert und betupft wurde. Beim Filmen würde man natürlich auf Frontalaufnahmen verzichten müssen, aber bei den Standfotos für die Anzeigen, die heute auf dem Programm standen, war einiges möglich.

Dazu hatte er noch La Doll für die Sache gewinnen können, die neue, junge Sängerin mit den schauspielerischen Amtibionen. Ein Volltreffer. Und United hatte angebissen.

Was war da jetzt nur schiefgelaufen? Aaron betrat den Aufzug. Allem Anschein nach hatte Herb zugesehen, wie sie an La Dolls Körper herumfummelten, und es dann selbst einmal versucht. Hatten Jerry und die anderen nicht genug Grips, den Idioten anderweitig zu beschäftigen? Die Anwesenheit von Klienten bei Aufnahmen war genauso lästig wie eine Herpesepidemie in einem Bordell. Man durfte sie nicht sich selbst überlassen.

Der Aufzug hielt im fünften Stock. Das Loft war riesig, weißgetüncht, mit großen Fensterfronten nach zwei Seiten. Große weiße Schirme waren aufgespannt, um das Licht für die Aufnahmen zu reflektieren, dazu buntes Papier auf einer Endlosrolle für den Hintergrund und ein leerer Stuhl. Statt des sonst üblichen lärmenden Durcheinanders während solcher Aufnahmen, standen hier lauter stumme Grüppchen: in der einen Ecke seine Leute und in der anderen Herb Brubaker mit seinen. Na wunderbar! Ein Blick zu Paul Block. Der zuckte die Schultern. Es war seine männliche Hand, die befugt war, mit La Doll in Berührung zu kommen. Er und einige andere Hand-Models verdienten über eine halbe Million im Jahr mit Jobs wie diesem hier. Jetzt saß Paul da, unberührt von dem ganzen Schlamassel um ihn herum, und hatte seine Hände in den Schoß gelegt. Sie waren bei Lloyds versichert, aber es war immer besser, vorsichtig zu sein.

Der ganze Ärger war von Herbs Hand ausgelöst worden. Jerry, in ausgebeulten Cordhosen und einem unmöglichen Pullover, lief sogleich auf Aaron zu. Sein Gesicht trug den Ausdruck eines besorgten, moralischen unerschütterlichen Beagle. Der Kerl sah einfach unmöglich aus!

»Wo ist La Doll?« bellte ihn Aaron an.

»In der hinteren Garderobe.«

»Großartig. Und was macht sie da? Ihren Anwalt anrufen?«

Jerry zuckte die Achseln. »Ich glaube, sie weint. Aaron, wir sollten United anrufen und Herb rausschmeißen.«

Julie, die erste Partnerin in der Firma, trat zu ihnen. »Er hat recht. Aaron. Der Kerl ist ein Schwein.«

»Ja, aber er ist das *Kunden*-Schwein«, rief er ihnen in Erinnerung. Er dachte nicht daran, auch nur das geringste von dieser Sache zu Macready von United durchsickern zu lassen. Es würde allen schaden und Herb zu ihrem Feind machen. Aaron konnte auf Dolchstoß-Ambitionen durchaus verzichten. Wenn es ihm dagegen gelänge, die ganze Sache wieder ins reine zu bringen, wäre Herb ihm verpflichtet.

»Ich bin sicher, daß hier ein Mißverständnis vorliegt.«

»Du meine Güte, Aaron, er hat sie am Busen gegrapscht, was ist daran mißzuverstehen?«

Chris tauchte hinter ihm auf. »Genauso war es, Pa. Es war einfach unmöglich.«

Na hervorragend. Jetzt steht auch noch mein Sohn auf der falschen Seite. »Wenn ich deine Meinung wissen will, werde ich dich danach fragen«, gab er ihm kurz angebunden zu verstehen und wandte sich mit ruhigerer Stimme wieder Jerry zu. »Jerry, ich möchte dich bitte kurz alleine sprechen.«

Jerry nickte und folgte ihm in eine Ecke am Fenster. Aaron behielt das Lächeln bei, schließlich beobachtete man sie, aber seine Stimme war ein schneidendes Flüstern.

»Jetzt hör mir mal gut zu. Ich hab' mir nicht den Arsch aufgerissen, um diesen United-Auftrag zu bekommen, nur damit er mir wegen so eines Vollidioten, der ein paar Martinis zuviel gefrühstückt hat, wieder durch die Lappen geht. Weiß der Himmel, diese Tussi ist schließlich keine Jungfrau mehr und höchstwahrscheinlich ist es auch nicht das erste Mal, daß ihr jemand für Geld an den Busen langt.« Er hielt inne, rieb sich das Kinn und arrangierte sein Lächeln neu. »Ich werde jetzt in ihre Garderobe gehen und ihr Gott und die Welt versprechen, und du machst Männchen bei Brubaker.«

»Aaron, sie macht nicht weiter mit, und ich werde unter keinen Umständen mit Brubaker weiter zusammenarbeiten.«

»*Sie* wird und *du* wirst, Jerry. Hast du verstanden? Ich hab' dich aus dem Schlamassel mit deinem Schwiegervater herausgeholt, für deine Hypothek gebürgt und deine Tochter in Princeton untergebracht. Und du wirst jetzt tun, was ich dir sage, verdammt noch mal. Ich werde deinetwegen nicht diesen Auftrag verlieren.«

Sein Atem ging heftig, aber das Lächeln saß fest. »Und, Jerry, laß es *locker* aussehen.«

Damit drehte er sich um und ging hinaus, vorbei an dem Friseur, an der Maske und an der Auslage mit all jenen Dingen, die dort bereitlagen, um auf künstlerische Weise auf La Dolls makellosen Körper appliziert zu werden.

Das würde etwas völlig Neues sein. Lippenstift üppig verteilt auf dem Mädchenrücken, Puderrouge über die Hüften gestäubt, Eyeliner die Beine hinauf. Das war Neuland, das verkaufte sich. Sollten die Jüngelchen von der Konkurrenz doch versuchen, mit ihm Schritt zu halten. Noch gab er das Tempo vor.

O ja, er würde neue Saiten aufziehen. Sich von überflüssigem Ballast befreien. Noch gehörte er nicht zum alten Eisen. Er war in Topform. Gemeinsam würden er und Leslie eine neue Welt schaffen. Für den Bruchteil eines Augenblicks mußte er unerklärlicherweise an Annie denken. Das war eine unschöne Sache gewesen, dort im Carlyle. Er bedauerte das zutiefst. Diesen kleinen Ausrutscher in Boston hätte er sich wirklich besser verkneifen sollen. Leslie hatte sich nicht so ohne weiteres besänftigen lassen. Sie war eine Tigerin – im Leben wie im Bett. Sie war wie er, sie holte sich, was sie haben wollte. So hatte sie sich ihn genommen. Annie dagegen... Annie versuchte nur immer, brav zu sein. Ewig dieses Sortieren des Mülls wegen des Recyclings, diese Hilfsbereitschaft, diese Gewissenhaftigkeit. Eine Tigerin war sie wirklich nicht. Erst recht nicht im Bett. Sex mit ihr war eher wie ein pflichtgemäß freundliches Entgegenkommen. Es mußte Liebe sein, kein Sex! Und sie war immer noch nicht fähig zu kommen. Er hatte immer den Eindruck gehabt, als ob er bei aller Anstrengung einfach nicht gut genug sei, als ob er ihrer gnadenlosen Güte nicht gewachsen sei. Er seufzte.

Außerdem hätte Leslie wirklich eher die Behandlung von Annie abbrechen müssen, das hätte einen sauberen Bruch ermöglicht. Aber Leslie hatte gemeint, daß Annie Hilfe brauchte wegen Sylvie. Möglich. Als nächster war er an der Reihe. Demnächst würde er das Internat besuchen müssen.

Allein der Gedanke ließ ihn zusammenzucken. Aber das hatte Zeit bis später.

Jetzt kam es zuerst einmal darauf an, La Doll wieder gute Laune zu machen. Vielleicht half da auch ein kleines Geschenk, um zu vergeben und zu vergessen. Meinetwegen auch ein großes. Hauptsache, sie sprang nicht ab.

Er hatte schon die Hand auf der Türklinke zu ihrem Umkleidezimmer, als er sah, wie ihm eins der Mädchen am Telefon heftig ein Zeichen machte. Es war nicht auszuhalten! Alles blieb immer an ihm hängen.

»Mr. Paradise, ein wichtiges Gespräch...«

Es war immer wichtig. Bestimmt das Büro mit irgendeinem Mist.

»Nehmen Sie das Gespräch entgegen«, rief er ihr über die Schulter zu.

»Aber der Anrufer sagt, er sei Mr. Cushman und dies sei von absoluter Priorität!«

Aaron wandte sich dem Mädchen zu. Norma, seine Sekretärin, würde niemals ohne dringende Notwendigkeit diese Telefonnummer an einen x-beliebigen Klienten weitergeben. Weshalb hatte sie diesen Anruf nicht wie sonst abgeblockt? Er dachte kurz an La Doll, aber diese paar Minuten würden auch nicht mehr verderben.

»Morty, wie, zum Teufel, haben Sie mich aufgespürt?«

»Mit Radar natürlich.« Morty mußte über seinen eigenen Scherz lachen. »Machen Sie Ihrer Sekretärin keinen Vorwurf. Sie hat sich redlich bemüht, Sie abzuschirmen, aber ich mußte unbedingt direkt mit Ihnen sprechen. Passen Sie gut auf. Sofort nach diesem Gespräch müssen Sie Ihren Börsenmakler anrufen und so viele Morty-Aktien kaufen, wie Sie nur können, und noch darüber hinaus.«

Klingt interessant, überlegte Aaron. War das auch astrein? Und was hieß das im einzelnen? »Was soll ich genau tun, Morty?«

»Nicht fragen, ordern. Sie kaufen für sich und für mich. Setzen Sie alles, was Sie haben, und wir beide sind gemachte Leute. Ohne Ihre Hilfe hätte ich diese Wall-Street-Leute niemals auf mich aufmerksam machen können. Zeit, daß ich mich revanchiere. Morty pflegt seine Freunde nicht zu vergessen.«

Aaron hatte Morty mit Gil Griffin bekannt gemacht, und durch Aarons Werbeidee war er groß rausgekommen. Das mochte also wirklich eine Erkenntlichkeit sein. »Ist das auch legal?«

»Nicht, wenn man uns zu fassen kriegt. Wie auch immer, es ist keine Zeit zu verlieren. So ein kleiner Insider-Trick. Eine Sache einen Monat lang halten, und in der Zeit seine Million machen. Etwas in der Art.«

Du lieber Himmel, das Geld könnte er wirklich gut gebrauchen. Jerry seinen Anteil auszahlen. Nicht mehr von Problemen wie den augenblicklichen tangiert werden können. »Von welcher Größenordnung ist denn hier die Rede, Morty?«

»Ich rede von einer Million. Können Sie da mit einsteigen?«

Eine Million? Ausgeschlossen. »Was steckt dahinter, Morty?«

»Sagen wir mal, es könnte etwas in Bewegung bringen.«

Aarons Gedanken rasten. Einem guten Tip war er immer aufgeschlossen, aber er wollte auch nicht als Trittbrett für Mortys Erfolg herhalten. Und dann war da noch das Problem, woher er eine Million Dollar nehmen sollte. Die Scheidung war nicht billig gewesen.

»Wie stehen die Chancen?«

»So sicher wie die Diäten, ich schwör's. Könnten Sie nicht irgendwo etwas locker machen? Bei einem Freund oder einer Erbtante oder sonstwo?«

Sylvie. Die Pflegeversicherung seiner Tochter. Das war die Lösung.

»Niemand, bei dem auch nur annähernd eine Million zu holen ist, Morty.«

»Verdammt. Sie wissen doch, Geld macht man nur mit Geld. Aber ich will Sie nicht unter Druck setzen. Wie sieht es mit vierhunderttausend aus?«

»Das könnte klappen.«

»Also, Sie wissen, was Sie zu tun haben?«

»Ja.«

»Na, dann los!« Morty hatte aufgelegt. Für einen Moment stand Aaron da, wie vom Blitz getroffen. Jahrelang hatte er geknappst, um die Grundlage für Sylvies Pflegeversicherung zusammenzubringen, die Sicherung ihrer Zukunft. Im Grunde eine Verschwendung in Anbetracht einer so begrenzten Zukunft. Aber immerhin würde sie niemals auf ein staatliches Heim angewiesen sein müssen. Jetzt würde er dieses Geld vielleicht sogar verdoppeln können. Und noch etwas für sich selbst herausholen, indem er Morty einen Gefallen tat. Es war nicht ohne Risiko. Aber Risiken schreckten ihn nicht, im Gegenteil. Er griff zum Hörer und wählte die Nummer seines Börsenmaklers.

Dann fiel es ihm ein. Verflixt noch einmal. Die Verfügungsberechtigung über die Pflegeversicherung verlangte die Gegenzeichnung von Annie, da sie einen Teil der Einlagen geleistet hatte. Und sie würde sich niemals auf so ein Vabanquespiel einlassen. Nicht sie, und schon gar nicht mit Sylvies Geld. Wenn ihm hier nichts einfiel, würde für Sylvie bestens gesorgt sein, und er hätte seine Schäfchen im trockenen. Er hatte diese Chance verdient. Jahrelang war er diesem Cushman um den Bart gegangen. Zeit, daß sich das endlich einmal auszahlte. Warum sollte Annie ihm dabei im Weg stehen? Sie hatte ihren Teil bei der Scheidung bekommen. Nun war er an der Reihe. Hätte er Annie nicht so großzügig abfinden müssen, hätte er Jerry schon längst in die Wüste geschickt.

Ganz kurz kam ihm die Erinnerung an das Wochenende in Boston. Er hätte wirklich nicht mit ihr schlafen sollen. Aber sie hatte so lieb ausgesehen, und alles war so gut gelaufen. Pech, daß sie das derart mißverstehen mußte. Seit der Sache im Carlyle hatte er mit ihr keinen Kontakt mehr gehabt. Da konnte er sie jetzt nicht wegen so etwas anrufen.

Er stand neben dem Telefon und dachte kurz nach, im Hinterkopf die noch bevorstehende Auseinandersetzung mit La Doll. Es mußte einfach einen Ausweg geben. Er könnte auch Gil Griffin anrufen. Dem würde bestimmt eine Lösung einfallen. Besonders angenehm war es nicht, schließlich kannte er

Gil, aber ein so großer Gefallen war es nun auch wieder nicht. Wesentlich größer wäre die Beschämung, Morty sagen zu müssen, daß er ihm nicht helfen könne, weil seine Ex-Frau es nicht wolle. Nach der ganzen Sache würde er es Annie erklären und noch eine Sondereinlage in den Treuhandfonds leisten. Es war eine einmalige Gelegenheit.

Er hob den Hörer und wählte Federated Funds Douglas Witter an, die Geschäftsleitung.

3

Herren der Schöpfung

Einige matte Sonnenstrahlen fielen durch die zweihundert Jahre alten Fensterscheiben des Sitzungszimmers, in dem Gil Griffin allein am Konferenztisch saß. Er wußte sehr wohl, daß er kein gutaussehender Mann war. Dafür war sein Hals zu lang und sein Kopf zu klein. Mit seinem zum Wall-Street-Look passenden, glatt zurückgekämmten Haar und der langen spitzen Nase hatte er etwas von einem Reiher an sich. Aber er war sich auch bewußt, daß er nichtsdestotrotz attraktiv war. Und für diejenigen, die Macht erotisierend finden, war er einfach unwiderstehlich.

Für einen Mann in den Fünfzigern war er in guter, um nicht zu sagen großartiger Form. Ein gnadenloser Trieb, seine Überlegenheit zu demonstrieren, ließ ihn beim täglichen Squash-Match seinen Gegner so gut wie immer in Grund und Boden spielen. Er war derart führungsbesessen, daß er es seinem Partner übelnahm, wenn dieser einmal das Match eröffnete. Der Gewinn war immer auf seiner Seite. Und es war ihm egal, wenn seine Siege nur zu einem Drittel auf sein Spiel zurückzuführen waren, aber zu je einem weiteren Drittel auf Einschüchterung und auf die Befürchtung seitens seiner jüngeren Partner, daß ein Sieg über ihn sie teuer zu stehen kommen könnte. Im Gegenteil, dieser Zwiespalt, in den er seine Gegner versetzt sah, amüsierte ihn bloß.

Er fühlte sich stark und war sich seiner Macht bewußt. Das Cushman-Geschäft war gut angelaufen, und jetzt würde er sich einen Anteil daran sichern, auch wenn er damit noch bis Oktober warten wollte. Nach jenem kleinen Techtelmechtel mit Asa Ewell war er sicher, daß ihm dieser auch in Zukunft noch ganz nützlich sein könnte. Bill Atchison, diesen nassen Sack, hatte er auf Linie gebracht. Der würde alles für ihn erledigen. Genau so einer hatte ihm noch bei einer Kanzlei wie Cromwell Reed gefehlt. Die Morty-Aktien-Sache war schon etwas haarig gewesen, aber der Bekanntheitsgrad des Namens ließ kein Mißtrauen aufkommen. Und wenn nun auch noch Cromwell Reed dahinterstanden, ließen sich sogar die großen Fische schnappen. Es wäre kein schlechter Gedanke, Bill einen Dankeshappen zukommen zu lassen, auch wenn er nur ein ausgemachter Dummkopf war.

Jetzt gerade erwartete er seine Frau Mary. Zu seiner eigenen Verwunderung, wie auch der seiner langjährigen Sekretärin Mrs. Rogers, hatte er es geschafft, dieses Meeting doch noch in seinem bis auf die letzte Minute ausgebuchten Terminkalender unterzubringen. Auch dies war nur ein weiteres Zeichen seiner Macht, wie die Tatsache, daß Mrs. Rogers mit ihrem PC keine andere Aufgabe hatte, als seine Termine fest- oder umzulegen. Gil Griffin konnte tun, was ihm beliebte, und jetzt beliebte es ihm, Mary zu sehen.

Als er vorhin, bei der Zwei-Uhr-dreißig-Besprechung, beobachtet hatte, wie sie Smith Barney zur Schnecke gemacht hatte, war sein Schwanz analog zu seinem Stolz auf sie angeschwollen. Er ließ sie auch die Übernahme der japanischen Firma in die Wege leiten, selbst wenn dies eine schwierige und riskante Angelegenheit war. Er hatte ihr vieles beigebracht, und sie hatte sich als fähige Schülerin erwiesen. Und jetzt mußte er sie haben. Und zwar bald, noch vor Ende des Tages. Jetzt gleich.

Ihr Mentor-Schüler-Rollenspiel vermittelte eine schier unfaßliche Erotik. Die Arbeit war anstrengend und ernsthaft. Mary trug dem mit ihrer konservativen Kleidung und Frisur Rechnung. Das war ihre Rolle. Vorhin, als sie die Besprechung geleitet und gnadenlos die Verdienste und Fehler jedes Teilnehmers angesprochen hatte, war sie ganz Geschäftsfrau gewesen, hatte – für jeden ersichtlich – Kraft ausgestrahlt, maskuline Kraft. Doch nur Gil bekam sie nackt zu sehen, nur er wußte, welche Töne sie tief aus ihrer Kehle hervorstieß, wenn er sie zum Orgasmus brachte. Nur er wußte, wie es war, sie zu besitzen.

Um Schlag vier Uhr dreißig von der alten Großvateruhr aus der Hinterlassenschaft der Swanns betrat Mary den Raum. Sie bewegte sich ohne den mindesten frauenhaften Hüftschwung und strahlte ein fast greifbares Selbstbewußtsein aus. Sie war geradeheraus, ein Beispiel für zupackende Effizienz. Und doch konnte er sehen, wie sie sich innerhalb weniger Sekunden nach einem Blick in sein Gesicht und dem Schließen der Tür vom Modell einer Geschäftsfrau in ein empfangsbereites Gefäß verwandelte. Das Verengen ihrer Augen, das versetzte Spielbein, ein angedeutetes Einknicken in der Hüfte – alle diese winzigen Anzeichen waren unmißverständlich. Gil beobachtete sie mit leuchtenden Augen, unbeweglich. Sie war unglaublich intuitiv, was sich für ihn sowohl im Bett wie im Geschäft auszahlte. Auch dann, wenn es wie hier kein Bett gab.

Mary stellte ihren Attachékoffer ab, ging auf Gil zu und zog sich dabei ihre Kostümjacke aus, mit der Zunge über ihre schimmernden Lippen fahrend. Sie war breitschultrig, mit schmalen Hüften, was noch durch ihre schlichte weiße Bluse und den dunklen Rock betont wurde. Sie trat an ihn heran, und er legte seine Hände um ihre Taille, wobei sich seine Finger beinahe berührten. Wortlos begann sie, ihre Bluse aufzuknöpfen. Die Körbchen ihres rosafarbenen Satin-BHs drückten ihre kleinen Brüste hoch, wie auf einem Präsentierteller. Daß sie so klein waren, war ihr einziger Makel. Voller Verlangen, das bereits die Grenze zum Schmerz streifte, sog Gil ihren Anblick ein. Sie war wie eine Porzellanpuppe, deren rosige Lippen und Brustwarzen wie Glanzlichter auf ihrer sahnigen Blondheit erschienen. Diese Widersprüchlichkeiten waren ihm unfaßbar. Auf der einen Seite hart und unabhängig wie ein Mann und dann wieder ganz von ihm beherrscht. Wie immer verrieten ihr auch diesmal seine Augen, was genau er wollte.

Sie sank auf die Knie, öffnete seine Hose, und gerade in dem Moment, wo Schmerz und Lust sich genau die Waage hielten, nahm sie seinen Schwanz in den Mund, in seiner ganzen Länge. Gil faßte sie ziemlich rauh an, aber sie mochte das. Beide mochten sie es. Es gehörte dazu. Und ihr Anblick, wie sie da vor ihm auf den Knien lag, seinen Schwanz in ihren Mund gerammt, war genauso gut, wie das Gefühl, das sie ihm vermittelte. Und noch etwas gehörte dazu. Der Kitzel, es mit ihr an Orten zu machen, wo sie jederzeit überrascht werden konnten, trieb sie zum äußersten. Er hatte es ihr auf dem Rücksitz seines Geschäftswagens besorgt, in fremden Schlafzimmern während einer Party und auf Stränden rund um den Globus. Das erste Mal hatte er sie im Waschraum seines Firmenjets genommen, sie mit einem Stoß zum Mitglied der ›Stratosphären-Initiierten‹ weihend. Auch das Gerede und Getuschel um ihre Beziehung war ein zusätzlicher Anreiz gewesen. Gil wollte, daß jeder ihn ebenso beneiden wie fürchten sollte.

Marys Lippen hatten ihr Wunderwerk vollbracht. Als sie sich erhob, faßte er sie um die Taille und hob sie auf den Konferenztisch, ihr gleichzeitig den Rock über die Hüften schiebend. Sein Blick haftete auf ihren langen Beinen in den schwarzen Nylons. Schon längst hatte er ihr die Strumpfhosen zugunsten schwarzer Spitzenstrumpfhalter ausgetrieben. Auf dem Tisch wandte sie sich um, so daß sie ihm, auf Hände und Knien gestützt, ihr köstliches Hinterteil entgegenreckte. Sie blickte über ihre Schulter, wieder fuhr ihre rosige Zunge über ihre Lippen. Gil ergriff fest, fast brutal die sanften Rundungen ihrer Gesäßbacken, gleichzeitig drang er tief in sie ein. Er lehnte sich über sie.

»Willst du es?« Seine Stimme war rauh. Es waren die ersten Worte, seitdem sie hereingekommen war.

»O ja, ja.«

»Hier auf dem Tisch? Wo wir mit Jamison, McMurdo und den anderen getagt haben?«

Mary stöhnte. »Ja, Gil. Ich will es.«

»Und tut das gut?«

»Ja.«

»Was, ja?«

»Ja, Gil, es tut sehr, sehr gut.« Ihre Knie rutschten auf der glatten Tischfläche. Er packte sie und stieß sich wieder tiefer hinein, sie mit seinen kräftigen Händen an den Hüften festhaltend. Er stieß wieder und wieder zu, bis sie aufstöhnte. Da hielt er einen Augenblick inne und legte eine Hand auf ihren Mund, sanft, aber fest.

»Leise«, mahnte er. Mit der anderen Hand ergriff er die

Fernbedienung. »Weißt du, was ich jetzt tun werde?« Stumm schüttelte sie den Kopf. »Ich werde den Alarm auslösen, und in drei Minuten ist das Wachpersonal hier.« Wieder stöhnte Mary auf, und er drang noch tiefer in sie ein. Sie versuchte, seine brutalen Stöße abzufangen. Nicht schlecht für einen Fünfzigjährigen, dachte er. Sein Atem war kaum schneller geworden.

»In einer Minute sind sie an der Tür. Sie werden hereinkommen und sehen, wie ich dich hier ficke.«

Da kam sie, so wie er es erwartet hatte, den Rücken durchgebogen, bei jedem seiner Stöße ihre inneren Muskeln zusammenziehend. Gil zuckte und stöhnte, als er in ihr kam. Dann drückte er auf den Knopf, der den Alarm wieder aufhob.

Bei einem Vergleich seiner beiden Frauen gab es für Gil keine Frage, welche den Sieg davontrug. Wo Cynthia verklemmt gewesen war (in all den Jahren ihrer Ehe hatte sie ihn nie so machen lassen, wie er wollte), war Mary frei von Hemmungen. Während Cynthia nichts von Geschäften verstanden hatte, gehörte Mary hier zu den Spitzenleuten. Zusammen mit Mary fühlte er sich nie allein. Während Cynthia auf geradezu abstoßende Weise häuslich gewesen war, hatte Mary Verständnis für seine Bedürfnisse. Sie wußte, was er für seinen Jaguar XK empfand. Sie hatte sogar Vergnügen an seiner Liebhaberei. Und niemals war von Mary irgendein nervendes Gerede über Kinder zu hören. Ihr war klar, daß Gil ihr Baby war und daß ihm alle ihre Aufmerksamkeit gebührte.

Mary wand sich unter ihm hervor und glitt vom Tisch, strich wortlos ihren Rock glatt und knöpfte sich die Bluse zu. »Du bist wunderbar«, waren ihre einzigen Worte.

Gil mußte lächeln, als er ihr zusah, wie sie ihre Kleidung wieder in Ordnung brachte, unerreichbar für jeden anderen. Für einen Augenblick durchzuckte ihn blinde Eifersucht auf jeden, der sie vor ihm besessen hatte. Er war ihr ein und alles, nur er, jetzt und für immer. Ein pubertäres Verlangen, aber so fühlte er nun einmal. Er wunderte sich über die Stärke dieses Gefühl. Seit Jahren hatte er nicht mehr so empfunden, seit der erste Zeit mit Cynthia. Tatsächlich, genauso hatte er einmal für sie empfunden. Ein eisiger Schauder durchfuhr ihn. Aber das war lange her. Dieses Empfinden war schon seit langem tot. Würde auch das Empfinden für Mary einmal genauso vergehen?

Beim Anblick von Gils verdüsterter Miene fuhr Mary sanft über seine Schläfen und schenkte ihm ein bewunderndes Lächeln, das sie nur für ihn übrig hatte. Gil spürte, wie Unruhe und Unmut sich verflüchtigten.

Nun stand Mary wieder vollkommen angezogen vor ihm. Es war kaum zu glauben, daß diese Frau, die er soeben auf dem Tisch genommen hatte, ihm bei seinem größten Coup behilflich sein würde. Sie würden zusammen die geeignetste japanische Firma für eine Übernahme ausfindig machen. Und es war nicht nur das Geld, um das es hierbei ging. Es ging letztlich auch darum, daß jeder in der Wall Street wissen würde, daß er, Gil Griffin, die kleinen gelben Bastarde in die Schranken verwiesen hatte, die allmählich begannen, in sein Territorium einzudringen. Er haßte andere Rassen. Macht und Herrschaft waren sein gerechtes Erbe, und es stieß ihn ab, Schwarze, Latinos oder Asiaten in führenden Stellungen zu sehen. Oder – was noch schlimmer war – zusammen mit weißen Frauen. Diese Ansicht teilte er mit vielen.

Alle diese Mißstände würden durch seine Aktion zurechtgerückt werden. »Wie wäre es mit Mitsui Shipping?« Mary lächelte auf seine Frage.

»Nun ja, wir haben diese...« Sie unterbrach sich, suchte nach der rechten Bezeichnung. »Wir haben diese Desinformation ausgestreut.«

»Ja, das dürfte für einige Überraschungen sorgen.« Ein verschlagenes Lächeln huschte über Gils Gesicht. Sogar in seinem wohlgehüteten Unternehmen gab es Lecks. Er haßte Lecks. Das gab anderen die Möglichkeiten, von seinen Anstrengungen zu profitieren. Aber diesmal nicht. Und vielleicht würde er sogar das Leck stopfen können, aber erst später. Jetzt sollte es zuerst einmal seinen Zweck erfüllen. Der Markt mußte eingestimmt werden, so wie ein guter Schauspieler das Publikum einstimmt. Alle Möglichkeiten der Beeinflussung mußten genutzt werden: durch gesteuerte Fehlinformationen, Wahrheiten, Lügen, Gerüchte.

»Und was ist unser eigentliches Ziel?«

»Es ist noch nicht sicher, aber Ditsoi oder Maibeibi kämen in Frage«, entgegnete sie.

Gil überlegte. Das wäre eine Möglichkeit. Keiner würde jedenfalls so gründlich wie Mary die Zahlen überprüfen. Aber nun runzelte Mary die Brauen.

»Gil, du mußt etwas mit Stuart Swann unternehmen. Ich kann es nicht ertragen, ihn hier zu haben. Ich bekomme immer eine Gänsehaut, wenn ich sehe, wie er mich manchmal beobachtet.«

Gil nickte. »Mach dir keine Gedanken wegen Stuart. Ich werde mich schon um ihn kümmern.«

Gil seufzte und streckte seine Hand aus. Dieses anonyme Geschreibsel war unwichtig. Erfolgreiche, wohlhabende, gutaussehende Leute waren immer das Ziel von so etwas. Das hatte er Mary auch erklärt. Ihre einzige Charakterschwäche war ihre Besorgnis in bezug auf das, was andere Leute von ihr dachten. Sie hatte den Skandal vor ihrer Ehe durchgestanden. Aber sie war irritiert über die Fortsetzung der negativen Presse auch nach ihrer Hochzeit. Gil war der Ansicht, daß sie über derartige Befürchtungen erhaben sein sollte. Statt dessen hatte sie sich darauf eingelassen, Reden vor Frauenorganisationen zu halten und sich zunehmend um gesellschaftliche Dinge zu kümmern.

Sie reichte ihm einen Umschlag, wie er intern hier im Unternehmen verwendet wurde. Gil zog einen Artikel aus einem dieser Boulevardblättchen hervor. Das Foto zeigte Elise Atchison, die Demnächst-Exfrau von Bill Atchison, der ja völlig hingerissen zu sein schien von dieser Van-Gelder-Puppe. Einfach lächerlich. Er mußte besessen sein, Gil würde sich nie dazu herablassen, so für eine Frau zu empfinden, auch nicht für Mary. Er las die Zeile unter dem Foto: *Die scheue Elise Elliot nach dem Begräbnis einer Freundin.* Und quer darüber hingekritzelt: *Fragen Sie Ihren Mann, wessen Begräbnis das war. Fragen Sie ihn, warum diese Freundin gestorben ist.*

Gil blickte Mary in die Augen. Sie wartet, wie ich reagiere, dachte er. Aber er zeigte keinerlei Reaktion. Er verspürte weder Schuld noch Bedauern wegen Cynthia, und ganz bestimmt fühlte er sich auch nicht verantwortlich für ihren Selbstmord. Das war ihre Entscheidung gewesen. Die Entscheidung einer Qualle. Widerwärtig. Gil hatte es nicht überrascht. Er kannte ihre Schwächen zur Genüge. Sie hatte immer als erste nachgegeben, meistens ohne den geringsten Widerstand.

»Wir haben darüber doch schon gesprochen, Mary.«

»Ich weiß. Aber ich habe ein ungutes Gefühl... Irgend jemand aus der Firma muß dies verschicken.«

»Du meine Güte. Das ist doch alles Unsinn. Los, wir haben erheblich wichtigere Dinge zu besprechen. Aber wenn es dich beruhigt, werde ich die Sicherheitskräfte darauf ansetzen.«

Mit einem letzten Blick auf Elises Foto hoffte er um Bills willen, daß sie in unangenehmen Situationen mehr Haltung an den Tag legte, als es Cynthia getan hatte. Er legte Mary den Arm um die Schultern. Gemeinsam verließen sie beim Schlag der Großvateruhr aus dem Hause Swann das Zimmer, um sich zu ihren nächsten Terminen zu begeben.

4

Ein Wiedersehen
voller Überraschungen

Brenda schlenderte durch die Möbelabteilung von Bloomingdale's und versuchte, weder an Essen noch an das Treffen mit Morty und seinem Anwalt am Nachmittag zu denken. Früher hatte sie sich bis zur Erschöpfung dem Kaufrausch hingegeben und so versucht, die Leere ihrer Ehe zu überspielen. Aber das konnte sie sich nicht mehr leisten. Außerdem hatte sie heute schon etwas gekauft: einen Pullover für Angie. Damit hatte sie einen Vorwand, nachher bei ihrer Tochter vorbeizuschauen, die nach ihrem Praktikum demnächst wieder zur Schule gehen würde.

Annie hatte ihr angeboten, sie heute zu begleiten, wohl wissend um ihre Ängste, aber Brenda hatte abgelehnt. Nicht, daß sie diese Unterstützung nicht gerne gehabt hätte, aber sie hatte einfach zuviel Angst davor, was zur Sprache kommen würde. Morty würde es bestimmt zum Knall kommen lassen, vielleicht sogar die Gefängnisstrafe ihres Vaters aufs Tapet bringen. Falls die ganze Sache sich zum Unerfreulichen hin entwickeln sollte, wovon eigentlich auszugehen war, dann war es bestimmt besser, Annie damit nicht zu konfrontieren. Sie selbst war nicht so wie Annie und Elise in einem trauten, luxuriösen Heim großgeworden, in dem es als unangebracht gegolten hatte, die eigenen Gefühle zur Schau zu tragen – und schon gar nicht in voller Lautstärke.

Vor einem besonders hübschen Schlafzimmerangebot im englischen Landhausstil warf Brenda einen Blick auf die Preisschilder und mußte lächeln. Welch ein Unterschied zu Romanos Möbelhaus in der Bronx. Dort, wo ihre Mutter und ihre Tanten ihre Möbel zu kaufen pflegten, wurde immer alles in Garnituren angeboten, Wohnzimmergarnituren, Schlaf- und Eßzimmergarnituren.

Bei diesen Überlegungen fiel Brenda wieder ein, wie sie

mit Morty nach ihrer Hochzeit das Haus in der Bronx bezogen hatte, das ihnen ihr Vater geschenkt hatte. Davor war sie mit ihrer Lieblingstante Rosa bei Romano gewesen. Ihre Tante war vom Verkaufspersonal auf das freundlichste empfangen worden und begrüßte den Geschäftsführer selbst wie ein lang verschollenes Familienmitglied, was er höchstwahrscheinlich auch gewesen war.

»Sie soll alles haben, was sie möchte, mein Lieber. Und nur vom Besten.« Das waren die Worte ihrer Tante Rosa gewesen. Brenda hatte genau gewußt, welche Schlafzimmergarnitur sie haben wollte. Es war das Prunkstück des Geschäfts, und sie hatte sich dafür schon entschieden, lange bevor sie und Morty sich verlobten. Die Einrichtung ihres ersten eigenen Hauses hatte sie in einen Begeisterungsrausch versetzt. Sie verschlang Einrichtungsmagazine, konnte sich nicht sattsehen an Farb- und Stoffmustern.

Aber als nach einigen Wochen die mattweißen und vergoldeten Möbelstücke eintrafen, war sie enttäuscht gewesen. Sie hatten ganz und gar nicht so ausgesehen, wie in den Hochglanzbroschüren. Irgend etwas paßte nicht. Es fehlten die Accessoires. Wo aber bekam man das ganze Zubehör aus den Broschüren? Eine Anzeige hatte sie zu Bloomingdale's geführt, wo sie sich Bettwäsche kaufte. Eine Garnitur kostete fast genausoviel wie das Bett selbst, aber ihr Vater hatte sie reichlich mit Geld versehen. Zum ersten Mal spürte sie, daß sie für ihr Geld auch einen angemessenen Gegenwert erhalten hatte. Voller Stolz hatte sie ihren Erwerb Morty vorgeführt.

Der verschluckte fast seine Zigarre, als er den Preis hörte. »Bist du völlig übergeschnappt? Was gibst du so viel Geld für Bettwäsche aus, die außer uns niemand sieht? Kommt gar nicht in Frage. Das Zeug geht zurück.«

Sie hätte es wissen müssen. Was war auch anderes von Morty zu erwarten, der zwar maßgeschneiderte Hemden trug, aber seine Unterwäsche in Discountläden besorgte? Billige Unterwäsche, denn: »Keiner sieht sie außer dir, Baby.« Sehr komisch.

Sehr richtig, Billigware war für sie gut genug. Brenda hatte die Zähne zusammengebissen und ihre Wut heruntergeschluckt. Aber diese Lektion hatte sie nie vergessen, ebensowenig die Scham, als sie die Bettwäsche zurückbrachte. Und sie hatte sich geschworen, ihm nie wieder reinen Wein über die tatsächlichen Kosten ihrer Besorgungen einzuschenken.

Sonderangebote mochten für ihn ja gut genug sein, aber nicht für sie und die Kinder. Und damit hatte der Kampf begonnen. Bis heute. Morty war zwar für Angelas Unterricht aufgekommen, aber anstatt ihr einen Ferienaufenthalt in Europa zu ermöglichen, hatte er ihr lediglich einen Job in einer Anwaltsfirma besorgt. Ein knickriger Mistkerl. Aber sie täte jetzt gut daran, ihren fetten Hintern hinüber zum Büro von Leo Gilman in Bewegung zu setzen. Heute war der Tag, an dem sie und Diana dort versuchen wollten, mit Morty eine angemessene Unterstützung auszuhandeln.

Im neunundvierzigsten Stock trat Morty aus dem Aufzug, feucht vom Regenschauer und weil er wegen der Augusthitze und vor Nervosität schwitzte. Während er versuchte, seine Unruhe unter Kontrolle zu bekommen, wandte er sich an die Rezeptionistin. Sie saß vor einer Fensterfront, die an einem klaren Tag einen ungehinderten Blick über den Central Park geboten hätte. Die zahlen sich dumm und dusselig für so etwas, dachte Morty, um sich dann irritiert zu korrigieren. Ich bin der Dussel, der dafür zahlt. Wegen der trüben Witterung an diesem Tag bestand die Aussicht nur aus Grau in Grau. Wirklich großartig! Wofür die Leute nur bereit waren, Geld auszugeben. Obwohl er dem Halsabschneider Gilman einen guten Batzen zahlte, waren das andererseits aber immer noch keine Fifth-Avenue-Honorare. Jemand wie Bill Atchison nahm locker noch einen Hunderter mehr pro Stunde.

Der Gedanke an Bill Atchison ließ ihn sich verbittert vom Fenster abwenden. Der und Gil hatten ihn noch in kein anderes Geschäft einsteigen lassen. Nicht im geringsten. Da arbeitete man sein Leben lang, baute was aus dem Nichts auf, nur damit eine Bande aus lauter Buchhaltern, Anwälten, Finanzberatern und ähnlichem Gesocks sich auf seine Kosten damit sanierte. Keinem einzigen von denen traute er über den Weg. Dann mußte er lächeln. Er war ihnen über gewesen. Sein Geld war sicher in der Schweiz. Er hätte nur ganz gerne noch ein Geschäft im Stil von Gil Griffin gemacht. Bill und Gil, diese beiden hatten an seiner Seite fast genausoviel verdient wie er selbst. Das hätte eigentlich als Einstand genügen müssen, aber noch immer war er nicht in ihren Kreis aufgenommen. So wie kürzlich, als er Gil wegen des Nabisco-Geschäfts angerufen hatte. »Zu spät, Morty. Alles schon unter Dach und Fach.« Morty mußte lächeln, als er an das von ihm belauschte Gespräch zwischen Gil und diesem Typ vom *Wall Street Journal* denken mußte. Auch hier war nicht vorgesehen, ihn ranzulassen. Aber bei seinem Spielchen würde er schon mitmischen können.

Und jetzt täte Leo gut daran, sein Bestes zu geben. Die Scheidungssache hatte er ja wirklich gut geschaukelt, alles was recht war. Sicher, Morty hatte gewußt, daß Brenda an einer außergerichtlichen Einigung gelegen sein würde. Sie bekam ja schon die Krätze beim Anblick eines Polizeiwagens. Aber was sollte das jetzt? Eine neue Abmachung über seine Zahlungspflichten? Unterstützt von einem eigenen Anwalt? Klar, schließlich war sie genauso geldgierig wie all die übrigen Kampfhennen.

Es war einfach gewesen, seine Geldangelegenheiten von ihr fernzuhalten. Aber er konnte nicht erwarten, daß so etwas wie mit seinen Aktien ein Geheimnis bleiben würde. Trotzdem würde er die Oberhand über sie behalten. Nicht, daß sie auf den Kopf gefallen wäre. Keineswegs. Aber er war vorsichtig gewesen. Auch als sein Wirtschaftsprüfer ihm den Vorschlag mit den Aktien gemacht hatte. Aber er war nicht bereit, mit irgend jemand zu teilen. Schließlich hatte Brenda ihm für ihre bescheidene Eigentumswohnung ihre Anteile abgetreten. Wenn sie heute also irgend etwas nachfordern wollte, hatte sie Pech gehabt. Egal, wie gut diese La Gravenesse auch sein mochte.

»Mr. Cushman?« Eine Sekretärin trat auf ihn zu. »Mr. Gilman läßt bitten.«

Während Morty der Sekretärin folgte, fing er an, nervös an

seinem Hosenboden herumzuzupfen. Dauernd mußten die Unterhosen in seiner Pospalte kneifen. Brenda hatte diese Angewohnheit von ihm gehaßt. Bei diesem Gedanken hörte er damit auf. Ob sie mit ihrer Anwältin schon da war? Er spürte den Adrenalinstoß, wie immer, wenn es darum ging, einen Kampf um Geld auszufechten.

Seit dem letzten Montag, als Leo ihn wegen dieses Termins angerufen hatte, war Morty in Gedanken immer wieder die einzelnen Punkte der Scheidungsabmachung durchgegangen. Wie man es auch drehte, so schlecht hatte die fette Kuh gar nicht abgeschnitten. Ihre Heirat mit ihm hatte sich für sie eigentlich gut ausgezahlt. Schließlich hatte er, Morty, etwas auf die Beine gestellt. Auch wenn vielleicht ihr Vater, dieser kleine Mafioso, beim Start etwas geholfen haben mochte, war er selbst es doch gewesen, der daraus etwas gemacht hatte. Und Brenda hatte sich dabei ganz gut gehalten. Aber auch wenn sie vielleicht mal ganz gut ausgesehen hatte, dünn war sie nie gewesen.

Wieder fiel Morty das Ambiente des Büros auf. Vielleicht würde ja Shelby das eine oder andere für die Wände hier verkaufen können. Das würde die Unkosten etwas reduzieren. Leo stand auf, um Morty zu begrüßen, und kam lächelnd, mit ausgestreckter Hand hinter seinem Schreibtisch hervor. Wieder einmal bemerkte Morty den Unterschied zwischen ihnen beiden. Das graumelierte Haar akurat geschnitten, ein Anzug von Armani, maßgefertigte Schuhe. Das wird mich einiges kosten. Aber es kommt mich immer noch billiger, Brenda abzuschmettern, als ihr mehr zahlen zu müssen.

»Fein, Sie zu sehen, Morty. Sie sehen großartig aus. Treiben Sie Sport?«

»Hören Sie mit dem Blabla auf, Leo. Was will Brenda? Was wird es mich kosten, sie abzuschütteln? Und was für eine ist diese Anwältin La Gravenesse?«

Leo tat sein Bestes, um Morty zu beruhigen.

»Das kriegen wir schon in den Griff, Morty, das verspreche ich Ihnen. Die Abmachung ist wasserdicht. Da brauchen Sie nicht die geringsten Sorgen zu haben. Ich werde mich um die La Gravenesse kümmern. Seien Sie ganz ruhig.«

»Ja, und genau dasselbe hat man auch zu Donald Trump gesagt. Ich habe Ihnen einiges gezahlt. Ich dachte, das wäre jetzt alles erledigt.«

»Schauen Sie, Morty. Jeder mit einem Hunderter in der Tasche und irgendeinem Groll auf dem Herzen kann eine Anklage erheben. Das hier war zu erwarten. Ihre Exfrau hat von Ihrem Gang auf den Aktienmarkt erfahren, eine Stinkwut und Appetit auf das Geld bekommen und sich eine ebenso geldgierige Anwältin genommen.«

»Sind das nicht alle Anwälte?«

»Also, Morty, ich mag Sie ja etwas gekostet haben, aber dafür haben Sie durch mich auch so einiges gespart. Nicht wahr?«

Morty nickte widerstrebend. »Sehen Sie zu, daß alles klargeht.«

»Wir werden hart bleiben. Das wird ihre Anwältin zur Kenntnis nehmen müssen. Sie sagten, daß Brenda keine Gerichte mag. Und sie hat nicht das Geld für hohe Honorarrechnungen. Sie werden klein beigeben müssen.« Sein Anwalt klopfte Morty auf die Schulter. »Und noch eins. Keine Szenen, klar? Was sie auch immer sagt, bleiben sie ganz ruhig. Es ist alles nur Gerede.«

Morty nickte.

»Dann wollen wir gehen. Sie warten schon auf uns.«

Morty und Leo gingen über den Flur zu einem Konferenzraum. Brenda und die Anwältin – eine sehr große Anwältin, wie Morty umgehend feststellte – saßen auf einem Sofa hinter einem niedrigen Lacktisch in der Mitte des Raumes. Mit einem schnellen Blick versuchte Morty Diana abzuschätzen. Ihre Augen trafen sich für den Bruchteil eines Augenblicks, und Morty spürte, wie ein eisiger Schauer sein Rückgrat entlanglief. Er versuchte, dieses Empfinden abzuschütteln, während Leo sie einander vorstellte. Morty grunzte nur und setzte sich, streckte die Beine aus und zündete sich eine Zigarre an. Dann erst blickte er durch den Rauchschleier zu Brenda hinüber.

Sie saß da, die Schenkel durch ihr Fett auseinandergespreizt, die Hände um ein Notizbuch geklammert. Ihre Augenbrauen waren leicht hochgezogen, und Morty konnte einen Schweißfilm auf ihrer Oberlippe erkennen. Nach einundzwanzig Jahren Ehe konnte er leicht erkennen, daß sie nervös war. Gut, genauso sollte es sein. Aber da war noch etwas anderes, etwas, das er nicht bestimmen konnte. Etwas Unbekanntes. Die gleiche subtile, nicht greifbare Energie, wie sie auch Dianas Gesicht ausstrahlte. Sie hat einfach zuviel, das ist ihr Problem, dachte er. Und will immer mehr.

»Du mieses Stück«, fauchte sie. Er registrierte dies mit leichter Verblüffung. Sollte es dort weitergehen, wo sie damals stehengeblieben waren?

Brenda war die Tasche heruntergefallen. Es überstieg einfach ihre Kräfte, Morty da so großkotzig an seiner Vierzigdollarzigarre ziehen zu sehen, während Angela den ganzen Sommer über hatte schuften müssen. Was, zum Teufel, dachte er eigentlich, wer er war?

Brenda war auch schon vorher wütend gewesen. Aber ihn jetzt so zu sehen, ließ die reine Mordlust in ihr hochsteigen.

»Wie viele Zigarrenkisten hast du dir diesen Monat geleistet, während deine Tochter für acht Dollar die Stunde arbeiten durfte?«

Und zu Diana gewandt fuhr sie fort: »Er hat immer mehr Geld gehabt, als er ausgeben konnte, aber Angela und Anthony mußten von der Privatschule abgehen, um Geld zu sparen. Das war in dem Jahr, als er sich ein Boot angeschafft hat.«

»Die öffentliche Schule lag nur zwei Straßen von unserer Wohnung entfernt. Sie war schließlich gut genug für die Kinder von dem gelben und braunen UN-Mob. Warum also nicht auch für unsere Bälger? Schließlich warst du ja auch nur auf dem Julia Richman-Gymnasium.« Morty hatte schon immer gewußt, wie er sie am besten treffen konnte, nämlich über die Kinder. Zu diesem Mittel griff er zwar immer als letztes, aber er griff dazu.

Leo Gilman warf Morty einen Blick zu und ging dazwischen: »Ist ja gut, Herrschaften. Jetzt laßt uns tief Luft holen und noch einmal von vorne anfangen.« Dieser Scheißer, dachte Brenda. Er war es doch, der Morty geholfen hat, mich beim ersten Mal hereinzulegen. Das war aber auch das letzte Mal. Sie sah auf die beiden selbstzufriedenen Männer. Sie haßte beide, alle haßte sie. Die Wut tat ihr gut, gab ihr Kraft. Diana würde sie schon zu fassen kriegen. Sie spürte das.

Diana lehnte sich vor, gab Brenda einen kleinen beruhigenden Klaps aufs Knie und wandte sich an Leo Gilman. »Wir sind hier, weil meine Klientin wünscht, daß ihre finanziellen Zuwendungen und die für die Kinder Ihres Klienten neu festgelegt werden. Angesichts des gewaltigen finanziellen Gewinns, den Mr. Cushman kurz nach der ersten Abmachung durch die Umwandlung seines Unternehmens in eine Aktiengesellschaft erzielt hat, beantragen wir die Nichtigkeitserklärung dieser Abmachung zugunsten einer neuen, angemesseneren.«

Morty schnaubte. »Wäre sie angemessen, würde sie überhaupt nichts bekommen. Es steht ihr nichts zu.«

»Wenn Abmachungen danach ausgerichtet würden, wem etwas zusteht, dann wären Sie bankrott, Mr. Cushman.«

»Für wen, verflucht noch mal, halten Sie sich?« schrie Morty mit hochrotem Gesicht.

Fein, sagte sich Brenda, laß ihn schön in Rage geraten. Ich hoffe, er bekommt einen Anfall. Ob die kleine Shelby ihn auch immer an seine Herzpillen erinnert?

Wieder schaltete sich Leo Gilman beruhigend ein und wandte sich kühl an Diana. »Mrs. La Granvenesse, die Abmachung über die finanzielle Zuwendung ist ordnungsgemäß ausgefertigt und notariell beglaubigt und in dieser Form im Scheidungsverfahren berücksichtigt worden. Das ist über drei Jahre her. Daran können Sie nichts ändern. Sie ist rechtlich unangreifbar.«

Morty beobachtete, wie Leo Gilman gleichsam als Unterstreichung seiner Ausführungen erst die eine und dann die andere Manschette seines Bijan-Hemdes hervorzupfte. Morty war hingerissen. Es sah ganz danach aus, daß Gilman sein Geld wert war. Vielleicht würde man hier ein für allemal einen Schlußpunkt setzen können.

Diana fuhr jedoch, ohne zu zögern, mit sanfter, tiefer Stimme fort. »Wohl kaum, Mr. Gilman. Nach unserer Meinung bestand Befangenheit auf seiten der rechtlichen Vertretung von Mrs. Cushman. Soviel ich weiß, haben Sie Mr. Cushman bei der Scheidung vertreten, während die Vertretung meiner Klientin auf *Ihren* Vorschlag hin von einem jungen Mann übernommen wurde, der gerade sein juristisches Examen abgelegt hatte und den Sie ihr besorgt hatten, ein gewisser Mr. Barry Marlowe. Wir haben erfahren, daß dieser nur wenige Wochen nach der Scheidung ein Teilhaber Ihrer Kanzlei geworden ist. Nach unserer Ansicht läßt das die damals getroffene Abmachung in einem etwas anderen Licht erscheinen.«

Leo Gilman fuhr sich mit der Zunge über die Lippen.

»So etwas Hirnrissiges!« fuhr Morty auf. »Eine Abmachung ist eine Abmachung.« Diana lächelte ihn an.

Gilman richtete sich auf. »Lassen Sie mich das machen, Morty. Mrs. La Gravenesse, Ihre Unterstellung gefällt mir nicht. Diese Kanzlei hat eine makellose Reputation, und Sie sollten wissen, daß es besser ist, nicht auf haltlose Anklagen zurückzugreifen. Abgesehen davon, daß Sie hierfür Beweise erbringen müßten, hat das eine mit dem anderen nichts zu tun. Mrs. Cushman hat als erwachsener Mensch aus freiem Willen gehandelt. Sie hat ihren Anwalt verpflichtet und die Abmachung durch ihn sanktionieren lassen. Wir haben danach Mr. Marlowe als Teilhaber aufgenommen, weil uns seine Leistung in diesem Fall beeindruckt hatte. Es ist zu spät, hier etwas anderes erwirken zu wollen. Und es ist nicht rechtens zu versuchen, von Mr. Cushmans Erfolgen seit der Scheidung profitieren zu wollen. Sie haben nichts mit seiner damaligen Ehe zu tun. Außerdem sind wir durchaus bereit, uns einem langen gerichtlichen Verfahren zu stellen. Wie Mrs. Cushman bereits sehr treffend gesagt hat: Eine Abmachung ist eine Abmachung.«

»Wir sind bereit, dagegen vorzugehen. Wir können nachweisen, daß das Unternehmen von Mrs. Cushman und ihren Eltern aufgebaut worden ist und daß Mr. Cushman in der Tat nur eine untergeordnete Rolle dabei gespielt hat.«

Leo mußte lächeln. »Mrs. La Gravenesse. Alle Welt kennt den verrückten Morty. Er ist die Firma. Es täte mir leid, wenn

Sie Ihre Zeit und Mrs. Cushman ihre Rücklagen verschwendeten, um das Gegenteil beweisen zu wollen.«

Brenda wurde es flau im Magen. Sie spürte, wie ihr der Schweiß auf die Stirn trat. Das war alles so gemein! Sie wußte, daß Diana hier nur bluffte – weder sie noch ihr Vater hatten Geschäftsbücher geführt. Es gab keine Beweise. Was würde geschehen, wenn sie vor Gericht gingen? Wie würde es Angela und Tony gefallen, wieder den Namen ihres Großvaters in den Zeitungen zu sehen, der Morty nie hatte ausstehen oder an ihn hatte glauben können, an diesen tollen Hecht.

Diana nahm ihre Brille ab und neigte leicht den Kopf zur Seite. Sie seufzte. Gibt sie auf? Brenda spürte Panik aufsteigen. Vielleicht ist es für alles zu spät. Mein Gott, warum bin ich nur so dumm gewesen, so feige? Warum habe ich mich mit diesem Häppchen abspeisen lassen oder überhaupt etwas unterschrieben? Sie war so enttäuscht, daß ihr sogar ein wenig schwindlig wurde. Ich hätte wissen müssen, daß es nichts zu hoffen gab. Und dafür das Durcharbeiten der ganzen alten Unterlagen, die vergeudete Zeit mit Diana. Dafür würde sie jetzt auch noch eine Rechnung bekommen. O du lieber Gott.

Diana schwieg immer noch. Dann griff sie in ihren Attachékoffer und entnahm ihm eine dicke Akte, die sie laut auf den Tisch klatschen ließ. Morty erkannte sie augenblicklich. Ihm wurde flau. In großen Buchstaben stand darauf *Fotokopien – Steuerrückzahlungen an Mr. und Mrs. Morton Cushman für die Jahre 1980, 1981, 1982.*

Mortys Augenlider flackerten.

Worum es hier ging, war jedem hier klar. »Was, zum Teufel, soll das?« lautete die stumme Frage, die Leo zu Morty schickte. Der sah aus wie ein verwundeter Elefantenbulle, der nicht recht wußte, ob er tot umfallen oder angreifen sollte. Das hier war eindeutig ein tödlicher Schlag.

Noch bevor Morty wieder zu sich kam, wandte Leo sich an Diana. »Mrs. La Gravenesse, ich würde mich gerne mit meinem Klienten unter vier Augen besprechen. Ich könnte mich geirrt haben. Vielleicht gibt es doch eine Möglichkeit für eine angemessene Zuwendungsmarge.«

»Ich kann es nicht fassen!« Brenda mußte abermals loslachen. Ihre Stimme schwankte, als die asiatische Masseuse sie durchknetete. Sie hörte Diana aufstöhnen und lächelte. Auf dem Massagetisch daneben wandte Diana ihr das Gesicht zu und lächelte spitzbübisch zurück. Für einen Moment blickten sie sich in die Augen und kreischten dann wieder vor Begeisterung, so wie Kinder beim Anblick des ersten Schnees. Als das Kichern verstummte, blieben Brendas Augen auf Diana haften. Ohne ihre Brille und mit zerwühlten Haaren sah sie überraschend attraktiv aus. Nicht eigentlich hübsch, eher stattlich.

Von Duarto hatte Brenda mehr über Diana erfahren. Sie war eine Kämpfernatur. Als stellvertretende Bezirksstaatsanwältin hatte sie sich sieben Jahre lang insbesondere mit Sittlichkeitsverbrechen befaßt. Als sie das nicht weiter fortführen konnte, hatte sie eine eigene Praxis eröffnet und sich ausschließlich auf Fälle spezialisiert, die die Rechte von Frauen und Kindern tangierten. Sie hatte die Stadt verklagt, die ein Pflegekind in ein Heim gegeben hatte, wo es sexuell belästigt worden war, und ein Entschädigung erstritten. Kürzlich erst hatte sie eine Frau verteidigt, die ihren Vater ermordet hatte, der sich an ihr vergangen hatte. Es war ihr gelungen, einen Freispruch zu erwirken. Derzeit hatte sie einen Scheidungsfall, wo der Mann eine Erfindung seiner Frau unter seinem Namen hatte patentieren lassen. Brenda bewunderte die Mischung aus Überlegenheit, Überlegung und Aktivität bei Diana. Aber am meisten bewunderte sie, wie sie mit Leo und Morty umgesprungen war.

»Wir haben sie in ihren Grundfesten erschüttert«, stimmte Diana zu.

»Erschüttert? Leo Gilman hätte sich am liebsten in seinen Hosen verkrochen. In seinen Tausenddollarhosen. Und der Blick, den er Morty zugeworfen hat. Einfach köstlich. Wirklich Klasse, Diana!«

»Nun ja, wir wollen uns nicht zu früh freuen, nicht bevor die Abmachung unterzeichnet und der Scheck eingelöst worden ist. Wie heißt es so richtig? ›Man soll den Tag nicht vor dem Abend loben.‹ Und war da nicht auch was mit ›...des Leichtsinns fette Beute‹ oder so ähnlich?«

Brenda war betroffen und überlegte kurz, wie sie diese ›fette Beute‹ aufnehmen sollte. Aber Diana schaute sie so voll Herzlichkeit an. Sie war überzeugt, daß Diana sie niemals würde verletzen wollen. Und schließlich war sie fett. Sie warf den Kopf zurück und lachte.

Es war eine gute Idee gewesen, hierherzukommen, in den *Salon de Tokio*. Es war ein asiatischer Massagesalon, sachlich, nüchtern, den Brenda öfter, auch zusammen mit ihrer Tochter, aufsuchte.

Die kleine Japanerin, die sich mit Brenda befaßte, stieg auf den Massagetisch. Oben an der Decke lief ein Stab entlang, an dem sie sich festhielt, als sie begann, Brendas Rücken mit ihren Füßen zu bearbeiten. Jetzt war Brenda an der Reihe zu stöhnen.

Diana lachte. Sie hatte ein angenehmes Lachen, fand Brenda, warm und kehlig. »Also wenn Sie heute von jemandem mit Füßen getreten werden, dann, Gott sei Dank, von denen einer Frau«, meinte sie.

»Nein, Ihnen muß ich danken, Diana. Sind Sie sicher, daß er die Abmachung unterzeichnen wird. Zwei Schecks, jeden zu anderthalb Millionen? Einen jetzt und den nächsten zu Erntedank?«

»Garantieren kann man es nicht, aber ich glaube, daß er es tun wird. Wir haben sie voll erwischt. Es war ein gemeiner Trick, aber er hat gegriffen. Notfalls hilft uns auch nicht die Steuerfahndung. Ich werde die Papiere für morgen fertig machen, damit er sie unterschreiben kann, bevor er seine Meinung ändert.« Nach einer kurzen Pause fuhr sie fort. »Wissen Sie, Brenda, wir hätten noch viel mehr herausholen können. Sehr viel mehr. Ohne Zweifel.«

»Vielleicht. Aber ein Spatz in der Hand... Sie wissen ja. Und ich bin kein Aasgeier. Drei Millionen, steuerfrei, und ein paar Aktien, mehr brauche ich nicht. Und meine Kinder auch nicht. Drei Millionen! Ich kann's nicht fassen. Das ist wie ein Lottogewinn. Einfach großartig!«

Diana lächelte und meinte stöhnend: »Ich fände es großartig, wenn diese Frau von meinem Rücken herabstiege. Wie wäre es, wenn Sie Ihre Dankbarkeit dadurch beweisen würden, daß Sie ihr sagen, sie möge aufhören?«

»Nur wenn ich Sie dafür zum Essen einladen darf.«

»Einverstanden.«

Auf ein Zeichen von Brenda beendeten die beiden Masseusen ihr Werk und verließen mit einer Verbeugung leise den Raum. Diana richtete sich auf, und ihr Handtuch fiel herab. Bevor sie sich wieder damit bedecken konnte, hatte Brenda ihre Brust gesehen, die fast so flach war wie die eines Mannes und ihre Schultern fast genauso breit. Du liebe Güte, sie war beinahe so ansprechend wie ein Mann. Bei diesem Gedanken wurde Brenda rot und wandte sich ab. Seltsam, wirklich seltsam.

5

Der Froschteich

Elise nahm sich gewaltig zusammen. »Es ist einfach unerhört!« Sie starrte auf einen Artikel, den Brenda aus der *Post*,
einem Boulevardblatt, herausgerissen hatte. »Wie kann ein
Mann bloß seine Verlobung ankündigen, wenn er noch
rechtmäßig verheiratet ist?« Ihre Frage klang eher fassungslos als wütend. Zwei Jahrzehnte der Respektabilität und Dis-
kretion, eines angenehmen, aber unauffälligen Lebens, voller *noblesse oblige* und dem Versuch, sich angemessen zu verhalten, waren hiermit durch ihren Demnächst-Exehemann
zunichte und sie selbst beide zu Narren gemacht. Sie würde
ihm ihre Angelegenheiten entziehen und überhaupt auch
Cromwell Reed mit keinen weiteren Aufgaben mehr be-
trauen, auch wenn diese Kanzlei seit den Zeiten ihres Großvaters für ihre Familie gearbeitet hatte. Das würde Bill in den
Augen seiner Partner schaden und außerdem wohl auch die
Scheidung beschleunigen helfen.

»Es muß sich hier um männliche Wechseljahre handeln.
Wie könnte er sonst so etwas sagen?«

»Genaugenommen hat er es auch nicht gesagt«, differen-
zierte Brenda. »Hier steht, daß Phoebe ankündigt, daß er es
ankündigen werde. Das ist nicht ganz dasselbe. Nicht wahr,
Annie?«

Normalerweise hätte Annie lächeln müssen, aber ihre
Sorge um Elise hielt sie davon ab. »Nun ja, es ist nicht ganz
das Benehmen, das man uns bei Miß Porter beigebracht hat.«

»Wahrscheinlich stand sie wieder einmal unter Drogen.
Duarto sagt, daß sie meistens nicht ganz da ist.«

Elise schien sie nicht zu hören. »Bill weiß, daß ich einen
Horror vor der Klatschpresse habe. Und dennoch –« Sie
mußte trotz allem lächeln. »Als Rechtsanwalt dürfte ihm klar
sein, daß das nicht gerade der geschickteste Zug im Hinblick
auf eine finanzielle Einigung ist. Ganz abgesehen davon, daß

es sich hier um eine haarsträubende Geschmacklosigkeit handelt.« Elise mußte an ihre Mutter denken, für die diese Aussage die vernichtendste Kritik bedeutete. Es war zwar nur ein kleiner Trost, aber immerhin würde ihre Mutter in ihrem Alzheimer-Kokon von alldem nichts mitbekommen.

»Übrigens, Elise, ich habe dein Bild auch noch in *People* gefunden.« Brenda zog einen weiteren Presseausschnitt hervor. »In Anbetracht der Umstände schaust du da recht gut aus.«

Elise starrte das Foto an und schauderte innerlich. Sie tauchte nur sehr selten in den Medien auf, dafür sorgte ihr Presseagent. Das hier war kein autorisiertes Foto. Sie las den Namen des Fotografen. Larry Cochran. O Gott. Zimmer 705 fiel ihr ein. Was für Bilder hatte er sonst noch gemacht?

»Für die Umstände siehst du da wirklich gut aus«, wiederholte Brenda.

»Welche Umstände?« Elises Stimme klang nach Selbstverteidigung.

»Dafür, daß du da gerade von Cynthias Begräbnis kommst«, fuhr Brenda sie an.

Elise riß sich zusammen. »Natürlich. Ich glaube, diese Publicity geht mir auf die Nerven.«

»Essen beruhigt, sagt man. Wie wär's, wenn wir zum Lunch gingen?« Brenda konnte Elise ihre Berührungsängste mit der Presse sehr gut nachfühlen. Sie hatte genausoviel Angst, vor Gericht zu gehen. Und Diana La Gravenesse hatte immer noch keinerlei Unterschrift von Morty bekommen, weder unter eine neue Abmachung, noch unter einen Scheck. Hoffentlich ging alles gut. Sie brauchte dieses Geld jetzt. Es würde sie endlich unabängiger machen. Die ganze Angelegenheit verursachte ihr Heißhunger.

Heute waren sie zu La Grenouille gegangen, das einzige Lokal, wo nach Brendas Kenntnis das Essen ebenso gut war wie die Blumenarrangements. Und wo man sich zu einem Einheitspreis von 49,50 Dollar an nahezu allem gütlich tun konnte. So etwas war wichtig für sie. Solange ihre Angelegenheit nicht geklärt war, konnte sie es sich nicht leisten, Hunderte von Dollar für ein Mittagessen zu verpulvern. Die große Karte besserte ihre Laune. Hier saßen sie alle drei zusammen, im erlesensten Froschteich der ganzen Stadt.

Brenda genoß es, Elise zum Essen einzuladen, und ganz besonders genoß sie das Zusammentreffen mit Annie. Selbst wenn das alles nichts brachte, wenn sich die Möglichkeit ergab, Cynthia zu rächen, so war es doch angenehm, einen Anlaß zu haben, hübsch zurechtgemacht zum Essen auszugehen. Natürlich verbrachte Brenda auch gerne die Zeit mit ihren Kindern. Vorhin noch hatte sie Tony angerufen und sich erboten, zu ihm zu kommen und sich um seine Wäsche zu kümmern. Er hatte abgelehnt. In Ordnung. Er war jetzt in dem Alter, in dem ihm elterliche Zuneigung auf die Nerven ging. Brenda sehnte sich immer noch danach, mit ihm zusammenzusein. Sie liebte die häuslichen Arbeiten, außerdem lenkte es sie für eine Weile vom Essen ab. Sie konnte sich nicht vorstellen, wie Annie mit der Trennung von Sylvie zurechtkam, während ihre beiden Jungs ihr eigenes Leben lebten.

Annie machte ihr Sorgen. Seitdem Sylvie nicht mehr bei ihr lebte, war sie fertig, völlig fertig. Das lag an Aaron, diesem Mistkerl.

Brenda bedeuteten ihre Kinder alles. Anders als Annie engagierte sie sich nicht für so etwas wie das Komitee der Behinderten-Olympiade oder das Beckstein-Zentrum für Verbrennungen. Sie selbst war nie ein Mitglied der gehobenen Gesellschaft gewesen, hatte es auch nie sein wollen. Aber sie genoß, was sie jetzt davon mitbekam. Heimlich verschlang sie die Klatschspalten, würde aber eher sterben, als das zuzugeben. Als Morty versucht hatte, sie in diese Welt zu drängen, hatte sie sich dagegen gesträubt. Sie wußte, als was man sie ansehen würde: als unappetitliche Parvenüs, die sich aufspielen wollten. Bah! Immerhin kannte sie ihre Grenzen.

Annie hatte echte Klasse, und Elise – das mußte sie zugeben – hatte echte Klasse und wirkliches Geld. Sie fragte sich, ob Elise die Klatschspalten las.

»Ich habe einen Vorschlag, wie wir vorgehen sollten«, sagte Elise. »Von Gil und jedem anderen müssen wir eine Auflistung anfertigen, in denen Angaben zu ihrer Arbeit, ihrem gesellschaftlichen Leben und natürlich über ihre ›Trophäen‹ enthalten sind. Auf der Grundlage dieser Informationen können wir ihre Schwachpunkte ausmachen und ein wirkungsvolles Vorgehen planen.«

»Was wir brauchen, ist ein Dossier mit Angaben über alle und alles. Alles, was wir aus Handbüchern über die Mitglieder der Werbebranche wie der Anwaltskammer über sie erfahren können oder aus den Jahrbüchern der Hochschulabsolventen und so weiter. Ihre Sternzeichen, Lieblingsfarben, Finanzberater, Banken, Schneider und wie sie am liebsten ihren Kaffee trinken.«

»Klar. Außerdem ihre Gebiß-Abdrücke, Angaben zu Narben, Tätowierungen, bevorzugte Stellung beim Geschlechtsakt, Alpträume.« Brenda hielt kurz inne. »Es ist mein tiefster Wunsch, daß ich Mortys schlimmster Alptraum werde.«

»Genau, was ich hören möchte«, stimmte ihr Elise zu.

»Der Haken ist nur, daß ich bislang noch kein Geld von ihm bekommen habe. Also bewege ich mich da noch auf recht dünnem Eis.«

Brenda bemerkte, wie Elises Miene versteinerte. Sie wußte, daß es typisch war für diese Greenwich-WASPs, daß sie um so eisiger wurden, je wütender sie waren. Und Elise war wütend. Kühl sah sie auf Brenda. »Tu nicht so dämlich.«

Diese Bemerkung verletzte Brenda. Ich kämpfe um mein Leben, und diese reiche Kuh nennt mich dämlich? Brenda spürte, wie ihr heiß wurde, als sie sich vorbeugte und Elise ins Gesicht schleuderte: »Zum Teufel, du hast doch überhaupt keinen Schimmer davon, wie das ist, als Frau von der Gnade eines Mannes abzuhängen und um das eigene Überleben zu kämpfen? Alles was du hast, hast du geschenkt bekommen. Du hast nie einem Mann die Füße küssen müssen, damit er dir das Geld gibt, das dir zusteht, so daß du dem Verwalter in deinem Wohnhaus endlich wieder in die Augen schauen konntest, wenn du ihm im Fahrstuhl begegnest. Oder mußtest du jemals überlegen, ob du dir ein Essen zu fünfzig Dollar leisten kannst, weil sich mal wieder sein monatlicher Scheck verspäten könnte? Kannst du ermessen, wie sehr ich mich gegenüber Morty erniedrigen mußte – Monat für Monat –, bloß weil ich nicht das geringste in der Hand habe. Nein, das kannst du nicht und wirst es auch niemals können.«

Brenda geriet leicht in Rage. Sie merkte, daß schon einige der Umsitzenden herüberschauten, obwohl sie sich bemühte, ihre Stimme im Zaum zu halten. Aber das war ihr auch egal.

Annie beugte sich vor und meinte begütigend zu ihr: »Es ist auch für Elise nicht leicht gewesen.«

Brenda wandte sich ihr zu. »Bitte nicht, Annie. Bitte mach nicht gerade jetzt auf liebes Mädchen.«

»Ich komme schon allein zurecht, Annie. Und übrigens hat Brenda nicht ganz unrecht«, warf Elise ein.

Brenda war jedoch noch nicht fertig, aber ihre Stimme war nun etwas gedämpfter. »Weißt du, was ich glaube, Elise? Ich glaube, das alles ist für dich nichts als ein Spiel. Etwas, um damit über den Verlust deines Mannes hinwegzukommen. Einmal etwas anderes, als ewig nur nach Südfrankreich zu fahren oder auf deiner verdammten Jacht eine Weltreise zu machen. Eben ein anderes Spielzeug. Für mich dagegen geht es hier ums Überleben, mein Fräulein Reiche Görc. Es ist alles andere als ein Spiel.« Brenda nahm hastig einen Schluck Wasser, stellte das Glas ab und wandte sich wieder an Elise, die Augen zusammengezogen, so wie es ihr Vater immer getan hatte. »Also komm mir nicht mit ›dämlich‹. Sobald du bereit bist, *alles,* was du besitzt, aufs Spiel zu setzen, dann, und *nur* dann, hast du das Recht, mich zu kritisieren. Aber bis dahin behalte deine Selbstgerechtigkeit für dich.«

Elise blickte Brenda an, und diese erkannte in ihren Augen etwas, das sie dort bislang noch nie bemerkt hatte. »Es tut mir leid, Brenda.« Elise sprach sehr langsam, als sie schließlich antwortete. »Ich war gedankenlos und außerdem gefühllos. Du hast wirklich recht. Ich weiß nicht, wie es ist, finanziell von der Gnade eines Mannes abhängig zu sein.« Elises Augenlider zuckten ein paarmal. Dann hob sie den Kopf. »Bitte verzeih mir, Brenda. Ich hätte meine Worte bedenken sollen.«

Überrascht lehnte Brenda sich zurück, ihr Atem beruhigte

sich. »Klar, ist schon in Ordnung, Elise.« Sie bereute bereits ihren Ausbruch. »Ich hätte nicht so barsch zu dir sein sollen.«

»Aber dafür weiß ich, was es bedeutet, von einem Mann *emotional* abhängig zu sein. So wie es aussieht, ist es in jeglicher Hinsicht demütigend, überhaupt wegen irgend etwas von einem Mann abzuhängen.« Elise lächelte. »Das wäre damit klar. Wir werden nichts gegen Morty unternehmen, solange er nicht die Angelegenheit mit Brenda ins reine gebracht hat. Einverstanden, meine Damen?«

Annie lächelte beiden zu und nickte. Irgendwie lief alles ganz anders, als sie es sich vorgestellt hatte. Es beschlich sie ein unangenehmes Gefühl, als ob sie die Kontrolle über die Ereignisse verlor. Und seit der Zeit ihrer Therapie bei Dr. Rosen wußte sie, wie wichtig Kontrolle für sie war.

Annie schüttelte den Kopf. Es war gefährlich, an Aaron und Dr. Rosen zu denken. Tagsüber hielt sie sich sehr beschäftigt, aber nachts, allein in ihrer Wohnung, kamen die Erinnerungen. Aaron war so komisch gewesen, so geistreich. Er hatte sie zum Lachen gebracht. Er hatte sie verstanden, über ihre eigenen schüchternen Scherze gelacht, ihren klaren Kopf bewundert. Früher jedenfalls war das so gewesen. Seither war niemand mehr richtig auf sie eingegangen.

»Also, worauf sollen wir jetzt unser Augenmerk richten?« fragte sie.

»Genau läßt sich das im Augenblick noch nicht sagen. Aber im großen und ganzen, meine ich, halten wir Ausschau nach den Schwachstellen in ihrer Richtung.«

»Nach dem weichen, weißen Unterbauch«, fügte Brenda hinzu, indem sie ihren eigenen tätschelte.

Elise zog die Lippen zusammen. »In bezug auf Gil ist das eigentlich klar. Ich schlage zwei Vorgehensweisen vor. Zum einen finden wir heraus, welches Unternehmen er sich für die nächste Übernahme vorgenommen hat, und vermasseln ihm das Geschäft. Dazu stellen wir fest, auf welchen krummen Touren er die früheren Übernahmen zuwege gebracht hat. Dazu bringen wir die staatliche Börsenaufsicht ins Spiel, und wenn es uns gelingt, seine Finanztransaktionen zu unterwandern, vielleicht auch noch die Steuerfahndung. Ich glaube nicht, daß die Polizei uns helfen kann. Schließlich ist der Brief von Cynthia der Beweis, daß es wirklich Selbstmord gewesen ist. Aber auf gesellschaftlicher Ebene sollte sich etwas machen lassen. Wie ist noch mal der Name seiner neuen Frau?« Sie konsultierte ihre Notizen.

»Birmingham, Mary Birmingham«, kam es prompt von Brenda.

»Ja. Nun, sie ist auf der Suche nach einer bestimmten Wohnung an der Fifth Avenue. Lally ist im Vorstand dieser Wohnungskommission. Das dürfte es ihr schwierig machen. Und außerdem können wir sie von allen sozialen Bereichen, auf die es ankommt, fernhalten.«

»Ich habe jede Menge alte Unterlagen über Mortys Unternehmen. Vielleicht läßt sich auch dort noch etwas finden«, erbot sich Brenda.

»Großartig. Und sagtest du nicht, daß du mit Stuart Swann zum Essen gehen wolltest, Annie?«

»Na ja, er hat mich eingeladen.« Sie errötete leicht. Brenda bemerkte es und wunderte sich. Fühlte Annie sich etwa schuldig, weil sie eine Verabredung mit jemandem hat und wir nicht?

»Gut. Quetsch ihn aus. Versuch herauszubekommen, wen Gil als nächstes schlucken will.« Annie nickte zögernd. »Vielleicht werde ich auch einmal mit Onkel Bob über Gil sprechen. Er könnte uns helfen.« Wieder blickte Elise in ihr Notizbuch.

»Bei Bill wird es etwas schwieriger. Natürlich habe ich ihm keinen Pfennig überlassen und werde meine Angelegenheiten nicht mehr von Cromwell Reed regeln lassen. Und es sollte auch etwas in bezug auf die van Gelders zu finden sein.«

»Das Liebesnest sprengen?« fragte Brenda.

»Eher den Treuhandfonds.«

»Du weißt, daß sie drogenabhängig ist?«

»Wenn das stimmt, könnte es ganz nützlich sein. Woher weißt du das?«

»Auch wir haben unsere Quellen«, erwiderte Brenda mit hoheitsvollem Lächeln.

»Vielleicht könnte ich das Problem gegenüber Dr. Girton zur Sprache bringen, wenn ich ihn demnächst wieder einmal aufsuche. Er ist auch der Familienarzt der van Gelders. Ist es nicht meine Pflicht, ihnen zu helfen, dem Mädchen beizustehen? Das sollte Bill und seiner ›Verlobten‹ fürs erste genügen. Er hat nichts mit der Steuer und keine Freunde, die man ihm entfremden könnte. Soviel zu ihm.« Elise machte eine Pause und blätterte in ihren Aufzeichnungen.

»Brenda, dein Mann ist nicht unantastbar. Sobald deine Angelegenheit unter Dach und Fach ist, würde ich gerne meine Leute auf seine Geschäftsunterlagen und die ganze Aktiengeschichte ansetzen. Damit könnten wir zwei Fliegen mit einer Klappe schlagen. Und du könntest noch mehr von ihm verlangen.«

»Nein, Elise. Ich will nur das, was er mir zugesagt hat. An diese Abmachung will ich mich halten.« Wieder stieg Nervosität in Brenda auf.

Elise musterte sie verständisvoll. »Natürlich. Es macht keinen Sinn, wenn wir deinem Ehegespons eins auswischen, aber auch dich damit treffen. Also sollen wir nicht die Steuerfahndung einschalten?«

»Nein.« Brenda war ausnahmsweise nicht nach Scherzen zumute.

»Gut.« Bereitwillig strich Elise diesen Punkt aus ihren Notizen. »Zumindest aber können wir ihm den Eintritt in den Union League Club verwehren und ebenso in den Maidstone.«

»Hat er die Mitgliedschaft beantragt?« Brenda traute ihren Ohren nicht.

»Es sieht ganz so aus. Seine Frau möchte rein.«

»Woher weißt du das?«

»Ich habe so meine Quellen«, kam es leichthin von Elise zurück. »Man würde sie ohnehin nicht aufnehmen.« Sie zuckte die Achseln. »Ihr kennt ja die Einstellung dort: NUS-MeL – ›Nicht Unser Stall, Meine Liebe‹. Außerdem könnte man versuchen, die neue Kunstgalerie seiner Frau kaltzustellen. Wir können dafür sorgen, daß niemand ihre Einladung annimmt. Und ich habe davon gehört, daß sie sich um die

Aufnahme in die Junior League bemüht.« Sie warf Annie einen Blick zu. Brenda wußte, daß dies der exklusivste Frauenklub New Yorks war. »Man wird sie nicht aufnehmen, nicht eine, die sich einen fremden Ehemann gestohlen hat«, fuhr Elise mit einem erneuten Blick auf Annie fort. »Und wenn wir schon von gestohlenen Ehemännern sprechen. Sollten wir nicht daran gehen, Aarons Agentur den Bach runter gehen zu lassen?«

»Nein, Elise, das ist nicht fair«, warf Annie ein. »Es würde seinen Partner treffen. Jerry ist in Ordnung.« Annie wollte Aaron nicht leiden sehen.

»Es geht hier nicht um Fairneß«, erinnerte sie Elise. »Sie waren auch nicht fair zu uns.«

»Nein, nichts in dieser Art«, widersprach Annie. »Schließlich ist er der Vater meiner Kinder.«

»Ein Penis ist nicht länger ein Unterpfand für Sicherheit.«

»Ist er das je gewesen?«

»Vielleicht heben wir uns Aaron bis zum Schluß auf.« Elise klappte ihr Notizbuch zu.

»Übrigens, Miß Elliot«, warf Brenda mit einem Grübchenlächen ein, »Hat Ihnen schon mal jemand gesagt, wie schön Sie aussehen, wenn Sie wütend sind?«

Elise schenkte Brenda ein Lächeln. »Nein. Man hat mich meistens in der passiven Rolle bevorzugt. Aber diese Zeiten sind vorbei. Ich bin dabei, mich zu ändern.« Sie ließ den Blick durch den geschmackvollen, eleganten Raum schweifen. »Ich will nicht wieder klein beigeben. Ich will Blut.«

»Mutation durch Wut.« Brenda nickte zustimmend. »Nichts Ungewöhnliches bei Atomexplosionen und Scheidungen.«

6

Dinner um acht

Die Sonne ging gerade mit einem prächtigen Farbenspiel hinter der glitzernden Stadt unter, als Annie ihrem Apartment am Gracie Square zustrebte. Im Lift blickte sie auf ihre Uhr und stellte fest, daß sie wieder einmal jedes Zeitgefühl verloren hatte. Ohne Sylvie war das ein leichtes.

Sechs Uhr. Nur noch eine Stunde bis zu ihrem Treffen mit Chris auf einen Drink und danach um acht Abendessen mit Stuart Swann. Die Zeit war wieder einmal knapp kalkuliert. Und jetzt mußte sie sich schon sehr beeilen.

Seit ihrer Scheidung hatte sie sich mit niemandem mehr verabredet. Auch vor ihrer Ehe hatte sie sich kaum mit jemandem getroffen. Sie war eher monogam veranlagt. In ihrer Internatszeit hatte es einen netten Jungen gegeben, sie hatten miteinander geknutscht und sich geschrieben. Und einmal hatten sie sogar in der New Yorker Stadtwohnung ihrer Eltern miteinander geschlafen. Aber sonst war es doch eine eher flüchtige Affäre gewesen. Dann hatte sie auf einem Wochenendbesuch bei Cynthia zu Hause Stuart kennengelernt, und sie waren miteinander gegangen, bis sie Aaron traf. Aber sie hatten nie miteinander geschlafen.

Eigentlich war es auch keine echte Verabredung, sondern eher ein Abendessen mit einem alten Freund. Und wenn sich daraus etwas entwickeln sollte, nun, dann würde man sehen.

Männer. Irgend etwas stimmte nicht mit den Männern in Aarons Alter. Etwas, von dem sie nicht annehmen mochte, daß es auch einmal bei ihren Söhnen auftreten würde. Hoffentlich nicht!

Natürlich, Männer wie Aaron waren mit anderen Vorstellungen aufgewachsen. Man ging davon aus, daß der Mann der dominante Teil war und die Frau von ihm versorgt wurde. Jedenfalls hatte Aarons Vater ihm dieses Beispiel vorgelebt. Dann hatten sich die Spielregeln geändert, aber nicht die Männer. Annie konnte feststellen, daß sowohl Chris als auch Alex es weniger nötig hatten, sich ständig etwas beweisen zu müssen, und eher bereit waren, mit ihren Freundinnen zu teilen.

Aber Aaron und Morty, Gil und Bill brauchten immer noch jemanden, der zu ihnen aufsah, während sie andererseits vor der damit verbundenen Belastung auswichen. Annie nahm an, daß ihre neuen Frauen pflegeleicht waren und gleichzeitig ihren Pflichtteil an Bewunderung leisteten. War Stuart nun auch von dieser vergrämten, vorwurfsvollen Sorte, oder war er anders? Mein Gott, bin nur ich so verbittert, oder zeigt sich hier das Ergebnis dessen, was sich überall während des letzten Jahrzehnts zwischen Männern und Frauen abgespielt hat?

Vielleicht würde sie heute etwas Brauchbares herausfinden, nämlich was Gil vorhatte und wo man ihn treffen konnte. Unsere Spionage-GmbH, dachte sie. Aber sie würde doch alles tun, damit es ein vergnüglicher Abend wurde. Weiß der Himmel, es gab wenig Möglichkeiten, etwas mit Männern zu unternehmen, doch genau das traf für alle Frauen mittleren Alters zu, die ihre Männer verloren hatten. Natürlich hatte es einige ›Anträge‹ gegeben. Aber Annie war vor jemandem wie Felix Borain, einem unattraktiven, reichen, siebzigjährigen Witwer ebenso zurückgeschreckt wie vor Georges Matin, einem amüsanten, aber offensichtlich schwulen Salonlöwen. Nach Aaron waren solche Männer unter ihrer Würde. Dann war sie lieber allein.

In ihrem Apartment angelangt, gab es einiges zu erledigen. Die Post war durchzusehen, ein Brief an Sylvie zu schreiben. Sie sehnte sich nach ihrer Tochter. Sie versuchte, ihr möglichst jeden Tag zu schreiben. Aber jetzt hatte sie dafür einfach keine Zeit. Sie würde sehen, daß sie nicht zu spät nach Hause kam, und es dann noch machen.

Obwohl ihr noch nicht einmal eine knappe Stunde blieb, goß sie sich erst einmal ein großes Glas *Evian* ein und setzte sich auf ihren Lieblingsplatz. Sie wollte ein wenig an ihre Tochter denken und an deren Leben in Sylvan Glades, an ihr eigenes Leben ohne Sylvie und ohne Pangor. Ihr fehlte nicht nur ihre Tochter, sondern auch der Siamkater. Trotzdem hatte sie sich noch nicht dazu überwinden können, sich ein neues Kätzchen anzuschaffen. Typisch für mich, sagte sie sich. Der Kater ist aus dem Haus, und ich schaffe es nicht, ihn zu ersetzen. Sie trank ihr Wasser aus. Um sieben würde Chris im Russian Tearoom sein und Stuart um acht bei Petrossian. Und ich muß hin, stöhnte sie und stand auf. Für heute hatte sie Hudson nicht bestellt, also würde sie ein Taxi nehmen müssen. Hoffentlich bekam sie eins; eins, in dem es nicht stank, dessen Fahrer Englisch verstand und auf ihren Zwanziger herausgeben konnte. Also los.

Sie brauchte nie viel Zeit zum Zurechtmachen. Kurz nach halb sieben schlüpfte sie in ein Paar elfenbeinfarbene Seidenhosen und ein dazu passendes seidenes Strickoberteil. Dann öffnete sie ihr Schmuckkästchen. Von den Stükken, die ihr ihre Mutter hinterlassen hatte, waren jetzt ein paar goldene Ohrclips und eine goldene Halskette ihre Lieblingsstücke. Als sie sie anlegte und in den Spiegel sah, meinte sie fast, ihre Mutter zu sehen. Aber ich bin nicht so schön. Meine Nase ist zu lang, das Gesicht zu rund und das Kinn zu klein. Ich bin allenfalls hübsch und attraktiv. Aber heute nacht kommt es darauf an. Vielleicht bringt es was, etwas mehr Lidschatten aufzulegen. Aber ihre Augen wurden dadurch auch nicht geheimnisvoller.

Nach einem Blick auf die Uhr beeilte sie sich. Duft, Schlüssel, Handtasche. Sie zog ein beiges, zart gemustertes kimonoartiges Oberteil von Hanae Mori über und betrachtete sich zufrieden im Spiegel. Und ausziehen kann ich das alles auch immer noch. Sie lächelte sich zu und versuchte, sich selbst Mut zu machen. Ich sehe wirklich gut aus. Es war dumm von Aaron, mich zu verlassen. Passend zu ihrer positiven Einstellung kam auch gerade dann ein Taxi vorbei, als sie aus dem Haus trat. Vielleicht würde es doch ein schöner Abend werden.

Der Russian Tearoom war weihnachtlich geschmückt. Das hatte nichts mit der frühzeitigen Dekoration so vieler anderer Geschäfte in New York zu tun. Dieser Teesalon sah *immer* weihnachtlich aus, weil es dem Eigentümer so gefiel.

Zu den begehrtesten Tischen gehörten hier nicht etwa die in der Mitte des langen schmalen Restaurants, sondern die am Rand in der Nähe des Eingangs. Sehen und gesehen werden war auch hier das Wichtigste, aber der Luftzug an den Beinen war trotz der Messingdrehtür ausgesprochen unangenehm. Annie hatte deshalb nie etwas dagegen, wenn man ihr hinten einen Platz anwies. Und heute würde sie sich lediglich an die Bar setzen.

Aber Chris war bereits da und saß an einem der Vordertische. Also mußte sie die Zugluft ertragen. Annie strahlte ihn an und freute sich, als er aufstand, um sie zu begrüßen. »Wie reizend, Chris. Aber wir wollen doch nur etwas trinken. Wie hast du einen dieser Tische bekommen?«

»Vielleicht kann ich dich zu ein paar Blini überreden, du Magersüchtige.« Chris lächelte. »Und außerdem kennt man mich hier, wegen Paps.«

Natürlich. Aaron kannte alle First-class-Restaurants dieser Stadt, und es war nett, daß er Chris dort einführte. Es gehörte wohl zu den Erbrechten der Paradise, immer einen guten Tisch zu bekommen.

»Was möchtest du«, fragte Chris.

»Nur einen Weißwein, glaube ich.«

Er winkte einen Ober herbei, gab ihre Bestellung auf und nahm für sich noch ein Perrier.

»Und wie läuft es so?« wandte er sich ihr wieder zu. Seine Stimme klang für Annie übertrieben herzlich, irgendwie anders.

»Gut. Sylvie scheint es gutzugehen, und Alex hat am Samstag angerufen.«

»Mmh. Hat sonst noch jemand angerufen?«

Sie schaute ihn an. »Brenda Cushman noch.«

Er blickte sie ratlos an. »Wer?«

»Meine Freundin Brenda. Chris, was steckt hinter diesen Fragen?«

»Paps hat nicht angerufen?«

Sie spürte, wie sich ihr Magen verkrampfte, aber sie

glaubte, daß sie ihren Gesichtsausdruck unter Kontrolle behielt.

»Ma, Paps hat mich zu seiner Hochzeit eingeladen.«

Sie bemühte sich, ihre Gefühle nicht zu zeigen. »Das kann man doch erwarten. Immerhin bist du sein Sohn.«

»Sein zweiter Sohn.« Annie hatte den Eindruck, daß seine Stimme verbittert klang. »Hat er angerufen und dich informiert?«

Schon immer hatte sie sich vor diesem Augenblick gefürchtet. Sie wollte keinen ihrer Söhne in ihre ganz private Angelegenheit mit Aaron hineinziehen oder ihn vor den Kindern anschwärzen. Das wäre verabscheuenswürdig. Sie lächelte. »Nein, aber das braucht er auch nicht. Wir sind geschieden. Er kann tun und lassen, was er will...«

»Ma, laß gut sein! Hör auf, ihn in Schutz zu nehmen«, fiel Chris ihr ins Wort. »Hör auf, immer so verdammt fair zu sein.« Er blickte weg, riß sich zusammen und wandte sich ihr wieder zu. »Du solltest wissen, daß ich kein kleines Kind mehr bin. Ich habe ein Recht zu wissen, was da vorgeht!«

»Aber gewiß doch. Allem Anschein nach wird dein Vater wieder heiraten.«

»Ja, deine Therapeutin.«

Annies Augenlider zuckten. »Ich habe die Behandlung bei Frau Dr. Rosen schon vor langem abgebrochen.«

»Du liebe Güte, Ma.« Seufzend schüttelte Chris den Kopf. »Ich versuche herauszufinden, wie ich zu der ganzen Sache stehe, und du willst mir dabei nicht helfen.«

»Ich habe eher den Eindruck, daß du versuchst herauszufinden, wie ich zu dieser Sache stehe.«

»Ja, das gehört dazu, Ma. Mir hat einiges an Paps Verhalten bei der Arbeit nicht so recht gefallen. Er ist...« Chris hielt inne. Man konnte seinen Schmerz spüren.

Er ist loyal, dachte Annie, loyal gegenüber seiner Schwester, mir und gegenüber seinem Vater. War es überhaupt möglich, allen gegenüber gleichermaßen loyal zu sein, oder würde ihn das zerreißen? Glücklicher Alex, der von alldem weit entfernt war. Alex war eher so wie Aaron, Chris dagegen mehr so wie sie selbst. Diese Erkenntnis gab ihr einen Ruck.

»Paps ist härter, als ich dachte«, fuhr Chris schließlich fort.

»Ohne Härte kann man kein Geschäft führen, Chris.«

»Er stellt Onkel Jerry bloß. Vor den übrigen Angestellten. Er macht ihm Vorwürfe, auch wenn er keine Schuld hat.«

»Probleme unter Partnern sind keine Seltenheit.«

»Ich habe den Eindruck, als ob Paps keinen Wert mehr auf eine Partnerschaft mit Jerry legt. Wäre es dann nicht besser, wenn er es offen sagen würde?«

Er schwieg und ergriff ihre Hand. »Ma, ich war ja auch auf Alex' Examensfeier. Ich habe euch beide gesehen, Paps und dich, wie ihr Händchen gehalten habt. Und dann im Hotel.« Er seufzte. »Ma, ich bin mit jemandem befreundet. Mit einer Frau, die ich wohl wirklich lieben könnte. Das hat mich wohl auch etwas, ja, sensibler gegenüber derartigen Dingen gemacht. Deshalb weiß ich auch, was zwischen dir und Paps damals in Boston in der Luft lag. Ich war wohl nicht nur kindisch, wenn ich damals gedacht habe, daß ihr beide wieder zusammenkommen würdet.«

Annie spürte, daß ihre Lippen zitterten. In dieser Scheißwelt war es nicht möglich, irgend jemanden beschützen zu wollen. »Nein, du warst nicht kindisch.«

»Aber es ging nicht?«

»Nein.«

»Aber hat Paps sich denn wirklich wie ein absolutes Arschloch benommen?«

Lieber Gott. Was sollte sie darauf sagen? Wie war es möglich, allen gegenüber fair zu bleiben, sich selbst eingeschlossen?

»Niemand ist ein absolutes was auch immer, Chris.« Etwas Besseres fiel ihr im Augenblick nicht ein. Und vielleicht war es auch gut genug. »Geh zur Hochzeit deines Vaters, wenn es dir möglich ist. Er ist kein Monster.« Sie fühlte sich erschöpft. Der Gedanke an das Abendessen mit Stuart Swann war mehr, als sie zu ertragen meinte. Sie holte tief Luft.

»Und jetzt muß ich gehen. Ich habe nämlich eine Verabredung.«

»Genau wie ich, Ma. Und ich wollte, daß du sie kennenlernst.« Er wandte sich einer Frau an der Bar zu, einer wirklichen Frau, kein junges Mädchen oder eine Studentin, wie Annie mit Verblüffung konstatierte. Sie mußte zehn Jahre älter sein als er! Aber, und auch das sah sie augenblicklich, sie machte einen angenehmen Eindruck. Sie schien eine in sich ruhende, exquisite Persönlichkeit zu sein, wie sie Annie Chris eigentlich nicht zugetraut hatte.

Sie hatte dunkles Haar und dunkle Augen. Sie trat an ihren Tisch. Ihr zögerndes, freundliches Lächeln offenbarte einige feine Fältchen um die Augen.

»Mrs. Paradise?«

»Annie.«

»Annie, wir haben uns letztes Weihnachten kennengelernt. Ich bin Karen Palinsky.« Sie glitt auf die Bank neben Chris, und er nahm ihre Hand.

Ja. Jetzt erkannte Annie sie. Sie war eine von Aarons Angestellten. »Ich erinnere mich an Sie. Schön, Sie wiederzusehen.« Karen sah noch besser, weicher aus als bei ihrem letzten Treffen.

»Mrs. Paradise, Annie, ich möchte Ihnen eigentlich danken, dafür, daß Sie einen so wunderbaren Mann aufgezogen haben.« Karen wandte sich lächelnd zu Chris.

»Ach wo«, entgegnete er.

»Doch, wirklich. Man trifft nicht so oft einen Mann, der offen, entgegenkommend und kein Frauenhasser ist.«

»Wirklich?« fragte Annie.

»Sie waren nicht lange Single, stimmt's?« Karen lachte. »Oder Sie haben Glück gehabt.«

»Glück? Na ja, vielleicht.« Annie war etwas verwirrt. »Aber jetzt muß ich gehen. Wie ich sehe, Chris, lasse ich dich in guten Händen.« Sie gab ihm einen Abschiedskuß.

Zehn Minuten später betrat sie das barocke, extravagante Gebäude in der 58. Straße, in dem sich das Petrossian befand. Erst vor wenigen Jahren hatte man es von Grund auf renoviert, und jetzt beherbergte es eines der elegantesten Kaviar-Restaurants dieser Stadt.

Hoffentlich verspätete sich Stuart nicht, aber wenn er sogar zu Cynthias Beerdigung zu spät kommen konnte... Annie hatte noch nie gerne allein in einer Bar gesessen. Nicht genug Selbstvertrauen, nahm sie an. Dr. Rosen hatte schon recht gehabt. Aber daran wollte sie heute nicht denken. Sie war auch so schon nervös genug, mit ihren Mata-Hari-Ambitionen. Das Treffen mit Chris hatte sie aufgewühlt, und sie versuchte, es aus den Gedanken zu verbannen. Falls Stuart noch nicht da sein sollte, würde sie sich einfach einen Campari bestellen und ihre manikürten Fingernägel betrachten. Aber Stuart war schon da und hatte sich einen Drink bestellt. Er stand auf und lächelte. Kurze Umarmung zur Begrüßung.

»Du siehst einfach wundervoll aus, meine Liebe.« Er musterte sie aufmerksam. »Ich freue mich wirklich, daß wir uns einmal wiedersehen.«

»Ich freue mich auch, Stuart.« Annie erwiderte seinen Blick. Er sah immer noch gut aus, auf seine etwas strubbelige Art. Zwar hatte er etwas zugenommen, aber wer tat das nicht. Seine Haare, Augenbrauen und Wimpern waren von der gleichen hellbraunen Farbe wie bei Cynthia. Er hatte die gleichen feinen Sommersprossen und die braunen Augen, allerdings mit einem Gelbton und kleinen farbigen Sprenkeln in der Iris. Sprenkelauge, ja, so hatte sie ihn früher genannt. Annie lächelte. Ja, vielleicht wurde dies *wirklich* noch ganz nett.

»Ich danke dir, daß du gekommen bist. Ich sehe dich viel zu selten.« Er schwieg kurz. »Und das letzte Mal, auf dem Friedhof, war einfach furchtbar. Ich war völlig fertig. Wie der Teufel bin ich von Tokio rübergejagt, nur um zu spät zu kommen. Dieser verfluchte Gil. Aber es war gut, dich dort wiederzusehen.« Er nahm einen Schluck von seinem Drink, etwas Farbloses mit Eiswürfeln. »Ich weiß, ich habe mich an dem Tag danebenbenommen. Der Schock und dann der Jetlag. Außerdem war das Ganze so unglaublich – keiner, der sich im geringsten etwas aus meiner Schwester machte, nur du. Nur du warst irgendwie wirklich, und dein Gefühl für sie war echt.« Stuart schwieg.

»Stuart, du brauchst dich nicht zu entschuldigen...« Da

kam der Ober. »Guten Abend, Madam, möchten Sie etwas trinken?«

»Ja, einen Campari Soda bitte.«

»Und ich möchte bitte noch so einen, am besten gleich einen Doppelten.« Und zu Annie meinte er: »Wenn es dir recht ist, könnten wir mit dem ›Salat des Hauses‹ beginnen.«

Sie war einverstanden. Wieviel er wohl schon getrunken hatte? Gin oder Wodka? Wahrscheinlich Gin. Sie runzelte die Augenbrauen. Hör auf, rief sie sich zur Ordnung.

»Und wie war es so bei dir? Gut zehn Jahre her, daß wir uns gesehen haben, abgesehen vom Begräbnis.«

»Nicht ganz. Wir haben uns auf Carlas Beerdigung gesehen und dann in Vail. Erinnerst du dich?« Er war mit seiner zweiten Frau dort gewesen. Sturzbetrunken hatte er vor *Cookie's*, dem schicken Après-Ski-Treff gestanden. Ja, wirklich sehr betrunken.

»Nein. Wirklich? Wahrscheinlich hast du recht.« Er lächelte. Beide schwiegen einen Augenblick. Verstohlen warf sie einen Blick auf sein Gesicht. Säcke unter den Augen. Sie seufzte und kam sich wie ein Reifen vor, dem langsam die Luft entwich. Das ist meine Hoffnung, die sich da verflüchtigt, dachte sie. Aber zumindest konnte sie noch versuchen, etwas zu erfahren, bevor ihr die Luft ganz ausging.

»Und wie geht es mit der Arbeit?« fragte sie so beiläufig wie möglich.

»Ach, so wie immer. Nichts, über das es sich zu berichten lohnt.«

»Es muß doch spannend sein, mit diesen Übernahmen und so großen Geschäften zu tun zu haben.« Du liebe Güte, ich höre mich an wie in einem Schmachtfetzen. Als nächstes nenne ich ihn noch einen großen, starken Mann.

Stuart schien nichts aufzufallen. »Nicht sonderlich aufregend, wirklich.«

»Wen habt ihr als nächstes zur Übernahme aufs Korn genommen? Oder darfst du darüber nicht reden?« Diese Aushorchversuche verursachten ihr ein schlechtes Gewissen.

Stuart merkte auf. »Bist du auf der Suche nach einem Tip, Annie? Brauchst du Geld?«

Sie wurde rot. Wie furchtbar. »O nein, keineswegs. Ich bin gut versorgt.«

»Und du hast auch nicht vor, ein bißchen dein Glück zu versuchen? Das ist nichts für kleine Investitionen. Das kannst du mir glauben. Ich muß es wissen.«

»Sind das wirklich alles so krumme Geschäfte, wie immer behauptet wird?« Hoffentlich fragte er nicht gleich, wer so etwas behauptete.

»Sagen wir, ein Außenseiter hat keine Chance. Und wenn er groß einsteigt, dann ist er fertig. Schau, was mit Milken passiert ist. Er wurde regelrecht ausgenommen. Er hatte zu viele von den *wirklich* Einflußreichen vergrault.« Stuart bestellte noch einen Drink.

»Also sollte ich am besten überhaupt keine Investitionen tätigen?«

Stuart schwieg kurz. »Na ja. Eigentlich darf ich nichts sagen, aber Gil Griffin macht sich an Mitsui Shipping heran. Wenn er es bekommt, werden die Aktien steigen. Davon kannst du einige kaufen, wenn du unbedingt willst. Aber gib dafür nur das aus, was du dir zu verlieren leisten kannst.«

»Macht es Spaß, mit Gil zu arbeiten?« Sie wurde rot. Sie mußte mit diesem naiven Getue aufhören.

Aber Stuart merkte nichts, er schnaubte nur. »Ja, wenn man davor als Prometheus gearbeitet hat. Gil hackt nur einmal in der Woche auf meine Leber ein.«

»So schlimm?«

»Wollen wir nicht über etwas anderes reden?«

»Hat er immer noch diesen XK?«

»Machst du Witze? Das ist sein ein und alles.«

»Wo parkt er ihn immer?«

»Im Büro.«

Annie lachte auf. »Wirklich?« hakte sie nach.

»Annie, was soll das ganze Gefrage nach Gil Griffin? Bist du verliebt?«

Annie war perplex. »Nein, natürlich nicht. Im Gegenteil... Ich...« Verwirrt hielt sie inne.

Stuart nickte und blickte sie scharf an. »Also, was ist mit Gil? Du hast doch nicht etwa vor, dich mit ihm anzulegen?«

»Nun ja...«

»Annie, sei nicht verrückt. Er ist kein menschliches Wesen. Laß ihn in Ruhe. Weißt du, daß er mir nichts gesagt hat, als Cynthia gestorben war? Wenn meine Sekretärin mir kein Beileidstelegramm geschickt hätte, hätte ich überhaupt nichts gewußt.«

»Das ist unglaublich.«

»Am besten denkst du nicht einmal daran, ihm in die Quere zu kommen. Er ist schlimmer als eine Kobra und unbesiegbar. Und das Weib, das er geheiratet hat, ist fast genauso schlimm. Da hat der eine den anderen verdient.« Er nahm einen Schluck. »Du mußt über Gil unbedingt eins wissen: Er braucht es, andere fertigzumachen. Er steht wie unter Zwang.«

Annie lief nun doch ein Schauer über den Rücken. Ihr war kalt, aber sie hatte keine Angst. Das war die melodramatische Übertreibung eines Betrunkenen. »Ach geh, Stuart. Ist dieses Fertigmachen nicht eher ein Nebeneffekt seines rücksichtslosen Willens? Immerhin habe ich den Mann gekannt. Er ist unreif und selbstsüchtig, aber er ist nicht der Teufel.«

»O nein, hier liegst du falsch.« Er winkte dem Ober, um sich noch einen einschenken zu lassen. »Ich bin kein Psychiater, aber dieser Mann ist irgendwie total verkorkst. Es ist mir noch nie jemand so unheimlich gewesen wie er. Wenn man ihm in die Augen schaut, Annie, dann ist da nichts. Nichts.«

»Du meinst, er hat keine Seele? Aber Stuart...«

»Hör mir zu. Ich habe keine Ahnung von Gott. Wer hat das schon? Aber da gibt es das Licht. Verstehst du? Die lenkende Kraft. Und in Gil Griffins Augen ist kein Licht. Nur Dunkelheit.«

Annie versuchte ruhig zu bleiben. Auf was ließen sie sich da ein? Sagte Stuart die Wahrheit, oder war er nur ein verbitterter, verängstigter Trinker, der seine eigene Schwäche durch Übertreibung der Stärke seines Feindes zu entschuldigen suchte?

Der Ober kam, um ihre weiteren Bestellungen aufzunehmen. Annie nahm Kaviar und dazu Eigelb mit Toast. So mochte sie ihn am liebsten. Bloß nicht mit Blinis oder gar Kartoffeln.

»Und ich nehme das Pfeffersteak, zusammen mit noch einem Doppelten.«

Beide schwiegen eine Weile, verlegen und niedergeschlagen.

»Wie geht es deiner Tochter?« kam es dann plötzlich von Stuart. »Du sagtest, daß sie jetzt eine neue Schule besucht.«

»Sie gewöhnt sich ein. Es geht ihr gut.« Annie fühlte sich wie zugeschnürt. Hoffentlich ging es Sylvie gut. Ihr selbst ganz und gar nicht. Aaron heiratete wieder, Gil war ein unbesiegbares Monster und Stuart ein Trinker und ganz bestimmt nicht der Richtige für sie. Sie hörte sich aufseufzen und bemerkte entsetzt, daß ihr die Tränen in die Augen traten.

Stuart tätschelte ihr die Hand. »Und was ist mit Aaron? Bist du inzwischen darüber hinweg?«

Abrupt entzog ihm Annie ihre Hand. »Bitte, laß uns weder von ihm noch von Gil Griffin sprechen. Schau, da kommt unser Essen.«

Es war letztlich doch kein so übler Abend geworden, dachte Annie, als sie ihre Wohnung betrat. Es war immer ein Vergnügen, mit Chris zusammenzusein, trotz seiner Neuigkeiten und dem Schock, daß eine Frau in sein Leben getreten war. Und nachdem sie Stuart nicht mehr als Kandidaten gesehen hatte, war er ein charmanter Plauderer gewesen. Er konnte ganz amüsant sein, auch wenn er nicht mehr nüchtern war. Und vielleicht läßt sich ja auch mit der Information über Mitsui Shipping etwas anfangen. Es könnte Elise und Brenda interessieren. Trotz ihrer Enttäuschung fühlte sie sich wohl. Sie würde den beiden anderen von Mitsui erzählen, aber nicht von Aarons Hochzeit. Das brachte sie nicht über sich. Noch nicht.

Im Vorraum zog sie das Kimono-Oberteil aus. Die Post lag immer noch da. Sie griff sie sich und nahm sie mit ins Schlafzimmer.

Sie schleuderte die Schuhe von den Füßen und legte sich aufs Bett, diesmal ausnahmsweise ohne Rücksicht auf die

Überdecke. Schnell ging sie die Post durch. Ein paar Rechnungen, ein Schreiben von ihrer Tante, ein paar Kataloge. Und ein Auszug der Mündelgeldanlage bei Federated Funds Douglas Witter. Annie nahm ihn mit einem Seufzer aus dem Umschlag, warf einen Blick darauf und legte ihn beiseite. Dann stutzte sie und sah ihn sich noch einmal an. Er wies eine Abhebung aus. Eine große. Sie betraf fast den gesamten Betrag, mitsamt der Sicherheitsmarge. Was, zum Teufel, sollte das bedeuten? Da mußte ein Irrtum vorliegen. Sie überprüfte den Namen und die Kontonummer. Was ging da vor?

Sie fuhr hoch und griff zum Telefon. Es war zwar eine halbe Stunde vor Mitternacht und vielleicht nicht ganz passend, aber sie wollte sofort herausfinden, wer, verdammt noch mal, veranlaßt hatte, daß dafür lauter Morty-Aktien gekauft worden waren. Sie fand die Privatnummer ihres Finanzmaklers. Ihr Herz pochte. Diesen Transaktionen hatte sie nicht zugestimmt. Das mußte ein Irrtum sein.

7

Larry Cochran

Larry stieg aus der engen Wanne in seiner Küche. »In New York baden nur die Ärmsten der Armen in der Küche.« Diese Feststellung traf er stets nach Benutzung der alten gußeisernen Wanne mit der Handdusche. Seine Wohnung hatte ein Zimmer von 3,50 mal 3,50 m nach vorne heraus, eine Küche mit Wanne und alten Einbauschränken mit Hunderten von Generationen von Küchenschaben, einen winzigen Raum zum Luftschacht hinaus und ein WC in einem Schrank. Waschen und Rasieren erledigte er am Küchenwaschbecken. Und diese ganze Pracht kostete ihn lediglich eintausendzweihundert Dollar pro Monat.

In seinem Innersten rangen Selbstmitleid und Panik miteinander. In diesem Monat hatte er keine eintausendzweihundert Dollar verdient. Seit seinem Zusammentreffen mit Elise Elliot war in seinem Schreiben eine dramatische Wende eingetreten. Er war regelrecht besessen. Die Zeit war in einem Fieber der Schaffensfreude verflogen. Jetzt hatte er endlich eine konkrete Vorstellung für ein Drehbuch zu einem Film, in dem Elise die Hauptrolle spielte. Er schrieb Tag und Nacht, ohne an irgend etwas anderes zu denken. Weder an seinen Presseausweis, der demnächst wieder einmal ungültig werden würde, noch daran, wovon er seine nächste Miete bezahlen sollte.

Normalerweise gelang es ihm, seinen bescheidenen Bedürfnissen damit zu genügen, daß er lediglich einige Aufnahmen von ein paar Berühmtheiten mit leeren Augen machte und diese an Illustrierte und Klatschblätter verkaufte. Aber er war so besessen gewesen mit Elise und dem Drehbuch, daß er überhaupt nicht an Geld gedacht hatte, bis nun die Mietforderung eingetroffen war. Und Mr. Paley, der Vermieter, war nur zu sehr geneigt, säumige Mieter hinauszusetzen, um so die festgelegten Mietraten weiter steigern zu können, und deshalb alles andere als nachsichtig.

Dieses Drehbuch war gut. Wirklich. Er wußte es. In den letzten Jahren hatte er bereits drei Drehbücher geschrieben, aber das war nur kommerzieller Ramsch gewesen, das heißt, wenn überhaupt.

Auf jeden Fall nicht kommerziell genug, wie er sich sagen mußte. Keines davon hatte den richtigen Biß. Er hatte noch nicht einmal einen Agenten. Was tut man, wenn man pleite ist und einem keiner sein Produkt abnimmt? Diese Frage stellte er sich, als er sich mit dem dünnen, zerrissenen Handtuch abzutrocknen begann. Man wendet sich wieder der Kunst zu. Er schüttelte den Kopf, während er seinen langen, mageren Körper abrieb. Zurück zur Bohème. In den Hafen der Versager.

Mit bloßen Füßen trat er hinüber in seine Schlafecke mit dem schmalen Bett und griff hinauf zu den Kleidern, die darüber an einem Besenstiel hingen, eine Einrichtung, die er seinen Kleiderschrank nannte. Er zog die uralten Stücke herab, die zu seinem besseren Outfit gehörten. So wie er in letzter Zeit die Armut seines Apartments wahrnahm, registrierte er jetzt auch seinen Blazer und die grauen Hosen als das, was sie wirklich waren: abgetragen, abgewetzt und ausgefranst. Das ist einfach kein Leben. Dieser Gedanke verfolgte ihn seit seinem Beisammensein mit Elise.

Er nahm auch ein blaues Oxfordhemd herunter, schnupperte an den Achseln, um zu testen, ob er es noch einmal tragen konnte, und schnitt ein paar Fäden am Hemdkragen ab. Die Mokkassinschuhe waren abgetragen und brauchten neue Absätze. Dazu nahm er einen Gürtel aus schwarzem Schlangenleder, das Geschenk einer früheren Freundin, die ihn mit Angestelltenrabatt bei Bloomingdale's erstanden hatte, als sie dort in der Weihnachtszeit jobbte. Wie lange war das inzwischen her? Drei, vier Jahre? Du meine Güte, seit vier Jahren habe ich mir nicht einmal einen Gürtel gekauft!

Er nahm seine Uhr vom Waschbeckenrand, sie glitt ihm aus den Fingern, fiel hin. Na wunderbar, genau das hatte ihm noch gefehlt. Doch sie tickte noch. Es war schon fünf nach fünf, und er hatte Asa versprochen, um sechs Uhr da zu sein. Verdammt, wenn er schon seinen besten Freund anpumpen mußte, dann konnte er dabei zumindest pünktlich sein.

Er stürmte aus dem Apartment, drehte aber doch den Schlüssel im Doppelschloß. Ein Witz! Was hatte er schon zu beschützen? Einen kaputten Fernseher, dessen Reparatur er sich nicht leisten konnte, und einen alten Plattenspieler. Wer hatte heute noch einen Plattenspieler? CDs waren angesagt. Ich bin so weg vom Fenster, daß ich noch nicht einmal einen Kassettenrecorder habe, der inzwischen auch schon wieder out wäre. Eine ganze technische Generation habe ich verpaßt.

Der Hausflur war schlecht beleuchtet, der Dielenboden knarrte, was allerdings in dem Geschrei aus der Wohnung des Vermieters unterging. Rosie hatte wieder einmal getankt. Sie würde ihm demnach weder heute noch morgen wegen der Miete kommen. Mit etwas Glück hielt der Rausch drei Tage vor.

Draußen fühlte er sich gleich besser, gleichsam der bedrükkenden Armut entkommen. Herbst in New York. Die Gingko-Bäume entlang der York Avenue überschütteten den Bürgersteig mit kleinen gelben Fächern. Im Bus dachte er an seine Finanzlage. Seine Ressourcen bestanden aus 324 Dollar auf dem Konto und 47 Dollar in seiner Tasche. Das war's. Seine Mutter lebte in Missouri von ihrer Lehrerinnenrente. Er wußte, daß sie etwas sparte, aber er hatte sich nach dem Abitur geschworen, niemals auch nur einen Pfennig von ihr anzunehmen. Sein Vater hatte die Familie verlassen, als Larry noch ein Baby gewesen war. Eines Tages würde er ihr Geld geben, statt welches zu nehmen. Aber was sollte er tun? Seine Kreditkarten waren bis über die Dispo-Grenze belastet. Asa war seine letzte Hoffnung, bis das Geld von *People* einging. Er stöhnte auf, als er daran denken mußte, wie schmerzlich ihm der Verkauf des Fotos von Elise gewesen war.

Zuerst hatte er nicht daran gedacht, jemals eine Aufnahme von ihr verkaufen zu wollen. Niemals. Aber in seiner verzweifelten Lage hatte er es dann doch getan. Es war ihm wie ein Verrat vorgekommen, nachdem er nun nicht mehr nur ihr Bild liebte, sondern sie persönlich. Er liebte sie wirklich. Er hatte die Aufnahmen von ihr vergrößert und in seiner ganzen Wohnung aufgehängt. Immer wieder rief er sich jeden Augenblick in Zimmer 705 ins Gedächtnis zurück. Er unterbrach sein Schreiben nur, um ihre Filme anzusehen, wenn sie wieder einmal irgendwo in einem Programmkino gespielt wurden. Er liebte sie, und seine Arbeit war der Beweis dafür.

Er begann sich zu überlegen, wie er Asa wegen einer Anleihe angehen konnte. Schließlich hatten sie das beide gegenseitig immer wieder so gehalten, als sie noch gemeinsam auf dem College gewesen waren und auch später noch. Aber sie hatten sich nie etwas über einen längeren Zeitraum geborgt. Asa konnte sich mit seinem mageren Gehalt vom *Wall Street Journal* über Wasser halten, und Larry war mit den gelegentlichen Verkäufen seiner Aufnahmen auch zurechtgekommen. Bisher hatte es geklappt, nicht gerade großartig, aber es funktionierte.

Doch jetzt ging es nicht mehr. Larry war es leid. Seit fünf Jahren nicht mehr auf der Schulbank, und er fühlte sich immer noch wie ein abgebrannter Student. Ohne Rücklagen, ohne Besitz, ohne irgend etwas zu verkaufen. Abgesehen von dem Foto von Elise.

Himmel, ja! Er hätte diese Woche wieder unterwegs sein müssen. Aber es war ihm zuwider, dieses Lauern auf die Großen, die Möchtegerns und ihre Mitläufer. Er hatte sich einfach nicht dazu überwinden können. Abgesehen davon, daß sein Schreiben ihn gefangen gehalten hatte. Es war so glatt, so leicht gegangen.

Larry verstand etwas von Frauen, von Frauen, die etwas wert waren – und einsam. Schließlich war er von einer solchen aufgezogen worden. Und sein Drehbuch mit der Geschichte einer einsamen, geheimnisvollen Frau kam richtig gut voran. Er wagte es nicht, die Arbeit zu unterbrechen, um nicht die Magie zu zerstören und die Vision zu vertreiben. Er mußte unbedingt Asa anzapfen, um die Zeit bis zu dem *People*-Scheck überbrücken zu können.

An der Fifth Avenue stieg er um. Er würde Asa auf der Eröffnung irgend so einer öden Ausstellung treffen. Asa hatte darauf bestanden. Er hatte Einladungen für sie beide. Wer weiß? Mit ein bißchen Glück konnte er ein paar Fotos schießen und etwas leihen.

Von der Bushaltestelle an der 75. Straße waren es nur noch ein paar Schritte.

Im Aufzug hatte er noch Zeit für ein kurzes Stoßgebet. Bitte, Asa, leih mir wenigstens so viel, daß ich meine Miete bezahlen kann, wenigstens noch bis Ende Oktober. Dann habe ich das Stück fertig, und das Geld für das Foto ist auch da. Ich bin so blank. Aber das Stück ist wirklich Klasse. Das habe ich noch nie von einem meiner Stücke gesagt.

Und wenn du mir etwas leihst, dann geh' ich los und mache Aufnahmen von jedem berühmten Idioten, der in New York rumläuft. Versprochen!

8

West 75. Straße

Als Annie in Elises Gemeinschaftsbüro im Rockefeller Plaza eintraf, wartete Brenda bereits am Informationsschalter in der Eingangshalle auf sie. »Elises Büro ist im 39. Stock«, teilte sie ihr mit.

Das Gebäude war der Mittelpunkt des Rockefeller Centers, ein perfektes Beispiel für die Art-déco-Architektur New Yorks.

Elise schien bester Laune, als sie angerufen hatte. Für eine Frau, die mitten in ihrer Scheidung steckte, war die Laune fast zu gut. Hoffentlich hatte sie nicht wieder getrunken. Auch wenn es nicht nett war, darüber zu sprechen, so wußte doch jeder, daß Elise trank, selbst wenn es seit dem letzten gemeinsamen Mittagessen ein bißchen weniger geworden zu sein schien. Nun ja, mitunter half gerade ein Schock – eine Scheidung etwa –, den Leuten, sich wieder in den Griff zu bekommen. Und so eine verschworene Gemeinschaft wie ihre kleine Gruppe konnte auch eine Hilfe sein. Wie auch immer, Annie hoffte jedenfalls, daß es sich für Elise zum Guten wenden würde. Und sie hoffte auch – nein, betete darum –, daß dies auch bei ihr der Fall sein möge.

Gerade jetzt belastete sie die Aufregung mit dem Treuhandfonds. John Reamer wußte nicht das geringste von der ganzen Transaktion. Dann hatte sie versucht, Aaron zu erreichen, aber er rief einfach nicht zurück. Sie nahm an, daß ihr Versicherungsmakler das alles wieder zurechtrücken konnte, aber sie war trotzdem nervös. Brenda riß sie aus ihren Gedanken. »Wir sind da.«

Die Türen des Aufzugs glitten auseinander und gaben den Blick frei auf Elise, die sie bereits am Empfang erwartete. »Schön, daß ihr so pünktlich seid. Kommt in mein Büro.«

»Wow.« Diesmal verschlug es sogar Brenda die Sprache. Das Fenster hinter Elises Schreibtisch bot eine Aussicht über den ganzen Central Park und noch weiter nach Norden, so weit das Auge reichte.

»Einfach wundervoll«, hauchte Annie. »Welch ein Blick. Wie auf einer Wolke.«

»Laßt uns die Sitzung eröffnen«, schlug Elise vor.

»Heute mache ich die Eröffnung«, warf Brenda ein. »Ich habe ein paar Neuigkeiten. Angela hat mir erzählt, daß Shelby von der Junior League eine Abfuhr erhalten hat und jetzt eine Stinkwut auf Morty hat.«

»Warum auf Morty?« fragte Annie.

»Sie meint, daß man sie wegen seiner jüdischen Vorfahren abgelehnt hat.« Brenda kriegte sich fast nicht mehr ein vor Lachen. »Er mußte ihr versprechen, mit ihr im Herbst nach Aruba zu fliegen. Als Trostpflaster.«

Elise lächelte, zog ihr Notizbuch hervor und strich diesen Punkt aus. »Ich habe auch etwas erfahren. Leider hat Gil von der Eigentümergemeinschaft des Hauses in der Fifth Avenue bereits eine Zusage erhalten. Lally war da nicht sehr hilfsbereit. Dafür ist bereits seit fünf Jahren die Börsenaufsicht hinter ihm her. Ein gewisser De Los Santos befaßt sich damit.«

»Warum hat man ihn bisher nicht belangt?« fragte Brenda.

»Wer weiß? Vielleicht gab es keine Beweise, vielleicht aber hat Gil sich auch freikaufen können. Annie, ich glaube, du solltest einmal Mr. De Los Santos von der Börsenaufsicht aufsuchen.«

»Warum ich?« Erschrocken mußte Annie an Sylvies Konto denken.

»Du bist Cynthias beste Freundin gewesen. Vielleicht solltest du ihm Cynthias Brief zeigen. Stell fest, was er taugt. Vielleicht ist er auch von Gil gekauft. Und wenn nicht, dann kann er uns vielleicht helfen oder wir ihm. Versuch es herauszufinden.«

»Mach' ich. Und wie steht es mit Bill?«

Annie konnte sehen, wie Elises Gehirn arbeitete. »Brenda, wäre es möglich, über Angela an Kopien von Bills Honorarrechnungen an seine Klienten heranzukommen? Hat sie nicht im Sommer bei Cromwell Reed gearbeitet?«

»Ja, sie hat dort ein Praktikum gemacht. Mit einer der Sekretärinnen ist sie befreundet. Aber sonst weiß ich nichts. Warum?«

»Ich möchte deine Tochter zwar keinem Risiko aussetzen, aber ich hätte da eine Idee. Aber wir wollen erst darüber reden, wenn wir wissen, ob wir an die Honorarrechnungen herankommen.«

»Abgemacht.«

Dann wandten beide Frauen sich Annie zu. »Was ist mit Aaron? Ist dir etwas eingefallen?« Bei der Erwähnung seines Namens fiel Annie ein, daß sie nochmals versuchen wollte, ihn anzurufen. »Noch nicht«, entgegnete sie. Sie konnte nicht zugeben, daß sie jede Nacht von ihm träumte. Es war ihr einfach zu peinlich.

Sie merkte, wie Elise und Brenda sich ansahen und die Augenbrauen hochzogen. »Sieh zu, daß du etwas findest«, wies Elise sie an. »Denk daran, Aaron ist zwar zurückgestellt, aber nicht ganz ausgeklammert.«

»Erzähl, wie war das Abendessen mit Stuart«, wollte Brenda wissen. Annie berichtete und hob dabei Stuarts Warnungen hervor. Aber anstatt daß es sie ängstigte, schien das Gesagte Elise erst recht in Fahrt zu bringen. »Aber das ist ja wunderbar, Herzchen. Mitsui Shipping. Ich werde mich gleich darum kümmern.«

Annie zögerte. »Denk bloß an Stuarts Warnung«, versuchte sie Elise zu bremsen.

»Annie, ich bitte dich«, tadelte Brenda sie. »Stuart ist eine Flasche.«

»Und denk daran, Annie, Aaron ist nicht vergessen, sondern nur als letzter dran.« Mit dieser Mahnung erhoben sie sich, um gemeinsam in Elises Limousine zum Mittagessen in ein reizendes kleines Bistro zu fahren.

In der West 75. Straße vibrierten Shelby Symingtons Nerven. Sie würde es zwar natürlich niemals zugeben, aber die Eröffnung einer eigenen Galerie war schon eine riesige Sache. Und dies war keine von den Galerien in irgendwelchen düsteren Kellerlöchern, sondern in einer Gegend, wo die Großen zu Hause waren.

Sei konnte es nicht erwarten, wer alles kommen würde. Sie täten *alle* gut daran zu kommen. Sie war so vielen Widerlingen um den Bart gegangen; dabei verabscheute sie diese Typen. In Atlanta, wo sie zu Hause war, standen die Leute Schlange, um ihr zu schmeicheln. Ihre Familie regierte seit gut fünf Generationen die Stadt, und im Süden gab es niemanden, der irgend etwas zählte, mit dem sie nicht verwandt oder verschwägert war.

Aber in New York lagen die Dinge anders. Das war die richtig große Welt. In Atlanta war es ihr zu eng geworden. Shelbys Ambitionen übertrafen ihr Portemonnaie noch bei weitem. Aber sie hatte schon gelernt, daß diese große Welt voller Leute war, die zwar Geld, aber keinerlei Geschmack besaßen. Es würde ihr also ein Vergnügen sein, sie ein wenig zugunsten des letzteren von ersterem zu erleichtern.

Nur die Sache mit der Junior League lag ihr ein wenig auf dem Magen. Wie kamen sie dazu, eine Symington abzuweisen? Ihre Mutter würde schockiert sein und dann wieder anfangen, auf diesem Aufsteiger herumzuhacken, wie sie Morty zu nennen beliebte. Aber sie wußte auch, daß ihre Mutter bestimmt einige ihrer Freunde dazu überreden konnte, hier vorbeizuschauen, und das würde mit ziemlicher Sicherheit der Galerie einen Platz in den Gesellschaftsspalten garantieren.

Seit ihrer Hochzeit mit Morton hatte sie die Kunstszene mit Tausenden kleiner Gefälligkeiten unterstützt, Angehörige der Gesellschaft mit vielversprechenden jungen Künstlern zusammengebracht, bevor diese sich einen Namen gemacht hatten, Geld an junge Talente und Galeriebesitzer verliehen. Und jetzt war es an der Zeit, daß sich das auszahlte, und sie alle täten wirklich gut daran, hier zu erscheinen. Wenn sie nur sicher sein könnte, daß auch Jon Rosen kam.

Rosen war ohne Zweifel der einflußreichste Kunstkritiker New Yorks, vielleicht des ganzen Landes. Er schrieb für *Art World* und gehörte jedem Preiskomitee dieses Staates an. Aber dieser Rosen war ein Meckerer, ein hochnäsiger Misanthrop, der sich gerne allen anderen gegenüber überlegen vorkam. Und außerdem war er ein geiler Bock, ständig auf Beute aus.

Shelby war sich im klaren darüber, daß es bei ihrem Mann einige Minuspunkte gab. Promiskuität gehörte jedoch nicht dazu. Im Bett war er einfallslos und recht selbstsüchtig, aber sie brauchte zumindest nicht zu befürchten, ihn dort einmal mit einer anderen zu überraschen. Shelby konnte sich sehr wohl vorstellen, selbst eine kleine Affäre zu haben – was war da schon Schlimmes daran? Aber wehe, wenn es einem Mann einfallen sollte, sie zu hintergehen. Es war verdammt mühsam gewesen, Morton ins Bett zu bekommen, und sie hatte sich darauf auch nur eingelassen, um den Handel perfekt zu machen. Er würde mit sonst niemandem ins Bett steigen, da hatte sie ein Auge drauf. Es war alles andere als leicht, in New York einen reichen Mann an Land zu ziehen, vor allem einen, der so dankbar war wie Morton, so dankbar dafür, daß er ihr alles gab, was sie haben wollte, auch ihr eigenes Unternehmen. Und sie hatte ihn unter Kontrolle, etwas, das Brenda nicht geschafft hatte. Seit dem Tag, an dem Duarto Morton und Brenda in die Galerie geführt hatte, war Shelby klar gewesen, daß Morty alles hatte, was sie brauchte. Neues Geld, keinen Geschmack und den Drang, sogar noch reicher zu werden.

Sie sah sich stolz in der Galerie um. Die Ausstellung hatte Klasse: wohldurchdacht, mit jenem Touch von Ironie und Neurose, der unerläßlich war, wollte man in dieser Stadt auffallen. In den vier Haupträumen hingen Phoebe van Gelders Mammut-Collagen. In den beiden kleinen Nebenräumen hingen die Werke, bei denen sogar Shelby die Möglichkeit einräumte, daß sie anstößig sein könnten. Aber schließlich war es Kunst; doch manche Leute kannten eben nicht den Unterschied zu schmutzigen Bildern. Natürlich wollte sie das Publikum auch schockieren. Ohne Provokation wäre dies hier nur eine Eröffnung wie so viele andere. Aber sie wollte die Leute auch wieder nicht so sehr verschrecken, daß sie nichts kauften.

Immerhin war Phoebes Familie so etwas wie ein Sicherheitsfaktor. Die van Gelders waren in New York mindestens das, was die Symingtons in Atlanta waren. Geld und Macht, seit den Tagen der ersten holländischen Niederlassung. Wenn diese Familie erschien, würden alle anderen folgen. Schließlich war Phoebes Onkel Vizepräsident gewesen, und ein anderer Onkel drei Regierungsperioden hindurch der Bürgermeister dieser Stadt. Aber vor allem waren die van Gelder, anders als die Symingtons, wegen einem bekannt: Sie waren unverschämt reich.

Mit dieser Ausstellung sollte sich für Shelby einiges ändern. Keine untergeordneten Skalvenjobs mehr bei einem Leo Castelli, während er und das ganze Pack sich goldene Nasen verdienten. Das machte sie jetzt für sich selbst. Sie wäre auch nicht die erste Frau, der es gelänge, Kunst und Kommerz zu verbinden. Bedauerlich nur, daß sie dafür hatte heiraten müssen. Shelby seufzte.

Vielleicht würde sie Morton ja dazu überreden können, in SoHo Fortbildungskurse für die ewig Gestrigen zu belegen. Sie mußte lächeln und schöpfte Trost aus dem Anblick der Galerie – ihrer Galerie. Wieder machte sie einen Rundgang durch die Räume, bewunderte sie die glänzenden Böden, die jungfräulich weißen Wände und die riesigen, alles andere als jungfräulichen Bilder.

Lippen, Lippen, nichts als Lippen hatte Phoebe hier gemalt. Wollüstiger als je im Leben, pulsierend, aus der Leinwand hervordrängend. Einige waren dreidimensional hervorgehoben, alle schienen feucht, schimmernd, sich öffnend, voller Versprechen. Wenn de Koonings mit seinen schrecklichen Frauen das letzte Wort zur *vagina dentata* gesprochen hatte, dann waren Phoebes Werke möglicherweise der *dernier cri* weiblicher Hingabe. Gewiß waren die Bilder beunruhigend, aber auch lebendig, und mit etwas Glück würden schon in ein paar Monaten mehrere Dutzend davon in den Bibliotheken und Salons der Stadt hängen. Und sie hätte es geschafft.

Aber noch gab es einiges zu tun. Die Musikanlage war zu überprüfen, da Phoebe darauf bestanden hatte, daß New-Age-Musik ihrer Wahl dazugehören sollte. Sie selbst mußte sich frisch machen und nach den Erfrischungen schauen.

Soeben erschienen die Leute vom Lieferservice. Normalerweise gab es in solchen Fällen etwas mit Weißwein, Weintrauben und Käse, und Morty hatte für mehr plädiert, und ausnahmsweise war Shelby einverstanden gewesen. Sie zeigte der weißbejackten Mannschaft, wo sie alles aufzubauen hatte, und überließ sie dann Antonia, ihrer eigenen Galeriesklavin.

9

Kunst um der Kunst willen

Morty stand verlegen neben dem Aufzug und beobachtete, wie sich Shelbys Kunstgalerie langsam füllte. Kunst würde er das hier allerdings nicht nennen. Für ihn waren diese riesigen Bilder so etwas wie Vergrößerungen aus Pornoheften. Aber was wußte er schon von diesem ganzen modernen Kunstkram? Er war der Meinung, daß man solches Zeug an jeder Straßenecke kaufen konnte, aber schließlich war Shelby Konservatorin im Museum für Moderne Kunst gewesen, also mußte sie es wohl wissen. Trotzdem, er hatte noch nie für Ramsch Geld aus dem Fenster geschmissen und konnte sich auch nicht vorstellen, daß andere dazu bereit sein würden. Doch die Gäste schienen nicht schockiert zu sein.

Einige der Herren waren im Dinnerjacket gekommen und die Damen in Partykleidern. Sie wanderten zwischen den Bildern umher und sprachen der Pastete zu. Immerhin war das Essen in Ordnung, fast genauso wie die gehackte Leber, die Mortys Mutter selig zuzubereiten pflegte. Nur diese Panflöten, oder was da sonst aus den Lautsprechern kam, machten ihn langsam meschugge.

Bill Atchison hatte einen Arm um Phoebe gelegt. Wie üblich trug sie etwas völlig Ausgefallenes, und wie üblich konnte er die Augen nicht von ihr abwenden. Sie war schon was Besonders, und jeder wußte das. Sie hatte alles, was man so brauchte: Geld, die richtige Erziehung, Kreativität und Sex-Appeal. Bill fühlte sich ein ganzes Stück größer. Sie zog alle Blicke auf sich, er konnte die Lüsternheit, den Neid der anderen spüren. Nicht schlecht für einen Mann an die Sechzig, wirklich nicht schlecht.

Wie immer wurde er unruhig, wenn ihm sein Alter einfiel. Er sah nicht wie siebenundfünfzig aus, noch nicht einmal wie fünfzig, und *fühlen* tat er sich um noch einmal zwanzig Jahre jünger. Sein Denken war das eines jungen Menschen, also war er jung. Das sagte Phoebe, auch wenn sie ihn in ihren intimsten Momenten Papi nannte.

Er sah sich um. Die Besucher mehrten sich. Jetzt würden alle das wundervolle Talent erkennen, das er gefördert und herangezogen hatte. Jetzt gehörte ihr die Welt.

Einen kleinen Augenblick war er verunsichert. Zwei junge Männer waren zu ihnen getreten. Der eine sah wie ein Homo aus, aber der andere... Sah Phoebe ihn etwa an? Bill wünschte, daß seine Scheidung schon erledigt wäre. Dann könnte er Phoebe heiraten und sich ihrer wirklich sicher sein. Aber worüber sorgte er sich bloß? Sie liebte ihn doch. Sie machte nur deshalb so große Augen, weil sie so viel Koks reingezogen hatte. Eröffnungsfieber. Nur er konnte sie wirklich verstehen. Alt in der Seele. Wieder warf er einen Blick auf ihre Bilder. So alt in der Seele und doch so heiß.

Aaron Paradise und Leslie Rosen waren auf dem Weg in die Oper und machten einen kurzen Abstecher zur Ausstellung. Nicht nur, daß Aaron damit seinem diffizilen Kunden Morty eine Aufmerksamkeit erweisen wollte. Leslie war auch interessiert. »Ich möchte sehen, was dieses Mädchen fabriziert. Soviel ich sehen kann, glaube ich, daß Phoebe Hilfe braucht, und ich würde ihr gerne helfen.« Leslie war überzeugt, daß Phoebes Kunstwerke einiges von ihrer Persönlichkeit aufdecken würden. Davon abgesehen konnten sie dabei beide auf Kundenfang gehen. Gil Griffin würde dort sein. Es war nie verkehrt, sich im Gedränge an einem Finanzmagnaten zu reiben.

Aaron mußte sich eingestehen, daß ihm die Vorstellung, hier eventuell Annie zu begegnen, nicht sehr angenehm war. Aber es mußte sowieso einmal geschehen. Er war darauf vorbereitet. Schließlich hatte Leslie schon oft gesagt, daß sie Annie nicht ständig die Märtyrerin spielen lassen durften.

Leslie sah an diesem Abend einfach umwerfend aus. Sie zog sich nicht nur schlicht, sondern beinahe schon sachlich-kühl an. Heute trug sie ihr Haar streng zurückgenommen. Ihr schwarzes schulterfreies, bodenlanges Kleid schmeichelte ihrem üppigen Busen. Es war aus jenem feingefälteten Stoff, der die Frauen wie klassische Statuen erscheinen ließ. Leslie sah klassisch und so sehr viel weiblicher aus als Annie.

»Ich liebe dich«, flüsterte er in ihr Haar.

»Schön«, entgegnete sie, als sie sich umsah. Ihre Augenbrauen gingen dabei in die Höhe.

»Ach du liebe Güte«, stieß Aaron beim Anblick der riesigen Genitalien an den Wänden hervor.

»Warte nur, bis Jon das sieht!«

Aaron war sich nicht sicher, ob sie damit den Anblick auf den Wänden oder den von Phoeben van Gelder meinte. Sie stand vor ihnen, neben Bill Atchison, in einem durchsichtigen schwarzen Bodystocking und einem superkurzen Röckchen.

»Als was würdest du das bezeichnen?« wandte Aaron sich an Leslie.

»Als Exhibitionismus.«

Aaron mußte lachen. Gemeinsam traten sie zu dem Paar hinüber.

Als Larry Cochran aus dem Lift trat, erblickte er Asa in der Tür zur Galerie. Lächelnd trat er auf ihn zu und klopfte ihm auf die Schulter. »Tut mir leid, daß ich mich verspätet habe.« Asa antwortete mit einem Mittelding zwischen einer linkischen angedeuteten Umarmung und einem Händedruck. Asa war schwul oder auch bisexuell. Irgendwie hatte Larry den Eindruck, daß Asa sich selbst darüber nicht klarzuwerden schien. Manchmal fragte er sich, ob Asa vielleicht ein Auge auf ihn geworfen hatte. Aber so genau wollte er das auch wieder nicht wissen.

»Fein, daß du da bist, Larry. Ich bin auch gerade erst gekommen. Gerade rechtzeitig zum Champagner.« Asa winkte einen der Kellner herbei.

Larry sah sich um und führte dann Asa in eine ruhigere Ecke. »Also, was gibt's Neues, Asa? Was ist alles passiert?«

Asa zuckte die Schultern. »Immer dasselbe, immer dasselbe, mein Guter. Und bei dir?«

Larry hatte gehofft, daß Asa die Unterhaltung aufrechterhalten würde, bis er selbst den geeigneten Einstieg sah, wegen seiner Anleihe einzuhaken. Er wollte das hinter sich haben. Aber er konnte sehen, daß Asa irgend etwas bedrückte. Er ist genauso fertig wie ich, mußte er denken. Nichts Neues im Grunde, denn der ihnen beiden gemeinsame Mangel an Geld und Erfolg schien die eigentliche Basis ihrer langjährigen Freundschaft zu sein. Es wäre wohl etwas schwierig, weiterhin mit jemandem befreundet zu sein, der zu Ruhm und Reichtum aufgestiegen war.

Larry stellte Asa seine übliche Frage. »Hast du einen Börsentip für mich?« Als ob er etwas zum Investieren hätte.

Asas Antwort lautete wie immer: »Nichts, das für uns in Frage käme.« Larry kannte Asas Arbeitsethos, und das hieß: keine Weitergabe von Insider-Informationen. Aber dann fuhr Asa überraschend fort: »Jeder wird reich, außer mir, dabei weiß ich mehr davon als die meisten von denen. Wenn ich nur etwas Geld flüssig hätte. So wie der Markt zur Zeit läuft, kann man gar nicht verlieren.«

Larrys Magen zog sich zusammen. »Heißt das, du bist blank?«

»Völlig. Ich lebe zur Zeit von meinem großzügigen Überziehungskredit. Obwohl meiner Meinung nach großzügig nicht ganz das richtige Wort ist.«

»Und ich wollte dich anpumpen. Das ist vielleicht Scheiße, weißt du. Ich muß tausendzweihundert Dollar Miete bezahlen, oder ich sitze auf der Straße.« Larry trank einen großen Schluck Champagner.

»Tja, ich kann nur mit Plastik dienen. Aber wenn du bis Oktober durchhalten kannst, könnte ich dir in großem Stil unter die Arme greifen.«

»Ende des Monats bekomme ich selbst etwas Geld rein. Nein, ich brauche es jetzt.« Larry schluckte hart an seiner Enttäuschung. »Was ist denn dann? Wirst du das große Los ziehen?«

»Ich bin an einer großen Sache dran«, wich Asa aus und wechselte das Thema. »Aber du warst nur am Schreiben, keine Fotos mehr. Ich dachte schon, du hättest ausgesorgt.«

»Von wegen.«

Kaum daß Gil und Mary Griffin eintraten, stürzten sich auch schon Morty und Shelby auf sie. »Ich freue mich wirklich riesig, daß Sie gekommen sind«, ließ Shelby sich vernehmen. »Ich bin ja so gespannt auf Ihre Meinung.«

Gil blickte sich um. Ein bißchen zuviel des Guten. Persönlich stieß ihn die öffentliche Zurschaustellung dieser Dinge ab, aber er wußte sich zu beherrschen. In der Welt der Kunst gab er nicht den Ton an, und er war klug genug, sich da nichts vorzumachen. Mary hingegen ließ erkennen, daß sie abgestoßen war. Er würde mit ihr darüber sprechen müssen.

»Ich würde Sie gern in die privaten Schauräume führen«, sprudelte Shelby hervor. »Dort habe ich ein paar ausgewählte Stücke von Phoebes Werk.«

Gil hatte kein Interesse. Es war Mary, die diese gesellschaftlichen Ambitionen hatte und die Wert auf das Fifth-Avenue-Apartment und diese lächerlichen Wohlfahrtskomitees legte. Cynthia hatte sich um solche Dinge gekümmert, und manchmal hatte sich das für ihn auch ausgezahlt. Aber jetzt reichte es. Er brauchte es nicht mehr, und außerdem langweilte ihn das alles. Aber wenn Mary es sich wünschte, dann sollte sie es haben. Bis zu einem gewissen Punkt. *Das hier* würde nicht an ihren Wänden hängen, und wenn es noch so schick sein mochte. Es war jedoch ganz nett, in die privaten Räume zu gehen, weg von dem ganzen Plebs. Er nahm Marys Arm und folgte Shelby und diesem widerwärtigen, ungehobelten, neureichen Morty. Der wurde in letzter Zeit wirklich ein wenig aufdringlich. Gil hatte ihn zum Millionär gemacht, doch damit hatte er Blut gerochen und wollte mehr. Aber schon bald würde er ihn los sein.

Genau das wollte jetzt auch Shelby: Morty los sein. Sie war beunruhigt. Warum ging es nicht so gut? Es gelang ihr nicht, die Zahl der Anwesenden zu schätzen. Aber es waren eher wenige, da es möglich war, ohne zu drängeln an die Bar zu kommen. Wo blieben die Spitzen der Gesellschaft? Eine Gunilla Goldberg oder Khymer Mallison? Hielt Morty die Leute ab? Vielleicht hatte ihre Mutter doch recht. Letzten Endes war er nichts weiter als ein New Yorker Jude, egal ob reich oder nicht. Und Kunst war nun einmal eine sensible Angelegenheit, vor allem bei diesen Themen. Sie hatte eine Menge aufs Spiel gesetzt für eine noch relativ unbekannte Künstlerin. Sie seufzte und hoffte, daß Morty den Mund halten würde.

Gil war es, dem der Mund offenstand, als er die kleineren Bilder sah. Auf jeder Leinwand Frauen in empfangenden Positionen. Die Bilder strahlten etwas Irritierendes, Sadistisches und für Gil zutiefst Erotisches aus. Unwillkürlich drückte er Marys Arm.

»Interessant«, war sein ganzer Kommentar, nachdem er wieder zu sich gekommen war.

»Ja, außerordentlich«, stimmte ihm Mary zu, und Gil konnte eine gewisse Atemlosigkeit heraushören. Doch, vielleicht eins von diesen. In ihrem Schlafzimmer. Schweigend machten sie die Runde durch die beiden kleinen Räume mit den Bildern sich windender Gestalten.

Shelby hatte ebenfalls die Atemlosigkeit vernommen. Mit erhobenen Augenbrauen wandte sie sich zu Morty um. Der zuckte die Achseln und schwieg. Gott sei Dank. Sie beobachtete das faszinierende Paar. Sie witterte einen ersten Verkauf. Und wenn sie einmal an Gil Griffin verkauft hatte, würden die anderen sich gegenseitig darin überbieten, ihm nachzueifern.

In den Haupträumen war inzwischen Duarto eingetroffen. Er mochte seinen Augen nicht trauen. Es war jedoch nicht so, daß ihn die Ausstellung schockiert hätte. Sondern dort, inmitten dieser absolut überflüssigen Muschi-Bilder stand der Mann, mit dem er gerne den Rest seines Lebens verbringen würde. Noch nie hatte er ein so heftiges Ziehen in den Lenden verspürt. Und gespürt hatte er da schon so einiges. Dabei war er, wie sonst auch, nur gekommen, um ein kleines Geschäft mit Mary Birmingham Griffin anzubahnen. Er hatte erfahren, daß die Griffins das Penthouse im Jacky Onassis-Haus an der Fifth Avenue gekauft hatten. Und auf diesen Job war er scharf. Genauso scharf war er nun auf diesen Mann, der da neben einem dieser gräßlichen, abstoßenden Bilder stand.

Er war eindeutig schwul, aber war er auch verfügbar? Er stand bei einem dunklen, langen, gutaussehenden Studententyp. Duarto selbst hatte sich nie viel aus den Jimmy Stewarts gemacht. Er stand mehr auf die mit sandfarbenem Haar und Sommersprossen. Wer konnte das schon verstehen? Sogar die schon recht hohe Stirn von diesem Typ machte ihn an.

Heutzutage war es so eine Sache, sich mit einem Fremden einzulassen. Schon viele von Duartos Freunden waren gestorben. Es war zu schmerzlich geworden, sie alle zu zählen. Er selbst war immer vorsichtig gewesen und hatte auch Glück gehabt. Elf Jahre hatte er mit Richard zusammengelebt, war nie fremdgegangen, und als bei Richard die Diagnose feststand, der Test bei ihm selbst negativ.

Wirklich, er hatte Glück gehabt. Duarto dachte daran, wie sehr ihm Richard eine Unterstützung bei seiner Arbeit gewesen war. Jetzt wurde es ihm einfach zuviel, sogar mit Brendas Hilfe. Und die Einsamkeit seit Richards Tod. Er starrte Asa Ewell an und hatte Visionen von rebenüberwucherten Landhäuschen mit tollenden Beagle-Welpen davor.

»Also zur Zeit kein Klick-Klick; jetzt ist es Kritzel-Kritzel?« fragte Asa gerade.

»Ja, ich schreibe tatsächlich.« Stimmt, dachte Larry. Elise Elliot hat mich inspiriert. Meine liebe Elise. Ihr Foto habe ich an *People* verkauft. Dafür kann ich jetzt alle Hoffnung fahren lassen, daß ich sie jemals wiedersehe. Sie wird es niemals verstehen können, sondern glauben, daß ich sie nur benutzt habe.

Er versuchte diese düsteren Gedanken abzuschütteln. Auch Asa schien bedrückt zu sein. Sie waren schon ein mitleiderweckendes Pärchen. »Das ist ja großartig. Aber warum bist du dann so niedergeschmettert? Hast du noch andere als nur Geldprobleme?«

Larry war dankbar für dieses Angebot. Vorsichtig begann er seinem Freund von Elise zu erzählen.

»Ich traute meinen Augen nicht, Asa. Elise Elliot vor mir auf der Madison Avenue. Während sie die Straße entlangging, habe ich sie laufend fotografiert. Ich bin fast ausge-flippt, als sie in die Bar im Carlyle ging. Da gab es nichts zu überlegen, also ich ihr einfach nach. Drinnen war es dunkel und so gut wie leer. Sie saß ganz für sich allein. Und dann, dann habe ich anfragen lassen, ob ich sie zu einem Drink ein-laden dürfte.« Larry nahm einen Schluck aus seinem Cham-pagnerglas.

»Und dann?«

»Sie hat angenommen. Ich ging zu ihr rüber, und wir ha-ben uns unterhalten. Und dann, dann haben wir miteinan-der geschlafen.« Larry senkte den Kopf.

Asa lachte auf. »Und wo ist da das Problem? Soweit ich sehe, gibt es überhaupt keins.«

»Und ob. Ich habe dir ja gerade gesagt, wie pleite ich bin.«

Asa nickte, ihm war nicht wohl in seiner Haut.

»Nun, ich mußte eins von den Fotos verkaufen, die ich von ihr gemacht hatte. Das war wie ein Betrug. Nachdem ich mit einer Frau den schönsten Nachmittag meines Lebens ver-bracht habe, hintergehe ich sie, um zu überleben.«

Larry hatte den Eindruck als ob sein Schuldgefühl anstek-kend sei, denn er sah, wie Asa bei den letzten Worten zusam-menzuckte.

Asa wandte sich ihm zu. »Ich weiß genug über große Feh-ler. Einige können vergeben werden, wenn man nur ›Es tut mir leid‹ sagt. Bei anderen muß man büßen. Aber ich glaube, hier ist es einfach, Larry. Schreib ihr einen kurzen Brief, sag, daß es dir leid tut und daß sie dir verzeihen möge. Keine lang-atmigen Erklärungen, einfach nur ›Es tut mir leid‹.«

»Aber sie wird mich nie wiedersehen wollen.«

Asa nickte. »Dann kann man nichts machen, aber was ver-lierst du schon?« Er biß sich auf die Lippen.

Trotz seiner eigenen Probleme bemerkte Larry, daß sein Freund sich nicht wohl fühlte. »Ist alles in Ordnung?«

»Was ist schon in Ordnung?« entgegnete Asa. »Abgesehen davon sprechen wir hier von dir. Bitte sie, dir zu verzeihen.«

»Und wenn sie nicht will?«

»Dann hast du nichts verloren. Versuch's einfach.«

Larry brütete über Asas vernünftigen Ratschlag nach. Er

hatte mal wieder recht. Ich werde ihr schreiben. Schließlich ist Beichten gut für die Seele. Er fühlte sich bereits etwas erleichtert und richtete seine Aufmerksamkeit wieder verstärkt auf Asa. Ein guter Freund und eine gute Idee. Aber weshalb war Asa bedrückt? Und hatte er nicht einen neuen Anzug an? Wieso strapazierte sein sonst so bescheidener Freund sein Plastikgeld? Was war da los?

»Asa, was ist mit dir? Du hast doch etwas?« Larry war sich sicher, daß Asa selbst etwas auf die Seele drückte. Als dieser nicht reagierte, fuhr er fort: »Du weißt, daß du es mir sagen kannst. Spuck es aus, Alter.«

Asa wandte sich ab, wich seinen Augen aus. »Ich hab' auch jemanden verkauft. In einer Riesensache. Und wie ich schon sagte in einigen Fällen ist mehr nötig als eine Entschuldigung, wenn man sie wieder geradebiegen will.«

»Wovon redest du? Was hast du gemacht?« Larry flüsterte beinahe.

Asa ging nicht auf diese Frage ein. Er wandte sich wieder der Bar zu. »Ich möchte jetzt nicht darüber sprechen, Larry. Warte bis Halloween.« Einen Augenblick lang standen sie schweigend und blickten über die recht übersichtliche Menge hinweg. »Tut mir leid, daß ich dir gerade jetzt nicht helfen kann, Larry. Was wirst du nun tun?«

Larry schwieg kurz und sagte dann, mehr zu sich selbst: »Ich werde das tun, was jede andere Flasche in New York macht. Ich werde mich an meine Mutter wenden.« Da bemerkte er einen recht exotisch aussehenden Mann, der sie oder vielmehr Asa mit Blicken verschlang. Dankbar, das Thema wechseln zu können, wandte er sich zu seinem Freund. »Ich glaube, man hat was mit dir vor.«

Asa folgte Larrys Augen und sah den schmelzenden Blick eines hochgewachsenen, mediterran aussehenden Mannes mit dünnem Schnurrbart. Er wandte sich ab. Er wußte nie, wie er sich bei so etwas verhalten sollte.

Als er jedoch in die andere Richtung sah, erblickte er Gil Griffin. Du liebe Güte, mit dem wollte er lieber nicht zusammen gesehen werden. Gil hatte ihm die Nachricht zukommen lassen, daß er seinen Artikel bis Halloween zurückhalten sollte. Er hatte sich darauf eingelassen. Es würde schwierig werden, das Ganze natürlich aussehen zu lassen. Am liebsten hätte er alles wieder rückgängig gemacht. Aber dafür war es jetzt zu spät. Das meiste von dem Geld, das er dafür erhalten hatte, war schon ausgegeben.

»Laß uns ein paar von diesen Bildern ansehen«, schlug er vor und nahm Larrys Arm.

»Müssen wir das unbedingt?«

Jon Rosen hatte keinerlei Hemmungen, die Bilder zu betrachten. Wirklich recht simpel. Er war erst spät gekommen – so wie immer – und hatte die ganze Ausstellung mit einem Blick überflogen. Einfallslos und vordergründig provokativ. Dazu absolut unwichtig und langweilig. Jon wartete, bis Shelby Symington, diese Atlanta-Krake, ihn – wie zu erwarten – sanft am Arm hinüber zu Phoebe führen würde. Sie bildeten einen interessanten Gegensatz: Shelby blond, sonnengebräunt und üppig, Phoebe bleich, knochig, mit rabenschwarzem Haar. Zwei Extreme der weiblichen Spezies.

»Phoebe, ich möchte dir Jon Rosen vorstellen, *den* Jon Rosen.«

»Tagchen *dem* Jon.« Phoebe blickte ihm fest in die Augen, die eigenen vor Aufregung oder von etwas anderem geweitet. Ihr zerbrechlicher, knabenhafter Körper war mit dem Chiffon drum herum nur wenig bedeckt. Sie streckte ihm ihre kleine, heiße Hand entgegen.

Jon wußte nicht recht, wie er hier vorgehen sollte. Er spürte sofort, daß sie zu haben war, und er hatte durchaus etwas übrig für altes Geld. Ganz wie meine Schwester, dachte er ohne die geringsten Gewissensbisse. Die einzige Frage war, ob er sie nehmen und einen grausamen Verriß schreiben sollte, oder ob es ihm mehr Spaß machen würde, sie und das Publikum auf den Arm zu nehmen und sie über den grünen Klee zu loben. Eine interessante Überlegung. Anregend. Shelby beobachtete beide äußerst aufmerksam, ebenso wie ein gewisser älterer Herr. Bevor sie jedoch die gegenseitige Vorstellung fortsetzen konnte, machte John den nächsten Zug.

»Warum zeigen Sie mir nicht, was Sie zu zeigen haben?«
Phoebe lächelte ihm zu. Wortlos verließen sie die Gruppe.

Larry Cochran war schockiert. Weniger wegen des Themas als vielmehr wegen seiner einfalls- und geschmacklosen Bearbeitung. »Was steckt wohl dahinter?« fragte er zu Asa gewandt. »Selbsthaß? Oder ein politisches Bekenntnis? Was meinst du?« Er starrte hinüber zu Phoebe van Gelder. Sie sah völlig zugedröhnt aus, absolut unfähig zu irgendeiner Form von Aussage. Eine reiche kleine Erbprinzessin. Obwohl er seine Kamera dabei hatte, würde er nie und nimmer einen Abnehmer für ein Foto von ihr finden, auf dem eines ihrer Bilder im Hintergrund zu sehen war. Er versuchte, nicht daran zu denken, was für schöne Dinge er schaffen könnte, wenn er ihre finanziellen Möglichkeiten hätte. Das verbitterte ihn.

Seine Mutter würde ihm einen Scheck schicken, er würde das Stück fertigschreiben und Fotos von diesen öden Typen machen, um was zum Essen zu haben. Er maß Phoebe mit den Augen, um eine Aufnahme zu machen. Sie stand neben einem großen Mann mit silbergrauem Haar in einem lachhaften schwarzen Lederblazer mit goldenen Knöpfen à la Chanel Preauleau. Vielleicht ein Bild von den beiden? Es war gar nicht so einfach, eine Einstellung zu finden, bei der sich keine Schamlippe in den Sucher drängte. Aber sie war zur Zeit der Medienliebling, und wahrscheinlich würde er sich von dieser Aufnahme eine Woche lang ernähren können. Er war durch die vier Hauptträume gegangen und hatte ein paar Aufnahmen gemacht, allerdings nicht viele. Kaum etwas, das sich lohnte. Alles nur Filmverschwendung. Er mußte etwas Ordentliches finden. Und Elise einen Entschuldigungsbrief schreiben, auch wenn es nichts bewirkte. Nun ja, immerhin war das Essen recht gut hier.

»Ist das dort ihr Vater?« fragte er Asa.

»Von wegen. Das ist Bill Atchison, ihr Verlobter.«

»*Das* ist Bill Atchison?« Larry konnte es nicht fassen. Dieser Mann verließ Elise Elliot wegen so einer überspannten, billigen Tussi? Larry schüttelte den Kopf. Er blickte hinüber zu

Phoebe, die sich jetzt an Morty Cushman lehnte, den Typ aus der TV-Werbung. Sie hatte den Rücken durchgebogen, so daß ihre kleinen Brustwarzen sich deutlich unter der durchsichtigen Bluse abzeichneten, die sie über ihrem Bodystocking trug.

»Die ist nicht ganz dicht«, meinte Larry zu Asa gewandt. »Die würde ich nicht mal mit deinem Schwanz vögeln.«

»Das ist wirklich nett von dir.«

Der schwule Typ startete nun doch seine Avancen, und Asa begann sich mit ihm zu unterhalten. Larry blieb sich selbst und den Krabben am Buffet überlassen.

Er starrte gerade in Gedanken versunken auf eines der Riesenbilder und überlegte, ob er nicht nach Hause gehen sollte, als er die Gastgeberin der Galerie aus einem der privaten Räume kommen sah. Larry fragte sich, was dort wohl sein mochte. Den ganzen Abend über waren Leute mit dieser Frau dort aus und ein gegangen. Vielleicht war das die VIP-Lounge. Er wollte es einmal versuchen.

So unschuldig wie möglich dreinblickend ging er zu der Tür hinüber. Sie war nicht verschlossen. Er öffnete sie und glitt hinein.

Der Raum war ziemlich dunkel, kleinere Bilder wurden angestrahlt. Kaum daß seine Augen sich an das Licht gewöhnt hatten, erkannte er die unglaublichen Obszönitäten. Und gleich darauf sah er die beiden.

Jon Rosen stand mit dem Rücken zur Tür, das Gesicht der Wand am anderen Ende des Raumes zugekehrt, sich mit den Armen dagegenstützend. So wie er dort vorgebeugt stand, dachte Larry für einen Moment, daß er sich übergeben mußte. Aber dann sah er Phoebe van Gelder, zwischen ihm und der Wand auf den Knien und tief drin zwischen ihren roten, weit geöffneten Lippen Jon Rosens dicken Schwanz. Ob *Art News* wohl Interesse an einer Aufnahme davon hätte, war die Scherzfrage, die sich Larry stellte, als er sich leise davonstahl.

10

Das Debakel

Aaron streckte den Arm aus, um den Hörer vom Telefon zu nehmen, dessen Klingeln ihn aus tiefsten Träumen gerissen hatte. Es war ein schöner Traum gewesen. Mit bunten Farben. Und einem jungen Mädchen. Schade, dachte er und schüttelte ihn ab.

»Ja?« Seine Stimme war heiser. Er drehte sich um, doch Leslie war bereits aufgestanden und höchstwahrscheinlich schon in der Gymnastikstunde. Unglaublich, diese Frau. Ein Blick auf die Uhr zeigte ihm, daß es erst halb acht morgens war. Wer rief um diese Zeit an?

»Hören Sie, es ist was passiert.« Morty Cushmans Stimme war laut und erregt.

Himmel, hatte es Probleme bei den neuen Werbespots für den Irren Morty gegeben? Was hatte er bloß? Jerry hatte damit nichts mehr zu tun. Hatten jetzt etwa Drew und Julia Mist gebaut?

»Was gibt's?« Aaron setzte sich auf und tastete nach den Zigaretten. Leslie mochte es nicht, wenn er im Schlafzimmer rauchte, aber sie war ja jetzt nicht hier.

»Die Aktien«, kam es von Morty.

Aaron saß kerzengerade. »Ja, und? Was ist mit ihnen?«

»Du lieber Gott«, stöhnte Morty. »Haben Sie schon das *Journal* gelesen?«

»Nein.« Verdammt noch mal, es war zwei Minuten nach halb acht früh! Aaron war ohnehin eher ein Morgenmuffel. Seine aktive Zeit, jedenfalls jetzt, wo er es bestimmen konnte, lag zwischen zehn und zehn. Gestern abend hatte er bis nach elf Uhr eine Probeaufnahme geleitet. Er hatte Karen und seinen Sohn Chris wegen irgendeines dummen Fehlers anschreien müssen. Wenn er sich nicht um jeden Mist kümmerte, würde überhaupt nichts klappen. Wann, bitte, hätte er da in das *Journal* schauen sollen? Und was

was stand dort drin? Sollte das hier so ein blödes Ratespiel sein oder was?

»Also, dieser Dreckkopf Asa Ewell hat heute morgen einen Artikel drin, in dem er allen möglichen Scheiß über mich erzählt, oder vielmehr über uns. Hören Sie zu: ›*Nachdem sich der Staub wieder gelegt hat, der durch das Debüt des Irren Morty auf dem Aktienmarkt aufgewirbelt worden war, werden nun die Schwachstellen dieses Unternehmens sichtbar. Einst ein Vorkämpfer auf dem Sektor des haarscharf kalkulierten Verkaufs elektrischer und elektronischer Neuheiten, scheint der Irre Morty nunmehr in eine Situation geraten zu sein, in der diese Kalkulation zeitlich und rechnerisch nicht mehr aufgeht. Das, zusammen mit dem Problem mangelnder Liquidität, weist darauf hin, daß der Nennwert dieser Aktien derzeit über deren tatsächlichem Wert liegt.*‹ Er hat uns reingeritten, verdammt noch mal.«

War das alles? Irgend so ein Schreiberling schreibt etwas Unfreundliches über Morty, und der regt sich darüber auch noch auf. »Keine Sorge, Morty. Ein paar gute Sachen in der Werbung reißen Sie da wieder raus. Jeder wird auf Ihrer Seite stehen.«

»Würden Sie bitte einmal zuhören, Aaron? Es geht hier nicht um mein verdammtes Image. Ich rede vom Geschäft, nicht von Werbung. Das da stimmt alles. Und es wird sich auf den Wert der Aktien auswirken. Herrgott noch mal, bestimmt hat es das schon getan.«

Aaron spürte, wie sich sein Herz zusammenkrampfte. »Wie hat dieser Typ davon Wind bekommen?«

»Ich weiß nicht, aber mir schwant etwas. Ich glaube, das war dieser Schweinehund Griffin. Er ist der einzige außerhalb meiner Firma, der davon wußte.«

»Aber er hat doch Ihre Aktien auf den Markt gebracht.«

»Ja, und er dürfte sich dabei auf meine Kosten saniert haben.« Morty erzählte, wie er das Telefonat belauscht hatte und wie er dadurch auf den Gedanken gebracht worden war, mehr von den Aktien zu kaufen.

»Ich habe geglaubt, daß Ewell einen begeisterten Bericht bringen würde und daß wir so im Kielwasser von Gil Griffin einiges mitbekommen würden. Dieser Wichser! *Bestimmt* hat er damals schon die Verkäufe getätigt. Er wußte davon. Er hat das Ganze angeleiert. Dann ist er ausgestiegen, hat sich eine goldene Nase verdient, und ich muß dafür bluten.«

»Scheiße. Wollen Sie damit sagen, daß wir das ganze Geld *verloren* haben?« Aarons Herz raste. Er hatte Annie noch nicht einmal von der ganzen Angelegenheit erzählt. Seit über einer Woche hatte er sich um den Anruf gedrückt.

»Noch nicht. Aber wir werden es. Geben Sie so schnell wie möglich Order zu verkaufen. Steigen Sie aus. Inzwischen geht mein Nettowert in den Keller. Dieser verdammte Hund. Er hat mich benutzt wie 'ne Fuffzig-Dollar-Hure.«

»Und der Verlust? Wie hoch wird er sein? Ich kann es mir nicht leisten, dieses Geld zu verlieren. Es gehört nicht alles mir.« Du lieber Gott. Gar nichts davon war seins. Nur der Gewinn hätte ihm gehört. Verdammte Scheiße, er hätte es wissen müssen. Es gab einfach nichts umsonst.

Wie hatte er nur so kreuzdämlich sein können? Fing er etwa an, seiner eigenen Werbung zu glauben? Schon vor Jahren hatte er sich von solchen Geschäften zurückgezogen, hatte nie etwas für sich haben wollen. Wie hatte er nur diesem Möchtegern Morty glauben und das Geld seiner Tochter verspielen können? Und das von Annie?

Das lag an dem ganzen Druck. Da waren seine Unterhaltszahlungen an Sylvie, das Geschäft, das ganz allein auf seiner Schulter lag, und sein neues Leben. Es war immer irgendwas. Leslie verlangte ein kulturell – und sexuell – ausgefülltes Leben. Er hatte bislang noch nicht einmal Zeit gehabt, Sylvie zu besuchen.

Wieso, um Himmels willen, hatte er sich bloß von Morty beschwatzen lassen? Was konnte er jetzt nur tun? Am liebsten hätte er Morty den Hals umgedreht. Er hörte ihn keuchen. Der Idiot quasselte immer noch.

»Also, rufen Sie Ihren Makler an, und sagen Sie ihm, daß er verkaufen soll. Ich werde Sie entschädigen, das verspreche ich. Aber rufen Sie jetzt an.«

»Ja. Klar.« Nach dem Gespräch saß Aaron da, strich sich mit der Hand nervös über die schweißbedeckte Stirn. Dieser Bastard Gil Griffin war einfach unmöglich. Tanzt auf zwei

Hochseilen gleichzeitig. Und diesen Ewell hat er auch in der Tasche. War doch klar, daß Morty da den Dummen spielen mußte, aber er selbst auch, wie ihm schmerzlich bewußt wurde. Nun, er würde sofort John Reamer bei Federated Funds anrufen.

Er sprang aus dem Bett. Aber es war immer noch erst zwanzig vor acht. Bevor Reamer nicht im Büro war, konnte er gar nichts tun. Also ging er unter die Dusche.

Als er damit fertig war, war es erst fünf vor acht. Er zog sich an und brühte sich eine Kanne Kaffee. Als er die Tasse hob, zitterte seine Hand, und er senkte sie abrupt. Ein Blick auf seine Uhr zeigte erst Viertel nach acht.

Trotz seiner vibrierenden Nerven trank er eine Tasse Kaffee nach der anderen. Er hatte Mordvisionen. Aber wen sollte er umbringen? Morty, Gil, Sylvie oder sich selbst? Zum Teufel, so schlimm war es nun auch wieder nicht. Reiß dich zusammen. Versuch, die Dinge richtig zu sehen. Um fünf vor neun gelang es ihm endlich, Reamer in seinem Büro zu erreichen.

»John? Aaron Paradise.«

»Ja bitte, Aaron?« Die Stimme des Finanzmaklers klang kühl. Wahrscheinlich eingeschnappt, daß ich diese Sache an ihm vorbei gemacht habe. Nun, das würde er schon zurechtbiegen. Wenn es darauf ankam, hatte er noch jeden um den Finger gewickelt.

»John, ich habe mich ein wenig verkalkuliert. Könnten Sie die Morty-Aktien verkaufen und dafür wieder Wertbriefe besorgen?«

»Das würde ich sehr gerne. Aber das kann ich nicht. Annie hat mich angerufen, und sie ist hier ganz eisern. Anscheinend hat sie von der ganzen Angelegenheit nichts gewußt. Genau wie ich.« Das kam ausgesprochen unterkühlt. »Offen gesagt habe ich hier nicht aufgepaßt. Wie auch immer, ohne ihre Zustimmung läßt sich da jetzt gar nichts machen. Oder hat sie schon zugestimmt, Aaron?«

Aaron bemühte sich, geordnet zu denken. Wie hatte Annie das nur herausbekommen? Himmel, ja, die Kontoauszüge! Er hätte sie vorher sprechen sollen. Seit drei Tagen hatte er ihre Anrufe nicht beantwortet. Sollte er versuchen, John zu bluffen? Doch er spürte, daß er damit keinen Erfolg haben würde. Aber hatte Morty nicht gesagt, die Aktien würden in den Keller gehen? Wieviel Zeit blieb ihm da noch?

»Nein. Aber sie wird zustimmen. Ich möchte, daß die ganzen Aktien so schnell wie möglich verkauft werden. Sie wird Sie gleich zur Bestätigung zurückrufen.« Du kaltschnäuziger Bastard. Er verwarf den Gedanken, Gil anzurufen. Statt dessen wählte er ihre alte Nummer. Es klingelte. Einmal, zweimal, drei, vier, fünfmal... Aaron stellte sich vor, wie die vier Anschlüsse in der leeren Wohnung schrillten. Wo, um Himmels willen, war sie bloß? Schlief sie woanders? Gab es einen anderen Mann? Unmöglich. Aber wo war sie? Wie lange würde er brauchen, um sie zu finden? Und was passierte inzwischen mit den Aktien?

11

Scheidung

Elise saß an ihrem Schreibtisch, den zerknüllten Brief von Larry Cochran vor sich. Sie strich ihn glatt und las ihn noch einmal.

> Sehr geehrte Mrs. Elliot,
> ich habe Sie kürzlich im *Carlyle* kennengelernt, und ich muß Ihnen einfach schrieben, um Ihnen zu sagen, wie viel mir die mit Ihnen verbrachten Stunden bedeutet haben. Ich habe jedoch etwas getan, das mir außerordentlich leid tut. Umständehalber war ich gezwungen, Ihr Foto zu verkaufen. Seither habe ich an der hier beigefügten Anlage gearbeitet, zu der Sie mich inspiriert haben. Es ist ein Drehbuch von mir. Ich hoffe, daß Sie es gut finden und mir vergeben, obwohl ich beides nicht erwarten darf.
> Larry Cochran

Zum zehnten Mal zerknüllte sie den Brief. Was sollte sie tun? Wollte er sie erpressen? Ganz bestimmt wußte er von ihrer bevorstehenden Scheidung. Drohte er ihr? Wollte er Geld? Gab es noch mehr Fotos? Fotos von ihnen beiden im Carlyle. Wenn sie sich nur daran erinnern könnte. Wieviel hatte sie damals getrunken?

Sie bekam Kopfschmerzen, diese gräßlichen, mit den gnadenlosen Nadelstichen hinter dem linken Auge. Wenn doch bloß Chessie, ihre Zofe, hier wäre. Sie würde ein feuchtes Tuch bringen und die Vorhänge vorziehen, und nach einer Valiumtablette und ein wenig Ruhe würde Elise sich wieder besser fühlen.

Aber hier sah niemand nach ihr, mit niemandem konnte sie sprechen. Auch wenn sie Annie gern hatte und allmählich auch Brenda leiden mochte, konnte sie doch nicht über diese abscheuliche Sache sprechen. Sie gehörte zu jener Generation, in der ein ordentliches Mädchen so etwas zwar tat, aber niemals darüber sprach. Ihre eigene sexuelle Gier hatte sie erschreckt. In Hollywood hatte sie sich zurückgehalten, nachdem sie gesehen hatte, was Ehen auf dieser Basis aus den Frauen machten. Sie hatte sich geschworen, daß ihr das nie passieren würde. Doch diese Unvorsichtigkeit, dieser einzige scheußliche Fehltritt könnte ihren Ruin bedeuten. Was würde sein, wenn Bill davon erführe? Was würde aus der Scheidung? Was passierte, wenn dieser Cochran Fotos an ein Klatschblatt verkaufte, zusammen mit einer Geschichte? War sie noch interessant genug für eine solche Story?

Nun lagen dieser Brief, das Foto und ein Drehbuch vor ihr auf dem Tisch. Sie mochte sie nicht einmal berühren. Wollte er sie zwingen, einen Film zu finanzieren? Es schauderte sie, und ihre Kopfschmerzen verschlimmerten sich. Ihr fiel die strikte Regel ihrer Mutter ein: Keine finanzielle Unterstützung einer Produktion oder eines Ehemanns. Bislang hatte sie beides vermeiden können. Allerdings hatte ihre Mutter ihr keine Ratschläge bei Erpressungen hinterlassen. Sie wußte nicht, was sie tun sollte. Und ihre Mutter konnte ihr auch nicht mehr helfen. Aber vielleicht konnten dies Annie und Brenda. Sie griff zum Telefon.

Brenda hatte jeden Tag stundenlang in Elises Büro, in Elises Akten und in ihren eigenen Unterlagen nach Hinweisen gesucht, die sich gegen die vier Schweinehunde verwenden ließen. Erstaunt stellte sie fest, daß ihr das Spaß machte. Die ganze Buchhaltung, die sie damals in der Julia-Richman-Schule gelernt hatte, fiel ihr wieder ein. Und interessant war es auch. Langsam, ganz langsam grub sie aus den Papieren, Notizen, Steuererklärungen und Steuerrückzahlungen die Leichen in Mortys Keller aus.

Heute konnte sie es kaum erwarten, Annie und Elise im Algonquin Hotel zu treffen, wo sie sich zu einem Drink verabredet hatten. Im Geiste ging sie einige ihrer Fundstücke durch. Es würde ein ergiebiges Treffen werden. Und Elise hatte auch ein paar Neuigkeiten angekündigt.

Und wenn sie das mit Mortys Sachen schaffte, warum

nicht auch mit Bills oder Gils oder Aarons? Die Frage war, wie sie an deren Akten kam. Alle diese Zahlenkolonnen, Rechnungen, Steuerveranlagungen hatte sie im Griff. Sie konnten einen nicht anbrüllen oder schlagen, wie Männer es taten.

Diese großen, mächtigen, ängstlichen Männer – wenn man genau hinsah, waren sie keineswegs so zäh oder unbesiegbar. Es stimmte, daß sie bei Gericht vorsaßen, Verbrechensyndikate und Unternehmen leiteten, aber Brenda begann langsam daran zu glauben, daß es möglich sein könnte, sie mit ihren eigenen Waffen zu Fall zu bringen. Denn aus Mortys konfusen und verwirrenden Papieren konnte sie ganz deutlich seine ungesetzlichen Schritte herauslesen.

Vielleicht waren diese Typen nicht gar so perfekt und unbesiegbar, sondern nur Möchtegerns mit einem guten Haarschnitt. Und vielleicht war sie in irgendwas besonders gut und war nicht nur bloß eine fette Exehefrau. Nur was war sie dann?

Hier wußte sie nicht weiter. Denn noch einmal zu Schule gehen, um ein Diplom als Steuerberater zu machen oder sonst etwas, das war ihre Sache nicht. Es ging ihr gegen den Strich, daran zu denken, anderen Leuten die Steuererklärungen zu machen. Nein, da würde sie lieber in einem kleinen Geschäft den ganzen Papierkram führen. Aber wer stellte schon eine fette Hausfrau mittleren Alters ohne irgendeinen Abschluß oder ein Diplom ein? Sie seufzte und betrat die Lobby des Algonquin. In einer ruhigen Ecke sah sie Annie und eine bleiche, erregte Elise sitzen.

»Was ist los?« fragte Brenda, nahezu schockiert beim Anblick der sonst so coolen Elise. Wortlos reichte Annie Brenda ein zerknittertes Blatt Papier.

»Der hat Nerven!« meinte sie, nachdem sie Larry Cochrans Schreiben gelesen hatte. »Erst verkauft er dein Bild an *People* und dann schickt er dir ein Drehbuch. Ich weiß nicht recht. Das sieht mir nicht ganz koscher aus.«

»Ist es auch nicht«, stimmte Elise ihr zu und nahm einen Schluck von ihrem Martini. »Die Frage ist, was ich tun soll. Zur Polizei zu gehen, wäre mir unerträglich.«

Annie beugte sich vor. »Alles der Reihe nach, Elise. Vielleicht solltest du ihn zuerst einmal anrufen. Ich bin sicher, daß er vernünftig ist und mit sich reden läßt.« Sie nahm ihr Glas Pellegrino zur Hand. »Was schadet es, wenn du mit ihm sprichst?«

Elise versuchte, ihre Verwirrung nicht zu zeigen. Bevor sie etwas sagen konnte, warf Brenda ein: »Jede Menge. Es würde ihn ermutigen.« Sie winkte einem Ober und bestellte eine Cola Light. Ziemlich töricht, sie war ja ohnehin schon so fett. »Wo ich herkomme, weiß man, wie man mit Ratten und Erpressern umgehen muß. Ich könnte meinen Onkel Nunzio anrufen, damit er jemanden vorbeischickt, der ihm die Beine bricht.« Brenda lächelte angesichts Elises Unbehagen. »Das wird er verstehen.«

Das hilft mir alles nicht, dachte Elise erbost und fühlte sich mit einem Mal sehr allein. Der Martini war auch keine Hilfe. Wie immer, wenn sie in großen Schwierigkeiten war, dachte sie an Onkel Bob. Ich werde ihn aufsuchen. Er wird wissen, was zu tun ist, und vielleicht wird er etwas unternehmen.

»Leesie, Liebes, wie schön, dich zu sehen.« Der zerbrechliche Mann war aufgestanden und hielt sich steif aufrecht. Auch so war er kaum über eins fünfundsechzig groß. Als er ihr entgegenkam, war sein Schritt so energisch wie immer. Elise hatte Angst davor, daß Onkel Bob Bloogee eines Tages anfangen könnte, genauso abzubauen wir ihre Mutter, daß die Anzeichen des schleichenden Todes sichtbar würden. Dann wäre sie wirklich ganz allein, für immer. Es war beruhigend, daß er aussah wie immer: dürr, zerbrechlich, glatzköpfig und zerknittert. Er mußte schon weit in den Siebzigern sein, dachte Elise, aber so lange sie sich erinnern konnte, hatte er immer so ausgesehen.

Robert Staire Bloogee gehörte zu den reichsten Männern in den Vereinigten Staaten und vielleicht sogar auf der ganzen Welt. Seine Mutter stammte aus Pittsburgh und war die Erbin eines Stahl- und Kohleimperiums gewesen. Sein Vater war der berühmt-berüchtigte Black Jack Bloogee, Sohn eines Spekulanten aus Oklahoma, der schlau genug gewesen war, sich die Rechte an über achthunderttausend Morgen ölergiebigen Landes im Südwesten zu sichern. Kein Wunder, daß sein Vermögen sogar das von Elise in den Schatten stellte.

Zusätzlich zu dem Vermögen hatte er die Geschäftstüchtigkeit und die Lebenslust seines Vaters und von seiner Mutter die Liebe zur Schönheit geerbt. Wenn er es bedauerte, daß seine körperliche Statur seinen finanziellen Möglichkeiten so wenig entsprach, dann zeigte er es jedenfalls nicht. Schließlich war auch Andrew Carnegie, der andere Magnat aus Pittsburgh, kaum größer gewesen, ohne daß es ihm geschadet hätte. Bob Bloogee hatte schon vor langer Zeit erkannt, worauf es ankam: Man lebt nur einmal – also muß man das Leben genießen und versuchen, Gutes zu tun.

Onkel Bob tat beides in großem Stil. Er stiftete – anonym – große Summen an karitative Einrichtungen und gab häufig rauschende Feste. Er war nur ein Nennonkel von Elise, ein Cousin um mehrere Ecken. Seit sie sich kannten, hatte ›Onkel‹ Bob sich ihrer besonders angenommen. Er stand immer mit Rat und Tat zur Verfügung, bot ihr eine Schulter zum Ausweinen und feierte mit ihr, wenn es etwas zu feiern gab.

Er kümmerte sich um ihre Angelegenheiten. Er hatte dafür gesorgt, daß ihre erste Ehe annulliert wurde, und war der Brautführer bei ihrer Hochzeit mit Bill gewesen. Jetzt half er ihr bei der Scheidung. Mit Scheidungen kannte er sich aus, nachdem er selbst einige hinter sich hatte. Er verurteilte Elise nie und schien immer begeistert zu sein über alles, was sie erreichte. Er pflegte einen großen Freundeskreis und hatte ein gutes Verhältnis zu seinen drei früheren Frauen. Derzeit arbeitete er an seinen Memoiren, die er *Die Autobiographie eines Niemand* nannte. Alles in allem war er ein Schatz von einem Mann.

Wie immer tat es gut, ihn wiederzusehen. Elise mußte sich bücken, als er ihr einen Kuß gab – kein Gesellschaftsküßchen, sondern einen echten Kuß auf ihre Wange.

»Wie geht es deiner Mutter? Es ist einen Monat her, seit ich Helena zuletzt gesehen habe.«

»Es geht ihr so gut, wie es die Umstände gestatten«, antwortete Elise. »Ich mache mir eher Sorgen um mich.«

»Am Telefon hast du dich gar nicht gut angehört, Leesie.

Und vergib mir bitte, du siehst auch gar nicht gut aus. Setz dich, Liebes.«

Niemand sonst nannte sie noch Leesie, nicht einmal ihre Mutter. Es war ihr Kindername. Ihr Vater hatte ihn ihr gegeben, und nur ihre Eltern hatten ihn benutzt. Es war schön und beruhigend, ihn wieder einmal zu hören. Dankbar sank sie in einen Sessel.

Die Wände des Zimmers, Bibliothek und Arbeitszimmer von Onkel Bob, standen voll mit Büchern aus seiner wunderbaren Sammlung, Bücher, die er auch tatsächlich las. Wo keine Bücher die Wände bedeckten, hingen Gemälde, einige davon waren berühmt. Über dem riesigen Kamin hing ein Selbstporträt van Goghs und gegenüber dem Schreibtisch ein exquisiter Vermeer, mit einer brieflesenden Dame, deren Gesicht von tiefen Sorgen gezeichnet schien. Ausgesprochen passend, dachte Elise, als sie ihrem Onkel wortlos den zerknitterten Brief reichte.

Er überflog ihn schnell und blickte sie dann fragend an. »Was bedeutet das? Was ist das für ein Manuskript? Etwas Anstößiges?«

»Nein, natürlich nicht!« Der Gedanke ließ sie wieder etwas zu sich kommen. Sie schüttelte sich vor Abscheu.

»So etwas kommt vor.« Onkel Bob wies mit dem Kopf auf den van Gogh. Er machte eine rücksichtsvolle Pause und räusperte sich. »Also, was hat er dir geschickt?«

»Ein Drehbuch.«

»Taugt es was?«

»Ich weiß nicht«, antwortete sie beinahe unwirsch. »Aber das ist nicht der Punkt. Ich sorge mich wegen der damit verbundenen Drohung.«

»Welche Drohung?«

»Der Ton.«

»Welcher Ton?«

So ging das nicht weiter. Normalerweise begriff Onkel Bob immer sehr schnell; er war sehr genau, aber auch sehr intuitiv. Elise seufzte. Sie hatte gehofft, daß sie nicht alles würde erklären müssen, die ganzen beschämenden Details. Aber sie kam wohl nicht darum herum.

Sie sprudelte alles heraus. Cynthias Selbstmord, das Begräbnis, Bemelman's Bar und ihre Entgleisung. Sie stellte sich völlig bloß. Als sie alles erzählt hatte, wagte sie kaum, ihn anzusehen.

»Bist du sehr enttäuscht von mir?«

Aber er strahlte sie an. »Du kannst mich gar nicht enttäuschen, Elise. Du bist einfach wundervoll und so talentiert. Ich habe es bedauert, daß du damals deine Karriere aufgegeben hast – aber es war dein Wunsch.« Er tätschelte ihr lächelnd die Hand. »Ich freue mich, daß du bekommen hast, was du brauchtest, gerade als du es gebraucht hast.«

Elise hatte sich solche Sorgen gemacht, daß Onkel Bob sie verurteilen würde. Bis zu diesem Augenblick hatte sie nicht gewußt, wie sehr er für sie wie ein Vater war.

»Und jetzt befürchtest du, daß dieser junge Fotograf und Drehbuchschreiber intime Fotos von dir gemacht hat?«

»Ich bin mir nicht sicher.«

»Glaubst du, daß er es darauf angelegt hatte?«

»Ich weiß nicht.«

»Das nehme ich eigentlich auch nicht an, mein Liebes. Auf Grund deines bisherigen Verhaltens hätte man das kaum planen können. Kann es sein, daß man dir irgend etwas in den Drink getan hat?«

»O nein, Onkel Bob, nichts dergleichen.« Sie konnte ihm nichts von ihrer Trinkerei erzählen, darüber, wie oft sie die Kontrolle verlor. Unmöglich, ihm zu sagen, daß sie einfach einen Blackout gehabt hatte, daß sie nicht wußte, wie sie überhaupt nach Hause gekommen war. Und was machte das für einen Unterschied? Sie setzte von neuem an. »Es könnte sich auf die Scheidung auswirken.«

»Ja, schon, aber ich habe Bill einigermaßen in der Hand. Schließlich will er sich ja so schnell wie möglich wiederverheiraten, die eine Erbin durch eine andere ersetzen, wenn du mir diese Bemerkung verzeihst.« Er lachte leise. »Ich freue mich, daß du diesen Waschlappen endlich los wirst. Ehrlich gesagt, er hat mich immer zu Tode gelangweilt, dieser aufgeblasene Wicht. Nächste Woche sollten die Papiere zur Unterzeichnung fertig sein. Also, was kann dieses

Schreiben damit zu tun haben, falls es wirklich eine Drohung ist?«

»Ach, ich weiß nicht.« Elise holte tief Luft. Vielleicht hatte Onkel Bob ja recht. Sie sehnte sich nach Ruhe und wünschte, daß ihre Kopfschmerzen aufhörten.

»Schau, wenn dieser junge Mann dir solche Unannehmlichkeiten bereitet, wir wäre es dann, wenn ich ihn einmal auf ein kurzes Gespräch einlade? Ich werde Erkundigungen einholen lassen, und wenn mit ihm alles in Ordnung ist, und ich nehme an, das ist so, dann sieht es ganz danach aus, als ob du da einen glühenden Verehrer hast. Ganz einfach.« Er lächelte. »Ist er gut im Bett?«

Sie war schockiert. Onkel Bob nannte immer alles beim Namen, aber das... Sie dachte an Larrys Umarmung. Ehrlich gesagt, dachte sie oft daran, und auch daran, was er zu ihr gesagt hatte. Sie wurde rot. »Ja, doch...«

»Dann möchtest du vielleicht, daß ich das Filmskript einmal meinem Mann an der Westküste zuschicke.«

»Ach, das... Nein, eigentlich... Ich meine, ich habe es noch nicht einmal angeschaut. Ich dachte...«

»Elise!« Jetzt klang er schockiert. »Was hast du gedacht, wie ich reagieren würde? Ich muß doch sehr bitten!« Aber seine Augen funkelten; er lachte auf, und sie fiel in sein Lachen ein.

»Da gibt es noch etwas, Onkel Bob.« Sie erzählte ihm kurz vom Club der Exfrauen und von ihren Plänen.

»Ein lobenswertes Unterfangen, meine Liebe. Hört sich ganz witzig an. Ich habe schon immer etwas gegen Männer gehabt, die meinen, daß sie sich ihren Frauen gegenüber alles erlauben können. Und Gil Griffin steht seit langem auf meiner persönlichen Abschußliste. Jack Swann, Cynthias Vater, und ich waren Freunde. Gute Freunde.«

Onkel Bob zeigte sich hilfsbereit. »Ich nehme zwar nicht an, daß ich ein Mitglied eures Clubs werden kann, aber ich stehe auf eurer Seite.«

Sie berichtete von ihrem Plan. »Wir haben schon einen Tip in bezug auf Gil bekommen. Er beabsichtigt die Übernahme von Mitsui Shipping. Wir konnten Lally Snow zwar nicht dafür gewinnen, Gil und Mary abzuweisen, aber Annie konnte Shelbys Aufnahme in die Junior League verhindern, und Brenda meint, daß sie etwas gefunden hat, um Morty die Daumenschrauben anzusetzen. Ich glaube, es läuft ganz gut.«

»Mitsui Shipping? Das hat Stuart Annie gesagt? Etwas ausgefallen, würde ich meinen. Aber interessant.«

Sie nickte. »Wollen wir nicht bündelweise Aktien kaufen, solange ihr Kurs so niedrig ist? Sobald herauskommt, daß Gil an Mitsui interessiert ist, werden sie steigen.« Elise gestattete sich ein leises Lächeln. »Dann gewinnen wir auch etwas.«

»Eine gefährliche Sache, aber interessant. So ähnlich wie Riesenwellenreiten. Dabei muß man drei wichtige Punkte abschätzen können: den höchsten Punkt, den niedrigsten Punkt und den, wo man raus muß.« Er schwieg kurz. »Es hat sich so mancher schon den Hals dabei gebrochen.«

»Darüber bin ich mir im klaren, Onkel Bob. Ich bin keine Anfängerin.«

»Nein, bestimmt nicht.« Er lachte. »Du hast in Geldsachen immer einen gesunden Menschenverstand bewiesen. Ich werde meinen Mann in der Wall Street das einmal überprüfen lassen, und wenn es Sinn macht, werde ich auch mit meinem ganzen Gewicht einsteigen. Was meinst du?«

»Großartig. Einfach großartig.« Er war wunderbar und so verläßlich.

»Übrigens habe ich eine kleine Neuigkeit über Bills neue Freundin Phoebe van Gelder erfahren. Möchtest du es hören? Vielleicht ist das etwas für euren Club.«

»Onkel Bob, die Zeiten sind vorbei, wo mich Bills Frauengeschichten aufregen konnten. Was gibt's?« Sie lehnte sich zurück. Hoffentlich war es etwas Brauchbares.

»Kürzlich bin ich Wade van Gelder im University Club begegnet. Du kennst ihn, Elise. Er ist Phoebes Onkel. Jedenfalls hat er mir erzählt, daß die ganze Familie wegen ihres Drogenkonsums aus dem Häuschen ist.«

Elise lächelte. »Die Neuigkeiten verbreiten sich wirklich schnell.« Sie hatte ihrem Arzt gegenüber eine Bemerkung fallen lassen. »In der Tat, sie braucht so viel Kokain, daß man sie eigentlich in eine Drogenklinik bringen müßte.«

»Genau das haben die Eltern auch vor.« Onkel Bob beobachtete, wie Elise darauf reagierte.

»Das ist wirklich eine gute Nachricht. Das muß ich den anderen erzählen. Brenda sagt immer: ›Worüber man spricht, trifft auch ein.‹«

Er sah sie an. »Und nun möchte ich dich um einen Gefallen bitten. Es ist etwas, das mir am Herzen liegt. Es betrifft meine Frau.«

»Alles, was du möchtest. Das weißt du doch.«

»Also, Bette hat Probleme mit einigen von den Gesellschaftsdämchen. Du weißt schon, Lally Snow und so. Ich weiß nicht, warum sie ihr immer noch die kalte Schulter zeigen. Lally Snow hat mehr Schwänze gelutscht als meine Bette, und ich wette, mit weniger Erfolg. Ich selbst wäre eher froh, wenn sie nicht mehr mit mir sprechen würde. Aber Bette fühlt sich davon getroffen, und das wieder trifft mich. Sie ist ein wirklich liebes Mädchen. Und von mir aus soll sie gerne Wohlfahrtsbälle veranstalten, wenn ihr das Spaß macht. Aber diese Weiber lassen sie einfach nicht.«

Elise nickte. »Was kann ich tun?«

»Versuch, Bette den Vorsitz in einem Veranstaltungskomitee zu beschaffen. Du kennst sie ja alle. Wäre das möglich?«

Bette war bestimmt nett, aber auch ziemlich beschränkt. Für Onkel Bob würde Elise jedoch alles machen. Sie wußte, wie eisern diese Frauen aus der alten New Yorker Garde mauern konnten. Sie mußte eben hartnäckig sein. Die schulden mir alle so manchen Gefallen. Ich werde mich dahinterklemmen. Bette bedeutet Onkel Bob sehr viel, und er bedeutet mir sehr viel.

»Natürlich. Ich werde mein Bestes tun.«

»Ich danke dir, Liebes. Bette und ich wären dir wirklich sehr verbunden.« Er beugte sich vor. »Weißt du, meine Liebe, es ist nicht leicht, ihn mit siebenundsiebzig noch hochzukriegen, aber mit Bettes Hilfe schaffe ich es noch fast jede Nacht. Sie ist ein Schatz, und ich möchte ihr gerne alles geben, was sie haben möchte.«

»Unbedingt.« Elise nickte. Es tat immer gut, mit Onkel Bob zusammenzusein. Er hatte ein so bestechendes Wertesystem.

Bill Atchison stieg in den Lincoln, der bereits vor der Kanzlei von Bob Bloogees Anwälten auf ihn wartete und gab dem Fahrer Phoebes Studio als Ziel an. Was die finanzielle Seite der Scheidung betraf, so war er natürlich ganz Gentleman. Er wollte überhaupt nichts von Elise haben. Ihm genügten sein Gehalt, seine Anzüge, seine ausgesprochen wertvollen Sammlungen und Phoebe. Das war sogar mehr als genug.

Er wohnte jetzt mit ihr in ihrem Tribeca-Loft, doch heute trafen sie sich in ihrem Studio in SoHo. Seitdem er nicht mehr über Elises Rolls-Royce verfügen konnte – und einen eigenen Wagen mit Fahrer konnte er sich nicht leisen –, war er dazu übergegangen, den Firmenwagen zu benutzen. Die Kosten verteilte er auf die Honorarrechnungen. Das war nichts Neues. Seit Jahren hatte er auf diese Art sein Einkommen verbessert. Diese Nebenverdienste gehörten zu seinem Beruf. Und bei den hohen Honorarsätzen der Kanzlei fielen den Klienten die paar Extra-Essen oder abendlichen Vergnügungen nicht weiter auf. Und ihm half es, über die Runden zu kommen.

Als er sich in den gepolsterten Sitz zurücklehnte, kam gerade Carly Simons ›Anticipation‹ aus den Lautsprechern. Wie passend, dachte er. Erwartung. Er war randvoll damit. Er griff zum Autotelefon und gab Phoebes Nummer ein. Er hatte sie heute schon viermal angerufen, *mochte* aber einfach nicht länger warten.

»Ich bin's«, sagte er, als sie sich meldete.

»O Bill.« Ihre Stimme schwankte. »Wo bist du? Wann kommst du?«

»Ich rufe vom Wagen aus an, Liebling. So in zwanzig Minuten werde ich da sein. Was ist los?«

»Bill . . .« Sie begann zu weinen. »Es ist wegen Onkel Wade und den anderen. Sie wollen, daß ich zu einem Psychiater gehe.« Bei den letzten Worten war ihre Stimme immer leiser geworden. Sie schluchzte.

»Zum Psychiater? Weshalb?« Er war bemüht, sich seine Aufregung nicht anmerken zu lassen.

»Sie behaupten, ich hätte ein Drogenproblem. Das ist doch nicht zu fassen. Du meine Güte, nur weil ich so aus Spaß ein bißchen Kokain nehme, halten diese Holzköpfe mich für einen Junkie. Mein Gott, Onkel Wade glaubt, daß zwei Sherry vor dem Essen einen zum Alkoholiker machen. Jedenfalls sagen sie, daß ich entweder zu einem Psychiater gehen soll, oder sie stecken mich in eine Entziehungsklinik.«

Bill wurde ruhiger. Er wußte, was er hier zu tun hatte. »Das ist alles? Mach dir keine Sorgen. Ich habe genau den richtigen Psychiater für dich.«

»Aber ich *will* nicht zum Psychiater. Bei mir ist alles in Ordnung. Ich bin der erste Künstler in der Familie, und die können einfach nicht das Wesen eines Künstlers verstehen.«

»Beruhige dich, Liebling«, suchte er sie zu besänftigen. »Wozu willst du dich mit deiner Familie streiten, wenn das doch ganz unnötig ist? Geh zu Dr. Leslie Rosen, der Verlobten von Aaron Paradise. Sie wird deinem Onkel Wade mitteilen, daß du nur ein paar Sitzungen mit ihr brauchst, und alles ist in Ordnung. Bloß keine Panik. Ich werde sie morgen früh gleich als erstes anrufen. Also keine Aufregung, ja?«

»Ist gut. Ich rege mich nicht auf. Aber beeil dich und komm. Ich brauche dich.«

Bill legte auf. Er gratulierte sich, daß er die Situation so gut in den Griff bekommen hatte. Und jetzt würden sie sich ein paar angenehme Stunden machen, so wie geplant.

Die Ironie des Augenblicks ließ ihn lächeln. Eben noch, bei Elises Anwälten, wo er die Scheidungspapiere unterzeichnet hatte, hatte es so ausgesehen, als gehe er einer düsteren, freudlosen Zukunft entgegen. Und da er entsprechend des Ehevertrages keinen Pfennig erhielt, schien es sogar, als ob er es wie ein Gentleman trüge.

Doch mit Phoebe als Perspektive konnte er sich diese Generosität erlauben. Hier gab es keinen Verlust für ihn, nur Gewinn. An Geld, Schönheit und Jugend. Die junge Phoebe war der jungen Elise zu Beginn ihrer Ehe so sehr ähnlich. Wie sehr hatte er das unkonventionelle Bohèmeleben genossen, das er durch Elise in Europa kennengelernt hatte. Sie waren damals das einzige verheiratete Paar in jenen Kreisen gewesen, und sie hatten so getan, als ob sie arm wären, um sich anzupassen. Noch lange nachdem sie mit dem Filmen aufgehört hatte, war sie ein gerngesehener Gast bei prominenten Intellektuellen und Filmgrößen in der ganzen Welt. Er war stolz gewesen, ihr Begleiter auf ihren Ausflügen in die Demimonde zu sein. Er war dem Avantgarde-Leben so nahe gewesen, wie es einem reichen Mann nur irgend möglich war. Und jetzt war es das gleiche. Er spürte, daß das für ihn genau das richtige war. Er zog sein Jackett aus und dafür den weichen schwarzen Lederblazer an, den er so sehr liebte. Up to date, fesch, aber trotzdem geschmackvoll. So wie Phoebe.

Phoebe war ihm so schön und unerreichbar erschienen, als er sie das erste Mal gesehen hatte. Wie Elise kam sie aus einer geradezu unanständig reichen Familie, die sie mit allem versorgte, während sie sich ihrer Kunst widmete. Er hatte ihre Talente wahrgenommen, alle, und sie hatte ihn dafür mit allen derzeitigen und zukünftigen Größen der herrschenden Kunstszene in Verbindung gebracht.

Es war ungeheuer aufregend. Phoebe gab ihm seine Jugend zurück. Sie erinnerte ihn an die glückliche Zeit mit Elise. Wieder gehörte ihm eine junge, reiche und kreative Frau, die ihn wollte, so wie er sie. Kunst, Gedränge auf den Eröffnungen, der Klatsch. Und ständig irgendwelche Partys und sonstige Ereignisse. Die Ähnlichkeiten der Kunstszene im heutigen Downtown New York mit der europäischen Filmwelt der Sechziger faszinierte ihn.

Allerdings hatte ein Leben mit den Reichen seine eigenen Schwierigkeiten. Auch ohne den monatlichen Aderlaß durch Hypotheken oder Mietzahlungen war es hart, den entsprechenden Standard für ein Zusammenleben mit einer reichen Frau zu halten. Die vierhunderttausend Dollar im Jahr von Cromwell Reed reichten da bei weitem nicht.

Als sein Wagen an einer roten Ampel hielt, bemerkte er die Massen von Büroangestellten auf ihrem Heimweg nach Long Island und New Jersey. Was die wohl verdienen mochten? Siebzig-, achtzigtausend im Jahr, wenn's hoch kam? Einmal im Monat gehen sie aus, für vielleicht hundertfünfzig Dollar alles in allem. Was für ein Leben.

Wenn ich nicht auf den Trichter gekommen wäre, wie ich einige meiner Ausgabe auf die Firma umlegen kann, hätte ich Elise niemals angemessen begleiten können. Natürlich hatte er dafür kreativ sein und die Ausgaben auf Klienten und Firma umlegen lernen müssen. Seine Nächte mit jungen Damen im Waldorf waren zu Lasten von Klienten gegangen. Ebenso seine zwei neuen maßgeschneiderten Smokings von der Savile Row. Und seine Schuhe, ebenfalls Maßarbeit! O ja, er war zuversichtlich, daß er sich seinen Lebensstil auch weiterhin würde leisten können. Leb wohl, Elise!

Vor Phoebes Studio angelangt, sprang er aus dem Wagen und eilte zum Eingang. Ihre kindliche Stimme in der Türsprechanlage. »Ich komme«, antwortete er und drückte die Tür auf.

Voller Vorfreude wartete er auf den langsamen Lastenaufzug. Phoebe war so talentiert, so sexy und vor allem jung.

Wenn er ganz ehrlich war, mußte er zugeben, daß ihn Jugend erregte. Je jünger, desto besser. Je älter er wurde, desto jünger schienen seine Frauen zu werden. Das hatte ihn eine ganze Zeit lang irritiert, aber Phoebe hatte diese ungehörigen Regungen erkannt und war nicht nur auf seine Fantasien eingegangen, sondern hatte ihn auch von dem damit verbundenen schlechten Gewissen befreit. Er hatte nie mit jemandem darüber – über diese Bedürfnisse – gesprochen, erst mit Phoebe.

Als er den Aufzug betrat, fühlte er, wie seine Erektion im Hosenschritt spannte. Es drängte ihn, sich selbst zu berühren, aber er hielt sich zurück, zögerte den Augenblick einer Berührung hinaus und steigerte damit noch seine Erregung.

Ohne daß er ihr etwas hatte sagen müssen, hatte Phoebe um jede einzelne seiner intimsten Fantasien gewußt, und allmählich, behutsam, hatte sie ihm beigebracht, seine Bedürfnisse zu artikulieren, sie auszuprobieren und sich ihnen hinzugeben. »Denn das tut gut.« Jedenfalls solange sie dies gemeinsam taten.

Er stieg aus dem Fahrstuhl und klingelte ungeduldig an ihrer Studiotür. Er hörte sie geschäftig herumräumen. Er klingelte wieder, länger. Endlich flog die Tür auf, und ein wenig atemlos fiel ihm Phoebe begeistert um den Hals.

»Was hat dich denn aufgehalten, Kleines?« murmelte er in ihren samtigen Hals.

Sie stieß ihn leicht zurück. »Ich wollte nur sicher sein, daß meine Arbeit völlig zugedeckt ist. Du darfst es noch nicht sehen. Erst wenn es vollendet ist.«

Sie zog ihn in den riesigen Arbeitsraum. Er blickte auf eine mit Laken bedeckte Fläche, die einen Großteil des Raumes einnahm.

»Was ist das? Woran arbeitest du?« fragte er mit vorgetäuschtem Interesse, als er zu dem Tisch trat, auf dem ein wildes Durcheinander von Arbeitsutensilien, Wodka- und Tequilaflaschen herrschte.

»An meinem bislang besten Werk. Finde ich jedenfalls.« Sie zögerte kurz. »Mach mir bitte auch einen Drink.«

Schnell machte er ihr einen Wodka mit Eis zurecht und ließ sich auf den übergroßen Futon in einer Ecke fallen.

»Komm her.« Er griff nach ihr und zog sie zu sich herab. »Wessen kleines Mädchen bist du?« fragte er mit kehliger Stimme.

Doch Phoebe sprang auf. »Warte, noch nicht. Nimm deinen Drink und komm mit.«

Das übliche Ritual begann. Die gemeinsame heiße Dusche, noch mehr Wodka mit Eis, einige Linien Schnee zur Verstärkung der Erregung und dann schließlich das Tableau.

So hatten sie es viele Male gehalten, seitdem Phoebe seine besonderen Bedürfnisse erraten hatte. Jedesmal gab es Verbesserungen, und immer endete es auf die gleiche Weise.

Schließlich hielt er sie immer in eine Ecke gepreßt, so wie er und sie es gern hatten, und fragte sie wieder: »Wessen kleines Mädchen bist du?«

Und sie antwortete wie immer, so wie ein kleines Mädchen, das auf dem Schoß seines Vaters Hoppereiter spielt. Sie hatte ihn ganz in der Hand. Rittlings auf ihm, ihre flache Brust schweißglänzend, sein Glied tief in ihrem fast völlig haarlosen Körper, bewegte sie sich langsam. »Ich bin Papas kleines Mädchen. Papa, Papa.« Dieser einfache Satz war das Stichwort für ihren gemeinsamen, genau aufeinander abgestimmten Orgasmus geworden. Sie hatte ihn ganz und gar in der Hand, und er wußte es.

12

Abmachungen

Am Tag nach Halloween, als sie ihren ersten Scheck über anderthalb Millionen von Morty erhalten hatte, war Brenda zumute, als ob sie im Lotto gewonnen hätte. Und sie würde noch einen bekommen! Sie konnte es kaum fassen. Am liebsten wäre sie jemandem um den Hals gefallen.

Statt dessen küßte sie den Scheck und tanzte damit durch die Wohnung – bis sie sich dabei im Spiegel erblickte. Sie blieb stehen. Der Vergleich zu den tanzenden Nilpferden in *Fantasia* war einfach nicht zu übersehen. Andererseits begannen die Stunden mit Bernie und seinem Zwilling erste Wirkung zu zeigen. Vielleicht war sie nur noch ein kleiner Elefant. Aber sogar der Gedanke an ihr Gewicht konnte ihr an einem Tag wie diesem die Laune nicht weiter verderben.

Sie stellte sich eine Woche im Hotel Sacher in Wien vor, umgeben von Bergen warmen, pikant gewürzten Kartoffelsalats mit Kalbsschnitzeln, Sachertorte und Apfelstrudel mit frischer Schlagsahne. Sie umschlang sich mit den Armen bei der Vorstellung all dieser Geschmäcker und Düfte. »Zum Teufel noch mal. Warum nicht zwei Wochen?«

Aber ihr Gewicht! Für einen Augenblick ernüchtert, dachte sie: Vielleicht eine Woche Sacher und eine Woche Hungerkur. Nein, das war nicht sehr amüsant. Düster sah sie vor sich hin. Aber wieso so düster? Schließlich standen ihr Zeit und Geld in rauhen Mengen zur Verfügung. »Gut, dann zwei Wochen Sacher und eine Woche Hungerkur. Das ist mein letztes Angebot«, sagte sie laut.

Sie rief Annie an. Die würde sich mit ihr freuen. Sie hatte Annie richtig liebgewonnen. Gut verstanden hatten sie sich schon immer, aber in der letzten Zeit war ihr Verhältnis noch tiefer und wärmer geworden, wie eine echte Freundschaft.

Beim zweiten Klingeln hob Annie ab. »Hey, Mädchen, ich bin reich«, verkündete Brenda. »Rat mal, was der Postbote gemacht hat, aber keine schmutzigen Fantasien bitte.« Sie lachte. »Ich habe Mortys Scheck erhalten, den mit den vielen Nullen. Jetzt weiß ich, was es heißt, wenn von runden Zahlen die Rede ist.« Sie hielt kurz inne, wartete auf eine Bemerkung, und als keine kam, fuhr sie munter fort: »Und weißt du, was das Beste ist? Der Gedanke an die Qualen, die es Morty bereitet haben dürfte, diesen Scheck auszuschreiben. Sein Gesicht hätte ich sehen mögen, als er ihn unterschrieben hat.« Sie sah ihn vor sich, auf seiner Zigarre kauend, mit feuerrotem Gesicht, die Augen vor Wut hervorquellend. Mit Befriedigung strich sie ihr Haar aus der Stirn. »Was meinst du, Annie. Hilfst du mir, es auszugeben?«

Trotz deutlicher Anstrengung, auf Brendas Begeisterung einzugehen, klang Annie bedrückt. »Herzlichen Glückwunsch, Brenda. Das hört man wirklich gerne.«

»Ist etwas passiert, Annie? Habe ich dich gestört?« Brenda spürte, wie sich ihre Begeisterung verflüchtigte. »Ich habe dahergeredet und gar nicht gefragt, wie es dir geht.«

»Ganz und gar nicht, Brenda. Mir geht es gut. Ich mußte nur gerade an etwas denken. Aber das ist wirklich toll, Brenda, einfach großartig. Du hast gewonnen.«

»Ja, sieht ganz so aus.«

»Und was wirst du jetzt machen mit dem ganzen Geld?«

»Die Hungernden beköstigen.« Brenda brach in schallendes Gelächter aus.

Annie wurde davon mitgerissen. »Oh, Brenda, du schaffst es doch immer, mich zum Lachen zu bringen.« Sie schwieg kurz. »Es ist nur, daß ich ein paar wirklich unerfreuliche Nachrichten finanzieller Art erhalten habe.«

»Wußte ich's doch. Da konnte doch was nicht stimmen. Ich dachte schon, du wärest neidisch oder so. Tu mir das bitte nicht an. Auch ich bin zur Hälfte katholisch und stelle mir immer gleich das Schlimmste vor. Was ist denn los?«

Annie erzählte ihr die ganze Sache mit Aarons Aktienkauf und Sylvies Mündelgeldern, und daß das meiste davon jetzt verloren war. Brenda konnte es kaum fassen.

»Moment. Er hat dich also endlich angerufen, um dir zu sagen, daß er sich verspekuliert hat? Daß das ein Fehler war? Er ist ein Scheißkerl, Annie. Ein Scheißkerl.«

»Nein, er sagt, er will es zurückzahlen. Ende des Monats. Er hat es versprochen.«

»Klar. Er hatte auch was versprochen – von wegen *bis daß der Tod euch scheide*. Jetzt ist er geschieden. Er ist einfach ein Scheißkerl.«

»Das ist er erst, wenn er das Geld nicht zurückzahlt. Ich werde schon damit zurechtkommen. Inzwischen mußt *du* aber feiern. Tanz nackt über die Madison Avenue. Fahr in Urlaub.« Sie schwieg kurz, um dann ernsthafter fortzufahren. »Ich freue mich so für dich, Brenda. Du verdienst nur das Allerbeste. Denk aber an uns, bevor du irgend etwas anderes unternimmst. Kauf dir etwas ganz besonderes, etwas Teures. Verwöhn dich! Nicht Angela oder Tony. Machst du das?« Annie klang wieder einmal ganz nach ›Mammi weiß es am besten‹.

»Ja.« Brenda war plötzlich ganz schüchtern. »Wo kaufst du deine Schuhe, Annie! Ich meine die so besonders hübschen.«

»Bei Helene Arpels. Das wäre was für dich.«

Brenda war ganz gerührt. »Ich danke dir, Annie. Willst du nicht mitkommen zum Einkaufen?«

»Und ob. Wir wollen uns einen richtig schönen Tag machen. Nur wir beide.«

Brendas Augen wurden feucht. »Danke, Annie. Bis später dann.«

Als nächstes rief sie Elise an und war ganz überrascht über deren echte Begeisterung. »Ist das wirklich wahr, Brenda? Du hast den Scheck bekommen? Das ist einfach wunderbar! Und es soll doch noch einer kommen? Wie schön für dich. Und für uns. Es war tapfer von dir, daß du dich gegen ihn gewehrt hast. Ich weiß ja, daß du erst keinen Rechtsstreit wolltest, wegen der schmutzigen Wäsche deiner Familie und so. Und ich weiß, wie schlimm sich eine schlechte Presse auswirken kann. Das hast du gut gemacht.«

Diese Worte kamen mit so viel echter Wärme, daß Brenda ganz gerührt war. Aber sie wußte auch, wem hier eigentlich das Lob gebührte. »Diana war ganz große Klasse. Ich weiß nicht, was ich ohne sie getan hätte.« Und ihr wurde bewußt, wie sehr das stimmte.

»Was hast du vor, Brenda? Wenn du das Geld gut anlegst, hast du für den Rest deines Lebens ein nettes kleines Einkommen bei geringer steuerlicher Belastung.« Elise hielt inne, um die richtigen Worte zu finden, ohne mit der Tür ins Haus zu fallen. »Wenn du willst, kann ich mich einmal für dich umhören. Ich bin mit neuen Anlagen beschäftigt und könnte dir helfen. Das heißt, wenn du möchtest.«

Dieser Tag war einsame Spitze für Brenda. Geld und Freunde. »Ich wäre dir wirklich sehr dankbar, wenn du das tun könntest, Elise. Vielen Dank.«

Zwei Wochen später, kurz vor Erntedank, führte Brenda von eben diesem Apparat ein gänzlich anderes Gespräch.

»Er zahlt nicht? Verstehe ich richtig, daß dieser Scheißkerl die Abmachung nicht einhält? Morty will mir den zweiten Teil nicht zahlen?« schrie Brenda in den Hörer. Am anderen Ende der Leitung war Diana.

»Es sieht ganz so aus, Brenda. Es tut mir leid. Sein Anwalt sagt, daß er diese Abmachung nicht als bindend ansieht. Es ist absolut unglaublich.«

»Bitte, noch einmal mit ganz einfachen Worten, so, daß ich das Ganze verstehen kann. Wenn Leo Gilman sagt, ›Mr. Cushman betrachtet unsere Abmachung nicht mehr als bindend‹, dann sagt er damit doch, daß dieser Scheißer sich drückt, oder?«

»Genau.«

Brenda fühlte, daß ihre Hände feucht geworden waren, ihr Herz klopfte wild. Doch trotz ihrer Wut spürte sie Dianas Unbehagen, und ihr wurde klar, wie schwer ihr dieser Anruf gefallen sein mußte.

»Sie sind absolut im Recht, so wütend zu sein. Auf Mortys Seite hat das nichts mit rationaler Entscheidung zu tun. Sogar Leo Gilman scheint überrascht zu sein.«

»Er hat es einfach nicht verkraftet, daß sein Nettowert so beschnitten wurde.«

»Es tut mir so leid.«

»Mir auch, aber ich bin nicht wütend auf Sie.« Brenda dämpfte ihre Stimme. Sie wollte Diana nicht verletzten. »Es ist nur so, daß ich die Dinge beim Namen nenne, und zwar laut, damit ich es auch kapiere und nicht vergesse. Ich hätte wissen müssen, daß dieser elende Wichser nicht blechen wird. Es ist meine Schuld.«

»Nein, meine. Ich hätte mehr verlangen müssen und einen größeren ersten Anteil. Natürlich werden wir dagegen vorgehen.«

»Schmonzes. Es dürfte ein gutes Weilchen dauern, bis wir noch einen Scheck zu sehen bekommen. Ich mach' Ihnen einen Vorschlag.« Brenda bemühte sich, ihre gute Laune wiederzufinden. »Wie wär's, wenn ich Sie heute einmal zum Lunch einlade? Ich habe mich immer besser in der Hand, wenn ich esse.«

»Gerne. Aber ehrlich gesagt, brauchen Sie sich mir gegenüber nicht zusammenzureißen, Brenda. Ich mag es gerade, wenn Sie die Zügel schießen lassen. So etwas tut gut.«

Brenda war geschmeichelt. »Meinen Sie? Warten Sie's ab, das war noch gar nichts.« Trotz dieser schlechten Neuigkeiten, war es ein Vergnügen, sich mit Diana zu unterhalten. »Also um eins im Carnegie Deli? Sie werden mich sofort erkennen. Ich koche vor Wut.«

Im Deli hatte Brenda gerade einen Tisch für zwei besetzt, als sie Diana selbstbewußt das Restaurant betreten sah. Irgend etwas an Diana löste in ihr eine frohe Erregung aus, wie bei einem jungen Mädchen bei seiner ersten Verabredung. Sie senkte den Blick. Dieser Vergleich war ihr nicht geheuer. Als sie wieder aufsah, stand Diana vor ihr.

»Ich habe mich doch nicht verspätet?« Sie blickte von ihrer Uhr auf den Teller mit Kartoffelsalat vor Brenda.

»I wo. Das hier ist noch nicht das Essen, nur so etwas wie eine Vorspeise. Etwas, um sich die Zeit zu vertreiben, bis das richtige Essen kommt.«

Diana lächelte, nickte und glitt auf ihren Platz. Als die Kellnerin herantrat, fragte Diana Brenda, ob hier der Obstsalat auch frisch sei. Brenda verschluckte sich fast an ihrem letzten

Bissen Kartoffelsalat. »Sind Sie wahnsinnig?« fragte sie ungläubig. »Obst wollen sie hier essen?«

»Was würden Sie denn empfehlen?«

Brenda wandte sich an die Kellnerin und rasselte in einem Atemzug eine Bestellung nach der anderen herunter. »Bringen Sie dieser Dame etwas Truthahn auf Roggenbrot mit russischem Dressing, viel Dressing, und außerdem eine Portion knusprige Bratkartoffeln, nicht diese bleichen Dinger, und noch eine Portion Kohlsalat.« Zu Diana gewandt fügte sie hinzu: »Den Kohlsalat teilen wir uns.«

Dann fuhr sie auf gleiche Weise mit ihrer Bestellung fort. Diana lachte, als die Kellnerin sie verließ. »Ich werde das nie schaffen. Ich esse immer nur sehr wenig zu Mittag.«

»Ja, das sieht man. Nur Haut und Knochen. Sie brauchen Ihre Kräfte, um mir gegen Morty, diesen Wichser, beizustehen. Ohne Sie kann ich nichts tun. Wenigstens haben wir jetzt etwas Geld in der Kriegskasse.«

Trotz ihrer kämpferischen Reden fühlte Brenda sich hilflos. »Was soll ich tun, Diana?« Es ging nicht um das Geld. Mit anderthalb Millionen hatte sie ausgesorgt. Aber Morty versuchte, sie hereinzulegen. Er hatte noch 40 oder 60 Millionen, und das machte sie stinkwütend. Tränen traten ihr in die Augen. Sie war ratlos.

Diana lehnte sich über den Tisch und legte beruhigend ihre Hand auf Brendas. »Weinen Sie nicht, Brenda. Uns wird schon etwas einfallen. Wir kriegen ihn zu fassen.«

Brenda wußte nicht, weshalb ihr die Berührung von Dianas Hand so guttat und ihre Worte und das ›Wir‹ sie tatsächlich beruhigten. Warum fühle ich mich so wohl, wo es mir doch so mies geht? fragte sie sich. Und wieder verscheuchte sie diese Gedanken.

»Und was machen wir jetzt?« fragte sie statt dessen und wischte sich die Augen mit der Serviette. »Soll ich ihn verklagen oder einfach aufgeben? Und was ist, wenn ich nach einem jahrelangen Prozeß verliere, soll ich mich dann an den Staat wenden? Und wenn wir die Steuerfahndung auf ihn hetzen, werde ich mein Geld auch nicht bekommen.«

Diana überlegte einen Augenblick. »Ein Prozeß könnte

Jahre dauern. Wegen meines Honorars machen Sie sich mal keine Sorgen. Ich könnte ja auf Erfolgsbasis arbeiten, schließlich fühle ich mich in gewisser Weise verantwortlich. Wir wollen es so machen: Sie brauchen mich nur zu bezahlen, wenn wir gewinnen. Irgendwie habe ich allmählich das Gefühl, als ob das unsere gemeinsame Sache ist.«

»Diana, Sie sind einer der anständigsten Menschen, denen ich je begegnet bin. Und so ziemlich der einzige anständige Anwalt. Ich danke Ihnen.«

Diana lächelte. »Natürlich können Sie auch versuchen, sich zu rächen. Das klappt etwas schneller, aber meiner Meinung nach bringt es einem kein Geld.«

Brenda achtete nicht besonders auf die belegten Brote, die inzwischen auf dem Tisch standen. Sie war in Gedanken versunken, wie vor einer lebenswichtigen Entscheidung. »Was geschieht mit mir, wenn ich die Steuerfahndung auf Morty ansetze, mit allen Unterlagen, die sie dazu braucht? Hat das Folgen für mich? Über die meisten Jahre haben wir doch gemeinsam versteuert.«

Diana zuckte die Schultern. »Ich glaube, dazu brauchen wir einen versierten Steueranwalt. Wir hatten es ja eigentlich nur in der Hinterhand halten wollen, als Druckmittel für unsere Abmachung. Das müssen wir noch einmal überdenken.«

Brenda nickte und begann zu essen. »Erinnern Sie sich daran, daß ich Ihnen gegenüber einmal Elise Elliot erwähnt habe? *Die* Elise Elliot? Also, sie hat mir angeboten, mir bei Anlagen und Steuern zu helfen. Wenn jemand den richtigen Draht zum Finanzamt hat, dann Elise. Wenn Sie nichts dagegen haben.«

»Wir können jede Hilfe gebrauchen. Übrigens, das Essen war großartig. Ich weißt gar nicht, wie ich das Ganze geschafft habe.«

»O ja, ich verstehe, was Sie meinen. Ich habe genau dasselbe Problem. Wie schmeckt der Truthahn?«

»Da wir gerade vom Essen sprechen. Was haben Sie am Sonntag abend vor?« fragte Brenda.

»Nichts.«

»Möchten Sie dann nicht zu mir kommen? Tony und Angela sind auch da, und ich mache uns ein tolles Abendessen. Wie wär's?«

»Sehr gern.«

Elise betrat Shea's Lounge in der 2. Straße und brauchte einen Augenblick, bis sich ihre Augen an das gedämpfte Licht in diesem Restaurant gewöhnt hatten. Es lag nur drei Straßen von ihrer Wohnung in der Park Avenue entfernt, aber in der falschen Richtung. Insider gingen hier weder einkaufen noch zum Essen. Trotzdem war sie schon ein- oder zweimal hier gewesen. Der Barkeeper trat auf sie zu und sprach sie mit ihrem Namen an: »Mrs. Elliot?« Überrascht nickte sie. Sie hatte sich allmählich daran gewöhnt, daß man sie nicht mehr unbedingt erkannte. Aber der Mann war von Larry instruiert worden. Er führte sie an einen Tisch hinten in einer Ecke. Die Tischdecken waren rotkariert, und Kerzen in Perrierflaschen standen darauf. Vor zwanzig Jahren waren es noch Chiantiflaschen gewesen, wie Elise im stillen ironisch konstatierte. Larry war aufgestanden, und bevor es der Ober tun konnte, hatte er ihr den Stuhl hervorgezogen.

Um ihrer Nervosität Herr zu werden, zog Elise langsam ihre Handschuhe aus und ließ erfreut ihren Blick durch das Lokal wandern. »Sie haben den idealen Ort gewählt, Larry.« Lächelnd wandte sie sich ihm zu. »Ein nettes, altmodisches Bistro – trotz des etwas irreführenden Namens.«

Larry strahlte. Seit Tagen hatte er sich den Kopf zerbrochen, wohin er sie einladen sollte. Alles sollte stimmen. Nicht zu teuer sollte es sein, aber gut. Und nicht zu modern, nicht zu überkandidelt.

»Als ich noch auf der Uni war, hat ein Freund von mir hier als Kellner gejobbt. jeden Freitagabend stieg eine Fete. Es war wirklich großartig.«

Elise stellte fest, daß er mit seinem Tweedjackett und dem Oxfordhemd immer noch ganz wie ein Student aussah.

»Ich weiß«, sagte sie. »Vor vielen Jahren bin ich auch öfter hierhergekommen. Das war nach meiner Zeit in Rom, in dem Jahr, als jede Illustrierte in Amerika das Foto von mir im Trevi-Brunnen brachte, zusammen mit zwei Carabinieri, die auf mich zuwateten, um mich zu verhaften.« Die Erinnerung ließ sie lächeln.

»Ich erinnere mich an das Bild. Es war eine wirklich gelungene Aufnahme. Es hieß, Sie wären hineingesprungen, aber Sie behaupteten, man hätte Sie gestoßen. Wie war es wirklich?«

»Weder noch. Man hatte mich hineingehoben. Alles wegen der Publicity für einen Film. Sogar die Carabinieri waren Schauspieler. Es war eine schöne Zeit. 1961 war das.«

»In diesem Jahr bin ich geboren.« Auf diese Bemerkung von Larry herrschte kurz ein betretenes Schweigen. Erleichtert sah Elise den Ober mit seinem Block herbeikommen.

»Möchten Sie bestellen?«

Elise benötigte die Speisekarte nicht. »Ich nehme einen kleinen Salat, mit Ihrem berühmten Dressin, wenn es das noch gibt.«

Larry nahm Hacksteak und wandte sich dann wieder ihr zu. »Ich bin so froh, daß Sie meine Einladung angenommen haben. Ich wollte Sie unbedingt wiedersehen. Ich habe alles darangesetzt, um Mr. Bloogee davon zu überzeugen, daß ich Ihnen nichts Böses will. Tatsächlich verehre ich Sie ganz außerordentlich und würde Sie nie verletzten wollen.« Er stotterte und wurde rot.

Elise war gerührt. In gewisser Weise war er wunderbar altmodisch. Er schien reifer zu sein, als nach seinen Jahren zu erwarten war. Onkel Bob hatte recht. Er hatte gesagt, daß Larry einzigartig sei. Elise begann zu verstehen, was er damit sagen wollte. Er hatte ein nahezu höfisches Benehmen. Wann war zum letzten Mal ein Mann so zärtlich-rücksichtsvoll zu ihr gewesen?«

Um jedem Mißverständnis vorzubeugen, warf sie schnell ein: »Ich habe Ihr Drehbuch gelesen.« Sie bemerkte, daß Larry tief Luft holte und den Atem anhielt. Sie fuhr fort: »Ich finde es ganz wunderbar.« Er atmete wieder aus. »Sie haben eine visuelle Begabung. Man hat den Eindruck, als ob Sie mit der Kamera geschrieben hätten. Verstehen Sie, was ich meine?«

Er wurde rot. Der Junge wurde tatsächlich rot. Elise seufzte. Er war wirklich lieb, eigentlich schon zu lieb. Und jung, viel zu jung. »Aber ein paar Dinge, finde ich, passen nicht so recht.«

»Ja? Was wäre das?«

»Die Szene, wo sie in die Kirche geht. Die sieht so, nun ja, so gestellt aus.«

»Sie meinen, zu künstlich?«

»Ja. Und das Ende. Warum ein Happy-End? Das paßt so gar nicht zum übrigen Film. Es wirkt irgendwie aufgesetzt.«

»Ich verstehe. Ursprünglich habe ich das auch nicht so geplant. Aber ich konnte es wohl nicht ertragen, Sie unglücklich zu sehen.«

»Es ist nicht das passende Ende. Es paßt nicht zur Rolle.«

»Ich habe an *Sie* gedacht, als ich dieses Drehbuch geschrieben habe, Elise. Das ist Ihr Film.«

Elise hatte das schon geahnt. Die Rolle war ganz auf sie zugeschnitten. Trotzdem war sie auf diese Worte nicht vorbereitet gewesen. Das Buch hatte so etwas Persönliches; das machte es auch so gelungen. Und an Larry war etwas, daß man sich irgendwie geborgen fühlte.

Das ist ein rein geschäftliches Treffen, rief sie sich zur Ordnung. Mach dich nicht wieder lächerlich. Sie schob ihr unberührtes Glas beiseite und griff zur Gabel. Was gäbe ich für einen anständigen Schluck anstelle dieses Pellegrino-Wassers. Aber sie rührte den Martini nicht an. Heute würde sie die Kontrolle nicht verlieren. »Um ehrlich zu sein, ich habe seit langem nicht mehr daran gedacht, eine Rolle zu übernehmen. Aber zur Zeit ändert sich einiges in meinem Leben. Vielleicht ist das ein günstiger Moment. Ich glaube, ich wäre für die Rolle besser geeignet als jede andere.«

Ihr Essen wurde gebracht. Es sah nach nichts aus. Tja, die Zeiten ändern sich. Larry rührte seinen Teller überhaupt nicht an. Die Aufregung darüber, daß er Elise wieder getroffen hatte und sie eventuell die Starrolle – *ihre*

Rolle – übernehmen wollte, schnürte ihm die Kehle zu. »Es gibt keine andere, Elise«, flüsterte er endlich.

Ihn absichtlich mißverstehend, entgegnete sie: »Aber gewiß doch. Dina Merrill könnte es spielen.«

»Das meine ich nicht. Ich will sagen, daß ich mein ganzes Leben noch nicht so empfunden habe. Elise, ich liebe dich.«

Elise senkte den Kopf, damit man nicht sah, wie sie vor Freude rot wurde. Das war doch lächerlich! Er hatte Talent, und das Drehbuch war gut, aber alles andere war Unsinn, ermahnte sie sich. »Du kennst mich überhaupt nicht. Was ist schon ein Nachmittag«, erwiderte sie leise.

»Ich habe dich mein ganzes Leben gekannt. Ich habe dich schon immer geliebt.« Er berührte ihre Hand. Der Ausdruck ihres Gesichts ließ ihn zurückzucken.

Ein schlechter Scherz, dachte sie. Oder er ist ein Spinner. Dem Himmel sei Dank, daß ich nichts getrunken habe. Sonst würde ich jetzt sofort mit ihm ins Bett steigen, und dann hätte ich wirklich Probleme. Ihre Lippen zitterten. Noch bevor sie sich wieder gefangen hatte, fragte er: »Darf ich dich wiedersehen? Ich *muß* dich wiedersehen. Wir können uns ja einfach unterhalten. Über das Drehbuch. Oder über deine Karriere oder meine, falls ich eine hätte. Ich möchte dich so glücklich machen, wie du es noch nie gewesen bist.«

Da erinnerte sie sich. Genau das hatte er damals im Carlyle zu ihr gesagt. »Larry, ich weiß nicht. Ich weiß wirklich nicht.« Ich darf mich nicht darauf einlassen. Er ist noch nicht einmal halb so alt wie ich. Er ist noch ein Kind. Oder ein Spieler. Oder aber er weiß nicht, was er will. Ich bin nur ein Abenteuer für ihn. »Larry, laß mich erst entscheiden, ob ich überhaupt wieder zurück zum Film will. Damit wollen wir beginnen.«

Sein Gesicht verschloß sich. Lieber Gott, jetzt habe ich ihn verletzt! »Ich bin so durcheinander, Larry. Bitte, ich muß jetzt allein sein. Gerade jetzt geht in meinem Leben alles drunter und drüber.«

Sie griff nach ihrem Notizbuch und dem Scheckheft. Flink faßte Larry ihre Hand. »Das geht auf mich. Schließlich habe ich dich eingeladen. Und ich danke dir für deine Vorschläge zum Drehbuch.«

Sie stand auf und gab ihm die Hand. Er hielt sie fest, während sie sich lange anschauten. »Gut«, meinte sie dann. »Und ich würde das Drehbuch gerne sehen, wenn es überarbeitet ist.« Einer impulsiven Regung folgend, beugte sie sich vor und gab ihm einen Kuß auf die eine Wange, während sie die andere sanft berührte. Schnell wandte sie sich ab und ging zur Tür.

»Ich warte auf deinen Anruf«, hörte sie ihn noch sagen, als sie in das strahlende Sonnenlicht hinaustrat. Sie setzte ihre Sonnenbrille auf, froh, daß niemand ihre aufsteigenden Tränen sah.

Zum ersten Mal seit Wochen konnte Elise in dieser Nacht wieder gut schlafen. Als sie am nächsten Morgen in ihr Büro hinauffuhr, musterte sie sich kurz im Aufzugsspiegel. Sie war ganz überrascht bei dem Anblick ihres leuchtenden, glücklichen Gesichts; es war so ganz anders als das übliche, traurig aufgedunsene. Ein gutes Zeichen.

Überrascht fand sie oben bereits Annie und Brenda in fröhlich angeregter Unterhaltung vor. Beide betrachteten sie zugleich erstaunt wie erfreut. Natürlich hatte Brenda wieder als erste einen Kommentar parat. »Wo bist du gewesen, Kleine? War's 'ne tolle Verabredung?« Sie hatte die unheimliche Fähigkeit, sofort die Wahrheit zu erraten. Aber diesmal konnte sie glücklicherweise nichts wissen.

Mit einem Blick auf Elises Ungaro-Kleid fiel auch Annie ein. »Wirklich gut. Darin siehst du fabelhaft aus. Oder ist es eine neue Frisur? Was hast du bloß gemacht?«

»Oh, ich habe mich für ein neues Leben entschieden«, antwortete Elise lässig, setzte sich zu ihnen und kreuzte ihre langen, schlanken Beine. »Vielleicht werde ich wieder einen Film machen. Und vielleicht sogar auch produzieren.«

»Das ist ja wunderbar. Genau das, was du brauchst. Etwas ganz für dich allein«, stimmte Annie zu.

»Braves Mädchen! Denkst du dabei an einen wirklichen Film oder an eine neue Version von *Sunset Boulevard?*«

Brendas Bemerkung ließ Elise auflachen. »Ja, ich denke dabei an ein bestimmtes Drehbuch. Aber bevor ich das in Angriff nehme, habe ich noch eine andere Sache zu erledigen. Und damit komme ich zum Thema: Was heckt ihr beide gerade aus? Brenda, du siehst aus wie eine Katze, die soeben den Kanarienvogel gefressen hat.«

»Eher eine Ratte. Es ist nämlich so, daß Morty sich um unsere Abmachung drückt und mir meinen zweiten Scheck nicht auszahlen will. Also: was ist wohl die zweitbeste Sache, nach Geld? Rache. Ich werde ihm die Steuerfahndung auf den Hals hetzen. Es ist schon alles vorbereitet. Ich habe jede Menge Leichen ausgegraben.« Sie griff sich eine Handvoll Fruchtgummis aus der Schale auf dem Couchtisch und warf sie sich in den Mund. »Was hältst du davon?«

Elise überlegte nicht einen Moment. »Zeig's ihm. Wenn du sicher bist, daß er dir das Geld nicht gibt, dann wirf ihn den Löwen vor.« Sie lehnte sich zurück und schüttelte den Kopf. »Was für ein Bastard.«

»Diana meint, daß ein Steuerexperte erst mal prüfen soll, welche Folgen das für mich haben könnte. Sie glaubt, daß ich ungeschoren bleibe, wenn ich ihn anzeige.«

Elise fiel ihr ins Wort. »Warum rufe ich nicht schnell meinen Steuerberater an, damit er mal rüberkommt, ja? Er ist der beste weit und breit.«

Brenda war froh, daß Elise dieses Angebot machte, bevor sie sie darum bat. »Danke, Elise. Je eher, desto besser.«

Annie beobachtete die beiden. Brenda lachte, obwohl sie anderthalb Millionen Verlust hatte. Warum konnte sie das nicht auch? An diesem Morgen hatte Aaron angerufen, um ihr mitzuteilen, daß seine Finanzen ein kleines Erdbeben erlitten hätten. Er würde nicht in der Lage sein, den Verlust vor Ende des Jahres wieder auszugleichen. Aber in der Zwischenzeit war der laufende Quartalsbeitrag für Sylvies Schule zu bezahlen und noch vor Ende des Jahres der nächste. Aaron hatte sie angefahren und eine Nörglerin genannt. Sie hatte damit gedroht, vor Gericht zu gehen oder Gil Griffin aufzusuchen. Er hatte es ihr nachgerade verbieten wollen.

»Annie, bist du überhaupt hier?« Brenda spürte, daß Annie sich Sorgen machte.

»Aber gewiß doch. Und zu jeder Schandtat bereit.«

Alle drei lachten wie Schwestern, die einen Streich ausheckten.

Als Bill im vierzigsten Stock in Wade van Gelders Bürogebäude aus dem Aufzug stieg, spürte er, wie ihn der Mut zu verlassen drohte. Der Gedanke an den Grund seines Kommens lastete schwer auf ihm, als er zum Empfangstisch trat. Gestern nacht, als er neben Phoebe lag und ihren Atemzügen lauschte, war ihm klar geworden, daß ihre gemeinsame Zukunft ernstlich gefährdet war, wenn er nicht etwas unternahm. Sein Gegenspieler war dabei Phoebes Onkel Wade, das Familienoberhaupt der van Gelders und der Treuhänder des gewaltigen Familienvermögens. Als erstes an diesem Morgen hatte Bill um einen Gesprächstermin gebeten. Er war ganz überrascht, daß er ihn so schnell bekommen hatte.

»Danke, daß Sie es mir so schnell ermöglicht haben, Sie zu sprechen, Wade.« Bill nahm in dem Ledersessel vor dem Mahagonischreibtisch Platz. Hinter Wade sah er eine Sammlung alter Steinschloßflinten an der Wand hängen.

»Ich habe damit gerechnet, daß Sie in den nächsten Tagen auf mich zukommen würden«, meinte Wade daraufhin.

»Ich glaube, daß wir uns beide um dieselbe Angelegenheit Sorgen machen«, fuhr Bill ein wenig zu hastig fort. »Deshalb meine ich, daß es am besten ist, das Problem offen auf den Tisch zu legen. Ich glaube annehmen zu können, daß Sie das ähnlich sehen.«

Wade blickte auf seine gefalteten Hände, um dann den Blick auf Bill zu richten. »Das eben glaube ich nicht. Meine Sorgen haben etwas mit Phoebes Wohlergehen zu tun. Offen gesagt, sieht es so aus, als ob die Steigerung ihres Drogenkonsums und die Abnahme ihrer, sagen wir, künstlerischen Audruckskraft mit dem Beginn ihrer Verbindung mit Ihnen zusammenzufallen scheint.« Wade rückte den ohnehin schon akkurat ausgerichteten Tintenlöscher auf seinem Tisch zurecht. »Sie werden verstehen, daß dieses Übereintreffen den unerfreulichen Schluß nahelegt, daß Sie Phoebe nicht guttun.« Damit lehnte er sich in seinem Drehsessel zurück.

Genau das hatte Bill erwartet und sich entsprechend vorbereitet.

»Um ehrlich zu sein, Phoebes Drogenkonsum macht auch mir Sorgen, und zwar so sehr, daß ich sie dazu überreden konnte, eine bekannte Psychiaterin aufzusuchen. Mit Hilfe von Frau Dr. Rosen wird es Phoebe ohne Zweifel gelingen, mit den Drogen Schluß zu machen.« Er senkte den Blick. Innerlich befürchtete er, daß die Drogen mehr mit ihrem Sexualleben zu tun hatten, als er zugeben mochte. »Es tut weh, sie so zu sehen.« Er blickte wieder auf und lächelte. »Aber nachdem sie nun in die Behandlung eingewilligt hat, sehe ich es wieder optimistischer. Es ist ein erster Schritt.«

Wade schnippte mit den Daumen seiner gefalteten Hände. Bill konnte sehen, daß er schon einen gewissen Eindruck gemacht hatte, und fuhr fort, um den günstigen Moment zu nutzen. »Haben Sie außerdem Jon Rosens Kritik in der *Times* über Phoebes Ausstellung gelesen, Wade? Er sagt, daß Phoebes Kunst ›jegliches Gefühl aus einem heraussauge‹. Es mag ja sein, daß diese Worte nicht unbedingt das sind, was wir als Kunst bezeichnen würden, aber immerhin hat er den Sachverstand und trifft den Nagel immer auf den Kopf.«

Eine ganze Weile blieb Wade stumm. Bill waren seine Befürchtungen nicht anzumerken, aber er spürte, wie seine Achselhöhlen feucht wurden. Alles, woran mir etwas liegt, hängt von diesem Gespräch ab, dachte er. Und Phoebe ganz besonders. Ich kann einfach nicht zulassen, daß man sie mir nimmt.

Stirnrunzelnd hub Wade schließlich an: »Da gibt es noch etwas, Bill. Wie Sie wissen, sind die van Gelders seit Generationen mit den Elliots befreundet, haben Geschäfte mit ihnen gemacht und untereinander geheiratet. Wir machen uns nicht unerhebliche Gedanken darüber, wie es Elise nach der Scheidung ergehen wird.« Bill spürte Wades bohrenden Blick und daß es sich hier um eine echte Besorgnis handelte.

»Ich bewundere und respektiere Elise, und auf meine Weise liebe ich sie auch. Ich versichere Ihnen, daß ich sie nicht im geringsten verletzen möchte. Ich werde nicht einen Pfennig von ihr nehmen. Die einzigen Wertsachen, über die ich verfüge, sind meine Sammlungen – die Imari, die Münzen, meine Musketensammlung und natürlich die mittelalterlichen italienischen Rüstungen. Ich habe Elise gebeten, sie für mich nach ihrem Belieben zu verkaufen und mir den Nettoerlös, nach Abzug aller Unkosten, zu überweisen. Sie ist damit einverstanden. Ich habe nicht die Absicht, finanziell von unserer Ehe zu profitieren.« Bedeutungsvoll zogen sich seine Brauen zusammen. »Schließlich bin ich ein Ehrenmann.«

Wade lächelte breit.

»Und ich bin sicher, Wade, daß ich Ihnen nicht zu sagen brauche, daß ich über ein nicht unerhebliches eigenes Einkommen verfüge. Schließlich bin ich Teilhaber bei Cromwell Reed.«

»Mir scheint, Bill, Sie tun genau das richtige.« Mit diesen Worten griff Wade hinüber zu seiner Zigarrenkiste. Bill eine Zigarre anbietend, fuhr er fort: »Wenn Sie mir versichern können, daß Elise nicht dadurch gedemütigt wird, Ihnen bei der Scheidung eine Abfindung zu zahlen, und wenn Sie bereit sind, einen entsprechenden Ehevertrag zu unterzeichnen, sehe ich keine weiteren Gründe seitens unserer Familie, die gegen Ihre Verbindung mit Phoebe sprechen.«

Wade schnitt das Ende seiner Zigarre ab und reichte Bill den Zigarrenabschneider, gab sich Feuer und fuhr nach einigen Zügen fort: »Willkommen in unserer Familie, Bill.«

Bill stieß eine große Rauchwolke aus. Seiner Meinung nach war es die beste Zigarre, die er jemals geraucht hatte.

13

Der Besuch

Der Verlust von Sylvies Treuhandfonds und Aarons Schuld daran hatte zumindest einen positiven Effekt: Annie war wütend, und es war ihr bewußt, daß diese Wut Energie bedeutete – Energie, die ihr helfen würde, endlich zu handeln. Heute würde sie Gil Griffin aufsuchen und sich dann mit Jerry Loest zum Lunch treffen, um herauszufinden, wie es finanziell um die Agentur bestellt war. Sie mußte wissen, woran sie war.

Es mochte eine Zwangsvorstellung sein, aber sie konnte an nichts anderes denken als an ihren Besuch bei Gil Griffin. Sie kaute ihr Frühstück, ohne zu wissen, was sie eigentlich aß. Sie mußte erst wieder auf ihren Teller schauen, um sich zu erinnern.

Vielleicht hätte sie Elise davon erzählen sollen, was Aaron mit Sylvies Fonds getan hatte, aber sie hatte sich einfach nicht dazu überwinden können. Brenda verachtete ihn bereits. Elise konnte sie das nicht auch noch sagen, denn in ihren Kreisen tat man so etwas einfach nicht. Das war ausgesprochen schmutzige Wäsche, und es zeigte sie zudem alle in übelstem Licht: sie als Opfer, Aaron als Minderbemittelten und Gil als Gauner. Sie mußte einfach versuchen, das wieder geradezubiegen.

Annie verspürte eine ungewohnte Müdigkeit, als sie sich für diesen Gang fertig machte. Sie war dankbar für den Komfort von Hudsons Limousine und den Schutz, den er gegen alles Unerquickliche bedeutete, bevor sie dessen Personifikation in Gestalt von Gil Griffin gegenübertrat. Aber jetzt kann ich mir Hudson bald nicht mehr leisten. Was wird dieser Tag bloß kosten?

Im Gebäude der Federated Funds stand Annie zwar auf der Liste der angemeldeten Besucher, mußte aber trotzdem fast eine halbe Stunde auf Gil warten. Sie war nervös, und die

Klimaanlage ließ sie bis ins Mark gefrieren. Lustlos blätterte sie in der neuesten *Business Week*.

Schließlich schenkte die Empfangsdame Annie ein angespanntes Lächeln. »Mr. Griffin kann Sie jetzt empfangen. Mrs. Rogers wird Sie zu ihm führen.« Eine ältere Frau war erschienen und geleitete sie durch die stille, blau ausgelegte Halle.

Annie war nie zuvor in Gils Büro gewesen, und die Größe des Raumes verblüffte sie. Glaswände wiesen nach Süden und Osten und gewährten eine atemberaubende Aussicht über den Hafen von Manhattan. Sie mußte sich zwingen, den Blick davon ab- und der Gestalt zuzuwenden, die sich zu ihrer Begrüßung erhoben hatte.

Sie hatte mit ein wenig konventionellem Plaudern gerechnet, mit einem ›Wie geht es so‹, um das Eis zu brechen, aber damit hielt Gil sich nicht weiter auf. »Wie ich verstanden habe, Annie, hast du ein Problem«, begann er, noch bevor sie Platz genommen hatte. Er musterte sie. Sie wünschte, daß sie etwas Formelleres angezogen hätte als ihr schlichtes Calvin-Klein-Kostüm. Er sah sie an, als ob sie nur einen Badeanzug trüge. Sein Lächeln war dünn, seine Augen schmal.

»So ist es, Gil, und ich bin sehr verärgert.« Sie sprach langsam und bedächtig. »Du weißt, daß Aaron und ich einen Treuhandfonds für Sylvie eingerichtet haben. Das war vor ungefähr zwölf Jahren. Dieser Fonds ist für Sylvie von essentieller Bedeutung. Ohne ihn kann sie kein erträgliches Leben führen.«

»Ja, ich erinnere mich.« Er war ganz cool, der Blick seiner bleichen, frostblauen Augen ruhte gleichmütig auf ihr, um dann durch den Raum zu schweifen.

»Es handelt sich um den Fonds, den Aaron mit deiner Mitwirkung vertan hat.«

Teilnahmslos nahm Gil diese Anklage auf. Annie wartete auf eine Reaktion, aber da kam keine. Nicht die geringste. Schweigend saßen sie sich in dem großen Raum gegenüber. Ich werde nicht weitersprechen, sagte sie sich. Ich warte, bis er etwas sagt. Sie war verlegen, obwohl sie es nicht sein sollte, nicht sein wollte. Aber er saß nur da, ohne die geringste Regung, und starrte sie an. Wut stieg in ihr auf, staute sich in ihrer Kehle. Es war schier unfaßbar, wie kalt und gleichgültig er sein konnte. Aber dann erinnerte sie sich an Cynthias Brief. Die Wut trieb sie voran.

»Es war ungesetzlich von dir, Aaron den Zugriff auf das Konto zu gestatten. Es hätte dazu meiner Zustimmung bedurft. Ich habe und hätte sie auch nie gegeben.«

Annies Stimme fing an, schriller zu werden, und Gil hob, Schweigen gebietend, seine Hand. Jetzt hatte er etwas zu sagen. Sein Pech. »Unterbrich mich nicht, Gil, und sag mir auch nicht, daß ich mich beruhigen soll. Ich bin außer mir, und ich werde sagen, was ich zu sagen habe. Ich betrachte dich als den rechtlich Verantwortlichen für den Verlust des Geldes. Es muß wiedererstattet werden. Wenn das nicht geschieht, werde ich Klage erheben.«

Gil warf ihr ein verächtliches Lächeln zu. »Gegen wen, Annie? Gegen Aaron? Aaron ist derjenige gewesen, der sich des Fonds bemächtigt und das Geld verloren hat. Gehe ich nicht recht in der Annahme, daß er ein für sein Handeln verantwortlicher Erwachsener ist?«

Ihr wurde flau. »Dich werde ich verklagen.«

»Nur zu. Ich werde einfach sagen, daß er mich angelogen hat. Daß er mir erzählt hat, er hätte deine Zustimmung, und ich ihm geglaubt habe. Schließlich sind wir ja alte Freunde. Ich habe ihm vertraut. Ich bin nicht der einzige, den er zum Narren gehalten hat. Auch dich hat er hereingelegt.«

Bildete sie sich das nur ein oder sah er sie wirklich hämisch an? Er war verachtenswert. Und wenn er vor Gericht lügen würde, würde man ihm aller Wahrscheinlichkeit nach Glauben schenken. Trotzdem wollte sie es versuchen. Ein letztes Mal. Ihre Hände fest zusammenpressend, in der Hoffnung, daß sie sich dadurch etwas zur Beruhigung bringen könnte, sagte sie: »Gil, was du getan hast, war ungesetzlich. Was, um Gottes willen . . .« Sie wandte ihr Gesicht zur Seite. Sie konnte nicht weitersprechen, nicht länger in dieses unbewegte, falkengleiche Gesicht blicken. Stuart hatte recht. Sie hatte es hier mit jemand Unmenschlichem zu tun.

»Ich bin einem Klienten bei der Durchführung einer geschäftlichen Transaktion entgegengekommen.« Gil sprach mit übertrieben höflicher Stimme. »Das ist im Geschäftsleben nichts Ungewöhnliches. Aaron ist Geschäftsführer seines eigenen Unternehmens, und er ist weder minderjährig noch für unmündig erklärt worden.«

»Aarons Alter und Mündigkeit stehen hier nicht zur Debatte. Es waren zwei Unterschriften nötig, um von dem Guthaben aus diesem Fonds etwas abzuheben. Hat das denn gar nichts mehr zu sagen? Wofür, zum Teufel, werden denn überhaupt noch derartige Regeln aufgestellt, wenn sie letztlich doch überhaupt nichts bedeuten? Was für eine Art von Unternehmen hast du eigentlich?«

Gil schloß die Augen und seufzte. »Also, was soll ich tun, Mrs. Paradise? Ihnen das Geld geben, das Ihr Mann vertan hat? Soll ich es aus meiner eigenen Tasche zahlen?«

Einen Augenblick lang war Annie ratlos. Sie erinnerte sich daran, was ihr Stuart über Gil erzählt hatte: Es bereitete ihm Lust, die Menschen leiden zu machen. Sie zwang sich, ruhig zu sprechen. »Ja, Gil. Genau das solltest du tun. Das Geld ersetzen. Nicht aus Barmherzigkeit oder weil Sylvie es braucht, sondern weil du Mist gebaut hast. Ersetze es, Gil.«

Gil sah sie an, als ob sie verrückt geworden wäre. »Kein schlechter Witz, Annie. Ganz putzig. Wenn wir jetzt vielleicht etwas realistischer werden könnten, und zwar schnell bitte.« Er warf einen Blick auf seine Uhr. »Ich habe nämlich in knapp zehn Minuten ein Squash-Match.«

Annie bemühte sich, Gil nicht merken zu lassen, wie abstoßend sie ihn fand. Und sie ließ sich nicht hetzen. Ich bin hierhergekommen, um etwas zu sagen, und ich werde es sagen, dachte sie. Sie holte tief Luft. »Gil, es ist mir gelungen, für Sylvie ein Internat zu finden, wo sie glücklich ist. Das ist teuer, sehr teuer. Und dafür war der Treuhandfonds gedacht. Wenn du glaubst, daß ich das einfach so hinnehmen werde, dann bist du wirklich verrückt.«

Sie stand auf und bemerkte, daß ihr die Beine zitterten.

Kalt sah Gil sie an. »Tu, was du tun mußt... und sieh zu, wie weit du damit kommst.« Er erhob sich und betätigte eine Fernbedienung. Die Türen schwangen auf.

Annie wandte sich zum Gehen. Wenn es noch etwas gab, das sie hätte sagen wollen, so war es nun zu spät dazu. Nancy Rogers trat ein, sozusagen als Verstärkung der gegnerischen Kräfte. Einer allein war schon schlimm genug, aber geben beide war nicht anzukommen. Annie verspürte den heftigen Drang, einen Briefbeschwerer zu ergreifen und ihn Gil an den Kopf zu werfen. Statt dessen verließ sie den Raum ohne ein einziges Wort.

Im Wagen schwand die Wut, die sie aufrecht gehalten hatte, und sie begann zu weinen. Sie waren einfach zu mächtig, als daß man an sie herankam. Wenn sie Aaron verklagen würde oder Gil, würden deren Rechtsanwälte sie fertigmachen. Und wie könnte sie Aarons Namen so in den Schmutz ziehen? Es würde sie beide Geld kosten, Geld, das sie nicht hatte. Geld, das Aaron zu ersetzen geschworen hatte. Aber wann würde er das tun? Und wie? Was konnte sie bloß machen? Demnächst war eine Zahlung an Sylvies Schule fällig. Auch wenn Frau Dr. Gancher ihr einen Aufschub gewährt hatte, wieviel Zeit würde sie brauchen?

Mrs. Rogers folgte Gil mit gezücktem Notizblock, als er zu seinem Squash-Match aufbrach. An seiner knappen Sprechweise konnte sie erkennen, wie verärgert er war.

»Den Lunch mit Gilhooley absagen. Und keinen neuen festmachen. Wir werden uns diesbezüglich in der nächsten Woche melden. Und sehen Sie zu, daß das Mitsui-Memo auf meinem Tisch zur Unterzeichnung vorliegt, wenn ich wieder zurückkomme.«

»Ja, Mr. Griffin.«

»Ach ja, und rufen Sie Gibson von der Marketing-Abteilung an. Ich möchte eine Übersicht über unser Anzeigenprogramm. Ich habe kürzlich eine unserer Anzeigen gesehen und finde, da ist eine Änderung fällig.«

»Jawohl.« Für einen Augenblick verspürte sie ein gewisses Mitleid mit Gibson.

»Vielleicht ist es an der Zeit, sich nach einer neuen Werbeagentur umzusehen. Sagen Sie ihm, daß ich das erwähnt habe.«

Annie schlüpfte in die Sitzecke gegenüber Jerry Loest. In ›Pete's Sweet Shop‹ an der Ecke Lexington Avenue und 83. Straße hatte sich nichts geändert, seitdem sie vor dreißig Jahren von ihrem Kindermädchen hierherbegleitet worden war. Es war beruhigend, hier zu sitzen, insbesondere nach einer Zusammenkunft wie der mit Gil.

Sie blickte auf Jerry. Er strahlte ebenfalls Sicherheit und Ruhe aus, auch wenn er jetzt nicht gerade besonders gut aussah. Genau wie ich wahrscheinlich, dachte sie und lächelte ihn an.

»Ich danke dir, daß du dir die Mühe gemacht hast, dich mit mir zu treffen, Jerry.« Jerry und seine Frau wohnten in Jersey, und die Werbeagentur befand sich in der 23. Straße.

»Es ist schön, dich wiederzusehen, Annie. Ich sehe dich ja kaum noch.«

»Wie geht's Eunice? Von Aaron erfahre ich ja nichts mehr. Wir... wir haben schon länger nicht mehr miteinander gesprochen.«

»Wir sprechen auch nicht viel miteinander.« Er lächelte voll Bedauern.

»Das muß sich doch auf eure Arbeit auswirken.«

»Nicht schlimmer als sonst, nach Aarons Meinung.«

Annie lehnte sich zurück. Als die Kellnerin kam, bestellte sie gemischten Salat auf Vollweizen und ein Glas Limonade. Für sich winkte Jerry ab.

»Chris macht sich übrigens sehr gut. Er ist großartig. Ganz der Sohn, den ich niemals hatte.« Jerry lächelte.

Annie nickte. Jerry und Eunice hatten Zwillingstöchter. Sie hatte schon immer gespürt, daß er sich einen Sohn gewünscht hatte.

»Ich wollte gerne wissen, wie das Geschäft geht, Jerry. Es ist mir sehr unangenehm, dich das zu fragen, aber ich möchte Chris nicht in die Angelegenheit zwischen Aaron und mir hineinziehen, und von Aaron kann ich keine eindeutigen Aussagen erhalten.«

»Das Geschäft läuft beachtlich. Aber die Kosten sind noch beachtlicher. Aaron hat große Aufträge an Land gezogen, aber vor kurzem haben wir ein paar andere verloren.«

Jerry schwieg und senkte die Augen. Dann blickte er Annie wieder an. »Ich habe das Gefühl, als ob ich nur noch geduldet würde. Meine Verbindung zu Aaron ist gleich Null. Wir wechseln kaum noch ein Wort miteinander.« Annie merkte, wie erregt Jerry war. »Ich glaube, er versucht, mich aus dem Unternehmen zu drängen. Und wenn er das Geld aufbringt, schafft er das auch.«

»Vielleicht ist das nur der Streß, Jerry. Ich kann einfach nicht glauben, daß Aaron dich so hintergehen würde. Wirklich nicht, Jerry. Aaron braucht dich einfach.«

Er schüttelte den Kopf. »Nicht mehr. Er ist anders geworden. Weißt du, du bist nicht die einzige, die von Aaron Paradise hintergangen worden ist.«

14

Erste Schritte

Energiegeladen wachte Annie früh am nächsten Morgen auf. Ausgeschlafen sah alles gleich nicht mehr so trostlos aus. Noch im Schlafanzug stieg sie auf ihren Hometrainer und strampelte zwanzig Minuten. Ob es das ist, was man ›Einssein mit seiner Wut‹ nennt? Sie platzte fast vor Energie. Heute würde sie Dr. De Los Santos aufsuchen. Vor ihrem Kleiderschrank überlegte sie, was für die Börsenaufsicht passend sein mochte, und entschied sich für ein altes, klassisches beige-schwarzes Chanel-Kostüm. Dazu würde sie eine beige Seidenbluse und beige-schwarze Chanel-Pumps tragen. Und vielleicht einen Hut. Sie griff nach dem kleinen mit dem Gesichtsschleier, den sie auf Cynthias Beerdigung getragen hatte.

Im Wagen auf dem Weg zum Federal Plaza legte sich Annie noch einmal ihre Sätze zurecht. Ob sie sich wieder so einschüchtern lassen würde wie in Gils Büro? Hoffentlich handelte es sich hier nicht um einen stumpfsinnigen Bürokraten oder einen korrupten Schweinehund, dachte sie.

Im Federal Plaza war ihr Gesprächspartner nicht so einfach zu finden. Von einigermaßen geräumigen Gängen und modernen Büros drang sie schließlich in das Gewirr enger Gänge im Souterrain vor, wo sie schließlich in einem der winzigen altmodischen Bürozimmer auf Miguel De Los Santos stieß.

Angesichts der politischen Poster, die hier aus unerfindlichen Gründen seit den siebziger Jahren überdauert hatten, begann ihre Zuversicht zu schwinden. Der Anwalt jedoch schien recht wach und realitätsbewußt zu sein, und deshalb mochte sie noch kein endgültiges Urteil fällen. Er war groß, sein Teint olivfarben und sein Haar so dunkel wie das von Aaron, sein Gesicht schmal, mit großen tiefliegenden Augen. Bei ihrem Eintritt nahm er hastig seine Brille ab und stand auf. Er musterte sie von oben bis unten, und für einen Moment meinte sie ein kurzes Aufflackern in seinem Blick bemerkt zu haben. Sie war zu sehr aufgedonnert! Deshalb. Der Hut. Hätte sie ihn doch bloß nicht aufgesetzt.

»Ich bin Miguel De Los Santos.«

»Annie Paradise. Miguel De Los Santos: das bedeutet doch Michael von den Heiligen?«

»Ja, in etwa. Es geht also um Gil Griffin?«

»Ja. Kennen Sie ihn?«

»Wer kennt ihn nicht?« Miguel zuckte die Achseln. »Aber natürlich nicht persönlich, falls Sie das gemeint haben sollten. Sie kennen ihn persönlich?«

»Ja. Er ist ein schrecklicher Mensch.« Annie senkte den Blick und biß sich auf die Lippen. Kaum hatte dieses Gespräch begonnen, ließ sie sich auch schon in die Karten sehen, weil sie einfach zu emotional war.

»Nun ja, man kann nicht erreichen – noch dazu so schnell erreichen –, was er erreicht hat, wenn man nicht über eine gehörige Portion Rücksichtslosigkeit verfügt.«

Mr. De Los Santos klang herablassend. Wieder ein großer Mann, der einer dummen Frau etwas erklären mußte. Wenn er so klug war, weshalb saß er dann hier unten, sozusagen auf dem Abstellgleis?

»Seine Frau war meine Freundin. Vor ein paar Monaten hat sie Selbstmord begangen, wie Sie vielleicht gehört haben. Sie hat mir noch einen Brief geschrieben, in dem sie von den schlimmen Dingen erzählte, die ihr Mann getan hat, wie er sich das Unternehmen ihrer Familie angeeignet und ihren Vater und ihren Bruder ausgebootet hat.« Annie reichte De Los Santos den Brief.

Während er ihn las, versuchte Annie aus dem Äußeren dieses Fremden, dem sie vertrauen sollte, so viel herauszulesen wie nur möglich. Billiger, zerknitterter Anzug, ausgefranste Manschetten, und an seinem Kragen fehlte ein Knopf. Aber er war gut gewachsen, hatte kurzes, gelocktes schwarzes Haar mit ein bißchen Grau dazwischen und schön geschwungene Augenbrauen, zwischen denen ein paar Falten standen. Volle Lippen, die er jetzt vor Konzentration fest aufeinanderpreßte. Die Intensität seines Blicks und die Linie seines Kinns verstärkten noch den Eindruck disziplinierter Energie. Sie fragte sich, wie alt er sein mochte. Wohl jünger als sie, aber nicht um viel. Auf jeden Fall attraktiver, als sie erwartet hatte. Sie unterbrach ihre Analyse, als er mit einem Ausdruck der Verwunderung von dem Brief aufsah.

»Dies ist gewiß ein herzzerreißendes Schriftstück, Mrs. Paradise, aber leider kann hieraus nichts als ›Beweis‹ gelten.« Er faltete den Brief wieder zusammen.

»Das ist mir klar. Aber weist das nicht darauf hin, daß Gil etwas Unrechtes getan haben muß, um zu einem solchen Erfolg zu kommen? Cynthia sagt, daß er das gesamte Vermögen der Familie verwaltet hat und daß er dabei nie etwas Falsches getan habe. Ich bin der Ansicht, daß man schon ›Beweise‹ finden würde, wenn man einmal wirklich *gründlich* bei ihm nachforschen würde.«

Miguel hatte die Augenbrauen gehoben bei ihrer Betonung des Wortes *gründlich*. Dann stieß er einen tiefen Seufzer aus. »Weshalb genau wollen Sie Gil Griffin eigentlich strafrechtlich verfolgt sehen, Mrs. Paradise?«

»Mr. De Los Santos, ich habe Cynthia seit vielen Jahren sehr gut gekannt, und es war nichts Schlechtes an ihr. Hätte ich nach ihrem Tod nicht diesen Brief erhalten, hätte ich vielleicht nichts weiter unternommen, aber so ist das alles einfach zu ungerecht. Es wäre falsch, diesen herzlosen Menschen mit diesen Abscheulichkeiten davonkommen zu lassen.«

»Darin stimme ich Ihnen ja zu, aber was wir brauchen, sind stichhaltige Beweise seiner Rechtsvergehen. Man muß ihn mit etwas Bestimmtem festnageln können, wie es so schön heißt.« Er reichte ihr den Brief zurück.

Jetzt war es an Annie zu seufzen. Sie konnte diesem Mann nichts von Aarons Transaktion erzählen. So schlimm das auch war, mochte sie doch keine Gefängnisstrafe für Aaron riskieren. »Vielleicht kann ich mehr Informationen beschaffen.«

Miguel sah sie sich genauer an. Ihr Gesicht gefiel ihm. Es sah nachdenklich und intelligent aus, es war einnehmend geschnitten und der Teint gesund. Ihre Kleidung und ihr Schmuck wiesen sie jedoch einer für ihn unerreichbaren Klasse zu. Das Kostüm war wirklich hübsch, aber der Hut – einfach lächerlich. Spielt sie die wohlversorgte Witwe? Oder ist sie verheiratet? Ach, vergiß es, Miguel. Sie roch förmlich nach Geld. Miguel haßte den Abgrund, den Geld zwischen einer Frau und einem Mann aufbrechen lassen konnte, aber er war auch Realist. Sein Gesichtsausdruck war verärgert, und Annie sah gerade noch rechtzeitig auf, um ihn wahrzunehmen. Er sah, wie sie rot wurde.

»Entschuldigen Sie, aber ich dachte gerade an etwas anderes.«

Wieder errötete Annie angesichts dieses offenen Eingeständnissen von Desinteresse, aber diesmal war es Miguel, der einer Fehlinterpretation aufsaß. Er dachte, daß sie von seiner Entschuldigung gerührt war. So etwas scheint sie unter ihresgleichen nicht gewöhnt zu sein, war sein mitfühlender Gedanke. Wie rührend.

»Ich könnte Ihnen den Brief hierlassen«, meinte Annie zögernd. »Vielleicht, daß Sie ihn sich später noch einmal ansehen, das heißt, wenn es Sie interessiert.«

Miguel hatte nicht die geringste Vorstellung, was er mit dem Brief der armen Cynthia anfangen sollte, aber er würde diese Dame nicht noch einmal vor den Kopf stoßen. Vielleicht hatte sie noch mehr zu bieten. Er spürte eine Abneigung gegen eine Beendigung dieses Gesprächs.

»Natürlich, lassen Sie ihn bitte hier. Vielleicht gibt er uns etwas.«

Er lächelte sie an, aber sie war sich nicht sicher, ob er damit nicht bloß eine höfliche Entlassung kaschierte. Sie erhob sich, und er folgte ihr, um sie zu begleiten. »Ich zeige Ihnen, wie Sie schneller herausfinden.«

Er kann es gar nicht erwarten, mich loszuwerden. Annie bemühte sich, sich ihre Enttäuschung nicht anmerken zu lassen, während er sie zum Lift begleitete. Da sie hinter ihm ging, kam sie nicht umhin, seine Figur zur Kenntnis zu nehmen. Er war dünn, beinahe schon dürr, und hatte lange Beine. Sogar in dem billigen Anzug sah er von hinten einfach gut aus. Ob er wohl ein Spanier war? Ein Puertoricaner? Sie kamen am Aufzug an. Nun denn, ich habe es immerhin versuchte, sagte sie sich.

»Rufen Sie mich nächste Woche an, und teilen Sie mir mit, was Sie noch für Informationen erhalten haben.« Annie nickte. »Und rufen Sie mich auch vorher an, wenn Ihnen sonst noch etwas einfällt.« Dies sagte er, als er sich schon von ihr abwandte.

»Genau das gleiche wollte ich Ihnen auch gerade sagen.« Annie lächelte. »Auf Wiedersehen.«

»Auf Wiedersehen, Mrs. Paradise.«

Auf seinem Weg zurück in sein Büro schüttelte Miguel den Kopf. Das ist die haltloseste Anklage, die ich je gehört habe, dachte er. Er setzte sich an seinen Tisch, nahm die Brille ab und rieb sich die Augen. »Rufen Sie mich nächste Woche an.« Das war ihm so über die Lippen gekommen, bevor er sich dessen bewußt geworden war. Und sie hatte zugesagt.

Als er die Augen wieder öffnete, fiel sein Blick auf Cynthias Brief. Nun gut. Er setzte die Brille wieder auf. Ich werde das noch einmal lesen. Die Frau hat sich feingemacht und ist immerhin den ganzen Weg bis hierher gekommen, in diese schäbige Ecke.

Bei der Lektüre sah er jene verzweifelte Frau vor sich, deutlich, verständlich bis zum Schluß. Sie hatte das Bedürfnis gehabt, ihr Herz zu erleichtern und die Wahrheit über ihren Mann zu berichten, der ihr Leben zerstört hatte. Was für ein Schweinehund, dachte er ergrimmt. Wieso konnte er mit so etwas davonkommen? Himmel noch mal, wie gerne würde er ihn mit irgendwas festnageln.

Es war nicht das erste Mal, daß Miguel seine Aufmerksamkeit auf das Thema Gil Griffin richtete. Beim dritten Durchlesen des Briefes kam ihm ein Gedanke. Er ging hinüber zum Aktenschrank und nahm einige alte Ausgaben des *Wall Street Journal* heraus. Vielleicht war da ja doch etwas zu finden.

15

Miguel ist am Zug

Miguel De Los Santos saß an seinem zerkratzten Schreibtisch in dem Souterrainbüro der Börsenaufsicht im Federated Plaza, und wie jeden Tag überflog er das *Wall Street Journal*, nicht wegen heißer Tips, sondern um die Glücksritter und Börsenbarone ausfindig zu machen. Denn sehr oft befanden sich unter diesen auch die größten Gauner.

Und von denen gab es eine Menge. Auf dem gluckernden Heizkörper lagen stapelweise Ausdrucke, in denen alles über ›Unregelmäßigkeiten‹ in dem Gewerbe stand, Tausende von Transaktionen, die nicht in das übliche Schema paßten und mit anderen Geschäften verbunden waren, unnatürlich hohe Gewinne und gewaltige Verluste – alles das wartete darauf, untersucht zu werden. Auf seinem Tisch, in den alten Aktenschränken und auf dem Fußboden häuften sich die Akten derer, die es noch nie zu überführen gelang. Einigen jagte er schon so lange hinterher, daß er sie seine alten Bekannten nannte. So viele Gauner und so wenig Zeit. Oder besonders viel Zeit, wie er sich seufzend sagen mußte. Jahrelang war er damit nun schon zugange. Einige hatte er dingfest und deren Anklage hieb- und stichfest machen können. Einige waren sogar für ein paar Monate hinter Gitter gewandert. Aber es mangelte stets an stichhaltigen Beweisen. Dafür gab es jede Menge an Einfluß, um alles zu vertuschen, dazu ausgesprochen wenig Motivation seitens seiner Behörde. Und darin lag das Problem.

Der Besuch von Mrs. Paradise hatte ihn aufleben lassen. Er war sich nicht sicher, ob es an der Aussicht lag, Gil Griffin an den Haken zu bekommen, oder daran, daß Mrs. Paradise an einen sensiblen Punkt in seinem Innern gerührt hatte. Wie auch immer, er würde sie wiedersehen.

Miguel De Los Santos lehnte sich in seinem klapprigen Drehstuhl so weit zurück, bis sein Hinterkopf beinahe die

Wand hinter ihm berührte, legte die Füße auf den Tisch und starrte auf die nur zwei Meter entfernte Wand gegenüber. Gestern war er beim Augenarzt gewesen, weil er in letzter Zeit öfter unter Kopfschmerzen litt. Er war erschüttert, als ihm der Arzt eine Lesebrille verschrieb. Das hatte er nun davon, daß er jahrelang diese Akten gewälzt hatte. Er war nicht darauf vorbereitet, alt zu werden.

Er fuhr zusammen, als das Telefon klingelte, und hob ab. »Mike?« Es war seine Frau oder vielmehr Exfrau. Milagros war aus Kuba, nicht aus Puerto Rico. Anders als Miguel war sie sehr um Assimilation in diesen Schmelztiegel New York bemüht, allerdings nur dann, wenn sie dadurch an die Spitze geschwemmt wurde.

»Mike?« fragte sie noch einmal. Verdammt, er fand, daß sie ihn Miguel nennen und diesen Anglo-Scheiß bleiben lassen sollte. Aber dafür war es nun zu spät. Ungefähr zehn Jahre zu spät, wie er sich erinnerte.

»Ja«, meldete er sich schließlich.

»Hör mal, kannst du heute abend zu mir rauskommen und auf die Jungs aufpassen? Wir haben länger geöffnet, und ich muß so lange dableiben.«

»Und was ist mit Carmen?« Sie war das Au-pair-Mädchen.

»Sie hat schon zweimal Babysitting gemacht in dieser Woche.«

»Meinst du nicht, daß zwei Abende, die du nicht zu Hause bist, für eine Woche reichen? Sehen die Jungen ihre Mutter überhaupt noch, die doch das Sorgerecht für sie hat?«

Er war verletzt, daß das Gericht ihr automatisch fürs erste das Sorgerecht erteilt hatte. Aber er mußte sich sagen, daß sie schließlich keine Trinkerin war oder die Kinder mißhandelt hätte. Sie war lediglich eine Pfandleiherin.

»Mike, ich muß schließlich arbeiten, klar?«

»Hackensack & Co. bedeuten dir mehr als meine Jungen?«

»Unsere Jungs. Und hör schon auf. Kommst du oder nicht? Erspar mir deine Predigten. Ich habe zu tun.«

»Ja, ich werde kommen, aber ich schaffe es nicht vor halb sieben.«

»Ist gut.« Damit legte sie auf.

Albern, sagte er sich, hier ein ›Dankeschön‹ zu erwarten oder ein ›Wie geht es dir?‹ Fast zwölf Jahre waren sie verheiratet gewesen und waren sich doch völlig fremd. Milly interessierte sich für Dinge, nicht für Menschen. So wie für das Haus in Teaneck, die chinesischen Teppiche, den Mazda. Sie hatte den Amerikanischen Traum zu ihrem Ziel erkoren, allerdings ohne einen Ehemann mit schlechtbezahltem Beamtenjob und unbequemem Idealismus.

Miguel dagegen hatte seinen Idealismus nie aufgeben können, ebensowenig wie seinen Stolz. Das hatte ihn finanziellen Gewinn, soziale Anerkennung und vor kurzem seine Frau und seine zwei Kinder gekostet. Mit achtunddreißig hielt er sich nicht mehr länger für einen *niño*; dafür gab es Tage, an denen er sich fragte, ob er nicht vielleicht *loco* war. Heute war einer von diesen Tagen.

Miguel war genau das geworden, was er sich vorgenommen hatte: ein ehrlicher Anwalt, der gegen Unehrlichkeit und Korruption kämpfte. Als Latino war er der Gesellschaft zuerst überaus dankbar gewesen, daß sie ihn akzeptiert und ihm den Zugang gestattet hatte. Er bewunderte die *gringos* und ihre geordnete Welt. Mit der Zeit jedoch hatte er gelernt, genauer hinzusehen. Reich und privilegiert geboren, nutzten viele ihre bevorzugte Stellung auf unfaire Weise aus. Andere führten ständig Recht und Gesetz im Munde, nur um ersteres zu brechen und letzterem zu entgehen. Wieder andere hielten ihre Mitmenschen zum Narren, die ihrerseits gezwungen waren, sich nach den Spielregeln zu richten. In Puerto Rico gab es einen Baum, dessen dunkelgrüne Blätter bei heftigem Wind ihre weißen Unterseiten aufdeckten. Er wurde *Yagrumo* genannt. Und genauso pflegten Puertoricaner in New York noch immer einen Heuchler zu bezeichnen. Und noch immer haßte Miguel die Heuchler und Diebe.

In diesem erbärmlichen Büro der Börsenaufsicht war er der mühsamen Aufgabe nachgegangen, den Finanzhaien von der Wall Street auf die Schliche zu kommen. Eingestellt in der Regierungszeit von Präsident Carter, waren ihm einige Erfolge beschieden gewesen. Aber während der letzten zehn Jahre waren ihm trotz unzähliger Hinweise und Hunderter von nachgewiesenen Unregelmäßigkeiten diese Fälle immer wieder durch die Finger geschlüpft. Jedesmal war es den gutbetuchten Übeltätern mit den guten Beziehungen gelungen, die richtigen Leute zu schmieren, ihre Spuren zu verwischen und selbst vor der Anklage als Unschuldslämmer dazustehen. Die Reagan-Ära war dem Aufspüren von Korruptionsfällen und der Durchsetzung des Rechts nicht sehr förderlich.

Der heutige Tag hatte ihm einen weiteren Fehlschlag, eine weitere ›ungerechtfertigte Beschuldigung‹ gebracht. Miguel war es leid. Er sah auf die Fotografie von seiner Frau und seinen beiden Jungs. Sie wohnten jetzt in New Jersey, weit fort von El Barrio. Miguel sah sie nur noch das eine oder andere Wochenende. Er war ein Familienmensch, und er vermißte sie.

Seit fast fünf Monaten lebten sie nun schon getrennt. Miguel wohnte in einem billigen Studio zur Untermiete und lebte nun wieder von Dosensuppen und schlief auf einer Matratze auf dem Fußboden. Er haßte dieses Leben, aber er würde sich nicht geschlagen geben, würde sich nicht zu hündischer Bettelei erniedrigen wie seine Frau. Sie nannte ihn verrückt und verbissen. Das mochte sogar stimmen, aber er hatte auch recht. Es war absurd, aber wenn er sich dafür entschieden hätte, ein Anwalt für Routine-Schadensfälle zu werden, hätte er immer noch ein Zuhause und eine Familie.

Wieder dachte er an Annie Paradise. Sie sah in keiner Weise so aus wie die Frauen, die er kannte. Aber ihre Ausstrahlung lag nicht nur in ihrem Aussehen. Sie hatte so verletzbar ausgesehen, und doch so entschlossen. Er griff zum Telefon.

»Mrs. Paradise? Hier ist Miguel De Los Santos von der Börsenaufsicht«, sagte er, als sie abhob. »Ich hätte mich gerne noch etwas mit Ihnen über Gil Griffin unterhalten. Könnten wir uns zum Lunch treffen?«

Nachdem sie sich verabredet hatten, wurde er sich bewußt, wie nervös er gewesen war, sie zu fragen und ihre Antwort zu erfahren. Er konnte ihr – und sich selbst – zwar kein geradliniges, rasches Vorgehen versprechen, aber doch immerhin einiges an Aktion.

Noch vier Monate. Ja, in vier Monaten werde ich einen von euch Typen festnageln. Er nahm die Füße vom Tisch und wandte sich dem Kalender mit Jahresübersicht an der Wand zu. Mit einem dicken roten Leuchtstift malte er einen Kreis um ein Datum. Zurück an seinem Tisch griff er mit einem Seufzer nach der Akte mit den alten Bekannten. Vielleicht diesmal. Vielleicht gelingt es mir dieses Mal, einen dieser korrupten Finanzhaie festzunageln, dachte er. Er setzte seine neue Lesebrille auf und öffnete den Ordner mit der Aufschrift *Gilbert Griffin – Federated Funds Douglas Witter.*

16

Begegnungen

Bill beobachtete, wie Gil das Restaurant der Banker und Börsenmakler betrat und sich wie ein Politiker, Hände schüttelnd und Schultern klopfend, zwischen den dichtbesetzten Tischen bis zu ihm durcharbeitete.

»Was für ein Affentheater.« Gil tat so, als ob ihm die Aufmerksamkeit, die er erregte, unangenehm sei.

Nachdem sie ihre Getränke bestellt hatten, kam Bill sogleich auf den Punkt. »Haben Sie das von Morty Cushman gehört und von der Steuerfahndung?« Gil nickte. Himmel noch mal, der Typ wußte einfach über alles Bescheid. »Er hat mich angerufen. Ob wir ihn in dieser Sache vertreten könnten. Allein die Vorstellung!« Er klang verächtlich. Seine Kanzlei legte keinen Wert auf unsaubere Kunden.

Gil zuckte die Achseln. »Haben Sie jemals von einem gehört, der über Nacht Millionär geworden ist und keine Steuerprobleme hatte? Es wird sich schon wieder alles beruhigen. Und außerdem«, er nahm einen Schluck von seinem Pellegrino »ist das nicht unser Problem.«

Bill schwenkte sein Martiniglas. »Ich weiß, ich weiß. Nur wirft es kein gutes Licht auf die Kanzlei, wenn einem unserer größeren Klienten, dem wir den Schritt auf den Aktienmarkt erleichtert haben, die Steuerfahndung im Nacken sitzt. Es läßt Nervosität unter den Teilhabern aufkommen.« Er nahm einen großen Schluck von dem Martini. Auch er fühlte sich gar nicht wohl in seiner Haut, aber er würde sich vor Gil nichts anmerken lassen. »Außerdem habe ich etwas von einem Besuch der Börsenaufsicht bei Ihnen gehört. Ich hoffe, da gibt es keinerlei Probleme, Gil. Keine Verbindung zu der Cushman-Sache.«

»Das war nichts weiter als der Routine-Besuch zu beiderseitigem Besten.« Gil schien unbewegt und optimistisch. »Also, soviel ich gehört habe, hat die Steuerfahndung nichts

mit dem Aktienhandel zu tun. Das hängt mit seiner Scheidung zusammen. Private Steuern, private Probleme.« Gil
legte Bill die Hand auf die Schulter. »Soviel ich gehört habe,
geht sie ihm ans Eingemachte.«

Bill lächelte etwas mühsam, beruhigt zwar, aber unangenehm berührt. Gil, der von Bills eigener Scheidung wußte,
war nicht besonders taktvoll.

»Und wo wir schon davon sprechen: Ich mußte Aarons
Werbeagentur unseren Auftrag entziehen. Paradise hat seine
eigenen finanziellen Probleme und hat versucht, mich da
hineinzuziehen. Er hat Annie hereingelegt, und ich sollte dafür geradestehen. Das kann man sich ja wohl nicht bieten lassen, oder?«

Bill nickte geistesabwesend. Gil brachte ihn wieder zu sich,
indem er ihn anstieß und fragte: »Was ist noch schlimmer, als
mit einer Pfanne wie dieser Brenda verheiratet zu sein?«

Bill schüttelte den Kopf.

»Sich von ihr scheiden zu lassen.« Gil stieß ein lautes Gelächter aus, und Bill fiel ein. Gil winkte dem Ober und
wandte sich wieder zu Bill. »Da wir gerade von Brenda sprechen: Ich bin so hungrig, daß ich ein Pferd verschlingen
könnte.«

»Also keinerlei Probleme?« fragte Bill.

»Heh!« Gil blickte ihm in die Augen. »Es gehört schon
mehr dazu als ein gieriger Aufsteiger, um mich fertigzumachen.«

Elise saß Larry im Speisesaal des Algonquin gegenüber und
spielte mit ihrem Glas. Er sah so lieb aus, sein Gesicht mit
dem treuen Hundeblick strahlte sie an. Er sah einfach gut aus
und so unverschämt jung. Wie alt war er eigentlich? Er hatte
ihr gesagt, wann er geboren war, aber sie konnte sich nicht
mehr daran erinnern. Bitte, bitte, laß ihn wenigstens dreißig
sein. Weniger durfte es einfach nicht sein. Sie nahm einen
kleinen Schluck von ihrem Wodka-Orange, während sie auf
ihre Omeletts warteten. Wodka pur war ihr eigentlich lieber,
aber sie wollte Larry nicht schockieren.

Elise hatte das Drehbuch als willkommenen Vorwand für

dieses Treffen mit Larry genommen. Nicht, daß es keine hervorragende Arbeit war. Das war es. Aber sie interessierte sich für ihn genauso wie für das Buch. Seit Wochen dachte sie Tag und Nacht an ihn. Es hatte eine gewaltige Überwindung bedeutet, ihn wieder anzurufen. Sie hatte gehofft, daß er sie anrufen würde, daß er sie zu einer Beziehung verführen würde, obwohl sie ihm bei ihrem letzten Treffen unmißverständlich klargemacht hatte, daß sie das nicht wünschte. So wie es aussah, war er bereit, sich ihrer Entscheidung zu beugen. Ein Gentleman, dachte sie verzweifelt, ein perfekter Gentleman.

War sie besessen? Sie bewunderte seine anständige Haltung und doch spürte sie Sehnsucht danach, von ihm bedrängt zu werden. Ein Kampf zwischen der alten und der neuen Elise, mußte sie denken. Aber es gab keinerlei Zwiespalt mehr, wenn sie an ihr Zusammensein im Carlyle dachte. Sie wußte nun, daß daran nichts Schlechtes gewesen war. Genau wie an seinem überarbeiteten Drehbuch.

Elise räusperte sich und lächelte. »Dieser Schluß ist sehr viel wirklichkeitsnäher.« Sie klopfte mit den Fingerspitzen auf das blau gebundene Manuskript zwischen ihnen auf dem Tisch.

Larry lächelte voller Stolz. »Ja, nicht war? Also, um offen zu sein, das Ende in der früheren Version war sentimentaler Quatsch. Aber ich hatte einfach nicht den Mut, hier ganz ehrlich zu sein. Sie haben mich erst dazu gebracht.«

»So wie es jetzt ist, ist es schmerzlich, aber es paßt.« Elise nahm einen weiteren kleinen Schluck, obwohl sie am liebsten alles hinuntergekippt und sich einen neuen, doppelten bestellt hätte. »Es gibt keine Happy-Ends im Leben.«

»Glauben Sie das wirklich? Ich nicht.«

»Als ich so alt war wie Sie, habe ich es auch nicht geglaubt. Aber später kommt dann die Erleuchtung. Das Leben nutzt einen ab.«

»Ja, aber es läßt einen auch wachsen. Ich will damit sagen, daß die Dinge sich jederzeit ändern können. Schauen Sie, was mir geschehen ist. Zuerst Campbell's, wo ich Sie gesehen habe, dann die Idee mit dem Stück, und jetzt dieses Mittagessen. Himmel, man kann nie wissen, was einem begegnen wird. Schon morgen kann sich Ihr ganzes Leben ändern.«

Sie beneidete ihn um seinen Enthusiasmus und war traurig, daß sie ihn nicht zu teilen vermochte. »Ja, und wahrscheinlich zum Schlechteren.«

Er runzelte die Brauen. »Ich kann nicht glauben, daß Sie wirklich so zynisch sind.«

Elise war es zuwider, wie sich das Gespräch entwickelte, ebenso zuwider wie der lebensmüde Klang ihrer Stimme. Der Ober kam mit ihren Omeletts, und sie ergriff die Gelegenheit, um das Thema zu wechseln. »Larry, ich habe eine Entscheidung getroffen.« Sie spielte mit einem Petersilienzweig, legte ihn wieder auf ihren Teller zurück. »Es betrifft uns beide.« Sie schöpfte Mut aus seinem strahlenden Lächeln. »Ich möchte die Rolle übernehmen, und wenn das heißt, daß ich auch die Produktion übernehmen muß, werde ich auch das tun.«

Auf die plötzliche Veränderung zum Traurigen in seinem Gesicht war sie nicht vorbereitet. »Was ist los?«

»Nichts.« Aber seine Augen schweiften umher, mieden den Kontakt mit ihrem Blick.

»Erzählen Sie mir doch nichts.«

Larry blickte auf seinen Teller, die Hände im Schoß. Ohne sie anzusehen, sagte er: »Ich dachte, Sie meinten eine persönliche Entscheidung. Über mich.«

»Es ist eine persönliche Entscheidung, und auch über Sie. Möchten Sie denn nicht, daß dieser Film gemacht wird?«

»Ja, natürlich. Aber das ist nicht das Wichtigste für mich. Vielleicht irre ich mich, und vielleicht bin ich naiv, aber ich glaube, ich könnte diesen Film auch ohne Sie realisieren.« Nun blickte er ihr gerade in die Augen. »Dauernd denke ich an dich. Es ist mir einfach unmöglich, weiter ohne dich zu leben.«

Elise schüttelte den Kopf. »Sie brauchen nicht weiter Süßholz zu raspeln, Larry. Ihr Geschäft ist gesichert. Also lassen Sie diese unnötige Schmeichelei.«

Larry fuhr zurück, als ob er einen Schlag erhalten hätte. Dabei fiel Elises Wasserglas um. Sie zuckte zusammen und mußte tief Luft holen, als etwas von dem eisigen Wasser auf ihren Schoß lief. Nun ja, ich habe es verdient, mußte sie denken. Schnell hatte sie sich wieder in der Hand. Doch Larry sah niedergeschmettert drein, seine Verärgerung kämpfte mit Verwirrung und Besorgnis.

»Mein Gott, das tut mir leid... Es ist nur...«

Während Elise ihren Rock mit ihrer Serviette abtupfte, sagte sie: »Ich muß mich bei *Ihnen* entschuldigen, Larry. Was ich gesagt habe, war gemein und verletzend. Normalerweise bin ich nicht so rücksichtslos. Ich habe einfach Angst.«

»Vor *mir*?« fragte er ungläubig.

»Nein, nicht vor Ihnen. Vor meinen eigenen Gefühlen. Sie müssen verstehen, ich habe immer einen Horror vor einer schlechten Presse gehabt, und mir vorzustellen, daß ich mich der Lächerlichkeit preisgebe, ist mir einfach unerträglich.«

»Warum sollte jemand über Sie lachen? Bin ich unzumutbar? Ich weiß, daß ich bislang keinen Film gemacht habe, aber ich bin immerhin ein recht guter Fotograf.«

»Ja, ein hervorragender dreißigjähriger Fotograf.«

»Nun ja, achtundzwanzig, um genau zu sein.«

Elise senkte den Kopf. »Du meine Güte.« Sie blickte wieder auf und sah, wie sich Verstehen auf Larrys Gesicht abzuzeichnen begann.

»Ist das alles, worum es geht, Elise? Mein *Alter*? Um Himmels willen, willst du etwas so Schönes an etwas derartig Unerheblichem scheitern lassen?«

»Du hast leicht reden.« Sie klang schon nicht mehr ganz so überzeugt.

»Genauso leicht wie du. Du brauchst es bloß zu sagen. Sollen denn immer nur diese Schwachköpfe gewinnen, diese Fünfzigjährigen, die sich mit Elfjährigen abgeben würden, wenn man es ihnen erlaubte?«

»Die Normen existieren bereits. Und nicht nur bei fünfzigjährigen Männern. Auch bei Frauen. Frauen wie meine Mutter.«

»Ja, und wahrscheinlich auch bei meiner Mutter. Aber diese Regeln sind nicht in Stein gehauen. Die Dinge ändern sich. Du änderst dich.« Er beugte sich über den Tisch und ergriff ihre eiskalten Hände. »Ich wäre so stolz, wenn ich mit dir zusammensein könnte, Elise. Wir könnten Spaß miteinander haben. Wir könnten diese Arbeit gemeinsam machen.« Er unterbrach sich. »Aber deine Hände sind ja eisig.«

»Dann solltest du einmal weiter unten nachfühlen.«

»Genau das versuche ich dir vorzuschlagen.«

Gegen ihren Willen mußte Elise auflachen. Also dann. Hoffentlich hatte das Algonquin ein freies Zimmer. »Herr Ober«, rief sie. »Die Rechnung bitte.«

Aaron kam in den Speisesaal des Klubs der Werbeleute im früheren Phipps-Stadthaus beim Gremercy-Park. Mit ihm waren sein Paradepferd, sein Werbeprunkstück, der Irre Morty, und sein Sohn Chris, sein aufgehender Stern. Aaron liebte es, von Morty als von seiner Schöpfung zu denken, und von anderen erwartete er das gleiche. Als er hinter dem Oberkellner und Morty und Chris herging, spürte er, wie die Leute innehielten und sich nach ihnen umsahen. Als sie Platz genommen hatten und ihre Getränke bestellten, meinte Aaron: »Morty, Sie sind der leibhaftig gewordene Traum eines jeden Werbefachmanns. Jeder dreht sich nach Ihnen um.«

»Quatsch mit Soße«, war Mortys Reaktion, der blinzelnd die Speisekarte studierte. »Sie sind es, nach denen sie schauen. Man beneidet Sie um das, was Sie an Land gezogen haben.« Er legte die Karte beiseite und wandte sich Aaron direkt zu. »Sie sind ein Genie. Sie haben uns beide reich gemacht. Durch Sie ist mein Name ein fester Begriff in jedem Haushalt geworden. Sie haben mich einiges gekostet, aber es ist jeden Pfennig wert gewesen. Und es hat auch nicht geschadet, als ich auf den Aktienmarkt gegangen bin.« Aaron spürte Chris' Blicke auf sich und fühlte eine Welle des Stolzes in sich aufsteigen.

Chris beugte sich vor und klopfte Aaron auf den Rücken. »So ist mein Pa.«

Aaron schaute sich in dem ehemaligen Ballsaal des Hauses um. Alles sehr geschmackvoll, so wie immer. Während er sich wieder Morty zuwandte, spürte er gleichsam die Wölfe in den Nebentischen nach seinen Hacken schnappen. O ja, er hatte sie beide reich gemacht, und als Gegenleistung hatte Morty ihn bluten lassen. Heute mußte er zwei Sachen regeln: einmal die Zusage von Morty, daß er seinen Werbeaufwand vergrößern würde, und dann die Bestätigung, daß Morty für die Verluste aufkommen würde, die er seinetwegen erlitten hatte.

Beides brannte ihm auf den Nägeln. Er wankte noch von dem Schlag, den der Verlust des Federated-Auftrags für ihn bedeutete. Deren Referent für Werbung und Öffentlichkeitsarbeit hatte ihm keinerlei Begründung für diesen Schritt gegeben. Und Gil Griffin rief nicht zurück. Eine Eiswand schien sich zwischen Federated und seiner Agentur errichtet zu haben. Morty mußte sein Auftragsvolumen unbedingt verdoppeln, um ihm den Verlust durch Federated auffangen zu helfen. Verdammt, ich brauche Morty, um *alle* meine Verluste abzudecken.

Und dafür bedurfte es schon einiger Kniffe. Nun ja, man würde diesen Mistkerl ein bißchen um den Bart gehen und dann versuchen, aus ihm herauszuholen, was nur irgend ging. Immerhin war Erntedank-Zeit, und sogar Morty sollte in die entsprechende Stimmung zu bringen sein. Und außerdem, dachte Aaron, bin ich ein Phönix, immer bereit, wieder neu aus den Ruinen eines Zusammenbruchs aufzusteigen. Doch statt des sonst üblichen Adrenalinstoßes kam diesmal nur ein müdes Tröpfeln zustande. Vielleicht war er ein etwas flügellahmer Phönix.

Leslie hatte die Nachricht von dem Verlust durch die Morty-Aktien nicht gerade besonders gnädig aufgenommen. Genauer gesagt, war sie ziemlich wild geworden. Aaron war durchaus bereit, sich selbst gegenüber zuzugeben, daß er sich wie ein Trottel verhalten hatte, aber nicht Leslie gegenüber. Und ganz bestimmt war er nicht bereit, sich als solchen bezeichnen zu lassen.

Annie war wild vor Wut gewesen. Natürlich, das war zu erwarten. Sie hatte damit gedroht, Gil Griffin aufzusuchen und Krach zu schlagen und sich einen Rechtsanwalt zu nehmen. Er hatte ihr versprochen, innerhalb eines halben Jahres das Geld wieder zu beschaffen. Das Problem war nur, daß er nicht recht wußte, wie.

Er schaute hinüber zu Morty. Dieser fette Mistkerl. Wie lange mochte es wohl immer dauern, alle diese Kinne zu rasieren. Aber Morty war nun einmal seine letzte Hoffnung. Wenn es ihm gelänge, den Umsatz zu verdoppeln und den Verlust wieder gutzumachen, würde er die Sache mit Annie regeln können, Jerrys Anteil übernehmen und außerdem bei Leslie wieder alles ausbügeln. Er fühlte, wie sich sein Magen verkrampfte. Wie er es haßte, derart von anderen abhängig zu sein. Aber er war ein Phönix, rief er sich noch einmal ins Gedächtnis. Er würde diesen Affen dazu bringen, das zu tun, was er von ihm wollte, und dabei vielleicht auch Chris eine kleine Lektion darin erteilen, wie man so etwas zuwege brachte.

»Deshalb habe ich einen Sprung ins kalte Wasser tun müssen, weil dieser Mistkerl Ewell den Artikel da geschrieben hat. Aber das Geschäft läuft großartig. Es ist schon alles in Ordnung. Und Shelby ist begeistert von ihrer neuen Ausstellung. Wie steht's bei Ihnen?«

»Nichts besonderes.« Aaron lächelte und schnitt das recht blutige Roastbeef an, das er bestellt hatte. »Außer, daß wir über ein größeres Werbe-Budget für das kommende Jahr sprechen müssen, Morty. Wie Sie wissen, ist die einzige Möglichkeit, reich zu bleiben, die, noch reicher zu werden.« Er sah hinüber zu Chris und zwinkerte ihm zu. Chris schaute gebührend beeindruckt drein.

Morty schob sich eine Ladung von seinem Yorkshire-Pudding in den Mund, ohne sich um das Fett zu kümmern, das ihm über das Kinn lief. »He, Sie waren mir immer sympathisch. Habe ich Sie jemals im Stich gelassen? Sie können sich auf mich verlassen.« Er zeigte mit seiner Gabel auf Aaron und sagte zu Chris gewandt: »Ihr Vater und ich, wir beide sind ein gutes Team. Und zusammen werden wir beide noch reicher werden.« Morty wandte sich wieder seinem Essen zu, während Chris sich entschuldigte, um sich die Hände waschen zu gehen.

Aaron nutzte diese Gelegenheit und begann wesentlich

unbekümmerter, als ihm zumute war. »Was uns zu einer anderen Sache bringt. Wir müssen über die Deckungskäufe reden, die ich für Sie getätigt habe. Darüber haben wir bislang noch nicht ausführlicher gesprochen, Morty.« Er legte sein Besteck nieder. »Diesmal bin ich baden gegangen, auf Ihr Anraten hin.«

»Also wirklich, ich kann Ihnen nicht helfen, wenn Sie nicht ausgestiegen sind, als ich es Ihnen sagte. Wessen Fehler ist das denn?« fuhr Morty ihn an, um dann mit den Schultern zu zucken und einen Schluck Selters zu nehmen.

Angesichts dieses Schulterzuckens stieg in Aaron die Wut hoch, bereit loszubrechen. Sie hinunterschluckend, entgegnete er mit gleichmütiger Stimme: »Sie haben mir gesagt, daß ich helfen sollte, Sie zu decken, und das habe ich getan, Morty. Und dann haben Sie mir versichert, daß Sie mich abdecken wollten. Aber bislang ist da nichts geschehen.« Es war besser, wenn er sich beherrschte, die Kontrolle behielt. Ein neuer Ansatz.

Aaron blickte Morty geradeheraus an. »Das ist nicht Ihre Art, Morty. Sie sind doch immer ehrlich zu mir gewesen.« Er beugte sich etwas vor und fragte freundlich: »Was ist es, Morty? Ist an dieser Steuersache doch mehr dran, als Sie gesagt haben?«

»Nein. Nein, keinesfalls.« Mortys Antwort kam schnell, vielleicht ein wenig zu schnell. »Das heißt, sie beschäftigt mich schon, aber es ist keine große Sache.« Er zwang sich zu einem breiten Lächeln. »Meine Anwälte befassen sich damit.« Und ob. Leo hatte einen Schreikrampf bekommen, als er von Mortys Konten in Europa erfahren hatte. »Hören Sie, ich hab' Ihnen zugesichert, daß ich Sie nicht hängen lasse, und das werde ich auch nicht. In Ordnung, das Werbevolumen wird vergrößert. Vertrauen Sie mir, daß ich demnächst für einige Ihrer Verluste aufkommen werde. Lassen Sie mir nur ein bißchen Zeit. Und schließlich können Sie es sich im Augenblick auch gar nicht leisten, mich fallenzulassen.« Er lächelte Aaron an.

Aaron zwang sich, dieses Lächeln zu erwidern. Er hat natürlich recht. Trotzdem wäre es mir lieber, wenn er nicht auch noch Steuerprobleme hätte. Ich möchte nicht, daß ihn jetzt irgend etwas ablenkt.«Sie haben recht, Morty«, entgegnete er, als Chris wieder an ihren Tisch zurückkehrte. »Das könnte ich mir jetzt nicht leisten.«

Brenda freute sich, Diana wiederzusehen, weniger dagegen über deren Restaurantwahl. »He, ich bin doch kein Hindu. Ich bin jenes nicht ganz so nette jüdisch-italienische Mädchen aus der Bronx.« Sie zog ihren Stuhl an den Tisch heran.

Diana lachte auf. »Setzen Sie sich nur, Brenda. Vielleicht bestelle ich für uns beide?«

»Aber gewiß. Alles, solang es weder grün noch braun ist.«

Diana bestellte eine Reihe vegetarischer indischer Speisen, die sich nach Brendas Ansicht ziemlich unappetitlich anhörten. Als der Ober wieder gegangen war, setzten sie ihr Gespräch fort. »Sie haben mir nicht allzuviel von Ihrem Job bei Duarto erzählt. Wie gefällt es Ihnen denn?«

»Allein schon mir Duarto zusammenzusein, ist einfach Spitze. Wir sind die ganze Zeit am Lachen. Ihm ist einfach *überhaupt nichts* heilig.« Dianas Nicken ermunterte Brenda fortzufahren.

»Sie erinnern sich, wie ich Ihnen erzählt habe, daß Duarto sich den Auftrag für die Inneneinrichtung des neuen Fifth-Avenue-Apartments von Gil und Mary Griffin gesichert hat? Also, gestern bin ich mit Duarto dort gewesen. Schließlich bin ich ja seine Assistentin. Außer ein paar Arbeitern war niemand dort, also habe ich mich ein bißchen umgesehen.«

Brenda sah, wie Dianas Augenbrauen leicht in die Höhe gingen.

»Oh!« Brenda spielte die Überraschte. »Sollte ich hier auf Mißbilligung gestoßen sein? Heißt das, daß Sie *nicht* wissen möchten, was ich in ihrem Terminkalender gelesen habe?«

Diana vermochte nicht zu widerstehen. »In ihrem *Terminkalender*?« Sie konnte es gar nicht glauben. »Sie haben ihren Terminkalender gelesen, Brenda? Was stand drin?«

Brenda starrte vor sich hin, als ob sie nicht gehört hätte.

»Okay, okay, ich mißbillige nichts. Ich sterbe vor Neugier. Los, erzählen Sie schon.«

Brenda mußte kichern. »Ich habe nicht eigentlich ihren Terminkalender gelesen – den konnte ich nicht finden –, aber Sie kennen doch diese Yuppie-Terminplaner, so etwa zwanzig Zentimeter dick. Ich habe den vom letzten Jahr gefunden. Da drin steht ›Mrs. Griffin; Mary Birmingham Griffin; Gil liebt Mary‹ auf fast jeder Seite. Wie auf der High-School. Einfach zum Brüllen!« Brenda schlug auf den Tisch.

Diana warf den Kopf zurück und fiel in Brenda Gelächter ein. »Brenda, Sie sind wirklich einmalig. Ändern Sie sich bloß nie.« Sie sah den Ober herantreten. »Und hier kommt unser Essen.«

»Nicht zu fassen«, meinte Brenda, nachdem sie von allen Gerichten probiert hatte. »Das Zeug schmeckt wirklich köstlich.«

Diana, die zusah, wie Brenda sich über das Essen hermachte, konnte sich nicht verkneifen hinzuzufügen: »Sie sehen, Essen kann also doch gut schmecken und gleichzeitig guttun.«

»Jetzt hören Sie sich an wie unsere Oberstufen-Lehrerin: ›Kinder, welches sind die vier wichtigsten Nahrungsmittel?‹ Ich habe dann immer zu Ginny Skelton, die neben mir saß, gesagt: ›Schokomalz, Cheeseburger, Pommes und Kohlsalat.‹ Ginny machte sich bei so etwas immer fast in die Hosen vor Lachen.«

Diana lächelte, dann wurde sie ernst. Sie sahen sich beide einen Augenblick schweigend an. Dann senkte Brenda den Blick und begann, mit dem Besteck zu spielen.

»Wissen Sie, Brenda, Sie bedeuten mir mittlerweile sehr viel.« Diana überlegte kurz. »Als ich das letzte Mal versuchte, Ihnen zu sagen, was ich für Sie empfinde, haben Sie mich unterbrochen, aber Sie sind wirklich etwas Besonderes.«

Brenda langte über den Tisch und ergriff Dianas Hand. »Du brauchst nichts weiter zu sagen, Diana. Ich weiß Bescheid. Seit diesem Gespräch habe auch ich ständig darüber nachdenken müssen. Noch nie war jemand so lieb zu mir, hat mich so genommen, wie ich bin. Ich muß dauernd an dich denken. Du hast mir beigestanden, und dafür habe ich dich sehr gern.«

»Genau das habe ich versucht, dir zu sagen. Ich liebe dich.«

Brenda spürte, wie ihr Herz einen Satz tat. Sie wollte sagen: »Ich dich auch!« aber die Worte blieben ihr im Hals stecken. Sie mußte husten und endlich konnte sie hören, wie sie hervorbrachte: »Und ich dich auch, Diana.« Es war ein tolles Gefühl.

Diana lächelte. Schweigend saßen sie und blickten sich an. Dann fiel Brenda das Essen auf dem Tisch ein, und sie brach den Bann. »Wie auch immer. Das wäre nun geregelt, also laß uns essen. Was haben Inder zum Nachtisch?«

Shelby Cushman war mit Jon Rosen zum Lunch verabredet. Es war ein Geschäftsessen, und natürlich würde sie es bezahlen. Sie würden im ›Boxtree‹ speisen, einmal, weil es sehr teuer war, aber auch sehr intim. Jon Rosen war nicht nur der einflußreichste Kunstkritiker Amerikas, er war zudem auch noch ausgesprochen attraktiv.

Wenn Morty die Rechnung sehen würde, würde er schreien, aber er würde sie nicht zu sehen bekommen. Shelby hatte schließlich ihr eigenes Geld. In den letzten Monaten hatte sie viele der Bilder, die sie für ihre Galerie kaufte, mit ihrem eigenen Geld bezahlt. Sie kaufte die Bilder von den Künstlern, verkaufte sie an Mortys Galerie und strich dabei einen gepfefferten Profit ein.

Nun ja, dachte sie, als sie ihre ohnehin schon langen Wimpern mit Mascara tuschte, schließlich mußte eine Frau sehen, wo sie blieb. Keiner war für ewig verheiratet, und Morton war nicht gerade generös. Immer machte er Theater, wenn er einen Scheck ausstellen mußte. Ich muß eben für mich selber sorgen, sagte sie sich.

Das Geld war in einem Schließfach in Zürich deponiert. Sie hatte eine Abmachung mit einem Kurier getroffen, der den Transport besorgte. Und der Schlüssel war sicher in der Galerie versteckt.

In mancherlei Hinsicht war sie ein altmodisches Mädchen. Bankkonten mit unerfreulichen Spuren auf Papier und zu versteuernden Zinsen kamen für sie nicht in Frage. Sie fand, daß die Galerie als gemeinsames Vermögen ausreichte. Und wenn sie Verluste machte, dann betraf das jedenfalls nicht *ihr* Geld. Sie lief in der Tat nicht so gut, wie sie erwartet hatte. Trotz des sanften Drängens ihrer Mutter von Atlanta aus und trotz ihres eigenen Drängens in New York hatte sie noch nicht genügend Leute mit Geld heranziehen können. Sie verstand nicht, warum. War es wegen Morton? Andere Leute waren auch über ihre Herkunft hinausgewachsen.

Shelby war fertig mit ihrem Augen-Make-up und lockerte ihr langes, gelb-blondes Haar. Wirklich gut sah sie aus. Sie fuhr sich mit der Zunge über ihre tiefroten Lippen. Sie konnte es kaum erwarten, Jon Rosen zu treffen.

Mary Birmingham Griffin trug eine Sonnenbrille und hatte ihr hellblondes Haar zu einem strengen Pferdeschwanz zusammengefaßt. Ein weiter Mantel und alte Jeans trugen zusätzlich zu dem für sie sonst ungewöhnlichen legeren Anstrich und auch, so hoffte sie zumindest, zu ihrer Verkleidung bei. Als sie aus dem Taxi stieg, bezahlte sie den Fahrer mit dem wenigen Kleingeld, das sie dabei hatte – außer den zehntausend Dollar in lauter druckfrischen Hundertdollarnoten.

Mary überquerte den abfallübersäten Gehweg neben der Amsterdamer Avenue. Zu ihrer Linken erhob sich der majestätische Turm von St. John the Divine, aber ein schmutziger Stadtstreicher und eine weitere Gestalt, die in einem Eingang kauerten, waren ein mehr irdischer Anblick. Sie ging mit ihrem üblichen entschlossenen Gang an ihnen vorbei. Zehntausend in bar waren eine Menge Geld für ein Crack-Wrack oder einen Tippelbruder, falls er aggressiv werden sollte. Nach wenigen Schritten war sie an der Tür von V&T angelangt. Für einen Moment hielt sie inne, die Hand auf der Klinke. Hoffentlich waren zehntausend auch genug. Sie würde ihm auch zehnmal soviel geben, wenn es sein mußte, aber das brauchte er ja nicht zu wissen.

Mary zog die Glastür auf und ging hinein. Hier hatte sich nicht viel geändert: das alte abgetretene Linoleum, die Plastikdecken auf den Tischen, die düstere, billige Holzverkleidung an der Wand. Der Vorderraum für die Raucher war von dem dahinter liegenden durch einen hüfthohen Raumteiler mit Blumentöpfen getrennt, in denen gelbe und orangefarbene Plastikblumen steckten. Sie waren noch genauso höflich wie damals, als sie an der Columbia-Universität studiert und ihr Diplom in Betriebswirtschaft gemacht hatte. Auch sonst hatte sich hier nichts geändert. Derselbe Vesuv als Wandbild, dieselben Kapitänsstühle aus Holzimitat. Derselbe Bobby.

Sie betrat den Raum, und ihr Exmann begrüßte sie mit einem Lächeln. Noch immer stachen seine blendendweißen Zähne von seinem dunklen Gesicht ab. Sein Haar war anders. Anstelle des Afros trug er jetzt so etwas wie einen Knoten.

»Hallo«, kam es kühl von Mary.

»Na, Baby. Gut, dich wieder mal zu sehen.« Er sah von unten zu ihr hinauf und drehte seinen Charme auf. Eine Stimme wie warmer Sirup. Die Augen ganz Hundewelpenflehen. Ganz der gute alte Bobby. Er streckte seine Hand aus und ergriff die ihre; deren Weiße stach kraß von seiner Ebenholzschwärze ab. Seine Hand fühlte sich einfach gut an. Nun ja. Sex war auch nie das Problem zwischen ihnen gewesen, bloß alles andere.

»Was willst du?«

»Hey, nix, Baby. Bloß dich mal wiedersehen, mit dir reden. Man gönnt sich ja sonst nix.«

»Laß das. Komm zur Sache, Mann.«

Er lächelte. »Ganz die gute alte Mary. Willste dich nich wenigstens setzen? Ne Kleinigkeit einwerfen?«

Mary setzte sich. Sie hatte diesen Ort gewählt, weil sie hier wohl noch am wenigsten auf jemanden aus ihrem neuen Bekanntenkreis stoßen würde. Das letzte, was sie gebrauchen konnte, war, daß irgendwer etwas von ihrer ersten Ehe erfuhr. Sie war kurz gewesen, reine Gefühlssache, mit einem Schwarzen. Du meine Güte, Gil hätte sie sich als Jungfrau gewünscht, und die Frauen aus seinen Kreisen taten so, als ob sie welche wären. Sie würden niemals verstehen, was Bobby ihr bedeutet hatte.

Bobby reichte ihr die Speisekarte. Sie war klebrig. In ihrer Bobby-Zeit war V&T etwas Besonderes für sie gewesen, etwas, was sie sich nur hin und wieder erlauben konnten. Sie warf immerhin einen Blick auf die Auswahl an neapolitanischen Speisen und unterdrückte ein Schaudern. Heutzutage aß sie nur noch norditalienische Küche.

»Ich mag nichts«, sagte sie. »Was möchtest du?«

Schließlich verschwand das Lächeln aus seinem hübschen Gesicht. Mary beobachtete, wie er sich vom fröhlichen Bobby zum ernsten Bobby wandelte.

»Ich hab' nachgedacht, Baby. Ich muß noch mal ganz von vorn anfangen.« Wieder lächelte Bobby. »Verstehste? Ganz so wie du. Raus hier und nach oben.«

»Ja?« Bloß nicht zu viel Interesse heucheln. Sie wußte, daß Bobby gern an seine eigenen Spinnereien glaubte und den ganzen Tag darüber schwadronieren konnte. Heute jedoch schien er recht zielstrebig. Zu zielstrebig, wie sie mit aufkeimender Beunruhigung feststellte, die sie zu verbergen versuchte.

»Ich meine, ich sollte es mal in Las Vegas versuchen. Ich hab' da 'nen Freund, der sagt, 's wär was für 'n Typen wie mich... 'nen Typen mit ein bißchen Ehrgeiz und etwas Startkapital.«

»Wie heißt sie?«

Wieder dieses träge Lächeln. »Hab' dir nie lange was vormachen können, Mary. Sie heißt Tamayra. Sie arbeitet bei Sands.«

»Das ist ja ganz schön, aber was hat das mit mir zu tun, Bobby? Unsere Ehe ist annulliert. Das bedeutet so viel, wie nie verheiratet gewesen zu sein. Daran möchte ich dich erinnern. Also warum dieser Anruf?« Sie fragte, obwohl sie die Antwort kannte. Es war wie das Eintreffen von etwas lang Erwartetem. Die ganze Zeit hatte sie damit gerechnet.

»Hab' dein Bild in der Zeitung gesehen. Da stand, wo du arbeitest. Mußte an alte Zeiten denken. Hab' gedacht, ob ich dich mal besuche.« Ein wölfisches Lächeln erschien auf seinem Gesicht. Mary unterdrückte ein Schaudern. »Aber dann dachte ich, besser nicht.«

Bobby bewegte sich auf seinem Stuhl. Mary beobachtete ihn. Da sie mit dem Taxi gekommen war, würde sie wohl die Oberhand behalten. Aber Bobby schien irgendwie anders, härter. Er stammte von hier, war in Harlem aufgewachsen und hatte an der Columbia studiert, mit einem Sportstipendium. Alles, wonach ihm der Sinn stand, war Ballspielen und Partys feiern. Als sie nach New York gekommen war und ihn bei einem Universitätsmatch gesehen hatte, hatte ihr der Atem gestockt angesichts seiner Fähigkeiten auf dem Platz. Und als Liebhaber war er sogar noch besser. Sie hatte gehofft, daß er es in den Nationalen Box-Verband schaffen würde, ein Außenseiter, der auch sie zum Erfolg tragen würde. Aber er konnte sich einfach nicht zum regelmäßigen Training und zum Studium zwingen und hatte schließlich alles hingeschmissen. Er war ein Versager, aber sie nicht, und sie würde sich auch nicht von ihm hinabziehen lassen. Jetzt aber war er gefährlich. Jetzt wußte er, daß er ein Versager war. Ihr Außenseiter war ihr dunkles Geheimnis geworden.

»Okay, Bobby. Ich kann dir helfen, aber nur dies eine Mal. Ich schwöre bei Gott, daß ich die Bullen auf dich hetzen werde, wenn du mich noch einmal anrufst, egal aus welchem Grund. Und du weißt, daß ich das fertigbringe.«

»He, Baby. Ich mag es nich', wenn man mir droht. Keiner mag das, klar?«

Mary wußte, was er damit sagen wollte, mochte es sich aber nicht eingestehen. »Na gut, Bobby. Das ist alles, was ich mir gespart habe. Nimm's und zieh ab, und ruf mich nie wieder an.«

Sie schob den Umschlag zu ihm hinüber. Er sah hinein, und seine Augen wurden groß. Sie konnte sehen, wie seine Kinnmuskeln hervortraten, als er die Zähne zusammenbiß.

»Also, das ist...«

»Das ist was, Bobby?«

»Du bist mit einem der reichsten Männer von der Wall Street verheiratet, Baby. Du wohnst in einem Fifth-Avenue-Apartment. So steht's in der Zeitung.« Seine Stimme war fast zu einem Flüstern geworden. »Also komm mir nich mit so 'm Scheiß von wegen gespart und so.«

Er stopfte den Umschlag in seine Tasche. »Du kannst mir sagen, daß das alles is', was du gerade an Barem parat hattest, und meinetwegen auch: ›Das ist alles, was du von mir bekommst, Bobby.‹ Aber mach hier nich' auf arm.«

Er lehnte sich zurück und lächelte. »Ich glaube, wir beide verstehn uns, wa?«

Sie nickte.

»Haste Lust?«

Sie verspürte ein leises Ziehen zwischen ihren Beinen. Genau das, was sie jetzt brauchen könnte. Sie schüttelte den Kopf.

»Zu schade, Baby. Du warst nämlich die beste weiße Muschi, die ich je gehabt hab'.«

Sie stand auf. »Alles Gute zum Erntedank, Bobby«, sagte sie und verließ V & T, voller Hoffnung, daß sie ihn nie wiedersehen möge, aber mit der Gewißheit, daß Bobby doch noch nicht aus ihrem Leben getreten war.

Für Miguel De Los Santos war es ein Vergnügen, Annie auszuführen. Das hier war nicht gerade die beste Adresse, aber es mußte eben sein. Trotz dieses albernen Huts war er regelrecht abgefahren auf diese Paradise. Sie war unbestreitbar attraktiv, sogar schon bei dem ersten Treffen, als sie wie eine Katze um den heißen Brei geschlichen war. Inzwischen waren sie bereits zweimal zum Essen ausgegangen, einmal zum Lunch und einmal zum Abendessen. Aber das war jedesmal in ihrem Revier gewesen. Als er sie heute zum Lunch eingeladen hatte, hatte er sich für Asia de Cuba entschieden, um ihre Reaktion zu testen. Es war ein kubanisch-chinesisches Restaurant mit erschwinglichen Preisen, dazu auf der westlichen Seite der Stadt gelegen, näher zu seiner Gegend statt zu ihrer. Nicht, daß sie etwa zu ihm gehen würden, das nun gewiß nicht. Er wollte bloß sehen, wie sie reagierte. Ach, zum Teufel, er wollte sie verlegen machen.

»Hier bin ich noch nie gewesen«, sagte Annie, als sie sich in der vinylgepolsterten Ecke gegenüber Miguel niederließ.

»Davon bin ich überzeugt. Also, das hier ist ein kubanisch-chinesisches Restaurant...«

»Oh, das weiß ich. Ich bin nur noch nicht *hier* gewesen. Ich kenne Estrella de Asia in der Nähe vom Broadway. Aber ich glaube Mi Chinita in Chelsea ist noch authentischer.« Sie lehnte sich zurück und lächelte.

Miguel lachte. »Und ich wollte Sie überraschen. So ein Pech!«

»Macht nichts«, entgegnete Annie mit einem Lächeln und begann in ihrer ominösen Tasche nach etwas zu suchen.

»Also, was haben Sie für mich?« fragte er. »Ran an die Arbeit.« Sie taten immer noch so, als ob die Nachforschungen der Grund für ihre Treffen waren.

»Warum nennen Sie mich eigentlich nicht Annie?«

»In Ordnung. Ich bin Miguel.«

»Ich habe hier jede Menge Akten, einige Aufzeichnungen vom Morty-Aktienangebot und ein paar Informationen von Cynthias Bank. Wie es aussieht, stand sie so gut wie ohne einen Pfennig da, als sie starb. Ich habe außerdem darüber nachgedacht, daß Gil für ihre Familie Investitionen getätigt hat. So sagt sie in ihrem Brief. Und dann war da auch noch eine Tante Esme. Esme Stapleton. Könnten Sie herausbekommen, was für Transaktionen in ihrem Namen getätigt worden sind? Vielleicht hat Gil ihr Wertpapierkonto benutzt.«

»Ein vager Ansatz.« Aber Miguel war doch beeindruckt von ihrer Hartnäckigkeit. »Sie haben sich das wirklich vorgenommen?«

»Und ob.« Annie schwieg einen Augenblick, dann schien sie zu einem Entschluß gekommen zu sein. »Miguel, darf ich Ihnen noch etwas erzählen, was Ihnen eventuell bei Ihren Nachforschungen helfen könnte? Aber ich möchte Sie bitten, es nicht zu benutzen, solange Sie es nicht unbedingt müssen.«

»Gewiß, ich denke, doch.«

Miguel hörte ihr zu, als sie ihm von Aaron und Sylvies Mündeltreuhandfonds berichtete und von ihrem Besuch bei Gil Griffin. »Das hört sich nicht wie etwas an, das die Behördenaufsicht betrifft, aber ich werde dem nachgehen. Es könnte immerhin sein, daß Gil gegen die eine oder andere

Richtlinie unserer Behörde verstoßen hat. Es tut mir leid wegen des Treuhandfonds Ihrer Tochter. Vielleicht könnte sie sich um ein Stipendium bewerben.« Falls die Kleine ihrer Mutter auch nur annähernd glich, würde sie ohne Probleme in einer guten Schule Aufnahme finden können.

»Dieser Fonds war nicht für ihre Ausbildung gedacht. Er sollte ihre Pflegeversorgung absichern.« Annie schwieg kurz. »Sie hat das Downes-Syndrom.«

Miguel spürte, wie er errötete. »Annie, das tut mir ja so leid. Das ist nun schon das zweite Mal an diesem Tag, daß ich voll ins Fettnäpfchen getreten bin.«

»Seien Sie nicht so streng mit sich selbst. Miguel. Warum sollten Sie nicht davon ausgehen, daß ein in diese Welt geborenes Kind normal ist?« Miguel vernahm, wie Annies Stimme sehr weich wurde. »Das ist schließlich das Geburtsrecht eines jeden Kindes. Alles andere erscheint dagegen als krasseste Ungerechtigkeit, zumindest ist es mir früher so vorgekommen.«

Miguel erholte sich von seiner Verwirrung. »Ungerechtigkeit, das stimmt, aber was meinen Sie damit, daß Sie früher so gedacht haben. Was hat Ihre Meinung geändert?«

Annie blickte eine Weile vor sich hin, bevor sie sich wieder Miguel zuwandte. »Sylvie hat mich geändert.« Miguel nickte ihr ermunternd zu. »Sie hat auch Aaron verändert, aber genau in die entgegengesetzte Richtung.«

»Sie müssen sehr einsam gewesen sein.«

»Ja.« Annie senkte den Kopf. »Ich bin einsam.«

Miguel war gerührt von Annies Ehrlichkeit. Er unterdrückte die Regung, ihr Gesicht zu berühren. Einen Augenblick lang schwiegen beide. Dann fragte Miguel: »War Sylvie der Grund für das Ende Ihrer Ehe?« Miguel wollte sich nicht in Annies Angelegenheiten einmischen, aber sie schien dies Gespräch zu suchen.

»Ich würde eher sagen, daß Sylvies Geburt der Auslöser gewesen ist, nicht der Anlaß. Hätte es Sylvie nicht gegeben, wären Aarons Unzulänglichkeiten mir nie so bewußt geworden. Vielleicht wäre mir Wichtiges verborgen geblieben.« Annie schwieg, während der Ober ihr Essen brachte.

Miguel ließ sich nicht davon ablenken. »Und das wäre...?«

Annie sah ihn offen an. »Sylvie hat mich gelehrt, Ehrfurcht vor dem Leben zu haben.« Sie gab etwas Reis auf Miguels Teller und dann auf ihren eigenen. »Haben Sie Kinder?«

»Ja, zwei. Zwei Jungs, die zusammen mit meiner Exfrau in New Jersey leben.« Diese Frau hier war tapfer, tapferer als er angenommen hatte, wie er sich schuldbewußt eingestehen mußte. Madre de Dios, was würde er tun, wenn einer seiner Jungen...? Er konnte es noch nicht einmal ertragen, sich das auch nur vorzustellen.

»Dann verstehen Sie, wovon ich spreche. Wissen Sie, wie das ist, wenn Kinder ihre eigenen Entdeckungen machen und wenn sie ganz ehrfürchtig dem gegenüberstehen, was sie entdeckt haben?«

»Aber sicher. Ich erinnere mich, wie mein Erster das Mobile entdeckt hat, das seit seiner Geburt über seinem Bettchen hing. Eines Tages hatte er es dann entdeckt und gurgelte und strampelte wie verrückt wegen der Farben, die sich bewegten.« Miguel nahm seine Gabel zur Hand. »Aber dann hatte er sich daran gewöhnt und ging an seine nächste Entdeckung.«

»Genau. Nur daß es bei Sylvie immer das erste Mal war. Sie sieht die Farben in den Seifenblasen, und jedesmal ist es das erste Mal. Und genauso ist es mit den Sternen und mit Eiscreme.«

»Ich nenne es die Wow!-Erfahrung. Es ist schade, aber je älter sie werden, um so seltener haben sie dieses Erlebnis.« Er kaute auf einem Stück süß-sauren Schweinefleischs. »Aber was kann man anderes erwarten?« Er zuckte die Achseln. »Ich habe irgendwo gelesen, daß ein Kind, noch bevor es zehn Jahre alt wird, zwanzigtausend gewaltsame Todesfälle im Fernsehen gesehen hat. Das reicht, um das Wow aus jedem zu vertreiben.«

»Sehen Sie Ihre Jungen häufig?«

»So jedes zweite Wochenende, und wenn Milly mich bittet, den Babysitter zu spielen.«

»Was ist passiert?«

Miguel verstand, was Annie meinte. »Wir hatten jeder einen anderen Traum, würde ich sagen. Sie jagt dem amerikanischen Traum hinterher... Sie verstehen? Auto, ein Haus im Grünen, Urlaub.«

»Und was ist Ihr Traum?«

»Das ist ganz einfach. Eine Familie und meine Arbeit, in dieser Reihenfolge.« Miguel tupfte seinen Mund mit der Serviette. »Milly ist der Ansicht, daß es genau andersherum sein sollte. Sie konnte es nicht ertragen, mit einem Behördenangestellten verheiratet zu sein. Sie hat mich immer einen Kreuzritter genannt.«

»Ich nehme an, Sie haben unterschiedliche Vorstellungen über Kindererziehung.«

Miguel schnaubte kurz. »Das ist eine Untertreibung. Milly spricht davon, daß Zeit kostbar ist, und ähnlichen Yuppie-Schnack. Und dann geht sie mit ihnen zu McDonalds und zu Videospielen. Ich habe ihr gesagt, daß sie sich damit recht weit von unserem Wurzeln entfernt hat. Nicht alles, was die *gringos* tun, ist besser.«

»Und wie verbringen Sie die Zeit mit Ihren Kindern?«

Miguel stützte seine Ellenbogen auf und lehnte sich vor. »Ich hatte von einem Tierarzt in Pennsylvania gehört, der Lamas züchtet. Nun ja, man kann in den Zoo in der Bronx gehen und sich die zwölf Meter entfernten Lamas ansehen und dazu die zwei, drei Zeilen auf einem kleinen roten Schild lesen. Aber wenn man dann die Chance hat, eine Lama-Farm zu besuchen, wo man sie anfassen kann und sehen kann, wie man sie versorgt? Also, *ich* war begeistert.«

»Aber Ihre Jungs waren es nicht?«

»Die Frau dort war so nett, uns zu den Tieren zu lassen. Dann gingen wir in ein holländisches Restaurant zu einem gemütliche Mittagessen.« Miguel warf seine Serviette auf den Tisch. »Und nun raten Sie, was die Jungs wollten. Sie wollten statt dessen zu McDonalds und dann zu den Videospielen.« Miguel vermochte selbst jetzt noch seine Enttäuschung nicht ganz verbergen. »Aber ich werde nicht aufgeben. Nächsten Monat werde ich sie zu einer Stadt auf Cape Cod mitnehmen, wo ein großer Teil der Bewohner taub ist. Darum benutzt man in der ganzen Stadt Zeichensprache.«

»Wirklich? Das ist ja unglaublich. Das wäre ein wunderbares Erlebnis.«

Miguel mochte diese Frau wirklich gut leiden. Für einen Moment überlegte er, ob er sie nicht einladen sollte, die Erntedank-Feiertage mit ihm gemeinsam zu verbringen. Aber das wäre zuviel des Guten gewesen. »Würden Sie am Samstag mit mir zu Abend essen?« Samstagabend bedeutete eine echte Verabredung und kein vorgeschobenes geschäftliches Treffen.

»Es tut mir leid. Da bin ich schon verplant. Aber trotzdem vielen Dank.« Sie schwieg kurz. »Ich überlege, ob ich Sie nicht trotzdem um einen Gefallen bitten darf.«

Sie verpaßt mir einen Korb und bittet mich um einen Gefallen. Miguel wunderte sich.

»Am Samstag besuche ich meine Tochter. Würden Sie mitkommen wollen? Es ist eine lange Fahrt. Einen Chauffeur kann ich mir nicht mehr leisten, und alleine möchte ich nicht fahren.«

»Es wäre mir ein Vergnügen.«

Mit der Kamera im Schoß lehnte sich Stuart Swann in der Limousine zurück, die vor V&T parkte. Er sah Mary Griffin eilig aus dem Restaurant kommen und zur Bushaltestelle an der Ecke gehen, wo auch fast sofort ein Bus hielt. Stuart beobachtete, wie der Bus davonfuhr und dann, eine Minute später, wie auch der Schwarze, mit dem Mary zusammengesessen hatte, aufbrach.

Stuart hatte sich dazu entschlossen, Mary immer dann zu folgen, wenn er merkte, daß sie unerwartet und ohne Gil während der Arbeitszeit das Unternehmen verließ. Er wußte zwar nicht, warum sie das tat, aber er hatte so das Gefühl, daß mit ihr nicht alles stimmte, und da er bei der Arbeit ihre Aversion ihm gegenüber deutlich spürte, war er der Meinung, daß ein bißchen Munition ganz willkommen sein dürfte. Zumindest etwas habe ich von Gil Griffin gelernt, dachte er. Und nun, nach nur zwei derartigen Ausgängen: Volltreffer!

Nur daß er noch nicht so recht wußte, was er damit anfangen konnte. Noch nicht. Er hatte sie und ihren Geschäftspartner kaum durch die verschmutzte Scheibe des Restaurants erkennen können. Aber diese Kombination aus diesem abgelegenen Restaurant, einem Schwarzen und dem Umschlag, den er sie hatte hinüberreichen sehen, dürften ausreichen, um ein ungenießbares Süppchen zu brauen, dessen war er sich sicher. Drogen? Sex? Noch Schlimmeres? Er befahl seinem Fahrer, dem Schwarzen zu folgen, der schnell in Richtung Broadway davonging. Bei der 96. Straße betrat er ein neues Gebäude mit Luxus-Apartments, das dort wie ein Fremdkörper zwischen den Mietshäusern und Bodegas stand. Dies war ein Glückstag für ihn und ein weniger glücklicher für Mary, sagte sich Stuart. Jeden Tag zeigte sich deutlicher, daß Mary Griffin alles andere als eine unbescholtene Frau war.

Stuart sah sich das Logo an der Wand des Gebäudes an und notierte sich den Namen der Management-Firma, die er als eine seiner Pensionskassenkunden erkannte. Wieder ein Volltreffer! Er wies seinen Fahrer an, ihn zur Wall Street zurückzufahren, und begann, still vor sich hin lächelnd, einige Telefonate vom Wagen aus zu tätigen.

17

Gelobtes Land

Annie mußte vor sich hin lächeln, als sie vom Montauk Highway abbog und die Eisenbahngleise überquerte. Dies würde wohl das erste Mal sein, daß Elise sich auf die falsche Seite der Schienen hier draußen in den Hamptons begab.

Annies kleines Haus, das sie von ihrer Großmutter geerbt hatte, war ein echtes kleines Landhäuschen und nicht eins von diesen gewaltigen Anwesen am Strand, die von den Wohlhabenden weiterhin hartnäckig als ›Häuschen auf dem Lande‹ bezeichnet wurden. Es lag in Devon, einer Ecke von Amagansett nördlich der Hauptstraße und damit auf der Seite, die nicht als schick galt. Vor siebzig Jahren hatte sich ihre Großmutter in dieses alte Bauernhaus auf der kleinen Halbinsel, die Gelobtes Land hieß, beim ersten Anblick verliebt.

In dem dämmrigen Herbstlicht war es leicht zu erkennen, warum. Das dunstige Blau der Fensterrahmen hob sich wunderschön von den braunen Zedernschindeln des Hauses ab, das auf einer sanft ansteigenden Wiese stand. Die eine Seite des Hauses nahm ein einziger hoher Raum ein, das Wohnzimmer, mit dem offenen Dachgebälk und großen Verandatüren nach drei Seiten, die auf eine alte Ziegelterrasse hinausführten.

Im anderen Teil des Hauses gab es ein weiteres Stockwerk, mit einer Küche, einem Bad, einem kleinen Studio unten, zwei Schlafzimmern und einem weiteren Bad oben. Ein verglaster Vorraum auf der Westseite diente als Eßzimmer und Wintergarten. Von den Fenstern auf der Westseite aus sah man auf den kleinen Hof und dahinter den Strand und die Bucht, die nun im silbrigen Grau eines spätherbstlichen Nachmittags dalag.

Als Annie die Auffahrt hinauffuhr, schien der knirschende Kies sie willkommen zu heißen. Das Tageslicht würde gerade noch ausreichen, um den Holzstoß zu inspizieren, das Haus zu lüften und vielleicht einen Apfelwein-Punsch für den morgigen Feiertag anzusetzen. Es war ungewöhnlich kalt für die Jahreszeit, fast schon winterlich, und sie würde eine Menge Holz herbeischaffen müssen.

Zuallererst aber war der Wagen auszupacken. Sie hatte Vollkorn-Croissants besorgt und Himbeeren und Sahne, dazu einen herrlich duftenden Jamaika-Kaffee und schließlich noch einen Riesenstrauß Päonien. Schuldbewußt schaute sie auf die riesigen, schwellenden Blüten. Jede einzelne kostete vier Dollar, und zwölf davon hatte sie gekauft. Ich kann noch nicht einmal die Versorgung meiner Tochter bezahlen und werfe achtundvierzig Dollar für einen Blumenstrauß aus dem Fenster. Annie seufzte. Aber was waren diese achtundvierzig Dollar neben den anderthalb Millionen, die ihr Mann vertan hatte?

Sie war sich nun sicher, daß sie das Geld nicht so bald wiedersehen würde. Und vielleicht sogar nie. Aaron hatte angerufen und kühl erklärt, daß es gerade jetzt geschäftliche Probleme gäbe. Annie fragte sich, ob das stimmte; von Chris und Jerry hatte sie andere Informationen erhalten. Einen Moment lang war sie stumm geblieben. Dann hatte ihre Wut die Oberhand gewonnen. »Kannst du die Agentur nicht verkaufen?« hatte sie gefragt.

»Verkaufen?« Er war sofort hochgegangen. »Ich will sie *kaufen!*«

»Aber wenn du sie verkaufst, könntest du Sylvies Geld zurückzahlen.«

»So? Und wie soll ich mir meinen Lebensunterhalt verdienen?«

Sie hatte nicht weiter gedrängt, und jetzt schüttelte sie den Kopf, als ob sie sich von dieser Erinnerung befreien wollte. Jetzt wollte sie nicht daran denken.

Während der nächsten Stunde packte sie alles aus und verstaute die Lebensmittel, wischte Staub und holte Holz für ein Feuer. Dann bereitete sie das Gästeschlafzimmer oben für Elise und das Studio unten für Brenda vor.

Sie legte frische Handtücher und Seife bereit, stellte Blumen in Vasen und legte einige Magazine neben jedes Bett. Dann ging sie in das Eßzimmer und machte schon alles für das morgige Frühstück fertig.

Elise und Brenda trafen erst nach halb zwölf Uhr abends ein. Annie hörte den Wagen, Elises Limousine, kommen. Der Fahrer trug die Taschen und einen großen Truthahn herein und fuhr dann wieder fort, um in Elises Anwesen in East Hampton zu übernachten.

Brenda und Elise klagten über den Feiertagsverkehr. Sie waren müde und wollten nichts weiter als schlafen gehen. Annie zeigte ihnen ihre Zimmer und ging auch zu Bett. Beide hatten einen besonders schlechtgelaunten, mürrischen Eindruck gemacht. Wahrscheinlich waren sie sich gegenseitig ein halbes Dutzend Mal während der langen Fahrt auf die Zehen getreten.

Am nächsten Morgen wachte Annie früh auf, duschte und zog sich so schnell und leise wie möglich an. Dann ging sie hinüber zur Flurbalustrade, von wo aus man das Wohnzimmer überblicken konnte. Einen Augenblick lang genoß sie den Anblick.

Der Raum unter ihr war bereits in das Licht des Sonnenaufgangs getaucht, das durch die hohen Verandatüren auf der Ostseite hereinflutete. Die Westwand wurde von einem großen Kamin mit einem schlichten Holzsims eingenommen. Gegenüber von dem Kamin stand ein langes Sofa, mit je einem Lehnsessel links und rechts, zu denen auch zwei Fußpolster gehörten. Ich sollte dankbar sein für alles das hier, sagte sie sich.

An der Wand zwischen zwei Verandatüren stand Annies Regency-Sekretär aus England, die einzige wertvolle Antiquität im Hause. Hier müßte es sich gut schreiben lassen, fiel ihr mit einem Mal ein. Hier könnte ich ein Buch schreiben, ohne Ablenkung wie in New York. Jetzt, wo Sylvie fort ist... aber ich wäre einsam hier. Das Zimmer war wunderschön, das Haus war wunderschön, und sie war glücklich, daß sie es besaß. Aber hier war man so isoliert. Ach, ich bin ja verrückt, dachte sie. Die Ablenkungen lassen mich nicht arbeiten, und ohne Ablenkungen kann ich nicht leben.

Sie mußte lächeln. Die Päonien sahen einzigartig aus auf dem Tisch hinter dem Sofa. Ihre dicken weißen Köpfe neigten sich mit genau dem richtigen Maß an Fülle. In der Zimmerwärme hatten sie sich noch weiter geöffnet, und jetzt konnte sie sogar von hier oben die magentafarbenen Staubfäden erkennen. Wunderschön, dachte sie wieder, als sie so leise wie möglich die Treppe hinabstieg.

Der weißgestrichene Eßtisch mit den Windsorstühlen sah frisch und einladend aus. Das blaukarierte Tischtuch und die drei Gedecke machten einen guten Eindruck, aber etwas fehlte noch. Sie beschloß, sich draußen nach etwas Passendem umzusehen, und schlüpfte in ihre Stiefel und einen alten Mantel.

Es war kalt. Ein leichter Wind wehte von Süden und trug den Meeresgeruch herbei. In der hintersten Ecke des Gartens erspähte sie ein paar Feuerdornzweige. Das paßte gut und hatte die rechte Erntedank-Farbe. Annie schnitt ein paar von den Ästen und verspürte wie immer einen Stich, wenn sie etwas von hier draußen für die Innendekoration opferte.

Sie ging zurück und freute sich an ihrer Umgebung. Sie kam gerne hierher. In ihrer Vorstellung war es immer noch das Haus ihrer Großmutter. Annies eigener Geschmack tendierte eher zur japanischen Schlichtheit, doch hier herrschte noch Großmutters Hand vor. Es hatte für sie etwas Beruhigendes an sich.

Sie benutzte sogar die alte Kaffeemaschine ihrer Großmutter, wenn sie hier, selten genug, Kaffee zubereitete. Ihre befremdlichen Geräusche und ihr anheimelndes Gluckern hatte ihnen oft Gesellschaft geleistet.

Ach Gott. Wahrscheinlich werde ich das hier verkaufen müssen. Für wie viele Quartalszahlungen würde es wohl reichen? Bei dem Gedanken, Großmutters Haus verkaufen zu müssen, stiegen ihr die Tränen in die Augen.

Aber jetzt ließ die Kaffeemaschine wieder ihr seltsames Röcheln ertönen. Bald würde der köstliche Mandel-Vanilleduft des Kaffees zu den Schlafzimmern dringen.

»Was, zum Teufel, macht hier so einen Krach?«

Annie fuhr herum. Zerzaust und in einen fantastisch gemusterten Morgenmantel gehüllt stand Brenda in der Küchentür und kratzte sich verschlafen den Kopf.

»Das ist die Kaffeemaschine.«

»Du meine Güte! Sie pfeift ja wie auf dem letzten Loch.« Annie lachte. »Nun ja, sie ist alt. Es ist anstrengend für sie.«

»Genau wie für mich.« Brenda öffnete den Kühlschrank. »Hast du was zu essen?« Bevor Annie irgend etwas antworten konnte, hatte Brenda sich eine Banane aus dem Kühlschrank genommen.

»Ja, jede Menge. Aber wir wollen auf Elise warten.«

»Euer Warten hat ein Ende.« Elise war makellos wie immer, in cremefarbenen Hosen, dazu ein dunkelgrüner Pullover, den sie elegant über die Schulter gelegt trug. »Was für ein hinreißendes kleines Häuschen, Annie.«

»Ja, nicht wahr?« Falls da ein winziger Anklang unbewußter Herablassung mitgeschwungen sein sollte, zog Annie es vor, darüber hinwegzuhören. »Wollen wir frühstücken?« Sie begaben sich ins Eßzimmer.

»Was für ein hinreißendes kleines Frühstückchen, Annie«, ließ Brenda sich in perfekter Imitation vernehmen und warf Elise ein etwas hinterlistiges Lächeln zu. »Und ich meine ›klein‹.« Brenda blickte auf das einsame Croissant auf jedem Teller, auf die Beeren und das hübsch geformte, aber gänzlich unzulängliche Butterstückchen. Diese dünnen Frauen wissen einfach nicht, wie man ißt. Glücklicherweise hatte sie sich eine Kleinigkeit mitgebracht, für den Notfall.

Auch Elise hatte eine ›Kleinigkeit‹ dabei, tief in ihrer Reisetasche versteckt. Die Vorstellung, jemanden zu besuchen, wo es nichts Alkoholisches zu trinken geben könnte, war einfach grauenvoll, also hatte sie mit einer Flasche Wodka vorgesorgt.

Nach dem Frühstück unternahmen sie einen Spaziergang zum Bauernmarkt, wo sie einen Berg Gemüse als Beilage für den Truthahn kauften (nicht daß Annie etwas davon essen würde), und planten ihre nächste Strategiebesprechung mit einer Runde Drinks. »Dann wollen wir einen Nachmittag ohne Männer, Essen oder Kinder verbringen«, regte Annie an und bemühte sich, nicht ständig an Chris oder Alex oder Sylvie zu denken.

Brenda hielt ein Schläfchen, während Annie den Truthahn füllte und ihn in den Bratofen schob und Elise am Kamin die Jahresberichte durchging und sich Notizen machte. Um eins war der Himmel bedeckt, und es sah nach Schnee aus. Annie ging nach oben, um ein heißes Bad zu nehmen, während die beiden anderen den Tisch für das Abendessen deckten.

Bemüht, an etwas Positives zu denken, mußte Annie lächeln bei dem Gedanken daran, wie gut Elise und Brenda zurechtkamen. Es machte Spaß, mit beiden zusammenzusein. Brendas Erdverbundenheit glich Elises Tendenz zur Kühle aus, während Elises Klasse lebhaft mit Brendas unverhohlener Vulgarität kontrastierte. Wieder mußte Annie lächeln. Es war wirklich ein Vergnügen.

Das Essen schmeckte köstlich. Chris rief aus Pennsylvania an, wo er mit Karen zu Besuch bei deren Familie weilte. Alex meldete sich von der Uni in Kalifornien, und dann rief Brenda ihre Kinder an, die die Feiertage mit ihrem Vater verbrachten. Annie blickte hinüber zu Elise, die in eine Illustrierte hineinschaute, ohne sie zu lesen. Elise, die nur ihre senile Mutter hatte. Dafür hatte sie mehr als nur eine Flasche Wein gehabt.

Als sie mit dem Essen fertig waren, fing es an zu schneien, und der Anblick der fallenden Flocken war der angenehme Abschluß eines angenehmen Mahles. Elise und Brenda räumten den Tisch ab und erledigten, trotz heftigen Widerspruchs von Annie, auch den Abwasch. Sie aktivierte dafür wieder die alte Kaffeemaschine ihrer Großmutter, nur daß sie diesmal coffeinfreien Kaffee nahm.

»Da nun Erntedankfest ist, sollten wir uns erzählen, wer wofür besonders dankbar ist. Wer möchte den Anfang machen?« fragte Annie.

»Nicht ohne noch einen Drink«, wandte Elise ein.

»Noch nicht einmal *mit* einem«, korrigierte Brenda sie. »Annie, hör auf, so verdammt auf gut und lieb zu machen. Hier gibt es keine Nonnen, um unser Wohlverhalten zu benoten.«

Sie hatten mittlerweile fast den ganzen Weißwein ausgetrunken, aber als Elise noch etwas davon haben wollte, ging Annie daran, den Rotwein zu öffnen. Sie hatte Schwierigkeiten mit dem Korken. »Das ist einer der Fälle, wo ich einen Mann bräuchte.«

»Kauf doch Flaschen mit Drehverschluß«, schlug Brenda vor. Annie mußte kichern. So komisch war es eigentlich nicht, aber Elise fiel auch ein und dann Brenda. Alle drei standen sie in der warmen Küche und lachten. Wir könnten uns richtig einen antrinken, überlegte Annie. Da begann die Kaffeemaschine mit ihrem Grunzen, und wieder mußten sie loslachen.

»Es hört sich eklig an«, japste Annie.

»Richtig obszön«, stimmte ihr Brenda zu.

»Ach, hört doch auf, auf dem armen Ding herumzuhakken. Es kann nun mal nicht anders. Sagt mir lieber, wer Sahne auf seinen Kuchen möchte?«

»Wie dekadent!« Elise schüttelte den Kopf.

»Wie köstlich«, kam es begeistert von Brenda. »Also, ich bin dankbar für den Kuchen.«

Annie brachte den Kaffee ins Wohnzimmer und legte noch ein Scheit ins Feuer. Jede von ihnen suchte sich einen gemütlichen Platz vor dem Kamin. Einen Moment herrschte Stillschweigen. Annie holte tief Luft. Jetzt oder nie, dachte sie. Beichten tut der Seele gut, warum fällt es mir dann so schwer? Sie blickte zu den beiden anderen Frauen hinüber. Ich glaube nicht, daß sie mich verurteilen oder bemitleiden werden. Jedenfalls hoffe ich das. »Ich bin dankbar, daß ich zwei Freundinnen wie euch habe«, begann sie. »Freundinnen, denen ich vertrauen kann.« Wieder schwieg sie kurz. »Ich möchte euch von meiner Scheidung erzählen.«

Langsam, ruhig erzählte sie ihnen von der unerquicklichen Begegnung im Carlyle, von ihrem guten Willen, von ihrer Verzweiflung und von Aarons Verrat und von dem Allerschlimmsten, von Leslie Rosen, die im Nebenzimmer mitbekommen hatte, wie sie Aaron um Versöhnung anbettelte. Sie war froh, daß sie das alles abladen konnte.

»Hattest du Dr. Rosen immer *alles* erzählt?« fragte Brenda.

Stumm nickte Annie. »Dann hoffe ich, daß du ihr auch gesagt hast, daß Aaron morgens früh einen schlechten Atem hat oder langsam schlapp wird. Irgendwas, das sie ihm wieder erzählen und worüber er sich schwarz ärgern kann. Ich kann übrigens überhaupt nicht verstehen, daß du immer noch deinen Ehering trägst!«

Beschämt schaute Annie auf ihre Hand. »Schließlich trägst du deinen auch noch«, wandte sich Elise an Brenda.

»Kein Wunder, meine Finger sind so fett, daß ich ihn nicht runterkriege. Und was ist deine Entschuldigung?«

»Ich habe dafür bezahlt. Es ist eine hervorragende Arbeit von Winston. Aber wir sprachen gerade von Annie im Carlyle«, entgegnete Elise kühl, um sich dann wieder etwas freundlicher Annie zuzuwenden. »Was hast du denn gemacht?«

»Ich bin davongelaufen.«

Die beiden anderen Frauen nickten. »Aber nun bin ich es leid, immer davonzulaufen. Und ich bin es leid, immer nur mir selbst für alles die Schuld zu geben. Oder die der anderen immer zu entschuldigen. Und einen Mann zu lieben, der mich nicht liebt.« Sie hielt kurz inne. »Und da gibt es noch etwas. Etwas Schlimmeres. Aaron hat das Geld aus Sylvies Treuhandfonds verspekuliert, und ich weiß nicht, ob er es jemals zurückzahlen wird.«

Die beiden Frauen sahen sie an. Brenda wußte von dem Verlust, jedoch nicht von Aarons mangelnder Bereitschaft, ihn wieder wettzumachen. Und Elise hatte bislang überhaupt nichts davon gewußt. Wieder erwartete Annie, daß Scham in ihr aufstieg für das, was Aaron getan hatte. Zum ersten Mal jedoch spürte sie nur die Kluft, die völlige Trennung von ihm. Er hatte sie verlassen, war nicht mehr länger ein Teil von ihr, und sein Handeln entzog sich ihrer Verantwortung. Sie schämte sich nicht mehr für ihn. Sie spürte einen Schmerz in ihrem Brustkorb, als ob dort wirklich etwas herausgerissen worden wäre. Unwillkürlich legte sie die Hand auf ihr Herz. Sie verspürte keine Scham mehr. Es tat weh, das ja, und wütend war sie, aber nicht mehr beschämt.

»Irgend etwas hat sich verändert.« Sie wußte, daß sich das

ziemlich albern anhörte. Wieder schwieg sie, biß sich auf die Lippen. Was war es nur? Was? »Ich liebe ihn nicht mehr«, kam ihre einfache Schlußfolgerung.

Brenda hob triumphierend die Arme. »Halleluja! Welch ein herrliches Erntedankfest. Endlich hat es gewirkt!« Etwas ruhiger fuhr sie fort: »Um wieviel Geld geht es dabei eigentlich?«

Ganz Brenda, mußte Annie denken. Sex galt ja schon als etwas Schmutziges, das verheimlicht werden mußte, und Geld erst recht. »Ungefähr anderthalb Millionen Dollar sind weg.«

»Aber du hast doch gesagt, daß er es zurückzahlen will? Er ist doch nicht so ein jämmerlicher, verlogener Drückeberger wie Morty. Das kommt doch in Ordnung, nicht wahr, Annie?« Ausnahmsweise hörte sich Brenda diesmal an wie ein kleines Mädchen, das sich an eine Hoffnung klammert.

»Na ja, inzwischen ist Aaron sich nicht mehr so sicher. Er weiß nicht, wann er dazu in der Lage sein wird. Er sagte, daß gerade jetzt die Geschäfte nicht so gut laufen.«

»Das hast du uns nicht berichtet«, warf Elise ein. »Aber wie war das überhaupt möglich? Man kommt doch nicht so einfach an ein Treuhandvermögen heran.«

Annie schüttelte den Kopf. »Er hat es ohne mein Wissen getan. Es ist dabei mit ziemlicher Sicherheit nicht legal zugegangen, und vielleicht könnte man ihn sogar rechtlich belangen, aber was bringt das?« Dann erzählte sie ihnen von ihrem Besuch bei Gil Griffin und von seiner Drohung. Tränen traten ihr in die Augen. »Ich kann gerichtlich überhaupt nichts machen. Vom Gefängnis aus kann Aaron das Geld für Sylvies Unterricht erst recht nicht zurückerstatten.«

»Ich leihe dir das Geld«, erbot sich Brenda.

Elise warf ihr einen Blick zu. Wie kam es nur, daß gerade die Leute besonders freigebig waren, die selbst nicht viel hatten? Sie mußte an die Lebensregeln ihrer Mutter denken. Sie verstieß bereits gegen eine davon, indem sie diesen Frauen hier vertraute, die so anders waren als sie. Sollte sie gegen noch eine verstoßen? Sie hatte Annie viel zu gern, um zu riskieren, ihre Freundschaft zu verlieren. Aber Annie hatte ihnen heute auch etwas geschenkt, ihnen ihr Vertrauen geschenkt. Und plötzlich hatte auch Elise das Bedürfnis zu teilen.

»Also, ich hätte auch etwas zu beichten«, begann sie. »Ich habe mit einem Mann geschlafen, der nur halb so alt ist wie ich. Ich war betrunken. Und einsam. Und jetzt glaube ich, daß ich anfange, mich in ihn zu verlieben. Ich schäme mich deswegen. Und ich habe Angst davor, was die Leute sagen werden.«

»Wahrscheinlich werden sie sagen ›Die Glückliche!‹« Annie lächelte sie an, aber dann fielen ihr ihre eigenen Bedenken in bezug auf Miguel ein, der nur ein paar Jahre jünger war als sie und einer anderen Volksgruppe angehörte. Hatte sie da nicht auch Hemmungen? Es war so schwer, sich von Vorurteilen frei zu machen.

»Kümmere dich bloß nicht um das, was andere sagen«, riet Brenda. »Sollen sie dir doch den Buckel runterrutschen, wenn sie daran Anstoß nehmen. Aber bislang hat von euch keine den Vogel abgeschossen. Jetzt bin ich dran, und dann werden euch die Augen übergehen.« Sie sprach mit größerer Nonchalance, als sie tatsächlich verspürte. »Der Gewinn ist eine Wasch- und Trockenmaschine und Beifall aus dem Publikum. Ich habe auch etwas, wofür ich dankbar bin, aber ich warne euch, es ist ziemlich ausgefallen.« Sie sammelte sich. »Morty hat meinem Vater einmal was erzählt... ein Geheimnis über eine Affäre, die ich mal mit einer von den Betreuerinnen in einem Sommerlager gehabt habe und das ich ihm anvertraut hatte.« Elise und Annie starrten sie an. »Die Betreuerin war fast noch ein Mädchen. Sie war die Schwimmlehrerin.« Nun war es heraus.

»Als Morty das meinem Vater erzählt hatte, schaute mein Vater mich böse an, und ich mußte weggucken. Ich konnte ihn einfach nicht anlügen. Nie. Mein Vater hat nie darüber gesprochen, aber er war anders geworden, tief drin. Mein Papa hat mich immer geliebt, das wußte ich, aber von da an schaute er mir nie mehr in die Augen. Und als mein Vater vier Monate später starb, fühlte ich mich einfach gräßlich. Und ich gab Morty die Schuld daran. Das tue ich immer noch. Denn natürlich hätte ich ihm das niemals erzählen dürfen.«

»Viele Mädchen schwärmen für Frauen, wenn sie Teenager sind. Das ist völlig normal«, beruhigte Elise sie. »Dein Vater hat das bloß nicht gewußt.«

Die drei Frauen schwiegen, nur das Feuer knisterte. »Ich glaube, daß mehr dahinter steckt, Elise.« Brenda sah ihre beiden Freundinnen offen an. »Ich versuche, mir darüber klarzuwerden, seit ich Diana kennengelernt habe. Ihr müßt wissen, daß dieses Erlebnis mit der Betreuerin das einzige Mal in meinem Leben war, wo ich körperliches Begehren empfunden habe. Alles andere ist nie so gewesen... erst recht nicht mit Morty. Ich habe geglaubt, daß es an unserer schlechten Ehe lag. Jedenfalls wollte ich das glauben. Aber es saß tiefer.« Sie sprach leise, behutsam, aber voll Überzeugung.

»Diana macht mich sehr glücklich. Ich liebe sie. Und ich bin dankbar dafür.« Brenda lehnte sich zurück und faltete die Hände in ihrem Schoß. Ihr war mit einem Mal klargeworden, daß sie zum ersten Mal in ihrem Leben nicht die Notwendigkeit verspürte, ihr Verhalten zu erklären oder zu entschuldigen. Ich akzeptiere mich selbst, dachte sie und spürte, wie es ihr warm wurde ums Herz.

Elise sah sie an und meinte: »Soviel ich gehört habe, ist Diana eine großartige Frau, intelligent, verantwortungsbewußt und feinfühlig.« Elise lachte auf. »Entschuldige, aber ich mußte gerade daran denken, daß Morty das genaue Gegenteil von ihr ist.«

»Ich hoffe, du bekommst, was du dir wünschst. Du hast jemanden verdient, der dich liebt. Ich freue mich für euch beide, Brenda«, fügte Annie hinzu.

Brenda räusperte sich. »Dann habe ich den Wasch- und Trockenapparat gewonnen?« Die beiden anderen lächelten. »Das ist vielleicht ein verflixtes Erntedankfest. Zuerst habe ich gedacht, daß ich herumhängen und Angela und Tony vermissen werde. Ich habe nicht gewußt, daß wir dieses ›Wahrheitsspiel‹ spielen würden.«

»Laßt uns etwas tun und nicht nur reden«, meinte Annie.

»Bei allen Heiligen, ich bin es leid herumzuhängen. Laßt uns wirklich etwas unternehmen gegen Aaron, Morty und Bill.«

»Wir hätten das schon früher tun sollen«, sagte Elise. »Aber dafür tun wir es jetzt. Du hast bereits damit angefangen, Brenda. Insofern bist du uns voraus. Die Weiterleitung der Information über die Steuern an die Steuerbehörde war ein erster Schritt. Denken wir an unsere Ziele: Morty ruiniert, Gil ohne Macht, Bill kastriert und Aaron verlassen. Was Gil betrifft, so habe ich schon angefangen. Wir wissen von Stuart und über Onkel Bills Verbindungen, daß er bei Mitsui einsteigen will. Und ich habe meinem Onkel gesagt, daß er mit seinem ganzen Gewicht und Vermögen gegen Gil vorgehen soll.«

»Wie?« fragte Annie.

»Indem er sich hinter Mitsui stellt, sich im großen Stil einkauft. Auf strategische Weise. Sobald wir für wenig Geld drin sind, kommen wir damit heraus, machen es zu einem heißen Tip, und schon ist jede Übernahme unmöglich. Wir machen damit einen so guten Schnitt, daß wir Sylvie eine eigene Schule werden kaufen können.«

»Sag das noch mal«, kam es von Brenda.

Elise erklärte das Vorgehen. Auch Annie hörte zu. Elise war einfach wundervoll.

»Möchtest du, daß ich meinen Anteil von Morty investiere? Damit könnte ich vielleicht helfen, Gil reinzulegen und das herauszuholen, was Morty mir versprochen hat!«

»Aber gewiß doch«, stimmte Elise ihr zu. »Aber sei vernünftig. Du brauchst etwas zum Leben, aber den Rest könnten wir für dich investieren. Dann werden wir ein wenig mehr Arbeitskapital zur Hand haben, und Gil wird es sein, der es uns gibt.«

»Soviel zur ›Operation Gil‹. Wie sieht es aus mit der Untersuchung durch die Börsenaufsicht? Gibt es da schon etwas, Annie?«

»Bislang hat De Los Santos keine großen Fortschritte erzielt. Ich werde ihn gleich nach den Feiertagen treffen. Ich weiß nicht, ob wir damit etwas erreichen werden, aber ich vertraue diesem Mann.« Annie hatte noch nicht den Mut, ihnen zu erzählen, wie sehr sie Miguel mochte. Fing sie doch gerade erst an, es sich selbst einzugestehen. Aber bald würde sie ihnen davon berichten.

»Was meinst du damit, ob wir etwas erreichen werden?« wollte Elise wissen.

»Ach, ich weiß nicht recht. Gil scheint so... so unangreifbar.«

»Das ist doch lächerlich. Jeder hat seine Schwachstellen. Da ist er verletzlich, und da kann man ihn angreifen.«

»Aber du verstehst schon, was Annie damit sagen wollte«, warf Brenda ein. »Aaron und seine perverse Gehirnklempnerin haben beide ihre Erfolge, ihre Reputation, und sie haben sich. Sie stehen gut da, und wir sind die Verlierer. Morty, dieser fette Arsch, scheffelt Millionen und kriegt obendrein noch eine Blondine aus Savannah, oder wo auch immer ihr Stall steht, ist dauernd mit den Schönen und Reichen zugange, steht in der Blüte seines Lebens, und ich dagegen bin fett, über vierzig und fix und fertig.«

»Und an wem liegt das?« fragte Elise sie fassungslos. »Deine einzige Initiative scheint im Gabelstemmen zu bestehen.«

»Spar dir deine Vorwürfe! Laß sie als Eis in deinen Drinks schmelzen«, gab Brenda zuckersüß zurück. »Ich esse zuviel, du trinkst zuviel, und Annie macht sich zu viele Sorgen. Wo ist da der Unterschied?«

Annie starrte die beiden an. Innerhalb eines Augenblicks waren sie von Freundinnen zu Feindinnen geworden. Sie sahen aus wie zwei Katzen, die einen Buckel machten. Allerdings zwei sehr unterschiedliche Katzen. Elise war eine elegante reinrassige Siamkatze, Brenda dagegen eine gestreifte Mischung mit langen Krallen. Würden sie übereinander herfallen? Waren die Feiertage verdorben?

Dann jedoch meinte Elise mit einem grimmigen Lächeln. »Ich glaube, du hast recht.«

Brenda erwiderte das Lächeln. »Ich habe einen kleinen Vorrat in meinem Zimmer. Wie sieht's mit dir aus?«

Das Lächeln wich aus Elises Gesicht, aber Brenda fuhr

fort. »Ich schlage folgendes vor: Ich tausche meine sechs Milky Ways gegen deinen Stolitschnaja.«

Elise zögerte, und für einen Moment glich sie einer in die Ecke getriebenen Katze. Dann nahm sie die Herausforderung an und fragte mit hochgezogenen Augenbrauen: »Was hast du sonst noch?«

Nun war es Brenda, der das Lächeln verging. »Gummibärchen. Und ein paar Erdnüsse. Aber das ist alles. Ich schwör's.«

»Ja, natürlich. Demnächst verkaufst du mir auch noch eine Autobahnbrücke. Am besten hole ich dein Zeug und du meins.«

»Und ab jetzt keine Drinks mehr, außer beim Essen. Auch keinen Wein«, ermahnte Brenda sie.

»Wenn hier jemand weint, dann du«, gab Elise zurück. »Keine Süßigkeiten mehr für dich nach dem Essen.«

Annie verkniff sich ein Lächeln. Brenda hatte sich da wohl etwas zuviel zugemutet. Aber wenigstens war diesmal nicht Annie die Nörglerin. »Topp.« Brenda seufzte und stapfte die Treppe hinauf in Elises Zimmer, während diese im Studio Brendas Taschen durchsuchte. Verblüfft und erfreut sah Annie beide triumphierend zurückkehren. Brenda schwang die Wodkaflasche, und Elise türmte die genannten Süßigkeiten auf, zu denen sich noch eine Tüte mit Rosinen gesellt hatte. »Die mußt du zu erwähnen vergessen haben«, konnte sie sich nicht verkneifen festzustellen.

Brenda warf ihr einen wütenden Blick zu. »Wie dumm von mir. Habe ich glatt vergessen. Damit wäre Totalentzug angesagt.«

»Wenn du es willst, will ich es auch. Keinen Alkohol mehr, bevor diese Ehemänner bekommen haben, was sie verdienen.«

»Abgemacht.«

»Gut. Dann zurück zur Sache.« Elise zückte ihr Hermès-Notizbuch und den goldenen Montblanc-Füller. »Bei Gil beginnen wir mit Mitsui und der Börsenaufsicht, und auf Morty haben wir die Steuerfahndung angesetzt. Was machen wir mit Aaron?«

Annie, an die die Frage gerichtet war, zuckte die Schultern. »Ich weiß nicht.«

»Wir müssen ihn wegen der Treuhandsache drankriegen, Annie. Wir müssen.«

»Solange es die Kinder nicht trifft.«

»Was wäre denn sein weicher, weißer Unterleib?«

»Bestimmt nicht die Seelenklempnerin, soviel ist klar«, meinte Brenda. »Ich habe ihr Bild in *Vanity Fair* gesehen. Sie kann einem angst machen. Die ist härter als Diamant.«

»Ich weiß nicht, welcher Verlust ihn treffen könnte. Mit Sylvie hat er nur wenig zu tun. Und die Jungs haben damit erst recht nichts zu tun. Er hat nie herumgebumst, hat keine schlechten Angewohnheiten...«

»Außer daß er seine Frau betrogen hat.«

»Und das Eigentum seiner Tochter verschleudert hat.«

»Ja, aber das ist auch schon alles.«

»Was ist sein Ziel? Was ist besonders wichtig für ihn? Die Jungs natürlich, vor allem Alex, aber die gehören hier nicht her. Ja, und seine Arbeit, denke ich.«

»Was ist mit seiner Arbeit?« hakte Elise nach und fing an, sich Notizen zu machen.

»Also, ich glaube, daß die Agentur die wichtigste Sache für Aaron ist. Und ich weiß, daß er schon seit langem vorhat, seinen Partner Jerry auszuzahlen. Aber jetzt hat er dafür nicht das Geld. Zuerst hat ihn die Scheidung einiges gekostet und dann...« Sie unterbrach ihn. »Wir können Aarons Lebensgrundlage nicht zerstören. Sylvie braucht das Geld. Aber ich bin so wütend, daß ich ihn umbringen könnte.«

Elise überlegte einen Augenblick. »Es dürfte wohl kaum schaden, wenn sein Partner ein paar neue Aufträge bekommt. Das würde es schwieriger machen, ihn herauszudrängen. Warum fragst du nicht einmal bei Jerry nach? In der Zwischenzeit werde ich Onkel Bob bitten, daß er klärt, ob nicht eines seiner Unternehmen eine neue Werbeagentur braucht. So kommt Aaron zu Geld für Sylvie, und sein Partner bekommt einen besseren Stand ihm gegenüber.«

Annie wischte sich die Augen und nickte. »Gerade jetzt

könnte Jerry ein bißchen Erfolg gebrauchen. Du bist einfach brillant, Elise. Ich danke dir.«

Elise lächelte. Vielleicht würde sie hier einmal gegen eine der Regeln ihrer Mutter verstoßen, zugunsten eines behinderten Mädchens. Ihr würde schon etwas einfallen, damit Annie das Geld annahm. Sie wandte sich Brenda zu. »Sonst noch etwas?«

»Bei Morty ist es Geld. Immer war es das Geld. Und seitdem er die letzte Abmachung umgestoßen hat, lechzt Diana danach, ihn belangen zu können. Sie sagt, sie würde es gegen Erfolgshonorar machen. Sie ist stinkwütend.«

»Ihn rechtlich zu belangen, reicht nicht. Was bringt das Päckchen, das wir der Steuerfahndungsbehörde haben zukommen lassen? Was meinte Klendenning?«

»Ich fand es gut.« Brenda zuckte die Achseln. »Dein Steuerberater hat mir versprochen, daß ich Immunität genieße und daß man von mir keine Zahlungen verlangen wird.«

»Jedenfalls nicht, wenn du aussagst und denen in der Sache hilfst.«

»Brenda Cushman, das Singvögelchen.«

»Besser als Brenda Cushman, die ausgenommene Gans.«

»Ich hätte ihn niemals ans Messer geliefert, wenn er mich jetzt nicht wieder übers Ohr gehauen hätte. Sein Anwalt, dieser Leo, hat Diana gesagt, daß er irgendwo ein paar Reserven angelegt haben soll. Die Aktien sind gefallen.« Sie schwieg und überlegte angestrengt.

»Annie, könnte es sein, daß der Tip, den Aaron bekommen hat, von Morty stammt?«

Annie starrte Brenda an. »Ich weiß nicht. Möglich wäre es.« Sie überlegte einen Moment. »Aaron hat so etwas noch nie gemacht. Er ist da sehr konservativ. Er hat kein Interesse am Aktienmarkt.«

»Es könnte sich lohnen, das näher zu untersuchen«, meinte Elise und machte sich weiter Notizen. »Was für Aktien hat er gekauft?«

Annie fiel der Unterkiefer herab, ihr wurde heiß. Natürlich! »Es waren Morty-Aktien.« Selten war sie sich so dumm vorgekommen.

»Heureka!« jubelte Elise, und Brenda fiel ein.

»Weshalb hast du uns das nicht gesagt?« schrie sie.

»Weil ich dumm bin. Sollte ich das auch Miguel De Los Santos mitteilen?«

»Nur wenn du scharf darauf bist, Aaron im gestreiften Anzug zu sehen.«

»Weitergabe von Insider-Informationen«, frohlockte Elise.

»Aber ich will ihn doch nicht ins Gefängnis bringen«, rief Annie.

»Wir könnten sie alle damit zur Strecke bringen«, fuhr Brenda wieder ernst fort. »Die Aktien sind weit über Wert gehandelt worden. Ich kenne so etwas. Es war ein ausgemachter Schwindel. Griffin hat ihn unterschrieben, Bill hat die Verträge aufgesetzt, Aaron hat die Aktien gekauft...«

»Bitte, ich muß doch an Sylvie denken. Ich kann Aaron einfach nicht in solche Schwierigkeiten bringen«, flehte Annie.

»Und Bill würde nie etwas tun, womit man ihn hochgehen lassen könnte«, fügte Elise hinzu. »Er ist der typische korrekte Anwalt. Nein, jeder bekommt die Strafe, die für ihn vorgesehen ist, die, die seinem Vergehen entspricht.«

»Ach wo, Elise. Jede von uns behauptet, daß ihr eigener Mann der am schwersten zu fassende wäre. Drück dich nicht. Ich kann es ja für dich tun. Es muß da einen Weg geben«, mahnte Annie.

»Ich habe von meinem Onkel gehört, daß es im Zusammenhang mit Phoebe Ärger geben soll.«

»Das ließ sich doch wohl näher untersuchen.« Brenda war zuversichtlich. »Obgleich ich sie für eine Zeitbombe halte, die sich sowieso eines Tages selbst zerstören wird.«

»Wo ist Bill außerdem noch angreifbar?« wollte Annie wissen.

»Ich weiß nicht recht. Natürlich ist er am ehesten mit seinen Frauensachen zu packen: ihn als Schlappschwanz hinstellen und ihm damit für alle Zeiten den Wind aus den Segeln nehmen.«

»Ist er denn einer?« fragte Brenda hoffnungsvoll.

Elise warf ihr einen Blick zu, gleichsam überlegend, ob sie darauf antworten sollte oder nicht. Dann meinte sie seufzend: »Nein, leider nicht.« Und kichernd ergänzte sie: »Selbst wenn es nun schon eine ganze Weile her ist.«

»Dann könnten wir ja seine Heiratspläne zunichte machen. Dann wäre er erledigt«, schlug Annie vor.

»Nein, nicht ganz. Er hat im Laufe der Jahre einige Antiquitäten gesammelt, die mittlerweile einiges wert sein dürften. Und er verdient auch gut in seinem Job.«

»Außerdem würde er sich dann halt irgendeine andere reiche Frau anlachen«, ergänzte Brenda, um gleich wieder zu verstummen. Sie wollte Elise nicht verletzen.

»Ist schon gut, Brenda«, meinte sie. »Du hast ja recht. Aber irgend etwas muß es geben.«

Da stand Brenda auf. »Das erinnert mich an was. Rate mal, was für ein Geschenk ich für dich habe.« Damit zog sie unter einem Sofakissen eine Akte hervor. »Was würdest du mir für die Aufstellung aller Honorar- und Ausgabenberechnungen von Klein-Billy geben? Angela hat letzte Woche Kopien davon von einem der Mädchen aus dem Schreibzimmer in seiner Kanzlei bekommen können. Ich weiß zwar nicht, was da alles drin steht, aber vielleicht findet sich ja was.«

»Brenda, du bist einfach genial. Ich glaube, damit haben wir einen Ansatzpunkt.«

»Und wie steht es mit Gil? Bislang haben wir uns noch gar nicht um seinen Wagen gekümmert«, erinnerte Brenda sie. »Aber eigentlich würde ich ihn lieber körperlich gezüchtigt sehen.« Beim Anblick des Ekels, der sich auf den Mienen ihrer Freundinnen widerspiegelte, fuhr sie fort: »Ja, ja, ich weiß. Ihr seid nicht gewalttätig. Aber bei den Morellis hieß es ›Auge um Auge‹. Denkt daran, Gil hat Cynthia geschlagen. Er sollte Prügel bekommen. Und wir sollten uns das schwören und den Pakt mit Blut besiegeln.«

Annie schüttelte den Kopf. »Nein, keine Gewalt. Absolut nicht.« Sie klang fest entschlossen. Dann lächelte sie, füllte ein Champagnerglas und stellte es auf den Tisch. Dann zog sie ihren Ehering ab, den abzulegen sie nicht hatte ertragen können. »So!« sagte sie und ließ ihn in den Sekt fallen.

»Okay!« Elise lachte ihre Freundinnen an, und warf ihren Ring dazu. Brenda mußte sich ganz schön anstrengen, um den ihrigen vom Finger zu bekommen. Aber dann gelang es ihr doch, und sie warf ihn zu den anderen beiden. Das Glas kippte um und zerbrach auf dem Boden.

Brenda mußte lachen. »Ich bin stolz auf uns.«

»Ich auch«, stimmte Annie ihr zu.

»Dann sind wir uns einig.« Elise wandte sich an Brenda. »Und keine Süßigkeiten, solange es dauert.«

»Und kein Alkohol«, kam es postwendend von Brenda. »Nicht, bevor alles vorbei ist.«

»Wirklich vorbei«, ergänzte Annie. »Und allen ein frohes Erntedankfest.«

18

Sylvan Glades

Miguel steuerte Annies grauen Jaguar in Richtung Norden. Nachdem sie die Stadt hinter sich gelassen hatte, entspannte Annie sich ein wenig oder versuchte es doch zumindest. Seit Memorial Day hatte sie Syvlie nicht mehr gesehen, aber nun war die sechsmonatige Eingewöhnungszeit vorüber, und sie wollte sehen, wie sie sich eingelebt hatte und ob diese Umgebung das richtige für sie war.

Annie holte tief Luft. Es war schön, mit Miguel zusammen zu sein. Er wußte Schweigen zu akzeptieren und schien sich dabei ganz wohl zu fühlen.

»Schön ist es hier«, sagte sie. Siebzig Meilen von New York entfernt waren die Bäume mit einer Eisschicht bedeckt, die in der Sonne funkelte, und es lag noch sauberer Schnee. Leicht und mühelos glitt der Jaguar über die Hügel. Sie strich ihren Kaschmirrock glatt. Was wäre wohl nach Ansicht ihrer Großmutter die passende Kleidung für einen Besuch bei einer behinderten Tochter in einem Heim? Annie zuckte die Achseln. An den kahlen Bäumen vorbeiblickend, konnte sie auf den Wiesen dahinter die Schneewehen erkennen. »Ich bin jedesmal erstaunt, daß es so nahe bei der Stadt noch Bauernhöfe gibt. Wir sind hier richtig auf dem Land.«

»Ja, und das Land ist auch, was immer bleibt«, antwortete Miguel. »Wenn ich das hier alles sehe und daran denke, wie ich dort im Federal Plaza vergraben bin, dann frage ich mich, was zum Teufel ich da mit meinem Leben mache.«

Annie nickte. In der letzten Zeit hatte sie die Stadt sogar als noch beengter und bedrückender als sonst empfunden. Noch mehr Menschen und noch mehr Einsamkeit. Natürlich war es während der Feiertage besonders schlimm. Plötzlich dachte sie, wenn Sylvie dort nicht glücklich ist, dann könnte ich ja meine Wohnung und das Häuschen verkaufen und hier irgendwo eine preiswerte Bleibe mit ihr zusammen finden, wo es billig ist und wo sie vielleicht die nötige Hilfe findet.

Sie riß sich zusammen. Bei diesem Besuch mußte sie offen sein, frei von inneren Spannungen, Ärger, vorgefaßten Meinungen und Unterstellungen. Zuerst mußte sie Sylvie sehen. Und dann Dr. Gancher. Eins nach dem anderen. Erst das eine zu Ende bringen, dann das andere anfangen. Schlimm nur, daß sie sich jetzt schon völlig erschöpft fühlte.

Annie streckte sich und sah in die weiße Landschaft hinaus, bis Miguel von der Hauptstraße abbog. Da war die Spannung wieder da. Die Geldfrage war schuld daran. Annie war ihre Familie nie reich vorgekommen, jedenfalls nicht wirklich reich, so wie Elise, aber Reichtum war etwas Relatives. Auf jeden Fall stammte sie aus einer wohlhabenden Familie, mit einem Haus in der Stadt und dem kleinen Anwesen auf den Thousand Islands. Man war hinauf nach Palm Beach gefahren. Sie mußte lächeln. Nicht etwa *hinunter* nach Florida, sondern *hinauf* nach Palm Beach. Das gehörte zum Code der Reichen.

Als sie größer wurde, wußte sie natürlich, daß es auch arme Leute gab. Aber Armut war nichts Reelles für sie, sie hatte immer geglaubt, daß alle Menschen so lebten wie sie. Ihr Treuhandvermögen war keineswegs groß, aber es reichte für das Smith College und danach für angemessene Kleidung. Erst als sie frisch verheiratet waren und selbst fast nichts besaßen, hatte sie mit eigenen Augen gesehen, in welcher Armut manche Familien lebten. Erst dann wurde sie gewahr, wie sehr Geld oder der Mangel daran ihresgleichen zu beeinflussen vermochte.

Zumindest hatte es Aaron beeinflußt, sie dagegen nicht. Sie hatte das einfache Leben recht reizvoll gefunden. Sie schämte sich über sich selbst. Eine Marie Antoinette in einem Schäferinnenkostüm, die Armsein spielte, während Aaron schrieb. Dann war sie mit Alex schwanger gewesen, und Aaron war arbeiten gegangen, um mehr Geld zu verdienen. Irgendwann hatte das Geld dann ausgereicht, und dann war davon überreichlich da, und ihr Vater hatte ihr die Anzahlung auf das Haus in Greenwich ermöglicht.

Und nun war es wieder nicht genug. Nur daß es diesmal nicht reizvoll war oder amüsant oder unwichtig. Es war beängstigend. Und ich habe überhaupt keine Erfahrung in diesen Dingen. Wie soll ich betteln, damit man meine Tochter nicht hinaussetzt? Wie mache ich es ihnen klar, daß ich nicht genug Geld habe? Und denk an die Mütter, die von der Wohlfahrt leben und tagtäglich so für ihre Kinder kämpfen müssen. Sie schämte sich.

Nach zehn weiteren Minuten bogen sie in die Auffahrt von Sylvan Glades ein. Wie immer beeindruckte sie das Landhaus im Tudorstil. Dieses Haus mit den verschneiten Wiesen als Hintergrund sah aus wie eine Filmkulisse. Jedoch der Anblick der übrigen Gebäude brachte sie wieder in die Wirklichkeit zurück: häßliche, moderne Würfelkästen. Hätte man denn nicht...? Sie nahm sich zusammen. Nein, offensichtlich hatte man nicht. Und hätte man doch, wären die Kosten noch astronomischer.

Annie und Miguel gingen zum Empfangsbüro, wo sie Frau Dr. Gancher begrüßte.

»Einen wunderschönen Tag haben Sie sich für die Fahrt ausgesucht«, meinte sie und lächelte ihnen zu. »Ich werde Sie zu Sylvie führen. Danach könnten wir uns dann unterhalten.«

Sylvie arbeitete gerade in der Kantine. Annie sah sie sofort. Sie räumte gerade die Tische ab, schabte die Reste von den Tellern, bevor sie sie sorgfältig auf einem Tablett aufeinanderstapelte. Es versetzte Annie einen Stich, als sie den Gesichtsausdruck ihrer Tochter sah. Noch nie zuvor hatte sie so gefesselt, so zufrieden ausgesehen. Sie glühte geradezu. Tatsächlich schien sie sich in diesen sechs Monaten völlig verändert zu haben. Für einen Moment verspürte Annie Panik. Jetzt bin ich wirklich allein, dachte sie. Miguel holte zwei Tassen mit Kaffee aus dem Automaten. Sie sank auf den Stuhl, den er ihr an einem der Tische hervorzog. Still beobachtete sie Sylvie, bis diese aufschaute und sie bemerkte.

»Mam-Pam!« rief sie. »Du bist hier! Du bist hier!« Sie kam zu Annie gelaufen und umarmte sie. »Komm! Schau!« Annie biß sich auf die Lippen und holte tief Luft, doch Sylvie merkte nichts. Sie war zu begeistert.

»Schau, was ich hier tue, Mam! Wenn jemand etwas ißt, dann läßt er seinen Teller stehen, und ich kann ihn wegnehmen. Das ist mein Job.« Sie strahlte vor Begeisterung. Speichel hatte sich in ihren Mundwinkeln gesammelt, wie immer, wenn sie freudig erregt war. Andere Heimbewohner und Angestellte saßen an den Tischen, doch niemand sah sich nach ihnen um. Annie unterdrückte ihre Regung, den Mund ihrer Tochter abzuwischen.

»Jeden Tag muß ich das machen, und nichts auslassen. Jim sagt, ich bin die beste Kellnerin, die er hier hatte!«

Annie fühlte sich schuldig. Das war es, was ihre Tochter so nötig gehabt und was sie ihr aus Selbstsucht vorenthalten hatte.

»Ich bin ungeheuer stolz auf dich, Sylvie!« Annie drückte das freudestrahlende Mädchen fest an sich. »Und du siehst wundervoll aus!« Sie trug einen Pullover, der etwas zu stramm über ihrer Brust saß, und an der Bluse darunter fehlte ein Kragenknopf. Aber das war alles nicht so wichtig, sagte sich Annie und lächelte. »Wie geht's Pangor?«

»Großartig. Er hat eine Maus gefangen! Und weißt du, was er damit gemacht hat?«

Annie zuckte zusammen. Gab es hier Mäuse? »Was denn, mein Liebes?«

»Er hat sie auf mein Kissen gelegt!«

»Als Geschenk für dich? Ich habe mal eine Katze gehabt, die hat das gemacht. Sogar Ratten hat sie gefangen«, sagte Miguel.

Annie fragte sich, wo er gewohnt haben mochte, wenn es dort Ratten gegeben hatte. Dann fiel ihr etwas ein, und sie wandte sich Miguel zu. »Oh, Entschuldigung! Miguel, das ist meine Tochter Sylvie. Sylvie, das ist mein Freund Miguel. Er hat mich hergefahren.«

»Hallo, Mr. Mi Kell«, antwortete Sylvie. »Ich werde Ihre Tasse mitnehmen.«

»Darf ich erst meinen Kaffee austrinken?«

»Ja.« Sylvie mußte kichern.

»Dann bin ich einverstanden.«

»Jetzt muß ich weiterarbeiten«, sagte Sylvie mit ernstem Gesicht. »Erst die Arbeit, dann das Vergnügen.«

»Gut. Nach der Arbeit sehen wir uns wieder.« Ihre Tochter kratzte die Teller ab. Ihr Lebensinhalt. Schweigend stand Miguel neben ihr.

Annie seufzte. Was war denn ihr Lebensinhalt, daß Tellerabkratzen ihr als etwas so Unerfreuliches vorkam? Sylvie war glücklich. Wie kam sie dazu, hier ein Urteil zu fällen?

»Es ist sehr schwer«, sagte sie laut. Miguel nickte, wortlos.

Dann ließ Annie Miguel auf dem verschneiten Campus zurück und suchte Frau Dr. Gancher in ihrem Büro auf. Annie war sich nun sicher, daß dieser Ort das richtige für Sylvie war. Das gab ihr Mut.

Die Tür zum Büro stand weit offen, und Frau Dr. Gancher bat sie, Platz zu nehmen. »Und wie ist ihr Eindruck von Sylvie?« begann sie.

»Gut sieht sie aus. Und sie bemüht sich so sehr. Die Leute denken immer...«

»Diese Leute gibt es hier nicht«, unterbrach sie Dr. Gancher. »Eben das macht Sylvan Glades zu einer Zuflucht. Aber da gibt es noch etwas. Wir machen uns große Hoffnungen für Sylvie. In einem Monat oder zwei möchten wir sie es mit einem Job in einem Restaurant in der Stadt versuchen lassen.«

»Wirklich? So bald schon?« Annies Magen verkrampfte sich. Die Menschen konnten so grausam, so ungeduldig sein. »Ist sie schon so weit?«

»Sie ist sehr gut erzogen worden.« Dr. Gancher sah sie geradeheraus an. »Ich denke, sie hat genug Rückhalt.«

Annie dankte ihr nicht dafür, aber sie spürte, wie sie dieses Lob erzittern ließ. Sie holte tief Luft. »Ich verstehe. Es ist nur... es ist mehr, als ich zu hoffen gewagt habe. Ich bin Ihnen sehr dankbar.«

»Nun ist es an mir, etwas zu verstehen, Mrs. Paradise.« Frau Dr. Gancher lächelte ihr zu. »Wenn Eltern zu ihrem ersten Besuch hierherkommen, ist es für sie oft eine bestürzende Erfahrung. Die sechsmonatige Trennung ist sehr hart. Manchmal haben sie jahrelang dafür gekämpft, viele Opfer auf sich genommen und ihr Leben so eingerichtet, daß sie ihrem Kind einmal die Möglichkeit zum Glücklichsein verschaffen können. Sie meinen, daß ihre Kinder nicht ohne sie leben könnten. Dann kommen sie hierher und sehen, daß ihre Kinder ein selbständiges Leben führen und obendrein auch noch glücklich sind. Die Eltern empfinden sich als unnütz oder sogar als Eindringlinge und kommen sich vielleicht auch dumm vor, weil sie ihre Kinder so lange bei sich behalten haben. Sylvie hat diese Zeit des Alleinseins nötig gehabt. Und sie hatte die Zeit mit Ihnen nötig. Beides. Ich möchte sagen, daß Ihre Wahl des Zeitpunkts ausgesprochen glücklich war.«

Hierauf antwortete Annie nicht sofort. Sie erkannte in Frau Dr. Gancher einen großherzigen Charakter und verglich ihn unwillkürlich mit der kleinkrämerischen Seele eines Gil Griffin oder auch von Aaron.

»Danke«, sagte sie schließlich. Ach, wenn sie doch jetzt gehen könnte, mit der Gewißheit um das Glück ihrer Tochter. Aber da gab es noch was zu regeln. »Leider gibt es da ein Problem.« Bei diesen Worten richtete Annie sich auf.

»Ja, bitte?«

»Ich bin nicht in der Lage, die gesamte vierteljährliche Zahlung zu entrichten, ich brauche... Ich hoffe... daß ich sie im Frühjahr aufbringen werde.«

Dr. Gancher schaute verdutzt. Darauf war sie nicht vorbereitet gewesen. »Das erstaunt mich, Mrs. Paradise. Da gibt es doch den Treuhandfonds für Sylvie. Es gibt kein Kind mit Downes-Syndrom, dem ein Sylvan Glades nicht zu gönnen wäre, doch leider können es sich nur wenige leisten. Da es so viele Anwärter auf einen Platz hier gibt, ist Zahlungsfähigkeit eine der maßgeblichen Voraussetzungen. Die Ihre hat nie in Zweifel gestanden.« Sie schwieg kurz. »Was ist geschehen?«

Wie sollte sie ihr das erklären? Sehen Sie, Frau Dr. Gancher, Sylvies Vater ist ein Lügner und Dieb. Ach, Gott, das konnte sie nicht. Und wieso steht Aaron nicht hier und bettelt? dachte sie bitter.

»Mein Mann, mein Exmann hat sich an der Börse verspekuliert«, stieß sie schließlich hervor.

Die Verwunderung auf Dr. Ganchers Gesicht wich der Besorgnis. »Und wie wird es weitergehen? Sie wissen, daß nach unserer Ansicht allein ein Langzeitaufenthalt eine erfolgreiche Behandlung gewährleistet. Ein vorzeitiger Abbruch des Aufenthaltes würde eher schaden, nicht nur Sylvie, sondern der ganzen Gemeinschaft.«

»Dr. Gancher, ich werde das Geld aufbringen, um den Treuhandfonds für Sylvie wieder aufzufüllen. Ich verfüge über einige Reserven. Ich bin nur gerade jetzt nicht flüssig. Ich sehe, wie glücklich Sylvie ist, und ich möchte sie keineswegs aus dieser Umgebung reißen. Bitte geben Sie mir noch ein wenig Aufschub.«

»Ja, das kann ich machen, Mrs. Paradise.« Das Gesicht von Frau Dr. Gancher entspannte sich. »Ich werde es dem Schatzmeister erklären. Aber wir werden eine schriftliche Bestätigung von Ihnen benötigen, mit einer genauen zeitlichen Festlegung Ihrer Zahlungen und einer Überlegung bezüglich der weiteren finanziellen Zukunft von Sylvie.«

»Natürlich.« O Gott, nichts wie weg hier. Das war sogar noch schlimmer, als sie befürchtet hatte. Es fehlte noch, daß sie anfing zu weinen.

»Ich danke Ihnen.« Annie stand bereits.

Sie ging zur Vordertür hinaus, bloß nicht Miguel oder Sylvie in die Arme laufen, bevor sie sich nicht wieder einigermaßen gefaßt hatte. Ein paar tiefe Atemzüge in der kalten, frischen Luft. Gut, das wäre geschafft. Aber das würde sie Aaron niemals vergeben können. Niemals. Und sie würde alles nur mögliche tun, um Sylvie dies hier zu erhalten.

Diesen Nachmittag würde sie mit Sylvie verbringen. Sie würde mit Pangor spielen, Sylvies Zimmer sehen, sie zum Mittagessen einladen, zuschauen, wie sie die mitgebrachten Geschenke auspackte. Sie würde sich freuen an ihrer neuen, erwachsenen Tochter.

Und dann wäre da nur noch Miguel, mit dem sie sich befassen mußte. Sie fragte sich, wie sehr er sie wohl leiden mochte und ob ihm das helfen könnte, Gil dingfest zu machen. Denn jetzt gab es keine Schonung mehr. Miguel würde alles von ihr erhalten. Und wenn es Aaron dabei mit erwischte, dann sollte das so sein.

Sie wandte sich um und kehrte zum Parkplatz zurück. Vor der Kantine sah sie Miguel und ihre Tochter, wie sie Schneebälle nach einer Platane warfen und sich unterhielten. Sylvie schien zu lachen. Annie lächelte. Sie würde ihrer Tochter das Lachen bewahren, zu welchem Preis auch immer.

Auf ihrer Heimfahrt herrschte tiefes Schweigen zwischen Annie und Miguel.

»Sie ist ein reizendes Kind«, sagte er schließlich. »Und putzig.«

»Ja«, stimmte sie ihm zu. Sylvie verfügte über eine große Bandbreite an Grimassen, mit denen sie ihrer Ausdrucksweise nachhalf. Beim Anblick von dem gesottenen Barsch, den Miguel mitsamt dem Kopf zum Mittagessen serviert bekommen hatte, hatte sie ihre Nase gerümpft und ihr Gesicht zu einer Fisch-Schnute verzogen.

»Das scheint eine gute Schule zu sein.«

»Ja. Nur zu schade, daß ich sie mir nicht leisten kann.« Sie holte tief Luft. »Miguel, ich habe ein paar neue Informationen für Sie. Ich weiß nicht, ob sie Ihnen in Ihren Untersuchungen zu Gil Griffin weiterhelfen, aber...« Wieder holte sie tief Luft. »Wir glauben, daß Aaron auf Grund eines Tips von Morty Cushman in Morty-Aktien investiert hat. Aber wir haben dafür keine Beweise. Danach sausten die Werte nach unten. Irgend etwas ist da passiert, aber was, wissen wir nicht. Dafür wissen wir, daß Morty Cushman gewisse Schwierigkeiten mit der Steuerfahndung hat. Wir glauben, daß es Verbindungen geben dürfte zwischen Gil, Morty und Aaron.«

»Gut. Vielleicht kann ich damit etwas anfangen. Ich werde Mr. Cushman aufsuchen. Und was werden Sie in der Zwischenzeit unternehmen?«

»Ich welcher Sache?«

»In der mit Sylvies Schule. Sie dürfte alles andere als billig sein.«

»Ich weiß nicht.« Tränen stiegen Annie in die Augen. »Ich

weiß wirklich nicht.« Und dann konnte sie die Tränen einfach nicht weiter zurückhalten. Miguel fuhr auf den Seiten-
streifen. Es war schon fast ganz dunkel geworden. Er reichte
ihr sein frisches Taschentuch, doch ihr Schluchzen wollte
nicht enden. Ungeschickt legte er den Arm über die Rück-
lehne ihres Sitzes. Bei seiner Berührung legte Annie ihren
Kopf an seine Schulter und ließ ihren Tränen freien Lauf,
während er sie festhielt – sehr, sehr lange festhielt.

19

Aus für Morty

Morty lehnte sich im Wagen zurück und zündete sich eine Zigarre an. »Himmel, was für ein Tag.« Er nahm einen langen Zug. Seine Zigarren waren der einzige Luxus, den er sich gönnte. Natürlich waren es Havannas, dieselbe würzige Sorte, die auch Castro rauchte, und die angeblich von den Händen junger Mädchen auf ihren jungfräulichen Schenkeln gerollt wurden.

»Welch ein Abend.« Er beugte sich vor, um sich ein Mineralwasser aus dem Kühlfach zu nehmen. Dabei meldeten sich seine schmerzenden Rückenmuskeln von der schlaflosen gestrigen Nacht. Eine Frage des Alters, dachte er, doch in Gedanken war er wieder bei den ganzen geldgierigen Halunken, die ihm ans Leder wollten, wenn er nur für einen Moment die Augen schloß.

Du lieber Himmel, die Ferientage in Aruba mit Angela und Tony hatten ihn eine hübsche Stange Geld gekostet. Und beide konnten Shelby nicht ausstehen. Sein Blick fiel auf die Ausgabe der *New York Post* neben seinem Fahrer mit der Überschrift ›Leona Helmsley bestreitet Vorwürfe wegen Steuerhinterziehung‹, dazu ein Foto von Leona, wie sie unter Tränen von der Schar ihrer Anwälte aus dem Gericht geleitet wurde.

Morty schnaubte. Arme Sau, mußte er denken. Wahrscheinlich war er der einzige in dieser Stadt, der Mitleid mit ihr hatte. Warum ließ man sie nicht in Ruhe? Steuerhinterziehung? Hatte sie denn nicht über drei Millionen gezahlt? Wieviel mehr, zum Teufel noch mal, sollte sie denn noch zahlen? Wann war genug denn endlich genug?

Er stieß das Blatt beiseite, nahm einen Schluck von dem Wasser und widmete sich weiter seiner Zigarre. Durch die getönten Scheiben musterte er die Menge, die draußen vorüberhastete. »Genug ist verdammt noch mal genug.«

»Verzeihung, Mr. Cushman?« meldete sich der Fahrer.

»Vergessen Sie's«, knurrte Morty.

Er lehnte seinen Kopf zurück, schloß die Augen und versuchte sich zu beruhigen. Er wollte Shelby nicht ihre Cocktailparty verderben und das Stück, nein, diese Performance auch nicht. Oder was auch immer. Es war ihr gelungen, das Museum of Modern Art dazu zu bewegen, die Einladung zu dieser Party anzunehmen. Würde der Akquisitionsausschuß diesmal anbeißen, dann wäre das ein toller Erfolg für Shelby. Jedenfalls sagte sie so etwas. Aber Morty langweilte dieser ganze Krampf zu Tode. Er und Shelby würden dem Museum ein Gemälde stiften, mit seinem Namen drauf. »Gestiftet aus der Morton-B.-Cushman-Sammlung.« Irgendwie machte ihn der Gedanke nicht so an, wie er eigentlich gedacht hatte. Und die Galerie brachte nicht das geringste ein. Es wollte Shelby nicht gelingen, die richtigen Leute anzulocken. Mit den Rechnungen gelang ihr das dafür um so besser.

»Es reicht«, entfuhr es ihm unwillkürlich. Es reichte ihm, wie Leona. Wann ließ man sie endlich in Ruhe? Die dachten wohl, daß bei ihm endlos Geld locker zu machen war. Die sollten sich geirrt haben! Irgendwo war Schluß, und er wollte dann nicht mit dem Schwarzen Peter in der Hand dastehen. Warum sollte das nicht Brenda sein. Zwei Millionen zur ›Neufestsetzung‹ ihrer Scheidungsabmachung? Danke schön, Leo, du Großmaul. Weshalb sollte sie auch nur noch einen Groschen bekommen? Gerade jetzt waren seine Aktien in den Keller gefallen, und ganz so war ihm selbst zumute. Sollte sie doch verrecken, bevor sie einen weiteren Scheck erhielt. Zum Teufel mit ihr und mit Leo.

»Das ist vertraglich abgemacht, Morty, unterschrieben und beglaubigt.« Vor Wut hatte Leo gestottert. »Ist ja gut«, war Mortys Entgegnung gewesen, »soll sie mich doch verklagen. Sie sind doch ein guter Anwalt, oder? Sie brauchen ihr und dieser Lesbe nur zu sagen, daß ich die Abmachung ›neu festsetzen‹ möchte.«

Alle fallen sie über mich her. Er fächelte sich mit der Zeitung Luft zu. Und jetzt auch noch Aaron. Ich werde meinen Werbeetat steigern und meine Verluste bei Aaron abdecken müssen. Ihn aus dem ganzen Schlamassel herausholen? Nun ja, Aaron war so übel nicht. Aber dafür ging noch mehr Geld über den Jordan. Scheiße.

Wohin er sich auch wandte, überall nur Leute, die die Hand aufhielten. Und die von Shelby waren, natürlich auch darunter. Er fragte sich nur ungern, ob sie ihn wohl geheiratet hätte, wenn er ihr die Galerie nicht gekauft hätte. Wenn er ehrlich war, mußte er das verneinen. »*Ich* würde auch nicht für 'n Armen die Beine breit machen.« Er lachte.

Der Wagen bog von der Madison Avenue in die 75. Straße ein, um vor Shelbys Galerie anzuhalten, die nur wenige Straßen von Tiffany's entfernt lag. *Der Nabel der Welt, und ich darf dafür blechen.*

Aber das war einer jener Augenblicke, in denen er seinen Reichtum genoß, denn Limousinen wie die seine durften in dieser Stadt auf der zweiten Spur halten. Dem Fahrer, der ihm die Wagentür geöffnet hatte, rief er über die Schulter zu: »Es wird nur ein Weilchen dauern, bleiben Sie also in der Nähe.« Die Wachleute begrüßten ihn mit Namen, als sie ihn in die marmorne Eingangshalle einließen.

Als er oben aus dem Lift stieg, blieb er einen Augenblick stehen, um sich umzuschauen: Teure Gemälde an den Wänden, ein dicker Teppich auf dem Boden, Gruppen gesetzter, aber exklusiver gekleideter Menschen, mit Drinks in den Händen, die sich in angebracht gedämpftem Ton unterhielten, Kellner, die Getränke und Häppchen herumreichten. Er griff sich ein Glas von einem der Tabletts und hielt Ausschau nach Shelby.

Da er sie nirgends sah, trat er widerstrebend zu Josiah Phelps und den übrigen vom Museumsausschuß. Mit einem forcierten Lächeln übertraf er sich selbst, indem er jeden einzelnen mit Namen begrüßte.

Allmählich werde ich ganz gut bei so was. Sein Vater würde es nicht für möglich gehalten haben. Ich, Morty Cushman, Enkel von Überlebenden russischer Pogrome, stehe mitten in einem der erlesensten Partyzirkel Amerikas. Morty überschlug, daß diese kleine Gruppe hier gut und gerne für drei Milliarden gut war. Mindestens.

Gerade da sah er Shelby, die ihn von der Tür zu ihrem Büro herbeiwinkte. Er begann, sich bei seinen Gesprächspartnern zu entschuldigen, als zwei Männer in nichtssagenden Anzügen plötzlich aus ihrem Büro traten und an ihr vorbei zielstrebig auf Morty zukamen. Shelby folgte ihnen nervös, so daß alle drei gemeinsam bei ihm anlangten.

Hastig sagte Shelby: »Diese Herren möchten dich kurz sprechen, Morty. Am besten in meinem Büro.« Beschwörend blickte sie die beiden Unbekannten an. »Da können Sie alles in Ruhe besprechen.«

Ihre Stimme hatte sich erhoben, und alle Anwesenden, Gäste wie Kellner, drehten sich nach ihr um.

Morty war verwirrt und hatte Schiß. Diese Typen werden mir die Petersilie nicht verhageln. Er biß die Zähne zusammen. »Was kann ich für Sie tun, meine Herren?«

Der erste Anzug entgegnete: »Sie sind Morton Cushman?«

Kaum daß Morty ja gesagt hatte, zog der zweite eine Plastikkarte hervor und begann vorzulesen: »Sie sind festgenommen. Sie haben das Recht, jede Aussage zu verweigern.«

»Was, zum Teufel, soll das Ganze«, japste Morty. »Was heißt ›festgenommen‹?«

»Sie haben das Recht auf einen Anwalt.« Der andere Polizeibeamte zog Mortys Arme nach hinten und legte ihm Handschellen an. Du lieber Himmel, bloß das nicht. Das konnte doch nicht wahr sein. Seine Achselhöhlen wurden schweißnaß.

Handschellen? Wie ein gemeiner Dieb aus einem billigen Taschenbuch.

»Warten Sie. Da muß ein Irrtum vorliegen.«

»Sie haben das Recht auf einen Pflichtverteidiger, wenn Sie sich keinen eigenen leisten können.«

»Morton, was soll ich bloß tun? Morty?.« Jetzt schrillte Shelbys Stimme. »Morty, was soll das heißen?« Sie hatte den Raum voller Leute vergessen, die sie anstarrten, als wäre das schon die Performance.

»Alles, was Sie sagen, kann gegen Sie verwendet werden.«

Shelbys schrille Stimme brachte Morty dazu, allmählich seine Fassung wiederzugewinnen. »Es ist schon in Ordnung, Shelby. Ruf nur Leo Gilman an. Er wird sich um alles kümmern. Das hier ist alles nur ein Mißverständnis, meine Liebe.«

Und zu den Beamten: »Nicht wahr, Leute, das ist es doch, nur ein Mißverständnis?«

»Nein, Mr. Cushman. Sie sind festgenommen wegen Steuerhinterziehung.« Und sich zu Mortys Ohr neigend fügte der Beamte hinzu: »Das wär's dann gewesen, Morty.« Mit einem selbstzufriedenem Grinsen gab er ihm einen kleinen Schubs und führte ihn am Ellbogen aus dem Raum.

Mit tränenüberströmtem Gesicht lief Shelby neben ihm her.

»Wie konntest du mir das nur antun, Morty, nach all der ganzen Anstrengung. Wir sind ruiniert, Morty.« Sie holte tief Luft. »Sag, daß alles in Ordnung gehen wird.«

»Meine Liebe!« Er bot die letzten Reserven an Großartigkeit auf. »Denk daran: einmal im Gefängnis, immer ein gern gesehener Gast. Wir werden noch in Jahren wegen dieser Sache gefeiert werden.«

Shelby gewann allmählich wieder ihre Fassung zurück und versuchte ein Lächeln.

Die beiden Beamten zupften Morty am Ärmel, während die Gästeschar vor ihnen auseinanderwich, als ob Festnahmen ansteckend seien.

Morty erblickte Josiah Phelps und mit einer gewaltigen Anstrengung zwang er sich, ihm ein nonchalantes Lächeln zuzuwerfen. Josiah senkte die Augen und wandte sich ab.

Man führte Morty zum Lift, vorbei an den verblüfften Wachleuten, und Morty konnte sehen, wie sein Fahrer sich beeilte, ihm die Tür seines Wagens zu öffnen, wobei er versuchte, sich über die Bedeutung der zwei Männer klarzuwerden, die mit Morty einem braunen Chevrolet Sedan zustrebten.

Diese Männer stießen Morty auf den Rücksitz, um dann vorne einzusteigen und in Richtung Fifth Avenue davonzufahren.

Mühsam drehte Morty sich um und sah Shelby, nun wieder ganz gefaßt, in seinen Wagen einsteigen. Der Wagen fuhr in die andere Richtung davon. Die Party schien vorüber zu sein.

20

Mitsui-Farce

Gil drückte auf das Gaspedal seines Jaguar XK und genoß die rasante Beschleunigung, während er einen schneebedeckten Lieferwagen überholte. Er verspürte dabei den wohlbekannten belebenden Kitzel in seinen Lenden. Der 1962er XK war sein erstes ›Spielzeug eines reichen Mannes‹ gewesen. In jenem Jahr hatte er einen solchen Wagen zum ersten Mal in Rom vor dem Doney in der Via Veneto gesehen. Seine Eltern hatten ihm damals gerade das traditionelle Geschenk für das bestandene College-Examen gemacht: eine große Rundreise durch Europa. Zwar nur eine Eisenbahnkarte und die Mitgliedschaft im Internationalen Jugendherbergsverband, aber das war das äußerste, was seine Familie aufbringen konnte. Seit dem großen Börsenkrach von 1929 pflegte sein Vater sich in Augenblicken der Bedrängnis einem Glas Bourbon zuzuwenden. Gil war froh gewesen, daß er überhaupt reisen konnte.

Und in Europa waren ihm die Augen übergegangen, angesichts der Frauen, des Luxus und der Autos. Da hatte der XK gestanden, feuerwehrrot glänzend, den Eindruck von Bewegung selbst im Stand vermittelnd.

Vor dem Doney hatte er sich an einen Tisch gesetzt, einen Negroni bestellt und sie angestarrt. Vom ersten Augenblick an war der Wagen für ihn eine ›Sie‹. Ich will die Kleine, hatte er gedacht und damals schon mit jener Sicherheit, die das Hauptmerkmal seiner bereits ausgebildeten Persönlichkeit war, gewußt, daß dies eines Tages der Fall sein würde. Er hatte sich geschworen, daß so ein Wagen seine Belohnung sein sollte, sobald er seine erste Million gemacht haben würde.

Und er hatte den Wagen mit seiner ersten Million bekommen. Nur daß es im Grunde doch nicht seine war, denn es war das Geld seiner Frau gewesen. Aber ob er die Million nun gemacht oder bekommen hatte, das war schließlich egal. Er lachte leise und selbstzufrieden. Seine Frau hatte er verloren, den Wagen aber hatte er immer noch. Er würde lieber fünf Frauen verlieren als seinen XK. Jeden Morgen fuhr er damit in die City, und Mary nahm die Limousine.

Behindert durch einen Pulk gewöhnlicher Wagen ging er mit der Geschwindigkeit etwas herunter. Aber lange konnten sie ihn nicht aufhalten. Bei der ersten Gelegenheit preschte er an ihnen vorbei, um sich dann unter ihrem protestierenden Gehupe zwei Wagenlängen weiter vorne wieder in seine Spur zu zwängen. Er hatte es wieder einmal geschafft, und diese Flaschen versuchten so etwas nicht einmal.

Nichts und niemand konnte ihn aufhalten. Die Swanns hatten es vergebens versucht. Sie waren dagegen gewesen, daß Cynthia ihn heiratete, aber er hatte gewußt, daß sie es trotzdem tun würde. Von dem ersten Augenblick an, als er wußte, wer sie war, hatte sich seine Zukunft erhellt. Er hatte sie haben wollen, und er hatte sie bekommen. Er brauchte sie. Sie hatte zu seinem ersten großen Erfolg beigetragen.

Aber dann hatte sie ihn enttäuscht. Je willfähriger sie geworden war, um so mehr hatte er sie verachtet. Er hielt sie für schwach und haßte sie deswegen. Seine Erfolge wollte er durch seine eigene Stärke errungen wissen, aber mitunter dämmerte ihm, daß ihn keineswegs seine Stärke vorwärtsgebracht hatte, sondern vielmehr die Schwäche der anderen; dies und seine eigene Rücksichtslosigkeit gegenüber Vertrauen und Ehrlichkeit. Das war alles notwendig gewesen, sagte er sich. Was er auch immer getan hatte.

Mary ist nicht schwach. Sie ist gnadenlos, eine würdige Entsprechung zu meinem Talent. Ein passender Partner. Zusammen werden wir noch höher klettern. Ich werde weltweit zur absoluten Spitze zählen. Gil raste die Frank-Roosevelt-Schnellstraße entlang, um mit kreischenden Bremsen an seinem Stellplatz in der unterirdischen Garage seines Bürohochhauses zum Stehen zu kommen. Nächste Woche würden sie fest in das Apartment in der Fifth Avenue einziehen, auch wenn dort immer noch ein wüstes Durcheinander herrschte. Er würde nicht mehr so häufig fahren können, und er würde es vermissen. Er tätschelte das Armaturenbrett, stieg aus und war mit wenigen Schritten beim Aufzug. In der Lobby führte der Pförtner mit respektvollem Gruß seine Hand zum Mützenschirm, um dann gleich im fünfundvierzigsten Stock das Eintreffen des Vorsitzenden des Unternehmens anzukündigen.

Ein zweiter Pförtner trat flink vor und öffnete mit einem eigenen Schlüssel den privaten Aufzug zum Büro, drückte auf ›45‹ und sagte ›Guten Morgen, Mr. Griffin.‹

Gil hatte beide Pförtner ignoriert und die Zeitung aufgeschlagen. Wenn er die Grüße von Hinz und Kunz erwidern wollte, käme er überhaupt nicht mehr zum Arbeiten.

In der Vorstandsetage erwartete ihn bereits seine Sekretärin, Mrs. Rodgers, so wie er es erwartet hatte.

»Guten Morgen, Mr. Griffin.«

Im Vorübergehen fragte er nur: »Was stehen heute für Termine an?«

Mrs. Rodgers überflog ihren Terminkalender, während sie versuchte, mit ihm Schritt zu halten. Übergewichtig und nahe dem Pensionsalter fand sie es von Mal zu Mal schwieriger, mit Gil Griffins Geschäftstempo mitzuhalten, aber nachdem sie nun sechzehn Jahre bei ihm durchgestanden hatte, war sie eisern entschlossen, bis zum Fünfundsechzigsten durchzuhalten. Jeden Morgen stand sie um halb sechs auf und war um halb acht im Büro. Es schien, als ob die Fahrt zum Büro immer länger dauerte, und so manches Mal, insbesondere an einem kalten Wintermorgen wie heute, war sie kurz davor aufzugeben. Aber bis zur Ziellinie werde ich es noch schaffen! redete sie sich dann selbst gut zu.

Während sie so auf Gils Büro zueilte, hatte Stuart Swann das Pech, gerade jetzt aus seinem Zimmer zu treten. Typisch, dachte Gil, der ihn aus den Augenwinkeln wahrnahm und ihm, ohne den Kopf zu wenden, zuwarf: »In meinem Büro, Stuart, in fünfzehn Minuten.«

Kurz vor der Tür zu seinem Büro gelang es Mrs. Rodgers, ihn nicht ganz ohne Mühe zu überholen und ihm zu öffnen, so daß er seinen Schritt nicht zu verlangsamen brauchte. Ein

Nicken war der Lohn. Er trat hinter seinen Schreibtisch, während die atemlose Mrs. Rodgers auf einem der mit burgunderrotem Leder bezogenen Stühle davor Platz nahm.

»Der Verwaltungsrat möchte wissen, ob die Sitzung um vierzehn Uhr als Abendessen im Speiseraum oder als normales Treffen im Konferenzzimmer geplant ist.«

Bei dem Gedanken an ein gemeinsames Essen mit diesen Speichelleckern verzog Gil ganz leicht die Mundwinkel und entschied: »Dreizehn Uhr, im Konferenzzimmer.« Er würde das Japangeschäft aufs Tapet bringen, das echte, nicht das fälschlich lancierte.

»Sonst noch etwas, Mr. Griffin?«

»Ja. Lassen Sie das Salz von meinem Wagen abwaschen. Und wenn Stuart Swann kommt, melden Sie ihn nicht an. Sagen Sie ihm, daß er noch warten soll.«

Er bemerkte, wie sie bei diesen Worten die Augen senkte. In den sechzehn Jahren pflichtbewußter Tätigkeit für ihn, hatte sie nie etwas gegen eine seiner Anordnungen gesagt. Wenn er es recht bedachte, konnte sie ihn wohl nicht besonders gut leiden, aber das war ihm egal, solange sie ihre Arbeit erledigte, und zwar gut erledigte. Zwei Assistentinnen halfen ihr dabei, und auch ohne die Prämien und Gewinnbeteiligungen war es der höchstbezahlte Sekretärinnenjob in New York. Eine Kündigung konnte sie sich einfach nicht leisten. Und das wußten sie beide.

Er ging hinüber zum Fenster. Er hatte es nie geschafft, seine Höhenangst zu überwinden, war aber sehr bemüht, diese Schwäche andere nicht merken zu lassen. Deshalb hatte er nicht nur das höchste Stockwerk, sondern dort auch die größten Panoramafenster für sich reserviert. Die antiken Fenster mit ihren kleinen Butzenscheiben aus unregelmäßigem Glas waren dabei sein geheimer Halt.

Hätte er hinabgeblickt, dann wäre sein Blick auf die wichtigste Straße Amerikas gefallen, auf die Wall Street. Und er war ihr ungekrönter König. Das war es, was ihm den Lendenkitzel verschaffte, für den zu leben ihm lohnend schien.

Das war das Größte. Kein Autorennen, keine Rennboote, noch nicht einmal Sex kam an das Gefühl heran, über die Milliarden anderer Leute zu herrschen. Und genau das war es, was er brauchte.

Die Verbindungstür zum Büro seiner Frau flog auf, und sie kam hereingestürzt. »Ich bin ja so froh, daß du hier bist, Gil. Schau mal her!« Sie ließ einige Farb- und Stoffmuster auf die Platte seines Schreibtischs regnen. »Was hältst du davon?«

Er brauchte einen Augenblick, um seine Fassung zu bewahren. Es bedurfte einiger Anstrengung. »Was soll das?«

»Das sind die Muster für unser Apartment, Gil.« Er sah, daß sie seine Gereiztheit als Nichtverstehen interpretierte. »Heute nachmittag muß ich sie zu Duarto bringen, wenn wir wollen, daß unsere Wohnung endlich fertig wird.«

Noch immer gefaßt, entgegnete Gil: »Warum gibst du dich mit diesem Kram ab, wenn du doch einen Innenarchitekten hast? Und warum sollte ich das tun? Er wird schließlich dafür bezahlt. Also soll er dafür auch was tun.«

Er fegte die Proben ebenso beiseite wie seine bösen Ahnungen und fragte: »Hast du die endgültigen Zahlen für die heutige Vorstandssitzung fertig?«

Seine Gereiztheit war auch ihr inzwischen aufgefallen. Schnell sammelte sie alles wieder zusammen und stellte sich, auch in ihrem Tonfall, ganz auf ihn ein. »Ich muß die Auswertung noch einmal durchgehen. Um ein Uhr hast du sie auf dem Tisch.« Sie wandte sich wieder ihrem Büro zu.

»Um zwölf, Mary. Ich hatte dich gebeten, sie Punkt zwölf fertig zu haben, damit ich sie vor der Sitzung noch einmal durchgehen kann.«

Mary, nun wieder ganz Vizepräsidentin von Federated Funds, war so klug zu antworten: »Um zwölf, Gil.« Und damit schloß sie die Tür hinter sich.

Gil lehnte sich an seinem Tisch zurück und versuchte, seiner Beunruhigung wieder Herr zu werden. Dabei hatte ich gedacht, sie wäre anders, überlegte er. Hart, ehrgeizig, besitzergreifend. So wie ein Mann. Ich hatte gedacht, sie wäre eine würdige Ergänzung für mich, ein Partner. Aber gib ihr vier Wände, und schon wird sie zu einer gewöhnlichen Greenwich-Hausfrau.

Am allerschlimmsten waren aber immer noch die Frauen

mit jener Mischung aus verschwommenem Denken und Aggressivität, so wie diese Zimtzicke Anne Paradise. Sobald er an sie denken mußte, sah er rot. Was dachte sie sich eigentlich, einfach so in sein Büro zu kommen und ihm vorzuschreiben, was er zu tun hatte? Frauen, die ihm widersprachen und nicht gehorchten, waren ihm einfach zuwider. Das hatte Cynthia nie getan. Er dachte an Mary. In manchem waren beide sich durchaus ähnlich. Und jetzt wollte sie womöglich alles aufs Spiel setzen? Leise sagte er vor sich hin: »Mach bloß keinen Scheiß, Mary.«

Er drückte heftig auf den Knopf der Sprechanlage. »Schikken Sie ihn jetzt rein.«

Ein Blick auf seine Uhr sagte ihm, daß Stuart Swann mittlerweile achtundzwanzig Minuten gewartet haben mußte. Er vernahm dessen leises Pochen an seiner Tür. Klopf gefälligst wie ein Mann, dachte er und rührte sich nicht.

Nach einer allzu langen Pause ein kaum lauteres Klopfen, aber mehr war hier wohl nicht zu erwarten. Er rief Stuart herein. Dieser trat mit einem besorgten Lächeln ein. »Du wolltest mich sprechen, Gil?« Die Tür schloß er erst auf ein unwirsches Zeichen von Gil hin.

Er ließ Stuart vor seinem Tisch stehen, bot ihm keinen Platz an. Ohne Umschweife kam er zur Sache. »Ich habe mir die Zahlen vom letzten Vierteljahr angesehen, Stuart. Und die aus deiner Abteilung sind die niedrigsten im ganzen Unternehmen. Warum?«

Stuart hatte bei diesen Gesprächen noch nie eine glückliche Figur gemacht. Gil unterbrach seine gestotterten Erklärungsversuche und sagte zu ihm, ganz wie zu einem zurückgebliebenen Kind, als das er Stuart auch sah: »Wenn diese Zahlen im nächsten Vierteljahr nicht völlig anders aussehen, wirst du ein paar unangenehme Fragen seitens des Vorstands beantworten müssen. Und dann werde ich dir nicht helfen können. – Und noch eins, Stuart. Es gibt da so ein Gemunkel über mich und Mitsui Shipping. Die undichte Stelle bist doch nicht etwa du? Schließlich wissen nur die Vorstandsmitglieder davon.«

»O nein, ich ganz bestimmt nicht, Gil.«

»Schön. Sollte ich etwas anderes zu hören bekommen, dann ist dein Sessel im Vorstand in Gefahr, ist das klar?«

Stuart sah ihn an, öffnete den Mund, schloß ihn wieder und nickte. Gil entließ ihn mit einem kurzen Nicken und wandte sich wieder seinem Schreibtisch zu.

Stuarts schweigender Rückzug freute und ärgerte Gil gleichermaßen. Was für eine Flasche. Kein Swann hatte ihm bislang das Wasser reichen können. Weder der alte Herr noch Stuart, und Cynthia erst recht nicht.

Nach ein paar Generationen in sattem Wohlstand verweichlichten sie. Dann brauchten diese Familien wieder frisches Blut, die Gene mußten erneuert werden. Auch wenn er ihnen ihr kostbares Familienunternehmen erhalten hatte, indem er es mit Federated Funds verband, war er von ihnen nicht als einer ihresgleichen anerkannt worden. Die ganzen Zurückweisungen, all die Verachtung, die er durch sie erfahren hatte, zahlte er ihnen jetzt heim in der Person des letzten übriggebliebenen Swann, seines Prügelknaben.

Seine Überlegungen wurden durch das Summen der Sprechanlage unterbrochen. Mrs. Rodgers meldete Dwight McMurdo. Gil begrüßte diesen Partner durchaus lässig, trotzdem hatte er ein leises Magenflattern gegenüber diesem Mitglied einer der ältesten Neuengland-Familien, auch wenn er es war, der ihm, wie den anderen Partnern, zu mehreren Millionen verholfen hatte.

Dwight lächelte nervös. Er hielt sich nur mit den notwendigsten Höflichkeiten auf, um dann gleich zur Sache zu kommen. »Was ist das mit Mitsui Shipping, Gil? Was ist unsere Position? Ich hörte gerade von unserem Mann an der Börse. Er ist völlig aufgelöst. Es herrscht ein Run auf die Mitsui-Aktien. Seit gestern sind sie schon um fünf Punkte gestiegen.«

»Keine Sorge, Dwight. Unsere Position ist erstklassig.« Gil merkte wie Dwight die Kontrolle über sich zu verlieren begann. Er fuhr fort, als ob er Gil gar nicht gehört hätte. »Das heißt doch, daß wir nicht weiter werden mithalten können, daß man uns rausdrängt. Das ganze Geschäft geht den Bach runter. Was bedeutet das alles?« Seine Stimme war immer schriller geworden bei dieser Tirade.

Gil lehnte sich zurück, legte die Fingerspitzen zusammen und genoß den Auftritt. Diese Memme, so viele Jahre Wall Street, und er hat immer noch nicht kapiert, wie das Spiel läuft. Genußvoll entgegnete er: »Wir sind überhaupt nicht interessiert an Mitsui.« Er beobachtete, wie Dwight versuchte, die Bedeutung dieser Worte zu verstehen. »Wir sind so sicher wie ein Baby in den Armen seiner Mutter, Dwight. Ich habe nie auch nur das geringste Interesse an Mitsui gehabt. Mein Ziel ist ein anderes.« Er konnte sehen, wie sich Dwights Schultern entspannten, während ein lächerlicher Ausdruck in sein Gesicht trat.

»Das verstehe ich nicht. Sie haben doch dem Vorstand...«

»Zwei Dinge sind wichtig, Dwight«, unterbrach ihn Gil wie einen jungen Anfänger in diesem Geschäft. »Einmal, wie man dieses Spiel spielt, und dann, ob man gewinnt oder verliert. Und wenn man nicht weiß, wie man spielen muß, kann man auch nicht gewinnen.«

Die Verachtung über diese Trittbrettfahrer verursachten Gil einen sauren Geschmack im Mund. »Ich habe dem Vorstand gesagt, daß ich Mitsui haben will, und da es eine undichte Stelle bei uns gibt, haben die Trottel alle auch prompt angebissen. Währenddessen habe ich in aller Stille mein eigentliches Ziel in Angriff genommen.«

»Moment mal, Sie haben den Vorstand angelogen, als Sie das mit Mitsui vorgetragen haben?« Er konnte es schier nicht fassen.

Gil setzte sein überzeugendes Kleiner-Junge-Lächeln auf. »Nun ja, ich habe gelogen. Wie Sie sehen, Dwight, kann man niemandem trauen. Ich wußte, daß da ein Leck ist, und ich habe es für unsere Zwecke genutzt.« Gil platzte fast vor Stolz über sich selbst. »Heute nachmittag auf der Sondersitzung werde ich mich dazu äußern. Sie sind herzlich dazu eingeladen.«

Dwight begann zu kapieren, seine Mundwinkel zuckten hoch. »Vertrauen Sie mir, mein Lieber«, fuhr Gil lächelnd fort. »Das wird die größte Firmenübernahme in der Geschichte der Wall Street.«

Gil klopfte sich im Geiste auf die Schulter, weil er in kluger

Voraussicht die vier einflußreichsten Teilhaber seines Unternehmens, den Hauptvorstand, von seiner Desinformation und seinem eigentlichen Vorhaben informiert hatte. Sie hatten dieses Vorhaben abgesegnet.

Das war ein Grund dafür, daß er Mary gegenüber so harsch gewesen war. Zwar hatte er den Vorstand in der Tasche, aber das würde nur so bleiben, wenn er genaue Zahlen vorlegte, die ein dickes Plus unter dem Schlußstrich aufwiesen.

Er blinzelte Dwight verschwörerisch zu. »Das bringt uns mehr, als Sie in Ihren wildesten Träumen gesehen haben.«

Dwight schüttelte ihm stürmisch die Hand. »Gil, Sie sind einfach genial. Das habe ich vom ersten Moment an gewußt, als ich Sie gesehen habe.«

Gil beobachtete, wie er aus seinem Büro tänzelte, um sich an der Tür noch einmal umzudrehen: »Wirklich großartig, Gil.«

Kaum schloß sich die Tür hinter ihm, summte auch schon wieder die Sprechanlage.

»Mr. Griffin, nach der Vorstandssitzung, um drei, kommt die Börsenaufsicht zur Prüfung. Wo soll sie stattfinden?«

Diese Überprüfung hatte er völlig vergessen. Es handelte sich dabei um eine Routineangelegenheit bei Unternehmen wie dem seinigen, durfte aber trotzdem nicht auf die leichte Schulter genommen werden. Und sollte es Probleme geben, dann war Stuart dafür der zuständige Ansprechpartner.

»Hier bei mir, Mrs. Rodgers. Sorgen Sie dafür, daß sie gut versorgt sind – Kaffee, Getränke und so weiter. Ich könnte mich etwas verspäten. Halten Sie sie bei Laune. Mr. Swann soll sich um sie kümmern.«

»Aber Mr. De Los Santos hat ausdrücklich gesagt, daß er mit Ihnen sprechen will.«

»Machen Sie sich da keine Gedanken.«

Er drehte sich mit seinem Sessel, so daß er die Aussicht über den Hafen von Manhattan vor sich hatte. Heute noch mehr als sonst verspürte er den Kitzel der Vorfreude auf einen Sieg. Er hatte erfahren, daß McCracken und Steinberg auch auf die Mitsui-Sache abgefahren waren. Während sie in tiefste Tiefen stürzen würden, würde er als das Übernahme-

Genie schwindelnde Höhen erklimmen. Sein Bild auf dem *Time*-Titelblatt, Mann des Jahres, Himmel noch mal.

Aber die Börsenaufsicht? Heute würde nur ein einleitendes Gespräch stattfinden. Dann würden sie für ungefähr eine Woche hier sein. Der übliche Krampf. Ein Stündchen ungefähr werde ich sie streicheln, diese Fünfzigtausend-Dollar-im-Jahr-Bürokraten. Fünfzigtausend plus eine Pension. Und dann daneben meine Leute mit einer Million im Jahr. Sogar Swann ist ihnen noch überlegen. Man würde ein paar Nutten besorgen, die sich ein bißchen um sie kümmerten, und alles war in Butter.

Und natürlich war es immer Stuart gewesen, der alle Papiere und Unterlagen unterzeichnet hatte, auf die es hier ankam. Sollte es also wirklich zum Schlimmsten kommen, würde er ihnen Stuart zum Fraß vorwerfen.

Alles war bestens geregelt. Ich habe eine Frau, die sich mit den Spielregeln auskennt, habe meine Partner in der Westentasche, für alle Fälle ein nützliches Opferlamm zur Hand und die fetteste Übernahme vor mir: Maibeibi.

Er stand auf und streckte sich. Einen Augenblick blieb er so stehen, mit ausgebreiteten Armen, als ob er das ganze Panorama umarmen wollte. Ein großartiger Tag.

Er biß die Zähne zusammen und stieß laut hervor: »Nichts kann mich mehr aufhalten.«

III

Die Ehefrauen

Gleichstand

1

Gil fährt nach Japan

Das Apartment war ein einziges Durcheinander. Gil ging den marmorgefliesten Gang entlang, stieß die riesigen Mahagonitüren auf. Bibliothek, Studio, noch so ein verdammtes Zimmer, überall Chaos in den verschiedensten Stadien, verhüllte Möbel, verschlossene Kartons, aufgerollte Teppiche, an die Wände geheftete Stoffstücke, Farbdosen auf dem Fußboden. Allein das Schlafzimmer war schon fertig und diente zugleich als Heimbüro. Und nirgends ein Koffer. Morgen flogen sie nach Japan, und nirgends war ein Koffer zu sehen, geschweige denn schon irgend etwas gepackt.

Gil hatte es in Greenwich besser gefallen. Bei all ihren sonstigen Fehlern hatte Cynthia ihm immer ein perfektes Heim geboten. Das stand ihm zu. Die tägliche Fahrt ins Büro mit seinem geliebten Jaguar waren seine ruhigen Augenblicke gewesen, in denen er nachdenken konnte. Und dort hatte es eine ordentliche Garage gegeben, nicht nur so einen engen Tiefgaragenstellplatz. Da war kein Raum, um bequem an dem Wagen herumbasteln zu können, keine Möglichkeit, den Kontakt mit ihm zu pflegen.

Er hatte eine Mordswut. Was dachte Mary sich eigentlich, verdammt noch mal? Erst ließ er sich von ihr aus Greenwich weglocken, dann aus seiner komfortablen kleinen Zweitwohnung in der Park Avenue, nur damit sie sich jetzt in diesem Koben herumsuhlten? Was fiel ihr ein, ihm zu versichern, daß alles im Handumdrehen fertig sein würde. Nach Wochen war immer noch alles durcheinander. Konnte er ihr nicht vertrauen? War sie nicht in der Lage, auch nur eine einzige Sache in Ordnung zu bringen?

Hier im Schlafzimmer sah es ja besser aus, aber auch noch nicht gut genug. Er hatte vorgeschlagen, daß sie noch ein paar Wochen länger im Waldorf blieben, aber nein, Mary hatte ihm garantiert, daß dieser Homo, den sie angeheuert hatte, so gut wie fertig sei mit seinem Schwulenkram. Auf jeden Fall war es besser für den, fertig zu sein, wenn sie aus Japan zurückkehrten.

Gil durchquerte das riesengroße Schlafzimmer und trat zu dem Walnußtablett, auf dem einige Kristallkaraffen und geschliffene Gläser standen. Er goß sich zwei Finger breit Scotch ein und öffnete den Eisbehälter. Er traute seinen Augen nicht. Kein Eis, nur etwas lauwarmes Wasser. Vier Angestellte, den Butler nicht mitgezählt, und sie brachten es nicht zuwege, daß der Behälter mit Eis gefüllt war! Er läutete nach Prince.

Als er sich vom Klingelknopf abwandte, sah er unwillkürlich aus dem Fenster. Ihn schwindelte. Hastig trat er einen Schritt zurück. Verdammt, eigentlich sollte er das mittlerweile im Griff haben. Und die nächsten achtzehn Stunden, eingezwängt in eine Aluminiumröhre durch die Stratosphäre sausend, in zehntausend Metern Höhe... Das war noch so eine Schwäche, die er krampfhaft verborgen zu haben bemüht war. Lieber nicht daran denken. Und schließlich würde Mary dabei sein. Sex im Flugzeug, heimlich, immer mit der Gefahr, entdeckt zu werden, machte ihn an und ließ ihn seine Angst vorm Fliegen vergessen. Er holte tief Luft und blickte aus dem Fenster.

Die Aussicht war gerade jetzt einfach unvergleichlich. Die Sonne ging hinter dem Central Park und den Hochhäusern dahinter unter, und man konnte den gesamten Park überblicken. Es war geradezu atemberaubend, mit den von der untergehenden Sonne angestrahlten majestätischen Gebäuden.

Er vernahm ein Geräusch und wandte sich um. Mary trat ein, hinter ihr Prince, der eine Bergdorf-Einkaufstüte trug. Noch mehr Plunder. Wieder stieg der Ärger in ihm hoch. Kalt schaute er beiden entgegen.

»Eis.«

»Verzeihung«, entschuldigte sich Prince.

»Hallo«, Mary lächelte.

Sie war eindeutig guter Laune, und das machte ihn nur noch ungehaltener. »Wo sind die Koffer?« Seine Stimme war ruhig, so wie immer, aber sie konnte die Schärfe darin sicher hören.

Sie zuckte die Achseln. »Keine Ahnung. Ich bin nicht Cynthia, Gil. Frag Prince.«

Er ließ es ihr durchgehen. Jetzt war nicht der rechte Augenblick, obwohl er spürte, wie sich seine Nackenhaare sträubten. Mary schwieg. Er konnte sehen, daß sie nahezu platzte vor irgendeiner Neuigkeit.

»Ich habe ein paar gute Nachrichten«, fing sie an. Gil seufzte.

Prince kehrte mit einem Kübel Eis und einem Tablett mit Knäckebrot zurück, das Gil gerne aß, sowie ein Stück Explorateur-Käse. Er stellte alles auf einen niedrigen Tisch vor dem Sofa, sozusagen als Friedensangebot. Gil setzte sich, immer noch kein Eis in seinem Drink und immer noch verärgert.

»Gil, ich werde den *Fantasie-FunFaire*-Kostümball mitveranstalten.«

Gil schüttelte den Kopf, unterdrückte jedoch ein Stöhnen. Noch mehr von diesem absolut überflüssigen gesellschaftlichen Blödsinn. Er spürte, wie ihm allmählich der Geduldsfaden riß. Irgendwie hatte sie einen Tick entwickelt mit diesem ganzen Veranstaltungs- und Wohltätigkeitskram. Kapierte sie denn nicht, daß diese Frauen sie nur duldeten wegen der Spenden, die sie einbrachte? Gil hatte einen Abscheu davor, daß sie sich zum Narren machte. Er stand auf, um sich Eis zu nehmen.

»Nun, das ist doch, was du wolltest, oder?«

»Es wird *das* Ereignis der Saison sein. Und Bette Blogee, Lally Snow, Gunilla Goldberg und Elise Atchison sind auch in dem Festkomitee. Es wird ein riesiger Spaß und ist auch gut fürs Geschäft.«

Nach Gils Ansicht war das alles nur ausgemachter Quatsch. Wenn etwas gut fürs Geschäft war, dann waren es *Geschäfte*. Höchste Zeit, daß Mary sich wieder damit befaßte.

»Ja, toll«, brachte er hervor.

»Ist das alles, was du dazu sagen kannst? Es ist das Festkomitee. Alle Frauen, auf die es ankommt, sind da drin. Ich werde mit ihnen allen zusammenarbeiten.«

Er wandte sich ab und stöhnte. Du lieber Himmel, sie sah noch nicht einmal ansatzweise den Unterschied zwischen den anderen und dieser Blogee, dieser Hure oder diesem Callgirl oder was sie gewesen war. Mary sah einfach nicht die Fallstricke, es war unerträglich. Aber darüber würden sie auf ihrem Flug nach Tokio sprechen können.

»Hast du schon mit Packen angefangen?« Er goß sich noch ein wenig Scotch zu, und als sie schwieg, drehte er sich zu ihr um. Sie stand neben dem Bett, ohne Oberkleid, in seidig schimmernder, rosa Unterwäsche. Trotz seiner Verärgerung spürte er den Kitzel.

»Nun?«

»Gil, ich habe deine Koffer in einer Stunde fertig. Aber meine werde ich nicht packen.«

Er stand stocksteif und starrte sie an. Wovon, zum Teufel, sprach sie da?

Sie senkte die Augen. »Das Festkomitee trifft sich nächste Woche, und dann muß ich hier sein. Es hat so lange gedauert, bis ich da reingekommen bin, Gil. Ich kann einfach nicht wegbleiben.« Zum ersten Mal blickte sie ihn jetzt offen an. »Ich komme nicht mit nach Japan, Gil.«

Die Wut stieg in ihm auf, aber er zwang sich, stocksteif zu stehen.

»Du hast alles unter Kontrolle bei Maibeibi. Alle Überprüfungen sind abgeschlossen. Und dort drüben sind Frauen eher eine Behinderung als von Vorteil. Ich habe Kingston gesagt, er solle mit dir fliegen. Du brauchst mich nicht, und wir brauchen dieses Komitee.«

Er merkte, daß sie immer schneller sprach, geradezu plapperte. Aber ihm schien alles wie in Zeitlupe abzulaufen. War sie verrückt oder völlig verblödet? Wie konnte sie es wagen, das alles allein zu entscheiden und Kingston als Ersatz zu bestimmen? Was sollte er mit diesem geleckten Quasselheini? Schließlich konnte er Kingston nicht bumsen. Mary stand da, schaute ihn an, mit blinzelnden Augen, wie eine Hirschkuh, gebannt vom Scheinwerferlicht des näher kommenden Lastwagens.

»Ich fahre nicht mit.«

Da war er auch schon bei ihr. Seine Linke griff nach ihrer zarten Kehle, mit der Rechten packte er ihr Haar, schleuderte sie quer über das Bett und drückte sie nieder. Sie so langgestreckt niederhaltend, sah er, wie sich in ihrem Gesichtsausdruck die Überraschung zunächst in Ungläubigkeit und dann in absoluten Horror verwandelte. Das war schon beinahe komisch, und er mußte einfach lächeln. Dann hob er seine Linke, ballte sie zur Faust und schlug zu.

2

Maibeibi

Brenda war immer noch ganz außer Atem, als sie hastig den Taxifahrer bezahlte und in das Rockefeller Center hineinstürmte, in dem sich Elises Büro befand. Elises Anruf heute morgen hatte schlimmste Neuigkeiten enthalten. Sie stürzte an den Wachleuten vorbei, sah, daß sich die Aufzugtüren gerade schließen wollten, und rannte los.

Die Aerobic-Stunden machten sich also doch bezahlt. Sie schaffte es ohne weiteres, noch durch die Türen zu schlüpfen. Und sie wurde wirklich immer schlanker. Kein einziges Mal hatte sie ihr Versprechen gegenüber Elise gebrochen. Und soviel sie wußte, hielt Elise auch ihrerseits ihr Gelübde.

Dafür sah sie jetzt jemanden im Lift, der das seinige brach. Sie erkannte sie sofort, auch wenn sie sich nie gegenübergestanden hatten. Shelby Cushman, Mortys schicke Frau, engumschlungen mit einem gutaussehenden Mann, während ihre Hand auf dem Schritt von dessen teuer aussehender Hose lag. Brenda hatte Shelbys Foto zu oft gesehen, um es zu vergessen, auch wenn ihr Mund jetzt geöffnet war und dieser Typ seine Zunge tief drinnen stecken hatte.

»Hoppla«, murmelte Brenda und wandte sich ab. Da war kein Irrtum möglich, aber die Plötzlichkeit dieses Anblicks und die spannungsgeladene Atmosphäre in dem Aufzug packten sie. Trotz ihrer Aufregung über Elises Anruf mußte sie für einen Moment lächeln. Was wunderte sie sich, wenn Mortys Schickse ihn betrog, während er im Gefängnis saß? Es sah ganz nach einem Lunch im ›Rainbow Room‹ aus, mit einem kleinen Appetitanreger im Lift. Über das Dessert war sich Brenda auch im klaren. Aber ich habe meine eigenen Probleme, sagte sie sich. Das hier gehörte nicht dazu. Im Gegenteil, das war eher ein Grund zur Freude. Es gab also einen Gott.

Zur Vergewisserung drehte Brenda sich noch einmal um,

bevor sie den Lift verließ. Weder das kleine Hürchen noch ihr Begleiter kümmerten sich um sie. Brenda fragte sich, wer er wohl sein mochte und wie sie das herausfinden konnte.

Aber auf Elises Etage angelangt, fiel ihr wieder ein, weshalb sie hierhergekommen war. »Elise! Elise!« rief sie. »Was ist passiert? Wieviel haben wir verloren?«

Annie reckte ihren Kopf aus dem kleinen Raum, den sie als Schreibzimmer zu nutzen begonnen hatte. »Ach, Brenda, Elise hat mir von den Mitsui-Aktien erzählt. Es tut mir ja so leid. Bist du auch okay?«

»Okay? Nein, verdammt noch mal, natürlich nicht«, fauchte Brenda. »Dieser Schlappschwanz Stuart Swann hat uns was Falsches angedreht. Wir haben jede Menge Geld verloren.« Sie mußte an ihre Millionen denken, das Geld, das ihre Freiheit bedeutete. Alles war weg. Lieber Gott, wie hatte das nur passieren können?

»Elise ist ziemlich außer sich«, berichtete ihr Annie. »Schon den ganzen Morgen sitzt sie an ihrem Computer.«

Da sie ihren Namen gehört hatte, kam nun auch Elise aus ihrem Büro. »Keine Panik, Brenda«, sagte sie jetzt. Sie sah blaß aus, auch sie verlor nicht gerne ihr Geld.

»Da bin ich schon drüber weg«, gab Brenda ebenso gereizt zurück. »Ich bin bereits kurz vorm Ausrasten.« Brenda war zum Heulen zumute. »Ich habe alles, was ich hatte, in Mitsui gesteckt, und jetzt sagst du, daß alles weg ist?« O ja. Für Elise war es ein Leichtes, Ruhe zu bewahren. Was bedeutete schon eine Million für die Schneekönigin? »Genauso ist es, Elise, ich habe alles verloren.«

»Ich verstehe.« Elise schaute noch bestürzter drein. »Es war ein dummer Rat von mir.«

Toll, so eine Entschuldigung. Als ob sich damit die Wohnungs- oder Telefonrechnung bezahlen ließen. »Elise, bitte, was können wir tun?« drängte Brenda und bemühte sich, vernünftig zu klingen.

»Ja, was bedeutet das, Elise? Ich fühle mich verantwortlich. Schließlich habe ich den Tip von Stuart weitergegeben«, fügte Annie hinzu.

»Wir haben in Mitsui investiert, weil wir wußten, daß Gil

die Übernahme dieses Unternehmens plante. Onkel Bill hatte sich bei jemandem an der Börse informiert und hatte gemeint, daß es das Wagnis wert sein dürfte. Jetzt hat sich aber herausgestellt, daß Gil überhaupt nicht an Mitsui interessiert ist, denn die Aktien sind heute früh in den Keller gefallen. Es besteht nicht die geringste Nachfrage an ihnen.« Elise hielt kurz inne. »Und deshalb haben Brenda, ich und Onkel Bob das meiste verloren, was wir dort hineingesteckt haben. Ich bin unvorsichtig gewesen, und es tut mir außerordentlich leid. Es ist meine Schuld.«

Brenda seufzte. »Ach, es ist nicht deine Schuld. Ich hätte eben nicht mein Haushaltsgeld aufs Spiel setzen dürfen.«

»Ich möchte es wiedergutmachen«, fuhr Elise fort, nachdem sie tief Luft geholt hatte. »Ich werde es dir ersetzen.«

»Was?«

»Ich möchte dir deinen Verlust ersetzen.«

Das war nicht zu fassen. Die Eiskönigin wollte etwas von ihrem Geld abgeben. Das bedeutete eine enorme Selbstüberwindung für Elise. Brenda wollte es gar nicht glauben, aber annehmen konnte sie es auch nicht. »Vergiß es, Elise. Ich stehe zu meinen Wettschulden.«

Elise nickte. »Ich habe heute morgen darüber nachgedacht, Brenda, und ich glaube, ich habe etwas, mit dem du einverstanden sein könntest. Und mir hilft es, den Zielen unseres Clubs etwas näher zu kommen.«

»Das wäre allerdings wirklich ein Wunder.«

»Das bedeutet zwar nicht, daß wir unser Geld nicht verloren hätten. Das ist fort. Aber es gibt eine Möglichkeit, bei der du deine Verluste wieder hereinbekommen kannst, und ich kann dir dabei behilflich sein.«

»Sag schon, Elise, was es ist«, bat Brenda. Sie hatte sich schon erheblich beruhigt angesichts der echten Besorgnis seitens Elise wegen ihrer üblen Lage.

»Ich fühle mich verantwortlich, Brenda, weil ich dich trotz meiner Wut über Gil daran hätte hindern müssen, alles, was du hast, in diese Sache zu stecken. Was ich und Onkel Bob verloren haben, können wir uns leisten. Wahrscheinlich war es sogar ganz gut so wegen der Steuer.«

Brenda fiel ihr ins Wort. »Moment mal, vielen Dank, aber wie ich schon sagte, ich stehe zu meinem Verlust. Schließlich hast du mir ja abgeraten, alles zu investieren, erinnerst du dich? Aber ich habe nicht auf dich gehört. Also trifft dich keine Schuld.« Brenda wollte Elise gegenüber fair bleiben. Schließlich begannen sie allmählich wirklich Freundinnen zu werden.

»Wie auch immer, Brenda, ich habe einen Vorschlag. Was hältst du davon, mir Bills Sammlungen abzukaufen?«

Hatte Elise den Verstand verloren, oder hatte sie getrunken? Nein, die Augen blickten klar.

»Du meinst, sein Porzellan, die Antiquitäten und so? Bills Sammlungen dürften doch ein paar Millionen wert sein, Elise. Wie kann ich sie kaufen? Ich bin pleite.«

Elise lächelte. »Bei der Scheidung hat Bill eine Abmachung unterzeichnet, wonach ich beauftragt bin, seine Sammlungen zu verkaufen, alles. Das Zeug ist über sämtliche Wohnungen verteilt. Als ich ihm sagte, daß ich nicht wüßte, wieviel das alles genau wert sei, hat er mir gesagt, daß er meine Schätzung respektiere und daß er alles akzeptiere, was ich dafür bekäme oder bezahlen würde. Ich hätte übernehmen können, was ich wollte, und den Rest hätte ich zu Sotheby's zur Auktion gegeben. Ich war gerade dabei, meine Auslagen abzurechnen und ihm den Rest zu überweisen. Er war wirklich sehr großzügig.«

»Ja und?« Brenda verstand immer noch nicht.

»Warum sollten wir beide uns nicht über einen Preis einig werden? Dann gehört das alles dir. Und wenn du alles über Duarto mit großem Profit weiterverkaufst, dann ist das nichts weiter als freie Marktwirtschaft, nicht wahr?«

»Wenn du mir einen fairen Preis bieten würdest, Brenda, sagen wir einen Dollar, dann würde ich es mir überlegen. Genauer gesagt, ich würde ihn akzeptieren.«

»Einen Dollar? Heiliger Strohsack, Elise, nicht schlecht.« Brenda mußte laut auflachen. »Aber ist das denn auch legal?«

»Völlig. Er hat es sogar schriftlich festgehalten, und ich habe es noch einmal mit meinen Anwälten durchgesehen. Er akzeptiert, was ich dafür bekomme, nach Abzug der Unkosten. So wie es aussieht, wird er es sein, der mir ein paar Tausend Dollar schulden wird, da ich ihm die Kosten für die Verpackung und den Transport zum neuen Eigentümer in Rechnung stellen werde. Ich werde ihm einfach die Rechnung zuschicken.«

»Elise!« Annie schnappte nach Luft. »Das kannst du nicht tun!«

»Du wirst ja sehen. Also, das wär's. Abgemacht. Annie du bist Zeugin. Brenda kann sich jetzt nicht mehr drücken.« Und zu Brenda gewandt fuhr sie fort. »Eine Bedingung ist dabei. Du mußt den Erlös in ein eigenes Unternehmen stecken.«

»Was denn? Noch so eine Boutique für Übergrößen?« spottete Brenda.

»Such dir ein kleines Unternehmen, das Kapital benötigt, kauf dich ein und hilf, es zu betreiben«, schlug Elise vor.

In Brendas Augen leuchtete es auf. » So was wie Paradise/Loest etwa?«

Elise lachte. »Brenda, du bist wirklich eine durchtriebene Geschäftsfrau. Ja, Paradise/Loest wäre genau das richtige für dich.«

»Abgemacht.« Brenda lachte. Sie umarmte Elise, und beide Frauen besiegelten das Ganze mit einem Handschlag.

»Ich werde Duarto sagen, daß er dich anruft und alles wegen der Sammlungen abklärt. Er wird wissen, was damit geschehen soll. Einige Parvenüs werden ganz schön dafür löhnen wollen.«

Mit einem Mal fühlte Brenda, wie sich die Spannung in ihr löste. »Puh!« seufzte sie und ließ sich auf einen Stuhl fallen. »Mich hätte fast der Schlag getroffen. Aber ein Problem bleibt uns noch. Wir haben Bill ganz schön reingelegt, und du hast mir aus der Patsche geholfen, aber Gil kommt ungeschoren davon. Wenn Mitsui nicht sein Ziel ist, was ist es dann?«

Die drei Frauen sahen sich an. Annie erinnerte sich an ihr Treffen mit Gil und daran, wie er sie entlassen hatte. »Er darf nicht ungestraft davonkommen.«

»Brenda, arbeitest du nicht mit Duarto in der Renovierung von Griffins Apartment?« fragte Elise. »Vielleicht wäre es ganz gut, wenn du dich noch einmal umsehen könntest. Vielleicht findest du ja noch etwas.«

»He, ich mache nur die Arbeit im Hinterzimmer. Buchführung, Rechnungen – der reinste Augiasstall. Aber Duarto geht fast jeden Tag hin. Mary ruft dauernd wegen irgend etwas bei ihm an.« Brenda hielt kurz inne. »Er ist so ein lieber Kerl, ich möchte ihm keinen Ärger einhandeln. Aber ich werde ihn fragen.« Und zu Annie: »Und dieser Stu Swann soll sich zum Teufel scheren. Er kann sich seine ›Insiderinformationen‹ sonst wohin stecken. Laß dich bloß nicht mit so einem ein, Annie. Das ist 'ne Verlierertype.«

»Keine Angst. Sag mir lieber, wie ich ihn loswerden soll.«

»Oh, wird er dir lästig?« fragte Elise.

»Nun ja, er ruft dauernd an.«

»Annie hat einen Verehrer, Annie hat einen Verehrer«, sang Brenda. Sie war nahezu verrückt vor Erleichterung. Alles sah auf einmal wieder rosig aus, dank Elise. Und dank Annie. Was für tolle Freundinnen. Da fiel ihr etwas ein. »Da wir gerade von Verehrern sprechen. Ratet mal, wer sonst noch einen hat?« Und sie erzählte von ihrer Begegnung im Aufzug.

»Wenn die Katze aus dem Haus ist«, begann Elise.

»Dann bumst die Maus wie ein Karnickel«, beendete Brenda den Satz für sie. »Ist die Natur nicht etwas Herrliches?«

»Also, denk daran, Duarto. Du wirst für mich Schmiere stehen, während ich ihre Schubladen filze.« Brenda und Duarto fuhren in dem holzgetäfelten Lift zu Gils und Marys Penthouse.

Der Lift öffnete sich zum Privatfoyer der Griffins. Duarto klingelte und wandte sich zu Brenda. »Es ist keiner da außer Prince, dem Butler.« Die Tür ging auf, und ein hagerer Mann in den Vierzigern stand auf der Schwelle.

»Prince«, flötete Duarto, »wir müssen noch etwas wegen der Tapeten abmessen.«

»Es wird allmählich Zeit«, kam es ungehalten zurück. »Mr. Griffin möchte endlich alles erledigt haben. Unbedingt.«

Indem sie hereintrat und sich umsah, entgegnete Brenda: »Wir arbeiten so schnell wir können. Wir machen Überstunden. Aber Sie können wieder zurückkehren zum Silberputzen oder was Sie sonst gerade gemacht haben. Wir werden mucksmäuschenstill und in wenigen Minuten wieder fort sein. Niedliche Schürze, die Sie da anhaben.« Damit musterte sie ihn von oben bis unten und ging in das von beiden Griffins als Büro benutzte Zimmer.

Als Duarto sie einholte, flüsterte sie ihm zu. »Ein englischer Butler, Himmel! Ich habe noch nie einen englischen Butler gesehen. Außer im Film.«

»Der hier ist nicht wirklich englisch, sondern irisch.«

Im Büro sah Brenda sich um. Sie sah es zum ersten Mal mit den Möbeln.

»Oh, Duarto, einfach wundervoll. Ehrlich. Ich bin wirklich stolz auf dich.«

Sie musterte die exklusive Ausstattung und meinte: »So viel Schönheit haben die gar nicht verdient.« Sie ging hinüber zu dem großen antiken Doppelschreibtisch, der zwischen zwei Terrassentüren stand. »Dieser Tisch ist einfach großartig. Welch ein Fundstück.«

»Mrs. Griffin hatte gemeint, daß das hier eine sehr persönliche Arbeitsecke sein sollte und daß sie hier genausoviel Zeit verbringen würden wie im Schlafzimmer. Also habe ich mich nach einem entsprechend großen Tisch umgesehen.« Er schaute auf seine Uhr. »Wonach genau suchst du eigentlich, *cara*?«

Brenda überlegte, den Zeigefinger auf den Mund gepreßt. »Ich weiß nicht recht. Aber irgend etwas, das uns sagt, was Gil mit einer japanischen Firma vorhat. Es muß einen Grund gegeben haben, daß er das mit Mitsui rausgelassen hat. Ich weiß nicht, was ich suche, aber ich werde es wissen, sobald ich es finde. Du gehst jetzt hinaus in den Flur und tust, als ob du abmißt. Wenn Prince kommen sollte, gib mir ein Signal.«

»Klar, aber was für eins?«

»Keine Ahnung. Fang an zu singen oder so.« Sie schob ihn hinaus und ließ die Tür leicht angelehnt. Dann ging sie wieder zu dem Schreibtisch und begann, die Schubladen aufzuziehen. Ganz so optimistisch war sie jetzt nicht mehr.

In den ersten Schubladen war nichts Interessantes. Akten, Angebote, Computerauszüge. Sie kniete sich hin, griff sich einen Stapel und begann ihn durchzublättern. Nichts. Sie wollte wieder alles zurücklegen und erstarrte. Duarto hatte angefangen zu singen.

»Mein Prihinz wird ko-hom-men.« Trotz ihrer Panik mußte sie beinahe lachen. Duarto konnte noch jede Situation auf die leichte Schulter nehmen. Sie duckte sich und tauchte unter die Beinverkleidung des Tisches. Sie machte sich so klein wie möglich, und dabei stellte sie fest, daß sie zum ersten Mal, seit sie ein kleines Mädchen gewesen war, wieder mit den Knien ihr Kinn berühren konnte.

»Duarto?« hörte sie Prince fragen. »Mrs. Griffin möchte Sie am Telefon sprechen.« Duarto erwiderte: »Soll ich das Gespräch in dem Zimmer annehmen?« Damit trat er in das Büro ein.

»Ja. Drücken Sie den Knopf, der am Telefon leuchtet.« Mit einem Seufzer der Erleichterung hörte Brenda, wie sich die Tür hinter Duarto wieder schloß.

»Wo bist du, Brenda?« fragte Duarto flüsternd.

»Ich stecke unter dem Tisch fest. Hilf mir raus.« Sie sah seine Füße näher kommen, aber er bückte sich nicht, um ihr hervorzuhelfen.

»Momentchen noch, *cara*. Guten Morten, Mrs. Griffin. Ja, aber diesmal nur wegen der Eingangshalle.« Brenda vernahm Duartos liebenswürdigste Kundenstimme und wußte, daß sie das durchstehen mußte. Siehe da! Eine Narbe auf ihrem Knie. Woher sie die bloß hatte? Dann erinnerte sie sich an den Sturz beim Rollschuhfahren, als sie neun gewesen war. Und seitdem habe ich meine Knie nicht mehr gesehen. Ein dickes Dankeschön an Bernie und Roy.

»Aber gewiß, Mrs. Griffin. Wir werden uns beeilen. In allernächster Zeit werden wir fertig sein. Wir arbeiten Tag und Nacht.« Wieder schwieg er. »Ja, ich bin hier mit meinem Mädchen. Sie hat ein gutes Auge.«

Mein Mädchen. Das würde sie ihm heimzahlen. Endlich legte Duarto auf und bückte sich.

»Ach, hier steckst du.« Er streckte die Hand aus, und sie versuchte, sich daran hochzuziehen, aber es ging nicht. Duarto mußte anfangen zu lachen, obwohl er sich zu beherrschen versuchte. Brenda fiel gleichfalls ein. »Hör auf, Duarto, ich mach' mich sonst naß. Sieh zu, daß du mich hier rauskriegst.«

Duarto packte zu und zog Brenda an beiden Beinen. Mit drei gewaltigen Rucks bekam er sie so weit frei, daß sie selbst aufstehen konnte.

»Ich habe gar nicht gewußt, daß es dort unten so eng ist.« Er hatte aufgehört zu lachen, aber in seinen Augen funkelte es noch.

Brenda zog sich an der Tischkante hoch. »Duarto, du bist einmal ein Schwein, und dann der liebste Mann, den ich kenne. Laß uns diese Akten zurücklegen, den Rest durchsehen, und dann nichts wie weg.«

Sie nahm sich die andere Seite des Tisches vor. Nichts von Interesse. Bis sie zur untersten Schublade kam. Sie war verschlossen. Verdammt. Sie wandte sich zu Duarto. Der lächelte, langte in seine Hosentasche und zog einen kleinen Messingschlüssel hervor.

»Ich muß doch glatt vergessen haben, den Griffins diesen Zweitschlüssel zu geben, als der Tisch geliefert wurde. Aber morgen reicht auch noch.« Er zuckte die Achseln.

Brenda gab ihm einen herzhaften Kuß auf den Mund, dann schloß sie die Schublade auf. Alles Unterlagen über japanische Firmen, das sah sie gleich. Sony, Nissan, Mitsui, Awai, Maibeibi. Was jetzt? Woher sollte sie wissen, welche es waren? Alle konnte sie nicht mitnehmen. Da sah sie eine Akte, auf der stand *Memos – Japanische Übernahme.* Sie zog sie heraus. Vielleicht fand sich darin ein Anhaltspunkt. Und da war er auch schon! Sie griff sich das Schriftstück und wedelte damit grinsend vor Duartos Augen.

»*Vertraulich: Memo an Mary Birmingham von Gil Griffin. Betr.: Akquisition von Maibeibi versus Mitsui-Desinformation.*«

»Wer suchet, der findet«, frohlockte Duarto.

»Schnell weg hier.« Und damit stopfte Brenda sich das Memo mitsamt der Maibeibi-Akte unter den Pullover.

Fünfundzwanzig Stockwerke über Elises Büro im Rockefeller Plaza saßen die drei Freundinnen im ›Rainbow Room‹, New Yorks ältester ›Bar inklusive Aussicht‹ beisammen. Der Anblick des Sonnenuntergangs war einfach umwerfend; ein roter Schein übergoß die Akte, die vor ihnen auf dem Tisch lag.

Nachdem sie einen Augenblick schweigend aus dem Fenster gesehen hatten, begann Brenda. »Wir haben es. Ich bin die Zahlen auf das allergenaueste durchgegangen, und das Resultat sagt mir, daß dies hier«, und damit wies sie auf die Maibeibi-Akte, »nicht nur ein gutes Unternehmen ist, sondern ein ganz hervorragendes. Der einzige Grund dafür, daß sie keinen Gewinn machen, sind – soweit ich sehe – die Werften. Wenn Mr. Tanaki sie aufgeben und das Gelände als Bauland verkaufen würde, könnte er wieder schwarze Zahlen schreiben und noch etwas übrig haben für profitablere Anschaffungen.«

»Das ist leichter gesagt als getan«, entgegnete Elise. »Denk daran, er ist ein traditionsverbundener japanischer Geschäftsmann. Auch wenn Land in Japan besonders hoch im Kurs steht, so sind die Werften doch der Ausgang gewesen für das gesamte Unternehmen. Sein Vater hat damit angefangen. Und wenn auch die Elektronikbranche ihre profitabelste ist, wird er nicht gegen die Tradition verstoßen und alle diese Leute dort auf die Straße setzen.«

Niedergeschlagen meinte Brenda: »Ich wußte es, es wäre zu einfach gewesen.« Sie überlegte. »Und warum die Werften nicht als solche verkaufen? Sollte es in Japan niemanden geben, der eine Werft braucht?«

Jetzt ließ sich auch Annie vernehmen. »Vielleicht schon, aber es gibt keine Angebote, denn es ist bekannt, daß Tanaki nicht verkauft.«

»Wie wäre es dann mit einem Tausch?« Brenda lebte auf. »Wer könnte etwas haben, das Tanaki dagegen eintauschen würde?«

Die drei Frauen sahen sich an, dann wandten sich Annie

und Brenda Elise zu. »Ich habe nichts!« wehrte diese überrascht ab.

»Wirst du dich nicht mit Bob Blogee treffen? Ich gehe jede
Wette ein, daß er in seiner Spielzeugkiste eine nette Kleinigkeit hat, die er gerne mit einem anderen kleinen Jungen tau-
schen möchte.«

Und damit war es Brenda wieder einmal gelungen, zwei
Wirtschaftsgiganten auf eine handlichere Größe zurechtzu-
stutzen.

»Ich machte das nur für dich«, erinnerte Annie Elise, als sie
vor dem River House, dem wohl teuersten Wohnhaus der
Stadt, aus dem Wagen stiegen. »Seit Sylvies Geburt habe ich
mich aus diesen Wohlfahrtskomitees herausgehalten. Und
es ist nicht ganz meine Vorstellung von Spaß, meine Zeit mit
jemandem wie Lally und Gunilla zu verbringen.«

»Ja, es bedeutet wirklich ein Opfer, und ich bin dir außerordentlich dankbar dafür und so weiter und so weiter«, entgegnete Elise, wobei sie die Augen verdrehte. »Aber was bleibt
mir anderes übrig? Du bist die einzige, auf die ich zählen
kann, damit Bette nicht allzu große Schwierigkeiten hat und
ihre phänomenale Beschränktheit nicht überall bekannt
wird. Was nicht etwa heißt, daß man die noch nicht bemerkt
hat.« Elise seufzte. »Lally war richtig gemein zu der armen
Kleinen. Aber sie und Gunilla sind heute wenigstens nicht
dabei. Und du hast Onkel Bob gegenüber etwas in der Hand,
wenn es zu dem ›Tausch-Vorschlag‹ von Brenda kommt.
Und du weißt, Onkel Bob ist der Schlüssel zu Gil Griffin.
Wenn wir dem wirklich ans Leder wollen, brauchen wir Bobs
Hilfe, und damit wir sie bekommen, wirst du mit Bette in diesem Fest-Unterausschuß sitzen, während ich mit Onkel Bob
über Maibeibi spreche.«

»Ein hoher Preis«, brummte Annie, aber sie lächelte trotzdem.

Die Vorbereitungen derartiger Festivitäten bedeuteten immer einen riesigen Arbeitsaufwand bei kümmerlichem Er-
trag. Die Kosten beliefen sich häufig auf mehrere Hunderttausend, und nur ein winziger Prozentsatz davon ging an die

Wohltätigkeitsorganisationen. Im Grunde war das alles nur ein Vorwand für die damit befaßten Frauen, um sich zu beschäftigen und sich hübsch herzurichten. Das bedeutete auch, daß in den Fragen der Dekoration, des Themas, des Menüs und der Sitzordnung – und zwar hier ganz besonders – jedesmal kleine Kriege ausgefochten wurden.

Es war eine Frage des gesellschaftlichen Prestiges, ob man gebeten wurde, so einem Komitee beizutreten, es sei denn, man kaufte sich einfach ein, so wie Mary Griffin. Trotzdem war das alles für Annie ausgesprochen langweilig. Jetzt hatte sich das Komitee in kleine Untergruppen aufgeteilt, und sie und Bette waren zusammen mit Elise eingeteilt worden, um die Karten und die Sitzplatzfrage zu regeln. Aber obwohl sie sich beklagte, hatte Annie inzwischen Spaß an den Zusammentreffen mit Bette gefunden. Sie war, um es vorsichtig zu sagen, so erfrischend einfach.

»Ich werde mit Onkel Bob einige Zeit für diese Maibeibi-Sache brauchen. Ich weiß nicht, ob ich nach dem Mitsui-Fiasko noch besonders glaubwürdig bin. Es wird dauern, bis ich ihn überzeugt habe. Ermuntere sie also fleißig zum Sprechen.«

»Die Frage ist eher, wie ich sie dazu bringen kann, damit aufzuhören.«

Sie betraten das Gebäude, gingen am Pförtner vorbei und fuhren hinauf zum Penthouse. Ein uniformierter Butler öffnete ihnen. Ihr Blick fiel auf ein gewaltiges Gemälde von Sargent an der sechs Meter hohen Wand. Es stellte drei Frauen im Neglige dar. Marmorsäulen flankierten den Gang zum Salon, wo Bette sie erwartete, ausgestreckt auf einem Diwan, in dem gleichen Satingewand, wie es die mittlere der drei Frauengestalten auf dem Gemälde trug.

»Sie nimmt uns auf den Arm«, sagte Annie leise zu Elise.

»Von wegen.« Damit rauschte sie in den üppig ausgestatteten Raum und streckte ihrer ›Tante‹ die Hand entgegen. »Bette, meine Liebe. Wie schön, dich wiederzusehen!«

Bette Blogee erhob sich. »Holla, Elise, Annie. Fein, daß ihr da seid. Ich konnt's kaum erwarten, es euch zu erzählen. Wir sind jeden Platz losgeworden. Kein einziger Tisch is' mehr frei.«

»Das ist großartig«, meinte Annie.

»Wirklich. Den armen Leuten mit der Stotterkrankheit werd'n wir groß helfen könn'. Ne?«

»Tourette-Syndrom, Bette«, verbesserte Elise sie vorsichtig.

»Ja, ja, ich weiß schon, aber ich vergess' es dauernd. Himmel, ihr hättet mich erst mal hör'n müssen, bevor Bob mich aufgesammelt hat. Nix für ungut, ja?«

Es war geradezu faszinierend, dachte Annie. Eine atemberaubend schöne Frau. Kastanienbraunes, glänzendes dichtes Haar, das sie jetzt mit einem schwarzen Samtband zurückgenommen hatte, das offen jedoch bis zu ihrer schmalen Taille herabfiel. Nicht die kleinste Sommersprosse beeinträchtigte ihre helle Haut. Ihre türkisblauen Augen waren riesig, umrandet von dichten, langen Wimpern. Sie war einfach hinreißend, physisch perfekt. Doch wenn sie zu sprechen begann, fiel dieses harmonische Bild auseinander. Unfaßbar, daß ein derart unsäglicher Straßenslang von diesen makellosen rosigen Lippen kommen konnte. Aber so war es. Annie mußte gegen ein Kichern ankämpfen.

»Also, wollt ihr was trinken, Bier oder so?«

Elise bat um einen Kaffee, Annie brachte nur ein Nicken zustande.

»Normalen oder schwarzen?«

In dem Moment trat der Butler ein. Er hörte noch ihre Frage und räusperte sich. Er trug ein riesiges Silbertablett mit einem silbernen Kaffeeservice. Gemessen bewegte er sich mit dieser schweren Last vorwärts. »Heb'n Sie sich bloß kein' Bruch«, mahnte Bette und sprang auf, um ihm behilflich zu sein.

Die drei Frauen setzten sich um einen Louis-Quinze-Tisch, dessen meisterhaftes Schnitzwerk Annie auffiel.

»Was für ein wunderschönes Stück!« rief sie aus.

»Wenn's Ihnen gefällt, gehört's Ihnen«, bot Bette an.

Der Buttler räusperte sich. Bette sah ihn an. Er hob die Augenbrauen. »Ooch, Smittey, lassense mich doch. Bob hat gesagt, ich darf, wenn ich will.« Sie wandte sich zu Elise und Annie um. »Smith macht sich jedesmal in die Hosen, wenn ich so 'n Scheiß weggeb'. Aber wir ham genug davon. Also was soll's?« Und wieder zum Butler: »Un' eins weniger zum Abstaub'n, ha?«

Annie mußte lächeln. Sie war einfach unwiderstehlich. Und Smith schien der gleichen Ansicht zu sein. »Ich möchte den Tisch nicht haben. Ich wollte Sie nur zu Ihrem Geschmack beglückwünschen. Haben Sie aber vielen Dank für Ihr Angebot. Ich finde es sehr rücksichtsvoll von Ihnen, mit anderen teilen zu wollen.«

»Aber sicher, immer.« Bette sah Annie an. »Sie sin' sehr nett, wissense?«

Als Annie nach einem Badezimmer fragte, sprang Bette auf. »Kommense, nehmse meins.«

Sie führte sie durch mehrere Zimmerfluchten zu einem Boudoir, das aussah, als wäre es aus Versailles hierher versetzt worden. Hinter einer Tapetentür verbarg sich ein umwerfendes, onyxgetäfeltes Badezimmer. »Hier findense alles, was Sie brauchen. Sogar 'n Punzen-Wascher.« Bette wies auf das Bidet. Annie platzte laut heraus, und Bette fiel in ihr Lachen ein.

Als Annie im Bad fertig war, wartete Bette noch auf sie. Sie hielt die Hände hinter dem Rücken verschränkt und blickte auf ihre Füße, wie eine schüchterne Sechsjährige.

»Glaub'n Sie, daß nach dieser Party ein paar von den Frau'n mich mögen werd'n? Ich weiß, Lally Snow haßt mich wie die Pest, aber vielleich' Mary Griffin oder Gunilla Goldberg, daß die mal rüberkommen?«

Annie blickte sie an. »Ich weiß nicht, Bette, aber ich würde es gewiß gerne tun.«

Bettes Lächeln ließ ihr Gesicht regelrecht aufleuchten. »Okay!« Begeistert führte sie Annie zurück zu Elise. »Und als was wer'n Sie gehn?«

Bette hatte darauf bestanden, daß es ein Kostümball werden sollte, und wenn auch die Herren davon weniger begeistert zu sein pflegten, waren die Damen entzückt bei dem Gedanken, sich noch ausgefallener zurechtmachen zu können als sonst.

»Ich habe noch keine Zeit gehabt, mir etwas auszudenken«, gestand Annie ein. Im Grunde hatte sie nicht die geringste Lust, überhaupt hinzugehen. Aber der Club hatte deswegen getagt, und sie hatten herausgefunden, daß sie alle drei immer noch Hemmungen hatten, sich mit ihren neuen Partnern in der Öffentlichkeit zu zeigen. Und somit hatten sie sich entschlossen, es diesmal darauf ankommen zu lasen. Sie hatten sich eine einheitliche Kostümierung ausgedacht und gemeinsam einen ganzen Tisch gebucht.

»Was ist mit dir, Elise? Als was gehst du?« fragte Bette.

»Vielleicht als alternde Filmdiva«, antwortete sie trocken.

»Ja, dann komm ich als ehemaliger Porno-Star.« Bette lachte. »Aber vergiß nich', es is 'n Kostümfest. Anhaben mußte was.«

Elises Augenlider flackerten, dann lachte sie los, und Annie fiel ein. Alle drei amüsierten sich köstlich, als Bob Blogee hereintrat.

»Ja, das gefällt mir, wenn ich nach Hause komme. Der Anblick von drei lachenden Frauen.«

Elise saß neben Onkel Bob auf der Südterrasse. Von hier aus konnte man den East River, Roosevelt Island und ganz Manhattan überblicken. Er war gerade dabei, mit konzentriertester Aufmerksamkeit die Maibeibi-Akte durchzugehen, die Elise mitgebracht hatte.

Er blickte auf. »Danke, daß ihr so nett zu Bette seid. Sie kann Anne Paradise wirklich gut leiden. Und sie hat mir erzählt, wie du sie vor Lally Snow in Schutz genommen hast. Ich danke dir.«

»Sie ist ein liebes Mädchen, Onkel Bob.«

»Ich weiß.« Er lächelte und wandte sich dann wieder der Akte zu.

»Wie entwickeln sich die Dinge mit Jerry Loest?« fragte er.

»Ganz hervorragend. Wir konnten zwei weitere Aufträge auf sein Konto verbuchen. Dank deiner Hilfe.«

»Keine Ursache. Wir können etwas frischen Wind in unserer Werbung gut gebrauchen. Mein Mann in der Madison Avenue meint, daß Jerry wirklich Talent hat und es wert ist, daß man in ihn investiert.«

»Wirklich? Das bestätigt meinen Eindruck. Sehr gut. Ich freue mich, daß du mir das gesagt hast.« Sie schwieg. Aaron Paradise war ein kleiner Fisch, verglichen mit Gil Griffin, ihrem Hauptziel. »Onkel Bob, es ist mir schrecklich, daß du wegen der Mitsui-Aktien so einen Verlust gehabt hast. Ich fühle mich dafür verantwortlich.«

Bob sah auf. »Das brauchst du nicht, meine Liebe. Wie du dich erinnern wirst, hatte ich ein paar sehr gute Leute mit den Überprüfungen beauftragt. Bei ihnen war es das gleiche. Gil hatte das schon sehr raffiniert eingefädelt. Er hatte seine Partner angelogen, und die hatten daraufhin meinem Mann an der Börse diese Lüge bestätigt.« Bob tätschelte ihr die Hand. »So etwas kommt vor, wenn man sich mit diesem Markt abgibt, meine Liebe. Du bist es nicht gewöhnt zu verlieren, dazu spielst du eigentlich auch zu gut. Es ist allerdings schade, denn Griffin ist ein ausgemachter Bastard. Es ist nicht das erstemal, daß er mich einiges Geld gekostet hat.«

Elise wies auf die Akte. »Ist damit alles gelaufen?«

»Nein, noch nicht, dank Brenda. Hiermit läßt sich durchaus etwas anfangen. Wie es der Zufall will, schulde ich Tanaki von Maibeibi noch einen Gefallen. Vielleicht löse ich diese Schuld bei ihm ein, indem ich ihn über Gils Übernahmeabsichten informiere. Trotzdem bedarf es hier eines behutsamen Vorgehens. Die Werften haben Tanaki als Tochtergesellschaft seit Jahren nur Verluste eingebracht. Würde er die Werften an Bodenspekulanten verkaufen, könnte er ein Vermögen machen, aber er ist gegen Expansion um jeden Preis und würde niemals seine Angestellten auf die Straße setzen. Doch wenn wir etwas hätten, das er haben möchte... Tja, unsere Verluste durch Mitsui würden damit natürlich nicht sofort wettgemacht, aber wir könnten eventuell Gil damit eine Niederlage bereiten. Das würde mir gefallen. Ich kann ihn einfach nicht ausstehen. Und die Gefälligkeit, die wir Tanaki damit unter Umständen erweisen, dürfte immer etwas wert sein.«

»Dann laß es uns machen!« schlug Elise vor.

»Schon dabei. Ich denke, wir sollten ihn persönlich aufsuchen. Das wäre wohl das beste. Ich werde meinem Mann in

Kyoto morgen die entsprechenden Anweisungen geben.« Er schlug die Akte zu und blickte nun seinerseits über die Stadt hin. Beide schwiegen einen Augenblick.

»So viel Reichtum und so viel Armut«, sagte er dann. »Weißt du, wie hoch die Miete in einem dieser Wohnblöcke dort drüben ist, auf der anderen Straßenseite?«

Elise blickte zu dem mehrstöckigen Gebäude hinüber, auf das er hinwies. Sie wußte nur, daß sein Penthouse jetzt sehr viel mehr wert war als die vierzehn Millionen, die er vor zehn Jahren dafür bezahlt hatte. »Nein«, antwortete sie.

»Zweihundertsechzig Dollar und neunzehn Cents im Monat. Es sind Festmieten, und eine alte Frau, Mrs. Willie Schmidt, wohnt dort seit 1939. Mit derselben Aussicht auf den East River wie ich hier. Sie ist fast neunzig, und die Wohnung liegt fünf Treppen hoch. Ich habe ihr hunderttausend für das Apartment geboten, aber sie hat abgelehnt, sagte, daß sie sich dort wohl fühlt. Da habe ich eine Viertelmillion geboten. Wieder abgelehnt. ›Es hat keinen Zweck, junger Mann‹, sagte sie. ›Ich brauche nichts, was sich mit Geld bezahlen ließe.‹ Ich kann es ihr sehr gut nachfühlen.«

Wieder saßen sie schweigend. »Weißt du, warum ich die Wohnung haben wollte?« fragte er schließlich. Elise schüttelte den Kopf. »Aus Sicherheitsgründen. Mein dafür zuständiger Mann meinte, das wäre besser so.« Onkel Bob seufzte. »Was für eine Welt! Ich glaube, ich habe mehr Ex-Geheimdienstler und CIA-Leute auf meiner Lohnliste stehen als Gorbatschow.«

Elise lachte.

Onkel Bob sah zu ihr hinüber. »Bist du glücklich?« Als sie nicht antwortete, fuhr er fort: »Was hast du in der Sache mit Larry Cochran gemacht?«

»Ich habe ein Verhältnis mit ihm.«

»Das tut dir gut. Er schien mir sehr nett zu sein.«

»O ja, er ist nett. Sehr nett, Onkel Bob. Und komisch und rücksichtsvoll und talentiert. Aber er hat keine Arbeit. Er ist ein Niemand. Und er ist halb so alt wie ich!«

»Dann hilf ihm, daß er einen Job findet. Hilf ihm, jemand zu werden. Was das Alter betrifft, so kannst du dagegen nichts machen, außer zu lernen, damit anmutig umzugehen. Wenn die Ober mich fragen, was meine Tochter zu speisen wünscht, dann sage ich ihnen, daß Bette meine Enkelin ist. Was soll's? Sie ist ein liebes Mädchen, und wir sind's zufrieden.«

»Aber Onkel Bob...« Was sollte sie sagen? Daß Bette ohne sein Geld nie mit ihm zusammensein würde? Wie sehr sein alter Körper sie im Bett abstoßen mußte? Wie sehr sie selbst sich gedemütigt fühlen würde, wenn man sie nur benutzte? Daß ihre Mutter recht haben mochte? Zu ihrem Entsetzen spürte sie, wie ihr eine Träne die Wange hinablief. Gleich würde sie anfangen zu schluchzen. Denn in Wahrheit sehnte sie sich verzweifelt nach Larry. Ja, es schien, als ob sie sich in ihrem ganzen Leben noch nie nach etwas oder jemandem so gesehnt hatte.

Abrupt stand sie auf und ging zur Balustrade hinüber. Aber schon nach wenigen Schritten war Onkel Bob an ihrer Seite, faßte sie bei der Hand und drehte sie zu sich um. »Du hast einen Narren geheiratet, Elise. Einen aufgeblasenen, langweiligen Narren. Und weshalb? Weil du Sicherheit gesucht hast. Aber du hast keine gefunden. Es gibt keine, niemals. Folge deinem Herzen, Elise. Vergeude nicht auch noch die zweite Hälfte deines Lebens.«

3

Das Netz zieht sich zusammen

In letzter Zeit war es zwischen ihm und Leslie nicht so gut gelaufen. Als er den Verlust mit den Morty-Aktien gebeichtet hatte, war Leslie regelrecht ausgerastet. Er hätte es ihr lieber verschwiegen, aber er hatte den Tip an ihren Bruder Jon weitergegeben, dessen Verlust nun auch beträchtlich war. Leslie hatte ihn verantwortungslos und unreif genannt und gesagt, sie denke nicht daran, für seinen Lebensunterhalt aufzukommen. Nicht, daß davon je die Rede gewesen wäre, aber sie gab sich auch sonst sehr kühl. Seit über einem Monat kehrte sie ihm nun im Bett den Rücken zu. Dabei sah sie gerade jetzt besonders verführerisch aus. Die reinste Folter. Ein Mann mit einer Erektion, die er nirgendwo unterbringen konnte, war schon ein jämmerlicher Anblick.

Aaron sah auf seine Uhr. Noch vierzig Minuten bis zu dem Besuch von De Los Santos. Warum der ihn nur aufsuchte? Aaron unterdrückte seine Nervosität, stand auf, öffnete die Tür zu einem eingebauten Kabinett und studierte sich in ganzer Länge im Spiegel. Wenn er Selbstbestätigung suchte, dann fand er sie seit seinen Kindertagen beim Anblick seiner Erscheinung. Jetzt musterte er sich kritisch: lange und schmale Statur, durchdringende blaue Augen, dunkles Haar. Ein bißchen Grau an den Schläfen, aber gerade das gab ihm noch das gewisse Etwas. Alles klar.

Es gab keine Probleme mit dem Altwerden, solange man dabei aussah wie Paul Newman. Und genau das hatte Aaron vor. Er sah immer noch verdammt gut aus, und seine lässige Kleidung unterstrich sein Aussehen, ohne ihn zu einem aufgedonnerten Pfau zu machen. Er paßte seine Kleidung der jeweiligen Klientel an, aber er sah einfach immer gut aus. Er wollte damit nicht auftrumpfen, im stillen jedoch gestand er sich seine Eitelkeit ein. Aber nie sollte ihn jemand anders dessen verdächtigen. Wie jetzt sah er stets gut, leger, aber solide aus.

Zu ärgerlich bloß, daß alles nicht so recht paßte. Da war Leslies Kälte seit dem Debakel mit den Aktien. Da war das Problem mit Sylvies Fonds und jetzt auch noch der Besuch dieses Beamten von der Börsenaufsicht. Dazu kam der Verlust des Auftrags von Federated und das Treffen mit Jerry heute nachmittag und das Warten darauf, daß Morty wieder aus dem Gefängnis kam, um die neue Werbekampagne zu unterzeichnen und ihm den versprochenen Betrag zu leihen. Was Wunder, daß er sich nicht ganz so wohl fühlte.

Immerhin hatte er Leslie dazu überreden können, ihm das Geld zu leihen, mit dem er Jerry seinen Anteil abkaufen konnte. Er würde es ihr aus den Einnahmen erstatten oder von dem Geld, das Morty ihm leihen würde. Also hatte Leslie den Glauben an ihn doch noch nicht verloren, trotz seiner mangelnden Urteilsfähigkeit bei den Morty-Aktien. Sobald Morty ihm aushalf, war alles geritzt.

Himmel noch mal, fluchte er innerlich. Erst dieser riesige Verlust, und jetzt mußte er auch noch darauf warten, daß Morty aus dem Gefängnis kam, um alles wiedergutzumachen. Weshalb saß der überhaupt? Und konnte er nicht eine Kaution stellen? Der Verdacht stieg in ihm auf, daß Morty nicht nur wegen Steuerschwierigkeiten im Gefängnis saß. Hoffentlich war da nichts faul an dem Aktienhandel. Niemand konnte von Mortys Tip etwas wissen, es sei denn, Morty hatte etwas erzählt. Und das würde er niemals tun. Besonders jetzt nicht, wo er diese Steuerprobleme am Hals hatte. Es gab überhaupt nichts zu befürchten, verdammt noch mal! Aber wieso machte ihn dann der bevorstehende Besuch von diesem De Los Santos so nervös?

Er ging hinüber zu seiner Bürotür und öffnete sie. Dann wandte er sich um und musterte den Raum, den er sich geschaffen hatte und in dem er seit neun Jahren arbeitete. Die Agentur nahm mittlerweile drei Stockwerke ein. Es war gut, daß sie damals hierhergezogen waren, obwohl Jerry und alle anderen sich dagegen gesperrt hatten. Er war ein Pionier gewesen, und es hatte sich ausgezahlt. Jetzt drängten sich die Werbeagenturen danach, hier noch ein Plätzchen zu finden.

Er ging ein paar Entwürfe für den Larimer-Auftrag durch. Sie waren gut, sehr gut sogar. Ausgesprochen clever gemacht. Aaron hatte eine talentierte Mannschaft aufgebaut. Jerry hatte das nicht geschafft.

Er ist wirklich nur unnötiger Ballast, dachte Aaron nun wohl schon zum hundertstenmal. Das war nichts Persönliches, aber hier gab es keinen Platz für Zimperlichkeiten und dergleichen. Er mußte an Leslie denken und ihren therapeutischen Abscheu vor Schuldgefühlen. So etwas war unproduktiv. Ohne Jerry würde diese Firma sehr viel besser dran sein.

Er fuhr sich durch die Haare und versuchte, sich zu entspannen. Wieder ein Blick auf die Uhr. In ein paar Minuten würde er diesen Typ empfangen müssen, und danach war Jerry dran und damit der vielleicht beste geschäftliche Schachzug seines Lebens. Es würde mehr Geld bedeuten, und das hatte er weiß Gott nötig. Schließlich war das Leben mit Leslie nicht gerade billig. Sie lebte gern im Überfluß, etwas anderes kam für sie gar nicht in Frage. Was ihn noch mehr unter Druck setzte.

Seine Sekretärin kündigte Mr. De Los Santos an. Aaron rückte seinen Strickschlips zurecht, prüfte, ob sein Hemd glatt in der Hose steckte, und ging zur Tür. Miguel De Los Santos sah erstaunlich gut aus. Er hatte einen Bürohengst erwartet, doch dieser Typ schien tatkräftig und energisch. Ein billiger Anzug, nun ja, was sonst, aber scharfe Gesichtszüge, breite Schultern und der Gang eines Athleten, nicht der eines Stubenhockers. Ganz und gar nicht das, was er sich vorgestellt hatte. Irritierend. Wer war dieser Typ?

»Guten Tag, Mr. De Los Santos.« Eine geschäftsmäßige Begrüßung, dachte Aaron, knapp und zielbewußt sowie gleichmütig im Tonfall.

»Hallo, Mr. Paradise. Wie geht es Ihnen?«

Auch diese Antwort entbehrte jeglicher Schnörkel. Der Mann musterte ihn von oben bis unten und ließ sich damit Zeit.

»Bestens, bestens. Treten Sie ein und nehmen Sie Platz.«

»Danke.« Doch anstatt sich auf einen der Plätze um den niedrigen Tisch zu setzen, wo Aaron bereits saß, ging er hinüber zum Fensterbrett und nahm darauf Platz. »Tolles Büro«, meinte er, indem er sich in dem geräumigen Zimmer umsah.

»Danke. Ich mag es auch.« Aaron lächelte. Es war an der Zeit für einen Rollenwechsel. Locker, von gleich zu gleich.

Aaron schlug die Beine übereinander und sah den anderen an. Er sah wirklich smart aus. Scheiße. Aber schließlich hatte er nichts verbrochen. Es war nicht verboten, Geld zu verlieren, zum Teufel noch mal.

»Also, was kann ich für Sie tun, Mr. De Los Santos?«

»Ja, wie ich Ihnen bereits am Telefon sagte, führe ich eine Untersuchung im Zusammenhang mit dem Verkauf der Morty-Aktien durch. Zur Zeit sammele ich noch Beweise und schnüffle so herum.« Er schwieg. »Es hat da einige Beschwerden gegeben.«

»Hängt das mit der Steuersache zusammen? Soviel ich gehört habe, hat Mr. Cushman einige Steuerprobleme.«

»Nun ja, letzten Endes hängen alle Dinge irgendwie zusammen, nicht wahr?«

»Mmh.« Was sollte das? War dieser Typ ein Sonntagsphilosoph? Aarons Faust ballte sich. Laß die Hand offen. Gib dich interessiert, aber locker. Sieh zu, daß der Bastard dich mag. Aaron kreuzte die Arme, lehnte sich zurück und lächelte De Los Santos an.

De Los Santos schien davon nichts zu bemerken. »Wenn ich recht verstanden habe, sind Sie der Chef der Werbeagentur, die für den ›Irren Morty‹ gearbeitet hat.«

»Gewiß. Sagen Sie bloß nicht, daß ich Ihnen das erst noch erzählen muß. Das kann man überall nachlesen.« Oha, das klang schon ein bißchen sehr nach Verteidigung. Lächeln!

»Stimmt... Kennen Sie Morton Cushman auch persönlich?«

»Wie auch nicht? Schließlich arbeiten wir seit sieben Jahren für ihn.« Himmel, der Typ ging ihm auf die Nerven. Es war fast unvermeidbar, schroff zu werden.

»Haben Sie gesellschaftlichen Umgang mit Mr. Cushman?«

»Eigentlich nicht.«

»Was heißt das?«

»Nun, daß wir uns von Zeit zu Zeit auf einer Party sehen, aber zusammen unternehmen wir nichts.«

»Und wie war es früher?«

»Ach Gott, vor Jahren vielleicht mal. Er ist ein wichtiger Kunde. Ich gehe ihm nicht gerade aus dem Weg.«

»Mmh. Also hat Mr. Cushman Ihnen auch gesagt, daß er auf den Aktienmarkt geht?«

»Nein.« Überrascht spürte Aaron, wie ihm der Schweiß auf die Stirn zu treten begann. Wieder fragte er sich, wer dieser Typ eigentlich sein mochte. »Wäre das nicht ungesetzlich, Mr. De Los Santos?« Er konnte ihn nicht ausstehen.

»Jeder macht mal Fehler«, entgegnete dieser.

Bildete er sich das ein, oder war der Typ wirklich wütend auf ihn?

»Sie haben also nicht schon vor dem September auf die Rücklagen für Ihre Tochter zurückgegriffen, um Morty-Aktien zu kaufen?«

Aaron spürte, wie ihm das Blut in den Kopf schoß. Er konnte kaum glauben, was er da zu hören bekam. Woher, zum Teufel, wußte dieser Typ von dem Treuhandfonds? Davon wußte niemand außer Annie und Leslie. Leslie hatte bestimmt mit niemandem darüber geredet. Sie war zwar wütend, aber das wäre der reinste Irrsinn. Ob Annie ihm diese Scherereien eingebrockt hatte?

»Mr. Paradise?«

Verdammt, irgend etwas mußte er sagen. Reiß dich zusammen. »Ja.«

»Sie haben am dritten September sechsundsiebzigtausendfünfhundertsechzig Anteile erstanden?«

Aaron nickte. Er war durchgeschwitzt.

»Sie hatten also zuvor keinerlei Aktien gekauft, obwohl jeder, der das getan hat, einen netten Gewinn verbuchen konnte. Sie dagegen kauften die Aktien, kurz bevor der Kurs dieser Aktien abstürzte. Wieso?«

»Wieso? Wieso habe ich mein letztes Hemd verspielt? Seit wann ist ein Verlust auf diesem Markt ein Zeichen für den Austausch von Insider-Informationen?«

»Von Insider-Informationen habe ich nichts gesagt.«

»Aber genau das wollen Sie mir doch unterstellen, nicht wahr? Nun, dann müßten meine Verluste Sie eigentlich vom Gegenteil überzeugen. Insider verlieren nicht.«

»Oh, nicht unbedingt. Die Sache zeigt vor allem, daß etwas nicht so gelaufen ist wie vorgesehen. Ein großer Verlust oder ein großer Gewinn – beides kann ein Hinweis auf Insider-Aktivitäten sein.« De Los Santos musterte ihn mit unbewegtem Gesicht.

»Auf jeden Fall habe ich Ihnen alles gesagt, was ich weiß.« Aaron bemühte sich, ruhig zu bleiben und ein unschuldiges Lächeln zustande zu bringen.

»Danke, Mr. Paradise«, antwortete De Los Santos schließlich.

Zu Aarons übergroßer Erleichterung stand er auf.

»Es könnte sein, daß ich Sie noch einmal anrufen muß.«

»Ganz nach Ihrem Belieben.« Aaron erhob sich ebenfalls. Nichts wie weg mit diesem Typen.

»Danke.« De Los Santos wandte sich zum Gehen, drehte sich dann aber noch einmal zu Aaron um. »Ach, übrigens, Sie haben doch nicht etwa vor, in der nächsten Zeit das Land zu verlassen?«

Aaron warf ihm einen ungläubigen Blick zu. Das mußte ein Witz sein.

»Nein...«, sagte er zögernd.

»Falls Sie irgendwelche Reisen vorhaben, informieren Sie uns bitte, ja?«

Sie schüttelten sich die Hände, und Aaron bemühte sich, seinen Händedruck fest wirken zu lassen, aber er konnte nicht verhindern, daß seine Handflächen feucht waren.

Höflich begleitete er den Typ zur Tür. Dort wartete er, bis er ganz verschwunden war, dann ging er zu seinem Schreibtisch zurück, ließ sich in seinen Sessel fallen und preßte die Hände auf die Augen. Er war erschöpft und voller Befürchtungen, mehr als damals, als er das Haus seines Vaters verlassen hatte. Er fragte sich, ob man herausfinden würde, daß Morty ihm seine Verluste erstattete, falls er sie ihm erstattete. Von Mortys Rechtsanwalt hatte er gehört, daß alles in bester Ordnung sei, aber aus irgendwelchen Gründen wurde er immer noch im Gefängnis festgehalten. Aaron kam sich in die Ecke gedrängt vor.

Wieder ging er hinüber zu dem Schrankspiegel. Das Gesicht, das ihm da entgegenblickte, sah genauso mies aus, wie er sich fühlte. Alt sah er aus, und die konservative Kleidung, die er trug, paßte überhaupt nicht zu der nächsten Besprechung. Er sah aus, wie ein Verlierer.

Aaron fällte eine schnelle Entscheidung, stand auf, sagte seiner Sekretärin, daß er gleich wieder zurück sein würde. Zu Fuß ging er die paar Ecken zur Fifth Avenue, zu P. Smith, dem modischsten Herrenausstatter in dieser Gegend.

Er holte tief Luft. Danach würde er den anderen seinen Plan vorlegen. Er dürfte die Belegschaft überzeugen. Schließlich hatte *er* das Talent, und er hatte sie eingestellt. Sie alle waren ihm verpflichtet. Doch wer kannte sich schon mit dieser Generation aus? Wer mochte wissen, was aus Loyalität und Pflichtbewußtsein geworden war?

4

Ein Strohhalm

Im Bundesgefängnis in der Nähe des Hudson River lag Morty auf seiner Pritsche und fragte sich das gleiche.

Seit zwei Wochen fragte er sich das mittlerweile. Bei seiner Ankunft hatte sich die Schlange der Gefangenen, die gerade erfaßt wurden, nur sehr langsam vorwärtsgeschoben. Stundenlang hatte das gedauert. Behördengrau war allgegenwärtig, Wände, Decken, Tische, Wärter, Hemden. Er war angewiesen worden, den farbigen Pfeilen auf dem Fußboden zu folgen. Seiner war braun gewesen. An die neuen Gefangenen waren Trainingsanzüge in Farben ihrer Wahl ausgegeben worden: grau, braun oder blau. Warum er blau gewählt hatte, konnte er nicht sagen.

In dieser blauen Uniform lag er jetzt auf seiner Pritsche und wartete. Wieder verfluchte er Leo Gilman, daß er ihn nicht gegen Kaution hier herausholte. »Das werde ich, Morty, aber so etwas braucht seine Zeit«, hatte der gesagt. »Ich muß die überzeugen, daß Sie nicht vorhaben, sich ins Ausland abzusetzen. Es war verdammt unklug, so viel Kapital ins Ausland zu bringen. Was Wunder, wenn man glaubt, daß Sie sich davonmachen wollen. Und wenn Sie das täten, sähe es wirklich übel aus.« Morty konnte einfach nicht glauben, daß man ihn nicht gegen Kaution herauslassen wollte. Nach zwei Wochen Gefängnis schien ihm jedoch eine Auslandsreise zunehmend attraktiver. Überall sonst war es zur Zeit besser als hier.

Als er damals eingeliefert wurde, hatte er nach einem Kumpel Ausschau gehalten. Der Typ vor ihm in der Schlange schien völlig unbekümmert. Morty hatte ihn sehr nett gefunden, bis er erfuhr, daß der seine Exfreundin zusammen mit ihrem neuen Freund in der Bronx entführt, beide in New Jersey umgebracht und in Maryland aus seinem Lieferwagen geworfen hatte. Und der Typ hinter ihm hatte versucht, am Kennedy-Flughafen mit einer Bombe ein Flugzeug zu entführen. Er war froh gewesen, als ihnen die Wärter untersagten, weiter miteinander zu sprechen. Typen wie die bekamen besser gar nicht mit, daß er wegen *Steuerhinterziehung* einsaß. Damit konnte er sich bei denen keinen großen Respekt verschaffen.

Als er zur Leibesvisitation an der Reihe gewesen war, hatte ihn der Wärter gefragt, ob er Zahnprothesen trage. Auf seine Verneinung hatte der andere mit falschem Mitleid die Achseln gezuckt. Was hatte das zu bedeuten? War das so eine Art interne Geheimsprache?

Schließlich hatte man sie endlose Gänge entlanggeführt. In der Abteilung angelangt, die vorübergehend sein neues Zuhause werden würde, hatten die anderen Gefangenen in den Zellen links und rechts sich unter den Neuzugängen ihre künftigen Lieblinge ausgesucht.

»Ja, wen haben wir denn hier? He, Zuckerbubi, du da mit dem Pfirsichhintern. Du bist meiner. Vergiß nicht, du gehörst Al, wenn jemand fragt. Al wird sich um dich kümmern. Du kümmerst dich um mich und ich mich um dich. Denk dran, Zuckerbubi, denn ich vergeß dich nicht!«

»He, du leckere weiße Fettsau, hast du deine Zähne rausgenommen? Ich hab was vor mit dir. Wenn du 'ne Prothese trägst, kann ich Tag und Nacht was mit dir anfangen.«

Du lieber Gott, das war es also, was der Angestellte gemeint hatte.

Morty erinnerte sich daran, daß er in der Bronx groß geworden war und von damals her auch den schaukelnden Gang der Typen kannte. Er kam sich komisch vor, als er ihn jetzt wieder annahm, um als einer der ihren zu gelten und damit sein Leben zu retten. Er war damals immer von den irischen Jungs verdroschen worden. Das war, bevor er begriffen hatte, daß man wie ein harter Kerl gehen mußte, um als harter Kerl zu gelten. Lieber Gott, laß mich das hier durchstehen.

Morty war als letzter der Gefangenen in seine Zelle geführt worden. Beim Anblick seines neuen Zellengenossen war ihm die aufgesetzte Großspurigkeit mit einem Schlag abhanden gekommen. Die ebenholzschwarze Gestalt, die auf der unteren Pritsche lag, sah aus wie seinen übelsten Alpträumen entsprungen. Fast eins neunzig groß, über hundert Kilo reine Muskeln, die beinahe die Nähte sprengten, dazu ein geschorener Kopf, der ihn noch bedrohlicher aussehen ließ. Morty zögerte, die Zelle zu betreten. Er hätte nicht einmal einen Aufzug gemeinsam mit diesem schweren Jungen benutzen wollen.

Der Wärter hatte ihn in die Zelle geschubst und hinter ihm abgeschlossen.

»He, Mo, schau, wen ich dir da gebracht habe. Er kann seine Zähne nicht herausnehmen. Aber das wirst du schon besorgen, Mo. Übrigens ist das eine Berühmtheit. Du kennst doch den ›Irren Morty‹? Da hast du ihn. Bloß daß er jetzt der ›Kirre Morty‹ ist.« Der Wärter war lachend davongegangen. Morty war überzeugt, daß die wirklich schweren Jungs anders behandelt wurden. Eigene Zelle, roter Teppich. Aber Steuerhinterziehung, das war ja jämmerlich. Zu jüdisch.

Mo hatte erst noch weiter in dem *Playboy*-Magazin geblättert, bis er endlich seine dunklen Augen auf ihn gerichtet hatte. Dann war die Spannung aus seinem Gesicht gewichen. »Du bist der Typ, der im Fernsehen die tragbaren Telefone und diesen ganzen Mist verkauft?« Erleichtert über das Ausbleiben direkter Feindseligkeit war Morty sofort in seine Rolle als Irrer Morty geschlüpft. »Ich bin's, der Irre Morty«, kreischte er mit Fistelstimme, so wie in den Werbesendungen, und streckte die Hand aus. Mo ergriff sie und schüttelte sie auf die in den einschlägigen Vierteln übliche Art. Morty versuchte mitzuhalten. Aber Mo war nicht blöd. Er war ein Heroin-Dealer größeren Stils, mitunter auch Strichjunge und sogar Brandstifter, aber blöd war er nicht. Trotzdem war er beeindruckt von dem Gesicht, das er so oft im Fernsehen gesehen hatte. Dieser fette Kerl war tatsächlich der Irre Morty. Mo grinste.

»Weil du 'ne Berühmtheit bist, will ich dir sagen, wie's hier so läuft.« Mo legte sein Heft beiseite. »Ich bin Big Mo, und ich krieg alles auf die Reihe. Wenn Big Mo dein Freund ist, haste keine Probleme mit irgendwem. Brauchste was, dann sag's mir. Eine Hand wäscht die andere. Klar, Kleiner?«

Mo war etwas beiseite gerückt, um Morty neben sich Platz zu machen. Das geschah zur rechten Zeit, denn Mortys zitternde Beine konnten ihn schon kaum mehr halten. Trotzdem war er wild entschlossen, Big Mo zu seinem Freund zu machen, und hatte großartig angeboten: »Mo, für dich kann ich immer so einiges bewegen.«

»Siehste, genau das hab' ich auch grad gedacht. Da draußen is' meine Frau, ganz allein wartet se auf ihren Mann. Vielleicht kannste ihr 'ne nette Kleinigkeit zukommen lassen, so zur Erinnerung an mich.«

»Da hätte ich genau das richtige. Wie wär's mit 'nem kleinen Fernseher, nicht größer als 'n Toaster, mit eingebautem Video?«

Big Mo ließ sich das durch den Kopf gehen, schüttelte dann den Kopf. »Nee, se soll was kriegen, daß se an *mich* denkt. Und ich bin groß. Nix mit Toaster.«

Um seinerseits Morty mit seinen Verbindungen zu beeindrucken, hatte Mo unter seiner Pritsche eine Flasche besten schottischen Whisky hervorgezogen und ihm einen gerollten Joint in einer goldenen Zigarettendose angeboten.

Wieder mußte Morty an Leo denken. Er hätte ihn liebend gern eigenhändig erwürgt.

»Also, wie wär's dann mit 'nem Super-Bildschirm? Plus einen Job für dich, wenn du wieder draußen bist? Laß mich nur machen, Mo. Sag, wohin du den Fernseher willst, und in zwei Tagen ist er da. Wenn du willst, mit Grußkarte.«

»Das nenn' ich Geschäfte machen.«

Nach mehreren Schlucken von dem Whisky war Mo Mortys dickster Freund. »Noch nie hab' ich 'ne echte Berühmtheit gesehn, Mann. Bist der erste.«

Morty hatte die Gelegenheit beim Schopf gepackt. »Willst du noch mehr kennenlernen? Wenn wir rauskommen, bring' ich dich an Plätze, von denen du noch nicht mal geträumt hast. Wir sind doch Freunde.«

»Okay, Kleiner.« Und Mo hatte sich auf seiner Pritsche ausgestreckt.

Morty war in die darüber geklettert und hatte die Decke angestarrt, die nur eine Handbreit über ihm war. Er hatte

Angst, das mußte er zugeben. Und wütend war er, auch wenn er nicht genau wußte, warum und auf wen. Auf Leo, ja, und Bill Atchison und Gil Griffin. Irgendwie auch auf Brenda und Shelby. Alle waren Schuld, diese Blutsauger.

Morty fiel in einen unruhigen Schlaf. Wenn er nur einen einzigen Freund gehabt hätte.

Hinter der kugelsicheren Glaswand sitzend, die den Besucherraum abtrennte, sah Morty die Gruppe von Frauen auf der anderen Seite des Raums hereinkommen.

Da war sie, in seiner Lieblingsfarbe. Er wußte nicht, daß es sich dabei um ein dottergelbes Modell von Azzedine Alaia handelte, und erst recht nicht, daß es ihn viertausend Dollar gekostet hatte. Er wußte nur, daß er sich freute, sie zu sehen.

Er sah, wie sie die Reihe der Kabinen entlangging, bis sie ihn entdeckte. Sie lächelte. Shelby sah in Mortys Augen immer gut aus, aber heute war sie die reinste Sonnengöttin. Er holte tief Luft, fühlte sich getröstet. Er hatte für sie bezahlen müssen, das schon, aber sie jetzt hier zu sehen, inmitten dieser tristen Umgebung, gab ihm Hoffnung, gab ihm das Gefühl, daß man ihn nicht vergessen hatte. Er brauchte Trost. Beinahe sehnte er sich nach seiner Mutter.

Aber kaum daß Shelby sich gesetzt hatte, fing sie an zu weinen. So also liebte sie ihn. Morty gab ihr ein Zeichen, den Hörer aufzunehmen, und versuchte, sie zu beruhigen. Als sie schließlich sprach, machte sie ihm Vorwürfe. »Kannst du dir vorstellen, was ich durchmachen mußte, um dich sehen zu können?« Vor Aufregung trat ihr südlicher Dialekt immer stärker hervor. »Stundenlang mußte ich warten. Dann hat mich eine Frau untersucht, die aussah wie Arnold Schwarzenegger. Und die anderen Weiber erst! Wie Dreck haben die mich behandelt. Mich! Und die riechen alle so widerlich, und die Kinder in schmutzigen Windeln und...« Wieder begann Shelby zu weinen. »So was ertrage ich nicht, Morty. Dabei gehe ich ein.«

Sie versuchte sich wieder zu fassen. Morty betrachtete sie kühl. »Sie haben auch das Apartment durchsucht, die Leute von der Steuerfahndung, stundenlang. Und sie waren auch in der Galerie, alles haben sie durchsucht, alles.«

Morty brach der Schweiß aus. Wie die Kakerlaken, diese Untersuchungsbeamten, überall steckten sie. Was konnten sie noch gefunden haben? Seine Lage war äußerst prekär. Er spürte Panik aufsteigen. Was war da nur schiefgelaufen?

»Shelby, ich habe dir doch gesagt, daß alles wieder in Ordnung kommt.«

»Du hast leicht reden. Ich bin diejenige, die sich mit diesen Leuten herumschlagen muß. Ich muß unseren Freunden in die Augen sehen.« Wieder weinte sie. »Du sitzt hier drin und hast mit niemandem zu tun«, jammerte sie. »Und was ist mit mir?«

Morty war nie so naiv gewesen anzunehmen, daß Shelby loyal war, jedenfalls nicht so wie Brenda. Deswegen hatte er sie auch nicht gewollt. Aber sie jetzt hier vor Selbstmitleid zerfließen zu sehen, während er im Gefängnis saß, das traf ihn nun doch und ließ ihn hart schlucken. Aber Morty war auch Realist, und so verging dieser Augenblick wieder. Man bekommt, wofür man bezahlt, sagte er sich. Und zum erstenmal seit langem vermißte er Brenda. Sie hätte wirklich gewußt, wie es ihm hier erging. Was hatte sie nicht alles für ihren Vater getan, wenn der gesessen hatte. Auch wenn sie sich deswegen schämte, hatte sie keinen Besuchstermin ausgelassen, jede Woche leckere Sachen ins Gefängnis geschickt und einen Betrag auf sein Gefängniskonto überwiesen. Und wo war Mortys Trost?

Angela hatte sich nicht blicken lassen, und Tony würde ganz gewiß nicht aus seinem exklusiven Internat vorbeikommen. Gab es überhaupt jemanden, der nicht bloß Ausschau hielt nach einem Vorteil oder einem Almosen? »Weshalb bist du überhaupt gekommen, Shelby?« Er war ihr Gejammer leid. »Wenn es so eine große Zumutung für dich ist, wieso kommst du dann?«

Augenblicklich versiegten Shelbys Tränen. »Wir müssen miteinander reden, Morton. Du hast keine Ahnung, wie sehr mit das hier schadet. Dein ganzes Geld liegt fest, und ich habe keinen roten Heller. Du mußt einfach etwas tun.

Schließlich muß ich meinen gesellschaftlichen Verpflichtungen nachkommen und mein Geschäft führen. Du wolltest doch für mein Unternehmen aufkommen, bis es sich selbst trägt, erinnerst du dich?«

Sie tupfte ihre Augen. In Mortys Augen war es wie eine Bekräftigung ihrer Feststellung.

»Was ist mit den fünfundzwanzigtausend Dollar, die Leo auf deinen Namen deponiert hat?« Morty gab sich kurz angebunden.

»Was denkst du denn, wie lange fünfundzwanzigtausend Dollar reichen? Ich muß meine Garderobe bezahlen, Rechnungen und ein paar Bilder für meine Galerie. Das ist schon alles weg.«

Ein akustisches Signal zeigte das Ende der Besuchszeit an. Während Morty aufstand, um mit den übrigen Gefangenen wieder in die Zellen zurückzukehren, überkam ihn die Gewißheit über etwas, das er bislang immer nur geahnt hatte: Er war ganz und gar allein. Diese Feststellung war wie ein Loch in seinem Magen, ein Loch, das niemals würde gefüllt werden können. Er blickte Shelby an und seufzte. »Sprich mit Leo Gilman. Er wird dir was geben.«

Aber Gilman hatte auch nur schlechte Neuigkeiten zu bieten.

»Tja, Mort. Da ist irgendwas im Busch. Man will sich auf keine Kaution einlassen.«

»Waaas? Sind Sie wahnsinnig? Was ist die Begründung?«

»Man scheint anzunehmen, daß Sie erhebliche Vermögensanteile im Ausland haben.«

»Wovon reden Sie eigentlich?« Gut, er hatte mit seinen Steuern gemogelt, es war eigentlich mehr ein Spiel gewesen, aber das Geld, das er in Europa angelegt hatte, hatte er angegeben. Da war nichts Illegales dabei.

»So wie es aussieht, hat man Ihre Wohnung durchsucht. Ich konnte nichts dagegen machen, sie hatten einen Durchsuchungsbefehl.«

»Ja und?«

»Tja, man hat etwas gefunden.«

Morty überlegte krampfhaft. »Was denn? Was?« kreischte er.

»Einen Schlüssel. Für ein Schließfach. In einer Bank in Zürich. Noch ein Konto, das Sie nicht angegeben haben.« Leo schüttelte den Kopf. »Morty, ich habe Ihnen wieder und wieder gesagt, daß Sie mir gegenüber ehrlich sein sollen. Ich kann nicht im dunkeln arbeiten.«

Was ging da vor, zum Teufel? Er hatte keinen Banksafe in Zürich. Irgend jemand versuchte, ihn fertigzumachen. Er dachte an das Geld auf dem Schweizer Nummernkonto, aber darum ging es hier nicht. Das war auch nicht illegal, aber es war der Grund, weshalb er hier war. Sein beträchtliches Kapital im Ausland. Aber was sollte das mit dem Züricher Bankschließfach?

»Aber ich habe kein Schließfach in Zürich!« schrie Morty. »So glauben Sie mir doch!«

Als Miguel De Los Santos in das Verhörzimmer im Bundesgefängnis trat, machte Morty Cushman nicht gerade den besten Eindruck auf ihn. Da saß dieser stämmige, verfettete Typ in einem blauen Trainingsanzug, ganz in sich zusammengesunken, den Kopf in die Hände gestützt.

Miguel wußte, daß er hier auf sein Glück vertrauen mußte, aber wenn der Typ von der Steuer kooperationsbereit gewesen war und wenn seine Telefongespräche mit diesem schrägen Gilman gewirkt hatten, dann könnte er etwas erreichen.

»Hallo«, grüßte Miguel.

Cushman blickte auf. »Sie sind von der Steuerbehörde? Wenn ja, dann möchte ich meinen Anwalt dabeihaben.«

»Nein, nein, ich bin nicht von der Steuerbehörde, aber ich bin ein Staatsbeamter, und ich bin hier, um Ihnen zu helfen.« Der Kerl schwitzte. Ein regelrechter Glibberhaufen. Miguel lächelte.

»Sehr komisch. Was wollen Sie?«

»Ich schlage Ihnen einen Handel vor. Sie wollen doch hier herauskommen? Und das in nicht allzu ferner Zukunft? Wann genau, das liegt bei der Steuerbehörde. Die hat Sie am Wickel.«

»Sie können mich mal!« Trotz dieser Reaktion richtete Morty sich aufmerksam auf.

»Vermögenswerte in Steuerparadiesen, unbelegte Summen Bargeld in Banksafes, jede Menge Steuerhinterziehungen. Sie können wählen: die harte Tour oder die weiche. Allendale ist ein lieblicher Ort. Sie werden abnehmen. Ein bißchen Tennis spielen. Braun werden. Wir können Sie aber auch an weniger netten Orten unterbringen, wo sie der Laufbursche von jemandem sein dürften, der nicht annähernd so gemütlich ist wie Big Mo.«

»Wer, zum Teufel, sind Sie?«

»Ich bin Miguel De Los Santos, und ich komme von der Börsenaufsicht. Ich würde Ihnen gerne ein paar Fragen im Zusammenhang mit Ihrem Aktienangebot machen. Wenn Sie sich kooperativ zeigen, werde ich ein Wörtchen mit meinen Freunden bei der Steuerbehörde reden. Als Zeuge gegen Gil Griffin könnten Sie sogar mit Bewährung davonkommen. Soviel zu unserem Angebot, Mr. Cushman. Alles weitere liegt bei Ihnen.«

5

Schuß in den Ofen

Chris schüttelte seinem Vater die Hand, ebenso Leslie, der Braut. Dann scherte er aus der Reihe der Gratulanten aus und nahm sich ein Glas Champagner. Nach dem ersten Schluck stellte er es wieder hin. Es hinterließ einen bitteren Nachgeschmack. Er blickte sich in Leslies Hof um, während die Gäste immer noch in langer Reihe zum Händeschütteln anstanden. Es war schon irgendwie seltsam, die Hochzeit seines Vaters zu feiern, im neuen Zuhause seines Vaters, das so ganz anders war als ihr Zuhause früher in Greenwich oder die Wohnung am Gracie Square.

Was waren das bloß für Leute? Dieser Rosen zum Beispiel, Leslies Bruder, der sich schon an Karen herangemacht hatte. Gott, was für ein Kotzbrocken! Und der Rest machte auch keinen besseren Eindruck.

Chris sah zu Leslie hinüber und versuchte zu lächeln. Er konnte seinen Vater einfach nicht verstehen. Das war nicht nur Loyalität gegenüber seiner Mutter – diese Frau machte einen ausgesprochen kalten Eindruck. Am Vorabend, auf der Junggesellenfete, hatte sein Vater einen verdrossenen Eindruck gemacht. Nach einigen Drinks hatte er Chris zur Seite genommen und ihm gesagt, daß er befürchte, einen Fehler zu machen. Auf seinen Vorschlag, die Hochzeit zu verschieben, hatte sein Vater geantwortet: »Das kann ich nicht machen. Leslie würde mich umbringen. Es wäre ein zu großer Prestigeverlust für sie – für uns beide.«

Das war eigentlich kein guter Grund für eine Hochzeit. Und er hatte noch andere Sachen gehört, die ihn an der Urteilsfähigkeit seines Vaters zweifeln ließen. Im Büro kursierten Gerüchte, daß sein Vater von der Polizei vernommen worden sei und daß er irgendwelche Teilhabergelder veruntreut habe. Chris wußte nicht recht, was er davon halten sollte.

Auf jeden Fall war ihm diese Feier zuwider. Das war keine echte Hochzeit. Weder Leslie noch sein Vater sahen glücklich drein, und was die Gäste betraf, so kannte er sie überhaupt nicht. Seine Großeltern waren nicht da. Niemand aus dem Büro war eingeladen worden, nicht einmal Jerry. Chris war sich nicht einmal sicher, daß Karen besonders gerngesehen war, aber ohne sie wäre er auch nicht gekommen.

Chris nahm Karen bei der Hand und schob sich auf den Ausgang zu. Seinem Vater gab er über die Köpfe der übrigen ein Zeichen und wies auf seine Uhr.

Er fuhr Karen nach Hause und dann weiter zu Ottomanelli. Doch bevor er eintraf, war es ihm beinahe gelungen, die Hoch¬eit seines Vaters aus seinen Gedanken zu verbannen. Er war wirklich froh, Annie zu sehen, als sie einige Minuten später eintraf.

»Gute Idee, das hier, Ma, auch wenn ich nicht ganz passend angezogen bin für ein Pizza-Restaurant.« Er blickte an seiner Smokingjacke herunter.

»Du sagtest, dir wäre nach einem ordentlichen Hamburger, und hier gibt es die besten in der Stadt. Und ich nehme eine Pizza, so daß wir beide zufrieden sein können.«

Chris nahm einen Schluck von seinem Bier und verkündete dann: »Karen und ich werden heiraten.«

Annie strahlte ihn an. »Ich freue mich für euch beide.«

»Bitte, Ma, mach jetzt nicht auf nett. Ich weiß, sie ist viel älter als ich und, na ja... Ich hätte gern deine ehrliche Meinung.« Er sah seine Mutter an, die erst nach einer kurzen Pause antwortete:

»Das ist eine Sache, die nur euch beide etwas angeht, Chris. Nicht mich oder sonst jemand anders. Ich möchte nur, daß du glücklich bist. Das Alter ist dabei nebensächlich, es sei denn, ihr wollt Kinder haben.«

Sie legte ihm ihre kühle Hand an die Wange. »Du bist glücklich, nicht wahr?«

»O ja. Ich liebe sie, Ma. Sie ist einfach großartig.«

»Das weiß ich. Aber wenn man dich so ansieht, möchte man es nicht glauben.«

»Also, ich komme gerade von Vaters Hochzeit.«

»Es scheint dir nicht besonders gefallen zu haben.«

»Es war scheußlich. Vor der Feier – ich nehme an, weil Alex nicht kommen konnte – war ich plötzlich der ›Lieblingssohn‹. Du weißt ja, wie Vater sonst über Alex spricht. ›Chris hat das gemacht, Chris kann das, Chris wird jenes machen...‹ einfach furchtbar.« Er blickte auf seinen Teller, den die Kellnerin gebracht hatte.

»Aber er ist stolz auf dich, Chris. Du weißt doch, wie froh er ist, dich in der Agentur zu haben.«

»Es ist sonst nicht seine Art. Es ist, als ob er mir wegen irgend etwas Honig ums Maul schmieren will.« Chris biß in seinen Hamburger. »Irgend etwas tut sich in der Agentur. Er hat sich geändert. Er ist nicht mehr beliebt bei den Mitarbeitern, so wie früher. Er tut so, als ob er die ganze Firma allein schmeißen würde, als ob sonst keiner eine Ahnung hätte. Er allein weiß alles. Er gibt viel zuviel aus, um neue Aufträge zu bekommen. Ich weiß nicht recht. Vielleicht liegt das auch nur an seiner Verbindung mit Leslie, daß er sich solche Primadonna-Allüren zugelegt hat.«

»Könnte man ihn nicht etwas zu bremsen versuchen? Ich glaube, daß die Agentur sehr gut läuft, wenn Aaron sich zurückhält.«

»Das wäre auch der Fall. Mit einem besseren Verwalter. Oder eben ohne Pa.« Chris wischte sich den Mund mit der Papierserviette ab und warf sie auf den Teller. »Die Leute beginnen, Parteien zu bilden, und ich kann mich nicht auf seine Seite schlagen, Ma.«

»Zuallererst mußt du dich für deine Seite entscheiden, Chris. Tu, was du für richtig hältst, auch wenn du ihn damit verletzt.«

»Ich habe Gerüchte gehört. Über Sylvies Treuhandfonds und irgendeine Untersuchung. Stimmt das, Ma? Hat Pa Teilhabergelder veruntreut?«

»Ich weiß es nicht mit Sicherheit, aber das glaube ich nicht. Er stiehlt nicht. Dein Vater ist wegen irgendwelcher Aktiengeschäfte in Geldschwierigkeiten geraten und hat sich etwas aus Sylvies Fonds geliehen. Aber er wird es zurückzahlen.«

»Ma...« Eigentlich wollte Chris seine Mutter damit nicht

belasten, aber er mußte mit jemandem darüber sprechen. »In der Agentur braut sich etwas zusammen. Ich spüre das.« Er schwieg kurz. »Pa wird eine Schlappe erleiden.«

»Das kann sein. Aber das ist nicht dein Problem, sondern Aarons.«

Mild gestimmt und voller Zuversicht betrat Aaron das Konferenzzimmer von Paradise/Loest. Er trug ein marineblaues französisches Hemd mit einem Muster aus weißen Mäusen. Der Schlips war aus demselben Material, nur daß hier Katzen anstatt der Mäuse das Muster bildeten. Seine Hosen waren marineblau mit Bundfalten und weißen Streifen. Dazu hatte er sich an diesem Morgen noch einen feschen weißen, handgestrickten englischen Pullover geleistet, der aussah, als ob er mit Graffiti bemalt wäre; dabei handelte es sich um ein aufwendiges Strickmuster. Er fühlte sich wieder jung und voll im Trend. Wie neugeboren. Zuversichtlich war er dem Konferenzzimmer zugestrebt und hatte seinen Platz gegenüber dem Basketballnetz eingenommen, das an der einen Wand angebracht war.

Aaron vertraute auf seine Fähigkeit, jeder Situation gerecht werden zu können. Er warf der versammelten Mannschaft ein Lächeln zu und zwinkerte zu Chris hinüber. Die Juniorpartner begrüßte er mit einem breiten Weiter-so-Grinsen, wobei er dreinsah wie jemand, der den Sieg schon in der Tasche hatte. Alle waren sie ein ganzes Stück jünger als Aaron, Yuppies, nach seiner Einschätzung. Chris saß wie immer neben Karen. Die beiden waren gute Kollegen. Er hatte sie sogar zur Hochzeit mitgebracht. Für einen Augenblick fragte sich Aaron, ob zwischen den beiden vielleicht etwas war. Es lag so ein gewisses Etwas zwischen ihnen in der Luft. Dann verscheuchte er diesen Gedanken. Karen war fast zehn Jahre älter als Chris, und er selbst hatte früher einmal überlegt, ob er mit ihr etwas anfangen sollte. Chris würde jedenfalls mit ihr weit unterhalb seiner Klasse spielen.

Neben Karen saß David Stein, der Rechnungsprüfer, sein einziger Fehlgriff. Dem Typ mangelte es an jeglichem Weitblick.

Dave und Jerry gingen manchmal zusammen einen trinken und schienen sich recht gut zu verstehen. Jetzt schauten sie beide auf Aaron, als ob sie etwas wüßten, von dem er keine Kenntnis hatte. Jerry saß neben Dave, links neben Aaron.

»Nun, wie steht's?« wandte Aaron sich an die sieben. Alle waren sie außergewöhnlich fähige und geschäftstüchtige Leute, die – so nahm er an – genau wußten, wo ihr Brotkorb hing. Aber sie mochten ihn. Sie verdankten ihm alles. Deshalb war er sich sicher, daß sie hinter ihm standen.

Drew Pettit, stellvertretender Geschäftsführer und Atelierleiter, saß rechts von Aaron. Er hatte diesen gutaussehenden Workaholic vor sechs Jahren hereingenommen. Drew war ehrgeizig, und Aaron konnte ihn sich als Seniorpartner vorstellen, sobald er Jerry los sein würde. Und wer weiß, vielleicht würde er sogar die Gesamtleitung übernehmen, wenn Aaron so in zehn Jahren die Neigung verspüren sollte, die Dinge etwas gemächlicher anzugehen. So gern er Chris hatte, den Laden würde er ihm nicht so einfach überlassen. Er würde schon darum kämpfen müssen.

Auf Drew folgte Julie Thurow, die erste Partnerin bei Paradise/Loest. Sie hatte jede Menge Erfahrung mitgebracht und war dabei um einiges billiger zu haben gewesen als ein Mann mit den gleichen Voraussetzungen. Aber spektakulär war sie eigentlich nicht zu nennen.

Und dann war da noch Phil Connell, ein untersetzter, athletischer Typ, der nach Aarons Eindruck nicht den geringsten Humor besaß; dafür lieferte er nahezu druckreife Entwürfe für die Werbekampagnen in den Printmedien.

Jerry räusperte sich, und Aaron begann, um ihm zuvorzukommen. »Also, ihr alle kennt den Grund, weshalb ich dieses Treffen anberaumt habe. In meinem Rundschreiben letzte Woche habe ich darauf hingewiesen, daß es, offen gesagt, in der Geschäftsleitung einige Probleme gibt, die endlich einmal bereinigt werden müssen. Als diese Agentur anfing, damals, zu Beginn der Achtziger, war es eine gleichwertige Partnerschaft. Ich meine, daß dies nun schon lange nicht mehr der Fall ist. Jeder hier weiß, daß ich seit Jahren die

Hauptlast der Geschäftsleitung getragen habe.« Er warf Jerry einen kurzen Seitenblick zu. »Ich meine auch, daß es in der Organisation einiger Änderungen bedarf.«

Aaron machte eine Pause und schaute sich um. Er war nervöser, als er gedacht hatte. Seltsamerweise wichen ihm alle mit den Blicken aus, sogar Chris. Andere Zeichen schienen jedoch positiv zu sein. So blickte Dave Stein auf die gegenüberliegende Wand und nickte leise. Vielleicht würde der Bleistiftzähler sogar auf seine Linie schwenken. Das würde einen Erdrutsch auslösen. Jerry sah vor sich hin, allem Anschein nach schon besiegt.

»Von den zwölf einträglichsten Aufträgen habe ich neun eingebracht. Karen brachte Planet, Drew und Julie die übrigen zwei. Ich bin der Ansicht, daß ich hier eine absolute Top-Mannschaft zusammengestellt habe, und nach meiner Meinung liegt eine wirklich große Zukunft vor Paradise/Loest. Dabei können wir uns allerdings keine Schwierigkeiten in der Geschäftsführung leisten, so wie jetzt.«

Wieder nickte Dave Stein. Alles klar, Dave. Aaron warf allen ein strahlendes Lächeln zu.

»Jerry, ich glaube, daß du mir soweit zustimmen wirst. Es ist bedauerlich, aber ich glaube, es ist an der Zeit, daß sich unsere Wege trennen. Ich möchte deinen Anteil übernehmen.« Er schwieg. Es herrschte Totenstille. Natürlich, das Ende einer Geschäftspartnerschaft war immer eine delikate Sache. Vielleicht war er hier zu harsch gewesen. »Tut mir leid, Jerry. Nichts für ungut.« Sein Sohn warf ihm einen Blick zu. Vielleicht hätte ich Chris darauf vorbereiten sollen. Nein, so war es eine anschauliche Lektion, wie Geschäfte geführt wurden.

Wieder lächelte Aaron Jerry zu – und dieser Mistkerl lächelte zurück.

»Ich stimme völlig mit dir überein, Aaron, was das Managementproblem betrifft«, begann Jerry. »Irgendwie haben sich unsere Wege schon vor langer Zeit getrennt. Schon längst haben wir beide nichts mehr gemeinsam auf die Beine gestellt. Aber ich habe nicht vor zu gehen. Vielmehr bin *ich* es, der deinen Anteil übernimmt.«

Aaron war perplex. »Nun mal ernst, Jerry. Ich bin die

Firma. Ohne mich bist du nichts. Seit Jahren hast du keinen größeren Auftrag mehr besorgt.«

»Nun, ich hatte vor, in dieser Sitzung ein paar Dinge bekanntzugeben. Eines davon ist, daß ich in den letzten Monaten über drei sehr große Aufträge verhandelt habe. Und ich habe sie bekommen.« Er blickte zu Drew, Julie und den übrigen hinüber. »Mit Hilfe meiner Kollegen natürlich.«

Aaron saß erstarrt. Drei neue Aufträge innerhalb der letzten zwei Monate! Es brauchte Jahre, um einen großen Auftrag zu ergattern. Wie hatte er das nur geschafft? Ohne daß Aaron davon das geringste gewußt hatte? Unmöglich. Das mußte eine verzweifelte Notlüge sein. »Von wem?« knurrte er.

»Van Gelder International Bank, Blogee Industries und Benadrey Cosmetics.« Jerry war bei diesen Worten aufgestanden und zur Tür gegangen. Die Hand auf der Klinke fuhr er fort: »Nach meiner Schätzung bringt uns das im Jahr zusammen über fünfundzwanzig Millionen ein.«

»Die einzige Möglichkeit, mit der wir Gewinne machen können, besteht darin, daß wir die Ausgaben senken und Aufträge bekommen«, bemerkte Dave Stein. »Ich möchte daran erinnern, daß Ihre Akquisitionsaufwendungen plus eine Suite im Carlyle für fast ein ganzes Jahr die Einkünfte aufgezehrt haben.«

»Verdammt! Sagen Sie mir nicht, wie ich mein Geld auszugeben habe, Dave.«

»Unser Geld«, erinnerte ihn Jerry. Er schwieg und schien nicht recht zu wissen, wie er fortfahren sollte. »Es ist nicht nur das Geld, Aaron. Als wir anfingen, waren wir uns einig gewesen, daß wir gegenüber unseren Kunden keine Arschkriecher sein wollten, wie die meisten anderen in der Werbebranche. Offen gesagt...«

»Wann bin ich wem in den Arsch gekrochen?« fragte Aaron hitzig.

»Offen gesagt, sieht man da immer noch die Spuren von der Herb-Brubaker-Geschichte«, kam es von Julie.

Himmel, hatte diese feministische Ziege das immer noch nicht verwunden?

»Es wäre also wirklich das beste, wenn du deine Anteile an uns abgibst.«

»Ah ja? Und woher habt ihr das Geld dafür?« Als ob er sich mit ein paar müden Dollars abspeisen lassen würde. Und mehr hatten die hier nicht zu bieten.

»Von Cushman«, lautete Jerrys Antwort.

»Cushman?« Aaron traute seinen Ohren nicht. »*Morty Cushman* gibt euch das Geld für meine Anteile?« Und was ist mit *meinem* Geld? fügte er in Gedanken hinzu.

»Nicht Morty, sondern Brenda Cushman.« Jerry öffnete die Tür. »Würden Sie jetzt bitte hereinkommen?« Brenda trat ein und ließ sich ohne Zögern auf dem Platz nieder, den Jerry ihr anbot. Er blieb neben ihr stehen und wandte sich an die Versammlung. »Ich möchte Ihnen die Person vorstellen, die uns helfen wird, unsere Probleme ins reine zu bringen: Mrs. Brenda Cushman.«

Alle, außer Aaron, brachen in Beifallsrufe aus. Benommen starrte er Brenda an und versuchte, sich auf ihre unbewegliche Miene einen Reim zu machen.

»Julie, Drew, Phil, vielen Dank für eure Unterstützung in dem Bemühen, damit das Unternehmen auf lange Sicht wieder schwarze Zahlen schreiben kann.« Und zu Aaron gewandt schloß Jerry: »Aaron, ich bin bereit, deinen Anteil zu übernehmen.«

Aaron war völlig perplex. Da saß Brenda Cushman, Mortys Exfrau und Annies Freundin, und sah ihn an, und plötzlich grinste sie – wie die Cheshire-Katze. Aaron schaute zu den anderen hinüber, aber deren Augen waren auf Jerry gerichtet. Ihn ignorierte man. Er hatte ein ganz unwirkliches Gefühl. Jerry saß drin, und er war draußen! Wie konnten sie so etwas zulassen? Nachdem er sie eingestellt und zu dem gemacht hatte, was sie waren? Aaron verspürte einen Stich in der Brust. Warum das alles? Wegen dieses dummen La-Doll-Vorfalls? Weil Jerry ein großer Fang geglückt war? Er kannte das tolle Gefühl, wenn man einen großen Auftrag an Land gezogen hatte. Und er wußte auch, welches Vergnügen es bereitete, dem Chef eins auszuwischen und ihm zuvorzukommen. Und alles das war hinter seinem Rücken gedeichselt worden!

»Ohne mich werdet ihr es nicht schaffen«, wandte er ein.

»Ich möchte daran erinnern, daß ich schon seit längerer Zeit unsere Ausgaben mit Sorge beobachtet habe. Allein die Beträge für die vergeblichen Akquisitionsversuche hätten eine hundertprozentige Steigerung unseres Bonus bedeutet. Sie haben zuviel ausgegeben und zuwenig hereingeholt. Brenda Cushman stimmt darin mit uns überein. Sie wird in Zukunft die Ausgaben steuern. Dazu kommt, daß wir im nächsten Jahr eine doppelt so hohe Miete zahlen oder umziehen müssen. Auch das wird sich auf den Profit auswirken.« Dave holte tief Luft und fuhr fort: »Schließlich sieht es auch so aus, als ob der Morty-Cushman-Auftrag wackelt. Er ist immer noch nicht unterschrieben, und wir können nur hoffen, daß er sich nicht ganz in Luft auflöst.«

»Soweit ich Morty kenne, dürfte das der Fall sein«, kam es von Brenda.

Aaron starrte sie wütend an, ebenso die übrigen.

»Tut mir leid, Aaron, nichts für ungut«, meinte Jerry.

»Das kannst du dir sparen!« Aaron stand brüsk auf und verließ den Raum. Als er an Chris vorbeiging, gab er ihm ein Zeichen. Auch seine Karriere dürfte hier beendet sein. Doch dieser wandte sich Jerry zu. Unglaublich. Er also auch. In diesem Augenblick fiel ihm nichts weiter ein. Er mußte mit sich allein sein, um diese Demütigung zu verdauen. Keiner drehte sich nach ihm um.

Auf dem Gang wollte er seinen Schlips lockern und stellte fest, daß er das schon längst getan hatte. Brust und Kehle wurden ihm zu eng. Das fehlte noch: ein Herzinfarkt in seinem eigenen Büro.

Endlich in seinem Büro angelangt, ließ er sich in seinen Sessel fallen, griff sich die Flasche Chivas und goß sich einen Drink ein. Das ganze miese Pack hatte sich gegen ihn gekehrt. Unfaßbar. Nach allem, was er für sie getan hatte. Und dann diese Brenda Cushman, Annies Freundin. Seine Gedanken stockten. Ob Annie irgendwas damit zu tun hatte?

Nein, er fing an zu spinnen. Annie war noch nicht einmal in der Lage, ihr Scheckheft zu führen. Aber hoffentlich erfuhr sie nichts von seiner Demütigung. Mit Entsetzen spürte er Tränen in seinen Augen brennen. So weit war es mit ihm gekommen. Mit sechzehn hatte er zuletzt geweint. Er griff sich den Ärmel seines lächerlichen, kratzigen Pullovers und wischte sich über die Augen.

6

Frauen in einer Männerwelt

Annie war einfach außer sich vor Freude über Elises Angebot, sie nach Japan zu begleiten. Wann würde sich ihr sonst
jemals die Möglichkeit bieten, in einem Privatjet zu fliegen
und von Bob Blogees ›Mann in Tokio‹ in Japan eingeführt zu
werden?

»Also – Tanaki ist ein schwieriger Typ«, erklärte Bob Blogee, als sie auf den weichen Ledersesseln Platz genommen
und vom Steward ein Glas Veuve Cliquot Ponsardin serviert
bekommen hatten (wobei Elise das ihre nicht anrührte).

»Inwiefern sollte es schwierig sein? Wir erweisen ihm einen großen Gefallen, indem wir ihm diese Information zu-
spielen, so daß er darauf noch reagieren kann«, meinte
Brenda.

»O ja, in den Staaten wäre das so. Aber in Japan... nun, da
sieht es anders aus.« Bob Blogee schien nach Worten für eine
nähere Erläuterung zu suchen. »Ich kenne Tanaki seit fast
zwölf Jahren. Wir haben ein halbes Dutzend Geschäfte miteinander gemacht. Aber Japaner sind sehr zurückhaltende
Leute. Er hat mich nie zu sich nach Hause eingeladen oder
mit mir über private Dinge gesprochen. Seine Familie habe
ich nie kennengelernt. Er ist ein Japaner vom alten Schlag.
Aus diesem Grund hat er den Hauptgeschäftssitz von Maibeibi in Kioto angesiedelt. Da gibt es weder einen Flughafen
noch eine Untergrundbahn, dafür ist es die japanischste
Stadt von allen.«

»Und was hat das alles mit seiner Reaktion auf die Information von der Übernahme zu tun?« fragte Elise. »Sind Geschäfte nicht in jedem Fall Geschäfte?«

»Nicht ganz.« Wieder überlegte Onkel Bob. »Bei den Japanern nehmen noch heute *Loyalität, Pflichtbewußtsein* und *Ehre*
einen besonders hohen Stellenwert im Umgang miteinander
ein – und zwar weit über das uns bekannte und vorstellbare

Maß hinaus. In der Geschichte war es oft eine Frage von Leben oder Tod. Wenn jemand wie Tanaki hört, daß einige von seinen Aktionären sich ihm gegenüber unloyal verhalten haben, würde er sein Gesicht, das heißt, seine Ehre verlieren. Das könnte ihn aufbringen.«

»So, daß er sich oder jemand anders umbringt?« wollte Brenda wissen.

»Nun, nicht ganz so schlimm, aber doch so sehr, daß er die Geschäfte niederlegen würde. Und dann würde Gil an seine Stelle treten. Und deshalb muß hier... nun... auf die richtige Art und Weise vorgegangen werden.«

»Würde es die Sache dann nicht erschweren, wenn wir bei dem Treffen dabei sind?« Diese Frage kam von Annie, die wußte, daß Frauen in der Geschäftswelt Japans nur eine sehr untergeordnete Rolle spielten. Als ›Büroblüten‹ erwartete man von ihnen, daß sie von sich aus kündigten, wenn sie heirateten oder das dreißigste Lebensjahr erreichten.

»Oh, natürlich werden Sie nicht bei dem Treffen dabeisein. Tanaki wird für uns alle ein Bankett geben, und dann, am nächsten Tag, werden sich mein Mann in Tokio und ich mit ihm zusammensetzen.«

»Das kannst du getrost vergessen«, warf Elise ein.

»Wie bitte?«

»Wir machen diese ganze Reise nicht, um dann als Staffage herzuhalten. Schließlich ist das Ganze unser Gegenzug.«

»Staffage würde ich nun nicht gerade sagen, aber vielleicht wäre es doch nicht besonders zuträglich...«

»Weil wir Frauen sind? Das ist lächerlich, Onkel Bob. Wir leben im zwanzigsten Jahrhundert.«

»Nicht in Kioto«, seufzte Bob Blogee.

Als sie auf dem Flughafen von Osaka eintrafen, war Annie erschöpft von dem langen Flug, trotz aller Bequemlichkeiten, die der Privatjet bot. So war sie Mr. Wanabe, Onkel Bobs ›Mann in Tokio‹, dankbar, als er sie zügig durch den Zoll lotste und zu einem Rolls-Royce führte. Trotzdem war die Weiterfahrt nach Kioto noch recht lange und anstrengend.

Der traditionelle Tawaraya Ryokan, in dem sie untergebracht waren, war danach eine regelrechte Offenbarung. Mrs. Sato, Eigentümerin dieser Herberge in der elften Generation, empfing sie mit einer tiefen Verbeugung. Die neunzehn Zimmer waren mit einer bezaubernden und nichtsdestoweniger unerhört kostspieligen Schlichtheit eingerichtet.

Annies Zimmer war mit Tatamis ausgelegt; breite Glastüren führten auf eine hölzerne Veranda hinaus, auf der mehrere Kissen bereitlagen. Die spärliche Möblierung bestand aus einer antiken Truhe, einem dunklen niedrigen Lacktisch und einem vergoldeten Paravent mit aufgemalten Lilien. Eine wunderschöne Vase mit Quittenblütenzweigen in der *Tokonoma*, der typischen Wandnische, rundete das Ganze perfekt ab. Der Garten schimmerte in saftigem Grün, und in der Steinlaterne flackerte bereits ein Licht. Eine wahrhaft bezaubernde Atmosphäre lag über dem ganzen Anwesen. Ein Pochen an der Tür riß Annie aus ihrer entrückten Bewunderung.

»He, dir hat man also auch das Bett geklaut«, stellte Brenda fest, indem sie eintrat.

»Aber Brenda, hier gibt es keine Betten. Die Zimmermädchen werden später einen Futon auf dem Boden ausbreiten.«

»Weiß ich doch. Du mußt mich nicht für völlig blöd halten. Schau, die haben hier Gratis-Kimonos.« Damit hielt sie ein Baumwollgewand hoch.

»Nein, Kimonos sehen etwas formeller aus. Das hier ist nur ein *Yukata*. Man trägt es, wenn man sich ins Bad begibt. Wollen wir?« Mit diesem Vorschlag schlüpfte Annie in ihren eigenen.

»Was? *Zusammen* ins Bad gehen?«

»Alle machen das so.«

»Vergiß es!« Brenda lachte. »Wofür hältst du mich?«

Das Abendessen in dem Gasthaus war köstlich. Sogar Brenda war angetan davon, auch wenn der letzte Gang, einfacher weißer Reis, ihr momentan die Sprache verschlug. Danach waren Bob, Elise und Brenda bett-, oder besser ›futon‹-reif.

Annie dagegen war trotz ihrer Erschöpfung zu aufgeregt,

um schon schlafenzugehen. »Meinen Sie, es ist hier sicher genug, um einen kleinen Spaziergang machen zu können?«

»So sicher wie in Abrahams Schoß«, erwiderte Bob Blogee. »Es gibt hier keine Überfälle, und verlaufen kann man sich auch nicht, denn Kioto ist nach dem Schachbrettmuster angelegt, so wie New York.«

Noch ein wenig zögernd ging Annie auf Erkundigung. Aber die warme Nacht, der Mondschein und das pittoreske Stadtbild faszinierten sie. Buddhistische Tempel neben Shinto-Schreinen und daneben gleich wieder Teehäuser und Bars, Privathäuser, abgeschirmt durch Holztore, feucht schimmerndes Pflaster unter ihren Füßen. Alles war so exotisch, so asiatisch, und doch fühlte sie sich vollkommen heimisch.

Sie ging bis zu der Brücke, die den Kamo überquerte, der die Grenze zum Pontoko-Distrikt bildete, dem berühmten Geisha-Viertel. Annie stand auf der Brücke und beobachtete den Widerschein der beleuchteten Fenster und Laternen im Wasser. Weshalb bin ich nicht schon früher hierhergekommen? fragte sie sich. Japan hat mich schon immer fasziniert. Warum habe ich so lange gewartet?

Plötzlich schien ihr alles so vertraut. Hier sollte sie bleiben. Hier herrschten Ordnung, Schönheit und Frieden. Hier fühlte sie sich am rechten Platz. Sie würde wiederkommen.

In diesem Augenblick, gleichsam als Belohnung für ihr inneres Versprechen, erschien eine Frau im traditionellen Gewand in einem der Tore. Ihr Kimono schimmerte im Mondlicht. An ihren langen Ärmeln und ihrer besonderen Frisur erkannte Annie in ihr eine *Maiko*, eine Geisha-Schülerin. Still glitt das Mädchen an ihr vorüber. Zufrieden und mit sich im reinen, kehrte sie zurück zur Herberge und ihrem Futon.

Den folgenden Tag verbrachten sie mit Stadtbesichtigungen und dem Kauf von Perlen.

»Und nun, meine Damen, ist es an der Zeit, sich den Geschäften zuzuwenden. Heute abend treffen wir Tanaki«, erinnerte sie Bob Blogee. »Er wird uns ein Bankett im traditionellen japanischen Stil geben. Ein Essen zusammen mit Geishas, also eine höchst ehrenvolle Einladung.«

Annie machte sich mit ganz besonderer Sorgfalt für diesen Abend zurecht, der in einem Teehaus in Gion, dem berühmtesten Geisha-Viertel Japans, stattfinden sollte.

Gion vermittelte einen Eindruck diskreter Zurückhaltung, mit Straßen, wo schlichte Tore den Blick auf liebliche Gärten verwehrten. Es gab keinerlei Neonbeleuchtung, keine Barreklamen. In dem Teehaus gelangte man vom Hof in einen großen Raum, wo sich Mr. Tanaki, sein Assistent Mr. Atawa und einige weitere Herren bereits eingefunden hatten. Bob Blogee wurde zum Ehrenplatz geleitet, mit der *Tokonoma* im Rücken.

Annie kniete zwischen Mr. Wanabe und Mr. Atawa. Es war jedoch Tanaki, der ihr Interesse erregte.

Er war alt, wohl schon in den Siebzigern, vielleicht auch älter. Aber er hatte, was die Japaner *iki* nennen, das asiatische Äquivalent zu *Schick*. Sein Anzug aus dunkelblauer Seide war von allerbestem Schnitt, wie auch sein volles weißes Haar. Seine goldenen Manschettenknöpfe zeigten eine Art Familienwappen, und an seinem linken kleinen Finger trug er einen schmalen Siegelring.

Wahrscheinlich spürte er ihren Blick, denn er schaute sie gleichfalls an. Seine dunklen Augen unter den buschigen Brauen musterten sie kurz, abschätzend.

Verblüfft stellte Annie fest, daß er eine gewisse Ausstrahlung auf sie hatte, aber dann lenkte sie der Beginn des Festessens ab. Es begann mit dem Eintreten der Maikos und Geishas in prächtigen Kimonos, komplett mit Obi, von denen je eine hinter jedem Gast Platz nahm. Sie schenkten Sake aus Krügen ein, die sie mit hereingebracht hatten.

Annie schaute hinüber zu Elise. Es war üblich, bei derartigen Essen reichlich, wenn nicht sogar überreichlich zu trinken. Elise jedoch drehte mit Nachdruck ihre Schale um. Die Geihsa musterte sie kurz, lächelte dann und neigte den Kopf.

Der erste Gang bestand, wie üblich, aus einem rohen Gericht. Ihm würden, wie Annie wußte, ein gesäuertes, ein gedünstetes, ein geröstetes, dann ein gebackenes und noch weitere folgen.

»Mögen Sie die japanische Küche?« fragte Mr. Atawa sie in perfektem Oxford-Englisch.

»Sehr sogar.« Anders als die übrigen, die sich nicht viel zu sagen hatten, unterhielten beide sich über seine Arbeit als Übersetzer und Assistent von Mr. Tanaki und über die hier vorgesehene Darbietung.

»Die Maiko wird sich zurückziehen, und eine der Geishas wird tanzen, wozu einige der anderen sie mit Musik begleiten. Dann wird uns Okiko, eine sehr berühmte Geisha, eine *Kouta* vorsingen. Das ist so etwas ähnliches wie ein Haiku, nur etwas länger. Glauben Sie, daß es Ihnen gefallen wird?«

Dessen war Annie sich gewiß, insbesondere mit der versierten Simultanübersetzung durch Mr. Atawa. Das eine Lied handelte von der Loyalität einer Geisha, das andere hieß Abschied von Kioto. Beide waren kurz, und Brenda verdrehte die Augen bei den dissonanten Klängen, Annie dagegen lauschte wie gebannt, und ihre Augen leuchteten, während Mr. Atawa übersetzte. Dann sah sie, daß Mr. Tanaki sie abermals beobachtete. Errötend wandte sie ihren Blick ab.

Welch ein seltsames Land, dachte sie, wo man Kurtisanen besang und aufs höchste verehrte, die Ehefrauen jedoch in der Anonymität verblieben. Wo Loyalität als oberstes Gebot galt, aber wo Männer wie Tanaki ihre Zeit zwischen ihren Familien und den Geishas teilten. Und wieder spürte sie den Blick von Mr. Tanaki auf sich ruhen.

Am darauffolgenden Morgen wurden sie in Mr. Tanakis Büro gebeten. Eine Shoji-Trennwand teilte den Raum in einen traditionell japanisch eingerichteten und einen auf westliche Art möblierten Bereich auf. In diesem empfingen sie Tanaki und Atawa mit einer Verbeugung.

Man tauschte Geschenke, wie es bei einem Besuch in Japan üblich ist, dann wandte sich Annie an Mr. Atawa:

»Bitte übermitteln Sie Mr. Tanaki unseren Dank dafür, daß er uns gestern abend ein so wunderbares Fest bereitet hat.«

Tanaki stellte Atawa eine Frage und dieser übersetzte: »Hat Ihnen die Musik gefallen?«

»Ja. Insbesondere die *Kouta* von Izumi.« Tanaki quittierte die Antwort mit einer Verbeugung.

Sie nahmen Platz, wobei Annie es bedauerte, daß sie dies nicht auf japanische Weise tun konnten. Mr. Tanaki hätte sich so wohler gefühlt, und schließlich hing alles von seinem Wohlbefinden ab.

Nach einigen einleitenden Höflichkeiten räusperte sich Bob Blogee. »Mr. Tanaki. Wir kommen mit ein paar Neuigkeiten zu Ihnen. Wie es aussieht, steht Maibeibi auf der Abschußliste. Sie sind zu einem Ziel der Wall Street geworden.«

Einen Augenblick lang schien Mr. Atawa erschüttert zu sein, dann übersetzte er. Tanaki schüttelte den Kopf und murmelte etwas.

»Viele werden gejagt, wenige erlegt.«

»Nun, in diesem Fall gibt es einigen Grund zur Sorge. Mr. Gil Griffin von den Federated Funds Douglas Witter hat ganze Aktienpakete aufgekauft, einige Bank-Holdings sowie Pensionsfonds übernommen. Er hat sehr gute Erträge in Aussicht gestellt ...«

Atawa dolmetschte simultan, dann wandte er sich ihnen zu. »Mr. Tanaki ist überzeugt, daß die Hauptaktionäre zu ihm stehen werden. Und wenn nicht, dann ist er hier nicht weiter von Nutzen.«

»Wir raten Ihnen, es darauf nicht ankommen zu lassen, Mr. Tanaki«, warf Elise ein. »Wir haben Grund, Mr. Griffin und seine Methoden abzulehnen. Wir sind überzeugt, daß unseren Interessen wie den Ihren am besten gedient wäre, wenn Sie einige vorbeugende Schritte unternähmen.«

Tanaki richtete einige scharfe Worte an Atawa. Mr. Wanabe räusperte sich. Annie sah, wie sich gleichsam ein seidener Vorhang herabsenkte. Sie wußte, daß die Entscheidung gefallen war.

»Lassen Sie mich unsere Vorschläge unterbreiten«, fuhr Elise fort, die nichts bemerkt hatte. Sie führte aus, daß Blogee Industries bereit war, sofort die mit Verlust arbeitenden Maibeibi-Werften zu übernehmen, wodurch Gils Pläne unterlaufen würden, und daß Blogee die Portland-Zementwerke verkaufen wollte, die Maibeibi bei seinen Projekten in Oregon von Nutzen sein würden.

Annie beobachtete, wie Tanaki nur noch das Ende dieses Vortrags abwartete. Es war alles vorbei. Seine Entscheidung war bereits gefallen. Sie seufzte und blickte sich in dem Raum um, der so wenig über diesen Mann aussagte. Ein paar Fotos. Tanaki zusammen mit Gerald Ford anläßlich dessen Japanreise, Tanaki mit seiner Familie. Seine Frau mittleren Alters, drei Töchter in den Zwanzigern. Und ein Sohn. Annie sah genauer hin. Aus dem Silberrahmen blickte sie ein japanischer Teenager mit den unmißverständlichen Anzeichen des Downes-Syndroms an.

Nachdem sie Tanaki das Foto von Sylvie in ihrer Brieftasche gezeigt hatte, hatte er das Meeting unterbrochen und sie hinaus auf die Terrasse geführt. Atawa war angewiesen worden, die anderen durch den Moosgarten zu geleiten. Eine wie es schien ziemlich lange Zeit standen sie schweigend, dann wandte er sich ihr zu. »Sie sind eine ungewöhnliche Frau. Sehr ungewöhnlich. Habe ich recht?« Tanaki sprach ein elegantes, wenn auch nicht akzentfreies Englisch.

Völlig überrascht nickte Annie, dann schüttelte sie den Kopf. »Ich weiß nicht.«

»O doch«, entgegnete er und lächelte, seine Augen jedoch blieben voller Trauer. »Wie alt ist Ihre Tochter?«

»Beinahe achtzehn. Und Ihr Sohn?«

»Hiroshi ist fünfzehn.«

Annie fragte sich, ob der Junge für seinen Vater eine Enttäuschung bedeutete. Schließlich war er der Sohn, der einmal die Familie und das Unternehmen hätte weiterführen sollen. Aber irgendwie hatte sie einen anderen Eindruck.

»Eine alte Seele ist er, Hiroshi.« Wieder schwieg Tanaki. »Sind Sie verheiratet?«

»Nicht mehr.«

»Ihr Mann ist tot?«

»Nein. Nein... er... er ist fortgegangen.«

»Ah. Amerikanische Männer. Sehr schwach. Ich beob-

achte sie. Sie haben keinen Familiensinn, keinen Sinn für . . .«
Er überlegte, suchte nach dem passenden englischen Wort.
»Sie sehen nur das Heute, so wie Kinder. Die Frau von heute,
die Gewinne von heute. Investitionen von heute. Und wenn
das alles alt geworden ist, ist es vorbei. Sie sind keine Väter.«
Er schüttelte den Kopf. »Und japanische Männer machen es
ihnen nach. Wie Gil Griffin werden sie sein in zehn Jahren.«

Annie nickte, erschüttert von so viel Offenheit seitens eines Mannes, eines Fremden und Japaners. »Dann kennen Sie
also Gil Griffin?«

»Ich kenne viele Gil Griffins. Aber lassen Sie uns von wich-
tigeren Dingen sprechen. Gefällt Ihnen Kioto?«

»O ja, ganz außerordentlich. Es kommt mir wie ein Traum
vor. Irgendwie ist mir, als ob ich es schon immer gekannt und
geliebt hätte.«

»Sind Sie Christin, Mrs. Paradise?«

Annie nickte, obgleich sie sich da keineswegs so sicher
war.

»Dann glauben Sie nicht, wie die Buddhisten, daß Sie früher schon einmal hier gelebt haben könnten.«

»Nein. Aber ich hättes es mir gewünscht. Es ist alles so makellos, ganz die richtige Art zu leben.«

Tanaki schüttelte den Kopf. »Auch dies hier geht zu Ende.
Das alte Japan stirbt. Das ganze Wirtschaftswunder ist für die
meisten alles andere als wunderbar gewesen, nur harte Arbeit und starke Belastung. All das Häßliche des Westens.
Und bald wird die alte Schönheit nicht mehr sein.«

»Sie kann sich wandeln, aber sie muß nicht sterben.«

»Sie wird sterben. Sie wird durch anderes ersetzt werden.
Die leeren Seelen werden sich ihrer bemächtigen.«

»Nicht, Mr. Tanaki. Bitte.«

Wieder der abschätzende Blick. »Waren Sie vielleicht interessiert, den kaiserlichen Katsura-Palast zu sehen, Mrs. Paradise?«

»Oh, gewiß.« Ihr stockte der Atem.

Er nickte. »Dann werden Sie und ich morgen dorthin gehen.«

Annie war sich bewußt, welches Privileg man ihr gewährte und welch ungewöhnliche Gelegenheit. Es bedurfte einer Sondererlaubnis, um die Villa Hideyoshis, des Herrschers im 16. Jahrhundert, zu besichtigen.

Elise und Brenda ließen es nicht an guten, wenn auch sehr unterschiedlichen Ratschlägen fehlen, worauf sie bei diesem Ausflug unbedingt ihr besonderes Augenmerk richten sollte.

Die atemberaubende, geradezu eisig klare Perfektion des Katsura erschien Annie durchaus nicht kalt oder zu steif. »Perfektion und Schlichtheit befreien«, meinte sie voller Bewunderung zu Mr. Tanaki, als sie von einem der Gebäude aus in den Garten hineinblickten. »Es ermöglicht dem Geist, sich vollkommen zu entspannen.«

»Alles nur für Hideyoshi. All diese Schönheit ist nur durch seinen Reichtum möglich geworden. Er war ein General und wurde ein Diktator. Er war ein gewalttätiger Mensch.«

»Kaum zu glauben.« Annie blickte sich um. Die Kiefernnadeln und die Zapfen sahen aus wie gekämmt und künstlich angeordnet. Schweigend standen sie, bis sie sich in Bewegung setzte und Tanaki ihr folgte.

Auf einem kleinen Hügel überkam sie eine Erkenntnis, ein tiefes Verstehen. Wie alle bewußtseinserweiternden Erfahrungen war auch diese nicht zu beschreiben, nur daß für einen kurzen Moment alle Dinge in Zeit und Raum in perfektem Einklang zu stehen schienen und sie mit ihnen. Ein Gefühl grenzenloser Freude wie grenzenloser Trauer durchdrang sie. Es war unvergeßlich. Von Dankbarkeit erfüllt wandte sie sich Tanaki zu. Leise sprach sie: »Ich danke Ihnen.«

Seine einzige Antwort war eine Verbeugung.

Dann gingen sie durch einige der Räumlichkeiten und bewunderten pflichtschuldigst die berühmten Malereien.

»Wunderschön«, bemerkte Annie.

»Auch ich ziehe den Garten vor«, entgegnete Tanaki lächelnd. Draußen machte er einen Vorschlag. »Es ist Zeit zum Mittagessen. Würden Sie mit mir speisen?«

Auf ihr Nicken führte er sie tiefer in den Garten hinein.

Während sie gingen, hoffte Annie, daß nichts den Zauber brechen möge. Sie erreichten ein hölzernes Teehaus neben einem Teich.

Tanaki bat sie die zwei Stufen hinauf, sie zog ihre Pumps aus und kniete sich auf den mit Matten bedeckten Boden. Die Perfektion der Umgebung wurde noch dadurch hervorgehoben, daß sie sich in dem Wasser spiegelte.

»Lassen Sie uns essen.« Bei diesen Worten Tanakis glitten die Schiebetüren auf, und eine Frau im Kimono verbeugte sich lächelnd.

»*Kyo Bento*, das ist ein Picknick im Kioto-Stil«, erklärte er Annie.

»Wir dürfen hier essen?« Sie war gleichermaßen entzückt wie konsterniert.

»Es handelt sich um ein Entgegenkommen. Sie müssen wissen, ich habe die Restaurierungen finanziert.«

Die Frau überreichte Annie und Tanaki je eine schwarzglänzende Lackschachtel mit einem Irisblütenmuster auf dem Deckel.

Er öffnete den Deckel und schob ihn unter die Schachtel. Reis, Fisch, Salat und eingelegtes Gemüse der Kioto-Küche waren darin angerichtet.

Sie aßen, zuerst schweigend, dann meinte Annie: »Alles ist so außerordentlich. Es hat mich verwandelt.«

»O ja, Schönheit überträgt sich.« Er seufzte. Dann wandte er sich ihr wieder zu. »Erzählen Sie mir mehr über dieses Sylvan Glades. Wie sieht es dort aus?«

Annie beschrieb die Schule, die Gemeinschaft und die Anlage sowie Dr. Gancher.

»Es ist teuer, und dadurch nur für wenige erschwinglich. Aber mit mehr Geld...«

»Ich möchte diese Schule besuchen, vielleicht auch ein paar Ärzte aus Tokio mitbringen, damit sie es sehen. Und vielleicht... vielleicht bringe ich auch meinen Sohn mit.«

Annie nickte. »Hiroshi wird es mögen. Meiner Tochter gefällt es.«

Tanaki blickte sie an. »Mrs. Paradise, meinen Sie, daß ich mich gegen Gil Griffin zur Wehr setzen soll?«

»Ja, aber ich finde, Sie sollten nicht auf Ihre Weise gegen ihn vorgehen.«

»Soll ich nicht die Aktionäre entscheiden, sie ihre Ablehnung zeigen lassen?«

»Nein. Ein guter Vater muß mitunter seinen Kindern den Weg weisen. Stellen Sie den Aktionären baldige Ausschüttungen und langfristige Gewinne in Aussicht. Verkaufen Sie die Werften, und kaufen Sie die Zementwerke. Machen Sie Profit, und stoppen Sie die Verluste. Stoppen Sie Gil Griffin. Und Blogee Industries wird den Werften Aufträge verschaffen.«

»Und wenn das nicht gelingt?«

»Nichts währt ewig, Mr. Tanaki. Gleichgültig, was wir auch erstreben. Und einige Bürden sind einfach zu schwer, um sie allein zu tragen.«

Er blickte fort von ihr, über das Geländer des Teehauses hinweg, vorbei an den Felsen, dem Teich und den Kiefern. »Ja. Sie haben recht«, stimmte er ihr schließlich zu.

Die Vorverträge – Absichtserklärungen eher – waren schnell aufgesetzt und unterzeichnet. Am darauffolgenden Tag konnten sie den endgültigen Vertrag durchgehen. Da wurde Mr. Tanaki herausgerufen, der seinerseits Bob Blogee herauswinkte.

Dieser kehrte bald zurück und trat zu Elise. »Meine Liebe, ich habe schlechte Nachrichten. Sie betreffen deine Mutter.«

»Ist Helena erkrankt?«

»Schlimmer. Es tut mir leid, Elise, aber deine Mutter ist tot.«

In weniger als einer Stunde waren sie bereit zur Abreise. Auf dem Weg zum Wagen wurde Elise von Brenda und Bob Blogee gestützt. Auch für Annie war der Aufbruch schmerzlich. Hier war etwas mit ihr geschehen, das sie sich bewahren wollte. New York war dafür nicht das geeignete Umfeld. Als sie im Flugzeug neben Elise Platz nahm, fiel ihr die *Kouta* ein, die sie – vor zwei Tagen erst – gehört hatte:

Einsamer Abschied
von Kioto,
Tränen verbergend
am Fenster des Zuges.
Oh, bitte,
daß mir doch jemand
eine Schale Tee reichen möge.

7

Konsequenzen

Elise stand in der Tür zum Hauptraum von Campbell's Bestattungsinstitut. Helena hatte alles noch zu Lebzeiten festgelegt, so daß Elise sich nicht in letzter Minute über eventuelle Wünsche und Vorstellungen ihrer Mutter den Kopf zerbrechen mußte. Ein letztes Mal hatte sie für ihre Tochter gesorgt. Trotz ihrer Trauer erfüllte Elise tiefe Dankbarkeit.

Sie sehnte sich nach einem ermutigenden Wort, um diese Prozedur durchzustehen. Sie gierte nach einem Drink. Sie mußte an ihre Abmachung mit Brenda denken und daran, daß ihre erste Reaktkion auf die Nachricht vom Tode ihrer Mutter der Wunsch nach einem Drink gewesen war. Das und die Intensität dieses Verlangens hatten sie erschreckt. Erst jetzt erkannte sie, wie sehr sie bereits abhängig geworden war. Aber sie würde zu ihrer Abmachung stehen, auch wenn es ihr schwerfiel.

Sie nahm ihren Platz ein. Bekannte und Leute, die ihr fremd waren, kondolierten in einer langen Reihe. Alte Freunde ihrer Mutter. Brenda drückte ihr fest die Hand. Die van Gelders und viele Dutzend weitere. Helena war nicht vergessen, trotz ihrer langen Krankheit. Elise war dankbar dafür. Sie sah ihn, kaum daß er den Raum betreten hatte. Larry trat zu ihr, stand vor ihr, die Arme leicht geöffnet. Eine Einladung, keine Nötigung. Für den Bruchteil einer Sekunde zögerte sie, dann trat sie zu ihm, spürte, wie er sie fest in die Arme nahm. Sie stöhnte, und dann ließ sie den Tränen freien Lauf.

Die Zukunft schreckte sie, der Gedanke, daß nun niemand mehr zwischen ihr und der Ewigkeit, ihrer eigenen Sterblichkeit stand.

Larry hielt sie fest, und als ihr Schluchzen nachließ, reichte er ihr sein Taschentuch. »Was kann ich tun für dich, Elise? Was brauchst du?«

»Nur, daß du hier bei mir bleibst, Larry.« Dann trocknete sie nochmals ihre Augen, faßte ihn bei der Hand und trat wieder an ihren Platz, diesmal mit Larry an ihrer Seite. Ein Schleier schien sich gelüftet zu haben, ein Geheimnis hatte sich offenbart.

Ihre Mutter, die Hüterin auch über ihre Moral, war nicht mehr. Keiner konnte ihr mehr empfehlen, sich nicht lächerlich zu machen, sich zurückzuhalten. Dies ist mein Leben, dachte sie und erinnerte sich der Worte Onkel Bobs: *Vergeude nicht auch die zweite Hälfte deines Lebens.*

Die Zeiten haben sich geändert, Mutter. Zu deiner Zeit mag ein jüngerer Mann etwas Ungehöriges gewesen sein. Heute ist das nicht mehr so. Warum sollte ich nicht einen jüngeren Mann lieben dürfen und von ihm geliebt werden? Vielleicht nicht für immer. Und vielleicht wird er mir auch eine Enttäuschung bereiten. Aber jetzt liebt er mich, und ich liebe ihn. Und *darauf* werde ich nicht verzichten, egal für wie lächerlich man mich halten mag.

In Helenas Wohnzimmer sank Elise auf das Sofa und streifte die Pumps ab.

»Puh, meine Füße bringen mich noch um«, stöhnte Brenda.

»Momentchen, Brenda«, warf Annie ein. »Du warst nicht den ganzen Tag auf den Beinen. Du hast keinen Grund zum Klagen.«

»Die reine Gewohnheit«, gab Brenda zu. »Wie geht's, Kleine?« Damit wandte sie sich wieder besorgt Elise zu.

Brenda setzt mich immer wieder in Erstaunen, stellte Annie bei sich fest. Ich selbst könnte nicht zartfühlender sein. Nachdem Larry sich verabschiedet hatte, schien Brenda die Verantwortung für Elise übernommen zu haben.

»Ich könnte einen Drink vertragen«, entgegnete Elise.

»Und ich möchte ein Stück Schokoladenkuchen«, konterte Brenda. »Was gibt's sonst für Neuigkeiten?«

»Ich werde mir keinen genehmigen.« Elise seufzte.

Brenda verzog das Gesicht. »Ich nehme an, das bedeutet, daß ich mir keinen Kuchen gönnen darf.«

»Ich bin wirklich stolz auf euch beide.« Annie war voller Hochachtung. »Wie ihr nach allem, was ihr durchgemacht habt, trotzdem zu eurer Abmachung steht.«

Jetzt war es Elise, die eine Grimasse schnitt. »Und wie ich heute einen Drink gebraucht hätte. Leicht ist es nicht, oder, Kleine?«

Brenda schüttelte langsam den Kopf. »Nein, keineswegs. Aber immerhin habe ich etwas Gewicht verloren.«

Elise blickte nachdenklich vor sich hin. »Und ich habe etwas mehr Klarheit gewonnen. Heute, als Larry mich in seine Arme nahm, wußte ich ohne jeden Zweifel, daß ich ihn liebe. Und er mich.«

Elise blickte ihre beiden Freundinnen an. »Und er hat ein wundervolles Drehbuch geschrieben. Über die Einsamkeit und Ängste einer Frau. Einfach brillant. Der Film muß produziert werden, mit mir in der Hauptrolle. Mutters Rat war, niemals mein Geld in einen eigenen Film zu stecken. Aber« – und hier lächelte sie – »Mutter hat nicht immer recht gehabt. Und deshalb werde ich es tun.«

Annie mußte an Miguel denken. Ihre gemeinsamen Unternehmungen bedeuteten ihr immer mehr. Sie war ganz überrascht gewesen, wie sehr sie sich nach der Rückkehr aus Japan über seinen fast umgehenden Anruf und auf das Wiedersehen mit ihm gefreut hatte.

»Auch wenn es wie ein Klischee klingt, Elise, aber das Leben ist einfach zu kurz«, meinte sie. Dann merkte sie, wie müde Elise war. »Ich gehe jetzt besser, meine Damen. Bleibst du heute nacht hier, Elise?«

»Ja. Ich möchte gleich morgen früh mit dem Einpacken der Sachen beginnen. Ich fürchte, wenn ich jetzt gehe, werde ich mich nicht mehr überwinden können, jemals wieder zurückzukommen.«

Brenda war überrascht. »Aber dann bist du hier ganz allein. Ich habe gehört, wie du die Angestellten alle fortgeschickt hast.« Sie schüttelte den Kopf. »Ich bleibe hier bei dir. Es sei denn, du *willst* allein sein.«

»O nein, Brenda, das will ich ganz und gar nicht.«

»Ich könnte auch bleiben«, bot Annie an. »Soll ich?«

Elise lächelte. »Dann laßt uns eine Pyjamaparty feiern, Mädels.«

Aaron saß in dem Loft in SoHo, das er mit Leslie bewohnte, und kaute auf einem Bleistift. Wieder las er die Zeilen, die er soeben notiert hatte. *Aus diesem Grund erwarte ich, daß mit meinem Austritt mein Name aus der Agentur Paradise/Loest gestrichen wird.* Er schüttelte den Kopf, strich *mit* aus und ersetzte es durch *nach.* Wieder las er, schüttelte den Kopf und seufzte. Es klingelte.

Chris war gekommen. Aaron betätigte den Türöffner. Er hatte das erwartet: Früher oder später würde Chris bei ihm auftauchen und sagen, daß es ihm leid täte und daß er gekündigt hatte oder gefeuert worden war. Chris' Anruf war schließlich eine regelrechte Erleichterung gewesen, nachdem all seine anderen Erwartungen enttäuscht worden waren.

Seinen Vorwürfen wegen mangelnder Loyalität war Drew mit dem Hinweis begegnet, daß schließlich Aaron damit angefangen habe, als er Chris in die Agentur aufnahm. Dann hatte Karen gekündigt, aber nicht, weil Jerry die Firma übernommen hatte, sondern weil sie schwanger war – schwanger von Chris! Und Julie hatte auf seine Anrufe überhaupt nicht reagiert. Verletzt hatte Aaron darauf verzichtet, sonst noch jemanden von den übrigen Mistkerlen zu kontaktieren. Es blieb nur noch sein formeller Austritt.

Er stöhnte laut, als er jetzt im Badezimmerspiegel sein abgehärmtes Gesicht erblickte. Er wusch sich mit kaltem Wasser. Ausschlafen und eine Rasur hätten mehr bewirkt. Er öffnete die Tür bei Chris' Klopfen. Der Junge war gewiß außer sich wegen dieser Schwangerschaft und brauchte einen guten Rat.

»Pa, wir müssen miteinander reden.« Damit ging Chris in das Wohnzimmer und ließ sich auf das Sofa fallen. Aaron war irritiert. Chris' Gesichtsausdruck bestätigte keine einzige seiner Vermutungen.

»Was ist los?« verlangte Aaron zu wissen. »Seit dem Geschäftstreffen habe ich dich nicht mehr gesehen.«

Chris zuckte die Achseln. »Nichts besonderes. Nur, daß

ich mit Karen zusammenziehen werde. Wir bekommen Nachwuchs.«

Aaron verkniff sich ein Lächeln. Was war der Junge doch naiv. »Bloß keine Überstürzung, Chris. Schließlich ist sie ziemlich viel herumgekommen.«

»Was soll das heißen?«

»Schau erst einmal genau hin, bevor du anbeißt. Übernimm nicht für andere die Verantwortung.«

Chris schwieg einen Moment. Wahrscheinlich brauchte er etwas Zeit, um das zu verarbeiten. Doch als er dann sprach, klang Verärgerung aus seiner Stimme.

»Sag nicht so etwas. Ich *weiß*, daß es mein Kind ist. Es war nicht schon jetzt geplant, aber ich will Karen, und ich will das Baby.« Damit stand er auf und trat ans Fenster.

»Und womit wirst du Geld verdienen? Wo willst du arbeiten?«

»Karen unterstützt meine Absicht, in der Agentur zu bleiben und mit Jerry zusammenzuarbeiten. Jerry ist einfach der Beste in diesem Geschäft, und er ist bereit, mir was beizubringen.« Chris wandte sich zu seinem Vater um. »Mir gefällt diese Arbeit, und ich bleibe in der Agentur.«

Aaron konnte es kaum fassen. »Jerry hat mich hinausmanövriert, verdammt noch mal. Einfach so. Willst du mit dem Mann zusammenarbeiten, der mir das angetan hat?« Er packte Chris bei den Schultern, doch dieser schaute weg.

Er schüttelte die Hände seines Vaters ab. »Er hat nur getan, was du mit ihm vorgehabt hast, Pa. Und das auch nur, weil du ihn dazu gezwungen hast. Mach hier bitte nicht auf Ehre und Ritterlichkeit.« Wieder schaute er seinen Vater an, um dann erneut seinen Blick abzuwenden. »Als du und Ma euch getrennt habt, habe ich nicht Partei ergriffen, auch wenn Ma in ihrer Einsamkeit mir sehr leid getan hat. Du hattest Leslie. Ma hatte niemanden. Trotzdem habe ich dich nicht verurteilt.«

Tränen schimmerten in Chris' Augen, als er fortfuhr: »Ich habe mich so sehr bemüht, dich nicht von deinem Sockel zu stürzen, weil ich wollte, daß du mich liebst. Das hatte ich mir immer gewünscht. Aber dann habe ich gehört, was du mit

Sylvies Treuhandfonds gemacht hast, und damit konnte ich die Tatsachen nicht mehr verdrängen. Wie du das Geschäft geführt hast, versucht hast, Jerry rauszudrängen. Wie du Ma behandelt und Sylvie nicht ein einziges Mal besucht hast.«

Aaron konnte sich nicht von Chris' brennenden Blicken lösen. Es war wie bei den furchtbaren Bildern nach einem Autounfall.

»Weder sie noch Ma waren dir perfekt genug. Und ich ebensowenig. Das habe ich erkannt. Und ich habe erkannt, wie du ständig mit Alex angegeben hast. *Er* ist perfekt, das arme Schwein. Das perfekte Elend. Aber für dich ist er die Nummer eins. Weißt du, daß die Leute bei der Agentur zuerst ganz überrascht waren, als sie hörten, daß Aaron Paradise eigentlich *zwei* Söhne hat? Nicht nur den einen, den ›Doktor‹.«

»Laß mich erklären«, kam Aarons schwächlicher Einwand. »Ich hatte nicht die Absicht, dich zu verletzen... oder sonst wen.«

»Ich bin überzeugt, daß du das nicht *beabsichtigt* hast. Aber du hast es getan. Mich, Ma, Sylvie, Jerry und Karen. Und sonst noch jeden, den du benutzen konntest. Du warst nie fähig, dich so zu sehen, wie du bist.« Chris lachte rauh und bitter auf. »Ich habe wirklich eine Menge gelernt, in der Agentur. Über Menschen. Und ich bin dankbar dafür. Jerry hält sich für komisch, dabei ist er es nicht. Karen hält sich für zäh, aber sie ist es nicht. Ich habe immer geglaubt, ich wäre nicht besonders helle, aber auch das stimmt nicht. Weißt du, Pa, kaum jemand ist in der Lage, sich selbst genau zu erkennen. Du zum Beispiel glaubst, du wärst ein netter Kerl.«

Aaron spürte, wie die Wut in ihm hochstieg. »Warte, bis du noch klarer siehst. Du bist nichts weiter als ein nützlicher Idiot, den Jerry benutzt, um mich fertigzumachen. Du wirst sehen, wie schnell er dich fallenläßt, sobald mein Name nicht mehr auf der Tür steht.«

»Solange ich dort bin, Pa, wird die Firma weiterhin Paradise/Loest heißen.«

Für Aaron war das wie eine Ohrfeige. Mit einem Mal war der Ärger verschwunden und Verzweiflung an seine Stelle getreten.

»Du läßt die Menschen fallen, wenn sie deinen Erwartungen nicht entsprechen. Du bist nicht in der Lage, sie trotz ihrer Fehler zu lieben.«

Chris wandte sich zum Gehen, drehte sich noch einmal um: »Ich bin gekommen, um dir das zu sagen, Pa. Ich brauche deine Liebe nicht mehr. Und ich habe es auch nicht mehr nötig, dich zu lieben. Vielleicht werde ich es einmal tun, aber ich *brauche* es nicht mehr.«

Aaron sah seinen Sohn davongehen. Als sich die Tür hinter ihm schloß, legte er den Kopf auf die Sessellehne, und dann, nach einer sehr, sehr langen Weile, begann er zu weinen.

8

Eins und eins macht zwei

Es war ein anstrengender Tag gewesen. Annie hob den Blick von ihrem Schreibtisch in der sonnendurchfluteten Küche. Heute hatte sie nicht an ihrem, seit ihrer Rückkehr aus Japan stetig wachsenden, Manuskript gearbeitet. Statt dessen hatte sie ihre Mathe-Hausaufgaben gemacht, wie sie das nannte.

Sie hatte ausgerechnet, daß sie für das Apartment fast eine Million bekommen konnte. Eventuell auch etwas mehr. Weitere 150 000 würde der Verkauf der Möbel bringen – von ihrem Vater hatte sie ein paar gute Stücke geerbt. Wenn sie das Geld vernünftig anlegte, durfte sie mit 100 000 Dollar im Jahr rechnen. Das würde für Sylvies Schule reichen und auch für sie noch etwas übrig lassen. Bei vorsichtigem Wirtschaften würde sie Sylvie für den Rest ihres Lebens versorgen können.

Wo sie selbst leben würde und wovon, war ihr dagegen nicht so klar. Sie konnte das Landhäuschen verkaufen, aber davor schreckte sie zurück – es würde eh nicht viel bringen, und sie hatte immer gehofft, es einmal den Jungs zu überlassen. Sie besaß immer noch ein wenig Geld. Das würde ungefähr ein Jahr reichen, um ein bescheidenes Apartment zu mieten. Für Tausend im Monat könnte sie ein Studioapartment bekommen. Und dann?

Die Vorstellung, wie sie, geschieden, von ein paar Hundertern im Monat in einem käfigartigen Zimmer lebte, machte ihr angst. Sie könnte zwar irgendwohin ziehen, wo es nicht so teuer war, aber wohin? Seit sie erwachsen war, hatte sie immer in New York gelebt.

Gewiß, Aaron würde bei seinem Austritt aus der Agentur ein hübsches Sümmchen bekommen. Und etwas von diesem Geld würde wieder auf Sylvies Konto zurückfließen. Aber Aaron hatte ihr gesagt, daß er Mittel benötigte, um seine eigene Firma zu gründen, und Annie hatte sich geschworen, von ihm nie wieder abhängig sein zu wollen. Sie würde allein dafür sorgen, daß Sylvie bekam, was sie brauchte.

Sie stand auf und ging durch die Räume. Trotz des freundlichen Tages vermochte nichts sie aufzuheitern. Der Gedanke an ein düsteres Zimmer, ohne dieses Licht, diese Aussicht, diesen Komfort war einfach schrecklich. Das war der Grund gewesen, warum sie es so lange aufgeschoben hatte, sich mit ihren Finanzen zu befassen. Aber es war klar, daß etwas geschehen mußte.

Von Elise würde sie kein Geld annehmen, ebensowenig von Mr. Tanaki, obwohl es sie freute, daß er beabsichtigte, Sylvan Glades finanziell zu unterstützen. Aus diesem Grund hatte er auch einen Besuch Dr. Ganchers in Japan unterstützt, um dort möglicherweise eine vergleichbare Institution einzurichten. Und sie hatte es aufgegeben, von Aaron zu erwarten, daß er sein Versprechen, die Treuhandgelder zurückzuerstatten, wahr machen würde. Nein, sie selbst mußte etwas unternehmen.

Der Seidenteppich streichelte ihre nackten Sohlen, der Mahagoni-Eßtisch schimmerte. In einer anderen Wohnung würde für ihn kein Platz sein. Sie ging weiter in den Wintergarten. Ihr Lieblingsbonsai schien ihr zuzunicken. Dies waren ihre Gefährten gewesen, Zeugen ihres Erwachsenwerdens. Zart streichelte sie ein Blatt. Ohne Wintergarten konnten sie nicht überleben. Keine Bonsais mehr.

Sie trat hinaus auf die Terrasse. Eine leichte Brise wühlte in ihrem Haar. Tränen traten ihr in die Augen. Ich sollte dankbar sein, daß ich das alles habe, um es verkaufen zu können. So wenige Menschen können das. Ich werde meine drei Kinder glücklich, gesund und gut versorgt sehen. Ich werde keine Not leiden. Und ich habe gute Freunde und vielleicht sogar ein wenig Talent. Ich kann mein eigenes Leben führen. Ein netter Mann scheint mich gern zu haben, und ich mag ihn. Das ist mehr, als die meisten Menschen haben, und ich sollte dankbar sein.

Aber sie war es nicht. In diesem Augenblick war sie selbstsüchtig und fühlte sich elend. Und sie setzte sich auf ihre Terrassenbank und weinte.

An diesem Abend gingen Annie und Miguel zum Abendessen in ein kubanisch-chinesisches Restaurant. Es lag weiter nördlich, wo die schicken Yuppies von der Westseite üblicherweise nicht hinkamen. Annies niedergedrückte Stimmung besserte sich zusehends, während sie ein paar Gläser des preiswerten Weins tranken und Miguel sie zum Lachen brachte. Er erzählte ihr von seinen Fortschritten mit Morty Cushman. Es gab gute Chancen, daß dieser vor Gericht aussagen würde. Und eine hieb- und stichfeste Anklage gegen Gil Griffin würde auch dabei herauskommen. Das half ihr zwar nicht bei ihren eigenen Problemen, aber es munterte sie auf.

Ihr Vater hatte immer gesagt, daß man um Gerechtigkeit kämpfen muß; sie fiel einem nicht einfach in den Schoß. Sie würde weiterkämpfen.

Nach dem Essen schlenderten sie noch auf einen letzten Drink zum Museumscafé. Annie kam selten bis zur West Side. Hier schien alles jünger, hektischer, ethnisch gemischter als in ihrer ruhigen Umgebung. Vielleicht konnte sie hier eine Wohnung finden. Obwohl sie zugeben mußte, daß sie sich ein wenig fürchtete. Aber jetzt war sie nicht allein, sondern zusammen mit einem charmanten Begleiter.

Als Miguel sie über das Kopfsteinpflaster am Planetarium führte, wußte sie, was kommen würde. Und sie war froh darüber.

»Frierst du?« Er spürte, wie sie zitterte. »Soll ich dich nach Hause bringen?«

»Ich möchte nicht nach Hause. Es macht mich derzeit so traurig.«

»Ich verstehe.« Er schaute sie mitfühlend an. »Auch mich macht meine Wohnung traurig.« Und nach kurzem Zögern: »Ich würde gerne mit dir schlafen.«

»Und ich mit dir.«

»Aber zu mir können wir nicht. Das ist nicht mein Zuhause. Dort schlafe ich nur. Es wäre nichts Rechtes.«

Sie lächelte ihn an. Sie mußte daran denken, wie verkrampft Sex mit Aaron für sie gewesen war. Trotz ihrer Nervosität war sie sich doch sicher, daß es mit Miguel keinerlei

Probleme geben würde. Ich hege ihm gegenüber keinen Zorn. Daran liegt es, dachte sie. So einfach war das.

Sie war seit so langer Zeit zornig auf Aaron gewesen, daß sie sich ihm keinen Augenblick lang mehr hinzugeben vermocht hatte. Wäre diese Barriere weggefallen, hätte sie ihn umgebracht. Sie empfand ihm gegenüber nur Abscheu. Darüber war sie sich jetzt im klaren, nachdem sie sich so lange dieser Erkenntnis verschlossen hatte.

Sie überlegte einen Augenblick, dann lächelte sie, blickte Miguel an, nahm ihn bei der Hand und winkte ein Taxi herbei.

»Ich weiß, wohin wir gehen können.« Sie sprach schnell, geradezu inspiriert, und gab dem Fahrer die Anweisung: »Bringen Sie uns bitte zum Carlyle.«

Im Lift standen sie dicht beieinander. Der Schlüssel von Zimmer 705 baumelte von Annies Hand und schlug gegen Miguels Schenkel. Ihre Hände waren kalt, wie immer, aber sie konnte spüren, wie die Hitze in Wellen von Miguel herüberzudringen schien. Wortlos gingen sie den Gang entlang, öffnete die Zimmertür.

»Miguel«, gestand sie beim Eintreten, »ich bin nervös.«

»Ich genauso.«

»Ich tue so etwas nicht alle Tage.«

»Ich ebensowenig.«

»Seit ich verheiratet bin, habe ich mit niemandem sonst geschlafen als mit meinem Mann.«

»Ich habe auch nur mit meiner Frau geschlafen.«

»Tatsächlich?« Irgendwie war Annie davon ausgegangen, daß Männer immer ein Verhältnis haben. Daß dies bei Miguel nicht der Fall war, dämpfte ihre Nervosität nicht im mindesten.

Sie trat auf Miguel zu, nahm seine warme Hand in ihre eigene kalt und zog ihn sanft auf die Kante des Bettes.

»Wie kalt du bist«, rief er aus.

»Wärme mich.«

Er lächelte, führte ihre Hände zu seinem Gesicht, küßte ihre Handflächen. Sein warmer Atem war ein köstlicher Kitzel auf ihrer Haut. Dann war sein Mund ganz weich auf dem ihren und drückte sie zurück auf das Bett.

Brenda lag auf dem Rücken in dem breiten Bett, die Hand auf ihrem Bauch. Kein Zweifel: Er war schon etwas flacher.

Sie wandte den Kopf Diana zu, die neben ihr schlief. Brenda lächelte. Was für einen kindlichen Ausdruck Dianas Gesicht doch bekam, wenn sie schlief. Ohne Make-up, mit zerzaustem Haar sah sie wie ein Farmermädchen aus. Brenda konnte es kaum glauben, daß diese brillante Frau, dieses lustige Vollweib mit Köpfchen sie tatsächlich liebte, und zwar so, wie sie war. Und in der letzten Zeit war es mit ihr immer besser geworden. Nicht nur gewichtsmäßig. Brenda schien es, als ob sie zum ersten Mal genug Selbstvertrauen besaß, das zu sagen, was sie wirklich meinte, und nicht nur kesse Sprüche von sich gab. Das beste bei alldem war, daß Diana ihr zuhörte und sie nie für verrückt oder unvernünftig erklärte.

Brenda zog die Decke über Dianas Schulter. Sie war glücklich. Sie hatte reichlich Geld, eine neue Arbeit, gute Freunde und ihre Selbstachtung wiedergewonnen. Und sie wurde geliebt. Wie lange würde dies so bleiben? Dann rief sie sich selbst zur Ordnung. Zynismus hatte zur alten Brenda gehört, doch jetzt erkannte sie ihn als ein Merkmal ihrer Verzweiflung. Es wird dauern, so lange es eben dauert. Manchen Menschen begegnete dies nie. Ich gehöre zu den ganz besonders Glücklichen. Lächelnd sah sie zu Diana hinüber.

Auch Anthony und Angela schienen Diana zu mögen. Sie war sich nicht sicher, ob sie schon etwas ahnten; sie hatten das Thema noch nicht einmal angesprochen. Überhaupt kam sie in letzter Zeit nur wenig dazu, mit ihren Kindern zu reden. Gestern erst hatte Anthony *sie* angerufen, und Angela hatte sich beklagt, daß sie ihre Mutter nur noch so selten sah. Brenda mußte lachen bei dieser Umkehrung der Verhältnisse. Ja, vielleicht war sie früher wirklich ein bißchen zu gluckig gewesen.

Derzeit war sie zu beschäftigt, um sich allzuviel in die Angelegenheiten ihrer Kinder einzumischen. Die Arbeit bei Paradise/Loest war faszinierend; sie hatte wirklich das Gefühl, dort einen wichtigen Beitrag zu leisten. Und Diana war von allem hingerissen, egal, ob es sich um ein neues Restaurant, ein großartiges Buch oder um engagierte Comics handelte. Und der Sex erst! Sogar jetzt, so im Dunkeln, wurde sie rot. Bislang hatte sie nicht einmal geahnt, daß Sex etwas so Sinnliches und dann auch wieder so romantisch sein konnte. Und wenn sie das zur Außenseiterin machte, dann war das eben so. Es war in ihr gewesen, seit ihren Mädchentagen. So war sie, und sie würde sich nie wieder selbst verleugnen. Ihre einzige Hoffnung war, daß Diana sie auch weiterhin liebte. Denn Liebe, gleichgültig welcher Art, war immer etwas Wunderbares.

Gil streckte sich in seinem bequemen Erste-Klasse-Sessel. Wie gewöhnlich hatte er für zwei gebucht, damit er während des Flugs von Tokio nach New York nicht gestört wurde. Achtzehn Stunden dauerte es von Tokio nach New York, und sogar in der ersten Klasse konnte es einem heutzutage passieren, daß man neben einem ausgemachten Kretin saß. Aber das wichtigste war, daß dabei niemand seine höllische Angst vorm Fliegen mitbekam. Nicht einmal Kingston. Vor allem der nicht. Denn der würde es womöglich im Büro herumerzählen.

Eine Stewardeß reichte ihm eine Decke. Diese asiatischen Frauen waren reizend, geradezu geboren, um einen zu bedienen. Gil nahm zwei von den Decken, sagte ihr, daß er eine leichte Erkältung habe. Er nahm zwei Seconal, die er mit einem Schluck Champagner herunterspülte. Am schlimmsten war immer der Start. Er mußte es irgendwie überstehen, und dann wäre er erst mal weg.

Er dachte an die Gesprächsrunden der letzten Tage und verzog das Gesicht. Die Reise, die für sechs Tage geplant gewesen war, hatte sich über drei Wochen hingezogen. Asiatische Männer waren alles andere als sanftmütig. Sie waren widerspenstige kleine Affen, aber schließlich war er doch mit ihnen fertig geworden. Und gegen was für Widerstände! Trotz der ausgesprochen günstigen Aussichten hatten die japanischen Banken zuerst gezögert, mit einem Amerikaner zusammenzuarbeiten, der kurz davor war, eine japanische Firma zu übernehmen. Er hatte seine Vorschläge unterbreitet, wie er Maibeibis Anteile aufkaufen und einige Teilbereiche abstoßen wollte. Das würde sie sanieren, und sie würden trotzdem die profitträchtigen Bereiche behalten können. Es war ein typisches Beispiel dafür, wie man den Kuchen essen und ihn trotzdem behalten konnte. Schließlich waren sie ihrer eigenen Habsucht erlegen, wie bereits so viele ihrer amerikanischen Vettern vor ihnen.

Das einzige, was ihn irritierte, war die verfluchte verschwundene Akte. Mary hatte geschworen, daß sie alles in die Mappe getan hätte, die er mitgenommen hatte, aber einige der Unterlagen fehlten. Er hatte sie ganz bestimmt nicht verschlampt, da war er sich ganz sicher. Aber als er sie verlassen hatte, war sie nicht in bester Form gewesen. Und wenn sie wütend war, wie damals, dann mochte sie damit wer weiß was getan haben, nur um ihm eins auszuwischen.

Er rutschte unruhig hin und her. Und das lag nicht nur an dem bevorstehenden Abflug. Vielleicht war es so gesehen auch gut, daß drei Wochen vergangen waren. Zeit, um zu vergeben und zu vergessen. Er bedauerte den Vorfall. Er war fest entschlossen, nicht wieder in sein Verhaltensschema wie gegenüber Cynthia zu verfallen. So etwas war Dummheit. Er war nicht der Typ Mann, der Frauen schlug. Er warf einen Blick auf die Aktentasche neben ihm. Darin hatte er ein dreireihiges Perlencollier als Weihnachtsgeschenk und Friedensangebot für Mary. Es tat ihm leid, und er sehnte sich nach ihrem Körper. Er liebte sie. Diesen bedauerlichen Vorfall würde man vergessen. Er hatte sich um die Japaner gekümmert, nun würde er sich um Mary kümmern, und dann würde er seinen Schachzug mit Maibeibi machen. Kingston hatte schon das Kaufangebot aufgesetzt. Die waren reif, und alles würde – mußte – so laufen, wie er es haben wollte. Dann wäre er der absolute König seiner Branche. So ein Coup war noch keinem gelungen. Daneben sahen alle anderen alt aus. Und es war nicht nur eine

Frage des Gewinne, sondern auch eine des Prestiges. Einfach jeder würde seine Leistung anerkennen.

Derweil lag Mary in dem großen Himmelbett in ihrem Fifth-Avenue-Apartment. Dort war es kurz vor fünf Uhr früh, aber Mary schlief nicht. Neben ihr lag immer noch der Eisbeutel, mit dem sie die Verfärbung ihres Auges bekämpft hatte. Ich allein mit meinem Eisbeutel, sagte sie sich mißmutig. Es hatte fast zwei Wochen gedauert, bis die Schwellung abgeklungen war. Was für eine Demütigung war es gewesen, so zur Arbeit und zu den Treffen des Festkomitees zu gehen, mit zugeschwollenem Auge mit Gunilla Goldberg und Bette Blogee zusammenzusitzen! Zuerst hatte es sich zu einem wütenden Purpurrot verfärbt, um dann erst grün und schließlich gelb zu werden. Sogar jetzt schmerzte es noch. Und alle starrten sie an, um dann schnell wegzuschauen.

Nur noch zwei Wochen bis zu dem Benefiz-Abend, und sie wußte nicht, wie sie daran teilnehmen sollte. Jahr um Jahr hatte sie sich abgestrampelt, war sonstwem sonstwo hineingekrochen, hatte sich vorwärtsgerobbt, um endlich in das Zentrum von Reichtum und Macht vorzudringen. Sie war weder besonders schön, noch verfügte sie über außergewöhnliche Talente. So war sie darauf angewiesen, eine günstige Gelegenheit abzuwarten. Und jetzt, wo sie da war, mußte so etwas passieren.

Was sollte sie tun? Gil verlassen und es auf eigene Faust versuchen? So dumm war sie nicht, daß sie sich auf so etwas einlassen würde. Sie wußte, daß sie hier nur geduldet war. Gunilla, Annie, Laly Snow, Bette Blogee, sie alle würden auf der Lauer liegen, um zu sehen, wie lange sie durchhielt. Sie würde immerhin noch einige Jahre benötigen, um ihre Stellung zu festigen. Aber wie konnte sie es aushalten, weiter mit Gil zusammenzubleiben? Wie?

Sie konnte es immer noch nicht fassen, daß Gil sie geschlagen hatte, daß er das gewagt hatte. Sogar Bobby hatte es, bei allen seinen Fehlern und seinem Macho-Getue, nie gewagt, sie zu schlagen.

Mary lag in ihrem Dreihunderttausend-Dollar-Himmelbett, in ihrem Apartment, in dem jedes Zimmer beinahe eine Million gekostet hatte, und fühlte sich so elend und verletzt wie nie zuvor. Wie konnte ihr das ein Mann, der sie liebte, bloß antun? Sie wußte nicht, was sie tun sollte. Einfach zu packen und zu gehen, gestattete ihr ihre praktische Ader nicht. Nicht nach allem, was sie bereits hatte durchmachen müssen. Jetzt kannte man sie überall. Wer würde sie schon einstellen? Doch wenn sie blieb, würde sie sich mit Gil wieder arrangieren müssen. Mit ihm zu dem *Fantasie-Fun-Faire*-Kostümball gehen, sich in der Öffentlichkeit mit ihm zeigen und mit ihm schlafen müssen.

»Niemals«, sagte sie laut. Nie wieder würde sie ihn an sich heranlassen. Was sollte sie bloß tun? Seit seiner Abreise nach Japan suchte sie nach einem Ausweg aus diesem Dilemma.

Still weinte sie. Die Tränen brannten in ihrem malträtierten Auge. Wenn sie sich nur an jemanden ankuscheln, sich an Bobbys Rücken wärmen könnte! Gerade jetzt wäre sie so gerne mit Bobby zusammen. Nur für kurze Zeit, für einen Orgasmus, um Entspannung, um Schlaf zu finden. Schlafen. Langsam glitten ihre Finger zwischen ihre Schenkel, sie dachte an Bobby. Seine Hände waren so groß und kräftig, seine Beine so lang. Und sein Schwanz erst! Ein Schauer überlief sie. Es war ihr schwergefallen, nach Bobby bei Gil über dieses Körperteil in Verzückung zu geraten. Jetzt mußte sie es nicht mehr. »Bobby«, flüsterte sie, als ihre Finger in die Feuchtigkeit glitten. »Oh, Bobby.«

Duarto erwachte mit einem Mal und wußte, auch ohne die Augen zu öffnen, daß Asa nicht neben ihm lag, so als hätte ihm das ein sechster Sinn gesagt. Dieses Alleinsein war anders als es sein Alleinsein in den Nächten nach Richards Tod gewesen war. Anders, weil er in der letzten Zeit fast immer zusammen mit Asa eingeschlafen war.

Es hatte keine Liebesschwüre, keine Pläne über ein Zusammenleben gegeben. Jeden Tag war alles immer wieder neu. Weder Duarto noch, wie es schien, Asa nahm etwas für gesichert. Auf jeden Tag folgte ein neuer Tag; sie wuchsen zusammen.

444

Ohne weitere Absprache blieb Asa immer länger in Duartos Apartment. Allmählich machte Duarto in den Kleiderschränken Platz für Asas Kleidung. Asa brachte Lebensmittel mit und kochte. Schließlich überließ Duarto ihm einen Wohnungsschlüssel. Noch immer hatte Asa sein Apartment, aber es war albern, eine Wohnung zu behalten, in der man sich überhaupt nicht mehr aufhielt.

Duarto blickte zu der jetzt unsichtbaren Trompe-l'œil-Decke empor. Wenn Asa im Bad war, dann war er dort schon ziemlich lange. Duarto richtete sich auf. Da war kein Licht unter der Badezimmertür.

»Asa?« rief er. Als keine Antwort kam, sprang Duarto aus dem Bett und trat an die Empore, von der aus sich das Wohnzimmer in seiner zweistöckigen Wohnung überblicken ließ. »Asa?« Wieder rief er in die Dunkelheit.

Er vernahm ein Geräusch, und es gelang ihm, Asa ausfindig zu machen. Er saß auf dem Sofa vor dem hohen Fenster, im spärlichen Licht der Straßenlampe.

»Asa.« Duarto trat zu ihm. Asa saß vornübergebeugt, das Gesicht in den Händen vergraben, und weinte. Duarto berührte seine Schulter, wollte ihm seine Nähe signalisieren. Keine Reaktion.

Nach einer Weile ließ das Weinen nach, und Asa sagte: »O mein Gott, Duarto, ich muß dir etwas Fürchterliches sagen. Du wirst mich verabscheuen dafür.«

Duartos Knie zitterten; er setzte sich auf den Boden, bevor seine Beine unter ihm nachgaben. Er wagte nicht zu fragen. Das durfte nicht wahr sein. Asas Haut war warm unter seiner Hand. Er konnte den Gedanken an das, was Asa ihm sagen würde, einfach nicht ertragen. Er wußte Bescheid. Nachdem Richard, nachdem alle Männer, die er gekannt hatte, tot waren, bedurfte es keiner Worte mehr.

Duarto wollte nicht, daß diese Worte laut gesagt wurden. Noch einmal würde er so etwas nicht durchstehen. Das konnte Asa nicht von ihm verlangen. Nach allem, was er für die Sterbenden getan hatte, nach all den Verlusten, warum jetzt wieder?

Aber er wußte auch, daß er es nicht über sich bringen

würde, für diesen Mann *nicht* zu sorgen. Asa war der Mittelpunkt seines Lebens geworden. Plötzlich war er wütend auf ihn. Warum hast du mir das nicht früher gesagt, du Mistkerl? Bevor ich mich so in dich verliebt hatte?

Dann schauderte es ihn. Himmel! Wenn Asa die Krankheit hatte – und sie hatten keine Vorsichtsmaßnahmen getroffen. Mir hat er gesagt, er sei negativ und hätte seit fünf Jahren mit niemandem was gehabt. Bitte, lieber Gott, laß ihn nicht gelogen haben. Ich werde für ihn sorgen, wenn er krank ist. Aber laß ihn, bitte, bitte, kein Lügner sein.

»Ich glaube nicht, daß ich dich jemals verabscheuen könnte, Asa. Hast du mich wegen etwas angelogen? Sag's mir, Asa.« Asa schüttelte den Kopf. Duarto drängte weiter. Er mußte alles erfahren. »Sag mir jetzt die Wahrheit, Asa.«

Asa unterdrückte sein Schluchzen und begann flüsternd: »Ich bin in Schwierigkeiten, Duarto. Ich habe mich durch Gil Griffin in etwas hineinziehen lassen. Ich habe Probleme mit der Börsenaufsicht. Sie stellen Untersuchungen an bei Gil, wegen Aktienbetrugs. Und sie werden auch mich erwischen. Gil hat mich für einen Artikel bezahlt.« Wieder begann Asa zu weinen. »Bitte, verabscheue mich nicht deswegen, Asa.«

Duarto stand auf, schwindelig vor Freude. »Deshalb weinst du, wegen der Börsenaufsicht?«

»Man könnte mich verhaften.«

Duarto legte den Kopf zurück und stieß ein lautes Wolfsgeheul aus, ließ sich auf den Teppich fallen und lachte. Asa schaute ihn verwirrt an. »Bist du verrückt geworden, Duarto? Was gibt es da zu lachen?«

»Du lebst, und ich lebe.« Duarto trat zu ihm, umarmte ihn. »Ich hatte geglaubt, du würdest mir sagen, daß du krank wärst, daß du...«

»Was? Ich bin nicht krank. Ich bin völlig gesund. Aber siehst du denn nicht, wie ernst das Ganze ist? In was für einem Schlamassel ich stecke?«

»Nein. Kein Schlamassel. Im Krankenhaus liegen müssen, mit Kanülen in den Armen, das nenn' ich Schlamassel. Die Börsenaufsicht? So was ist nur ein *Problem*, ein juristisches Problem. Und dafür hat der Teufel die Anwälte geschaffen.«

Er drückte Asa an sich. »Und jetzt komm ins Bett. Alles wird in Ordnung kommen.«

»O Larry«, hauchte Elise in diesem Augenblick. Wieder war er in ihr, bewegte sich ganz, ganz langsam, um dann ganz tief in ihr zu kommen.

Seit dem Begräbnis waren sie und Larry unzertrennlich. Und es war einfach wundervoll. Er brachte sie zum Lachen, nahm sie in die Arme, wenn sie weinte, hätschelte sie, wenn sie ihn nicht hätschelte. Und jetzt hatte er sie aufgeweckt. So, wie es nur ein junger Mann tat. Ein verliebter junger Mann. Sie war wach, voller Lebendigkeit und Frische. Es gab keine Benommenheit mehr. Seit ihrer Abmachung mit Brenda hatte sie nichts mehr getrunken, auch wenn es manchmal verdammt hart gewesen war. Aber Arbeit und Liebe füllten sie jetzt aus. Sie war nüchtern und glücklich. Sie blickte ihm ins Gesicht. Er lächelte und hielt kurz inne, um ihre Stirn mit Küssen zu bedecken.

»Meine schöne Liebste. Ich liebe dich so sehr, Elise.«

Wieder, so wie meistens, stiegen ihr die Tränen in die Augen. Wieder hielt Larry inne. Aber jetzt akzeptierte er es, daß Glücklichsein sie zum Weinen brachte, und es irritierte ihn nicht mehr.

Sie würden den Film gemeinsam machen. Das stand fest. Sie würden sich in ihren Talenten ergänzen.

Noch nie hatte es Elise so viel Spaß gemacht, mit jemandem zusammenzuarbeiten, noch nicht einmal mit Truffaut. Sie und Larry ergänzten sich auf allen Ebenen. Was immer auch geschah: Dies würde ein hervorragender Film werden, ein Erfolg, allein schon wegen ihres eigenen schauspielerischen Beitrags. Aber sie hegte noch größere Hoffnungen.

Und jetzt hielt er sie fest in seinen Armen. Er stöhnte auf, während ihre Hände seinen Rücken entlang tiefer glitten, seine Pobacken faßten, um ihn noch tiefer in sich hineinzuschieben. »Wie gut das tut«, seufzte er neben ihrem Ohr. Trotzdem hielt er sich noch zurück. Sie war bereits einmal gekommen, doch jetzt wanderte seine Hand dorthin, wo er in sie eindrang; gleich darüber lag die Stelle, an der er sie erneut zu streicheln begann. Nahezu unerträglich war es. Ein zarter Schauer durchlief sie. Sofort hielt er inne. »Nicht?«

Sie lächelte. »Warte einen Augenblick.«

»Ist alles in Ordnung?«

»Aber ja. Es ist nur, daß ich so glücklich bin. Der erste Aufnahmetag ist doch gut gelaufen, nicht?«

Er lächelte erleichtert. »Und ob. Ein Grund zum Feiern. Und hier habe ich auch etwas Schönes für dich.« Damit führte er ihre Hand zu seinem steifen Schwanz. Zart umfaßte sie ihn.

»Egal was auch passiert, Larry, wie der Film wird, ob ich mich lächerlich mache, oder ob du mich eines Tages verläßt, weil ich ein altes Wrack geworden bin: Ich möchte dir sagen, daß mich noch nie jemand so glücklich gemacht hat oder so zärtlich zu mir war.«

»Und du machst mich glücklich.« Und schon war er wieder in ihr, küßte sie, seine Zunge spielte im Rhythmus seiner Bewegungen. Elise zog ihn fest an sich, umschlang ihn ganz und gar. Wie sehr sie ihn liebte!

»Du darfst mich nie verlassen.« Seine Stimme war ein tiefes, kehliges Flüstern. »Versprich's mir.«

Und sie versprach es.

Bill schaute zu, wie Phoebe sich die letzte Linie Koks vom gläsernen Couchtisch in die Nase zog. Einige Ausgaben von *Art News* und *Rolling Stone* lagen dort durcheinander neben einem alten Pinsellappen und den Resten des chinesischen Essens, das sie sich am Vorabend hatten kommen lassen. Als sie bei ihm in der Arbeit angerufen hatte, war sie vor Freude ganz aufgeregt gewesen. Als er schließlich bei ihr eintraf, befand sie sich nahezu in einem Dämmerzustand. Bis gegen Mitternacht hatte sie kaum ein Wort mit ihm gesprochen, dann war sie aufgestanden, und seither war sie geradezu manisch. Sie waren durch fast jede Bar, fast jeden Club in SoHo gezogen, bis sie endlich wieder in ihr Loft zurückgekehrt waren. Du liebe Güte, es war schon beinahe Morgen. Sie meinte, sie würde sich nur ein, zwei Linien genehmigen, um wieder wach zu werden. Dann würden sie zu ihrem Studio gehen, wo sie ihm ihr neues Werk zeigen wollte.

Er war besorgt. Seit Wochen machte sie mehr und mehr Aufhebens um ihre Arbeit, die sie immer noch geheimhielt. »Es ist ein Durchbruch. Ein echter Durchbruch. Ich glaube, daß ich mit Leslies Hilfe endlich die beschissene Trennwand durchbrochen habe, die von den Medien zwischen der Kunst und dem Leben errichtet worden ist. Ich bin ganz sicher. Es ist ganz wichtig.«

Bill hoffte, daß dem so war, denn er war beunruhigt. Mit Phoebe war immer noch nicht zu reden, was die Entziehungskur betraf, und er sah sich gezwungen, zu ihr zu halten. Aber er war sich nicht mehr so sicher, ob diese neue Therapie überhaupt griff. Manchmal fragte er sich, was diese Rosen beabsichtigen mochte. Ohne Zweifel war Phoebe immer eigenartiger geworden: Drogen, Sex, Stimmungen – alles das schien wie in einem Wirbel außer Kontrolle zu geraten, und er war mit in diesem Wirbel gefangen. Phoebes Familie hatte bereits alle Verbindungen abgebrochen und Schritte eingeleitet, um einen Vormund zu bestellen. Und das Geld wurde knapp. Elise hatte gemeinerweise seine Sammlungen für einen Dollar verkauft, wogegen sich wegen des Scheidungsvertrages juristisch nichts machen ließ. Phoebe, sein Beruf, seine Finanzen, das wurde ihm alles zuviel. Trotzdem liebte er sie. Er würde niemals von ihr lassen können. Sie brauchte ihn.

Doch seit kurzem, seitdem sie mit dieser Alles-ist-erlaubt-Therapie begonnen hatte, hatte sie immer nur auf Analverkehr bestanden. Bill war begeistert gewesen, jedenfalls zu Beginn. Das war etwas so Verbotenes, so etwas unglaublich Erregendes gewesen, und als Phoebe sich ausgezogen und, auf dem Boden kniend, sich quer über das Bett gelegt hatte, war er so hart gewesen wie ein Prügel. Phoebe hatte etwas von Erneuerung und Ursprünglichkeit gesagt. Alles ganz gut und schön, aber langsam wurde es ihm doch zuviel. Denn mittlerweile war dies alles, was sie wollte, wenn sie überhaupt etwas von ihm wollte. Es war etwas Besessenes dabei.

Jetzt stand Phoebe wieder auf, der Körper schmal wie der

eines Windhundes. Sie sah ihn an, und mit einem mulmigen Gefühl im Magen und einer steigenden Spannung zwischen seinen Beinen erkannte er das fiebrige Grinsen. Phoebe starrte ihn an, so als ob sie sich in Trance befände, dann begann sie sich langsam ihr hautenges Kleid hochzuziehen. Sie zog es bis in Taillenhöhe, ihre dünnen Beine, ihr rasierter Venushügel und die knochigen Hüften lagen bloß. Sie begann sich umzudrehen, sah ihn dabei aber weiterhin über ihre Schulter an. Ganz, ganz langsam beugte sie sich vor, legte ihre Hände auf ihre Hinterbacken und zog sie auseinander.

»Besorg's mir, Paps. Besorg's mir hier.«

Wie verhext, mit steifem Schwanz, trat Bill auf sie zu, beugte sich vor, legte die Arme um sie.

»Nein!« Sie fauchte, entwand sich ihm. »Faß mich nicht an. Bloß, daß du es mir besorgst.«

»Phoebe, ich...«

»Kein Gerede. Besorg's mir.«

»Bitte, Phoebe, bitte.« Sein Schwanz drängte nach Erlösung. »Bitte, sprich mit mir. Wir wollen uns hinlegen. Ich will dich in den Arm nehmen.«

Da stimmte etwas nicht. Ganz und gar nicht. Zu seiner Überraschung spürte Bill Tränen in seinen Augen. Zum Teufel noch mal. Er würde ihr geben, was sie haben wollte.

»Du sollst es mir besorgen.« Wieder fauchte sie, und dann tat er es.

Aaron erwachte, noch im Traum gefangen, der ihm realer schien als die Frau, die steif neben ihm lag. Da war wieder dieser Vogel, der herabgestürzt kam, ihn mit seinen scharfen Fängen griff, hoch mit ihm emporschwebte, nur um ihn sausend fallen zu lassen. Er war aufgewacht, bevor er den Boden erreichte.

Er beruhigte seinen heftigen Atem, wandte sich um zu Leslie und fragte sich, wie lange sie wohl noch dieses frostige Verhältnis beibehalten würde. Nach dem Verlust der Fondsgelder hatte sie ihn wochenlang nicht an sich herangelassen. Jetzt, nachdem sein Vorhaben, die Agentur allein zu führen, abgeschmettert worden war, hatte sie wieder diese Wand errichtet.

Aaron spürte ihre Wärme. Du lieber Himmel, wie schlimm sollte es denn noch werden. Innerhalb weniger Monate hatte er sich seine Karriere versaut, die Zukunft seiner Tochter, seine neue Ehe und die Beziehung zu seiner Ex-Frau. Was war bloß los mit ihm, verdammt noch mal? War er ein Verlierer?

Aaron brach der Schweiß aus. Nein, zum Teufel, das war er nicht. Verlierer fuhren mit dreißig noch mit dem Bus, trugen Konfektionskleidung und mußten sich einen Smoking leihen. Verlierer hatten Oberschenkel, die beim Gehen aneinanderscheuerten. Sie wohnten in Vorstädten und brachten ihre Wäsche selbst in die Reinigung. Zu Spitzenrestaurants hatten sie keinen Zutritt, und höchstwahrscheinlich kannten sie auch keins. Fliehendes Kinn, Stirn bis zum Hinterkopf, Spitzbauch und Bausparvertrag. Damit war er nicht zu vergleichen. Er hatte etwas aus seinem Leben gemacht. Sein Sohn studierte Medizin. Er hatte Paradise/Loest aus dem Boden gestampft. Er war kein Verlierer.

Seine Hand strich über Leslies Rücken. Ganz überraschend stöhnte sie und wandte sich zu ihm um, wenn auch mit geschlossenen Augen. Ihre vollen Brüste preßten sich durch ihr Seidenoberteil, die linke Brustwarze schimmerte durch den oberen Spitzensaum. Behutsam und zart ließ er seine Hand in den Spalt gleiten, drückte seinen Kopf hinein.

Oh, hier sicher zu ruhen, für immer. Er wollte keinen Sex. Er suchte Wärme und Geborgenheit.

Doch Leslie ließ ihre Hand zu seiner Hüfte wandern, dann zu seinem Geschlecht. Sie fuhr zurück, als ob sie sich verbrannt hätte.

»Was, zum Teufel, soll das heißen?« Sie starrte auf sein schlaffes Glied.

»Keine Ahnung. Du bist der Sex-Therapeut.« Er war leer. In ihm war keinerlei Begehren mehr für sie übrig. Wie eine leergepickte Austernschale. Und in diesem Augenblick erkannte er, daß er nie wieder Begehren für sie empfinden würde.

»Und du bist ein impotenter Mistkerl«, fauchte sie.

»Passend zu einer kastrierten Zicke.« Damit drehte er sich um. Sein Blick fiel auf den Wecker. Halb sechs, kurz vor Morgengrauen. Jetzt würde er keinen Schlaf mehr finden. O ja, es war schon schlimm. Dann mußte er fast lächeln angesichts der Ironie des Ganzen. Er hatte erst eine Sex-Therapeutin heiraten müssen, damit er ihn nicht mehr hochbekam.

Morty Cushman beobachtete, wie es hinter dem Zellenfenster immer heller wurde. In seiner Nähe vernahm er Schnarchen und andere, bedrohlichere Geräusche. Er versuchte zwar wegzuhören, aber es war zu eindeutig. Stöhnen, Geflüster und das langgezogene »O Gott« eines Höhepunkts. Morty ekelte sich, und ihm war bang. Er wußte, daß eingesperrte Männer, die keine Frau bekommen konnten, sich an den schwächeren unter ihresgleichen schadlos hielten, und daß Sex in Gefängnissen als gängiger Handelsartikel galt. Aber bislang war ihm das nie so bewußt gewesen.

Angstvoll sah er, daß es hier nur um Leistung gegen Leistung ging. Wenn er keine Fernseher und Videogeräte mehr haben würde, müßte er sich auf andere Weise seine Sicherheit erkaufen. Er dachte an den Scherz des Wärters über Gebisse und war dankbar für seine Unterhaltungselektronik. Aber was würde er tun, wenn sie alle waren? Er versuchte, nicht daran zu denken. Von der unteren Pritsche drang gleichmäßiges, rasselndes Schnarchen. Dem Himmel sei Dank, Big Mo war am Schlafen. Morty dagegen hatte kein Auge zugetan.

Er würde sich auf den Handel mit De Los Santos einlassen. Es stand nun fest, daß er sitzen mußte. Aber nicht allzu lange. Nicht, wenn er gegen Gil Griffin aussagte. Wie ein Vögelchen würde er singen, um dieser Hölle hier zu entkommen.

Bald würde es zum Wecken klingeln und Frühstück geben, das er nicht runterkriegen würde. Morty aß und schlief recht wenig hier im Gefängnis. Und Geschlechtsverkehr war so ziemlich das letzte, woran er auch nur denken mochte.

9

Verluste

Seit ihrer Rückkehr von Japan kam Annie sich ausgesprochen energiegeladen vor. Mr. Tanaki und seine Frau wollten mit ihrem Sohn nach New York kommen und Sylvan Glades besuchen. Dr. Ganchers Reise war ein Erfolg gewesen, und Tanaki plante eine entsprechende Einrichtung im Norden Kiotos. Sie fühlte sich gut, voller Kräfte, und sie hatte eine Idee. Eine boshafte, eine wunderbare Idee. Sozusagen als Zuckerguß auf dem Gil-Griffin-Kuchen. Jetzt saßen sie alle in Elises Büro.

»Du gehst nicht ohne mich.« Brenda bestand darauf. »Was willst du tun, wenn du Ärger kriegst?«

»Und was willst *du* tun, wenn ich Ärger bekomme?« Annie schlüpfte aus ihren Pumps und zog Stiefel an. Draußen lag Schneematsch. Sie fand es lieb, daß Brenda sich so um sie sorgte, aber jetzt bedauerte sie es fast, Brenda eingeweiht zu haben.

»Ihr beide habt so viel gegen Gil unternommen, und ich nichts. Ich hab' kein Geld, um es in Maibeibi zu stecken. Und ich finde, ich sollte auch etwas tun.«

»Soll das ein Scherz sein? Du hast die Maibeibi-Sache doch erst möglich gemacht.«

»Aber ich will das hier alleine machen. Hört auf, mich zu nerven.«

»Bitte kein Märtyrer-Gehabe. Du wirst nicht alleine gehen. Du, ich und Elise, wir sind ein Team. Abgesehen davon brauchst du mich. Ich kenne mich aus mit gemeinen Tricks. Du hast keine Ahnung, was hierbei alles nötig ist.«

Annie seufzte. »In Ordnung. Aber schaut bloß zu. Ich führe die Sache durch und bin damit auch verantwortlich.«

»Okay, okay. Wann ist es so weit?«

»Morgen nachmittag. Dann wird Miguel De Los Santos bei Gil sein.«

»Toll. Das dürfte ihm den Tag etwas verderben.«

»Also, wir brauchen Lösungsmittel, etwas Pappe und Gummihandschuhe.«

»Wie kommen wir rein?«

Annie überlegte einen Augenblick. »Ich wäre wohl zu aufgeregt, um selbst zu fahren.«

»Dann brauchen wir einen Fahrer.«

»Hudson! – Aber ich möchte ihn nicht in Schwierigkeiten bringen. Schließlich ist es nicht ganz ausgeschlossen, daß man uns festnehmen könnte.«

»Nee, in New York wird man nur bei Mord und Steuerhinterziehung festgenommen.« Brenda dachte an Morty und quietschte vor Lachen.

»Brenda, sei ernst. Bei Gil Griffin muß man sich vorsehen.«

»Dann soll Elise ihren Silver Cloud fahren. Sie hat eiserne Nerven.«

Kühl musterte Gil diesen Wurm, diesen erbärmlichen Wurm von der Börsenaufsicht, der doch tatsächlich die Frechheit besaß, seinen Blick zu erwidern. »Aber gewiß doch, Mr. Delasantis.«

»De Los Santos«, korrigierte ihn der Wurm.

»Natürlich. Selbstverständlich sind wir bereit, Ihre Untersuchungen in jeder Form zu unterstützen, bis auf die allerpersönlichsten Angaben. So haben wir es immer gehalten.« Das hörte sich so glatt und wenig ernst gemeint an, wie es auch beabsichtigt war. »Wir haben uns immer an die Richtlinien Ihrer Behörde gehalten und werden das auch weiterhin tun.«

»Tatsächlich?«

Gil hielt einen Moment inne und blickte wieder auf dieses puertoricanische Gewürm, das er am liebsten zertreten hätte. Diese Unverschämtheit! Diese Anmaßung! Nicht zu fassen. Aber es war besser, sich nichts anmerken zu lassen. Sollte dieser Affe doch Stuart Swann auf den Geist gehen. Gil ignorierte De Los Santos' Bemerkung.

»Falls Sie noch etwas benötigen, wird sich Mr. Swann,

unser zuständiger Mann, um Sie kümmern. Wenn Sie mich jetzt bitte entschuldigen würden, ich...«

»Nein. Es tut mir leid, aber ich fürchte, daß ich Ihnen ein paar Fragen stellen muß.«

Er sah keineswegs so aus, als ob er sich fürchtete. Eher... eher wie eine Raubkatze. Gil hatte selbst genug von einem Jäger an sich, um bei einem anderen die Anzeichen zu erkennen. Der schien sich seiner Beute ziemlich sicher.

»Wirklich? Worum geht es also?«

»Zuerst einmal habe ich eine Frage zu dem zugunsten von Sylvie Paradise treuhänderisch geführten Konto von Aaron und Anne Paradise.«

Gils Magen zog sich zusammen. Er war bemüht, sich nichts anmerken zu lassen. Das war es also. Diese kleine Fotze. Sie mußte die da angespitzt haben. Er zuckte die Achseln. »Das sagt mir nichts. Wir haben hier über dreitausend Geschäftskonten laufen. Wer ist der Makler? Mit ihm müßten Sie sprechen.« Er schwieg kurz. »Warum fragen Sie? Glauben Sie, daß es irgendwelche Unregelmäßigkeiten gegeben hat?«

»Nein, das nicht.«

Gil wartete, aber De Los Santos schwieg. Gil blickte ihn an, und er erwiderte seinen Blick. Interessant. Gil mußte zugeben, daß dies keiner von den üblichen Bürohengsten war. Eine seiner obersten Geschäftsregeln war, niemals einen Gegner zu unterschätzen. So etwas war immer ein tödlicher Fehler.

»Was glauben Sie denn *dann*, Mr. De Los Santos?«

»Ich glaube, daß ich Sie zu Fall bringen werde.«

Gil saß ganz still. Unglaublich. Der Mann war verrückt.

»Tatsächlich?«

»Tatsächlich.«

Gil musterte sein Gegenüber. Schlecht sitzender Anzug, ausgefranste Manschetten, billige Schuhe. Aber seine Augen. Ihr Blick war so zwingend wie sein eigener. Es waren die Augen eines Fanatikers, voller Mordlust. Einen Augenblick lang sträubten sich bei Gil die Nackenhaare. Dann lächelte er. Zu schade, daß dieser Wurm sich das falsche Opfer ausgesucht hatte.

»Haben Sie schon mal Squash gespielt, Mr. De Los Santos?«

Er sah, wie der andere zögerte, verwirrt war. Gut, sehr gut. »Ja, im College.«

»Wie wär's mit einem Spiel jetzt gleich?«

Verblüfft schwieg De Los Santos, dann zuckte er die Achseln und nickte.

Gil griff zum Telefon. »Mrs. Rogers, rufen Sie Boseman an und sagen Sie unser Squash-Spiel ab. Aber die Reservierung für die Halle bleibt. Ich werde gleich dort sein. Und Max soll mir meinen Abendanzug und so weiter in den Umkleideraum bringen. Ich werde von dort direkt zur Metropolitan fahren.« Er legte auf und wandte sich wieder De Los Santos zu. »Dann lassen Sie uns gehen.«

In geliehenen Tennisschuhen stand Miguel auf dem hellen Holzboden der Squash-Halle. Zu seiner Zeit im College war er recht gut gewesen, aber er hatte schon seit einer ganzen Weile nicht mehr gespielt. In seiner Gegend gab es nicht gerade viele Squash-Spieler. Die paar Regeln kannte er allerdings noch. Um in Form zu bleiben war er zu Handball übergegangen.

Er war schon jetzt am Schwitzen, aber das war die Nervosität. Gil sah überlegen drein. Er hatte den Heimvorteil. Miguel erinnerte sich, daß er jünger und wütender war als sein Gegner und daß dies der Mann war, der Annie verletzt, seine eigene Frau in den Ruin getrieben und einfache Leute ohne Gewissensbisse betrogen hatte.

Oberhalb des Spielfelds ermöglichte es eine breite Glasfront, das Spiel zu verfolgen. Jetzt stand dort nur ein einziger Mann, im piekfeinen Sportzwirn, so wie Griffin. Miguel dagegen trug geliehene Shorts und sein eigenes Unterhemd. Griffin beugte und streckte sich, dann wandte er sich Miguel zu. »Fertig?« Schweigend nickte Miguel. Griffin hob seinen Schläger zum Aufschlag.

Der Ball sauste gleichsam aus dem Nichts an ihm vorbei,

kaum daß er dazu kam, seinen Schläger zu heben. Kaum, aber doch gerade noch rechtzeitig. Er schmetterte den von der Wand abprallenden Ball zurück, wenn auch ohne sonderliche Raffinesse. Wumm. Wieder kam er zurück, und wieder prallte er ab. Miguel drehte und wandte sich, sprang hin und her, schlug zurück, hastig und ohne Überlegung.

Der Ball war schwerer zu treffen als beim Handball. Der Lärm war ohrenbetäubend, hallte wider von den Wänden des kleinen Gevierts. Diesen Lärm hatte er ganz vergessen. Und jedesmal, wenn Miguel den Ball traf, wurde er mit neuer, gewaltiger Kraft von Griffin zurückgeschlagen. Er beherrschte die Situation und gleichsam auch alles darüber hinaus.

Schon fing Miguel an zu keuchen, er war schweißbedeckt. Keine Bange. Dieser Bastard durfte nicht gewinnen. Konzentration!

Wumm! Wieder kam der Ball, doch diesmal gab er ihn gezielt zurück. Voll konzentriert, ganz eins mit dem Ball, dem Schläger, mit der Bewegung und dem Gegner. Hierhin, dorthin. Schnell war er ja. Weiter Konzentration. Er mußte ihn kriegen.

Wumm! Der ging vorbei. Wie stand es eigentlich? Egal. Schlag auf Schlag. Und wieder. Und wieder.

Gil machte einen Satz. Vorbei. Er war hart aufgekommen. Miguel hörte ihn fluchen. Beschimpfte er ihn etwa? Das sollte er bereuen!

Miguels Aufschlag. Mit aller Kraft. Wumm! Und noch einmal! Miguel ging auf in seiner Wut, in der Bewegung und der Kraft. Dieses Spiel würde er nicht verlieren.

Gil Griffin hinkte aus dem Lift. Er war auf dem Weg in die Garage. Wie immer sah er makellos aus in seinem Smoking von Bijan, aber seine Beine zitterten, ob vor Erschöpfung oder vor Wut oder vor beidem, konnte er nicht sagen. Sein verstauchter Knöchel tat teuflisch weh. Aber das würde er ignorieren. So wie er nach dem Spiel Miguels gleichmütigen Blick und das Gekicher in der Umkleide ignorieren mußte.

Es war ein dummer Fehler gewesen, sich mit diesem Mann

auf ein Spiel einzulassen. Er hatte nur einen kurzen Blick zu der Glasfront hinaufgeworfen, aber er hatte mindestens ein Dutzend Köpfe gezählt. Swann, DiNardo, Boseman. Sie mußten alle zusammengetrommelt haben, um ihn untergehen zu sehen. Aber das war seine eigene Schuld.

Er betrat die makellose, gut beleuchtete Garage, ging an der Kabine des Parkwächters vorbei, ohne dessen Gruß zu erwidern. Wenn bloß nicht ausgerechnet heute diese verdammte Gala wäre. Viel lieber wäre er jetzt allein mit seinem Baby, seinem Wagen. Doch als er näher an seinen Jaguar herantrat, blieb er abrupt stehen. Unfaßbar. Da hatte doch jemand eine Getränkedose oder noch was Schlimmeres mitten auf der Motorhaube des Wagens abgestellt. Himmel Herrgott noch mal. Elf mit der Hand aufgetragene Lackschichten hatte dieser Wagen, und irgend so ein ausgewachsener Idiot mußte seinen Müll drauf abstellen. Einfach nicht zu fassen!

Die Wut gab ihm neue Kraft. Verdammt. Hunderttausende ließen die sich hier ihre Sicherungssysteme kosten, damit keine Einbrecher, Terroristen oder Obdachlose hereinkamen, und trotzdem war es geschehen. Die ganze Stadt war ein verkommenes Nest.

Mit einem Aufschrei lief er zu seinem Jaguar und riß die Dose von der Haube. Als er sie anhob, löste sich der Pappdeckel von ihrem Boden, und eine dickflüssige Masse lief breit über die Motorhaube, schwer, langsam, wie Lava. Ohne weitere Überlegung warf er die Dose einfach beiseite und versuchte, mit seinen Händen das Zeug abzuschöpfen und wegzuwischen, wobei der Lack verschmierte. Mit Entsetzen sah er, wie sich auf dem Lack Blasen bildeten. »Herrgott noch mal!« Er verdoppelte seine Bemühungen, doch dann spürte er das Brennen an seinen Händen, einfach höllisch! »Mein Gott!« Er schrie auf und versuchte sich die Hände an seinem Anzug abzuwischen, doch das Brennen verstärkte sich noch.

»Säure!« schrie er dem Wärter zu. »Man hat mir Säure drübergegossen!«

»Das ist Lösungsmittel«, entgegnete dieser, wobei er vorsichtig die Dose aufhob. »Ich werde der Sache nachgehen.«

»Aber es brennt! Es frißt sich ein!« Gil begann zu hüpfen vor Schmerzen. Dabei landete er auf seinem verletzten Fuß, wieder schrie er auf. »Helfen Sie mir! So helfen Sie mir doch!«

»Ich werde Hilfe holen. Nehmen Sie das hier so lange.« Damit brachte ihm der Wärter einen Löscheimer voll Wasser. Gil tauchte seine Arme bis über die Ellbogen hinein. Gott sei Dank! Der Schmerz ließ ein wenig nach. Vielleicht war es doch keine Säure. Vorsichtig rieb er sich das Zeug von den Fingern. Es tat weh, aber nicht mehr so sehr.

»Vielleicht hilft es, wenn ich das mit einem Lappen abwische«, bot der Aufseher an.

»Rühr mich nicht an mit dem dreckigen Ding, du blöder Nigger!« kreischte Gil, die Hände hilflos ausgestreckt. Er sah an seinem ruinierten Anzug herab, dann schaute er zu seinem Wagen hinüber. Das Lösungsmittel bildete weiterhin fröhlich brutzelnde Blasen. Du lieber Himmel! Vor seinen Augen ging sein Wagen zugrunde.

Gil wandte sich ab und erbrach sich in den Löscheimer.

»Oh, mein Gott«, flüsterte Annie, die zusammen mit Brenda und Elise auf dem Rücksitz von Elises Wagen kauerte und vorsichtig durch das Heckfenster schaute.

»Jetzt fang bloß nicht an, Mitleid zu haben.« Brenda war energisch. »Das ist der Mann, der deine Tochter bestohlen hat.«

»Aber seine Hände verbrennen.« Annie wurde es ganz schlecht. »Ich hatte nie die Absicht, seine Hände zu verbrennen.«

»Diese Hände haben Cynthia geschlagen«, ließ sich Elise vernehmen.

»Es ist nicht wirklich schlimm. Es brennt nur ein bißchen. Schaut, dieser Hurensohn schmeißt doch tatsächlich mit dem Lappen nach dem Typen, der ihm helfen will. Worum geht es da? Macht mal das Fenster einen Spalt auf, damit ich was hören kann.«

Gils Geschrei war jetzt ganz deutlich zu hören. Dann begann Brenda zu lachen.

»Er sagt, er wird dafür sorgen, daß der Wärter gefeuert

wird. Und der sei nur ein Sack voll Scheiße. Ein Schwanzlutscher, ein schlapper, schwarzer Päderast, ein...«

»Hör auf, Brenda. Wir können es sehr gut hören«, unterbrach Elise sie und begann ebenfalls zu lachen. »Bei allem, was recht ist, solche Ausdrücke habe ich noch nie gehört!«

Gil tobte. Der Aufseher hatte den Lappen aufgehoben und stand da, die Hände in die Hüften gestemmt.

»Geh und hol Hilfe, du Arsch!«

»Hol sie dir doch selbst.« Der Aufseher schmiß seine Mütze auf den Boden und ging davon. »Dieser Nigger hat soeben gekündigt. Er legt keinen Wert darauf, für Abschaum zu arbeiten.«

Die drei Frauen krümmten sich vor Lachen.

»Also, ›schlapp‹ hätte er ihn nun wirklich nicht nennen dürfen«, meinte Brenda.

10

Rauschende Gala

Es war ein ganz normaler Ball der New Yorker Gesellschaft. Larry Cochran half Elise aus dem Wagen. Zum erstenmal würden sie gemeinsam an einem gesellschaftlichen Ereignis teilnehmen, und er zumindest war nervös. Elise dagegen war noch gelassener, noch schöner als jemals zuvor. Sie trug das besondere Kostüm, das sie, Brenda und Annie sich für diesen Abend ausgedacht hatten.

Larry folgte ihr in das Gebäude und dann hinauf zum Penthouse der Blogees. Ein Butler öffnete ihnen und führte sie durch die Eingangshalle in einen riesigen Raum, dessen Wände mit Goldbrokat bezogen waren. Über dem gewaltigen Marmorkamin hing ein Gemälde, das ganz nach einem Holbein aussah. Und dort hing ein riesiger Turner, ein atemberaubender Sonnenuntergang über dem Canale Grande.

Der Raum war voller vergoldeter antiker Möbelstücke und Vasen mit prächtigen Blumen. Es war Larry schon nicht ganz leicht gefallen, sich an Elises Park Avenue-Wohnung zu gewöhnen, aber das hier ließ sie geradezu arm aussehen.

»Ganz beachtlich, das Ganze hier.«

»Ja, nicht wahr.« Aber bevor Elise noch etwas sagen konnte, trat Bette ein. Sie sah einfach hinreißend aus, in einem umwerfenden Gewand aus weißem Chiffon. Ihr schimmerndes kastanienfarbenes Haar fiel tief über ihren Rücken hinab und war durchflochten mit weißen Blüten. Bob Blogee im Narrenkostüm folgte strahlend in ihrem Kielwasser.

»Sin' wir fertich? Könn' wir geh'n?« fragte Bette freudig erregt. »Mensch, Elise, toll siehste aus.«

»Ja, nicht wahr?« meinte Larry.

»In der Tat«, kam die väterliche Bestätigung von Bob Blogee.

Elise jedoch stand trotz ihres eigenen guten Aussehens und trotz ihrer guten Manieren wie gebannt und starrte Bette an. »Bette, du bist das zauberhafteste Wesen, das ich je gesehen habe.« Während ihrer ganzen Filmzeit, in Europa wie in Hollywood, war sie noch nie jemandem begegnet, der so perfekt, so strahlend ausgesehen hatte. »Aber als was bist du kostümiert?«

»Als Jungfrau«, antwortete Bette und lachte auf.

Brenda war mit Duarto gekommen. Sie würden beide ihre Partner drinnen treffen, in der Museumsrotunde. Asa hatte Diana begleitet. Brenda trug eine Art Baseball-Uniform, mit den eingestickten Buchstaben CEF auf der Mütze und ihrem Namen auf der Brusttasche ihres Jacketts.

»Aber was ist das eigentlich für ein Kostüm, du Preissportlerin?« wollte Duarto wissen, einer der wenigen kostümierten Männer. Er war als Nonne gekommen. Brenda zeigte ihm stolz ihren Rücken. Dort prangte in roten Satinbuchstaben die Aufschrift *Club der Exfrauen*. Und darunter stand das bekannte Motto *Kein Höllenfeuer brennt so heiß...*

»Sehr ungewöhnlich«, lautete Duartos Kommentar.

»Und das kommt ausgerechnet von einer Nonne mit Schnurrbart.«

»Alle Nonnen, die *ich* gekannt habe, hatten einen. Aber wirst du nicht immer schlanker?«

»Und ob! Sehe ich nicht umwerfend aus?« Brenda drehte sich einmal um sich selbst. Die Hosen ihres Kostüms saßen straff über ihrem Hinterteil.

»Und wie!«

»Wart's nur ab, bis alle meine Aktionskolleginnen versammelt sind. Heute treten wir an die Öffentlichkeit. Hallo, dort kommt Diana. Schwarz steht ihr wirklich gut.«

Diana war gleichfalls als Nonne verkleidet. Neben ihr, um fast einen Kopf kleiner, ging Asa als Mönch. Sie sahen schon recht seltsam aus. Duarto lächelte Asa entgegen, den er jetzt zum erstenmal, seit er ihn kannte, wirklich entspannt erlebte. Asa hatte heute erfahren, daß er keine Strafverfolgung zu befürchten hatte wegen seines Beitrags zu der Aktien-Sache mit Gil Griffin. Durch die Vermittlung von Miguel De Los Santos hatte sich der Staatsanwalt bereit erklärt, Asas Antrag auf Straffreiheit als Gegenleistung für seine Aussage vor Gericht gegen Gil Griffin anzunehmen. Es war klar, daß Asa nie wieder für die Wall Street arbeiten konnte, aber nachdem Brenda nicht mehr für Duarto tätig war, würde er sich in dessen Geschäft nützlich machen.

Die schwarzbefrackten Kellner jonglierten ihre Tabletts voll appetitlicher Horsd'œuvres zwischen den Gästen, schenkten ein, während die elegante Menge an ihren Gläsern nippte und mit gedämpften Stimmen kleine Bosheiten und Verleumdungen ausstreute. Von Zeit zu Zeit perlte elegantes Lachen aus Mündern, die ihre erstklassigen Gebisse blitzen ließen.

Annie und Miguel trafen ein, sie im Kostüm des Clubs, er dagegen in einem Panzerhemd und einem Helm mit weißem Federbusch. Ein kleiner Drache ringelte sich um seine Lanze. Im Foyer trafen sie auf die anderen.

»Das ist ja alles ganz wunderbar arrangiert«, meinte Miguel und schaute hinauf zur Estrade der Rotunde, wo ein Orchester saß und Mozart spielte. »Wirklich beeindruckend.«

»Das ist ein ganz normaler Ball der New Yorker Gesellschaft. Was hattest du erwartet?« neckte ihn Annie. »Nackte Frauen auf Präsentiertellern?«

Miguel mußte lachen. »Nein, ich meine nur, es gibt überhaupt nichts Bombastisches. Alles ist sehr geschmackvoll. Üppig, aber geschmackvoll.«

»Normalerweise bringen wir es fertig, bei aller Leichtlebigkeit Exzesse zu vermeiden«, stimmte Annie ihm zu, »obwohl ich nicht sicher bin, ob das heute auch für das Dinner zutrifft. Lally hat einen starken Fütterungsinstinkt.«

Annie fiel eine sonnengebräunte blonde Frau in der Menge auf. »Schau, Brenda. Siehst du Shelby?«

Shelby Cushman trug einen Reifrock aus grünem Samt mit den dazugehörigen Gardinenkordeln. Ihr langes blondes Haar trug sie in einem braunen Netz.

»Himmelarsch... Die *Tara-Portieren!* Diese Ziege hält sich für Scarlett O'Hara!« kam es von Asa.

»Sie sieht ausgesprochen gut aus für eine Frau, deren

Mann seit Wochen im Kittchen sitzt«, mußte Brenda zugeben. »Aber auch *ich* habe immer besser ausgesehen, wenn Morty weg war.«

Kevin Lear, der Filmstar, glitt an ihnen vorüber, begleitet von seiner neuen Verlobten und Partnerin in seinem neuesten Film. Einen kurzen Augenblick lang fragte Annie sich, was wohl aus der letzten Verlobten geworden sein mochte. Ehefrauen schienen nicht das einzige zu sein, dessen man sich bei Bedarf entledigte.

Da erschien Elise im Jackett ihrer Gemeinschaft, zusammen mit Larry, der als Schiedsrichter kostümiert war. Hinter ihnen folgten Bob und Bette Blogee. Man war komplett.

»Wer ist diese große Dürre in der bizarren Aufmachung?« wollte Diana von Brenda wissen. Diskret zeigte sie dabei auf eine junge, totenblasse Frau, die ein ausgesprochen seltsames Kostüm aus Ketten und einzelnen Spielzeugstofftieren trug.

»Das ist Phoebe van Gelder – die derzeitige Gespielin von Elises Ehemaligem. Mein lieber Schwan, die Partner von Cromwell Reed werden geradezu begeistert sein, wenn sie diese Aufmachung sehen.«

»Soll das heißen, daß der alte Knacker daneben ihr Mann ist? Mein Gott, was für ein gespenstisches Paar!«

»Wer im Glashaus sitzt...« Brenda lachte, faßte Diana bei der Hand und führte sie in den Speisesaal.

Die Halle des Tempels von Dendur war einfach überwältigend. Der ägyptische Tempel selbst stand dramatisch beleuchtet auf einer Marmorinsel. Der übrige Raum lag dagegen in relativer Dunkelheit, abgesehen von einigen hundert Kerzen, die sich auf den zirka achtzig Tischen verteilten.

Wie bei allen Bällen der New Yorker Gesellschaft hatte es auch hier einen heißen Kampf um die begehrtesten Plätze gegeben. Die gesuchtesten waren die auf der Insel neben dem Tempel. Die Exfrauen saßen dort. Dahinter lag die freie Tanzfläche mit dem Orchester.

Elise schubste Larry an. »Das dort drüben ist Annies Ehemaliger mit seiner neuen Frau.«

Die beiden trugen Smokings, und Larry meinte: »Sie sieht aus wie General Patton.«

Elise mußte kichern. »Und wie steht's mit Mary Griffin?« Dabei blickte sie an ihm vorbei.

»Was soll mit ihr sein?«

»Was meinst du, wie sie aussieht?«

Larry wandte sich um, um die blonde junge Frau neben Gil Griffin in Augenschein zu nehmen. Sie standen bei den Blogees, zusammen mit Sherman Coy und Sol und Gunilla Goldberg, ein Bund der Reichen und Mächtigen. Elise hatte Larry bereits darüber informiert, daß Sol Gunilla betrog und daß Gil Mary geprügelt hatte. Larry schüttelte den Kopf; der äußere Schein und die Wirklichkeit wollten nicht zusammenpassen. Mary trug ein Sennerinnenkostüm aus Baumwolle, mit tiefem Ausschnitt und weißen Organza-Puffärmeln. Ihr blondes Haar schimmerte gepflegt.

»Sie sieht ausgesprochen gut aus«, befand Larry. »Aber sie hat nicht deine Figur.« Er beugte sich diskret vor. »Falls ich es dir nicht schon gesagt haben sollte: Die einzige wirkliche Schönheit hier bist du.»

Nach einigem Hin und Her hatten alle zwölfhundert Gäste ihre Plätze eingenommen, und der erste Gang konnte aufgetragen werden. Man begann zu essen...

»Ich hasse Consommé Madrilène!« Phoebes Bemerkung war eindeutig ein wenig zu laut. Onkel Wade und ihre Mutter wechselten besorgte Blicke.

Man begann zu tanzen...

»Du möchtest doch tanzen, Annie, oder?«

»Ja natürlich, Miguel!« Wie gerne hatte sie mit Aaron getanzt. Miguel führte sie zur Tanzfläche und nahm sie in den Arm. Er tanzte ganz wunderbar. Im Einklang schwebten sie über die Tanzfläche. Als sie an ihren Tisch zurückkehrten, stand Duarto daneben und hörte sich Gil Griffins Beschwerden wegen des Apartments an. Gil wandte sich kurz um, sah Annie und musterte sie mit einem Ausdruck ausgesprochener Ablehnung. Dasselbe bei Miguel, der seine Drachenlanze beiseite rückte. Gils Kinnmuskeln traten vor, als er ihn erkannte.

Der zweite Gang wurde aufgetischt...

»Krabben!« rief Brenda. »Die leckersten Krabben, die ich je gesehen habe!« Dann zuckte sie die Achseln und bestellte: »Bringen Sie mir ein Stück Melone. Aber keine Rübe, sondern eine, die richtig reif ist.«

Sie blickte auf und sah Shelby vorbeitanzen. »Die hat Nerven, als Scarlett zu kommen«, brummte sie.

Diana lächelte. »Es bedarf dazu schon einiger Arroganz, gepaart mit einem gewissen Mangel an Einfallsreichtum.« Damit langte sie in eine versteckte Tasche in ihrem Habit, zog ein Notizheft mit einem Stift hervor und begann zu schreiben: *Liebe Scarlett. Ich weiß, daß Dein Rhett im Gefängnis sitzt und Deine Geschäfte wackeln. Aber keine Sorge: Du kannst jederzeit eine Tätigkeit aufnehmen, die Deiner wahren Berufung entspricht. Wenn Du Dich dazu entschließen möchtest, bist Du mir willkommen. Belle Wattling.*

»Du lieber Himmel!« Brenda lachte. »Du bist sogar noch fieser als ich, Diana.«

»Fies genug, um es auch zustellen zu lassen.« Mit diesen Worten winkte sie einen Kellner heran und überreichte ihm den Zettel. »Ich fürchte nur, daß sie die Anspielung überhaupt nicht verstehen wird.«

Man trank sich zu und teilte sich seine Eindrücke mit...

»Was'n los? Aaron und seine neue Frau tanzen ja gar nicht. Dabei gehörte er doch sonst immer zu denen, die sich fast nie hinsetzen«, wandte Brenda sich mit ihrer Beobachtung leise an Duarto.

»Schau sie dir genau an. Das ist eine von den Ziegen, die einen Mann nur immer blechen lassen. Sie wird immer fetter werden und er immer dünner.«

Stuart Swann war gerade auf dem Weg hinüber zu Annie, um ihr hallo zu sagen, als er etwas irritiert sah, wie Mary Griffin ihm quer durch den Saal entgegenkam und dabei lächelte und winkte. Wieso war sie so erfreut, ihn zu sehen? Hatte sich irgend etwas geändert? Er lächelte zurück und hob grüßend die Hand. Mary ging an ihm vorbei, als sei er ein Fremder. Sie trat an den Tisch der Exfrauen, um Elise, Annie und

Bette zu begrüßen. »Ich habe gehört, daß Gil sich Duarto gegenüber beschwert hat.« Mary lächelte. »Ich hoffe, Sie können ihm vergeben, wenn er zu scharf geworden sein sollte. Der berufliche Streß...«

»Bei derartigen Veranstaltungen sprechen wir nur ungern über Geschäfte«, entgegnete Bob Blogee. »Aber manche Leute haben schon immer Geschäft und Vergnügen nicht auseinanderhalten können.« Mary wurde rot. Stuart beobachtete sie, wie sie versuchte, sich warm und herzlich zu geben. Ihr Erröten hob den Glanz des aufwendigen Perlencolliers noch hervor, das jedoch nicht so recht zu ihrem Sennerinnenkostüm passen wollte.

Stuart war zutiefst verletzt. Hatte sonst noch jemand bemerkt, wie Mary ihn übergangen hatte? »Es reicht«, sagte er sich. Schon seit langem war er vorbereitet. Bereit, wie eine Bombe der Explosion entgegenzuticken. Er verließ den Saal.

»Sehen Sie Jon Rosen, den Mann dort drüben, der so gut aussieht?« Diese Frage Gunilla Goldbergs richtete sich an Khymer Mallison.

»Aber sicher. Es ist der mit den zwei Frauen, die beide scharf auf ihn sind. Diese komische und die Frau von Morty Cushman.«

»Ja. Er sieht ausgesprochen mitgenommen aus. Sie warten nur darauf, ihn zu verschlingen, und Bill Atchison ist der Dumme. Einfach lächerlich.«

Mit Morty Cushmans Fall hatte auch Gunilla jemanden fallenlassen. Sie hatte Shelby dringend geraten, sich in der fraglichen Zeit so zu verhalten, daß niemand Anlaß hatte, Anstoß zu nehmen. Aber diese dumme Gans führte sich einfach unmöglich auf mit diesem Rosen, einem Intellektuellen ohne nennenswertes Geld. Auf jeden Fall würde Shelby hier kein Bein mehr auf die Erde bekommen. Sie saß an einem der Tische am Rand, und Gunilla hatte mit ihr nichts mehr am Hut.

Gleichfalls an diesem Katzentisch saßen Aaron und seine Frau. Dr. Leslie Rosen Paradise sprach soeben leise, aber mit einer Stimme zu ihm, die jede Liebe abgetötet hätte, wenn da noch etwas zum Abtöten gewesen wäre: »Ich bin empört,

Aaron, daß man uns hier plaziert hat. Dahinter steckt eine Verschwörung, um uns zu ächten. Und bestimmt steckt Annie dahinter. Ich habe ja gewußt, daß sie passiv-aggressiv veranlagt ist, aber ehrlich gesagt, habe ich etwas mehr Klasse erwartet. Ich habe dich nicht geheiratet, um beleidigt zu werden.«

Aaron griff nach seinem Weinglas. Verdammt, das hörte und hörte nicht auf. Voll verzweifelter Ratlosigkeit schaute er sie an. Wenn es irgend etwas bringen würde, hätte er ihr schon längst gesagt, daß ihre Ehe zu Ende war, daß sie sich nichts mehr zu sagen hatten und daß es am besten wäre, Schluß zu machen. Aber sie war einfach zu aufgebracht, und er fragte sich, warum eigentlich. Schließlich war es doch sein Leben, das in Trümmern lag.

Die Musik klang lauter herüber. Sogar hier in diese kalte Ecke drang ihre warme, lockende Einladung, sich mitzudrehen. Aber Leslie tanzte nicht. Mit einemmal schlug eine Woge der Verzweiflung und der Einsamkeit über ihm zusammen. Er dachte an Chris, an Jerry, Sylvie und Annie. Er sehnte sich nach Annie, danach, sie in den Armen zu halten und ihr Lachen zu hören.

Der Impuls war unwiderstehlich. Er würde Annie aufsuchen und um einen Tanz bitten. Annie würde sein Kostüm komisch finden, das Leslie noch nicht einmal ein Lächeln abgenötigt hatte. Zu seinem Smoking trug er an einem Fuß eine gelbe Socke und eine Schwimmflosse.

Leslie war stinksauer. Annie würde lachen. Er stand auf, wie von ihr angezogen, entschuldigte sich bei Leslie und trat aus dem Schatten hinüber zur Insel der glücklichen Paare. Nach wenigen Augenblicken hatte er sie geortet. Sie hatte irgend etwas Ungewöhnliches an, aber sie lächelte und saß im Kreise ihrer Freunde. Er beobachtete, wie sie lachten und sich unterhielten. Aber so sehr er sich nach ihr sehnte, hatte er doch nicht den Mut, sich in diesen Kreis zu drängen. Schließlich waren Elise Atchison und Brenda Cushman Schuld an seinem Pech. Wenn sie doch nur einmal aufblicken und sich seiner annehmen würde.

Während er sie beobachtete, wandte sie sich einer Art Sir

Galahad neben ihr zu, und er sah, wie dieser sie zur Tanzfläche führte, wo er seinen Arm um die Frau legte, die er, Aaron, liebte.

Nun, da konnte er einschreiten. Er wußte, wie man das machte, und sie hatte sich noch nie dagegen gesträubt. Er streifte die Flosse ab, hängte sie sich über den Arm und betrat die Tanzfläche. Sich durch alle die Prinzessinnen und Teufel drängend, erreichte er die beiden und tippte ihrem Partner auf die Schulter.

Wie in einem Alptraum wandte sich ihm das Gesicht von Miguel De Los Santos zu. Seine Hand zuckte zurück, als ob dessen Panzer glühendheiß wäre. Wieso... wieso waren sie... war sie... Wie?

Die beiden standen vor ihm, die Arme umeinandergelegt, und schauten ihn bloß an.

Als Annie und Miguel wieder an ihren Tisch zurückkehrten, stießen sie beinahe mit Stuart Swann zusammen. Sein Schritt war unsicher und zu hastig für diese Zeit und Örtlichkeit. Annie nahm an, daß er getrunken hatte. Er wandte sich an sie: »Paß genau auf, Annie!« Er schien außer sich vor Begeisterung. »Paß auf!«

Was sollte das bedeuten? Annie blickte ihm nach, sah, wie er sich setzte und den Tisch mit den Goldbergs beobachtete, den Blick fest auf Gil Griffin geheftet. Sie folgte seinem Blick und sah, wie ein Kellner mit einem Brief an Gil herantrat. Dieser machte mit seiner bandagierten Hand eine elegante, entschuldigende Geste zu seinen Tischnachbarn und versuchte mühsam, den Umschlag zu öffnen. Seinen Bewegungen nach zu schließen, mußte auch er schon einiges getrunken haben. Sie blickte zurück zu Stuart. Sein Gesicht sah angespannt, erregt und bösartig aus. Sie schauderte und wandte sich ab. Plötzlich vernahm sie einen lauten Ausruf von Gils Tisch. Wie viele andere Gäste auch wandte sie sich um. Gil stand über eine zusammengekrümmte Mary gebeugt. Er fuchtelte mit einem Stück Papier durch die Luft.

»Du unglaubliche Hure«, tobte er. »Was hast du getan? Du dreckige Nutte! Verräterin!«

Mary hob den Kopf und sah ihn an. Ihr Gesicht war bleich, die Augen weit aufgerissen. Sie schien wie gelähmt.

Wieder kreischte er und hob seine Hände. Mit einemmal glitt Mary seitwärts von ihrem Platz und ging schnellen Schrittes davon. Gil warf seinen Stuhl um und folgte ihr, packte sie am Arm und stieß ihr das Papier ins Gesicht.

»Du miese kleine Fotze.« Sein Gesicht war wutverzerrt. Sein Gebrüll trieb Annie eisige Schauer das Rückgrat entlang. So mußte es bei Cynthia gewesen sein. Einige der Herren waren aufgestanden, um gegebenenfalls dazwischentreten zu können. Die übrigen in dem riesigen Saal saßen stumm und still.

»Mein Gott, das wird alles aufgenommen.« Elise wies auf die Reporter, die ihre Apparate klicken und surren ließen.

»Bleib hier.« Larry erhob sich. »Ich will sehen, ob ich etwas tun kann.«

»Was hast du dazu zu sagen?« Gil schlug auf Mary ein. Wieder ging sie weiter, auf den Ausgang zu. Sol Goldberg watschelte zu Gil und sprach auf ihn ein. Er versuchte ihn am Arm festzuhalten, aber Gil schüttelte ihn ab. Nachdem nun das Hauptdrama allem Anschein nach vorüber war, begann die Menge sich wieder zu regen.

Annie beobachtete, wie Stuart zu einem der Reporter hinüberging, ihm ein Blatt Papier überreichte und etwas zu ihm sagte. Er kam zu Annie herüber.

»Das hat Gil zum Berserker gemacht.« Damit drückte er ihr ebenfalls ein Blatt in die Hand und ging schnell davon. Annie faltete das Blatt auseinander und entdeckte darin ein Foto. Oh, war das gemein und niedrig. Sie stopfte hastig das Foto von Marys erster Hochzeit in ihre Tasche, bevor es jemand anders zu sehen bekam. Aber sie wußte auch, wie bigott Gil war. Es wurde ihr übel bei dem Gedanken, daß Stuart diesen abstoßenden Auftritt ausgelöst hatte. Sie schämte sich, jemanden wie ihn zu kennen.

In diesem Augenblick stieß Gil Sol von sich und lief hinter Mary her. Sol und ein paar andere folgten ihm.

In der Rotunde holte er sie ein. Sie versuchte, sich loszureißen. In seiner Wut packte er ihr Perlencollier, und ihr Hals wurde nach hinten gerissen. Das Collier zerriß, und Hunderte von Perlen hüpften über die Marmorstufen.

Als die anderen die Rotunde erreichten, befand sich Mary bereits auf der Außentreppe. Ein eisiger, feuchter Wind fegte die 81. Straße herauf. Die Stufen der Treppe waren gefährlich glatt. Wieder holte Gil sie ein, packte sie und riß sie zu sich herum. Kameras blitzten auf, Mary schrie. Er wollte gerade zuschlagen, als sie das Gleichgewicht verlor und zu stürzen begann. Gil ließ sie los.

Sie fiel kopfüber, überschlug sich. Am Fuße der Treppe blieb sie liegen. Barfuß. Reglos.

11

Verrechnet

Die Ballnacht versetzte Bill den Todesstoß. Zu Hause hatte Phoebe sich ihm erst dann mit einem lauten »Trara!« präsentiert, als sie ihr Kostüm fix und fertig angezogen hatte. Es bestand aus hüfthohen schwarzen Lederstiefeln, auf deren Fußspitzen kleine Stoffkaninchen saßen. Dazu trug sie ein Kettenoberteil über einem schwarzen Leder-BH. Lauter kleine Teddybären waren daran befestigt. Schwarzlederne Micky-Maus-Ohren vervollständigten das Kostüm. Er konnte nichts damit anfangen, und sie weigerte sich, dazu irgend etwas zu sagen. »Kunst benötigt keine Erklärungen, Liebling. Und jetzt sei ein lieber Papi, und mach deinem lieben kleinen Mädchen ein paar Linien Nasenzucker fertig.«

Er verzog das Gesicht. »Nur um die Stimmung zu heben«, beruhigte sie ihn. Er wußte sehr wohl, daß sie schon weit über dieses Stadium hinaus war, aber heute abend wollte er das nicht so eng sehen. Es war schon schlimm genug, mit all den Leuten von Cromwell Reed und mit Phoebes Mutter, Julia van Gelder, an einem Tisch sitzen zu müssen und Phoebes Drogenkonsum und Benehmen in Anwesenheit ihrer mißbilligenden Mutter und seiner Partner samt deren Frauen unter Kontrolle zu halten. Als Phoebe Proust zu zitieren begann, um dann plötzlich bei Mark Twain zu landen, führte er sie auf die Tanzfläche. Doch sobald sie Jon Rosen erblickte, entschlüpfte sie ihm, und die beiden zogen sich in einen Alkoven zurück. Verzweifelt wandte Bill sich ab. Er wußte, daß ihm eine lange Nacht bevorstand. Jon Rosen nahm fast genausoviel Kokain wie Phoebe.

Bill blickte zu seinem Tisch hinüber und sah, daß aller Augen auf Phoebe ruhten, im Geiste das Ausmaß ihres ungehörigen Benehmens abschätzend. Celia Reed hatte soeben mit verkniffenen Lippen etwas zu Julia van Gelder gesagt, worauf diese ihr Abendtäschchen ergriff und sich zur Damentoilette begab. Dabei kam sie an Bill vorbei und knurrte ihm mit zusammengebissenen Zähnen und unbewegten Lippen zu: »Sehen Sie zu, daß Sie Phoebe unter Kontrolle bekommen, oder bringen Sie sie fort von hier. Haben Sie verstanden?« Eine Antwort wartete sie nicht ab.

Bill fing Phoebe ab, als sie wieder zum Tisch zurückkehrte, und packte sie fest am Arm. »Au, Papi will es auf die harte Tour? Ich bin heute passend dafür angezogen«, reagierte sie mit Kleinmädchenstimme.

Alles war recht, um sie hier rauszubringen. »Warum wollen wir nicht gehen, und zu zeigst mir in deinem Studio dein Werk, aus dem du die ganze Zeit so ein Geheimnis machst?«

Sie brauchte keinen weiteren Zuspruch, sondern griff sich mit der einen Hand die von Bill und mit der anderen eine Flasche Champagner.

Phoebe war ausgesprochen aufgeregt. Schon immer hatte sie gesagt, daß Bill der erste sein würde, dem sie ihr fertiggestelltes Werk zeigen wollte, bevor es zur Ausstellung in die Galerie kam. Vor ihrer Tür wies sie ihn an, die Augen zuzumachen. Es sollte eine Überraschung sein.

Als sie die Tür öffnete, war Bills erster Eindruck der von einem schlechten Geruch, geradezu einem Gestank. Mit geschlossenen Augen hörte er, wie die Spotlights im Studio eingeschaltet wurden, dann das Knallen des Champagnerkorkens. Sie drückte ihm ein Glas in die Hand; bei seinem ersten Schluck öffnete er die Augen, sah sich um, und bevor er noch hatte schlucken können, hatte er sich den Champagner über die Hemdbrust geprustet.

Er versuchte, den hellangestrahlten Objekten einen Sinn abzugewinnen, aber gleichzeitig klammerte er sich auch an die Hoffnung, das alles wäre nur ein schlechter Scherz. Aber der Gestank war nur allzu real. Schlimmer als in einem Stall. Mit Mühe unterdrückte er seinen Brechreiz.

»Bill«, gurrte Phoebe, wegen der Drogen und des Alkohols unfähig, seine Reaktion überhaupt wahrzunehmen. »Dies hier ist mein größtes Kunstwerk!« Bills Übelkeit nahm noch zu, als er seinen Blick von einem Objekt zum nächsten schweifen ließ und die Titel las.

In einzelnen Plexiglaskästen lagen lauter Exkrementhäufchen, anscheinend, der Menge nach zu schließen, von jeder dazu befähigten Spezies auf dieser Erde. Mit großer Anstrengung entzifferte er einige der Schildchen: *von Shorty Jackson, Todeszelle, Sing-Sing-Gefängnis*; eine Frau, die mit dem Papst Ski gefahren war, attestierte die Echtheit eines weiteren Exemplars; Affen- und Hundehäufchen; eine größere Leistung von jemandem aus dem Pentagon; und schließlich als Höhepunkt des Gesamtwerks: Phoebes Eigenprodukt. Berge davon, haufenweise. O Gott! Lieber, lieber Gott.

Bill mußte sich an die Wand lehnen, dicke Schweißtropfen standen auf seiner Stirn. Er schloß die Augen, um dem Anblick zu entgehen, aber mit dem Geruch wollte das nicht gelingen. Phoebe plapperte lustig weiter, ohne Bills Abscheu zu bemerken. »Kunst bedeutet Kreation mit einfachsten Mitteln.« So betrunken Bill auch beim Verlassen des Balls gewesen sein mochte, jetzt war er vollkommen nüchtern, und es kam ihm vor, als ob er zum erstenmal überhaupt das Leben so wahrnahm, wie es wirklich war. Phoebe war nun offensichtlich geistig verwirrt. Sein Liebling, seine Seelengefährtin verlor den Verstand. Das durfte er nicht zulassen. Er brauchte sie. Es bedurfte seiner ganzen Selbstbeherrschung, um sie fürsorglich hinaus zum Wagen zu führen und nach Hause zu bringen.

Beim Eintritt in ihre Wohnung schien Phoebe neue Energie zu durchströmen. Sie lief von Zimmer zu Zimmer und rief nach ihrem Hund. Seit ihrer Kindheit hatte sie keinen Hund mehr gehabt, aber er ließ sie gewähren, in der Hoffnung, daß sie sich schließlich selbst erschöpfen würde. Er brauchte Ruhe, um nachzudenken.

Schließlich saß Phoebe auf seinem Schoß und bat ihn, ihr etwas vorzulesen. Er gab nach und las ihr aus der *Geschichte der O* vor, während sie, auf seinem Schoß zusammengekuschelt, ihren Kopf an seiner Schulter ruhen ließ, wie ein kleines Mädchen, dem man ein Märchen vorlas.

Gegen sechs Uhr morgens war Phoebe dank des Valiums, das er in einer Schublade gefunden hatte, schließlich eingeschlafen. Erschöpft genehmigte Bill sich eine Linie Koks und rief Dr. Rosen in ihrer Wohnung an. Nachdem er sich vergewissert hatte, daß sie wach genug war, um ihm zuzuhören, berichtete er ihr von Phoebes neuester künstlerischen Darstellung. Leslie schien nicht im geringsten überrascht oder gar beunruhigt.

»Bill, Phoebe muß ihr Unterbewußtsein in ihrer Kunst seinen Ausdruck finden lassen. Das ist ein wundervoller Fortschritt für sie. Endlich greift sie eine außerordentlich traumatische Periode ihres Lebens auf.«

»Verdammt noch mal, Leslie.« Bill stand im Moment nicht der Sinn nach diesem Psychogewäsch. »Sie nimmt Kokain, Valium und Wodka in solchen Mengen zu sich, wie ein Kleinkind Bonbons, wenn man es in einen Süßigkeitenladen eingesperrt hat. Sie brabbelt nur noch, führt sich unmöglich auf. Sie bringt sich noch um.«

»Das ist nur das Symptom einer tieferliegenden Störung, Bill. Hier liegt etwas Schwerwiegendes vor.« Sie schwieg kurz. »Da Sie de facto Ihr Mann sind, meine ich, daß Sie wissen sollen, womit Phoebe klarzukommen versucht.« Sie suchte nach den passenden Worten. »Als kleines Kind ist Phoebe wiederholt von ihrem Großvater mütterlicherseits anal vergewaltigt worden.«

Das warf Bill in einen Sessel. Der Magen drehte sich ihm um. Diese abartigen analen Spielchen, die sie miteinander getrieben hatten. Wessen Rolle hatte er dabei eingenommen?

»Was? Wollen Sie mir etwa sagen, daß Malcolm Phipps, der Stahlmagnat, seine kleine Enkelin in einem Haushalt, in dem über zwanzig Personen lebten, in den Arsch gefickt hat? Das ist doch Irrsinn.«

»Es ist die Wahrheit, Bill. Es tut mir leid, daß ich Ihnen das auf diese Weise mitteilen muß, aber es ist wahr. Und es ist von äußerster Wichtigkeit, daß Sie es ihr möglich machen, das jetzt aus sich herauszulassen, auf welche Weise auch immer. Ohne diese Möglichkeit würde sie sich wohl zur Paranoikerin entwickeln. Ich weiß, wie sie sich gestern auf dem Ball aufgeführt hat, aber das sind nur Zeichen von Zorn, ein Beweis für ihr Wachsen, nicht für ihren Verfall.«

»Wachsen? Sind Sie verrückt geworden? Ich habe Ihnen

eben gesagt, welches Material sie für ihre Kunst nimmt. Und Sie haben gesehen, wie sie gestern abend ausgesehen und sich benommen hat. Und Sie wollen mir erzählen, das alles sei ein Beweis für ihr Wachsen?«

Er holte tief Luft. Seine Wut stieg trotz seiner Anstrengung, sie in den Griff zu bekommen. »Können Sie mir sagen, wohin dieses Wachsen führen wird? Ich werde es Ihnen sagen: Sie wird zu einer ausgewachsenen drogenabhängigen Irren werden, das ist es. Lecken Sie mich doch am Arsch!« Damit schmetterte er den Hörer auf die Gabel.

Jetzt wieder ganz allein, sah er sich außerstande, mit dieser Situation fertig zu werden. Er würde sie verlieren. Er würde Phoebe verlieren, und das war ihm unerträglich.

Gefaßt, denn es war nun nicht mehr zu umgehen, wählte er die Nummer des Notdienstes. Vielleicht tat er damit das Falsche, vielleicht war es Verrat, aber er wurde damit einfach nicht fertig.

Bill war sich über vieles nicht mehr im klaren, aber zwei Dinge wußte er mit Sicherheit: daß Phoebe total plemplem geworden und daß er immer noch vollkommen besessen von ihr war.

Bill saß an seinem Schreibtisch in der Kanzlei und fuhr sich immer wieder mit den Fingern durchs Haar. Vor ihm stand ein Plastikbecher mit kaltem Kaffee, der auf seiner Schreibtischunterlage eine Lache bildete.

Phoebe war weg. Und sie würde sehr lange wegbleiben. Die Psychiater in der Privatklinik hatten ihm bestätigt, daß Phoebe die Grenze zur Schizophrenie überschritten hatte. Das Beste, was man erhoffen konnte, war ein gewisser Grad der Stabilisierung, dann vielleicht ein bestimmtes Maß an Realitätsbewußtsein bei ständiger Medikamentierung, deren Nebenwirkung sich in unkommunikativem, passivem Verhalten äußern würde.

Und dann war da das Geldproblem. Da die van Gelders ihm mit der Bestallung eines Vormunds den Zugriff auf Phoebes Konten verwehrt hatten, hatte er jetzt nur noch sein Einkommen als Anwalt in dieser Kanzlei. Damit ließ sich für ein Weilchen auskommen. Er mußte sich ein bißchen einschränken, aber schließlich hatte er die Umlage seiner Sonderausgaben auf die Honorare seiner Klienten zu einer hohen Kunst der kreativen Buchführung entwickelt.

Seine Augen wanderten durch das Büro. Der Schaden, den Elises Wutausbruch angerichtet hatte, war weitestgehend ausgebessert worden. Die zerbrochenen antiken Imari hatte er reparieren lassen, Wert und Schönheit waren jedoch ziemlich beeinträchtigt. Die Golfschläger waren ersetzt worden, und ein Fachmann hatte sich der handgeschnitzten Lockenten angenommen. Es war kriminell, wie Elise seine Sammlungen für nichts weggegeben hatte, aber das würde er überleben. Er hatte bereits für Ersatz gesorgt, die Scherben aufgesammelt und mit der ganzen Angelegenheit abgeschlossen.

Bill zuckte hoch, als ihn die Sprechanlage aus seinen Gedanken riß. Es war der Vorsitzende des Geschäftsvorstands. »Bill, ich möchte Sie bitten, jetzt gleich einmal in mein Büro zu kommen.«

Bill bestätigte und zog ein kleines Glasröhrchen mit Kokain aus seiner Westentasche, das er dort für Notfälle wie diesen aufbewahrte. Nach ein paar Linien spritzte er sich etwas kaltes Wasser ins Gesicht, fuhr sich mit dem Kamm durchs Haar, griff sich sein Jackett und stürzte aus dem Zimmer. Was war los?

Bei Bills Eintreten wies Don Reed auf einen Stuhl.

»Bill, Sie scheinen eine Pechsträhne zu haben, und die beginnt sich zunehmend auf die gesamte Kanzlei auszuwirken.«

Bill setzte zu einer Entgegnung an, aber Don wies ihn mit einer Handbewegung an zu schweigen.

»Elise Elliot, Ihre Exfrau, hat Cromwell Reed ihre gesamten Geschäftsangelegenheiten entzogen, ausgesprochen lukrative Geschäfte. Dieses Unternehmen hat seit Generationen die Geschäfte ihrer Familie betreut. Und die Familie Ihrer derzeitigen – äh, nun ja, was auch immer – also, die van Gelders haben ebenfalls damit gedroht, uns ihr Vertrauen zu entziehen, auch wieder nach generationenlanger

Zusammenarbeit.« Don schwieg und stützte seine Ellbogen auf den Schreibtisch.

»Und Elises Onkel, Bob Blogee von Blogee Industries, hat uns, gleichfalls nach langer Zusammenarbeit, auch verlassen. Sie sehen also, Bill, nicht nur, daß Sie keine neuen Geschäftsverbindungen einbringen, Sie sind allem Anschein nach verantwortlich für den jährlichen Verlust von mehreren Millionen für unsere Firma.«

Bill spürte, wie seine Achselhöhlen feucht wurden.

»Lassen Sie es mich ganz offen und deutlich sagen. Der Vorstand ist übereingekommen, daß Sie ausscheiden. Für Sie gibt es hier keinen Platz mehr. Und wir hoffen, daß Sie das wie ein Gentleman nehmen und diese Entscheidung ohne weiteres akzeptieren.«

Bills Brustkorb dehnte sich; er fuhr hoch, das Kokain tat seine Wirkung und steigerte seine Überraschung zur Wut. »Wie ein Gentleman? So soll ich es hinnehmen, daß meine Geschäftspartner mich fertigmachen wollen? Wo soll ein siebenundfünfzigjähriger Anwalt eine neue Arbeit finden? Was erwarten Sie von mir? Daß ich ihnen als Gentleman einfach die Hand schüttele und auf Wiedersehen sage?«

Das war mehr, als er ertragen konnte. Seine Wut stieg ins unermeßliche. Wer trug die Schuld an alldem? Wer? Wen konnte er dafür zur Rechenschaft ziehen? Er würde ihn umbringen, diesen fetten Bastard. »Sie und die anderen ›Gentlemen‹ können mich mal! Ich werde gerichtlich gegen Sie vorgehen, daß Ihnen Hören und Sehen vergeht. Sie können mich nicht einfach fallenlassen, weil ich ein paar Familienprobleme habe. Wollen Sie mir das zum Vorwurf machen?«

Bill merkte, wie Don Reed genervt seufzte. »Die Börsenaufsicht hat bei uns angeklopft, Bill. Sie sind auf der Suche nach ein paar Informationen in der Morty-Aktien-Sache. Und Sie wissen doch, wie emsig junge Staatsanwälte sein können. Allem Anschein nach wird man Sie vorladen. Das wiederum bedeutet, daß unserer Kanzlei einige hochnotpeinliche behördliche Nachforschungen ins Haus stehen.« Don fletschte die Zähne. »Und das haben wir gar nicht gern, Bill. Ganz und gar nicht.«

Don Reed richtete sich in seinem Sessel auf. »Also, Bill, kommen Sie mir nicht mit dem Gericht. Das hier ist eine Vollstreckung. Zur Krönung des Ganzen haben wir nämlich Ihre umfangreichen Betrügereien bei den Honorarabrechnungen herausgefunden. Wir betrachten das als Diebstahl auf Kosten der Firma. Sie können sich vorstellen, wie das bei der Geschäftsleitung angekommen ist. Verheiratet mit einer der reichsten Frauen der Welt, und er bestiehlt seine Partner und Klienten. Sie haben jeden Sinn für Maß und Ziel verloren, Bill.«

Don nahm sich eine Zigarre, während Bill ihm zusah, als stünde er außerhalb seiner selbst.

»An Ihrer Stelle wäre ich also etwas zurückhaltender mit einer Klage«, fuhr Don fort. »Im Gegenteil, Sie dürfen sich glücklich schätzen, wenn man Sie nicht zur Rechenschaft zieht. Vorerst jedenfalls nicht.«

»Ihr Wichser.« Bill erhob sich unsicher und wandte sich zur Tür. Sein Gesicht war schneeweiß. Nichts wie raus hier.

Aber er war es auch müde. Wozu? Ich kann nicht mehr. Phoebe, mein Job, alles ist hin. Was soll ich machen? Wie soll ich ohne sie zurechtkommen? Noch nie hatte er für jemanden empfunden wie für sie. Und gegen die van Gelders, die Don Reeds konnte er allein nicht ankommen.

Don Reed war ihm gefolgt. Verärgerung stand ihm im Gesicht. »Bitte machen Sie umgehend Ihr Büro frei. Zwei Angestellte des Wachdienstes werden überprüfen, daß Sie *ausschließlich* Ihr Eigentum mitnehmen. Es ist bereits jemand von einem Umzugsunternehmen in Ihrem Büro und hat mit dem Packen begonnen.«

Bill schlug die Tür hinter sich zu, aber das war wenig, um seiner Verzweiflung und Vereinsamung Ausdruck zu verleihen. Wie war es nur dazu gekommen? Wie hatte er alles verlieren können? Alles.

Wo soll ich jetzt eine andere reiche Frau finden, fragte er sich, jetzt, wo ich ihr nichts mehr bieten kann?

12

Ein Wiedersehen

Ungefähr zu derselben Zeit, als Bill Atchison bei Cromwell Reed hinauskomplimentiert wurde, stand ein anderes Vorstandsmitglied im Gang vor Gil Griffins Büro. »Er hat die Kontrolle verloren«, meinte einer der Seniorpartner mit zitternder Stimme. »Jegliche Kontrolle.«

»Nein, man könnte sagen, es ist seinen Händen entglitten«, kam gleichmütig der Einwand von Stuart Swann.

»Und ich sage Ihnen, daß es bei Mitsui genauso war, und ich habe mich über beide Ohren blamiert«, warf Dwight McMurdo, ein anderes Vorstandsmitglied, ein. »Sie nehmen das alles viel zu ernst. Dieser Mann ist ein Genie. Er weiß genau, was er tut. Zuerst hatte er den Markt auf Mitsui angespitzt und dann alles abgestoßen. Diesmal hat er alle auf Maibeibi heiß gemacht. Ich sage Ihnen, er weiß, was er will.«

Dwight sprach wie einer, der eine Offenbarung erfahren hat.

»Aber gestern nacht ist der Wert um elf Punkte gefallen und heute früh noch einmal um fünf. Und jetzt ist es erst Viertel nach neun Uhr früh!« ließ sich der andere wieder angstvoll vernehmen. »Was ist da nur los?«

»Sie wissen, daß er fast siebenhundert Millionen von unserem Geld in diese Sache gesteckt hat?« Das war Robert Jamison, der älteste Teilhaber der Firma. »Und das war, als die Aktien noch besser standen.« Seine Stimme zitterte wie seine Hände, aber da das häufig der Fall war, ließ sich nicht mit Sicherheit sagen, ob er auch nervöser war als sonst.

»Und wo ist der Wunderknabe überhaupt?«

»Er könnte sich heute ein bißchen verspäten«, verkündete Stuart Swann mit einem schiefen Grinsen. »Er hatte ein anstrengendes Wochenende.«

»Er hat sich noch nie verspätet«, warf McMurdo ein.

»Er war auch noch nie im Gefängnis!«

Die Klatschpresse war einfach unerträglich. Zerknittert lagen diverse Blätter neben ihm auf dem Rücksitz der Limousine. Mit zusammengebissenen Zähnen blickte er über die Schulter des Fahrers nach vorn. Der Verkehr war grauenhaft, und dieser Mann hier verstand nichts vom Fahren. Er blickte auf seine roten, schmerzenden Hände. Es würde noch eine ganze Weile dauern, bis er wieder selbst fahren konnte, und schon gar nicht seinen Jaguar. Gil stöhnte auf. Schlimmes war ihnen beiden widerfahren. Das mit Mary war lediglich die schlimmste von allen Widerwärtigkeiten.

Sein Blick fiel auf die Schlagzeile der *Post*, und wieder stöhnte er auf. *Finanzier schreit ›Verräterin‹, schlägt Ehefrau*. Bilder waren auch dabei. Mary, wie sie vor ihm davonläuft; er mit geballter Faust, bereit, ihr eine zu verpassen. *Partyprügelei in besserer Gesellschaft* stand in der *Daily News*, dazu eine Nahaufnahme von ihnen beiden. Das allerschlimmste aber war das Hochzeitsfoto von ihr mit diesem Affen.

Wie hatte man nur so schnell dieses Foto finden können, während er selbst derart vertrauensselig und dumm gewesen war, davon nichts zu wissen? Wie hatte Mary ihn nur derart hintergehen können? Dieses ekelhafte, verlogene Weibsstück? Es schüttelte ihn. Ihre Haut und die von dem da. Ihre Brüste, gepreßt gegen den Brustkorb von diesem Vieh, ihr seidiges Haar neben diesem filzigen Niggermop. Seine Hände auf ihr, in ihr. Sein... Herrgott, ihm wurde schlecht.

Er bedauerte es nicht mehr, daß er sie geschlagen hatte. Vielmehr verspürte er den Wunsch, sie nach Strich und Faden zu verdreschen. Sogar, sie zu töten. Diese Vorstellung heiterte ihn für einen Moment ein wenig auf. Seine Faust, wie sie auf ihr Lügenmaul niederknallt; seine Hände, wie sie dieser Hure die Luft abwürgen. Nein, kein Bedauern mehr. Jetzt tat es ihm leid, daß er nicht noch härter zugeschlagen hatte.

Er bedauerte allerdings, daß er es in der Öffentlichkeit getan und sich damit der Lächerlichkeit preisgegeben hatte. Alle seine Widersacher – Steinberg, Blogee, sogar Stuart Swann – würden sich daran ergötzen. Sie würden sich gegen ihn wenden, voll Hohn und Spott. Bei jeder Sitzung würden diese miesen Typen innerlich grinsend an diesen Vorfall denken, während sie sich nach außen hin mit neuen Geschäftsvorhaben oder den Indexzahlen befaßten.

Gil bekämpfte seinen Brechreiz. Wenn ich dauernd daran denke, werde ich diesen Tag niemals durchstehen. Und das muß ich unbedingt. Letzten Endes war sie auch nur eine weitere Nummer gewesen. Ein nutzloses Weibsbild, wie alle, die er gekannt hatte. Seine Mutter, die ihm was von Liebe erzählte und dann zuließ, daß sein Stiefvater ihn verprügelte; seine erste Frau, die sich nicht für oder gegen ihn entscheiden konnte. Und nun die hier. Darum sollten sich jetzt seine Anwälte kümmern.

Aber bislang hatten die ihn auch im Stich gelassen. An dem Abend nach dem Ball hatte man ihm auf der Polizeiwache einen Anruf gestattet, und er hatte bei Cromwell Reed angerufen, aber um zwei Uhr dreißig früh niemanden erreicht, noch nicht einmal Bill Atchison, diese Flasche. Fünf Stunden hatte er in diesem Dreckloch verbringen müssen, bis um sieben Uhr irgend so ein rotznasiger Angestellter auf seine Bandnachricht reagiert hatte. Und dieser Nichtskönner hatte über eine Stunde gebraucht, um ihn gegen Kaution herauszuholen. Verdammt noch mal, dieser Laden hatte allein im letzten Jahr über sechs Millionen an ihm verdient. War das etwa die Gegenleistung, die er erwarten durfte? Er würde Don Reed deswegen ansprechen.

Mary lag anscheinend im Krankenhaus. Rippenbrüche, eingeschlagene Nase. Na und? Dort auf der Museumstreppe hatte er sie nicht geschlagen, sie nur losgelassen, und wenn dieses Miststück nicht gestolpert wäre, hätte sie höchstwahrscheinlich noch nicht einmal einen blauen Fleck davongetragen. Aber die Polizei mußte natürlich ein Riesentheater machen und sprach von versuchtem Totschlag, falls sie sterben sollte. Dieser Zwerg von Cromwell Reed hatte behauptet, es wäre nicht ganz einfach gewesen, für ihn eine Freilassung auf Kaution zu erwirken.

Aber letztlich war er rausgekommen, ins Apartment zurückgekehrt und hatte das Türschloß auswechseln lassen,

Salbe auf seine wunden, verbrannten Hände getan und für Mrs. Rodgers ein Memo diktiert, das ihre PR-Agentur als Stellungnahme herausgeben konnte. Und jetzt am Montagmorgen war Gil bereit, sich in sein Büro zu begeben, um den Maibeibi-Deal zu Ende zu bringen, den größten seines Lebens, das wichtigste Wall-Street-Unternehmen seit langem. Er konzentrierte sich darauf, wie nur er es konnte, und verbannte Mary und alles andere aus seinen Gedanken. Was war, das war, und jetzt ist jetzt. Einen Augenblick überlegte er, wo er diese Worte schon einmal gehört hatte.

»Ich mache nur mit, wenn ich auch ein Mitglied eures Clubs werden kann.« Bob Blogee saß mit Elise, Brenda und Annie zusammen an einem Fenstertisch im Restaurant des Regency-Hotels. Der Raum war hervorragend zum Frühstücken geeignet. Die heiteren Wandmalereien kontrastierten wirkungsvoll zu den gewichtigen Mienen und dunklen Anzügen der Finanzasse, die hier normalerweise ihr Frühstück einnahmen.

»Aber Onkel Bob, sei nicht albern. Wie könntest du eine Exfrau sein«, argumentierte Elise überzeugend. »Davon abgesehen ist unsere Vereinigung eher so etwas wie eine Lebenseinstellung.«

»Ganz meine Meinung.« Onkel Bob strahlte sie an. »Ich mag eure Einstellung, und ich teile sie. Bette und ich hatten einige wunderschöne Stunden mit euch auf diesem Ball. Ihr habt euch alle ganz hervorragend gemacht auf dieser Japanreise, und es hat mir Spaß gemacht, euch zu helfen. Gil hat sich auf dem Fest einfach widerwärtig aufgeführt. Bette hätte ihm am liebsten die Fassade poliert. Ich bin gegen Gewalt. Ich greife niemals zu. Aber ich denke von mir gerne als von jemandem, der das gleiche sein will wie Sie, meine Damen: Streiter wider das Unrecht.«

Annie lächelte Onkel Bob zu. »Ich glaube, ich weiß einen Weg aus dieser Sackgasse. Warum sollten wir Sie nicht zum Ehrenmitglied machen, stellvertretend für Cynthia, und mit der Erlaubnis, einmal pro Jahr an einer Sitzung teilzunehmen, und mit allen gesellschaftlichen Rechten und Pflichten.

Denn schließlich hätte es ohne Sie für Cynthia keine Gerechtigkeit gegeben.«

»Typisch, Annie, schon wieder nervst du mich mit deiner Perfektion«, meinte Brenda. »Aber ich unterstütze den Antrag. Was ist mit dir, Elise?«

»Ich bin dafür.« Sie warf ihrem Onkel ein Lächeln zu und streckte ihm die Hand entgegen. »Als Vorsitzender des Clubs der Exfrauen heiße ich dich willkommen.«

»Wird heute die Gerechtigkeit siegen?« wollte Annie wissen. »Wird die Sache mit Maibeibi funktionieren?«

»Meine Damen, ich kann Ihnen mit Sicherheit versprechen, daß es zu einem größeren Aderlaß kommen wird.« Onkel Bob lächelte boshaft.

Annie schwenkte eine dicke Akte. »Los geht's!« Und mit diesem Ausruf hängt sie sich bei Brenda ein.

Immer noch im Stau feststeckend, hielt Gil in seinen roten wunden Händen eine Ausgabe des *Journal* und ließ seinen Blick ungläubig wieder und wieder über die Zahlen wandern. Was zum Teufel war mit Maibeibi los? Warum nur war der Kurs so gefallen? Gil hatte mit einem steilen Anstieg gerechnet, sobald die Verlautbarung von der Übernahme herausgekommen sein würde, und hatte einen gewaltigen Anteil Aktien gekauft, bevor das Gros der Nachahmer gleichfalls zuschlagen würde. Aber nun schien alles aus dem Ruder laufen zu wollen.

Doch er würde sich nicht ins Bockshorn jagen lassen. Dazu hatte er zuviel Erfahrung. Niemand vermochte zu sagen, was in den ausgeflippten Typen an der Börse vorging. Es gab nichts zu befürchten. Schließlich handelte es sich hier um ein gesundes Unternehmen. Und wenn man erst einmal das Gelände und die Werft verkaufte, würde es für jeden Gewinne regnen. Er hielt bereits genug Aktien, um sich gegen den Strom zu stellen. Aber zuerst sollte man diese Entwicklung hier noch ausnutzen und dann vielleicht noch ein paar Aktien zu diesem Preis kaufen, um dann erst mit allem herauszurücken.

Gil mußte lächeln. Der Unterschied zwischen ihm und anderen Männern war der, daß er es verstand, Nachteile in Vorteile umzumünzen. Das würde er jetzt tun. Aber verdammt, in diesem Wagen gab es noch nicht einmal ein Telefon. Er benutzte ihn so selten, daß er keines hatte einbauen lassen, obgleich er Mary gesagt hatte, daß sie sich darum kümmern sollte. Unfähiges Weibsstück. Er verscheuchte den Gedanken an sie. In ein paar Minuten würde er im Büro sein.

In der Tiefgarage, in der der Fahrer vor dem Lift hielt, vermied es Gil, zu dem verwaisten Platz hinzublicken, an dem sein Jaguar gestanden hatte, so als ob sich an dieser Stelle ein tödlicher Unfall zugetragen hätte. Er sehnte sich nach seinem Wagen. Heute würde er Mrs. Rodgers nachfragen lassen, wann er fertig wäre. Und wenn sie schon dabei war, konnte sie auch zusehen, daß ein Telefon in der Limousine installiert würde.

Er trat aus dem Aufzug, straffte die Schultern und schritt so energisch aus wie immer. Mrs. Rogers erwartete ihn und begleitete ihn wie immer. Wenn sie irgend etwas gelesen hatte – und es war anzunehmen, daß das der Fall war –, dann war sie intelligent genug, das für sich zu behalten. Barsch wies er sie an, sich um die beiden Wagen zu kümmern, alle Treffen für den heutigen Vormittag abzusagen und Scopper herbeizuholen, der die Projekte seiner Frau übernehmen sollte. Sie nickte, machte sich Notizen und blieb stehen, als er das tat, um sich den neuesten Kursstand zeigen zu lassen.

Du lieber Himmel! Maibeibi war noch weiter gefallen. Es war zwar noch kein Absturz, aber immerhin ein Absacken um fünfzehn Punkte. Er ging in Gedanken noch einmal alle Aspekte durch. Es gab einfach keinen Grund für dieses Absacken. Nun, er würde schnell handeln, bevor die Schafe auf diesem Markt die Panik ergriff. Er würde seine Pressemitteilung heute machen. Jeder würde dazu kommen – nach dem Samstag war dies ein gefundenes Fressen für die Presse. Das Ganze wäre nicht ohne Bravour.

Er hielt vor Kingstons Büro. Der Kleine sprang auf, bereit herauszuplatzen. »Kaufen Sie für weitere sechs Millionen

Maibeibi. Anschließend noch für vier.« Kingston sagte nichts, nickte nur mit großen Augen und setzte sich wieder hin.

»Um zwölf gebe ich unten eine Pressekonferenz. Informieren Sie die Medien und lassen Sie es auch Lederer wissen. Ich habe ihn schon darauf angesprochen. Stellen Sie keine weiteren Gespräche durch.« Er erreichte sein Büro, öffnete die Tür. Da saß eine Frau, den Rücken Gil zugekehrt. In unverkennbarer Verärgerung drehte er sich zu Nancy Rodgers.

»Mrs. Paradise hat mir gesagt, sie hätte einen Termin bei Ihnen. Sie hätten ihn am Vorabend ausgemacht. Sie hat gesagt, Ihre Frau hätte sie geschickt.«

»Ja, das habe ich Mrs. Rodgers gesagt. Machen Sie ihr keinen Vorwurf.« Annie saß ganz ruhig da, die Beine gekreuzt, die Hände im Schoß. »Ich wollte mich mit Ihnen unterhalten.« Zu Mrs. Rodgers gewandt fügte sie hinzu: »Verzeihen Sie den Schwindel. Sie können jetzt gehen.«

Sie benahm sich, als ob ihr das hier alles gehörte!

»Ist es Ihnen recht, Mr. Griffin?« erkundigte sich Mrs. Rodgers.

»Natürlich.« Gil schloß die Tür vor ihrer Nase und ging zu seinem Platz. Gil hatte Annie mit Miguel De Los Santos auf dem Ball gesehen. Das ließ ihn bedenken, daß sie doch zu viel in der Hand haben mochte, um sie einfach hinauszuwerfen. Aber bangemachen ließ er sich auch nicht. »Ich habe heute einen arbeitsreichen Tag, Anne. Wenn es wegen des Vorfalls auf dem Fest ist, dann könnt ihr mich aus dem Komitee streichen. Oder was auch immer. Tut mir leid, die Sache.«

»Es geht hier nicht um das Komitee, Mr. Griffin. Ohne Zweifel wird man Sie für eine Weile ausschließen, und dann wird Ihr Geld Ihnen wieder einen Platz in einem anderen Komitee besorgen. Vorausgesetzt, daß Sie dann noch das Geld dafür haben.«

Annie sprach mit freundlicher Stimme, so daß Gil nicht recht wußte, was an ihren Worten so drohend klang. Aber sie war ein Niemand. Und wie es aussah, hatte sie sich mit diesem Puertorikaner eingelassen. Es galt herauszufinden, was das Weibsstück wollte, und sie dann loszuwerden. »Was kann ich für Sie tun?«

»Mr. Griffin, Sie mögen keine Frauen. Stimmt das?«

Gil schnaubte. Himmel noch mal. Er hatte keine Zeit für Amateurpsychologie. Und was ging sie das überhaupt an? Er begann mit dem Aufsagen der Worthülsen, die er für seine öffentliche Stellungnahme vorbereitet hatte. »Hören Sie, der Vorfall an jenem Abend war ein fürchterlicher Fehler...«

»O nein, das stimmt nicht. Sie haben Ihre Frau schon früher geschlagen, ebenso wie Cynthia.« Annies Ton blieb freundlich. »Das ist uns bekannt.«

»Uns? Mir ist davon nichts bekannt, und ich lehne es ab...«

»*Uns* bezieht sich auf mich und meine Freundinnen. Cynthias Freundinnen. Uns hat nicht gefallen, wie Sie sich benommen haben.« Sie schaute auf ihre Uhr, stand auf. Verblüfft nahm Gil an, daß dieses verrückte Weib jetzt gehen würde. Doch Annie, die zur Tür geschritten war, hielt inne. »Meine Freunde.« Damit öffnete sie die Tür. Herein traten zwei weitere Weiber und Bob Blogee. Er brauchte einen Augenblick, um die beiden anderen Frauen unterzubringen: Morty Cushmans Exfrau und Elise Atchison.

»Was zum Teufel...«

»Ihr Spiel ist aus, Gil«, sagte Annie.

»Wir sind hier wegen Cynthia«, erklärte Elise.

»Und es wird Ihnen noch soooo leid tun«, kam es von der Cushman-Zicke.

»Was immer Sie hiermit auch bezwecken, ich wünsche, daß Sie alle vier innerhalb einer Minute verschwunden sind, sonst lasse ich Sie vom Sicherheitsdienst hinaussetzen.«

»Ooooooh, jetzt wird mir aber wirklich angst.«

»Hört mir zu, ihr verrückten Weiber«, fauchte er. »Ich weiß nicht, was ihr vorhabt, aber ich lasse mich nicht von drei verbitterten alten Hexen und einem Zwerg herumkommandieren.«

»Darum geht es nicht, Mr. Griffin«, entgegnete Bob Blogee. »Es betrifft Maibeibi.«

»Ihr Japan-Geschäft ist soeben den Bach runtergegangen, Mr. Griffin«, erläuterte Annie.

Gil spürte, wie sich sein Magen verkrampfte. »Was sagen Sie da?« Seine Stimme war leise.

»Wieviel gehört Ihnen jetzt davon? Achtundzwanzig Prozent? Vielleicht sogar dreißig? Und was haben Sie dafür bezahlt?« wollte Annie wissen. »Sie mögen ja annehmen, daß Sie das Unternehmen in der Hand haben, Gil, aber Tanaki hat die Werften bereits an Blogee Industries verkauft. Dessen haben wir uns versichert.« Sie wedelte mit dem Vertrag. »Sie werden also sehen, daß der Wert Ihrer Aktien noch weiter abstürzt, sobald diese Information publik wird.«

»Maibeibi ist ein sehr patriarchalisch geleitetes Unternehmen«, fuhr Annie fort, »und Tanaki ist ein sehr patriarchalischer Geschäftsführer. Als er davon hörte, daß eine Übernahme seines Unternehmens durch Sie zu einem sofortigen Verkauf der Werften führen würde, damit Ihnen der Rest sozusagen umsonst zufällt, fühlte er sich zur Loyalität gegenüber seinen Angestellten verpflichtet. Er konnte nicht zulassen, daß die Firma auf solche Weise demontiert werden sollte.«

»Ich werde ihm mehr bieten als Sie«, warf Gil ein. »Ihr Deal wird nicht halten.«

»Wir glauben doch. Denn Bob Blogee hat Tanaki die Portland-Zementwerke verkauft. Auch dieses Abkommen wurde schon unterzeichnet.« Annie wies auf den Vertrag in Bobs Händen.

»Wer, zum Teufel, denken Sie eigentlich, wer Sie sind?« tobte Gil. »Ich werde mit Tanaki einen Handel ausmachen...«

»Das ist kaum anzunehmen. Tanaki ist ein ehrenwerter Mann«, entgegnete Annie. »Und nach dem heutigen Tag ist das auch nicht mehr weiter relevant. Sie werden noch eine ganze Weile mit den Folgen dieser Transaktion beschäftigt sein. Das heißt, wenn Sie dann noch an der Wall Street sind.«

Bei dem Gedanken an ihren letzten Besuch in diesem Zimmer und daran, wie Gil sie behandelt hatte, verspürte Annie ein gutes Gefühl. So war es recht.

Sie bemerkte, daß Gils Gesicht fast genauso grau aussah wie sein Haar, und beinahe verspürte sie Mitleid mit ihm.

»Wie ist es, wenn man siebenhundert Millionen Dollar an einem einzigen Morgen verliert?« fragte Annie.

»Warum haben Sie das getan?« fragte er flüsternd.

»Fragen Sie Cynthia.«

Gils Hände zitterten, und für einen Augenblick erwog er, über den Tisch zu springen und sich irgendeine von ihnen zu greifen. Aber da hatten sie sich schon gemeinsam erhoben und verließen das Zimmer.

War das alles wahr? Unmöglich. Er wäre ruiniert. Alles würde er verlieren. Sein Geschäft würde sich als Fiasko entpuppen. Seine Teilhaber... Ach du heiliger Schreck, diese Bastarde würden ihn glatt hinauswerfen. Hängen würden sie ihn.

Mrs. Rodgers trat ein. »Die Pressekonferenz ist angesagt, aber Mr. Lederer möchte Sie vorher noch sprechen. Und Mr. McMurdo und die anderen Partner haben angerufen. Sie möchten Sie umgehend sprechen, im Konferenzzimmer des Vorstands. Und dann ist da noch ein Besucher. Er sagt, daß er Sie *jetzt* sprechen muß.« Mrs. Rodgers schwieg und lächelte. Sie genießt es, dachte Gil. Sie weiß nicht, was los ist, aber sie hat Blut gerochen – mein Blut –, und es bereitet ihr Vergnügen.

»Sind denn alle verrückt geworden?« kreischte Gil. »Ich kann jetzt mit niemandem sprechen.«

»Oh, ich glaube, es ist besser, wenn Sie mich empfangen«, meinte Miguel De Los Santos und trat ein. »Es gibt eine Menge, worüber wir uns unterhalten müssen.«

Leise schloß Mrs. Rodgers die Tür, ein feines Lächeln auf den Lippen.

13

Verschlossene Türen

»Annie. Aaron hier.«

Eigentlich war sie nicht überrascht. Trotzdem zog sich ihr Magen zusammen, wenn auch nur für einen kurzen Moment. Sie holte tief Luft und versuchte, den Hörer weniger verkrampft zu halten.

»Hallo.«

»Hör mal, wegen letzten Samstagabend... auf dem Fest...«

»Ja?« Seine ihr so wohlbekannte Stimme klang unterwürfig.

»Bitte, Annie, treffen wir uns heute zum Lunch? Ich muß dich sprechen«, sprudelte er hervor.

»Das geht nicht, Aaron. Ich habe eine Menge zu tun heute nachmittag.« Nach ihrer erfolgreichen Konfrontation mit Gil blieben nur noch ein paar Dinge zu erledigen. Sie fühlte sich gut. Sie hatte ihr Leben in die eigenen Hände genommen. Sie hatten Gerechtigkeit für Cynthia erwirkt. Heute würde sie mit zwei verschiedenen Wohnungsmaklern den Verkauf ihres Apartments besprechen, und dann würde sie hinaus nach Amangansett fahren und sich auch dort mit Maklern treffen. Aber wieso erzählte sie Aaron, daß sie zu tun hatte? Wieso konnte sie nicht einfach nein sagen und den Hörer auflegen? Sie war nicht in der Stimmung, sich sein Gejammer über Miguel oder Jerry, Chris oder sonstwen anzuhören, der ihn schlecht behandelte.

»Bitte, Annie«, schmeichelte er. »Es ist wichtig. Wir können uns kurz fassen.«

Nervös suchte Aaron die Menge mit den Kindermädchen, den Joggern, den Obdachlosen und Spaziergängern im Central Park nach Annie ab. Seitdem er Annie am Samstag auf dem Ball gesehen hatte, hatte er sich einige Dinge durch den

Kopf gehen lassen. Er wußte nicht, was sie für eine Beziehung zu diesem Santos-Typen hatte, aber er nahm ihr nicht weiter übel, daß sie Miguel alles erzählt hatte. Er sah nun deutlich seine Fehler. Um so mehr brauchte er jetzt Annie.

Er war früh dran, und obwohl er nervös war, fühlte er sich wohl, befreit von der Lethargie, die ihn so niedergedrückt hatte. Er hatte Leslie gesagt, daß er frische Luft brauche, und war einfach gegangen. Er unternahm etwas. Ich weiß, was ich will, und ich kann es immer noch bekommen, dachte er sich.

Annies schmale Gestalt und ihr zügiger Schritt lenkten sein Augenmerk auf sie.

»Hallo, Annie.«

»Grüß dich, Aaron.«

»Gut siehst du aus, Annie. Diese Farbe steht dir.«

Annie lachte. »Rosa tötet jeden Schick. Das habe ich letzte Woche gelesen. Aber trotzdem danke schön.«

Aaron lächelte. Welch eine Erleichterung, wieder mit Annie zusammenzusein! Er nahm ihren Arm.

»Willst du wirklich hier essen?« fragte er zweifelnd vor dem Zoo-Restaurant.

»Sie haben keine große Auswahl«, gab sie zu und überflog die Speisekarte. »Aber es ist ein milder Tag, und das Essen soll hier besser sein als in der alten Zoo-Cafeteria. Erinnerst du dich, wie wir mit den Jungs dorthin gegangen sind? Hast du Hunger?«

»Ein bißchen«, schwindelte Aaron.

»Ich nehme nur einen Tee und einen Joghurt. Und ich möchte draußen auf der Terrasse essen, wenn es dir recht ist. Es ist nicht zu kalt. Und dann muß ich wirklich rennen.«

»Ist recht. Es ist wirklich ganz nett hier.«

Er hielt Annie die Tür auf. Dabei streifte sie ihn, und plötzlich nahm er ihr Parfüm wahr. Das warf ihn beinahe um. Mit einemmal wurde für ihn ihr ganzes gemeinsames Leben wieder lebendig, die Harmonie, das Wohlgefühl, die Freundschaft. Unterstützung, Liebe. Er mußte sich an den Türrahmen lehnen, um seine Fassung wiederzugewinnen. Er war den Tränen nahe. Sich so gut es ging zusammenreißend, folgte er ihr und fragte sich, ob sie seine Schwäche bemerkt hatte. Offenbar nicht.

Aaron selbst nahm Kaffee und ein Sandwich, und dann gingen sie wieder hinaus auf die Terrasse.

»Heutzutage muß man bezahlen, um in den Zoo hineinzukönnen«, stellte Aaron fest.

»Ja, und natürlich ist der ganze Zoo eingezäunt. Nicht mehr so wie früher, wo man einfach hindurchgehen konnte.«

»So finde ich es nicht gut«, murmelte Aaron. Wie er diesen Small talk haßte.

»Ich glaube, man hat es für die Sicherheit der Tiere getan. Aber das ist allgemein so. Viele Menschen mißbrauchen, was man ihnen anvertraut, und dadurch verlieren sie es.«

Aarons Empfindsamkeit war in diesem Moment so angespannt, daß er kurz den Eindruck hatte, als ob diese Bemerkung auf ihn gemünzt war. Er blickte Annie an, aber ihr Gesicht war gleichmütig, ohne jede Boshaftigkeit. Er hielt sich nicht länger zurück. Seine Stimme brach, als er zu sprechen begann. »Annie, ich habe ernsthafte Probleme.«

»Das habe ich deinem Anruf entnommen«, war Annies ruhige Entgegnung.

»Annie, alles hat sich vom Schlechten zum Schlimmeren entwickelt. Ich stecke in ungeheuren Schwierigkeiten.«

»Das tut mir leid, Aaron. Was für welche denn?« Ein Hauch Besorgnis schwang in ihrer Stimme, aber nur ein Hauch.

»Nun, du weißt, daß ich immer die Absicht hatte, Sylvies Geld zurückzubezahlen. Und mit dem Verkauf meiner Teilhaberschaft ist das auch möglich«, versicherte er hastig. »Aber eigentlich hatte ich mit der Agentur noch mehr Geld verdienen wollen. Ich wollte bei Morty eine Anleihe machen, und wenn das geklappt hätte, hätte ich genug gehabt, um meine Verluste zu ersetzen. Aber...«

Aaron beugte sich vor und bedeckte sein Gesicht mit den Händen. »Ich habe betrügerisch gehandelt. Morty gab mir einen Tip. Ich habe ihn genutzt, obwohl ich das nicht hätte tun dürfen.« Er wagte es nicht, sie anzuschauen. »Und Chris ist wütend auf mich. Er meinte, er sei sich nicht sicher, ob er mich liebe. Er meint, ich hätte ihn und Alex fast zugrunde gerichtet.«

Er saß einen Augenblick still da und sammelte seinen ganzen Mut, um sie schließlich anzuschauen. All der Optimismus, den er auf seinem Gang zum Zoo und aufgrund seiner neuen Zielstrebigkeit verspürt hatte, war wieder verflogen. Seine Nase war rot vor Kälte. Es war ein besiegter Aaron, der da sprach.

»Und ob du es glaubst oder nicht, es tut mir leid, daß ich versucht habe, Jerry hinauszudrängen. Jetzt ist mir klar, daß ich den Kerl mag. Ich brauche ihn. Ich habe mich ihm gegenüber schäbig verhalten. Und Chris gegenüber. Ich brauche Chris. Ich brauche sie alle.«

Er schaute auf sein Sandwich, das er nicht angerührt hatte.

»Und jetzt ist da noch dieser Typ von der Börsenaufsicht. Ich glaube, ich werde Schwierigkeiten bekommen. Aber bin ich denn nicht schon gestraft genug?«

Annie seufzte, und Aaron schaute sie an. Er wußte, er klang jämmerlich. Es lief nicht so, wie er es sich gedacht hatte. Besser, er fand wieder seinen Faden.

»Es tut mir leid, Annie, ich sollte dich mit alldem nicht belasten.« Dann schaute er sie mit so viel Ernsthaftigkeit an, wie er nur aufbringen konnte. »Schau, ich weiß nicht, wie ich es sonst sagen soll. Es war ein Fehler, dich zu verlassen. Das habe ich jetzt erkannt.«

Annie nippte an ihrem Tee.

Er wartete auf eine Reaktion von ihr. Es kam nichts. »Was hältst du davon? Davon, daß ich es für einen Fehler halte?«

Annie ließ sich Zeit mit der Antwort. »Gut, wenn du meinst, daß es ein Fehler war, dann war es für dich vielleicht einer.«

»Aber was ist mit *dir*, was meinst du?«

»Ob *ich* denke, daß du einen Fehler gemacht hast? Zur Zeit der Scheidung, ja. Aber dann, als du diese Wie-heißt-sie-noch geheiratet hast, habe ich dich für verrückt gehalten. Demnach ist deine Ehe also auch in Schwierigkeiten.«

Aaron war verlegen und wußte erst nicht, was er sagen

sollte. »Wir verstehen uns nicht besonders gut.« Er klang heiser.

»Ah.«

»Und ich glaube auch nicht, daß wir uns jemals verstehen werden. Unsere Wertvorstellungen sind zu unterschiedlich.«

Annie gab einen kleinen Laut von sich. War es ein Schnauben? Aaron war irritiert. Allmählich spürte er ihre Distanziertheit. Vorwurfsvoll blickte er sie an. »Ich habe das Gefühl, als ob dir egal ist, worüber ich mit dir spreche.«

»Oh, es ist mir nicht egal, Aaron, nicht ganz. Aber du bist mit jemand anderem verheiratet. Ich wäre ja verrückt, wenn ich weiterhin emotionale Bindungen dir gegenüber aufrechterhalten wollte.« Sie schwieg. »Aber wir waren über eine lange Zeit sehr eng verbunden, also ist es mir nicht ganz egal.«

Aaron spürte die Abweisung, aber er konnte es ihr nicht übelnehmen. Himmel, er mußte ihr zeigen, wie ihm zumute war, wie sehr er sie brauchte, sie wiederhaben wollte. Erneut riß er sich zusammen, griff nach ihrer Hand. Sie war seine letzte Hoffnung, und er holte tief Luft. »Meinst du nicht, daß wir es noch einmal miteinander versuchen sollten?«

Annie lachte leise und blickte ihn aus den Augenwinkeln an.

Aaron war verwirrt, aber ihr Lächeln erwärmte ihn. Sein Kopf hämmerte, er war dankbar für jede Freundlichkeit. »Hältst du mich für verrückt, weil ich es noch einmal versuchen möchte?«

»Ja, Aaron. Es tut mir leid, aber so ist es. Meinst du wirklich daß ich dich noch ernst nehmen könnte? Du steckst bis über die Ohren in Schwierigkeiten, deine Frau steht dir – wie man sehen kann – nicht bei, und du kommst zu der guten alten Annie gerannt, damit wieder alles gut wird. Du erwartest, daß ich mich wie ein Hund auf den Rücken lege, so als ob ich nur darauf gewartet hätte. Ich soll mich ganz einfach deinen Plänen anpassen. Jedenfalls so lange, bis du dir wieder etwas anderes ausdenkst. Ist dir klar, Aaron, daß du mich beleidigst?«

»Dich beleidigen? Ich frage dich, ob du mich heiraten willst! Ich finde, du bist ein Engel. Ich bin bereit, mich zu demütigen, um dich zurückzugewinnen. Ich liebe dich, Annie.«

Annie wurde ernst. »Einen Moment, Aaron. Du bist jemand, der Schwierigkeiten nicht standzuhalten vermag. Du warst ein recht brauchbarer Vater bei zwei unkomplizierten, gesunden Jungs, aber auch da hast du den lebhafteren bevorzugt. Doch mit einer behinderten Tochter konntest du nicht fertig werden. Die Arbeit hat dir Spaß gemacht, wenn sie problemlos war. Ebenso die Ehe. Aber wenn es schwierig wird – und das tut es immer und überall –, dann drückst du dich. Es kommt dir gar nicht in den Sinn, daß ich mein eigenes Leben führe, eigene Pläne haben könnte. Ich habe eigene Pläne. Ich bin nicht verfügbar.«

Aaron war zumute, als ob er einen Schlag in den Magen erhalten hätte, wenn nicht noch tiefer. Einen Moment lang schien die Terrasse unter seinen Füßen zu beben, und er hielt sich an dem weißen Metalltisch fest. Er mußte an diesen De Los Santos denken. Hatte sie was mit dem? Etwas, das über das Berufliche hinausging? Er war verzweifelt.

»Wie kannst du nur so herzlos sein, Annie? Ich habe solche Schwierigkeiten. Du bist alles, was ich habe. Ich liebe dich! Bedeutet dir unsere Ehe denn gar nichts?«

»Aaron!« Annie schaute fassungslos. »Wir beide sind nicht miteinander verheiratet.«

»Du lieber Gott.« Aaron wand sich. »Erinnere mich nicht daran!« Er legte die Hand über die Augen. »Was soll ich bloß tun?«

Annie schaute ihn ruhig an, dann sprach sie mit ihm wie nie zuvor. »Ich meine, du solltest dich mit deinen Problemen befassen. Sie lösen. Du bist dir doch klar darüber, daß du sie selbst verursacht hast. Du bist kein Opfer.«

Aaron mochte nicht glauben, was er da vernahm. Sie hörte sich an wie Leslie! Er schaute sie an, ob sie nicht vielleicht einen Scherz gemacht hatte. Aber nein, sie meinte es ernst. Er spürte, wie seine Welt in Scherben fiel. Und er fühlte sich beleidigt. Wenn es nicht schon zu spät dafür war, würde er zumindest seine Würde wiedergewinnen.

»Dann nimmt sich deiner wohl jetzt der Ritter in der schimmernden Rüstung an?«

»Ich brauche niemanden, der sich meiner annimmt. Oder besser: Ich habe ihn gebraucht, aber dann selbst für mich gesorgt.«

»Dann gibt es nichts weiter zu sagen.«

Annie schwieg einen Augenblick. Tief in ihr spürte sie noch das alte Bedürfnis festzuhalten, dieses Drama weiterzuführen. Aber die wirkliche Annie war bereit aufzubrechen. Jetzt vermag ich das Gefühl zu ertragen, dieses Zerrissensein, das einst so unerträglich war. Jetzt hat sich dort eine Narbe gebildet. Meine Mutter hat mich verlassen, Aaron hat mich verlassen, und ich mußte mich von Sylvie lösen. Ich brauche nicht mehr zu klammern, kann ein freies Leben führen. Aaron kann es noch nicht.

Sie sprach freundlich: »Ich glaube, ich muß jetzt gehen, Aaron.« Auf seinem gutaussehenden Gesicht zeigte sich Verblüffung. Er schien es nicht fassen zu können.

»Aber ich bin so allein, Annie.«

»Keine Sorge. Daran gewöhnt man sich.« Und damit stand sie auf und ging.

Annie betrat den Zoo, löste eine Eintrittskarte. Den neuen Zoo hatte sie noch nicht gesehen.

Es sah sehr viel besser aus, aber immer noch war es nur ein Gefängnis für die Tiere. Sie ging durch die verglasten Abschnitte mit den Wasservögeln und war traurig. Auf den ersten Blick sah es so aus, als ob die Enten sich in einem großen freien Gelände aufhielten, aber wenn man genauer hinsah, dann sah man, daß dieser Eindruck durch Trompe-l'œil-Technik und Spiegel hervorgerufen wurde. Sie bezweifelte, daß die Vögel sich dadurch täuschen ließen.

Sie stand vor diesen trickreichen Käfigen und wünschte sich kurz, daß alles ganz anders wäre. Wenn Aaron sie doch bloß nicht verlassen hätte. Sie waren eine glückliche Familie gewesen in diesem kalten, falschen, schnellebigen New

York. Ach, wenn doch alles so sein könnte wie früher. Aber jetzt konnte sie auch erkennen, daß diese Vergangenheit nicht echt gewesen war. Sie sah die Mauern und Grenzen, die dort bestanden hatten.

Sie wußte es jetzt ganz genau: Sie liebte Aaron nicht. Ihn zu lieben, war wie ein Käfig gewesen. Und auch die große Penthouse-Wohnung mit ihren tristen Erinnerungen war nur ein Käfig.

Ich bin glücklicher dran als die Enten, dachte sie. Ich kann fortgehen.

Sie setzte ihren Weg fort, an den Eisbären vorbei. Aaron tat ihr leid. Aber wenn sie ihn in ihr Leben zurückkehren ließe, würde er sich wieder gegen sie wenden, sobald er nicht das bekam, was er wollte, oder sie nicht mehr brauchte. So wie schon einmal.

Sie strebte dem Zooausgang zu. In ihr regte sich das Gefühl, das sie in Katsura verspürt hatte. Ich habe alles, was ich brauche. Ein winziges Studio würde reichen. Sie hätte trotzdem mehr Freiraum als je zuvor.

»Ich bin frei!« sagte sie und verließ den Zoo. Die wirkliche Welt lag vor ihr.

Epilog

Die Frauen

Klar Schiff

Der Weg ist frei

Gunilla Goldberg streckte ihre Hände mit der typischen Geste einer Frau aus, deren Fingernägel frisch lackiert sind. Die langen Nägel schimmerten karminrot. »Was meinen Sie?« Die Frage war an Khymer Mallison gerichtet, die neben ihr saß.

»Hübsch«, erwiderte Khymer, obwohl sie fand, daß das Rot Gunillas Teint fahl aussehen ließ.

Gunilla schüttelte den Kopf. »Zu hart. Ich wußte doch, daß ich mich für das ›Bridal Pink‹ hätte entscheiden sollen.« Sie blickte zu der verschüchterten osteuropäischen Frau hinüber. »Nehmen Sie das ab. Ich möchte das Rosa.«

Malla unterdrückte einen Seufzer. Drei Lagen *plus* eine Schicht Decklack, und jetzt änderte die ihre Ansicht. Und wie sie Mrs. Goldberg kannte, würde das Trinkgeld die verlorene Zeit nicht aufwiegen. Sie zwang sich zu einem Lächeln, griff nach einem Wattebausch und tränkte ihn mit Nagellackentferner.

»Wissen Sie, wen ich *autre jour* gesehen habe?« fragte Gunilla. »Diese Mary Griffin. Die Gil Griffin zusammengeschlagen hat, bevor er ins Gefängnis kam.«

»Wirklich?« Khymer zeigte sich interessiert. »Wo haben Sie die gesehen? Ich dachte, sie wäre verschwunden.«

»Also, ich war unterwegs, etwas erledigen, in der Morgan-Bibliothek, und da habe ich mir einen Nagel abgebrochen. Ich mußte das schnell beheben lassen, und da bin ich in einen dieser fürchterlichen koreanischen Läden gegangen.« Beide Frauen schauderten. Die koreanischen Läden waren etwas für Frauen, die arbeiten mußten, und nichts für die Gunillas und Khymers. »Die reinsten Schlächter. Sie wollten mir die Nagelhaut *schneiden*. Ja, und dann sah ich sie. Sie ließ sich gerade eine Pediküre machen.«

»Haben Sie mit ihr gesprochen?«

»*Bien sur*. Es gab da nichts Ordentliches zu lesen, da war sie schon interessanter, die Arme, wenn auch nicht sehr viel mehr.«

»Ich dachte, sie hätte die Stadt verlassen. Was macht sie?«

»Oh, sie hat einen tristen Job bei irgend so einer Versicherungsgesellschaft. Es war erschütternd. Aber *c'est la guerre.*«

Ja, dachte Gunilla dabei, wenn man nicht ständig kämpfte, war man schnell weg vom Fenster. Auch sie mußte zusehen, daß sie wieder nach oben kam. Sie dachte an die neueste Liaison von Jane Fonda. Auch Frauen ihres Alters konnten es also noch zu etwas bringen.

»Und was ist mit der anderen Blonden?« wollte Khymer wissen. »Mit dieser Shelby Cushman?« Eine kleine Spitze war dabei. War sie doch eine von Gunillas Schützlingen gewesen.

»Oh, sie hat die Scheidung eingereicht, bevor ihr Mann nach Allendale verlegt worden ist. Dann hat Jon Rosen sie fallenlassen, und sie ist nach Savannah, oder wo sie sonst her ist, zurückgekehrt. Soviel ich weiß, ist ihre Scheidung durchgekommen, und jetzt macht sie Dallas unsicher. Dort könnte sie Erfolg haben.« Sie warf der Maniküre ein Lächeln zu, als diese das Rosa aufzutragen begann. Dann fragte sie gleichmütig: »Gehen Sie zu der Party bei den van Gelders?«

Khymer lächelte. »Ja, Sie auch?«

Sie wußte, daß Gunilla nicht eingeladen war. Seit Sol sie verlassen hatte, war Gunillas gesellschaftliches Leben nicht mehr ganz so abwechslungsreich. »Soviel ich gehört habe, wollen sie die Verlobung ihrer Tochter verkünden. Sie wissen: die komische mit dem putzigen Namen.«

»Phoebe.«

»Ja. Ich habe gehört, daß sie die Kunst aufgegeben und mit der Schauspielerei angefangen hat. Sie wird den Filmschauspieler heiraten, den sie in der Entziehungsklinik kennengelernt hat.«

»Kevin Lear. Stimmt. Das ist der einzige Ort, wo man

heutzutage noch Männer kennenlernen kann«, meinte Gunilla verbittert. »So wie Liz Taylor. Da oder im Gefängnis. Wenn man bedenkt, wer inzwischen alles sitzt. Kein Wunder, daß Männermangel herrscht.«

»Mir ist das noch nicht aufgefallen.« Khymer stieß ein fieses Lachen aus.

»Das wird es noch, meine Liebe, das wird es noch.« Und Gunilla überlegte, wie es um Khymers Ehe stehen mochte. Deren Mann hatte sie eigentlich immer ganz gern gemocht. Vielleicht...

Da ging Annie Paradise an ihnen vorüber und lächelte ihnen zu.

»Hallo, Annie. Das ist ja Jahre her, daß wir uns gesehen haben!«

»Ja, ich war anderweitig beschäftigt.«

»Ich verstehe«, meinte Gunilla.

Annie ging durch ihre fast gänzlich leergeräumte Wohnung, bemüht, ihre frisch gelackten Nägel nicht zu verkratzen. Das Penthouse war nun verkauft. Es hatte etwas gedauert, aber es hatte einen guten Preis gebracht. Sie trat zu den Terrassentüren. Ihre Schritte hallten in dem leeren Raum. Ohne die Möbel und Vorhänge war es hier nicht mehr so anheimelnd.

Ihre letzte Nacht, die sie in dem New Yorker Apartment verbrachte – eine alte Matratze und eine Lampe waren mit ein paar anderen Gegenständen übriggeblieben, die sich nicht mitzunehmen lohnten.

Diesmal war ihr der Abschied von Sylvie nicht so schwergefallen. Ob es daran lag, daß Sylvie einen so zufriedenen, glücklichen Eindruck machte? Oder war ihr eigenes Leben jetzt einfach nur richtig ausgefüllt? Sie wußte es nicht zu sagen.

Sylvie und Hiroshi waren gute Freunde geworden. Sprachschwierigkeiten schien es keine zu geben, sie verstanden sich auch so.

Morgen früh würde sie nach Nizza fliegen. Elise hatte ihr das Ticket geschickt, Erster Klasse, und ein Zimmer war für sie gebucht im Hotel de Paris in Cannes. Sie mußte nur noch das neue Kleid einpacken, das sie sich geleistet hatte, nachdem ihr Buch nun endlich fertig war.

Die Möbel, die sie behalten hatte, waren eingelagert, ihre Bonsais an Freunde verteilt. Und heute abend würde sie sich mit Miguel zu einem Abschiedsessen treffen.

Als sie das neue Kleid in den Koffer legen wollte, konnte sie nicht widerstehen, es kurz überzuziehen. Es war schlicht, aber luxuriös. Der Seidenjersey lag oben eng an, um dann in einem zauberhaft geschnittenen Bogen weit nach unten zu fallen. Und es leuchtete in einem flammenden Rot, so ganz anders als ihre sonstigen Sachen in Creme- und Rosatönen. Es stand ihr ganz wunderbar. Sie würde Elise keine Schande machen. Miguel holte sie um sieben ab, und sie ließ ihn in ihre leere Wohnung ein.

»Sehr hübsch«, meinte er zu der Aussicht über den Fluß.

»Das war es einmal. Bist du sicher, daß du nicht mit nach Frankreich kommen kannst?«

Er schüttelte den Kopf. »Elise hat mich eingeladen, aber gerade jetzt gibt es so viel zu tun. Das verstehst du doch, oder?«

Annie nickte. Seit der Verurteilung Gil Griffins war Miguel als möglicher Bezirksstaatsanwalt im Gespräch.

»Annie, nächsten Monat wird meine Scheidung durch sein. Ich habe dich noch nicht gefragt, was du nach deiner Japanreise vorhast.«

»Und das ist auch richtig so. Wirklich. Japan ist etwas, das ich alleine erfahren möchte. Tanakis Angebot ist zu verlockend, um es auszuschlagen. Ich werde ein kleines Haus zur Verfügung haben, einen Lehrer und jemanden, der mich im Buddhismus unterweist. Nach der Überarbeitung meines Manuskripts werde ich zurückkommen. Dann werden wir weitersehen.« Sie forschte in seinem Gesicht. »Ist dir das recht?« Er nahm ihre Hand, drückte sie fest.

»Wenn ich zurückkomme, habe ich keine Wohnung. Ob ich dann wohl für ein oder zwei Nächte bei dir unterkommen könnte?«

»Das ließe sich wohl einrichten.« Miguel lachte und strich ihr sanft über die Wange.

Als Annie nach ihrer Ankunft auf dem Flughafen von Nizza den Zoll passiert hatte, entdeckte sie gleich ihren Namen – ihren Mädchennamen – auf einem Schild, das ein livrierter Fahrer hochhielt. Auf ihr Nicken eilte er ihr entgegen und griff nach ihrem Gepäck. »Mademoiselle MacDuggan? Mademoiselle Elliot 'at mich angewiesen, Sie umgehend zur Villa zu bringen. Ist es Ihnen recht?« Sein Englisch hatte einen angenehmen Akzent.

»Villa?«

Er nickte. »Es 'at ein Änderung in der Planung gegeben.«

Die Fahrt entlang der Küste war wundervoll. Mit Bedauern fiel ihr ein, daß ihr letzter Besuch hier, zusammen mit Aaron, über ein Jahrzehnt zurücklag. Wieso hatte sie so lange gewartet?

Von jetzt an würde sie ihre eigenen Wege gehen, und sie würde sich nichts mehr vormachen. Alles war geregelt. Sie stand auf eigenen Füßen. Und sie hoffte, daß ihre Beziehung zu Miguel auf Stärke beruhte und nicht auf Schwäche. Sie blickte auf das Meer hinaus. Nie hatte sie sich besser gefühlt.

»Annie, wie schön, dich zu sehen. War der Flug nicht zu schlimm?« Elise empfing sie mit einer herzlichen Umarmung. Larry gab ihr einen Kuß und kümmerte sich um ihr Gepäck. Nur ihre Tasche behielt sie bei sich.

»Es tut mir leid, daß ich die Pläne umgestoßen habe. Aber nach der ersten inoffiziellen Vorführung haben die Presse und die Filmleute uns keine Ruhe gelassen. Im Hotel war es einfach nicht mehr auszuhalten. Da sind wir hierhergegangen.« Elise lachte.

Annie blickte über die riesige Terrasse hinaus aufs Meer.

»Unverhofft kommt oft!« Und herein trat Brenda.

»Brenda, du Schwindlerin! Dabei hattest du doch gesagt, daß ihr, du und Diana, keine Zeit hättet.«

»Wenn du das geglaubt hast, dann ist dir nicht zu helfen.« Und sie schloß Annie fest in die Arme. »Komm hinaus zu den übrigen.«

»Ihr Schlangen! Dann wäre ja der ganze Club wieder versammelt!«

»Mitsamt den Ehrenmitgliedern!« Und herein kam Bob Blogee, zusammen mit Bette.

»Ich glaube, das verlangt nach einem Toast.« Larry erschien mit einer Flasche Champagner in der einen und einer Flasche Pellegrino in der anderen Hand. Jeder traf seine Wahl. In ausgelassenster Laune stießen sie miteinander an.

Später, nach einem köstlichen Abendessen mit erstklassigen Getränken, saßen Elise, Annie und Brenda noch beisammen. Morgen würden sie früh zur Vorführung fahren müssen, aber keine von ihnen mochte diesen Abend schon zu Ende gehen lassen.

»Also, meine lieben Mitstreiterinnen. Ich glaube, wir haben erreicht, was wir wollten«, ließ sich Elise voller Zufriedenheit vernehmen.

»Ja. Morty ist ruiniert, Gil hat seine Position verloren, Bill ist neutralisiert und Aaron alleine. Gar nicht so schlecht für uns Anfänger, wie?«

»Kein Höllenfeuer brennt so heiß...«, zitierte Elise leise.

»Ich finde, es ist Zeit für einen neuen Wahlspruch«, schlug Annie vor. »Vorbei ist vorbei. Wie wäre es mit: ›Ein schönes Leben zu leben ist die beste Rache‹?«

»Ich unterstütze den Antrag«, antwortete Elise als erste.

»...und einstimmig angenommen«, pflichtete Brenda bei. »Womit diese Sitzung des Vorstands geschlossen ist.«

Eine Weile saßen sie in geselligem Schweigen. Dann fragte Brenda: »Also du gehst nach Japan, und Miguel ist abgehakt? Für immer?«

»Nein, nur vorübergehend. Er ist ein wundervoller Mann, aber ich bin mir nicht sicher, ob es ein Mann ist, was ich jetzt gerade brauche.«

»Was du nicht sagst.« Brenda lachte.

»Wirst du denn nicht einsam sein in Japan, so ganz alleine?« Elise nahm ihre Hand. »Ich bin so glücklich mit Larry. Ich wünschte dir...«

»Ich werde nicht alleine sein. Mr. Tanaki und seine Familie werden sich um mich kümmern. Es ist alles gut.

Wünsch mir nur, daß ich mit dem zweiten Korrekturlesen meines Buches fertig werde.«

»Dem zweiten? Und was ist mit dem ersten?«

»Schon längst erledigt.« Annie war ganz stolz.

»Und dann von Schlangen reden!« protestierte Brenda. »Aber das ist ja wunderbar. Bist halt doch ein braves Mädchen.«

»Vielleicht nicht mehr ganz so brav, hoffe ich zumindest.«

»Toll. Darf ich es lesen?« fragte Elise.

»Was noch wichtiger ist, hast du es mir gewidmet?«

Elise kicherte bei Brendas Bemerkung. Dann wurde sie wieder ganz die geschäftstüchtige Elise. »Ich kenne eine Menge Verleger.« Sie überlegte. »Wie wäre es mit Swifty Lazar? Oder...«

»Danke schön, aber das ist nicht nötig. Es ist alles schon geregelt. Amy und Al von Writers House werden es übernehmen.«

»Annie! Du schreibst ein Buch, bringst es in einem Verlag unter und erzählst uns nicht ein Sterbenswörtchen? Man darf dir nicht über den Weg trauen.«

»Nun ja, aber du und Diana wart beschäftigt, Euer Apartment neu einzurichten, und Elise und Larry hatten ihren Film. Mit irgend etwas mußte ich mich doch beschäftigen, oder? Und außerdem wollte ich erst sicher sein, ob dieses Buch nicht vielleicht Ärger erregen würde.« Sie schwieg und lächelte. »Meine Verleger haben mir viel Mut gemacht. Sie meinen, daß es sich sogar recht gut verkaufen dürfte.«

»Das ist ja großartig, Annie!« rief Brenda. »Und wovon handelt dieses großartige Meisterwerk?«

»Ach, wißt ihr«, meinte Annie mit verschmitztem Lächeln, »es ist nur das Übliche, Altbekannte.« Und damit zog sie aus ihrer Tasche das Manuskript von *Der Club der Teufelinnen* und legte es vor ihnen auf den Tisch.

Susan Kay

Die bisher ungeschriebene Lebensgeschichte des
»Phantoms der Oper«. »Ein gründlich recherchierter und
packend geschriebener Roman, der einen magischen
Schleier aus Realität und Phantasie webt.«

NORDDEUTSCHER RUNDFUNK

01/8724

Wilhelm Heyne Verlag
München